LOCUS

LOCUS

LOCUS

LOCUS

to 028
白牙
White Teeth
作者：莎娣・史密斯 Zadie Smith
譯者：梁耘瑭
審定：穆卓芸
責任編輯：林立文
美術設計：許慈力
電腦排版：極翔企業有限公司
法律顧問：董安丹律師、顧慕堯律師
出版者：大塊文化出版股份有限公司
105022台北市松山區南京東路四段25號11樓
www.locuspublishing.com
讀者服務專線：0800-006689
TEL：(02) 87123898 FAX：(02) 87123897
郵撥帳號：18955675 戶名：大塊文化出版股份有限公司

總經銷：大和書報圖書股份有限公司
地址：新北市新莊區區五工五路2號
TEL：(02) 89902588 FAX：(02) 22901658
初版一刷：2004年9月
二版一刷：2011年9月
三版一刷：2021年12月
定價：新台幣520元
Printed in Taiwan

to

fiction

白

WHITE TEETH

牙

ZADIE SMITH
莎娣・史密斯——著
梁耘塘——譯　穆卓芸——審定

過去的只是序幕。

——華盛頓博物館的題辭

目錄

總導讀

我們與陌生人的距離

國立台北大學　應用外語系教授　王景智

如何估算我們與陌生人的距離？莎娣·史密斯（1975-）塑造的倫敦人提供了一個丈量的標準。在魯西迪（Salman Rushdie; 1947-）和古雷西（Hanif Kureishi; 1954-）之後，史密斯以她北倫敦人細膩的觀察力、笑中帶淚的幽默以及冷靜客觀的批判，瀟灑走出前人的陰影，在白人土地上勾勒少數族裔的彩色人生。

母親為牙買加移民，父親為英國白人，這對老夫少妻帶著混血女兒落腳倫敦西北郊區，也因此倫敦西北的地景與族裔群像在莎娣·史密斯筆下都成了——套句《白牙》牙買加移民後裔愛瑞的台詞——「陌生土地上的陌生人」。陌生人的無所不在，讓生命的不堪無所遁形，他們的突擊總迫使我們得直視難解的生命課題，也因此讓我們理解到原來和陌生人的距離又遠又近。史密斯的《西北》故事就是由陌生人莎爾的造訪揭開序幕。在一個乍暖還寒的四月天莎爾突然現身主角黎亞家門口急促地按著門鈴，鈴響前一刻黎亞才在驗孕棒上看到那熟悉又陌生的藍色加號，雖然事後證明莎爾不過只是拿母親生病住院急需用錢當幌子來誆騙黎亞，但陌生人莎爾訛詐錢財的伎倆卻讓黎亞驚覺，她竟如此抗拒成為母親。一如莎爾，《簽名買賣人》艾力克斯—李·坦登是站在年老色衰好萊塢女星姬蒂·亞歷山大紐約住所門口按電鈴的陌生人。艾力克斯亦出身北倫敦，他的膚色比牙買加愛瑞淺，但卻比愛爾蘭黎亞深，因為他是華裔猶太人，在孕育他成長的土地上，總有些尷尬時刻讓他覺得格格不入。即使如此，買賣簽名的這項工作一直驅策他追尋滿足欲求的方法，其中包括自行偽造，以假亂真。然而就在他得到夢寐以求的姬蒂．亞歷山大真跡並因此聲名大噪、一夕致富後，艾力克斯發現，那張一鎊紙鈔上父親的簽名才是他這輩子最珍貴的蒐藏，因為那不是一個陌生人的簽名。

《西北》的莎爾和《簽名買賣人》艾力克斯都是不請自來的陌生人，《論美》的傑羅姆．貝爾西卻是享受東道主悅納異己的陌生人。傑羅姆從美國布朗大學去英國當交換生，不僅擔任父親事業勁敵蒙提．吉普斯的私人研究助理，還接受蒙提的邀請搬進他在北倫敦基爾本（Kilburn）的住所，蒙提刻意拉近與傑羅姆之間距離的結果，就是舉家遷往波士頓與傑羅姆的父親霍華．貝爾西正面交鋒。至於《搖擺時代》裡無名的敘事者，是至親好友身邊最熟悉的陌生人。七歲時在基爾本，流著牙買加母親和白人父親血液的小女孩牽著母親的手走進踢踏舞教室，認識了同為棕色皮膚的崔西；三十三歲時，在倫敦西北區的聖約翰伍德（St. John’s Wood），她收到崔西寫給她的電郵：「現在所有人都知道妳的真面目了。」不論是摯友崔西或親密工作夥伴艾咪，其實「我們根本不了解彼此」。她靠著空中大學函授課程取得學位的女性主義母親也同樣覺得，那個抑鬱深沉且「缺乏抱負」的女兒很陌生，而敘事者酣醉攬鏡自照時也發現，鏡中女子是一個回視她的陌生人。

史密斯對種族主義的批判與基本教義派的嘲諷也像一面鏡子，除了反射前輩族裔作家古雷西和魯西迪的身份認同政治，也與他們的族裔書寫相互輝映。《白牙》裡的一對雙胞胎兄弟馬吉德和米列特，父母皆為從破落倫敦東區搬到生活條件相對單純的倫敦西北區的孟加拉移民。父親山曼德二戰時為英國政府效命卻擔心兒子如果繼續待在倫敦會數典忘祖，甚至背棄阿拉真主，決定將兒子送回故鄉接受「道德調整」。無奈二戰遭斷臂的老兵服務生小費有限，薪水微薄，即使抵押了房產也只夠支付一人的返鄉旅費，進退兩難之際，印度總理甘地遺孀因「藍星任務」遭錫克教徒報復，在新德里自家花園遇刺身亡，這個發生在印度的暴動事件讓遠在倫敦的山曼德決定送早兩分鐘出生的馬吉德回孟加拉，因為他「腦筋好、脾氣穩、學語言也快」，更重要的是，一九八四年的英國「只會讓我們撕裂」。八年後，離開英國的馬吉德「比英國人還英國」，留下的米列特則成為比穆斯林還穆斯林的KEVIN（Keepers of the Eternal and Victorious Islamic Nation）激進組織成員。史密斯以小人物視角介入國家歷史的書寫方式與魯西迪改寫印度分裂與獨立建國史的幾部小說有異曲同工之妙，他們都以再現歷史盲點的手法來凸顯官方敘事的排他性與唯我獨尊。

至於米列特從青少年足協「幾十年來僅見最好的前鋒」變成自家製造的穆斯林恐怖分子的變形記，則會讓人想起古雷西於一九九四發表的短篇故事〈我兒狂熱〉（My Son the Fanatic）。巴基斯坦裔的計程車司機對模範生兒子不變的生活態度感到不解與擔憂，原以為兒子染上毒癮，但在看到兒子蓄鬍並一天朝聖地麥加祈禱五次，父親恍然大悟，兒子已加入穆斯林基本教義組織成了聖戰士。古雷西的巴基斯坦移民父親極力想將兒子拉回西方物質文明世界卻苦無對策，所以在兒子禱告時衝進房間飽以老拳，除了洩憤，更冀望能因此將兒子打醒，但漠然的兒子僅淡淡地回了一句：「現在誰才是〔失去理性〕的狂熱份子」？相較之下，史密斯的孟加拉移民父親似乎對兒子的宗教狂熱多了些同理心，因為「他知道那種乾旱，他嘗過那種人在異地才會有的乾渴——令人害怕又揮之不去——一種持續一輩子的乾渴」。古雷西的故事似乎預示了那對父子日後將形同陌路，而恪守教規的伊斯蘭聖戰士恐怕也不會還俗了，但史密斯的馬吉德和米列特或許在數百小時的社區服務後，能學會不要把生命浪費在讓他們生活太複雜的事務上，並重新與和他們有相同身份特質的人產生連結，然後在英國這塊土地上打造一座屬於他們自己的「千禧花園」。

在呼應古雷西冷峻的批判之外，史密斯和魯西迪一樣，都慣以笑中帶淚的敘事手法直指偏執狂的荒謬行徑帶給個人及群體的傷害。收錄在魯西迪《東方，西方》短篇故事集裡的〈先知的頭髮〉，就是壓垮文明與理性的那根稻草。某日清晨開設錢莊賺取高利的父親正準備出門收帳，在停放私人小船的岸邊撈起了一個精緻的小玻璃瓶，裡面裝著一根頭髮，他立刻得知那是遭竊的先知的頭髮。擁有聖物的父親搖身一變成為虔誠的穆斯林，旋即在晚餐桌上如數家珍地列出家中每位成員違反教義的行為，並用刑鞭打一對回嘴的子女。憤怒的兒子知道這一切的始作俑者就是那個裝有先知穆罕默德頭髮的小瓶子，只要把它放回清真寺一切就可船過無痕，所以他潛入父親書房，順利找到聖物後隨手放進長褲口袋，孰不知褲袋竟破了個洞，這是母親在家務上從未發生過的疏忽，興許是她被丈夫主動吐實的婚外情以及連串的家暴事件給嚇得分心了，就在兒子準備跨步上船去物歸原主時，那裝著先知頭髮的瓶子竟從破洞掉出落入水裡，兒子毫無察覺地乘船離去，瓶子則被尾隨的父親發現從水中撈起；寶物再度落入父親手中，其代價就是家毀人亡。先知的頭髮最終由警方歸還清真寺繼續供信徒膜拜，然而錢莊主的家庭悲劇就像是腐壞的白牙，「沒有回頭的機會了」。

無獨有偶，史密斯作品中也有類似的笑中帶淚情節。在《白牙》的〈臼齒〉部分，愛瑞、馬吉德和米列特因參加收穫節社區活動去拜訪二戰白人老兵漢彌頓先生。他牙口不好，三個年輕人準備的蘋果、雞豆和炸薯片對他而言都太硬了，唯一能送入嘴裡的就只有椰子裡的椰漿。接著漢彌頓先生當起潔牙大使，提醒三人牙齒保健的重要，畢竟哺乳動物一生只有兩次換牙的機會，不過打仗時「把牙齒刷得雪白」絕非明智之舉。漢彌頓在「黑得跟雞寮一樣」的非洲剛果打仗時，辨識被德軍徵召入伍的那些「黑鬼」的唯一方式就是他們「雪白的牙齒」，只要看到一道白光從眼前閃過就「砰」地開槍，一個「可憐的狗雜種」就「開膛破肚」地躺在漢彌頓腳下，這就是槍火下的優勝劣敗。漢彌頓告訴三個年輕人的「白牙」故事乍聽之下荒誕可笑，但種族極端主義者的傲慢反彰顯了人人生而平等這個普世價值的重要，不論是史密斯故事裡「外黑內白的椰子人」、外黃內白的香蕉人、或是「跟撲克牌黑桃一樣黑」的人，但凡生為人，無論人種膚色牙齒都是白色。種族主義者漢彌頓也知道這個道理，但他卻以此警告馬吉德不要吹噓自己父親是二戰英雄，因為說謊會爛牙，一旦細菌開始腐蝕牙齒就「沒有回頭的機會了」；一旦極端主義開始侵蝕人類的普世價值並任由其孳長，我們就回不去了。

莎娣．史密斯筆下的移民大多來自前殖民地，宗教信仰也非常多元，這群異鄉客共同紮根在熟悉又陌生的西北倫敦努力追求想要的幸福，於此同時也嘗試更進一步認識那一直住在心裡的陌生人。閱讀莎娣．史密斯的倫敦書寫不僅拉近讀者與作家的距離，在一個有意義的程度上，也讓我們重新思索人與人的距離。拿她筆下的陌生人故事做為丈量標準，我們與陌生人的距離大約是三十五公分——閱讀時的最佳護眼距離。

導讀

理想人生黑幫電影

作家 張惠菁

有時候，讀一本幽默的小說像是在看角色們作一些我們自己會做的蠢事，只是加倍蠢、放大蠢。看小說家把一件蠢事像籃球轉播慢動作解析那樣，停格，重來，一個跨腿一個阻擋一個跳躍地仔細講解過後，我們覺得獲得了對那愚蠢精闢入裡的認識。以至於下次自己在幹同樣的蠢事時，幾乎可以沾沾自喜起來。

為什麼只能沾沾自喜，而不能從此戒絕不犯呢？既然都已經知道那是蠢事了。可能是因為，大部分的蠢事——尤其是其中最蠢的那些，跟你心目中執迷地珍視為理想或人生目標的東西是那麼地接近，以至於到頭來很難區分理想和愚蠢，很難痛下那割除腫瘤的一刀，而不把整個肝臟一起切了。

對於小說《白牙》中，孟加拉移民第一代的父親山曼德而言，那是另一塊母土。比起他千里迢迢移民過來的這個地方，故鄉母土顯得美好而值得懷念：信仰總是純粹的，生活是杜絕了汙染的，沒有電動玩具或是婚前性行為。以至於他身在倫敦，卻要不斷地想像故鄉，虛構故鄉。虛構到他開始相信，應該要把兒子送回去，來一趟反移民，才能得到最完美神聖的教育成果。

對第二代的大兒子馬吉德而言（他就是那個被父親送回巴基斯坦的兒子），他想去的是科學許諾的未來，生物都用基因工程修補過，身體瑕疵當作一個寫錯的鉛筆字那樣擦掉，皮膚上的痤瘡都可以一勞永逸地解決。

至於小兒子米列特呢，那是黑幫電影。最好像個教父那樣坐在高背椅裡，一半臉孔隱在暗影中。一動手指就有人幫你掏槍轟掉坐在艙聽吃義大利麵的那些小嘍囉，搞得滿地番茄醬。

黑幫電影？沒錯。如果我們把這本小說中，各個角色深藏在內心中的渴望條列出來，則故鄉基本上等同於一部黑幫電影。說穿了，身為移民第一代的父親山曼德，他全心相信與渴望、不惜把兒子送回去接受純粹宗教教育的故鄉，其實和小兒子米列特迷戀的黑幫電影，或是荷坦絲相信的世界末日福音，甚至可憐的愛瑞那無望的愛情，都是同樣的作用。──這些角色暗地渴望著另一個世界，期待在那裡分配到比他們真實身分更稱頭些的角色。他們強調自己是革命者後裔，再不然就想像自己是教父（或上帝的選民、滿頭自然捲變成滑順直髮的大美人……）雖然，表面上，前者是一個失根的移民第一代對家族記憶的嚴肅追想，後者是一個青少年看太多好萊塢暴力電影引致的不良後果，但不知為何，這一切在《白牙》裡都荒謬地像是同一回事……

實際上，他們是住在倫敦近郊的一群小人物。但似乎都期待著一個更崇高、更有力量些的自我。他們住在倫敦有點像是諸神走錯路來到了人間，只好在這兒吵個不停。而他們想像的那種崇高與力量，只有在一個不是「現在」、不是「這裡」的非凡的異世界（戰爭、革命的大時代，或是電影裡的黑社會）才可能發生。

可惜二十世紀末的倫敦遠非那樣的神奇世界。戰爭早就結束了，那時沒搭上英雄列車的人，現在想補票也沒機會了。結果是，為了接近那個想像的世界，只得用一些「替選方案」來代替。熱愛黑幫電影的米列特，沒有幫派可混，只好去加入宗教狂熱組織。自命為科學家、光榮退役軍人的山曼德，現實生活裡是個餐廳服務生，只能對著客人嘮叨他的科學知識，在家長會發表宗教使命宣言，或是到酒館裡對著酒保講那個已講過上百次的曾祖父起義抗英史……

好像人人都沒法過上那個夢想的生活，只剩下一點替代品。或者，是因為那個異世界的存在，才使得現實裡的一切一無例外地都成了替代品呢？從光榮的歷史來到平庸的現在，渴望為個什麼崇高的理想流血獻身，可最後唯一能貢獻熱血的對象，也不過是一隻貪得無厭的蚊子罷了。

莎娣・史密斯似乎急著拆穿這一切。有時你真要想，在她嘻笑幽默的底層，其實是隱藏著憤怒，憤怒於角色們的虛假裝飾，憤怒於他們將軟弱偽裝成崇高的理念，並藉以振振有詞。憤怒與荒謬總是比鄰的。因為憤怒所以戳破世界的荒謬。你幾乎要想，這部小說很接近愛瑞在公車上那場精采的情緒爆發。接近小說的末尾，愛瑞終於對這些環繞在她身邊吵個不停的爸爸媽媽伯伯阿姨們爆發了。但那憤怒的爆發其實是一次最無助的展示。她其實是無計可施的，大人們那些毫無根據的信念、那些理想人生替選方案、甚至連替選方案都實現不了的挫敗感，這一切洶湧而來，把她的人生弄得吵雜逼仄。而她無力屏擋。她渴望的東西其實很簡單，不過就是一點安靜，怎麼竟那麼難。在這群人人有話要說，有怨要抱，有理念要貫徹，有世界要改造的迷途諸神中尋找安靜，彷彿在泥濁洶湧的恆河裡撈取一顆失落的碎鑽石那樣難。

只是莎娣・史密斯比愛瑞更尖銳冷靜。她試著收起火氣，以揭露這些信念的愚蠢與荒誕，一層一層地拆開著那些替代品，愛情，宗教，科學，教育……直拆到空無的核心。連故鄉，連愛情，連宗教……都不過等同於一部黑幫電影。

阿奇

一九七四，一九四五

因為某種原因，現在再小的事情，都是無比重要。因此，當你說出某件事是「沒任何關連」時，聽起來是很不敬的，因為你怎麼知道——該怎麼說呢？——你怎麼知道，我們的哪個動作，或哪個不動作，會不會就這樣決定了什麼呢？

——《天使卻步之地》，E．M．福斯特

1 阿奇瓊斯的奇特再婚

晨光之初，世紀之末，魁可塢百老匯街。一九七五年一月一日清晨六點二十七分，艾爾佛特．阿奇博德．瓊斯穿著燈芯絨裝，坐在一輛灌滿廢氣的雪佛蘭廂型車內，頭靠在方向盤上，希望即將降臨的審判不會太難熬。阿奇全身疲憊不堪地呈十字型往前傾，下顎鬆垮，兩隻手臂向外攤開宛如墜落的天使。雙拳緊握，左手拿著陸軍勳章，右手握著結婚證書，他心中已然決定要帶著所有的錯誤離開。綠燈閃過眼前，顯示了一個他已不打算遵從的右轉號誌。他屈服了，也準備好了，在擲出硬幣做了決定之後，也打算貫徹到底。這是一個心意堅決的自殺行動，也是他新的一年立下的願望。

阿奇的呼吸開始失調，眼神也模糊起來，但仍意識到死在這條街上似乎是個奇怪的選擇。第一個隔窗發現他癱倒的人會覺得奇怪，呈報這個案子的警察會覺得奇怪，被叫來寫份五十字報導的記者會覺得奇怪，看到這份報導的親友們也會覺得奇怪。魁可塢夾在雄偉的混凝土多廳戲院和兩條大馬路口之間，實在什麼都不是。這不是人們會選來結束生命的地方，大家來這裡都是為了接A41公路到別的地方去。但阿奇瓊斯卻也不想死在某個遙遠舒適的森林裡，或是綴有細緻花草的懸崖邊。阿奇認為，鄉下人就該死在鄉下，城市人就該死在城市，這才是所謂的生死如一。照這麼說來，阿奇博德就該死在這條齷齪的街道上，四十七歲的他淪落到孤獨一人生活在一間廢棄商店上的破單人房裡。他不是那種會詳細計畫的人，比如寫遺書或交代喪禮什麼的。他根本就不是那種喜歡大搞花樣的人。他所求的只是些許寧靜，拜託周遭安靜一點好讓他專心。他希望此刻寧靜無聲，像是無人的告解室，或是腦中思緒閃過，言語卻尚未成形的一刻。他要在店家開門前了斷自己。

一群鴿子不知從哪個角落飛了過來，眼看就要落在阿奇的車頂，其實只是為了在最後一刻來個令人讚嘆的迴旋，猶如曲球一般優雅飛行，最後停在有名的休斯·以實馬利回教屠宰店上。阿奇已經無力為其所見大驚小怪，不過看著牠們泄下的排泄物將整片白牆染紫，心中倒是暖暖一笑。他看著鴿群停在肉鋪的排水槽上，伸長頸子東張西望。他望著鴿群看著鮮血從肉鋪裡的死屍上緩緩流下。這些死雞死牛死羊吊在鉤上，活像店裡賣的衣服。不幸的畜牲。鴿子對於不幸的事總有難解的感應力，才會只從阿奇的身邊經過。阿奇顯然並不知道，儘管車內的吸塵器正不斷將廢氣從排氣管灌進他的肺裡，那天早上幸運之神還是與他同在。幸運宛如清晨的露珠，薄薄覆蓋在他身上，就在他的意識在模糊與清醒之間掙扎時，或許是星球的位置，或許是宇宙的旋律，抑或者是中非的虎蛾正拍打著透明的翅膀，反正就是一堆讓這些鳥事發生的東西決定要給阿奇第二次機會。總之，某處的某人，出於某種原因，決定要讓阿奇繼續活下去。

休斯·以實馬利屠宰店的老闆叫穆（罕默德）·休斯·以實馬利，像頭牛似的大塊頭，一綹頭髮先上再下，最後紮個鴨尾髻。穆先生相信，對付這些笨鴿得從問題的根源著手：不是鴿子的排泄物，而是鴿子本身。鴿糞不鳥（這是穆先生的箴言），鴿子才鳥。阿奇差點死成的那天早晨，對休斯·以實馬利屠宰店來說，倒是一如平常。穆先生挺著巨大的肚子來到窗檯邊，傾身向前揮舞著手中的屠刀，試圖阻止那些紫色排泄物滴落。「滾開，滾遠點，你們這些只會拉屎的王八蛋。嘿！打中六隻！」

基本上這算英式板球的一種，不過是移民版的板球，一次打擊的最高紀錄就是六隻鴿子。

「法里！」穆先生打勝仗似地揮動手上血跡斑斑的屠刀，對著街上粗嘎喊道。「該你了，小子，好了沒？」

法里就站在穆先生底下的人行道上，一個嚴重過胖的印度男孩，因為街角學校誤判工作經驗而淪落至此。他仰頭往上看，宛如穆先生丟出的問號下那個沮喪的黑點。法里的工作就是奮力爬上樓梯，撿起一塊塊的鴿屍，裝進超商的購物袋，綁好袋子，然後丟到街道另一頭的垃圾桶裡。

「快點，肥仔。」穆先生店裡的廚房工人大叫，他每說一個字就用掃把柄戳一下法里的屁股。「快、點、移、動、你、的、印、度、象、軀、肥、仔、把、爛、掉、的、鴿、子、搬、下、來。」

穆先生抹去額前的汗珠，鼻子哼的一聲朝魁可塢望去，掃視街上被街坊酒鬼拿來當露天沙發的廢棄輪椅和幾條地毯，吃角子老虎店，散落的油膩湯匙和小計程車，全都布滿了鴿屎。穆先生相信，這條街的居民總有一天會感謝他現在的每日一殺；總有一天，這裡的男女老少再也不需要什麼一比四的清潔劑和醋來清理從天而降的鳥屎。穆先生神情嚴肅地覆誦，鴿糞不鳥，鴿子才鳥。穆先生是整個社區唯一了解這個道理的人。正當他覺得自己很有禪味，覺得這是個造福眾人的想法時，他瞥見了阿奇的車子。

「艾許！」

一個瘦骨如柴，模樣狡詐，留著八字鬍的男人，全身上下穿著四種深淺棕色的衣服，從店門口走出來，手上還沾著鮮血。

「艾許！」穆先生差點發飆，他手指著阿奇的車子。「孩子，我就問你一次。」

「怎麼了，阿爸？」艾許問，兩隻腳踮來踮去。

「這他媽的是什麼東西？這輛車在這裡做什麼？我六點半有貨要到，十五隻死牛六點半就會到這兒，我要卸貨。這是我的工作，懂不懂？有肉要送來，現在是什麼……」

穆先生一臉莫名其妙。「這裡不是清楚寫著『送貨區』嗎？嗯？」他指著一塊破舊的木頭，上面刻著「**全時段禁止在此停車**」。

「我也不知道，阿爸。」

「你是我兒子，艾許，我請你做事可不是要你不知道，『他』才不用知道。」說話的同時，穆先生將手伸到窗外，朝法里揮了一巴掌，法里正在清理排水槽，巍顫顫活像個走鋼索的人，冷不防後腦杓被狠拍了一下，差點沒栽下去。「我僱你來學事情，來分析情況，來為造物者無法解釋的黑暗宇宙帶來一點光芒！」

「阿爸？」

「去搞清楚是怎麼回事，然後叫他滾開。」

說完，穆先生隨即消失在窗邊。一分鐘後，艾許帶著答案回來了。「阿爸！」

穆先生的頭又從窗檯蹦出來，活像瑞士鐘裡的咕咕鳥。

「那人想毒死自己，阿爸。」

「什麼？」

艾許聳聳肩。「我對著車內吼，要他把車開走，結果他說『我在自殺，別管我』，就這樣。」

「沒有人可以在我地盤上自殺。」穆先生暴跳如雷，一邊下樓一邊怒罵。「這裡不准。」

穆先生立刻到了街上，走向阿奇的車，把塞在駕駛座窗的毛巾扯出來，再用蠻力將車窗硬生生地往下壓了十多公分。

「先生，你聽清楚，我們這裡不准自殺，這是屠宰店，懂嗎？老兄，如果你要在這裡自殺，得先把血放乾才成。」

阿奇慢慢把頭自方向盤上抬起。看著眼前這位汗流滿身，棕色皮膚的大號貓王，同一時間發現自己的小命仍在，阿奇突然有種頓悟的感覺。這是他打從娘胎出生以來，首次感受到生命的眷顧。這可不是單純的「好吧」或是「既然開始了，就繼續下去吧」的那種感覺，而是得到了一個堅定的訊息。生命要阿奇活下去。她忌妒地將他從死神嘴裡掏出來，再次擁他入懷。雖然阿奇不是她的模範生，但她還是決定留下他，而阿奇，出乎自己意料之外的，也想活下去。

阿奇瘋狂地搖下兩邊的車窗，猛烈吸了幾口深及肺部的空氣，吸吐之間還不斷感謝穆先生。他兩頰爬滿淚水，雙手緊緊抓著穆先生的圍裙。

「得了，得了。」這位屠夫邊說邊扳開阿奇的手，拍拍身上的灰塵。「快點走吧，有肉要送過來了，我可是做血肉生意的，不是心理治療，你應該到孤獨街，這裡可是魁可塢。」

倒車時，阿奇仍然滿嘴哽咽著感謝，他將車子駛出路邊，右轉離去。

阿奇瓊斯之所以自殺，是因為妻子歐菲莉亞——一個上唇有著淺髭，紫藍色眼瞳的義大利女人最近和他離了婚。但他會在新年早晨拿吸塵器的管子往嘴裡塞可不是因為愛她，而是因為共同生活了這麼久，他居然沒愛過她。阿奇的婚姻就像買了鞋，回家卻發現不合腳，又因為好看而忍了下來。突然，三十年過去了，這雙鞋居然自己站起來走出房子。她離開了。就在三十年之後。

在他記憶所及，兩人最初的邂逅就跟其他人一樣美好。一九四六年春天，他剛從戰爭的陰影中掙脫，蹣跚來到佛羅倫斯的一家咖啡館。服務的女侍歐菲莉亞．狄阿吉羅遞來一杯奶泡漫溢的卡布奇諾，她宛如太陽，全身裹著黃色的衣服，散發著溫暖，保證不難上床。兩人的邂逅好比矇著眼罩的兩匹馬。歐菲莉亞不知道女人在阿奇的生命中不像白晝般長久，因為他內心某處並不喜歡也不信任女人，除非她們戴著某種光環，否則阿奇根本不會愛上她們。但也沒人告訴阿奇，扯上歐菲莉亞的家族，表示扯上兩個歇斯底里的姑媽，一個對茄子說話的姑丈，還有一個衣服前後顛倒穿的堂哥。結果兩人結了婚，回到英國，歐菲莉亞很快發現自己犯了錯，沒多久就被他逼瘋了，而她頭上的光環也早早卸下，和一些沒用的裝飾品，還有他答應總有一天會修好的破爛廚具，一起堆在閣樓裡積灰塵。而吸塵器就在這堆東西裡。

耶誕節隔天早上，就是他把車停在穆先生屠宰店的六天前，阿奇回到位於亨登的雙併樓房想找回這臺吸塵器。這是這些日子以來他第四次到這閣樓上，把婚姻中一些有的沒的東西搬到他的新公寓去。而這臺吸塵器正是他最後要拿走的東西之一；一個又破又醜，但既然連房子都沒了，就死也要拿回來的東西。這就是離婚。從不愛的人身上拿回不想要的東西。

「又是你，」一名叫聖塔．瑪莉亞或是瑪莉亞．聖塔什麼的西班牙女傭來開門。「瓊斯先生，這次又是什麼？廚房水槽嗎？」

「那臺胡佛[1]。」阿奇冷酷地說：「那臺吸塵器。」

女傭將眼光從他身上移開，在離他鞋子不遠處的踩腳墊上吐了口痰，然後用西班牙語說：「請進，先生。」

這地方已經成了那些討厭他的人的避難所，除了這名女傭，他還得應付奧菲拉那一大家子義大利親戚、她的精神治療護士，調解會來的女士，當然還有奧菲拉本人，這會兒她正蜷著身子坐在這座瘋人院中央的沙發上，嘴巴含著貝利斯酒瓶發出牛鳴聲。阿奇光是通過敵人陣營就花了整整一小時又十五分，為了什麼呢？還不就是那臺破吸塵器，幾個月前還因為它反其道而行，硬是不把灰塵吞進去，反而吐得滿地，於是被拋在一邊。

「瓊斯先生，既然這裡讓你這麼不開心，你幹麼還來？講講理吧，你要那個做什麼呢？」女僕尾隨他爬上樓梯，手臂還夾著去汙劑之類的東西，說：「都壞了，你不會想要的，你看？對吧？」她插上插頭，證明開關已經不靈。阿奇拔起插頭，默默將電線纏繞在吸塵器上。既然壞了，他就要拿走。所有壞掉的東西他都要帶走。他要把屋裡每個壞掉的破爛東西修好，只要能證明自己不是一無是處。

「你真是沒用，」那個叫聖塔什麼的女傭追著他下樓。「你老婆腦袋有問題，你卻只會做這些！」

阿奇把吸塵器抱在胸前，拿到人多而擁擠的客廳，在好幾雙責備的眼神下，搬出工具箱開始修理起來。

「看看他，」其中一位披著大圍巾的義大利外婆，臉上黑痣算是比較少、比較好看的那一位說：「他什麼都要拿，知道了吧？那個她的腦袋，那個果汁機，還有那個舊音響，除了地板，什麼東西都那個給他拿走了，真是讓人看不下去……」

調解會來的那個女人即使在乾爽的日子都像隻溼漉漉的長毛貓，搖動她皮包骨的頭表示同意。「真是噁心，不用妳說也知道，太可惡了……當然，我們就是要來解決這些爛帳的。這簡直就是搶劫嘛，他應該……」

護士這時插話進來。「她不能一個人留在這裡，是吧？這男人是混蛋，可憐的女人……她需要一個合適的家，她需要……」

我人還站在這裡耶，阿奇很想脫口說出，我就站在這裡，活生生站在這裡，居然當著我的面。而且，那是「我的」果汁機。

阿奇不是那種會抗爭的人。聽她們你來我往地又過了十五分鐘，他只是默默用碎報紙測試，直到自己被一陣感覺淹沒。他發覺生命就像個巨大的行囊，太沉重了，因此就算會失去所有，如果能就這樣把行囊留在路邊，即便是朝黑暗走去，也還是輕鬆多了吧。你不需要那臺果汁機，阿奇仔，你也不需要那臺吸塵器。這些東西都太沉重了。放下你的行囊吧，阿奇，成為藍天下快樂旅人的一員吧。這樣有錯嗎？現在的阿奇，一邊聽著前妻及那些親戚

1 英國的胡佛牌吸塵器非常有名，後因賣得太好，大家遂以「胡佛」來代稱吸塵器。

的責難，一邊聽著吸塵器轟隆作響，不可避免的，最終的結局似乎就要來臨了。這跟上帝什麼的無關，只不過感覺像是世界末日罷了。他需要的不只是一杯廉價威士忌，幾根耶誕爆竹，或一盒草莓口味都被吃光，已經毫無價值的巧克力棒，來證明自己邁入新的一年。

他耐心修好吸塵器，並在客廳打掃起來，他以一種莫名其妙、有條不紊的徹底動作，推著吸塵器的管子，連最困難的角落都沒放過。他慎重地擲了一枚硬幣（正面，活著。背面，去死），當他發現自己看著一隻跳動的獅子[2]，倒也沒什麼特別的感覺。他默默拆掉吸塵器的管子，放進箱子裡，頭也不回地離開了那房子。

但要死也不是件簡單的事。自殺又不是那種可以列在「待辦清單」上，和洗鍋子或塞磚墊平沙發這種事放在一起的事情。這是一個不做事，決定放棄的決定；就像一個被遺忘的親吻。不管怎麼說，自殺總是需要膽量，只有英雄烈士那種自負的人才做得來。阿奇可不是這種人。他的重要性跟下面這些東西比起來還差不多：

海灘上的小卵石
落在海洋裡的雨滴
掉在乾草堆裡的針

於是，幾天下來，他漠視硬幣的決定，載著那臺吸塵器開車亂逛。到了晚上，阿奇透過擋風玻璃望著浩瀚的星空，再一次體認到自己在宇宙中的份量是那麼渺小、毫無寄託。他曾想過如果自己死了，會對這世界產生什麼影響，結果似乎是太渺小了，根本就無法衡量。至於其他時間，他都浪費在思索「胡佛」這兩個字到底是否成為吸塵器的通稱，還是像人家說的，不過是個牌子罷了。阿奇想事情的時候，那臺吸塵器就像一隻軟趴趴的大公雞躺在後座，嘲弄他無聲的恐懼，輕蔑他無能的優柔寡斷，恥笑他如小雞怯步不敢赴死。

結果，在十二月二十九號那天，他跑去見他的老友山曼德．彌亞．伊格伯。一個怎麼也想不到會成為他老朋友的老朋友：在那非得打仗的年代，和他並肩作戰的孟加拉穆斯林。山曼德令他想起那場戰爭，一場讓別人想起油膩培根和彩色褲襪，卻讓他想起槍聲、牌戲和濃烈異國酒香的戰爭。

「阿奇，親愛的朋友，」山曼德用溫暖熱誠的聲調說：「你非得把老婆這些鳥事忘掉不可，嘗試新的生活，這才是你要的。算了，不說這些了，我跟你五便士，再加五便士。」

他們坐在兩人近來常去的歐康納爾撞球酒吧裡，用三隻手玩著撲克牌，兩隻阿奇的，一隻山曼德的。山曼德的右手廢了，皮膚灰糙糙的連動都不能動，除了還有血流過，整隻手基本上就是廢了。這個他們每晚一起用餐的地方，一半是酒吧，一半是賭場，由一個伊拉克家族所經營，他們一家子的皮膚多半很糟。

「你看我，娶了艾爾沙娜讓我有了新生活，你懂嗎？為我開啟了新的可能性。她那麼年輕，那麼有生命力，就像一口新鮮的空氣。你想聽我的建議？我的建議就是，不要活在過去了，那種日子有病，阿奇，對你沒好處，完全沒好處。」

山曼德滿心同情地看著阿奇，因為他是真的關心他。他們的同袍情誼因為五大洲的隔

---

2 英國的十便士錢幣一面為人頭，一面為獅子。

闋而分離了三十年，但在一九七三年春天，山曼德來到英國，一個中年男子帶著他二十歲的新婚妻子，嬌小、圓臉、有一對精明雙眼的艾爾沙娜・貝吉，來尋找新生活。突然的懷舊之情，加上阿奇是他在島上唯一認識的人，山曼德費力找到阿奇，並尾隨搬到倫敦這一區來。自此，某種情誼便在兩個男人之間穩穩緩緩地重新燃起。

「你牌打得像搞玻璃的。」山曼德說著，放下手中致勝的皇后配對，並用左手拇指優雅的把牌攤開，落在桌上像一把扇子。

「我老了，」阿奇說，把手上的牌丟到桌上。「我老了，現在還有誰會要我？第一印象就很難說服人了。」

「胡扯，阿奇，你還沒遇到你的真命天女哩。至於奧菲拉，阿奇，她不是那個人。從你給我的感覺她根本就是個錯誤的選擇。」

他又提到奧菲拉的瘋狂，提到她常自以為是十五世紀有名的藝文愛好者柯西莫・麥地奇[3]的女侍。

「她根本就是生錯也活錯了年代！她不屬於我們這個年代，甚至不屬於這個世紀。現代生活讓那女人沒頭沒腦一團亂。她的腦袋瘋了，神經有病。而你呢？就像從儲物櫃裡拿錯了東西，現在要把它還回去。而且，她也沒給你生小孩……沒有小孩的生活，阿奇，要它有什麼用呢？不過，還是有第二次機會的，喔，沒錯，生命是有第二次機會的。相信我，我最了解了。你啊！」山曼德用那隻廢掉的掌緣把桌上的十便士往自己的方向扒，然後說：「根本就不該娶她的。」

真是該死的後見之明啊，阿奇心想，不過永遠都是真知灼見。

然而，在他們討論過後兩天的新年清晨，刺骨的痛苦讓阿奇再也無法堅守山曼德的建議，決定毀滅他的肉身，結束他的生命。他要解放自己，把自己從那條帶他走上許多岔路，引導他進入黑暗而精疲力竭，該有麵包屑指引卻被小鳥啄光的生命道路中解脫。

當車子裡開始瀰漫廢氣，過去的生命倏地在他面前重演，一齣毫無啟發性的短劇，不僅沒啥娛樂價值，而且抽象得有如英國女皇的演講。童年昏暗，婚姻失敗，加上沒前途的工作，這種老掉牙的組合，全都快速、靜靜在眼前播映過去。這當中沒什麼對白，感覺就跟當初演出時沒兩樣。阿奇雖然不怎麼相信命運，但事後回想起來，又隱約覺得他的命是經過特別安排的，就像公司挑給他的聖誕禮物，老早就選好了，而且和別人的一個樣。

當然了，這中間是有一場戰爭，他還親身參與其中，不過只在最後那一年。當時他年僅十七歲，不過這根本不算什麼。他不是在前線打戰，完全不是那麼回事。他和山曼德、老山曼德、小山曼德的故事可有得說了，而且，如果有人有興趣看，阿奇腿裡還留有一些

---

3 十五世紀的佛羅倫斯政壇主權一直掌握在一些富有的家族或黨派手中。其中尤以麥地奇家族（Medici）為主。建立麥地奇王朝的是傑出的銀行家喬凡尼．迪比奇（Giovanni di Bicci），這位麥地奇家族族長在西元一四二九年，把權力順利移轉給他的兒子柯西莫（Cosimo）。柯西莫這位喜歡文學藝術的統治者，開始聚集各種人才為佛羅倫斯開創精神層面的財富；接著的數代麥地奇統治者，延續此種方針，終於使佛羅倫斯成為文藝復興運動開花結果的城市。

砲彈屑呢。不過沒人感興趣，沒人想再去談這件事了，它就像條木棍腿，難看的痣或幾根鼻毛，人們會刻意迴避。如果有人問阿奇。「那你這輩子做了什麼？」或「你最難忘的回憶是什麼？」如果他還是說戰爭，那就請上帝救救他吧，結果就是大家意興闌珊的眼神陸續移開，手指隨便彈幾下，每個人都願意請喝一杯，就是沒人真的有興趣知道。

一九五五年夏天，阿奇穿上他最好的尖頭皮鞋到佛里特街[4]，想找份戰地記者的工作。結果眼前那個矯揉做作、細聲細氣細八字鬍的人說：「你有什麼經驗，瓊斯先生？」阿奇做了說明，全跟山曼德和他們的邱吉爾坦克有關。結果那個娘娘腔傾身向前，一副了不得又自以為是的說：「我們要的不是只有打過仗而已，瓊斯先生，打過仗其實算不上相關經驗。」

就這樣，不然還能怎樣？參戰是不代表什麼，一九五五年那時候是這樣，到現在一九七四年更是如此。他以前所做的，現在都不重要了。當初所學的技巧，根據現在的講法，是沒有意義，不能轉換的。

還有別的經驗嗎？瓊斯先生？

但該死的就是沒有啊！英國的教育體系早在多年前便設好圈套讓他跳，還暗自竊笑。幸好至今他對東西的樣子和形狀還有很好的眼力，這也是為什麼他最後會在摩根希羅找到工作的原因。二十年來他一直在攸斯頓街的這家印刷公司，研究各種不同的東西該怎麼折——信封、直寄廣告郵件、目錄、傳單等等。是沒什麼特別的成就啦，但你會發現東西真的需要折疊，必須有重疊的地方，不然生命就會像大幅海報一樣，在多風的街道上飄搖，讓人看不到重要的部分。倒也不是說阿奇閒得沒事去管這些海報，只是如果他們連海報都懶得折好，他又何必費勁去看上頭說些什麼呢？（而這也是他很想知道的地方。）

還有呢？這個嘛，阿奇也不是一直在折紙。曾幾何時他也是個跑道自行車手。阿奇之所以喜歡跑道自行車是因為可以一直繞圈子。一圈又一圈，一次又一次地讓你有機會更熟練一點，成績更快一點，把事情做到最棒。儘管如此，阿奇卻從來沒進步。六二．八秒，就這樣。這算是個不錯的成績，甚至可以說是世界級的標準。但三年下來，他每圈都是六二．八秒，一秒不差。其他選手常藉著休息時間停下來看他，他們一手把自行車靠在跑道斜坡上，一手看著腕表為他計時。每一圈都是六二．八秒。這種無力改善的情形還真是少見。不過話說回來，這樣的始終如一更像是一種奇蹟。

阿奇喜歡跑道自行車，一直以來也都騎得不錯，還因此給了他唯一的美好回憶。一九四八年，阿奇參加了倫敦奧運，和名叫荷斯特．伊貝爾高夫特的瑞典婦科醫生並列第十三名（成績六二．八秒）。不幸的是，這事因為某個笨祕書隔天早上喝杯咖啡回來，腦袋裡不曉得在想什麼，竟然在謄錄名冊的時候硬生生把他的名字漏掉，結果使他在奧運的紀錄上被除名。這位小姐就這樣讓阿奇的名字卡進沙發扶手裡，再也不復記憶。唯一能證明整個事件的證據，就是這幾年來荷斯特定期寄來的信。像這樣：

親愛的阿奇博德：

隨信附上相片，是我和我的好老婆站在自家花園裡。在我們身後是一個不大雅觀的工

---

4 倫敦報社街。

地。雖然現在稱不上世外桃源，但我要在這裡建一座簡陋的賽車道，當然不是我們參加的那種，但也足以符合我的需求。它規模小了很多，但你知道，這是為了我們將來的小孩蓋的。我在夢中看到他們騎來騎去，醒來時臉上還留著光榮的微笑呢！賽車道完工之後，你可一定要來找我們。還有誰比你更有資格來啟用你摯敵的跑道呢？

荷斯特．伊貝爾高夫特

一九五七年五月十七日

還有這張，在阿奇差點歸西那天，放在他儀表板上的明信片。

親愛的阿奇博德：

我開始學豎琴了。你也可以說這是我的新年新希望。最近我發現，心裡的那隻老狗再老，要牠學些新把戲還是不嫌晚，你說是吧？我跟你說喔，那種樂器放在肩上還真重，但聲音真是有如仙樂，我老婆還覺得我因此變得很感性哩。不過她對我以前騎自行車的狂熱可就沒這麼好的評語了！但是阿奇，除了你的老對手我，也只有像你這樣的小老弟方能體會自行車的樂趣。

荷斯特．伊貝爾高夫特

一九七四年十二月二十八日

比賽結束後他就沒再見過荷斯特，卻深情依依地記得他是個大塊頭，紅髮略帶金黃，有橘色雀斑，鼻孔不太對稱，衣服穿得像國際花花公子，而且體型對他的自行車來說似乎大了些。比賽之後，荷斯特抓著阿奇一道喝得爛醉，還在蘇活區找了兩個看來和他很熟的妓女（荷斯特還曾為此做了一番解釋：「我常到你們的美麗首都出差，阿奇博德。」）阿奇最後一次看到荷斯特是在一家奧運指定宿舍裡，阿奇不想卻不小心瞥到他那兩粒粉紅色的大屁股在隔壁房間上上下下。隔天早上，服務臺上就躺著大塊頭筆友給他的第一封信：

親愛的阿奇博德：

在我們這個工作加競爭的綠洲世界，女人還真是甜美的清新劑，你說是吧？很抱歉我必須早點離開去搭飛機，但我可警告你，阿奇，別把我當外人喔！現在我和你就像比賽當時那麼親近！我告訴你，誰要說十三是倒楣數字，根本就是白痴更甚你的摯友我。

荷斯特．伊貝爾高夫特

p.s.：請務必讓戴瑞亞和梅蘭妮安全回到家

戴瑞亞是跟阿奇的那位。瘦得之可怕，肋骨好像龍蝦網，而且絲毫沒有胸部可言，但還算是可人的那一型：善良、親吻很溫柔、喜歡戴長絲質手套來炫耀她的雙關節手腕。當她戴回手套，穿回褲襪，阿奇記得自己無助地說了一句。「我喜歡妳。」她轉過身來，笑了。雖然這是她的工作，但阿奇感覺得到她也喜歡他。或許他那時應該馬上和她分開，逃到山上。但在當時似乎是不可能的，牽絆太多了，他如果跑了，那他年輕的老婆怎麼辦？

（後來才知道她所宣稱的懷孕原來是她瘋狂編出來的大騙局。）而且他那不管用的腳怎麼跑？要是沒有山他又要往哪跑去？

怪的是，阿奇昏厥過去前的最後瞬間，掠過他腦海的正是戴瑞拉。一個他二十年前光顧過的妓女和她的微笑，使他在救命恩人穆先生的圍裙上撒滿了喜極而泣的眼淚。他在腦海中看到她，一個站在門口的美麗女子，臉上露出「過來這兒」的表情；他後悔自己沒有過去。如果再看到那樣的表情，他會再要求一次機會，他會要求更多時間。而且不只這一刻，還有下一刻，和下下一刻——他會要求世上所有的時間。

那天早晨稍後，阿奇開著車在瑞士別墅圓環狂飆了八圈，他把頭伸出窗外，正好一陣冷風灌進他後面的牙齒，好像一記凛風拳。他心想：老天，被混蛋救起來的感覺原來就是這樣。好像剛從別人手裡接來一大堆時間。他繼續開車，直接路過他的公寓，路過道路指標（漢敦三又四分之三），像個鄉巴佬一樣狂笑。遇到紅綠燈時，他把十便士往上一丟，看見就連銅板也同意讓命運帶他走向新生，因而面帶微笑，就像被人帶著走到轉角的狗。一般說來，女人做不到這點，但男人卻保留了這種拋棄家庭和過去的原始能力。他們輕輕鬆鬆就能為自己鬆綁，就像拔掉假鬍鬚，然後默默潛回社會，完全變了一個人，讓人認不出來。同理，全新的阿奇就要誕生了。我們在旅程中遇到他，現在的他正處於那種告別過去，迎接美好未來的心情，那種這個也行、那個也好的心情。阿奇來到岔路，把車放慢下來，從後視鏡檢視自己不太突出的臉，然後隨意選了一條以前沒走過的路，一條往女王公園的社區道路。別了，就此拋掉過去往前走吧！阿奇仔，他告訴自己；做得好，老天爺，別再回頭了。

提姆·威斯利（人稱默林）終究還是去應了那個響不停的電鈴。他從廚房的地板爬起來，穿越一狗票躺在地上的身軀打開大門，迎面而來的是一個從頭到腳穿著灰色燈芯絨裝，手掌放著十便士硬幣的中年男子。默林後來提起這件事情，說，不管什麼時候，燈芯絨還真是一種讓人很有壓迫感的布料。房東會穿，稅務人員會穿，歷史老師還會在手肘部位加上皮革補釘。如今迎面而來這麼一大坨燈芯絨，而且是在新年第一天的早上九點鐘，光是它所釋放出來的負面能量就是足以致命的異象。

「什麼事？老兄，」默林瞇著眼，從門縫看著門口這位身裹燈芯絨，沐浴在冬陽下的男人。「這次是百科全書還是上帝？」

阿奇發現這孩子會將頭從右到左、大大地轉上一圈來強調某些字眼，讓人覺得好緊張，而且他轉完後，頭還會點個幾下。

「如果是百科全書，我們已經夠了，像是，呃，資訊什麼的……如果是上帝，那你就找錯地方了。我們這已經是天堂了，你懂我的意思吧？」默林把話說完，一邊點頭一邊就要把門關上。

阿奇搖搖頭，露出微笑留在原地。

「呃……你還好吧？」默林的手仍然放在門把上。「需要我幫什麼忙嗎？你是不是嗑了什麼藥？」

「我看到布條了。」阿奇說。

默林拉了拉關節。「布條？」他頭朝阿奇目光的方向看去。樓上窗戶掛著一條白色床單，上面寫著幾個彩色大字：**歡迎參加一九七五年「世界末日」舞會**。

默林聳聳肩。「喔，抱歉，老兄，顯然不是真的世界末日。這算掃興，還是大幸，」他友善地加了一句。「就要看你自己怎麼覺得了。」

「是大幸，」阿奇熱切地說：「百分之百，實實在在的大幸。」

「那你是不是……呃……喜歡那個布條？」默林一邊問、一邊往門後退一步，以防這男人有暴力傾向還是精神分裂什麼的。「你該不會是認真的吧？那只是個玩笑，你懂嗎，沒什麼特別的意思。」

「這樣說吧，它吸引了我的注意，」阿奇仍然像瘋子一樣神采奕奕。「我剛好開車經過，想找個地方，你知道，能讓我喝杯酒，慶祝新年，講些狗屁倒灶事情的地方，因為我早上過得糟透了。不過我卻得到一個靈感。於是我丟銅板做決定，心想：有何不可呢？」

默林對於整段對話的進展顯得有點困惑。「呃……舞會已經差不多結束了，老兄。而且，我想你的年紀有點超過……你懂我的意思吧……」默林變得笨拙起來。在寬大的嬉皮上衣底下，他其實是個心地善良的中產階級男孩，對長輩還是有幾分尊敬。「我的意思是……」他尷尬地停了一會，才開口說：「我們的聚會你可能不太習慣，是年輕點的人玩的那種聚會，有點像性派對的那種。」

「但我之前還要更老！」阿奇捉狹地哼著十年前巴布．狄倫歌裡的歌詞，一邊把頭伸進門裡。「現在的我年輕多了。」

默林從耳後摸出一根香菸點上，皺起眉頭。「老兄，你聽著，我不能讓街上隨便某個人進來，懂嗎？你可能是警察、怪咖，或是……」

然而，阿奇的臉透著某種訊息：壯碩、無辜又親切的期待者。讓默林想起沒和他住在一起的父親，史奈布魯克區的牧師，和他每星期日在教會布道時所說的話。「嗳，媽的，新年嘛，管他去死，你進來吧！」

阿奇從默林身邊走過，走進長長的走廊，走廊上有四個房間，門都開著，還有一個樓梯，通到樓上，最後面則是一個花園。各式各樣的東西散放在地上，有動物，礦物和植物。走廊上有張大床，床下睡了一堆人，從走廊這頭一直癱到那一頭。阿奇每往前一步，腳底下的人就如紅海般自動移開。房間裡的幾個角落，還可以看到有人在分享體液：親吻啦、餵奶啦、做愛啦、嘔吐啦，所有在阿奇訂閱的小報周日特刊上提過的性愛派對上可以看到的事情。阿奇索性考慮了一下是否要加入戰局，讓自己迷失在這片軀體汪洋中（反正手上一下多了這麼多全新的時間，這麼多這麼多，多到都從指縫溢出來了），不過他最後還是決定來杯好酒。他躲躲閃閃直到走廊盡頭，再踏進冷風颼颼的花園。有人因為懶得在溫暖的屋子裡找一塊窩身地，便選擇到這冰冷的草地上待著。阿奇腦中想著威士忌加琴酒，便朝野餐桌走去，桌上有個形狀顏色看起來都很像傑克丹尼爾威士忌的東西，彷彿空酒瓶沙漠裡的海市蜃樓。

「我可以喝一點嗎？」

兩個黑人男子，一個上身赤裸的中國女孩和一個身穿長袍的白種女人，醉醺醺地坐在桌旁的木椅上。阿奇手伸向威士忌的時候，那白種女人搖搖頭，做了個熄菸的動作。

「親親，那瓶裡恐怕只剩菸草水了，不知道哪個王八蛋把菸丟進去，把好好的威士忌搞餿了。這裡還有香梨氣泡酒和其他爛貨。」

阿奇為這個警告和善意的招待感激地笑了。他拿了張椅子，為自己倒了一杯萊茵白葡萄酒。

幾杯下肚後，阿奇完全記不得是怎麼和克里夫、李奧、王希和派翠尼亞親密起來的。就算轉頭不看，只要一隻炭筆，他也能畫出王希乳暈上每一個皺起的雞皮疙瘩，還有派翠尼亞講話時散落在臉上的零星頭髮。到了早上十一點，他已經愛死了他們，他們就像他不曾擁有的小孩。而他們也告訴阿奇，到像他這等年紀還有這樣的靈魂氣質，實在難能可貴。每個人都同意阿奇的身上竄流著某種強烈的正面能量，大得足以讓一個屠夫在關鍵時刻把窗戶拉下來。他們後來發現，超過四十歲還受邀參加這個聚會，阿奇是頭一個。而且之前就一直有人反應，想要年紀大一些的性對象，以滿足那些喜歡冒險的女人。「太棒了，」阿奇說：「真是太妙了，那就是我囉。」他覺得和大家親密透了，以至到了中午左右，當他們的關係突然變成敵對狀態的時候，還真把他搞糊塗了。他發現他的腦袋因為宿醉隱隱作痛，而且還陷入關於二次大戰的芭樂爭辯中。

「真不知道我們怎麼會討論到這個的。」王希咕噥。大家決定進屋裡時，她終於把自己給包了起來，用阿奇的燈芯絨外套披在她嬌小的肩膀上。「我們不要討論這個了，要討論這個我寧願去睡覺。」

「我們討論了，已經討論了。」克里夫大聲嚷嚷。「他們那一代的問題就出在這兒，他們以為可以控制戰爭，以為戰爭只是……」

阿奇很慶幸李奧打斷克里夫的話，把爭論拉回之前的某個小話題。不過，大戰這檔事是阿奇自己挑起來的（還不就是四十分鐘前，他發表了一些關於從軍能建立起年輕人性格的蠢話），結果逼得他不得不繼續辯解下去而立刻後悔。這會兒他總算如釋重負。阿奇坐在椅子上，用手撐著頭，讓其他人繼續爭吵下去。

真倒楣。他還想成為性愛派對的一員呢。要是他安分守己一點，不要挑起爭論，可能早就體會到自由性愛的滋味，品嘗四處橫陳的裸胸了。說不定還可以分到一點新鮮的食物哩。有那麼一會兒（大約兩點鐘，他和王希聊到自己的童年），他的新生活看起來應該會很棒，只可惜……所以阿奇決定，從現在起，他要在對的時機講對的事情，這樣不管到哪裡大家都會愛他。這不是別人的錯，阿奇回想起他生命的一團糟，心想：不是別人的錯，是我的錯。但他懷疑，難道就沒有更好的模式嗎？也許有人就是可以在對的時機說對的事情，像塞士比斯[5]，因為抓對歷史時機脫穎而出。但也有像阿奇瓊斯這樣的人，充其量只是用來充充數。甚至更糟，休息了老半天只為了演出一齣死亡劇碼。就在舞臺正中央，好讓大家都看得到。

這整件事，這令人遺憾的一整天，原本就要成為阿奇生命的重點，不過一場意外卻讓阿奇瓊斯改頭換面。這不是因為他自己特別努力，而是因為所有的機緣巧合，讓阿奇先遇到某個人，接著又遇到下一個。這件事就是克羅拉．包頓。

先說明一下：克羅拉．包頓各方面來說都算漂亮，大概就除了她的黑皮膚吧，最傳統

5 紀元前五三五年，雅典舉行競歌會，選定最佳的三個劇本。當年戲劇家塞士比斯（Thespis）得賞，後人以此為演劇的起源，並尊其為悲劇的創始者。

是真代表什麼。

的缺點。克羅拉・包頓個子很高，皮膚像檀木或輾平的黑貂皮一樣黑，頭髮用一個馬蹄鐵吉祥物綁著，往上綁表示她覺得幸運，往下則剛好相反。現在它是往上的。不知道這是不

她不穿胸罩——連地心引力都約束不了她。她穿了一件紅色的三角背心，短短的正好裹住她的胸部，下面露出肚臍（滿漂亮的肚臍），再往下則是一件超緊的黃色牛仔褲，牛仔褲下面則是淡棕色的麂皮超高跟鞋。她踩著這雙鞋走下樓梯，宛如某種幻象，或是應該說，對轉頭看到她的阿奇而言，她就像隻翹屁股的優良種馬。

根據阿奇的了解，這樣的場景常常在電影裡看到：某人的出現實在太過醒目，走下樓梯的時候，周遭的人全都安靜下來。現實生活中他倒是沒見過，不過卻在克羅拉・包頓身上發生了。她以慢動作走下樓梯，籠罩在餘暉及昏暗的光線中。她不僅是他見過最美的，也是他遇過最讓人覺得舒服的女人。她的美不是那種銳利、冷酷的美，而是嗅起來有點過時，就像仕女，或一捆你最喜歡的衣服。雖然她的動作有點不太協調——手腳和身體裡的神經系統無法搭配得宜——但就連她七爺八爺般的動作在阿奇看來都是無比優雅。她以成熟女人的自在展現性感（和阿奇以前遇到的女孩子不同），性感在她身上絲毫不像笨拙的包包，讓人不知道怎麼拿，掛在哪，也不曉得什麼時候該放下。

「開心點，小伙紙。」她講話帶著輕快的加勒比海黑人口音，讓阿奇聯想到那個有名的牙買加板球手[6]。她說：「就當什麼也沒發生過。」

「我覺得已經發生了。」

阿奇把嘴上的菸丟掉，反正它早就熄了，卻看到克羅拉迅速用腳去踩。她對他咧嘴一

笑，卻透露出她可能有個缺陷——上顎一顆牙齒也沒有。

「天啊……打家都昏了。」她口齒不清的說，看到他滿臉訝異又加了一句。「我素撤麼想：既然都要次界末日了，上替也不會介意我沒牙此吧。」她輕輕地笑了。

「我叫阿奇．瓊斯。」阿奇說完，遞給她一根萬寶路。

「我叫克羅拉。」她呼吸和吐煙的時候常常不經意發出哨聲。「阿奇．瓊斯，你看起來就跟我想的一樣。克里夫那些人有沒有跟你縮些蠢話？克里夫，你們素不素一遲在作弄這個可憐的傢伙？」

克里夫咕噥幾聲，阿奇什麼的早就因為幾杯黃湯下肚忘得一乾二淨了，他只是繼續剛剛沒說完的話，指責李奧誤解政治犧牲和肉體犧牲的差異。

「喔，沒、沒什麼大不了的。」阿奇嘟噥幾句，卻在她敏銳的面孔下老實招來。「只是有那麼點意見不同罷了。克里夫和我對一些事情有不同的看法。可能是代溝吧，我想。」

克羅拉在他手上拍了拍。「不要這麼說，你還沒辣麼老，我看過更老的。」

「我已經夠老了。」阿奇說。接著他忍不住告訴她。「我想你不會相信，但是我今天差點就死了。」

克羅拉揚起半邊眉毛。「真是看不出來。嗯，那就在這裡好好玩吧，今天早上我們有很多人在這喔，好一個襲怪的舞會。你知道嗎……」她突然伸手過來，放在他頭上禿掉的

---

6 譯者相信作者這邊指的是 Oneil Gordon Smith，人稱 Collie，生於一九三三年五月，於一九五九年九月在英國的一場車禍中受傷死亡。生前是牙買加最著名的板球選手。

地方。「對一個闖過鬼門關的人來說，你看起來算頂不錯的。想聽我有什麼建議嗎？」

阿奇熱切地點點頭。他總是想聽建議，他最喜歡徵詢他人意見了，就是因為這樣他身上才總是帶著一個銅板。

「回家吧，休息一下，明添早上又是西的開始，每次都這樣，唉……生命不容易喔！」

阿奇心想，回什麼家？他已經擺脫舊的生活，正要走向未知的領域。

「唉……」克羅拉一邊拍他的背，一邊重複。「生命不容易喔！」

她又發出長長的哨聲，露出悲哀的笑容。然而，除非阿奇真的瘋了，否則他的確看到了那種過來這兒的眼神；和戴瑞拉的一樣，帶著某種悲傷失望，好像沒有太多選擇。當時，克羅拉十九歲，阿奇博德四十七。

六星期後，他們結婚了。

2 牙齒問題

克羅拉可不是阿奇用吸塵器給吸出來的，而且也該是時候揭發美女真實的一面。美女才不會真的閃亮亮地走下樓梯哩，更不像一般人所想的，只用一對翅膀就這麼從天而降。克羅拉是來自某地，有根源背景的。更明確一點地講，她是來自蘭伯特（經牙買加），而且因為年少時的法律約定，和一位叫雷恩·托布斯的人有點關係。克羅拉在變美之前也是很醜的，而在克羅拉和阿奇的故事之前，還有一段克羅拉和雷恩的往事，所以不能不提到雷恩·托布斯這個人。這就像一名好的歷史學家，必須先認清希特勒一心效法拿破崙大舉東侵的企圖，才能理解他為何懶得侵犯西邊的英國。要了解克羅拉之所以變成現在的克羅拉，就必須知道雷恩這個人。克羅拉和阿奇在樓梯的兩端相遇之前，克羅拉和雷恩的戲碼其實已經演了八個月。而且，要不是她盡其所能想要逃離雷恩，或許不會這麼快投向阿奇瓊斯的懷抱。

可憐的雷恩·托布斯。他的外表可以說是集不幸之大成。人又瘦又高，紅頭、扁平足，而且雀斑多到讓人覺得他身上的皮膚比雀斑少。雷恩自認時髦摩登。他穿著不甚合身的灰西裝，搭配黑色圓領杉。他穿卻爾西式靴子的時候靴子早就不流行了。當所有人都沉迷於電子合成樂，雷恩卻發誓要對那些拿著大吉他的矮傢伙忠誠，例如「the Kinks」、「the Small Faces」、「the Who」[7]之類的。雷恩托布斯騎的是偉士牌GS摩托車，每天兩次用嬰兒尿布擦得雪亮，而且停在特別訂做的波浪板鐵皮車庫裡。對雷恩來說，這臺偉士牌不只是交通工具，更代表一種意識形態，它是家人、朋友也是愛人，全都融合在這四〇年代末期的工藝結晶裡。

可想而知，雷恩·托布斯沒什麼朋友。

克羅拉·包頓當時十六歲，身材瘦長，齙牙，是耶和華見證會[8]成員，把雷恩當作和她靈魂相契的人。對於雷恩，她有一種少女典型的透視力，雖然兩人連話都沒說過，關於雷恩，該知道的她一概知道。例如一些基本資料：念同一所學校（蘭伯特的聖猶大社區學校），身高一樣（一八五公分）；不是愛爾蘭人也不是羅馬天主教徒，跟她一樣。這讓他們倆在聖猶大這片天主教汪洋中宛如兩座漂浮的島嶼。她知道他摩托車的名字，瞄過從他袋子邊緣露出來的成績單。她甚至知道一些連他自己也不知道的事，例如：她知道他就是世上最後一個男人。每間學校都有這麼一號人物，而在聖猶大，拿這個綽號攻擊人的不是男孩子，是女孩子，這點和其他學校沒什麼不同。當然囉，除了「世上最後一個男人」之外，還有其他不同的說法，意思都一樣：

給我百萬也不要

救我老媽也不願

犧牲世界和平也不想

不過一般而言，聖猶大的女學生挑男生還是乖乖守著過去的模式。雖然雷恩還不至於成為女學生更衣室裡的話題，但克羅拉心裡清楚別人是怎麼說她愛慕對象的。她會伸長一隻耳朵偷聽。她知道走過去會聽見她們怎麼說他。在香汗淋漓、運動小可愛和揮灑的溼毛巾之間，她們會怎麼說他，她清楚得很。

「哎唷，潔瑟絲，妳沒有在聽嘛，我是說假如他是世上最後一個男人！」

「我還是不會。」

「喔，妳不會才怪！」

「你想想看嘛，如果全世界被原子彈攻擊，像日本那次有沒有？所有帥哥，像妳男朋友尼克．賴爾那種帥哥，如果都死了有沒有，全燒成了灰，只剩下雷恩．托布斯和一堆蟑螂的時候喔。」

「天哪！那我寧願和蟑螂上床。」

雷恩在聖猶大不受歡迎的程度也只剩克羅拉可以媲美了。第一天上學，她媽說她到學校是進入惡魔的巢穴，又在她背包裡塞進兩百份《守望臺[9]報導》，教她去為上帝作工。一週復一週，她拖著步伐，頭低低地穿梭在校園裡散發刊物，嘴上喃喃念著。「唯有耶和華能施救恩。」在這間連青春痘冒得大一點就會遭人排擠的學校，一個身高一百八十公分、穿著及膝長襪的黑人傳教士，妄想讓六百個天主教徒變成耶和華的見證人，根本就是社會上的痲瘋病人。

所以囉，雷恩紅得像甜菜頭，克羅拉則是黑得像靴子。雷恩的雀斑是熱愛連連看遊戲的人在夢裡打炮的傑作。克羅拉的牙則是暴到可以繞著蘋果打轉，舌頭卻不會碰到蘋果。

7 這些團體是六、七〇年代的老式搖滾樂團，同期最有名的是披頭四。
8 耶和華見證會是指相信世界末日在即的教派，又稱基督教國，入該教者才可免受懲罰。
9 守望臺（Watchtower）為基督教國的一個機構，其出版的刊物也叫《守望臺》。

這麼慘的情況，恐怕連天主教徒也很難原諒他們（雖然天主教徒寬恕別人的次數就和政治人物給承諾或妓女高潮一樣頻繁）。就連聖猶大這位遠從一世紀就肩負無可救藥惡名的人[10]，都不準備插手。

每天下午五點，當克羅拉專心在家看福音通訊，或是製作傳單譴責異教徒的輸血行為，雷恩都會在回家途中騎車經過她窗戶大開的家。包頓家的客廳比路面低，窗上有橫條，所以看到的東西都是破碎的。大體來說，她可以看到腳、輪子、排氣管和搖晃的雨傘。景物雖小，卻很生動。只要想像力夠強，便可以從磨損的鞋帶啦，補過的襪子啦，還有被人善待過如今卻已破損的包包中擠出許多的感傷。但這些都遠不及看著雷恩的排氣管離去帶給她的震撼。每到這時，克羅拉的下腹就會不安分起來。她實在不知道該怎麼形容，便管他叫做上帝的旨意。不知怎麼，她就是想要拯救異教徒雷恩．托布斯。換言之，她就是想把這個男孩抱在胸前，保護他不受四周的誘惑所困擾，讓他能夠得到救贖。（只不過，那個地方，就是肚子下面，最最下面那個說不出口的地方，是不是也抱著同樣的希望，希望雷恩．托布斯能解救她呢？）

如果讓荷坦絲．包頓抓到自己女兒居然坐在窗前，因一顆霹靂啪啪離去的引擎遐想，卻讓那本新約聖經在風中任意翻飛，她鐵定會叫女兒把腦筋放乾淨點，還要拜託她記得，只有十四萬四千個耶和華見證人可以在審判當日得到救贖吶，要成為受膏者都來不及了，哪有時間替騎摩托車的齷齪無名小子留位子？

「可素如果我們救了——」

「有些人喲——」荷坦絲哼了一聲，堅決地說：「已經做了一籮筐的罪惡事，要這些人見證耶和華已經太晚了，要接近耶和華不是那麼簡單的，需要忠誠和奉獻。看見神是清心之人的賞賜。馬太福音第五章第八節。是不是咧？達克斯？」

達克斯．包頓，克羅拉的父親，是個體味重、口水亂流的垂死老頭。他埋在滿是蟲子寄生的輪椅裡，從來也沒看他移動，就連外面的廁所都沒去過，這得感謝那條導尿管。達克斯十四年前來到英國，所有時間都窩在客廳遠遠的角落看電視。原先的計畫是讓他先到英國來，賺夠了錢再把克羅拉和荷坦絲接過來定居。不過，他一到英國就被某種怪病操得半死。醫生找了半天都找不到症狀，但是這病又非常明顯，因為它讓達克斯陷入難以置信的瞌睡狀態。達克斯過去雖然不是活力旺盛，卻從此一生脫離不了救濟金、輪椅和英國電視。到了一九七二年，荷坦絲空等了十四年，一怒之下終於決定靠自己的力量飛過來。而荷坦絲最不缺的就是精力。她帶著七歲的克羅拉抵達門口，憤怒到破門而入（這件事後來還傳回聖伊麗莎白）劈哩啪拉給了達克斯這輩子最慘痛的辱罵。有人說這場清算持續了四小時之久，也有人說她花了一天一夜，把聖經裡所記得的話全搬了出來。但很確定的是，達克斯最後是往輪椅裡跌得更深了，他悽悽慘慘地看著和他成為知交並且患難情深的電視，直教人有那麼一種單純、天真的感動，一滴眼淚就這麼從輸淚管蹦出，停在他的眼窩，然後他說了一字：呵姆。

呵姆是達克斯自那次之後開口唯一會說的字。問他任何事情，不管早晚任何時候，不

---

10 希伯來文 Judah，也就是希臘文 Judas，有叛徒的意思，在聖經中，猶大一度為耶穌的信徒，還來出賣耶穌，一直到最後還是沒有悔改。

管詢問他任何意見，質問也好，聊天也罷，哀求也行，指控他或為他辯護都一樣，他只會給你一個答案。

「偶說素不素咧？達克斯？」

「呵姆。」

「就素嘛。」荷坦絲得到達克斯的咕噥認同後，轉身向克羅拉嚷嚷。「妳居然浪費時間在這種人渣身上！到底是要偶告訴妳多少次，妳沒那個時間交什麼男朋友！」

這是因為包頓家快沒有時間了。現在是一九七四年，荷坦絲正急著為世界末日做準備。這日期，根據她用藍筆小心在日曆上做的標記看來，就是一九七五年一月一日。這種病態可不是包頓家獨有的，有八百萬的耶和華見證人都跟她一樣在等待，他們是一堆龐大而奇怪的族群。過去曾有一封私人信件，內含一個叫威廉·雷吉佛斯的影印簽名，遠從美國布魯克林區，也是全美最大的天國殿寄來給荷坦絲（她是天國殿蘭伯特支部的祕書）確認這日期。世界末日已經透過一封信頭燙金的信件正式確立。荷坦絲還很慎重地用紅木框把信裱起來，下面墊了塊小飾布，連同她年輕時去參加舞會半路上買的玻璃娃娃，以及一個繡有十誡的保溫罩，共同放在電視上那個了不起的位置。她還問過達克斯好不好看，他也呵姆一聲表示贊成。

世界末日就要來臨了，這次可不會像一九一四年和一九二五年那樣失誤，這點耶和華見證會的蘭伯特支部已經獲得保證，罪惡者的內臟定會纏繞在樹幹上。這次，內臟纏在樹幹上這件事一定會發生。那鮮血成河滿溢大街水溝的日子他們等得太久了，如今這份飢渴就要得到滿足。這一刻終於要來臨，就是這一天，不會是別天，至於過去那兩次是計算錯誤的結果，八成有人忘了加什麼、有人忘了減什麼，要不就是有人忘了進位。但這次是真的了，貨真價實，一九七五年一月一日。

荷坦絲對這個消息感到高興。一九二五年那次的隔日早晨，她哭得像個嬰兒，因為她發現不僅沒有歡呼、煉獄和全球毀滅，日子還是一樣繼續下去，連公車火車都照樣行駛。結果什麼事都沒發生，而她前一夜還輾轉難眠，等待著：

> 那些鄰居，那些不願聽你警告的鄰居，將投身熾熱可怕的烈焰，讓他們骨肉分離，讓眼睛在眼窩裡熔化，讓吸母奶的嬰兒燒死——太多的鄰居都將在這天死亡，排列的屍體可以環繞地球三百周。而上帝真正的見證人將踏在焦黑的軀體上，走向神的身旁。
>
> ——聖鈴二四五期

多麼痛苦的失望啊！但一九二五年的傷口已經癒合，荷坦絲再次準備好接受這回的天啟，就像聖潔的雷格佛斯先生所說，就在咫尺了。至於一九一四年那批人得到的承諾至今仍然有效：這一代還沒有過去，這一切事都要發生（馬太福音二十四章三十四節）。一九一四年存活下來的人將看到世界末日，這是肯定的。生於一九〇七年的荷坦絲已經老了、累了，同輩的人像蒼蠅一樣陸續死去。一九七五年似乎是最後的機會。

不是有兩百個教會裡最聰明的人，花了二十年時間研究聖經嗎？這個日子不是他們一致同意的嗎？他們不也讀遍了先知但以理的話裡行間，搜尋啟示錄中深藏的意義，指出發生在亞洲的戰爭（韓戰和越戰）就是天使所說的「一年、二年、半年[11]」嗎？荷坦絲相信這些都是驗證的前兆。現在已經是末日前夕，離末日只剩八個月，時間不多了！有標語要做，有文章要寫（例如：上帝會原諒手淫的人嗎？）要挨家挨戶拜訪，還得考慮達克斯——一個連冰箱都走不到的人——要怎麼到達上帝的殿堂？這些都要克羅拉幫忙才行，她可沒時間去搞什麼男朋友，什麼雷恩．托布斯，什麼偷偷摸摸青春憂愁的。因為克羅拉和其他年輕人不一樣，她是上帝的孩子，是荷坦絲的奇蹟寶寶。荷坦絲在她四十八歲那年，也就是一九五五年的某個早上，在蒙地哥灣清理魚內臟的時候突然聽到了上帝的指示。她馬上放下手中的槍魚，搭電車回家，去做那件她最不喜歡做的事情，就為了懷克羅拉這個為神指定的孩子。為什麼上帝要等這麼久呢？因為祂要讓荷坦絲看到奇蹟，因為她自己也是個奇蹟寶寶。荷坦絲出生在一九〇七年著名的京斯敦（牙買加首都）大地震，當大家正忙著進棺材的時候，她家卻出現了奇蹟。荷坦絲自己是這麼看的：既然她都能在地牛大翻動、蒙地哥灣部分被海淹沒、山脈大火延燒的日子來到這世界，就沒有人有藉口說什麼事情做不到。她最喜歡說一句。「生下來是最困難的素，只要生下來，其他都不算問題。」克羅拉就是這樣有的，現在也已經大到可以幫她傳福音，做文書，寫講稿種種之類的上帝見證會工事。她最好認真做下去，沒時間交什麼男朋友。這孩子的工才剛開始。而荷坦絲這個在牙買加大動盪出生的女人，可不會接受任何人在十九歲生日之前拿上帝的旨意當偷懶的藉口。

奇的是，克羅拉就是在執行上帝工事的時候和雷恩．托布斯碰上了面。或許就像大量文獻所顯示，見證會本身的發展就是這麼不可思議吧。蘭伯特天國殿的青年團契被安排在星期天去傳福音，把綿羊從山羊裡分開（馬太福音二十五章三十一節到四十六節[12]）。克羅拉因為受不了團契裡那些男生的醜領帶和輕聲細語，便獨自一人提著手提箱，沿著克雷同路挨家挨戶按電鈴。她在頭幾戶人家得到的都是一如往常的苦瓜臉，善心女士盡可能禮貌地請她離開，小心不靠近她，擔心會像得傳染病一樣信了這個教。等她走到路後頭比較貧窮的地段，對方的反應開始變得激烈起來，從窗戶裡面或緊閉的門後傳來破口大罵的聲音。

「如果是那些他媽的耶和華見證人，叫他們給我滾。」

或是那種比較有創意的。「親愛的，很抱歉，你不知道今天是什麼日子嗎？星期天不是嗎？我累斃了，整個禮拜都在創造天地萬物，今天也該輪到我休息了。」

七十五號那戶，她在名叫柯林的十四歲物理天才身上花了整整一小時。這小子想要證明上帝並不存在，外加偷窺她的裙底風光。最後她到了八十七號，雷恩．托布斯出來應的門。

「啥？」

他一頭紅髮，外加黑色的高圓領，整個人發著光，還噘著嘴。

「我……我……」

她拚命想忘了自己今天穿的衣服：白色的高領襯衫，領口還有花邊，及膝的格子裙，

11 根據聖經預言，在主耶穌第二次降臨之前，地上會有七年大災難。災難中會出現可怕的「獸」，最後由一個獸所統領，也就是「敵基督」。在啟示錄中提到聖民將交付這獸之手一載、二載、半載，而這裡的半載根據許多解經者所言指的是三年半，也就是一年、兩年、三年半。

12 聖經上提到，當上帝再度降臨時，「萬民都要聚集在祂面前。祂要把他們分別出來，好像牧羊的人分別綿羊山羊一般，把綿羊安置在右邊，山羊在左邊」，這裡的綿羊指的是信上帝者，山羊指的是不信者。

還有一條肩帶，上面驕傲地繡著「願上帝與你同在」。

「你想要哼麼？」雷恩說，他嘴裡的菸快抽完了，於是狠狠吸了一口。「還是有哼麼事？」

克羅拉努力展露出她最寬、最暴的笑容，然後轉到自動播放模式。

「早安，先生，我素從蘭伯特的天國殿來的。我們耶和華的見證人正等待上帝神聖降臨，再次福澤我們；就像一九一四那一年，我們的天父曾經短暫到來一樣。雖然很遺憾，他當時隱起了身，但我們相信當祂再次降臨，也就素世界末日之時，會帶來三把地獄火，那天只有少數的人可以得到解救，你有沒有那個細趣——」

「啥？」

克羅拉羞愧到得眼淚差點沒掉下來，又說了一次。「你有沒有細趣參加耶和華見證會？」

「我啥？」

「到見證會了解上帝的教誨。你知道，就像素一種階梯——」

克羅拉每到最後就會使出她母親的聖梯譬喻。

「我看套你在往下走，但下面有危險，我只素要告訴你小心腳步！我只素要和你分享天堂，不想看你甩斷腿。」

雷恩．托布斯靠在門邊，從他紅色的瀏海後面看她良久。克羅拉覺得自己被放大了，好像被放在顯微鏡下檢視。不用說，她很快就要完全消失了。

「我有一些知料可以讓你讀——」她笨手笨腳想開提箱的鎖，拇指碰開鎖扣，卻忘了扶住提箱的另一半，結果五十份守望臺報導就這麼在門口散落一地。

「天啊，我雞天真是什麼都做不好——」

她急忙跪到地上去檢，結果擦傷了左膝蓋。「噢嗚！」

「妳叫克羅拉，」雷恩慢條斯理地說：「和我同一個學校，是唄？」

「是啊，沒錯。」克羅拉說。他居然記得她的名字，讓她高興得忘了痛楚。「聖猶大。」

「我知道它叫啥麼。」

克羅拉的臉紅到黑人最紅的極限，頭低低看著地板。

「無可救藥的聖徒，」雷恩說著，還偷偷挖了挖鼻孔，把挖出來的不知道什麼東西往花盆裡彈。「愛爾蘭共和軍，裡面一堆都是。」

雷恩再一次打量克羅拉修長的身軀，眼神在她兩顆大波上放肆停留，那乳頭挺立的輪廓透過白色的聚酯纖維隱約可見。

「妳最好進來吧，」他說道，同時總算把眼神移到她正在流血的膝蓋。「先擦點藥。」

那天下午在雷恩家的沙發上發生了一些偷偷摸摸的事（遠超過基督教女孩應該做的事），魔鬼又輕易地在上帝面前擺了祂一道。事情的進展峰迴路轉，到了星期一下課鈴聲響起，雷恩．托布斯和克羅拉．包頓多少也算是一對了（這讓全校集體作嘔）。根據聖猶大校園裡的說法是，他們倆「搞在一起」了。這一切就是克羅拉在她青春期春夢中所想像的嗎？

這個嘛，和雷恩「搞」，講白了其實只有三種消遣（依重要程度依序排列）：欣賞他的摩托車，欣賞他的事跡，欣賞他。雖然其他女孩對整個約會就是看他在車庫對著摩托車的引擎猛瞧，自我陶醉於它的精密度與複雜度，無不卻步三尺，但對克羅拉來說，再沒有比這個更令人興奮的事。克羅拉很快就發現雷恩是個超級少話的男人，而兩人罕有的對話也都和雷恩有關，有關他的希望，他的害怕（都和摩托車有關），還有他那種篤信自己和那臺摩托車都活不了太久的特殊想法。不知為何，雷恩堅信那古老的五〇年代格言「狂度日，死年少」，雖然他那臺摩托車連下坡都衝不到時速四十公里，他就是喜歡無情地警告克羅拉不要「陷得太深」，他相信他是不久於世的，他會很早「離開」，而且是「砰」地就走了。克羅拉幻想自己懷中抱著流血的雷恩，聽他最後坦言永不消逝的愛情。她看到自己成為摩登寡婦，穿著黑色圓領衫長達一年，並要求在他喪禮上演奏《夕照滑鐵盧[13]》。克羅拉對雷恩莫名其妙的奉獻幾乎沒有極限，超越了他醜陋的長相、乏味的個性，還有上不了臺面的嗜好。基本上，就是超越了雷恩整個人。無論荷坦絲怎麼說，克羅拉其實和其他年輕女孩一樣，熱情的對象只不過是熱情本身的裝飾物。而這份熱情因為長期的壓抑，又非得以火山爆發的銳勢來呈現不可。就這樣過了幾個月，克羅拉的思想變了，衣著變了，走路的樣子變了，就連靈魂都變了。當全世界的人都在為唐尼．奧斯蒙、麥可．傑克森和海灣城搖滾者而改變，克羅拉卻選擇了為雷恩．托布斯而變。

他們交往基本上是沒有約會的。沒有花，沒有餐廳吃飯，也沒有電影或舞會。偶爾，想要哈菸的時候，雷恩會帶她到北倫敦一間很大的空屋，在這裡你可以買到很便宜的藥嗑，而且這裡的人都因為暈得看不清你的臉而跟你稱兄道弟。在這兒，雷恩會把自己藏在吊床裡，幾回合後，慢慢從他一貫的單調轉為徹底瘋狂。克羅拉不抽，只是坐在他腳邊崇拜他，並試著融入周遭有的沒有的對話。她不像默林、克里夫、李奧、派翠尼亞、王希或其他人有什麼特殊的事蹟可講。她沒有嗑藥軼事，沒和警察起過衝突，也沒去過特拉法加廣場遊行。但克羅拉很會交朋友。她是個很有料的女孩，會用她所熟悉的東西去消遣、恐嚇這堆各式各樣的嬉皮、怪胎、異形和機車的傢伙，他們全是一堆極端的人。她會說地獄之火和詛咒的故事，惡魔把人撕裂的故事，惡魔最愛剝光你的皮，戳出你紅熱的眼球，割掉你的生殖器——魔王路西弗所有最瘋狂的苦心計畫，墮落天使最駭人的精心詭計，都將在一九七五年的一月一日發生。

不消說，這個叫雷恩．托布斯的傢伙，把世界末日給擠擠擠……擠到了克羅拉意識中最遠的角落。太多事情在她眼前出現，生命有太多新奇的東西了。要是真有受膏者，她覺得自己現在就是，就在蘭伯特這個地方。她越是感到在人間的幸福，就越少想到天堂。後來天堂簡直成了克羅拉再也記不起來的冗長史料。太少人得救了，在八百萬的耶和華見證人中，只有十四萬四千個人可以進入耶穌的殿堂。另外，還有些好女人和夠好的男人可以在人間找到天堂。其實如果把所有事情考量進去，這倒是個不錯的傻子獎。但就算這樣，恐怕還有約二百萬人分不到一杯羹。這還不包括那些異教徒，不包括猶太教、天主教、摩門教，和那些住在亞馬遜叢林，克羅拉小時候還曾經為其哭泣的難民呢。太多人得不到救贖了。見證人自豪的就是他們的神學理論中並沒有地獄，所有懲罰就是在審判日當天用難以想像的酷刑伺候，然後送進墳墓，就這樣。但對克羅拉來說，想到芸芸眾生在人間天堂享樂，而那些迷失者被折磨、斷腿斷手的屍骨卻躺在地底，感覺更糟。

地球上一邊是一大票人，根本不了解「守望臺」的教義（有的人甚至連郵筒都沒

13 夕照滑鐵盧（Waterloo Sunset）由英國搖滾樂團 The Kinks 所唱，樂迷指其具有迷幻搖滾之風。

有），也無法聯絡蘭伯特天國殿，索取救贖之路的相關資料。另一邊則是滿頭綁著鐵製髮捲的荷特絲，硬是在被單裡翻來覆去，興奮等待著硫磺雨降在所有罪人身上，尤其是那個住在五十三號的女人。荷坦絲曾經向克羅拉解釋過。「那些晌！不知道上帝而死的人還會復活啦，他們還有另一次機會。」。但是克羅拉還是覺得不公平，就像收支不平衡的帳冊。這樣的信仰太難得到，卻太容易失去。對於在天國殿的紅色軟墊上屈膝祈禱這件事，她是越來越提不起勁了。她不再戴飾帶，拿標語或發傳單。她也不再跟人家提起小心失足這類的話。她發現了毒品這東西，忘了樓梯這回事。她開始飛了起來。

一九七四年十月一日，克羅拉遲到了。下課都過了四十五分鐘（還不就是在音樂課上和人爭辯羅傑．達爾崔[14]比巴哈更偉大），結果，害克羅拉無法準時四點和雷恩在林南街角碰面。這天冷得要命，到她出來時天都黑了，她跑過成堆腐爛的秋葉，在林南街頭巷尾尋找，卻連個影子也沒有。她帶著擔心害怕的心情回到家門前，默默向上帝發了一堆誓（我願意永遠不做愛、永遠不抽大麻、永遠不穿高過膝蓋的裙子），只要祂能保證，雷恩並沒有按了她母親的電鈴跑到家裡來避寒。

「克羅拉！快進來，外面冷死了。」

荷坦絲用的是有外人在的語氣，每個字眼都特別加重，也是她用來對付牧師和白種女人的語氣。

克羅拉把門在身後關上，害怕地走到客廳，經過哭了（又停）的耶穌，來到廚房。

「天啊，她像不像隻慢吞吞的貓啊？」

「嗯，」雷恩坐在小廚桌的另一頭，正高興地挖著阿開木果和鹹魚往嘴巴裡送。

克羅拉結巴起來，上排的齙牙在下唇烙下了齒印。

「你在這裡做什麼？」

「哈！」荷特絲以一種幾乎是勝利的語氣大叫。「妳以為可以把妳的朋友永遠給他藏起來、不讓偶知道喲？這男孩都快要給他冷死了，是偶讓他進來的，偶們聊得可不錯哩，素不素啊年輕人？」

「喔，嗯，包頓太太。」

「別一臉驚訝的樣子，妳以為我素會把他吃掉還素怎樣，啊，雷恩？」荷坦絲用一種光鮮亮麗、連克羅拉從不曾見過的態度說。

「喔，對啊，」雷恩尷尬地嘻笑，然後突然和克羅拉的媽一起大笑出來。

還有什麼比愛人和自己的媽混成一掛還要折損感情浪漫成分的？就這樣，隨著夜越來越黑，越來越短，也就越來越難從那些每天三點在校門口等人的人群中找到雷恩的影子，沮喪的克羅拉總是走漫漫長路回家，再次發現她的愛人在廚房和荷坦絲有說有笑，狼吞虎嚥包頓家豐盛的食物：阿開木果、鹹魚、牛肉乾、雞肉豌豆飯、生薑蛋糕和椰子冰！

每回克羅拉把鑰匙插進門匙縫裡，都會聽到他們原本生動的對話在她走進廚房的那一刻瞬間安靜下來。兩人好像被小孩做錯事被抓到，整個人陰鬱下來，然後雷恩就會尷尬地找藉口離開。克羅拉還注意到他們已經開始給她一種眼神，一種同情、高人一等的同情眼神。還不只是這樣，他們還批評起她越穿越年輕、越穿越鮮豔的衣服。至於雷恩又有什麼

14 英國樂團 The Who 的主唱。

轉變呢？他換掉了圓領衫，在學校避著她，還買了一條領帶。

當然，就像吸毒者或連續殺人犯的媽媽總是最後一個才知道自己小孩犯錯，克羅拉也是最後一個知道的。曾幾何時，她才是知道雷恩所有事情的人，甚至比雷恩自己都還清楚他這個人，她是「雷恩」專家，現在卻淪落到無意間從那些愛爾蘭女孩嘴裡明白聽到，克羅拉·包頓和雷恩·托布斯沒搞在一起了，絕對、絕對、百分之百的吹了，真的沒在一起，真的吹得一乾二淨了。

就算克羅拉明白這是怎麼回事，也鐵定不敢相信。有一次她碰巧看到雷恩在廚房，周圍堆滿傳單，荷坦絲匆忙進來把傳單收起來放進圍裙口袋。克羅拉逼自己忘了這件事。同一個月不久，克羅拉故意叫憂鬱雷恩和她一起去檢查壞掉的廁所，克羅拉斜睇起眼，就怕看到不想看的東西。但她真的看到了，就在他衣服下面，當他往水槽後傾時，有一丁點銀光閃爍，在昏暗的光線下幾乎看不到——根本不可能，卻是千真萬確——那是個銀色的小十字架。

根本不可能，卻是千真萬確。人們描述奇蹟時都是這樣說。不知怎麼，荷坦絲和雷恩這兩個邏輯相差十萬八千里的人，因為對別人遭受死難的喜好，居然能在地球某一端，病態地交融在一起。突然，被救的和沒被救的成了一個奇蹟的、完整的圓。現在反倒是荷坦絲和雷恩要合力來「救她」了。

「上車。」

克羅拉才剛走出校園，就看到雷恩騎著摩托車突然停在她面前。

「克羅拉，上車。」

「去問我媽看她上不上你車啊！」

「別這樣，」雷恩說著拿出另一頂安全帽。「很重要的，有事要跟妳說，時間不多了。」

「為啥？」克羅拉脫口說出，沒好氣地踩著她的麵包鞋。「你要去哪？」

「妳和我都去，」雷恩咕噥。「一個對的地方，希望是如此。」

「不要。」

「拜託，克羅拉。」

「不。」

「拜託，很重要的，攸關生死耶。」

「响……好啦，可我不戴那鬼東西喔。」她把安全帽還給雷恩，然後一腳跨上摩托車：「免得把我頭髮搞亂了。」

雷恩載著她經過倫敦來到漢普斯黛綠地，也是櫻草花丘最高的地方。從坡頂往下看，可以一覽城市噁心的橘色螢光。雷恩小心地、拐彎抹角地，用一種不像他講話的方式說話，而這些話的重點就是：只剩一個月就是世界末日了。

「重點是，她和我，我們只是——」

「我們！」

「就妳媽……妳媽和我，」雷恩咕噥著。「我們很擔心妳，到了最後一天沒多少人會得到解救的，妳又一直和一些不好的人混，克羅拉……」

「响，」克羅拉搖頭咬牙切齒：「我真素不敢相信，他們素你朋友耶！」

「不，不是，他們不是，已經不是了。大麻……大麻是邪惡的，還有那些其他的……

王希、派翠妮亞啦……」

「她們素我朋友！」

「她們不素好女孩，克羅拉，她們應該和家人在一起，而不是穿成那樣，和男人在那屋子裡混。妳自己也不應該這樣，而且穿得像……像……像……」

「像什麼？」

「像妓女！」雷恩好不容易把這幾個字吐出來，如釋重負似的。「像是淫蕩的女人！」

「喔，我的天，什麼話都說出來了……吶，載我回家。」

「她們會得到報應的，」雷恩頻點頭，伸長著手，比劃整個倫敦，從奇斯威克到阿奇威。「妳還有時間，妳要和誰在一起？克羅拉？和誰在一起？和十四萬四千人一起伴隨著耶穌在天堂治理萬有？還是成為普普眾生的一名，活在這人間的天堂，這也是可以……還是，妳要成為被上吊折磨至死的其中一個？我只是把綿羊從山羊分開，克羅拉，把綿羊從山羊分開，馬太福音說的，我想妳應該是認為自己是綿羊吧？對嗎？」

「我告訴你，」克羅拉走回摩托車，坐上後座。「我素山羊，我喜歡當山羊，我要當山羊，我寧願和朋友一起被硫磺雨燒死，也不要和達克斯、我媽、還有你坐在天堂裡無聊到哭死！」

「妳不該這麼說，克羅拉，」雷恩戴上安全帽，嚴肅地說，戴上安全帽，「我真是希望妳沒這麼說，這是為了妳好，祂聽得到的。」

「我受夠你了，載我回家。」

「是真的！祂聽得到的！」當他們跨上車子騎下山坡，他回頭大叫，聲音蓋過排氣管的噪音。「祂全都看在眼裡，祂看著我們！」

「看前面，」克羅拉叫回去，他們已讓一堆猶太人緊張地四處逃竄。「看路！」

「只有少數人——它是這麼說的——只有少數人——他們會得到報應的——這是聖經中命記裡這麼說的，他們都逃不過即將發生的事情，只有少數人……」

就在雷恩．托布斯啟發性的演說半途，他的前任偶像偉士牌GS正面撞上了一棵四百年的老橡樹。結果是大自然戰勝了那囂張的引擎。那棵樹存活了下來，摩托車卻掛了。雷恩在這一頭瘋狂叫罵，克羅拉在另一頭也沒閒著。

基督教義和衰得定律（又稱莫非定律）的基本概念一模一樣：任何發生在我身上的事，都是因我而來。因此，如果有人掉了一片吐司，而且是塗了奶油的那一邊著地，這麼衰的事情就會被解讀成是惡運的確鑿證明：這片掉了的吐司剛剛向你證明了喔，惡運先生，這宇宙中有一股無法抗拒的力量叫惡運。它不是隨機產生的，它絕不會掉在對的那一面，這就是衰得定律。簡而言之，衰得定律在你身上發生了，證明真的有衰得定律這回事。不過，它又不像地心引力是個不管怎樣都成立的定律，因此當吐司用另一面著地時，這定律就會神奇地消失。所以，當克羅拉摔下來，把上排牙齒給撞掉，而雷恩卻毫髮無傷地站起來時，雷恩相信這是因為上帝選擇了讓他成為被解救的人，而克羅拉則是無法得救的人。完全不是因為一個人有戴安全帽，另一個人沒戴。但如果結果正好相反，是雷恩的牙齒滾到春曉山坡下，就像幾顆小小的琺瑯雪球時……雷恩可以在心裡跟你保證，上帝一定是突然隱身了。

顯然，這是雷恩所需要的最後一個驗證。當除夕夜緩緩到來，他和荷坦絲坐在客廳一個用蠟燭圍起來的火圈裡，熱切地為克羅拉的靈魂禱告。就在同一時間，達克斯流出了一泡尿到導管裡，兩眼盯著英國廣播電視臺的節目《代溝遊戲》。這時，克羅拉穿著黃色的喇叭褲，紅色的三角背心去參加舞會。她提議這次舞會的主題，幫忙畫那條掛在窗上的布，然後和其他人跳舞抽菸。要是臭屁一點，她還真覺得自己是這屋子裡的大美女。然而，當午夜終於來臨，啟示錄中的騎士卻沒出現，克羅拉亦驚覺自己落入可悲的情緒中。因為當一個人的信念被清除，就像是煮了海水來取鹽——有得也有失。雖然她的朋友默林、王希等人都拍拍她的肩膀，恭喜她甩開那些煉獄啦、救贖啦的惡夢，但克羅拉仍默默為她等待了十九年的安慰而哀痛，那救世主深深的擁抱，那最初也是最終的人，原本應該帶她遠離這一切，遠離蘭伯特某間地下公寓裡無以數計的生命現實的人。克羅拉現在該怎麼辦？雷恩會再找到另一個信念，達克斯只需要轉個臺，荷坦絲當然會再相信另一個世界末日，甚至有更多的傳單、更強的信念。但克羅拉和荷坦絲不一樣。

不過，有個殘念從克羅拉消失的信念中遺留了下來。她依然期待救世主的降臨，依然期盼有個男人能帶她遠走高飛，能從芸芸眾生中挑中她，讓她身穿白衣與祂同行：因為「她」值得。啟示錄第三章第四節。

這麼說來就比較不難理解，為什麼克羅拉．包頓隔天早上看到樓梯下的阿奇時，看到的不只是個穿著不合身、又矮又胖的中年白種中年男子。克羅拉是透過失望而晦暗的雙眼看到阿奇的，她的世界才剛剛消失，賴以維生的信念如潮水退去，而阿奇，純屬意外地，成為那笑話裡的主角：世上的最後一個男人。

3 兩個家庭

結婚總比被燒死好，科林多前書第七章第九節如是說。好建議。不過，科林多書還告訴我們，牛在收割稻草時，不要捂住牠的嘴，所以囉，你自己想清楚吧。

一九七五年二月，克羅拉為了阿奇瓊斯拋棄教會和所有聖經教義，但她還不至於成為滿不在乎的無神論者，可以在聖壇旁嘻笑，或完全拋棄聖保羅教義。科林多書的第二句名言對她來說不是個問題——反正她又沒牛，所以不算在裡面。但第一個格言卻讓她輾轉難眠。結婚真的比較好嗎？就算這男人是異教徒也沒關係？這可能永遠是個不解的謎了：她已經沒有退路，再無所謂的安全網，而比上帝還憂心的就屬她媽了。荷坦絲強烈反對這段關係，不是因為年齡，而是因為膚色。那天早上她聽到這件事，馬上就在門口叫她女兒滾蛋。

克羅拉認為她媽打心眼裡寧願她嫁給不適合的人，也不要她帶著罪惡和對方生活。因此，她一時衝動，哀求阿奇盡一個男人的能力所及，帶她遠離蘭伯特，不管是摩洛哥、比利時，還是義大利都好。當時的阿奇緊握她的手，點點頭，說了些言不及義的甜言蜜語，心裡卻很明白以他能力所及，最遠的地方其實剛剛才有了著落，就是一間位在威斯敦，高額貸款下來的兩層樓公寓。但現在不急著去提這件事吧，他想，尤其是在此刻情緒如此高張的此刻時候，就等她冷靜下來再說吧。

三個月後，克羅拉的確慢慢冷靜下來，和阿奇一起搬進了這間公寓。阿奇搬了幾個箱子，一如往常又跌又罵地爬上樓梯，雖然這些箱子克羅拉來拿一次兩、三個都不吃力，阿奇卻累得氣喘如牛。克羅拉休息片刻，瞇起眼睛望向那五月的暖陽，試圖找尋自己的方向。她將衣服脫到只剩下一件紫色背心，倚身靠著欄杆。這是個什麼樣的地方呢？你看吧，這就是問題所在，連你自己都不確定。跟著阿奇坐在搬家公司的小貨車前座一路開來，克羅拉先是看到了醜陋、貧窮卻又似曾相識的馬路（只差沒有天國殿和聖公會的教堂），但轉個彎後，景象突然多了綠蔭及美麗的橡樹，房子不僅變高、變寬，連彼此之間的棟距也拉遠了，她還看到了公園和圖書館呢。但不久，這些樹又突然消失，取而代之的是公車站牌，好像那午夜十二點的鐘響，敲醒了一切美夢，連房子也變成較矮、沒有院子沒有階梯的公寓，孤獨地座落在商店街對面，還有千篇一律的奇怪住宅，例如：

一間停業卻還亮著廣告的三明治早餐店。

一個不講究行銷手法的鎖匠（在這裡打鑰匙）。

還有一間已經關門大吉的男女髮廊，驕傲的寫著一句不可說的雙關語（**剪髮全面優待，僅限今天**）。

這樣的開車經歷就像在買樂透，看著外面，不知道這輩子將落腳在樹蔭旁還是狗屎邊。最後，小貨車在一間房子前慢慢停下，一間還算可以、介於樹蔭旁及狗屎邊的房子。克羅拉全身竄過一股感激之情。還可以的房子，雖沒她預期的好，卻也沒她擔心的差。房子前後院各有一個小花園，有門墊、門鈴、裡面有浴室……何況她也沒付出多大的代價。除了愛情，就只是愛情而已。而且，不管科林多書怎麼說，如果不曾真正愛過的話，愛情倒也不是那麼難以拋棄的事。她不愛阿奇，但從樓梯相見的那一刻起，她就下定了決心，如果這男人願意帶她離開，她就會把自己奉獻給他。他做到了，雖然不是摩洛哥，不是比利時，也不是義大利，但還算可以；不是她夢寐以求的樂園——但還可以，比她以前待過的地方都要好了。

克羅拉知道阿奇不是那種浪漫的英雄，過去三個月和他相處在魁可塢那間發臭的房間裡她就已經看清了這點。喔，但他可以是深情的，有時甚至是可愛的。他早上做的第一件事，就是哼著清亮的口哨，他開車冷靜又可靠，而且是個令人驚訝的好廚師，唯獨浪漫這件事他不在行，要說熱情，是想都別想。克羅拉覺得，跟了這麼平凡的男人，他至少會全心待你——因為妳的美麗，還有妳的年輕。他至少還可以做到這點來彌補。但阿奇不是這種人。結婚才一個月，他就已經有那種男人看老婆的呆滯眼神，而且老是和他的哥兒們混在一起，和山曼德．伊格伯喝酒，和山曼德．伊格伯晚餐，連星期天的早餐都和山曼德．伊格伯一起吃，任何暇餘時間都和這位老兄待在那該死的歐康尼爾酒吧。克羅拉試著維持理性，問他「為什麼你從不待在家裡？為什麼你花那麼多時間和那個印度人在一起？」他則拍拍她的背，親親她的臉頰，然後拿起外套，穿上鞋走出門，他的回答千篇一律。「我和山姆？我們交情太久了。」她無法反駁，他們的交情遠從她出生前就開始了。

所以囉，我們這位阿奇瓊斯算不上什麼白馬王子。他沒有目標，沒有希望，沒有企圖心，最大的快樂就是英式早餐和ＤＩＹ，一個無聊的男人，老男人，不過……是個好人。阿奇是個好人。「好」可能不算什麼，也許不能照亮一個人的生命，但至少還算是項優點。她第一次在樓梯見到他時就發現了這點，簡單又直接，就像她在市場，用眼睛看看就可找出一顆好芒果那樣。

克羅拉靠在花園欄杆上時腦中掠過了這些想法，婚後三個月，她默默看著自己老公額頭上的皺紋，如手風琴般開開合合，肚子像孕婦一樣垂吊在皮帶上，慘白的皮膚，青藍的血管，兩條繃得很緊的喉肌，據說喉嚨旁出現兩道肌肉的男人（牙買加人都這麼說）所剩的時間就不多了。

克羅拉皺起眉頭。她在婚禮上沒注意到這些惱人的事。為什麼呢？那天他一直在笑，而且穿了一件白色的高領衫。不，不對，這不是原因。原因是她根本就沒留心看他。克羅拉婚禮那天大部分時間都看著自己的腳。那天很熱，二月十四日，熱得很不尋常，他們等了好一會兒，因為全世界的人都想在情人節這天結婚，擠在樂蓋特山上那間小小的註冊辦公室裡。克羅拉還記得，為了能穩穩站在磁磚破洞的兩邊，自己脫下棕色的高跟鞋，雙腳赤裸踏在冷冷的地板上，在這麼一個站穩腳的動作下，她隨隨便便賭下了未來的幸福。

與此同時，阿奇則是舔了舔乾燥的上脣，咒罵永不消滅的陽光讓他大腿內側流了一道鹽汗。為了這次再婚，他選了一套毛海西裝和白色高領衫，現在這些都成了問題。熱氣把汗從他身體的每個地方激出來，滲到他的高領衫和西裝，清清楚楚發出落水狗的臭味。克羅拉呢，當然是穿得跟貓一樣騷。她穿了一件設計師傑夫貝肯的棕色羊毛長洋裝，外加一排超白的假牙。洋裝是露背的，牙齒潔白無瑕，給人的整體感覺就是貓科動物。她像隻穿著晚禮服的黑豹，羊毛和皮膚交接的地方用肉眼都看不出來。她像貓一樣回應著陽光，而陽光透過一扇高高的窗揮灑而下，落在等候的情侶身上，溫暖了她赤裸的背，使她幾乎要展開雙臂來歡迎。但即使是那見怪不怪的登記人員，看多了馬女嫁鼬鼠男，象男娶夜梟女，這時還是揚起了眉毛，看著這對最不搭調的新人來到桌前。簡直是——貓狗配。

「哈囉神父，」阿奇說。

「他是登記人員，阿奇博德，你老神經了，」他的朋友山曼德·彌亞·伊格伯說，這人和他嬌小的太太艾爾沙娜從旁邊的來賓等候室被叫了出來，見證這紙合約，他說：「又不是天主教神父。」

「喔，對喔，抱歉，我有點緊張。」

古板的登記人員說：「可以開始了嗎？還有好多人等著呢！」

就是這些零零碎碎的事情組成了這個儀式。阿奇接下旁邊遞來的筆，寫下他的名字（艾爾佛德·阿奇博德·瓊斯），國籍（英國），年齡（四十七）。他在職業欄遲疑了一會兒，然後選擇了「廣告：（印製傳單）」，然後簽名。克羅拉也寫下她的名字（克羅拉·伊菲吉妮雅·包頓），國籍（牙買加），年齡（十九）。在職業欄找不到合適的選項，便直接跳到簽名的地方，她挺直了身子大筆揮過去，「瓊斯」，一個從不曾出現在她名字前的「瓊斯」。

兩人隨後走到室外的樓梯，一陣微風吹起，把人家用過的五彩碎紙拂過這對新人眼前。克羅拉此時才和婚禮唯一的一對客人正式見面：兩個印度人，都穿著紫色絲質的衣服。山曼德·伊格伯，一個高䠷英俊的男人，有一口超白的牙齒和一隻廢掉的手，現在正用另一隻手猛拍她的背。

「要說我的看法，妳知道吧，」他不斷重複。「我對婚姻這檔事的看法。我早就認識這老小子了，當時是……什麼時候？」

「一九四五年，山姆。」

「我正要跟你可愛的老婆講，就是一九四五年。當你認識一個人這麼久，還和他並肩作戰過，若是這人不快樂，讓他快樂就成了你的任務。而他就剛好不快樂——直到妳出現！只知道在屎堆裡打轉，原諒我說話粗。謝天謝地，她已經徹底滾蛋了。所以說瘋子的最佳去處，就是和瘋子在一起，」山曼德說到一半，失去了興致，因為克羅拉完全不知道他在說什麼。「反正呢，也無需多說了。這一切……不過就是我的看法罷了，妳知道吧。」

他的老婆艾爾沙娜站在旁邊，嬌小、繃著嘴巴，似乎不太認同克羅拉（雖然她也不過比克羅拉大幾歲），只說些「喔是的，瓊斯太太」或是「喔不是的，瓊斯太太」這類的話，讓克羅拉覺得好緊張、好膽小，好像非得把鞋子給穿回去不可。

婚禮如此寒酸，阿奇對克羅拉感到抱歉，但實在又沒什麼人好邀請。其他的親戚朋友都拒絕了他們的邀請，有些是堅決回絕，有些是怕得要死，還有些覺得沉默最好，因此在過去一個星期故意不收信也不接電話。唯一祝福他們的人就是伊貝爾高夫特。這人沒受到邀請，也沒被通知，奇怪的是，婚禮當天早上卻收到一封他寄來的信：

親愛的阿奇博德：

通常，我是那種碰到婚禮就想獨自躲起來的人，但今天，當我試著解救一床快要死掉的牽牛花時，想到一個男人和一個女人要用一輩子來結合，心中著實感到一股不小的暖意。我們人類接受了這麼不可能的任務，真的是很了不起，你不覺得嗎？但說真的，你也知道，我這人的專長就是能看清「女人」的內心，好像精神科醫師，有本事為她們標上健康不健康的標籤。而我很確定，我的朋友（讓我借用某個譬喻），你已經找到了命中注定的女人，不論是精神上或心靈上，而她也沒什麼好挑剔的，因此，除了獻上滿心的祝賀外，我這個誠摯的對手還能說什麼呢？

荷斯特・伊貝爾高夫特
一九七五年二月十四日

還有什麼特別的事可以使那天從一九七五年的三百六十五天當中脫穎而出呢？克羅拉還記得，有個年輕黑人站在蘋果箱上，穿著黑色西裝流著汗，開始懇求他的哥哥姊姊；還有一個拎著袋子的老女人，從盒子裡拿出一朵康乃馨別在頭上。接下來的就都是一些淒慘事：克羅拉用保鮮膜包好的三明治被遺忘，壓在一個袋子底。天空烏雲滿布，當他們走到山坡上的金拉酒吧，經過跳蚤街上的小子們，手上拿著前天的酒瓶嘲笑他們，接著就發現阿奇的車子被開了一張違規停車罰單。

就這樣，克羅拉婚後的頭三個鐘頭是在齊普賽的警察局度過。她仍拿著鞋子，看著她的救世主喋喋不休和交通警察爭論，因為他對於阿奇認定的週日停車規定實在難以接受。

「克羅拉，克羅拉，親愛的——」是阿奇，他正奮力想要繞過克羅拉到大門，手中的咖啡桌擋住了他部分的身體。「伊格伯家今晚會過來，我希望房子至少像個樣。所以，可不可以不要擋在門口？」

「要幫忙嗎？」還未從白日夢中清醒過來的克羅拉耐心地問。「我可以幫忙搬的，如果——」

「不不不，不用——我會處理。」

克羅拉伸出手去扶桌子的一邊。「就讓我——」

阿奇很努力想把桌子擠過狹窄的門框，不僅要握著兩隻桌腳，還要兼顧上面會移動的玻璃板。

「這是男人的工作，親愛的。」

「但素——」克羅拉隨後搬起一張扶手椅，輕鬆得令人稱羨，然後拿到阿奇那兒，他摔倒在地，在玄關的樓梯前氣喘如牛。

「我沒問題。如果你徐要幫忙，叫偶一聲就行。」她伸手輕輕拂去他額頭的汗。

「好、好、好，」他不耐煩地撥開她的手，好像在打蚊子。「我還滿行的啦，妳知道——」

「我知道——」

「這是男人的工作。」

「是、是，我了解。我的意思不是——」

「聽著，克羅拉，親愛的，只要妳不要擋著我的路，我就可以搞定，好嗎？」

克羅拉看他帶著決心捲起袖子，再次和咖啡桌交戰。

「如果妳真的想幫忙，親愛的，可以先把妳一些衣服搬進來，天曉得妳哪來這麼多衣服，真是多到可以壓沉一艘戰艦，我真不知道要怎麼把它們塞到這個小地方。」

「我之前有說過，我們可以丟掉一些，如果你覺得這樣比較好。」

「不是我覺得吧，不該由我來決定啊，是不是？我說得對吧？還有那個外套架呢？」

這個男人從來就無法做決定，從來就沒有明確的立場。

「我說過了，如果你喜歡，就把那該死的東西退回去，我買它素因為我覺得你會喜歡。」

「親愛的，」阿奇注意到她提高了音量。「既然是我的錢，在買之前總可以先問問我的意見吧？」

「喲，就一個衣架子，只素紅的嘛。那紅的就紅的啊，為什麼突然紅的就不行了？」

阿奇壓低嗓門，用粗啞壓抑的聲音（也是婚姻中最常見的語言武器，就像是在說：拜託你不要給鄰居／小孩聽到好不好）說：「我只是想要把這房子的格調提高一點。這裡環境不錯，妳知道，是新的開始。那這樣，不要吵了，我們擲銅板吧，正面就留下來，反面的話……」

熱戀中的情侶爭吵，在下一秒鐘又投入對方的懷抱；比較老練的人就會在心軟或回心轉意前爬上樓，或進到另一個房間。瀕臨破碎的關係則是其中一個人已經走了兩條街遠，甚或是兩個國家遠，才會開始想到一些不可拋卻的關係，不管是一些責任、一些回憶、或是被小孩拉住的手、繫在心上的繩子，使他們兜了一大圈又回到對方身邊。而根據這樣的芮氏婚姻震度表來看，克羅拉只不過是做了最小的反抗。她轉身朝大門離去，不過才走了兩步又停下來。

「正面！」阿奇說，似乎沒有任何埋怨。「正面就留下來。看吧，又不是什麼多難的事。」

「我不想吵，」她轉身面對他，決心以沉默來面對這場爭論，好讓自己記得虧欠他多少。「你說伊格伯家要來晚餐，我只是在想，如果他們要我煮咖哩——我的意思是，我是可以煮——不過是我會煮的那種咖哩。」

「我的老天，他們又不是那種印度人，」阿奇被這提議激怒，不耐煩地說：「山姆他們星期天就跟一般人一樣吃烘烤的東西，他每天都在送印度菜給人家吃，自己根本不想吃。」

「我只素問問——」

「沒必要，克羅拉，拜託。」

他在她額頭溫柔地親吻了一下，克羅拉還因此稍微彎下身下來一點。

「我認識山姆這麼多年，他老婆看起來也不挑剔。他們又不是什麼皇室家庭，妳知吧？他們不是那種印度人。」他搖著頭重複著，好像被某個問題所困擾，某種他無法完全解開的複雜情緒。

山曼德和艾爾沙娜·伊格伯不是那種印度人（就像在阿奇心中，克羅拉也不是那種黑人），他們呢，實際上根本不是印度人，而是孟加拉人[15]，住在威斯敦路落後那一邊的第四條街上。他們花了一整年時間才搬到這兒，花了有夠困苦的一年才得以完成這個重大的搬遷，從白教堂區落後的那一邊，來到威斯敦落後的這一邊。在這一年中，艾爾沙娜用廚房那臺老舊的勝家縫紉機，為蘇活區一家叫「奴役」的店縫起一塊塊黑色塑膠帶，真是受夠了。許多夜裡，艾爾沙娜拿著她照指示所做出的東西，心中納悶著這是什麼鬼衣服。

而這一年山姆也受夠了。他用標準弧度低頭，左手拿著鉛筆，聽命於那些英國人、西班牙人、美國人、法國人及澳洲人可怕的發音：

請給偶撒拉。

請給偶炸雞跟樹條。

山曼德的工作時間從晚上六點到清晨三點，白天則都在睡覺。到後來，見到日光的機會變得和慷慨的小費一樣難得。山曼德推開兩顆薄荷糖和帳單，發現盤子上的十五便士。這是什麼意思呢，山曼德心想，把你丟到許願池的錢拿來當小費，是什麼意思呢？但就算他想以餐巾掩護、把十五便士塞進圍裙，這非分之想還來不及成形，莫庫爾——經營「皇宮」這家餐廳的阿達夏．莫庫爾總戴著金邊眼鏡在餐廳裡逡巡著，用一隻和善的眼睛看著顧客，另一隻警戒的眼睛看著員工——卻正朝他走過來。

「沙——曼——德，」他油腔滑調的講話方式令人倒胃。「你今天有沒有好好奉承啊？表哥？」

山曼德和阿達夏是遠房表兄弟，山曼德長他六歲。去年一月，阿達夏滿懷喜悅地拆開一封信（純粹就是種滿足感），發現比他年長、聰明又帥氣的表哥感嘆要在英國找工作不易，不知他有沒有可能……

15 印度在十七世紀受到英國入侵，於十八世紀後半葉成為英屬印度。一九四七年印巴分治，孟加拉分成東、西兩部分，西孟加拉屬印度，東孟加拉成了巴基斯坦的一部分（即東巴）。一九七一年三月，東巴宣布獨立，成為孟加拉人民共和國。

「十五便士，表弟，」山曼德舉起他的手掌說。

「喔，再少的小費、再少的小費，」阿達夏的死魚嘴拉成一條笑容。「都要丟到那個尿盆裡。」

尿盆指的是黑色的巴爾蒂鍋[16]，放在員工廁所外的牆角，所有小費都要丟進這裡，到了打烊時再平分。這對席法那樣年輕、耀眼、好看的服務生來說是很不公平的。席法是員工中唯一的印度人，這點對他的服務技巧來說算是一項優勢，而他的技巧也成功超越了宗教上的差異。如果角落那位自怨自艾的離婚白種女人夠寂寞，而席拉又能有效地對她眨眨長睫毛，一晚上要賺到四英鎊的小費根本就不是難事。他還可以從那些穿著高領的導演和製作人身上拗到一些錢。（「皇宮」位於倫敦戲劇區的中心，當時仍是皇室宮廷、俊男及肥皂劇的天下。）這些人就愛奉承這個男孩，看他屁股挑釁地搖擺，來回穿梭於吧檯前。他們還發誓如果有人要拍「印度之旅」這個戲碼，只要男孩喜歡，裡面的任何角色隨他挑。因此，對席法來說，那個小費尿盆制度根本就是在光天化日下搶劫，也侮辱了他不容挑戰的服務能力。但對山姆這種年近五十，或對更老的人，如白髮蒼蒼八十來歲，嘴邊殘存有年輕時微笑留下的深刻法令紋的穆罕默德（阿達夏的隔代叔叔），這小費尿盆就沒什麼好抱怨的了。所以囉，與其冒著幹走十五便士被捉的危險（還要罰扣一整個禮拜的小費），還不如把它放進尿盆裡和大家平分。

「都是我在養你們，」到了晚上打烊，當席法不得不把五英鎊丟進盆子裡，就會破口大罵。「不要巴著我，拜託誰可以叫這群輸家別搭我便車，那五英鎊是我的，現在卻他媽的要分成幾百萬份給這堆沒用的傢伙！這叫什麼？共產主義嗎？」

這時其他人就會避開眼神不看他，靜靜忙著其他事情。直到有一天，又是十五便士之夜，山曼德像呼吸一樣小聲回了一句。「閉嘴，小子。」

「你！」席法轉到山曼德站的地方，碾碎了一盆明天印度菜要用的豆子：「你尤其糟！是我見過他媽最糟的服務生！就算是你用搶的也賺不到一毛小費！我聽到你和客人聊什麼生物、政治什麼的——只管送菜就好，你這白痴——你是個服務生，媽的，不是麥可．帕金森[17]！」席法把圍裙放在手臂上，像個可憐的小丑，在廚房裝模作樣地模仿起來。「『我好像聽你提到德里，我也是念那裡的，你知道吧，就是德里大學，那時候真棒，真的——我還為英國打過仗，是、是、是，太好了，太好了。』」他在廚房繞來繞去，不斷鞠躬、磨掌，好像搖滾樂團尤拉希普[18]，先對著主廚屈膝哈腰，再對著正在冷凍間準備肉品的老頭，最後對著擦抹烤箱底部的年輕小伙子鞠躬。「山曼德、山曼德……」他用一種窮極可憐的語調說，然後突然停了下來，拿掉手臂上的圍裙、綁回腰間。「你真是個可悲的小可憐蟲。」

搓洗鍋子的穆罕默德抬起頭來猛搖，也沒特別對誰，就是說了一句。「這些年輕人講的是什麼話？講的是什麼話啊？敬老尊賢都跑哪去了？講的這是什麼話？」

---

16 一種煮印度菜的鍋子。
17 BBC電視臺的脫口秀主持人。
18 重搖滾魔法師（Uriah Heep），這個成軍於英國的前衛重搖滾樂團在七〇年代曾紅極一時，他們的名字取材於狄更斯的小說《大衛考柏菲》中一角色的名字。

「你也媽的給我閃一邊去，」席法朝他揮舞一根長柄杓。「你這個老白痴，又不是我老子。」

「至少是你媽叔叔的表兄弟。」一個聲音在背後咕噥道。

「屁話，」席拉說：「全是一堆屁話。」

他抓起一支拖把往廁所走，經過山曼德面前停了下來，把拖把柄塞到山曼德嘴邊。「親啊，」他譏諷道，模仿阿達夏慢吞吞的聲調。「誰知道呢，表哥，說不定你還會加薪吶！」

大部分的晚上就像這樣：受到席法和其他人的怒罵，忍受阿達夏的高傲姿態，總是見不到艾爾沙娜的面，見不著陽光，老是抓起十五便士然後再把它繳出去。他多麼渴望能夠在身上掛張白色的布告牌，上面寫著：

> 我不是服務生。我曾是學生，科學家和軍人。我太太叫艾爾沙娜，我們住在東倫敦，但想要搬到北邊去。我是個穆斯林，但阿拉已拋棄了我，或是我拋棄了阿拉，我也不是很確定。我有一個好友阿奇——和其他朋友。我四十九歲，但女人有時在街上還是會回頭看我。

不幸的是並沒有這麼一張牌子，所以他有種迫切的需要，想去告訴每個人，就像《老水手之歌》[19]一樣需要不斷解釋，重複主張某些事，任何事都好。這難道不重要嗎？無奈得到的卻是錐心的失望，同時發現只有低著頭、拿好筆才重要，而且是太重要了，重要到只有這樣做才算好服務生，聽人家說——

帶骨羊肉燴飯，加薯條，謝謝。

而為了盤子上那十五便士，謝謝你喔，先生，真是太謝謝你了。

阿奇婚禮後的那個星期二，山曼德等到其他人都下班了，把他發亮的白上衣（用桌布同樣的布料做的）折成正方形，便上樓到阿達夏的辦公室表示有事相求。

「表哥！」阿達夏看到山曼德的身體小心翼翼地繞過門邊，用一種反善的眼神向他擠了一眼。他知道山曼德是為了要求調薪而來，他希望這表哥能感受到，他是真心誠意地考量過他的要求再拒絕他的。

「表哥，進來啊！」

「晚安，阿達夏．莫庫爾。」山曼德說完，走進了房間。

「坐下、坐下。」阿達夏熱情地說：「現在沒必要客套嘛！是不是？」

山姆很高興是這樣，而他也這樣說了。他不能免俗地花了點時間欣賞這個房間，那些

19 由柯勒律治（Samuel Taylor Coleridge）所著的詩〈古舟子詠〉（The Rime of the Ancient Mariner），描述水手是不可以殺死海鷗的，但有位老水手竟然殺死了海鷗，導致一大堆奇怪的災變，許多人都死了，唯獨他不死，最後一天到晚去跟人說這個悲慘的故事。

冷豔的金色、三倍密實的毛毯、各式各樣黃色綠色的家具。其實不得不尊敬阿達夏的生意頭腦。他只是把印度餐廳這個簡單的想法（小房間、粉紅桌布、大聲的音樂、可怕的壁紙、在印度吃不到的印度菜和旋轉式調味架）搞大而已。他根本就沒做啥改變，只把所有東西變大一點，然後開在比較大的空間裡，位在倫敦比較大的觀光區勝利廣場，除此之外，全都是一些老掉牙的垃圾。你不得不敬佩這個想法，以及這位就像隻仁慈蝗蟲坐在那裡的男人，他那昆蟲般的細長身軀陷在黑色皮椅裡，往桌前傾，滿臉笑容：一個偽裝成慈善家的寄生蟲。

「表哥，找我何事？」

山曼德吸了一口氣，事情是這樣的——

當山曼德解釋著自己的情況，阿達夏的眼神變得有點呆滯。他皮包骨的雙腳在桌子底下抽動，手指玩弄著迴紋針，直到它看起來像英文字母A，代表阿達夏（Ardashir）的A。事情……是什麼事情呢？是房子的事。山曼德要搬離東倫敦（這裡無法養育孩子，真的，所有不希望孩子受到身體傷害的人都會同意），搬離東倫敦這些幫派，到北倫敦，西北那一區，那裡比較……比較……自由。

該他說話了嗎？

「表哥，」阿達夏調整表情，說：「你要了解，我不能把員工買房子變成自己的事，不管是不是表兄弟，我都付了薪水，表哥，在這國家做生意就是這樣。」

阿達夏說話的時候聳了聳肩，好像很不同意「這國家做生意」的方式，但這又是實情。他是被迫的，他的表情好像在說，都是英國人逼他賺了這麼多錢。

「你誤會我了，阿達夏。房子的錢我有了，那房子是我們的，我們已經搬進去了——」他怎麼買得起？一定是把他太太操得半死，阿達夏心裡這麼想，從下面的抽屜又拿出另一根迴紋針。

「我只是需要加一點點薪，來幫我搬這個家，讓我們搬進去之後好過一些。而且，艾爾沙娜，呃，她懷孕了。」

懷孕，這下難了。這件事需要非常有技巧地處理。

「別誤會我的意思，山曼德，我們都是聰明直率的人，所以我想我就直說了：我知道你不是他媽的服務生的料，」他低聲補上這句咒罵，隨後放肆笑了出來，好像要用什麼俏皮話還是私事來拉近兩人的距離。「我明白你的處境，我真的了解，但你也必須體諒我的處境，如果我僱用的親戚都要加薪，我就是他媽的甘地了。最後我會連個撒尿的尿桶都沒有，只能靠稀疏月光來織布。這兒有個現成的好例子，就是我那不知滿足的肥貓王姊夫休斯．以實馬利……」

「那個屠夫？」

「就是那個屠夫，他要我付更多的錢去買那些爛肉！他對我說：『可是阿達夏，我是你姊夫啊！』。但我對他說，穆罕默德，這就是買賣……」

這次輪到山曼德的眼神呆滯起來。他想到他的老婆艾爾沙娜，她其實不像他結婚時以為的那麼溫順，他還是非得告訴她這個不好的消息。艾爾沙娜是容易暴躁、甚至會瞬間發作的那一型，沒錯，用發作來形容應該不會太過份，她是會瞬間發作的人。他的表哥表弟、姑媽阿姨還有兄弟都覺得這是個不好的現象，擔心艾爾沙娜的家族裡搞不好真的有什麼「奇怪的精神問題」。他們同情他，就像你會同情一個買到贓車，而且車子里程數還遠遠超出想像的人一樣。在山曼德天真的想法裡，單純認為那麼年輕的女人應該……很好應付。但艾爾沙娜可不是這麼回事。不，她一點都不好對付。他想，這年頭對待年輕女人的方式就是這樣吧。阿奇的老婆……就在上個星期二，他在她眼中也看到了某些不好對付的東西。新一代的女人就是這樣吧。

阿達夏自認完美的演說終於到了尾聲，他滿意地往後靠，把代表莫庫爾（Mukhul）的M放在膝蓋上的A旁邊。

「謝謝你喔，老闆，」山曼德說：「真是太謝謝你了。」

當晚免不了一場激烈的爭吵。艾爾沙娜把手上一件黑色鑲有釘飾的熱褲甩到縫紉機上，把縫紉機撞倒在地。

「沒用的傢伙，你說，山曼德彌亞，搬來這裡有什麼意義？房子不錯，是，很好——可是吃的呢？」

「這裡環境不錯，也有朋友在這裡。」

「朋友是誰？」她小小的拳頭打在廚房的餐桌上，上面的鹽巴和胡椒罐跳了起來，在空中壯觀地撞在一起。「我不認識他們！不過就是個英國佬，和你一起打過一場爛戰……還娶了個黑女人！他們是誰的朋友？我的小孩就要讓這些人陪著長大嗎？和他們半黑不白的小孩？你說啊，」她大叫，隨後又轉回她最喜歡的話題。「吃的東西在哪裡？」她誇張地把廚房每個櫥櫃都翻開。「在哪？我們可以吃盤子嗎？」兩只盤子被甩在地上、摔得粉碎。她拍拍肚子，指著未出生的小孩，然後指向那一堆碎片：「餓了能吃嗎？」

山曼德若被激怒也是很可怕的。他馬上走到冰箱，搬出一小座山的肉，堆在房子中央。他說他媽媽會在半夜為家人準備肉食。還說媽媽沒有像艾爾沙娜這樣把家用花在一些現成的食物、酸乳酪和罐頭義大利麵上。

艾爾沙娜往他的肚子狠狠揍了一拳。

「山曼德．伊格伯是個老傳統！我乾脆拿個水桶蹲到街上去洗衣服好了。那我的衣服又怎麼樣？可以吃嗎？」

這時，山曼德捧著他劇烈起伏的肚子，艾爾沙娜則在廚房把身上所有衣服撕成碎片，丟到那堆剩下來的冷凍羊肉上。她光著身子在他面前站了一會兒，微凸的肚子一覽無遺，然後披上一件棕色的長外套離開了房子。

如同以往，她把門在身後狠狠甩上，反省著。沒錯，這是個不錯的環境。她衝到大馬路上，她無法否認這個事實，畢竟現在她在綠蔭間穿梭，而不像過去在東倫敦的白教堂區，要閃躲的是人家丟棄的床墊和一堆流浪漢。這裡對孩子是好的，她無法否認。艾爾沙娜根深蒂固地相信，住在靠近綠蔭的地方對年輕人的德性有幫助，而現在她的右手邊就是格雷史東公園，一片以自由黨出身的總理所命名的遼闊綠地（艾爾沙娜來自一個受人尊敬的孟加拉家庭，也念過英國歷史，但你看她現在成了什麼樣子？如果大家看得夠仔細……）而根據自由黨的傳統，這是個沒有圍牆的公園，不像比較富饒的女王公園，亦即維多利亞公園，有尖尖的鐵欄杆圍著。威斯敦沒女王區那麼漂亮，但算是不錯的區域。她不否認，這裡不像白教堂區，會有那個叫伊諾克還是什麼東東的瘋子高談闊論，逼他們躲到地下室，而孩子們則是用靴子上的鐵帽到處打破窗戶。生活四周都是愚蠢而無意義的事物。現在她懷孕了，需要比較安全又安靜的地方。雖然這裡在某方面還是沒變，大家還是用奇怪的眼光看她：一位小個子的印度婦人，穿著防水外套在大馬路上昂首闊步，濃密的頭髮到處翹。馬里的中東春捲、莊記餐廳、羅傑餐廳、馬克維契麵包店，她經過並念著這些不熟悉的門牌。她精明的很，很清楚這些是什麼。「自由？瞎扯蛋！」這裡的人也沒有比其他地方的其他人自由。在威斯頓，不過就是沒啥大事情罷了，沒有大到要聯合起來去反抗另一件事情，去逼人家躲到地下室，去把人家的窗戶打得稀巴爛。

「基本上生存就是這麼回事！」她大聲做了結論（而且是對著她的寶寶說，她希望每天能給他一個精明的想法）。當她打開**鞋瘋**的大門，上面的鈴鐺應聲響起。她的姪女妮娜在這裡工作，這是一間老式鞋店，而妮娜的工作就是把掉了的鞋根釘回去。

「艾爾沙娜，妳看起來糟透了，」妮娜用孟加拉語說：「妳穿的是什麼可怕的外套？」

「不關妳的事，外套就是外套，」艾爾沙娜以英文回答。「我過來拿我老公的鞋子，不是來和妳這帶不出門的姪女聊天的。」

妮娜已經習慣了，現在艾爾沙娜搬到威斯敦來，以後更有的受了。她以前罵的內容可長了，好比，妳除了讓人覺得丟臉以外實在是沒啥用處……要不就是，我的姪女，那個丟臉的傢伙但現在的艾爾沙娜不再有那時間和精力去搞這些打擊，所以就簡化成了帶不出門的姪女，一個通用標籤，總結了上面的看法。

「看到這鞋底嗎？」妮娜撥開眼睛上一條染成金色的瀏海，從架上拿下山曼德的鞋子，然後遞給艾爾沙娜一張小小的藍色單子。「都穿透了，艾爾沙姑姑，我還得從最底部修理。從最底部吶！他是穿去幹什麼了？跑馬拉松嗎？」

「工作，」艾爾沙娜簡潔地說，隨即又加一句。「和禱告，」她要人家知道她是可敬的，而且是個非常傳統、虔誠、除了信仰以外什麼都不缺乏的人。「還有，不要叫我姑姑，我也只比妳大兩歲。」艾爾沙娜把鞋子丟到塑膠袋裡轉身離去。

「我以為禱告都是用膝蓋呢。」妮娜輕輕地笑。

「站著跪著都有、都有。睡覺的時候、醒著的時候、走路的時候，」艾爾沙娜再次經過那個小小的鈴鐺，怒氣沖沖地頂回去。「造物主可是永遠都在看著吶！」

「那新房子怎麼樣呢？」妮娜在她身後叫。

但她已經走了。妮娜搖頭嘆氣，看著她年輕的姑姑迅速消失在街上，像顆小小的棕色子彈。妮娜心想，艾爾沙娜既年輕又老成。她表現得如此明智講理，直挺挺地包在那件不怎麼好看的長外套下，但就是給你一種感覺……

「喲呵，小姐，後面有鞋請妳過來看看，」倉庫裡傳來一個聲音。

「就來了。」妮娜說。

艾爾沙娜倏地繞到街角郵局後面，脫掉痛死人的涼鞋，換上山曼德的鞋子（這就是艾爾沙娜的奇怪之處，她的個子嬌小，腳丫卻奇大無比。而且每次光是看著她就直覺認為她的腳還會再長大）。不消幾秒鐘，她已經把頭髮紮了起來，把外套裹得更緊些來防風。接著她起身經過圖書館，來到一條以前沒走過的綠色長路。「就是生存這麼回事，小伊格伯，」她對著凸起的肚子又說了一次。「就只是生存。」

她在路中央穿越到另一頭，本想左轉回到之前的大馬路上。在她往一輛後方打開的白色小貨車走去，嫉妒地看著裡面打包的行李時，她認出了靠在花園欄杆上的黑女人，正迷迷濛濛朝圖書館的方向望向天空（不過她幾乎半裸！穿著一件可怕的、紫色的、簡直算是內衣的背心），好像她的家具就放在那頭。她來不及越過馬路避開，就被她發現了。

「伊格伯太太。」克羅拉朝她揮手喊道。

「瓊斯太太。」

兩個女人同時對自己所穿的衣服尷尬了一會兒，但在看過對方之後又重拾信心。

「阿奇，你看奇不奇怪？」克羅拉清楚地說出每一個字。她漸漸去除了口音，而且希望把握每個練習的機會。

「什麼？什麼事？」站在玄關的阿奇問，並且開始生書架的氣。

「我們剛剛還提到你們——你們晚上要過來晚餐，對吧？」

黑人通常都很友善，艾爾沙娜對著克羅拉微笑，心裡這樣想著，並在潛意識下把這項優點加到她的黑人女子優缺點一覽表上。目前這張表上的優點滿少的。針對她所不喜歡的少數民族，艾爾沙娜喜歡在裡頭挑出一個人來寬恕。在白教堂區就有很多這種被寬恕的人。專門看手足病的華人范醫生，猶太木匠席格先生，還有羅絲，一個讓艾爾沙娜覺得煩又不失樂趣，不斷想讓艾爾沙娜變成耶穌再生論支持者而來串門子的多明尼加女子——這些幸運兒都得到艾爾沙娜的寶貴赦免，得以像北京虎一樣褪掉他們本來的膚色。

「是的，山曼德有提到，」艾爾沙娜回答，雖然山曼德根本沒有。

克羅拉露出笑容說，「好……太好了！」

一陣沉默。兩人都想不到要說什麼，眼神雙雙往下看。

「這鞋子看起來很舒服，」克羅拉說。

「是啊，是啊，妳知道，我常常走動，還要帶著這個——」她拍拍肚子。

「妳懷孕了？」克羅拉驚訝地說：「騙人，喲——妳才這麼小一隻，我根本就看不出來。」

克羅拉話一出口就漲紅了臉，只要她太激動或太高興就會露出馬腳，變回原來講話的方式。艾爾沙娜只是愉快地笑著，不是很確定她在講什麼。

「妳不說我還真不知道。」克羅拉緩和下來說。

「不會吧。」艾爾沙娜勉強擠出笑容：「我們老公不是什麼都跟對方說嗎？」

這句話才說完，兩位年輕太太的腦中重重落下另一個想法：如果她們的老公什麼都跟對方說，那她們豈不成了一直被矇在鼓裡的人？

4 另外三個

克羅拉已經有兩個半月的身孕，阿奇聽到這個消息時正在公司。

「真的嗎，親愛的？」

「真的！」

「騙人！」

「真的！而且我還問那個醫生小孩會長成怎樣，素一半黑還素一半白。結果他說都有可能，响——還有可能素那個藍眼睛的！你想像得到嗎？」

阿奇想像不到。他完全想像不到，他的某一部分，和克羅拉的某一部分，在基因池裡一較高下之後居然贏了。多麼棒的機會啊！多麼棒的事情啊！他衝出辦公室到攸斯頓街上去買盒雪茄。二十分鐘後他帶著一大盒印度甜食神氣活現回到摩根希羅，開始在辦公室裡發送起來。

「諾爾，試試這會黏牙的，這個不錯。」

諾爾是辦公室裡的晚輩，多疑地看著那個油膩膩的盒子。「這是為了什麼……」

阿奇在他背後一拍，「我要當爸爸了，不錯吧？藍眼睛的，怎麼樣？我是在慶祝啊！不過事實是，你可以在攸斯頓街上買到十四種不同的印度豆，但不管你有沒有情、有沒有錢，就是買不到一包他媽的菸。來啊，諾爾，還是你要這個？」

阿奇拿起一個半白半粉紅、味道不怎麼好聞的東西。

「呃，瓊斯先生，那個很……這真的不是我……」諾爾說著，彷彿想回去做他的歸檔工作。「我最好繼續……」

「喔，吃嘛，諾爾，我就要有小孩了。四十七歲了我，居然快要有小寶寶了，這值得小小慶祝吧？不是嗎？吃嘛……你不吃怎麼知道。嘗一點點看看。」

「可是巴基斯坦食物不是都……我有一些不好的……」

諾爾拍拍肚子，臉色不是很好看。除了在「直接郵寄」這行工作外，諾爾一點也不喜歡「直接」和人交談。他只想做摩根希羅裡的轉達者。不管是轉接電話、轉告某人的話或是轉送信件等。

「見鬼了你，諾爾……這只是零食罷了。老弟，我不過是想慶祝而已。你們嬉皮都不吃零食這種東西的嗎？」

諾爾的頭髮比其他人都長了些，有一次他還買了焚香在咖啡間燒，加上這又是一間小公司，實在沒什麼新鮮事，所以這兩件事就讓諾爾成了公司裡的第二名人，僅次於珍妮絲·賈普林[20]，就像阿奇因為二十七年前在奧運拿下第十三名，就成了公司裡的白種傑西·歐文斯[21]。而會計部的蓋瑞因為有個法國外婆，而且可以用鼻子吐煙，所以變成墨利

20 Janis Joplin，美國民謠才女，一九四三年生。縱橫六〇年代流行樂壇，被喻為最偉大的白人藍調女歌手。一九七〇年因嗑藥過量暴斃。

21 Jesse Owens，美國黑人選手，一九三六年奧運寫下一百公尺及兩百公尺世界紀錄，並拿下四面金牌，該紀錄一九四八年後才由美國選手劉易士再度寫下。

斯・查佛利[22]，還有阿奇的折紙夥伴艾爾蒙是愛因斯坦，因為他可以完成《時代雜誌》填字遊戲裡三分之二的空格。

諾爾一臉痛苦。「阿奇，你有收到希羅先生要我給你的紙條嗎？是關於折那個……」

阿奇嘆了口氣。「關於產婦保養的那個案子。有，諾爾，我已經告訴艾爾蒙要移動針孔了。」

諾爾看起來很感激。「喔，恭喜你那個……那我得繼續……」諾爾就這樣又回到自己的座位。

阿奇轉身去找服務臺的瑪琳。以這把年紀的女人來說瑪琳的腿算是挺漂亮的，好像用腸衣緊緊裹住的香腸，而且她一向對他有那麼一點好感。

「瑪琳，親愛的，我要做爸爸了！」

「真的嗎？喔，真令人高興，是女孩還是──」

「還太早所以不知道。不過是藍眼睛！」阿奇說，對他來說，這眼睛的顏色似乎已超越基因的可能性，成為一種事實了。「妳覺得如何？」

「你是說藍眼睛嗎，阿奇？」瑪琳小心地問，企圖找到比較好的表達方式。「不是我要冒犯……但你的老婆不是，呃……有色人種嗎？」

阿奇吃驚似地甩了甩頭。「我知道！她和我的小孩，基因混合，就變成藍眼睛了！真是自然的奇蹟啊！」

「喔，沒錯，真的是大奇蹟。」瑪琳簡潔地說，心想這麼說應該不會不禮貌吧。

「想吃點甜的東西嗎？」

瑪琳似乎猶豫不決，接著拍拍她套在白色緊身褲裡緊繃到漲紅的大腿。「喔，阿奇，親愛的，我不能吃，會直接胖到我的腿和屁股，不是嗎？而且我們都不年輕了，對吧？不對嗎？誰也無法讓時間倒轉，是不？至於那個瓊．瑞佛斯[23]，真想知道她是怎麼辦到的！」

瑪琳笑了好久，她的笑在摩根希羅可是赫赫有名，聲音刺耳又響亮，嘴巴卻只張開一條縫，因為她很怕會有笑紋。

她用擦著鮮紅指甲油的手指懷疑地戳了戳盒裡的甜點。

「印度甜食，是不是？」

「沒錯，瑪琳，」阿奇露出很男人的笑容。「又辣又甜，就像妳一樣。」

「喔，阿奇，你真是好笑，」瑪琳憂傷的說。其實她一直都有那麼一點喜歡阿奇，但因為他一些奇怪的舉動，就是沒辦法超越那一點喜歡，例如，他好像從沒注意到自己老和巴基斯坦或加勒比海人聊天，現在還娶了個黑人，而且對於她的膚色甚至不覺得有提的必要，直到公司聚餐發現他老婆是黑人，瑪琳差點被明蝦沙拉鯁到。

瑪琳伸手到桌邊去接電話。「我想還是不要好了，阿奇，親愛的……」

「隨便妳，不過妳不知道自己錯過了什麼好東西。」

瑪琳無力地笑笑，拿起話筒。「是的，希羅先生，他在這裡，他剛發現自己要做爸爸

---

22 法國紅星Maurice Chevalier。

23 美國演藝界的長青樹Joan Rivers，演員出身。奧斯卡自有星光大道以來，一直都由其負責主持。

了……是，還是藍眼睛的……是，您沒有聽錯，我想可能是基因的關係吧……喔，是的，好……我會跟他說。我會請他進去……喔，謝謝你，希羅先生，你人真的很好。」瑪琳用她的魔爪摀住話筒，用一種故意給人聽到的悄悄話音量對阿奇說：「阿奇，親愛的，希羅先生要見你。他說很急。你是不是有不乖還是做了什麼？」

「我也是這麼想！」阿奇說著向電梯走去。

門上寫著：

凱文希羅

公司經理

摩根希羅

直寄郵件專家

本來應該是很有壓力的事，阿奇的反應卻很平常，他敲了敲門，先是敲得太輕，後來又敲得太重，以至於穿著鼯鼠皮的凱文希羅過來為他開門時，他幾乎整個人跌了進去。

「阿奇，」凱文希羅露出兩排珍珠白的牙齒（多半歸功於昂貴的牙醫技術），而非每天刷洗。「阿奇呀阿奇，阿奇——阿奇，」

「希羅先生。」阿奇回答。

「你真是使我為難啊。」希羅先生說。

「希羅先生。」

「坐吧，阿奇。」希羅先生說。

「謝謝，希羅先生。」阿奇說。

凱文在襯衫領口擦掉一抹骯髒的汗水，手中的銀色派克鋼筆轉了好幾回，最後是一連串的深呼吸。「好，這是件很敏感的事……我從不認為自己是個種族歧視者，阿奇……」

「希羅先生？」

老天爺，凱文心想，阿奇那雙眼睛在臉上看起來還真大，當你要說一些敏感的事情，絕對不希望是有這種比例的眼睛盯著你。大大的眼睛，就像小孩或海豹寶寶的特徵，超級無辜。看著阿奇瓊斯，就像是看著某個隨時想要你抱抱的玩意兒。

凱文嘗試比較軟性的方式。「我這樣說好了。通常遇到這麼敏感的事情，我都會——你知道的——和你商量。因為我一直以來都很願意花時間在你身上，阿奇。我尊敬你，雖然你並不突出，阿奇，你從來就不是很醒目的那一型，但你就是很——」

「很耐用，」阿奇補上去，他知道這是什麼意思。

凱文笑了，臉上一道疤痕隱約可見，這是某個胖子突然衝進旋轉門幹出的傑作。「對，就是耐用。人們信任你，阿奇。我知道你一直有在做，之前的老頭也給你添了不少麻煩，但當我接管這家公司，我決定讓你留下來，阿奇，因為我看得很清楚：人們信任你。這也是你能在這行待這麼久的原因。而我也相信你，阿奇，我相信你會了解我接下來要說的。」

「希羅先生？」

凱文聳聳肩。「我本來也可以騙你的，阿奇，我可以跟你說是訂位出了問題，所以沒有你的位置了；我也可以隨便找個理由搪塞過去，但你是個大人了，阿奇。你會打電話給餐廳，你又不是猴子，阿奇，你腦袋裡是有料的，你把二和二加在一起，也能算出——」

「四。」

「四，沒錯，阿奇，你會算出四的，你知道我在說什麼嗎，阿奇？」希羅先生說。

「不知道，希羅先生，」阿奇回答。

凱文決定不再拐彎抹角。「上個月的公司聚餐……真的很糟糕，阿奇，實在令人不太滿意。現在我們的年終聚餐來了，這次和我們在聖德藍的姊妹公司一起辦，總共有三十人左右，也沒啥特別的啦，你知道，就是吃一些咖哩菜、喝一些酒和一些搖滾樂罷了……就像我剛講的，也不是說我是個種族歧視的人……」

「種族歧視……」

「我也很想對伊諾．鮑維爾[24]吐口水……但，話說回來，他說的也有道理，不是嗎？總會有個極限，有個飽和點，讓大家開始覺得不舒服……你瞧，他的意思——」

「誰？」

「鮑維爾，阿奇，鮑維爾——你跟上我好不好！他的意思就是說一達到某種程度，夠了就是夠了，不是嗎？我的意思是，每個星期一早上攸斯頓街都快變成印度德里了。阿奇，公司有一些人——不包括我——覺得你有點奇怪。」

「奇怪？」

「你知道做太太的之所以不喜歡她……講白一點就是因為她正點，是個大美女，那雙腿可真棒，阿奇，我要為那雙腿恭喜你。至於男人呢，呃，男人之所以不喜歡是因為，他們不希望和正經八百的老婆一起公司聚餐時，發現自己心裡居然有那麼一點想要別的女人，尤其她是個……你知道……他們會完全不知道該怎麼辦才好。」

「誰？」

「什麼？」

「我們在說誰？希羅先生？」

「聽著，阿奇，」凱文說，他的汗水如今已毫無節制地湧出，對他這種胸毛多的人來說真的不是很舒服。「拿去，」凱文把一疊餐券推到桌子另一邊。「這是抽獎的時候留下來的，記得嗎？為了幫助比亞法拉人[25]那次？」

「喔，不行的，那次我已經拿到烤箱手套了，希羅先生，你不用……」

「拿去吧，阿奇，這堆大概值五十英鎊，可以在全國五千個餐飲據點使用。拿去吧，好好吃幾餐，算我請你的。」

阿奇碰觸餐券的樣子好像有好幾張五十英鎊似的。凱文還一度以為他眼中流出了喜悅的淚水。

「嗯，我不知道該說什麼。有個地方我常去，一家很普通的店，如果他們收這個，那世界就太美好了。謝謝。」

凱文拿了條手帕擦額頭。「不用放在心上，阿奇。」

「希羅先生，我可不可以……」阿奇手指著門。「我想打電話給一些人，你知道，告訴他們小孩的事情……如果我們這邊結束以後。」

---

24 英國政治家Enoch Powell，警告外來移民對英國傳統文化的破壞。

25 比亞法拉（Biafrans）是奈及利亞的一區。

凱文點點頭，整個人放鬆下來。阿奇從椅子上站起。他剛碰到門把時，凱文再次拿起派克鋼筆：「喔，阿奇，還有一件事，和聖德蘭公司的那場聚餐，其實我和瑪琳討論過，我想我們必須把人數降低，所以就把大家的名字放在帽子裡，結果抽到你的名字。不過，我想你應該不會覺得很可惜吧？這種聚餐通常都很無聊的。」

「你說的一點也沒錯，希羅先生。」阿奇說著，心思已經飄到了別的地方，他祈禱著歐康尼爾也是那五千個餐飲據點之一，阿奇自顧自的微笑，想像他拿出這天殺的五十英鎊餐券時，山曼德不知道會有什麼反應。

瓊斯太太和伊格伯太太這兩個女人見面的機會越來越多了，一方面是因為克羅拉在艾爾沙娜之後不久也懷孕，另一方面則是地緣關係（克羅拉這時找到一份兼差工作，在基爾本青年團當指導員，這個團體看起來就像十五人編制的牙買加斯卡（Ska，雷鬼前身）樂團。六吋高的黑人頭、愛迪達運動衣、咖啡色領帶、魔鬼氈、暗色太陽眼鏡。而艾爾沙娜則是在轉角的基爾本路上參加亞裔女子的產前課程。一開始，兩人還有些遲疑，只是一起用過幾次午餐，偶爾喝個咖啡，純粹從防衛老公的友情開始，卻進展快速。她們都謝絕參與老公所喜愛的團體，但多出來的時間倒也不覺得無聊，可以出去野餐郊遊、參加一些討論、自己念念書，或去看些老舊的法國電影。艾爾沙娜會矇住眼睛，對著戲裡的裸體尖叫（「把它剪掉，我們不要看那些晃來晃去的肉！」）那些得以讓克羅拉一窺其他夫妻怎麼過的電影：那些過得浪漫、熱情、懂得生活樂趣的夫妻；那些有性生活的夫妻；那些要不是她那天站在樓梯上、阿奇站在樓梯下，她也可能擁有的生活方式。

當她們肚子大到連戲院的椅子都坐不下時，兩個女人便開始相約在基爾本公園一起午餐，那個帶不出門的姪女也常加入。三個女人擠在一張其實很長的公園椅上，艾爾沙娜把一些ＰＧ紅茶[26]從保溫瓶倒進克羅拉手上的杯子，沒有牛奶，但有檸檬，接著剝開纏繞包裹好幾層的保鮮膜，露出令人愉悅的今日餐點：好吃的麵捲球、顏色如萬花筒的酥脆印度甜點、包著辣牛肉的油酥餅，還有洋蔥沙拉。然後對克羅拉說：「吃吧！把自己餵飽！孩子就在裡面吶，在你肚子裡打滾等著要看菜單呢。女人，別虐待它了！妳該不會想餓著它吧？」雖然看起來不像，但正確地來說，那椅子上其實坐了六個人（三個大人，三個即將報到的小孩），克羅拉的一個女兒，艾爾沙娜的兩個兒子。

艾爾沙娜說：「講真的，我可不是在抱怨，孩子是一種神賜，越多越好是沒錯。但我告訴你，當我轉頭過去看到那個、那個很厲害的超什麼波的……。」

「超音波，」克羅拉糾正，嘴裡塞滿飯粒。

「對，我差點沒心臟病發死掉！兩個吶！養一個就夠你受了！」

克羅拉笑了出來，說她可以想像山姆看到的樣子。

「妳錯了，親愛的，」艾爾沙娜語帶責備，把她的大腳塞到莎麗的布褶下。「他什麼也沒看到。他不在那裡，我才不讓他看那種東西。女人都有一些私密的事，男人不需要去管這種身體的事，尤其是女人的……那部分。」

26 廉價茶葉的牌子。

帶不出門的姪女坐在兩人中間，嘖了一聲。

「靠，艾爾沙娜，他有時候總會管到妳身體的事吧，還是這又是什麼該死的聖潔觀念？」

「真是粗魯欸妳，」艾爾沙娜以一種傲慢的態度，用英文對克羅拉說：「年紀這麼大了還這麼粗魯，同時又像小孩子一樣什麼都不懂。」

這時，克羅拉和艾爾沙娜一齊把手放在凸起的肚子上，好像有著相同經歷的人碰巧在照鏡子似的。

妮娜試著彌補剛剛的失言。「嗯……那……你們要取什麼名字？有什麼想法嗎？」

艾爾沙娜斬釘截鐵地說：「如果是女的，就叫米娜和瑪拉娜，如果是男的，就叫馬吉德和米列特[27]，M很好，M聽起來很有力，默哈瑪[28]、穆罕默德、那個有趣的莫肯貝先生——就是雙人搭檔莫肯貝和威斯[29]，有沒有？他們都有M，這是一個你可以信任的字母。」

克羅拉就比較謹慎了，取名字對她來說可是重責大任，好像是叫凡人來做上帝的工作。「如果素女孩，我想我會取愛瑞這名字，它有特別的含意，妳們知道嗎？代表凡事安啦、酷、平靜。」

她話還沒講完艾爾沙娜就大驚小怪起來。「凡事安啦？妳給小孩取這種名字？妳不如叫她先生來個咖哩麵包還是今天天氣真是好啊之類的算了……」

「——不過阿奇喜歡莎拉這名字。這個嘛，這名字也素沒什麼好挑的啦，不過也沒什麼好高興的。可是我想，既然連亞伯拉罕的太太都用這個名字——」

「亞伯拉——罕」艾爾沙娜糾正，「與其說她在賣弄可蘭經的知識，不如說她純粹出於直覺。「她一百歲的時候在阿拉真主的榮恩下還生了小孩。」

話題進展到這裡時，妮娜覺得有點吐血。「嗯，我滿喜歡愛瑞，很稀奇、很與眾不同。」

艾爾沙娜這人就是愛挑剔。「妳也行行好，阿奇博德哪知道什麼叫稀奇，什麼叫與眾不同？如果我是妳，親愛的，」她拍拍克羅拉的膝蓋說：「我會選莎拉就得了。有時候就是要稱這些男人的意。任何小事情——你們這裡的人都是怎麼講的？什麼雞毛蒜皮的……」她伸起一根手指放在緊抿的嘴巴上，看起來就像門口的警衛在告訴你「噓！」不要吵。

帶不出門的姪女眨了眨她濃密的睫毛，把圍巾圍在頭上，像個印度閨女，以重重的口音說：「是的，姑姑，是的，嬌小溫順的印度婦女，不敢主動和老公說話，都是老公跟妳說話。你們會互相叫罵，卻完全沒有溝通。到最後還不都是男人贏，因為他喜歡怎麼做就怎麼做，妳大半時間甚至不知道他在哪裡、在做什麼、感覺怎樣。現在已經是一九七五年了，艾爾沙娜，妳不能用這種方式來維繫關係了。這不像我們老家，在西方，男人和女人是必須溝通的，必須聽聽對方的意見，不然就會……」妮娜用手比出了一個大爆炸。

「真是一派胡言，」艾爾沙娜大聲說，她閉起眼睛搖搖頭。「是妳沒有認真在聽。我以阿拉之名發誓，我得到多少就會等價回報。但你以為我在乎他做什麼、以為我想要知

27 這些名字都以M字母為首。
28 Mahatma，印度的聖人。
29 這裡指的是Eric Morecambe和Ernie Wise，常一起搭檔演出，是英國當時很著名的雙人笑匠。

道。事實上，一段婚姻要存活下來根本就不需要那些溝通、溝通、溝通，就像很多報紙上寫的『我是怎樣的人』、『我真的很喜歡哪個』，淨是一堆自我揭露的東西。尤其如果妳老公已經很老，滿臉皺紋開始衰敗——妳就不會想要知道床單下有沒有黏黏的、衣櫥裡有沒有藏人。」

妮娜皺起眉頭，克羅拉也提不出有力的反駁，食物在三人之間又輪著傳了一遍。

「更何況，」艾爾沙娜停頓一會，肥肥胖胖的手交叉插放在豐偉的胸前，對於能夠抒發自己心裡的看法高興不已。她繼續說：「如果妳來自我們那樣的家庭，就會學到沉默，真正沒有說出口的才是家庭生活最好的良方。」

她們三人都生長在嚴厲的宗教家庭，那種上帝會出現在每餐飯、滲進每個小孩的遊戲、或盤坐在被單下拿火把檢查有無不祥事物的家庭。

「所以講白一點，」妮娜嗤之以鼻。「妳的意思就是說，只要大量壓抑就可以保持婚姻健康是吧？」

好像被誰壓到什麼開關似的，艾爾沙娜整個人暴怒起來。「壓抑！妳說的是什麼話！我是在講常識。我老公是什麼？」她指著克羅拉說：「妳老公又是什麼？他們在我們出生之前就已經活了二十五年了。他們現在是什麼東西？能做什麼？他們天殺的手碰過什麼？他們的褲子底下又藏了什麼見不得人的東西？誰知道呢？」她的手往上一揮，把所有問題拋向那看似不太健康的基爾本天空，把一群麻雀給驚飛了起來。

「妳不了解的，我帶不出門的姪女不是你們這一代的人所能了解的……」

講到這，妮娜也激動地反駁起來，一小塊洋蔥冷不防從妮娜的嘴裡噴出來。「我們這一代？媽的，妳也不過比我大兩歲而已，艾爾沙娜。」

但艾爾沙娜不為所動，做出刀的手勢假裝要割掉她汙穢的舌頭。「……反正啊，不是所有人都想知道別人的內心或祕密。」

「但是姑姑，」妮娜出聲請求，並拉高了聲調說，這件事她真的要力爭到底。她們兩人最大的衝突點就是艾爾沙娜的婚姻不是自己決定的。「妳怎能忍受和妳完全不認識的人住在一起？」

然而她得到的回應竟是那種令人生氣的漠視：每次爭論的對手開始面紅耳赤，艾爾沙娜總是喜歡表現出很輕鬆愉快的模樣。她回答。「因為呢，自以為聰明的小姐，這是目前為止最簡單的方法了。正因為夏娃也不全然了解亞當，所以他們才能夠好好相處。妳聽我說，沒錯，我認識山曼德．伊格伯的當天傍晚就嫁給他。沒錯，我是不了解他，但我還滿喜歡他。我們在德里某個炎熱的一天相見在一個早餐店，他用時代雜誌幫我搧風，我覺得他長得不賴，聲音很好聽，以他的年紀來說他的背也算滿挺拔。這樣很好啊。可是現在，我越是了解他就越不喜歡他。所以妳看，我們用以前那種方式不是比較好嗎？」

妮娜被這個歪理氣得跺腳。

「而且我也不可能去了解他什麼。想從他身上得到任何東西就像從石頭擠出水一樣。」

妮娜放任自己笑了出來。「從石頭擠出水？」

「對啊，對。妳以為我很笨，但我對男人的事可聰明的很，我告訴妳，」艾爾沙娜已經準備好要提出結論，就像幾年前她曾看過年輕的德里律師做的巧妙結辯。「男人是最難了解的東西，比較起來上帝還簡單多了！好了好了，聽夠這些理論了，要餃子嗎？」她掀開一個塑膠桶蓋，顯然對她的結論很滿意，整個人圓圓鼓鼓、高高興興地坐在那裡。

「妳真是不幸啊，」妮娜點起一根菸，對她的姑姑說：「媽的，我說，妳會有這兩個男孩可真是不幸。」

「妳什麼意思？」

這些日子來，妮娜祕密進行著一個計畫（連艾爾沙娜和阿奇都不知道），而克羅拉就是這計畫實施的對象（連艾爾沙娜和阿奇都不知道）。妮娜偷偷把自己的藏書借給她看，沒幾個月的時間，葛利亞的《女太監》（*Female Eunuch*）、瓊安的《恐懼飛翔》（*Fear of Flying*）和《第二性》（*The Second Sex*）等討論性別的書，都在妮娜偷偷摸摸的布局中讓克羅拉讀過了，這樣，克羅拉的「虛假意識」就可以一點一滴抹煞掉。

「我的意思是，我覺得男人已經給這個世紀造成太多問題，這世上的男人他媽的夠多了。如果我知道自己要生的是男孩——」她停頓一下，好讓這兩位觀念不正確的朋友準備接受新觀念——「我會慎重考慮墮胎。」

艾爾沙娜尖叫，一隻手摀住自己的耳朵，另一隻手摀住克羅拉的耳朵，還差點被茄子片鯁到。不知怎麼，這一刻克羅拉覺得這論點還真是好笑，而且是讓人歇斯底里、拚了命的好笑；令人承受不了的好笑。帶不出門的姪女坐在兩人中間，陷入窘境，而兩個蛋形女人相繼彎下腰，一個是爆笑到不行，一個是恐懼到要窒息。

「妳們還好嗎，女士們？」

講話的是索爾．喬瑟夫維茲。這位老先生自認有責任維持公園的治安（他曾是這公園的看守員，不過很久以前議會裁員時就被裁掉了）。索爾站在她們面前，如同以往那樣準備提供協助。

「我們都要下地獄燒死了，喬瑟夫維茲先生，你覺得我們會好嗎？」艾爾沙娜解釋，她正試著緩和情緒。

帶不出門的姪女翻了翻白眼。「這可是妳自己說的喔。」

艾爾沙娜的回擊比狙擊兵還快。「是我說的，是我說的——感謝阿拉讓我這麼說。」

「午安，妮娜，午安，瓊斯太太，」索爾對她們屈身致意。「妳確定妳們還好嗎？瓊斯太太？」

克羅拉無法克制眼淚從眼角流出。她真的不知道自己是哭還是笑。

「我很好……很好，抱歉讓你擔心了，喬瑟夫維茲先生……真的，我很好。」

「我看不出來有什麼這麼好笑，」艾爾沙娜抱怨。「扼殺無辜啊——你覺得這好笑嗎？」

「至少我不覺得，伊格伯太太，我不覺得，」喬瑟夫維茲先生以他標準的說話方式，並遞給克羅拉一條手帕，讓三個女士突然驚覺——如同歷史會跟臉紅一樣，在沒有任何警告下就讓人感到尷尬，驚覺於不曉得這個前任公園看守員又曾有過什麼遭遇。她們全都陷入了沉默。

「嗯，既然幾位女士都沒事，我繼續去做我的事了，」索爾說，並用動作表示克羅拉可以留下手帕，再老套地把剛剛脫掉的帽子戴了回去。他再次微微屈身致意，朝著公園以逆時鐘方向慢慢離開。

等索爾走到他聽力不及的地方。「好啦，艾爾沙姑姑，我道歉、我道歉可以了吧……媽的，妳還想要怎樣？」

「唉，所有能怎樣的東西，」艾爾沙娜的聲音如今失去了戰鬥力，反而變得脆弱。「我簡單告訴妳，這整個該死的世界已經很明顯了。我什麼事都搞不清楚，而這還只是剛開始，妳知道嗎？」

她嘆了口氣，不等對方回答，也不看著妮娜，只是看著前方索爾駝背的身影，在紫杉樹中穿梭並慢慢消失。她說：「關於山曼德，有很多事情也許妳是對的。也許世上根本就沒有好男人，就連我肚子裡這兩個都不見得是，也許我和我老公真的聊得不夠多，也許我是嫁給了陌生人。事實怎樣，妳可能看得比我清楚。我怎麼知道呢？我這個打赤腳的鄉下女孩……這個連大學都沒念過的人。」

「喔，艾爾沙娜，」妮娜被艾爾沙娜的話弄得手足無措，難過地說：「妳知道我不是這個意思。」

「但我總不能一直為事實擔憂吧。我寧願去擔憂那些讓人承受得了的事實。這個差別就像你是要喝鹹海水而失去寶石，還是要喝溪水但吞進一些廢物。我這位帶不出門的姪女相信什麼溝通治療是吧？」艾爾沙娜露出一種齜牙咧嘴的笑容說：「溝通、溝通、溝通，說什麼只要溝通事情就會變好，說什麼人要誠實、要將心扉打開，將心情活生生的掏出來跟別人分享。但過去可不是光靠說的就可以解決的，親愛的。我們嫁給老頭子，妳知道嗎？這肚子——」艾爾沙娜拍拍兩人肚子。「他們永遠會有個長腿爹地[30]，一條腿在現在，一條腿在過去。這不是溝通可以改變的。他們的根會一直糾纏在一起。根一被挖出來，看看我的花園就好——每天都能見到胡荽花上那些該死的鳥……」

當索爾抵達另一頭的大門，他回過頭來對她們招手，三個女人也揮手回應。克羅拉感受到此刻的戲劇性，便高高舉著那條乳白色手帕在她頭上揮舞著，恍若站在兩國的邊界，向搭火車離開的人道別。

「他們是怎麼認識的？」妮娜問，試著撥開掃興的烏雲。「我是指瓊斯先生和山曼德·彌亞。」

艾爾沙娜把頭往後一甩，有點輕視的意味。「喔，在戰場上，殺那些命不該絕的可憐蟲時認識的。結果自己又得到什麼呢？一個廢了一隻手，一個跛了一條腿。值得，真是值得。」

「阿奇的右腿，」克羅拉指著自己大腿某處，淡淡地說：「有一塊鐵——我猜的啦。但他沒真告訴我啥麼。」

「喔，誰在乎那個啊，」艾爾沙娜脫口。「我寧願相信三隻手慣竊密許奴[31]說的話，也不願相信這些男人的話。」

克羅拉倒是滿喜歡想像阿奇做為年輕士兵的模樣，尤其當身材軟趴趴、每天折信的老頭阿奇趴在她身上的時候。「喔，別這樣嘛……我們又不知道——」

艾爾沙娜毫不掩飾地往草地上吐了一口口水。「全是狗屎謊言，如果他們真的是英雄，請問是英雄在什麼地方？那些有的沒的英雄特質又在哪裡？真的英雄啊——他們是有料的。他們有英雄的氣魄，十里外就可以嗅得出來。我沒看過半個獎牌……就連一張照

---

30 意指你不了解，但還是不得不付錢給你的爸爸。

31 印度教三大神之一。

所以片都沒有。」艾爾沙娜從喉嚨發出作嘔的聲音，每次她不以為然的時候就會這樣。「所以看清一點吧——什麼都沒有。親愛的，妳一定要看仔細一點，看看留下來的是什麼東西。山曼德只剩一隻手，還說要尋找上帝，但事實是上帝讓他跌了一大跤。他在咖哩店都兩年了，還不是拿那黏呼呼的山羊肉伺候不見得多聰明的白人。而阿奇博德——唉，看清楚一點吧……」

艾爾沙娜停下來看看克羅拉，確定可不可以繼續說她的想法，不至於冒犯到她或造成不必要的傷害。但這時，克羅拉已經把眼睛閉上，試著要把事情看清楚一點。一個年輕的女孩正試著看清一個老頭。一個微笑逐漸在克羅拉臉上擴散開來，順勢把她的話做了結尾：「……他可是在靠折紙維生啊，我的老天。」

5 艾爾佛德．阿奇博德．瓊斯和山曼德．彌亞．伊格伯的過去

這個建議嘛，很好啊。艾爾沙娜建議你把事情看清楚，要你看得目不轉睛，用不畏縮而誠實的眼光，用雞蛋裡挑骨頭的挑剔，直到看穿事情的心臟，來到骨髓。穿越骨髓，再到血管——問題是，到底要看到多深？多深才算夠呢？還不就是美國人常說的那句老話：你到底是想要怎樣？殺了我嗎？不過，很可能不只是殺了你這麼簡單而已吧。還要追回過去的旁白、遺忘的對話、獎牌和相片，名單和證件，泛黃的紙上留有褪色的棕色日期。就這樣我們往回拉、拉、拉。好，就到這兒。回到阿奇講話規規矩矩、臉頰光滑泛紅、年僅十七，長相卻老到可以騙過那些拿著筆尺的健檢人員的年代；回到當時大他兩歲的山曼德，全身上下有如烤麵包的暖褐色；回到他們第一次分在同一組的那天，山曼德．彌亞．伊格伯（第二排，士兵，上前來！）和艾爾佛德．阿奇博德．瓊斯（動作快、快、快）。那一天，阿奇不由自主地忘了英國的基本禮儀：他瞪了山曼德。當時兩人並肩站在蘇聯的一條煤碴跑道，頭上頂著同款的三角帽，像一條紙做的小船，穿著同樣讓人發癢的標準制服，而凍得發痛的腳趾也一樣窩在沾滿灰土的黑色軍靴裡。但阿奇就是不由自主去瞪人家，山曼德卻忍了下來，一忍再忍，就希望事情就這麼過去，直到他們一整個禮拜都擠在坦克車裡，被那又熱又不通風的機器惹毛，加上阿奇還是不停地看他，讓他終於忍無可忍，就像他的頭熱得快要爆炸了。

「這位朋友，你是他媽的覺得我哪裡奇怪，讓你看得這樣爽？」

「你說什麼？」阿奇緊張起來，因為他不習慣在執行勤務時跟人家談私事。「沒人啊，我是說，沒事——我的意思是，呃，你說什麼？」

兩人都壓著嗓門講話，但就某方面來說，他們的對話其實一點也不隱密，因為在這個五人一組、打算從雅典到索索尼奇[32]的邱吉爾戰車小隊中，還有另外兩個士兵和一名上尉。當時是一九四五年四月一日，阿奇瓊斯是坦克駕駛，山曼德是無線電操作員，洛伊·麥肯塔錫是副駕駛，威爾·強森坐在箱子上發出嘎滋嘎滋聲，他是個砲手，而湯瑪森·狄更生·史密斯則坐在略微高起的椅子上，逼得他的頭和天花板擠在一塊，但剛剛才榮升上尉的榮耀可不允許他把這個位子讓出來。

「我是說，我們很可能要在這東西裡待上兩年。」

這時有聲音從無線電喀喀響起，山曼德可不想讓人以為他怠慢責任，便快速而有效地做了回應。

「所以？」山曼德把訊息傳給他人後，阿奇問。

「所以一個人可以忍受那種眼光的極限已經到了。你是在對無線電操作員做啥研究，還是純粹對我的屁眼有興趣？」

他們的狄更生·史密斯上尉才是真正對山曼德屁眼有興趣的人，而且不只這樣，還包括他的心智，那專門用來擁抱愛人、修長又健美的手臂，還有那一對性感明亮、綠中帶棕的眼睛。他馬上就遏止這些對話。

「伊格伯！瓊斯！不要吵了。你們有看到車裡誰在那邊嚼舌根嗎？」

「我只是提出異議，長官。我要注意這些英文字母，要注意這些又是點又是線的（摩斯密碼），這時如果還有個長得像哈巴狗的老兄，用他哈巴狗的眼睛盯著你的每個動作，長官，這樣我真的很難做事。在孟加拉，大家會覺得有這種眼睛的人是充滿了——」

「閉嘴，蘇丹，你呸，」洛伊說話了，他最討厭山曼德操作無線電時那種矯揉造作的方式。

「麥肯塔錫，」狄更生說：「別這樣，我們就讓蘇丹說說看。蘇丹，你繼續說啊。」

為了避免讓人覺得他偏袒山曼德，狄更生上尉故意找他碴，並用山曼德最討厭的綽號叫他。但他每次又裝得不像，總是太軟腳，太像山曼德那種矯揉造作的說話方式，結果只是讓洛伊和他旗下另外八十個像洛伊這樣的人更討厭狄更生·史密斯。他們會揶揄他，公開表達他們的輕蔑。到了一九四五年四月，他們已經看輕他到了極點，也受夠了他那種扭扭捏捏、搞玻璃的命令方式。而初編入第一攻擊兵團的阿奇則是剛剛才明白了這點。

「如果他夠聰明，我叫他閉嘴他就該閉嘴。雜種的印度蘇丹。當然囉，我可不是要對你不敬啊，長官。」洛伊結尾時還做了一個禮貌的手勢。

狄更生·史密斯很清楚，在其他團、其他坦克裡，大兵是不會頂長官話的，甚至連話都不敢吭一聲。洛伊禮貌的手勢顯然是狄更生失敗的表示。在其他坦克，不管是薛曼戰車、邱吉爾戰車或馬提達戰車，在這些散布歐洲廢土上宛如不死蟑螂的坦克裡，根本沒有什麼尊不尊敬的問題，只有服不服從和懲罰的問題。

「蘇丹……蘇丹……」山曼德若有所思地說：「你知道嗎，麥肯塔錫先生，我還不討

32 希臘城市。

厭這個稱呼，如果它有道理的話。但它不僅在歷史上沒道理，就連在地理上也沒道理。我很確定我早就跟你講過，我來自孟加拉。至於『蘇丹』這個詞呢，指的是阿拉伯地區的某些人，那地方離孟加拉以西也有幾百公里遠。以這樣的距離來講，如果你叫我蘇丹都行得通，你知道，那我也可以叫你德國雜種了。」

「我就是要叫你蘇丹，而且我還會一直叫，怎樣？」

「唉呦，麥肯塔錫先生，事情有這麼複雜、有這麼難嗎？你和我困在這臺英國機器裡，難道就不能一起為英國併肩作戰嗎？」

威爾．強森，這位頭腦簡單的老兄，一聽到有人講到「英國」馬上把帽子脫掉，沒有一次錯過。

「你瞎扯些什麼？」麥肯塔錫調整他的啤酒肚問。

「沒什麼，」山曼德回答。「恐怕我什麼也沒『扯』到。我只是沒事亂講，就是講話，試試人家說的碎碎念，也想叫這位開路老兄瓊斯少用他的凸魚眼瞪我，就只是這樣……看來，我兩個都失敗了。」

看來他是真的受傷了，而阿奇突然有股衝動，想要幫他移除痛苦。但現在的時機和地點都不對。

「好了，你們都夠了。瓊斯，檢查地圖。」狄更生說。

瓊斯立刻檢查地圖。

他們的路途遙遠又疲憊，也鮮少有什麼行動。阿奇的坦克是個造橋機，一個不受英國行政單位管轄的特殊單位，也不算作戰武器，而是在國與國、部隊與部隊間提供服務，修復破損的機器、架橋、為戰爭開路、修復遭到破壞的路徑等。他們的工作不像真的作戰，而是確保戰爭能順利進行。阿奇參戰的時候，情勢已經很明顯，英德兩國會以血腥慘忍的空中轟炸決勝負，而不在口徑相差不到三十公分的穿甲彈上較力。而那真正的戰爭，讓城市成為斷垣殘壁、規模致命、爆炸、死亡不計其數的戰爭，遠在阿奇抬頭好幾公里的地方上演。同一時間，地面這些沉重裝甲部隊的任務就簡單多了：防止山區內戰——也就是戰爭裡的戰爭，希臘民族解放陣線（EAM）和民主國民軍（ELAS）之間的戰爭。同時在那些死不瞑目，密密麻麻浪費掉的年輕軀體中闢出一條道路，確保通訊從地獄的這一頭到那一頭都能暢通無阻。

「砲彈轟炸的區域在我們西南方二十公里處，長官。我們要去看看有什麼需要處理，長官。伊格伯遞來十六點四十七分的無線電報說，那個區域從空中看來並未被占領，」阿奇說。

「這根本就不是戰爭，」山曼德靜靜說了一句。

兩星期後，阿奇正在檢查前往索非亞（保加利亞首都）的路線，山曼德自言自語說了一句。「我不應該在這裡的。」

一如往常，沒人回應他。平常漠然以對得最強烈也最徹底的阿奇，這回卻不知怎麼想繼續聽下去。

「我說，我受過教育，也受過訓練。應該像皇家空軍一樣扶搖直上，從高處攻擊的！

我是軍人！不是什麼穆拉[33]或印度兵，在硬仗裡把印度涼鞋穿破。我的曾祖父蒙格・潘達[34]——」他停下來環顧四周，本想為這名字索求應得的尊敬，得到的卻是茫然的英國鬆餅臉，只好自己繼續說：「是印度叛變的大英雄。」

沒人出聲。

「一八七五年。是他射了第一發憤怒的子彈，讓大家得到特赦的！」

一陣更久、更令人窒息的安靜。

「要不是我這隻殘手，」山曼德暗地咒罵這些記不得歷史的小腦症英國人，同時把自己那五隻已麻木蜷縮的手指，從原本無所事事的地方移到自己胸前。「要不是這隻被無能印度兵害慘了的手，我一定可以和他一樣有一番作為。你們知道我為什麼會殘了嗎？因為印度兵根本就不懂怎麼在戰場上流血流汗，只懂得去親人屁眼，低聲下氣！千萬不要去印度啊，瓊斯大兵，我親愛的朋友，那是個白痴和比白痴更蠢的人才會去的地方。全是一群蠢蛋，印度人、錫克教徒、旁遮普人都一樣。現在到處都在喊著要獨立，阿奇，我的看法是，讓孟加拉獨立就好，讓印度繼續留在床上和英國人一起吧，這是她自找的。」

他的手臂重重放了下來，像個暴怒後又平息的老頭。山曼德常會明指阿奇的名字，好像兩人是同一國，共同對抗坦克裡的其他人。不管阿奇怎麼迴避，前四天的眼神衝突在這兩個男人之間繫起了一條如絲般的結，讓山曼德有機會就要扯一扯。

「你知道嗎，瓊斯，」山曼德說：「總督真正的錯誤是給了錫克教徒權力，你曉得嗎？只因為他們對付非洲黑人時有過小小的功勞，他就說：『好，各位，就憑你們臭汗四溢的肥臉、可笑的英國八字鬍、和頭上頂著那一坨有如大便的破布，就讓你們成為軍人吧，我們會把軍隊印度化。去吧，去義大利打戰去，這位頭巾布上尉，那位頭巾布士官，和我們偉大而古老的英國軍隊一起作戰吧！』大錯特錯！然後他們找到我，北孟加拉第九山區游擊隊的英雄，也是孟加拉飛行部隊的英雄，他們說：『山曼德．彌亞．伊格伯，我們將賜予你一個無上的榮耀，你將加入歐洲大陸的戰爭，用不著在埃及或馬來西亞這種地方餓死，或渴到喝自己的尿，不必了，現在你要去打德國佬了』，而且是到我家門口，瓊斯大兵，是在我家門口講吶。所以我去了。我心想，義大利，我會在那裡讓英國佬知道，我們孟加拉回教男人也和錫克教徒一樣能打，而且打得更好！更猛！還受過良好教育，骨子裡流的是優秀的血液，我們是真正做軍人的料！」

「印度軍官？一聽就覺得噁心，」洛伊說。

「我到的第一天，」山曼德繼續。「就從空中擊毀一個納粹藏匿處，像一隻俯衝的老鷹。」

「屁！」洛伊說。

「第二天，我從空中射中前往哥德路線的敵軍，衝破阿根塔峽谷，逼他一直退到波河谷。盟軍名將蒙巴頓將軍本來要親自來恭賀我，而且打算和我握手的，但這些都被阻止了。你知道第三天發生什麼事嗎？瓊斯大兵，你知道我是怎麼殘了的嗎？一個那麼英氣風發的年輕人？」

33 穆斯林對神學士的敬稱。

34 被視為印度的第一個獨立英雄，一八五七年，英國殖民印度時，印度兵因不忍家鄉受到摧殘及受到不平等待遇，一位叫 Mangal Pande 的人在軍營中首發起義，後被吊死。

「不知道。」阿奇輕輕回答。

「都是因為某個混帳錫克教徒啊，瓊斯大兵，一個徹底的大蠢蛋。我們一起站在壕溝裡，結果他的槍走火射穿了我的手關節，但我不願截掉它。我身體每個部分都來自阿拉真主，每一部分都要歸還給他。」

山曼德英勇的故事結局就是淪落到造橋單位和其他失敗者編在一起，就像阿奇這樣的人，像狄更生（他的官方檔案有這麼一條：危險，同性戀），像動過額葉切斷術的麥肯塔錫和強森，全是些戰爭不要的人。就如同洛伊熱情為它取的綽號：瘸腳大隊。而這組人馬最大的問題就是第一攻擊小隊的隊長狄更生．史密斯，他根本就算不上是個軍人，當然更算不上是個指揮官，雖然他打從基因就喜歡指揮人家。在不情願的情況下，他從他爸的學校被抓去當兵，遠離父親的庇蔭，被送去打一場戰爭，就跟他爸一樣，還有他爸爸的爸爸，爸爸的爸爸的爸爸……年輕的狄更生順從了命運，專心致力地（到現在已經四年了）讓自己的名字能寫進永續下去的史密斯家譜，刻在位於小馬落村莊那塊長方形的墓石上，並葬在家族墓穴裡有如沙丁魚般擁擠的先人之上，驕傲地俯視這個歷史悠久的教堂墓園。

狄更生．史密斯家族的人分別死在德國佬、中東佬、中國佬、非洲黑鬼、法國佬、蘇格蘭佬、西班牙佬、祖魯人（南非）及印地安人（不管是南邊、東邊、還是紅毛的那種）的手下，還有人在奈洛比一場大型的狩獵遊戲中，被某個瑞典佬當成飛鹿誤殺。根據這樣的傳統，狄更生家族不見狄更生在異鄉灑血成仁怕是無法滿足。而沒有戰爭的時候，狄更生家族的人就會忙著搞些愛爾蘭情境模擬，一種狄更生式的死亡休閒運動，遠從一六〇〇年就開始，到現在還不打算停止。但死可不是件簡單的事。雖然把自己放在任何致命武器下的機會，長久以來對這家族就有強烈的吸引力，但年輕的狄更生似乎就是應付不來。可憐的湯瑪生對於異地有一種不同的渴望。他想要去了解它、灌溉它、從它身上學習、去愛它。他基本上就不喜歡戰爭這種遊戲。

山曼德如何從孟加拉軍的豐功偉業淪落到「瘸腳大隊」的漫長故事，在未來兩個星期，也不管阿奇有沒有在聽，就是每天對他重複一次，而且版本不同、各有新意。由於日子冗長乏味，倒也成為漫漫長夜諸多失敗故事中的焦點，使得「瘸腳大隊」的人繼續沉溺在毫無動力及絕望的氣氛中。在這些陳腐的故事裡，有洛伊的髮型師未婚妻的死亡悲劇，她被一堆髮捲絆倒，結果撞到洗手臺摔斷脖子；有阿奇沒去念文法學校，因為媽媽付不起買制服的錢；有狄更生·史密斯被人殺死的親戚。至於威爾·強森，他醒著時什麼也沒說，睡覺時卻不時哭泣，表情清楚透露出他有著讓人連問都不敢問的悲慘故事。「瘸腳大隊」就這樣子繼續了好一陣子，像個背負不滿情緒的移動馬戲團，在東歐漫無目的遊走。幾名怪胎和笨蛋，沒有觀眾只有彼此，相互表演相互捧場。終於，坦克漫漫走到了這一天，一個歷史上毫不重要的一天，一段不值得保存的回憶。就像突然淹沒的石頭，杯子裡慢慢下沉的假牙，全都沉澱在記憶裡。那天是一九四五年五月六日。

一九四五年五月六日這天下午六點鐘，坦克裡突然有東西爆炸，聽起來不像是炸彈，倒像是引擎掛了的聲音，接著坦克便慢慢停了下來。他們當時位在希臘和土耳其邊境的保加利亞小村落，一個戰爭已經厭倦而離去、幾乎回到正常生活的村落。

「沒錯，」洛伊看了看出問題的地方說：「引擎壞了，一條履帶也斷了，我們必須用無線電求救，除了乖乖等待救援，其他什麼也不能做。」

「我們連試著修都不試一下嗎？」山曼德問。

「不，」狄更生．史密斯說：「麥肯塔錫說得對，我們手上的工具根本無法修理這種故障，只能等救援。」

「要等多久？」

「一天，」強森說：「我們和其他人有一段距離。」

「史密斯上尉，這二十四小時我們都得待在坦克裡嗎？」山曼德問。他對洛伊的衛生習慣感到噁心，實在不願在這酷熱又無法前進的下午和他一起鎖在坦克裡。

「你他媽廢話少說，你以為這是什麼？放假一天嗎？」洛伊咆哮。

「不，倒是不必……我不覺得出去繞一繞有什麼不好？沒必要把所有人綁在這裡，你和瓊斯先去，然後回來報告，麥肯塔錫、強森和我等你們回來後再去。」

於是，山曼德和瓊斯一起跑到村落，喝了三個鐘頭的杉布卡香甜酒，聽老闆講兩個德國納粹的小規模侵略。他們來到村莊，吃光所有食物，和兩個淫蕩的村女做愛，還讓一個男人的頭腦袋開花，就因為他不能馬上說出到下一個村落的路要怎麼走。

「他們對什麼都沒耐心，」那位老頭搖頭說。最後是山曼德付了錢。回途上，阿奇試著打開話匣子。「天啊，他們不用多少人就可以制服那兩個納粹的說。」

「懦夫就是會成為強者的殖民，瓊斯老弟，」山曼德說。

阿奇和山曼德回到坦克時，發現麥肯塔錫、強森和湯瑪生．狄更生．史密斯上尉都死了。強森被鐵線絞死，洛伊被人從後面射擊，下巴還被撬開，裡面的銀牙被挖走，鉗子落在他嘴上好像一條鐵舌頭。狄更生・史密斯看起來是在攻擊者朝他過來時，轉身背對無可避免的命運，並朝著自己的臉開槍自殺，成了家族中唯一死在英國人手裡的人。

當阿奇和山曼德努力檢查現場狀況，德國最高統帥約德爾將軍正坐在紅色的小校舍裡，搖動他的自來水筆，一次、兩次，讓墨水在一列虛線上，肅穆的為歷史簽下他的名字。歐洲戰爭結束了。當協議書從他肩上迅速被拿走，約德爾低下頭，很清楚這個行為將帶來什麼後果。不過阿奇和山曼德卻是在整整兩個星期後才聽到這個消息。

這段時間真是亂怪的，怪到連伊格伯和瓊斯都建立起友情。那一天，當整個歐洲都在慶祝，山曼德和阿奇卻站在一條保加利亞的小路旁，山曼德抓起一些電線、硬紙板和鐵盒，全握在手裡。

「無線電被拔壞了，」山曼德說：「我們必須從頭修起才行，情況很糟，瓊斯，太糟了。我們失去了溝通管道、交通工具和防衛武器。更糟的是，我們的指揮官死了，打仗沒指揮官可是很慘的事情。」

阿奇突然轉身對著草叢吐得稀哩嘩啦。那位麥肯塔錫，大話講一大堆，結果在天堂門前（聖彼得的大門前）拉了一堆屎，臭味襲進阿奇的肺，把他的緊張、恐懼和早餐全都逼了出來。

關於修理無線電這件事，山曼德知道方法，知道理論上應該怎麼做，不過阿奇有手，而且對於電線、釘子和黏膠這類玩意特別在行。於是，當他們組裝著這個可能救他們一命的破銅爛鐵時，到底是要聽從知識還是聽從技巧？並在他倆之間發生了可笑的掙扎。

「可以把那個三歐姆電阻給我嗎？」

阿奇紅透了臉，不確定山曼德指的是什麼。他的手在裝滿電線和雜七雜八東西的盒子上方移來移去。當阿奇的小指偏離正確目標，山曼德就會小心地咳幾聲。這真的好怪，一個印度人告訴白人該怎麼做！但不知怎麼，這種沉默但具男子氣概的表達方式，在兩人之間進行得滿順利的。阿奇就是在這時候了解到自己動手做的力量，了解到鐵鎚和釘子是怎麼取代名詞和形容詞，成功讓男人彼此溝通。這是讓他受用一輩子的體驗。

「很好，」山曼德從阿奇手上接過電阻，卻發現一隻手實在很難操縱電線，或把它們釘在電路板上，便將東西再交給阿奇，並告訴他要裝在哪裡。

「我們很快就可以把它修好了，」阿奇興奮地說。

到了第四天，村裡的野孩子開始在坦克附近聚集，對這場可怕的殺戮、山曼德帥氣的綠色眼睛，還有阿奇的美國口香糖感到好奇。

「泡泡糖！先生，拜託！」

「戰士先生，」一個像麻雀般瘦弱的男孩，用很小心的英文說：「泡泡糖拜託謝謝。」阿奇伸進口袋拿出五片長條給他。小男孩驕傲地分給同夥，大家開始瘋狂咀嚼，眼睛用力得幾乎要從頭裡爆出。當泡泡糖的味道沒了，他們先是靜靜站在那裡，表情充滿驚嘆，盯著他們的恩人。幾分鐘後，瘦得要命的男孩又被推派過來。

「戰士先生，」他伸出手。「泡泡糖拜託謝謝。」

「沒了，」阿奇努力用手比劃。「我沒有了。」

「拜託、謝謝、拜託？」小孩急切地重複。

「喔，看在老天分上，」山曼德火大的說：「我們得趕緊把這東西修好。你認真一點行不行？」

「泡泡糖，先生，戰士先生，泡泡糖，」這簡直都要變成一首歌了。這些小孩把幾個學到的字顛來倒去胡亂湊在一起。

「拜託？」小男孩手伸得好長，幾乎把整個人的重心移到腳尖上了。

接著男孩突然打開手掌，準備做起買賣，並賣弄地笑了起來。在他手掌上有四張綠色的紙鈔，像一把雜草那樣捲在一起。

「有錢，先生！」

「你從哪拿來的？」山曼德企圖把錢搶過來。小男孩縮回他的手，兩隻腳不停動來動去。這些小鬼頭自戰爭中練就一身亂跳功，這是對你表示防備最簡單的方式。

「先泡泡糖，先生。」

「告訴我你怎麼會有這些東西，我警告你別跟我裝傻。」

山曼德伸手過去，抓到那小鬼襯衫的袖子。小鬼奮力扭動想要擺脫，他的朋友則開始竄逃，拋棄了受困的頭目。

「你是不是為這個殺了人？」

山曼德額頭上的靜脈激動地想從皮膚裡衝出來。他在捍衛一個不屬於他的國家，要替那些不把他看在眼裡的人報仇。阿奇對此感到驚訝。畢竟他才是那個國家的子民，儘管他渺小、有點冷血、也很平凡，終究是這國家的中堅分子。然而，他卻絲毫沒有和山曼德一樣的感受。

「不是，先生，不是，不是，從他拿，他，」小鬼另一隻手指向遠方廢棄的大房子，房子在地平線上就像一隻徘徊不去的肥母雞。

「是房子裡的人殺了我們的人嗎？」山曼德咆哮。

「什麼？先生，」小鬼吱吱叫了起來。

「誰在裡面？」

「他是博士，在裡面，病了，不能動，生病博士。」

幾個留下來的孩子激動地確認這個名字。生病博士，先生，生病博士。

小鬼開始享受起眾人的注意力，誇張地模仿起那人哭泣的模樣。

「他怎麼了？」

「英國人？像我們？德國人？法國人？保加利亞人？希臘人？」山曼德放掉那小鬼，因為白費力氣而感到疲倦。

「他不是，就生病博士，」小鬼輕蔑的加了最後一句。「泡泡糖？」

幾天過去，救援依舊沒有出現。不得不留在這舒適村落的想法開始牽動著阿奇和山曼德。漸漸的，他們越來越鬆懈，最後變成像村民一樣過生活。每天晚上他們都到那老頭的店「高森的廚房」去用餐。每碗湯要五根香菸，魚則得用低階青銅勳章交換。由於他自己的衣服都穿破了，阿奇如今穿上狄更生・史密斯的制服，這位死人留下了一些勳章讓他們買些好東西和必需品：像是咖啡、肥皂、巧克力等。為了買豬肉，阿奇還賣出一個從他入伍就一直貼在屁股口袋的桃樂西・拉莫爾[35]香菸盒。

「吃吧，山姆。我們就用勳章當代幣，就像糧票一樣。如果你想要，我們以後再想辦法買回來。」

「我是穆斯林，」山曼德把那盤豬肉推開。「還有，除非我死了，否則我絕不會交出我的麗塔・海華[36]。」

「你幹麼不吃？」阿奇像瘋子一樣狼吞虎嚥他的兩塊肋排。「說真的，我覺得你好奇怪。」

「我不吃的原因，就跟你們英國男人無法真正滿足女人是一樣的。」

「怎麼說？」阿奇從大餐中停頓下來。

「原因來自我們的文化，朋友，」他想了一會說：「甚至還要更深，來自我們天生傲骨。」

晚餐之後，他們會假裝在村子尋找殺手，然後在鎮上匆匆巡邏，每次都是那三間不怎麼樣的酒吧，要不就是跑到漂亮小姐家的臥房檢查。但一段時間之後，這些也都停止了，他們改坐在坦克外面，抽著劣質雪茄，享受流連不去的紅色夕陽，聊些之前當報童（這是阿奇）和生物學學生（這是山曼德）時的想法。他們漫談一些連阿奇都不是很清楚的東

35 美國女影星 Dorothy Lamour。
36 美國著名豔星 Rita Hayworth。

西，山曼德還會把以前不曾說出的祕密，在涼爽的夜裡透露出來。漫長卻自在的沉默在兩人之間消逝，就像相識多年的女人才有的默契。他們望向天空，繁星的光芒照亮了這個陌生的國家，不過兩人倒沒有特別想家。簡單說來，這根本就是那種英國人的度假友情，只有在度假時才可能發展的情誼。一種跨越階級和膚色，只因近距離，加上英國人認定時間不會太長而存活下來的友情。

修好無線電後又過了一個半星期，他們利用電波發出的求救訊號，依舊得不到回應（此時，村民已經知道戰爭結束，但因為他們每天以物易物的消費方式，對當地經濟實在大有幫助，所以村民們都不急著告訴這兩位外地來的訪客）。無所事事的時間，阿奇就用鐵棍把部分履帶扳起來，讓山曼德檢查有什麼問題。而橫跨歐洲大陸那一頭的家人都當他們兩人已經死了。

「你在布萊頓有女人等你嗎？」山曼德問，同時把頭架在坦克和履帶中間的虎口上。

阿奇長得並不好看。要說瀟灑，除非把他的照片用拇指遮住鼻子和嘴巴，不然實在是不怎麼醒目。女孩子是有可能被他那雙辛那屈的藍色憂鬱大眼吸引，但很快就會被他有如平克勞斯貝的招風耳和費爾德的洋蔥鼻澆熄了心中的熱火。

「是有一些，」他滿不在乎的回答。「你知道，這裡一些那裡一些的，你呢？」

「有個女孩已經選好了要許配給我，貝吉小姐，貝吉先生和貝吉太太的女兒，就是你們講的『岳父母』。感謝上主，這兩位在孟加拉的身分地位可是高到連我們總督都只能像愛哭鬼一樣，等他們的穆拉送來邀請函才有機會和他們吃頓飯呢！」

山曼德大聲笑了出來，並等著阿奇一起同樂，然而一句話都聽不懂的阿奇，一如往常擺出一張撲克臉。

「喔，他們是很優秀的人，」山曼德繼續說，只是稍稍氣餒了些。「非常非常優秀的人，血統極佳……還有個額外的好處，就是他們家的女人都有種傾向，你知道，一項長久以來的傳統：超級大肚婆。」

山曼德用手比劃著，然後專心回到原來的工作，把每個齒輪卡回凹槽裡。

「然後呢？」阿奇問。

「什麼然後？」

「那她是不是……」阿奇重複了那個動作，只不過比得太過誇張，他描繪的那個女人幾乎沒辦法站直身體。

「喔，我還得再等一些時候呢，」他帶著期盼的微笑回答。「很不幸的，那個貝吉家在我這一代還沒有女孩出現。」

「你是說你老婆該死的還沒出生？」

「怎麼了？」山曼德問，從阿奇上衣的口袋抽出一根菸，在坦克上劃燃火柴，阿奇則用沾滿油汙的手抹去臉上的汗水。

「在我的國家，」阿奇說：「男人娶老婆前，一定會先看過。」

「你的國家，就是習慣把菜煮到爛，」山曼德堅決地說：「但不表示這樣就比較好。」

他們在這裡的最後一夜又黑又靜。悶熱的空氣讓人連抽菸都不舒服，於是阿奇和山曼德坐在教堂石階前，除了用手指敲打地面外什麼也不能做。而在昏暗的光線中，阿奇甚至一度忘了有過戰爭。這是個過去已成過去，未來無限美好的夜晚。

就是在這個他們對和平毫無所悉、對所有事情一概無知的最後一夜，山曼德決定穩固住他和阿奇之間的友情。而通常這都是透過分享一些祕密來完成的，像是，除非彼此很熟，不然絕不會透漏的性缺陷，或是隱藏在內心深處的情感等。但對山曼德來說，沒有什麼比血脈還要切身相關、還有意義的事了。於是，很自然地，既然他們坐在神聖的大地上，山曼德覺得也是時候說出他覺得神聖的事了。而要說起神聖的事，就沒有比他曾祖父更能強烈喚起他澎湃熱血和留有斑斑血跡卻沉睡了數百年的大地了。於是山曼德把他曾祖父蒙格．潘達的故事，這樁已有百年歷史卻遭人忽略的發霉故事告訴了阿奇。

「所以，他就是你祖父？」當故事結束，月亮也躲到雲層後面，阿奇適度表示驚訝。

「是你真正有血緣的祖父？」

「曾祖父。」

「喔，真是了不起。你知道嗎，我還記得學校當時教的，我真的記得，殖民地歷史，裡面提到一位叫雞八先生，一個禿頭、魚眼、噁心的老混蛋，就叫雞八先生，那個……我不是在說你祖父，但你明白我的意思吧，就算會被人家拿尺敲手背好了……你知道，你在軍隊裡還是會聽到有人把別人叫作潘達，你知道吧，就是如果這人有點抗命的話……我從來沒想過這個字是怎麼來的……潘達就是造反者，不喜歡英國，成為叛軍第一個開槍的人。我記起來了，記得一清二楚，而那個人就是你祖父！」

「曾祖父。」

「嗯，真是了不起，不是嗎？」阿奇說著把手放在後腦杓，往後躺下，看著天空的星星。「在你血脈中居然有這麼一段歷史，激勵著你。我可以想像的。哪像我們『瓊斯』，你知道吧，就是像『史密斯』這種，是個無名小卒……我爸以前常說：『我們是雜草，小伙子，是雜草』，但也不是說我對這種事會很困擾或怎樣，我們本身也是很自豪的，你知道。都是良善誠實的英國人。不過你家族卻有一個英雄！」

山曼德驕傲得神氣活現起來。「沒錯，阿奇博德，正是你說的這兩個字：英雄。事實上，你們那些只看表面的英國學術界之所以破壞他的名聲，是因為他們無法忍受讓一個印度人得到應有的榮耀。但他是一位英雄，而我在這場戰爭中的所做所為，都是受到他的影響。」

「這是實話，你知道，」阿奇若有所思地說：「在英國我們是不會說印度人什麼好話的；如果你說一個印度人是英雄，大家肯定不會太高興……每個人只會看你笑話。」

突然，山曼德抓住他的手。阿奇心想他的手怎麼那麼燙，簡直就像在發燒。加上從來沒被男人捉過手，他第一個反應就是想縮回來或打他。但再想一想，印度人就是這麼激動不是嗎？淨吃一些超辣的食物什麼的。

「求求你，為我做一件事，一個大忙，瓊斯。如果你回去以後聽到有任何人，不管是你或我們回到各自的家鄉，如果聽到有人談起我的國家，」他的聲音在此處急轉直下、充滿悲傷。「請不要那麼快下結論，如果有人說『他們都是什麼什麼』、『他們就是會做什麼什麼』或是『他們的想法就是什麼什麼』，在真相尚未出現以前，請不要那麼快下結論。因為那個他們叫『印度』的地方就有一千多種名字，住著好幾百萬人，如果你以為在這麼多人中，可以找到兩個完全相同的人，那你就錯了。那只是因為月光昏暗、讓你看不清事實罷了。」

山曼德放開他的手，在口袋裡亂翻起來，他把手指戳進裡面放著的一包白色粉末，然後小心地滑進自己嘴裡。他靠在牆壁上，手指在石頭上亂劃。這是一間神祕的小教堂，後來變成醫院，兩個月後因為炸彈震天而被遺棄。山曼德和阿奇之所以睡在這裡，是因為有薄薄的床墊和透氣的大窗。山曼德也迷上了（都是因為太無聊，他這麼告訴自己，是太鬱悶了）從櫃子裡意外找到的嗎啡。就像復活節要尋找藏起來的蛋一樣，每當阿奇跑去小便或回去試無線電，山曼德就會在教堂裡繞來繞去，一個櫃子接著一個櫃子搜刮，好像有罪的人從一個告解室到另一個告解室。一旦發現那些罪惡的小瓶子，他就會找機會捲一些在口香糖裡，或放一些在菸斗裡抽，然後躺回涼爽的紅土地上，看著教堂天花板精緻的弧線。教堂到處刻滿了文字，是三百年前一批反抗者遺留下來的，他們因為不願支付流行霍亂所帶來的埋葬稅，而被貪汙的地主在這裡關到死。但他們在死之前，卻在每面牆上寫下給家人的信、詩和永不屈服的宣言。山曼德第一次聽這個故事就好喜歡，但也只有在嗎啡作用時才叫厲害。那時他身體的每條神經都活絡起來，而那些信息，宇宙間所有的信息，牆上的信息，就會像電力爆發一樣，透過地面流竄到他全身。之後他的腦袋會像折椅一樣打開，他會坐在上面好一會兒，就這樣看著這世界流逝。今晚，由於嗎啡用得稍嫌多了一點，讓山曼德覺得腦筋特別清晰，好像在他舌頭上抹了奶油，而這個世界就像一顆發亮的大理石蛋。他覺得和那些死去的反抗者如此親近，他們是潘達的兄弟——每個反叛者對今晚的山曼德來說似乎都是他的兄弟。他希望能和他們對話，談談他們在這世上留下的記號。他想知道這樣就夠了嗎？當死亡來臨，這些真的夠了嗎？留下了那幾千字，他們滿足了嗎？

「我明白告訴你吧，」阿奇看到山曼德的眼睛有教堂天花板的倒影。「如果我只剩幾小時可活，我是不會把時間浪費在畫那些天花板的。」

「那你告訴我，」山曼德被人從美好的冥想中拉回來，顯得有點不耐煩。「在你死前幾小時你會做什麼偉大事？破解費馬定理？還是領悟亞理斯多德的哲學？」

「什麼？你說誰？不是的，我會——你知道……就是做愛……和女人，」阿奇回答，但由於沒有經驗，所以顯得有點彆扭。「你知道……就是最後一次。」

山曼德爆笑出來。「我看是第一次吧。」

「喔，拜託，我是認真的。」

「好吧，但如果附近沒女人呢？」

「喔，那也是可以，」阿奇的臉變得跟限時郵筒一樣紅，不過這也算他宣誓友情的獨特方式。「像人家講的，搓香腸啊。」

「搓香腸——」山曼德輕蔑地重複。「就這樣？在你卸下這坨肉身之前，最後想做的事就是搓香腸，就是給它爽。」

在阿奇的故鄉布萊頓，從來——從來就沒有人會講出給它爽這種話，讓阿奇不好意思地笑到顫抖。

「誰那麼好笑？什麼事那麼好笑？」山曼德問，也不管天氣多熱，心浮氣躁地點起一根菸。他的神智已經不知被嗎啡帶到了哪裡。

「沒人，」阿奇支支吾吾。「沒事。」

「你看不出來嗎？瓊斯？」山曼德半身躺在門內，半身躺在門外，雙手伸向天花板。「你看不出他們的想法嗎？他們沒有搓香腸，沒有排出白色黏液，而是在尋找一些更永恆的東西。」

「老實說，我看不出這有什麼不同，」阿奇說：「死了就是死了。」

「喔，不，阿奇博德，不是這樣的。」山曼德憂鬱低語。「不要這樣想。活在世上，你必須相信你的行為會長存下來，我們是因果循環的產物，阿奇博德，」他邊說邊用手比了比教堂的牆。「他們知道這點，我曾祖父知道這點，有一天我們的小孩也會知道這點。」

「我們的小孩！」阿奇暗笑，純粹覺得有趣。擁有後代這種事似乎太遙遠了。

「我們的小孩會因我們的行為而生。我們的意外之舉會變成他們的命運。喔，這些行為會留下來的。當機會來臨時你會怎麼做，就這麼簡單，我的朋友。當胖女人唱起歌，牆壁開始倒塌，天空變黑，大地隆隆作響時，在那一刻，我們的行為將決定我們是誰，不管當時阿拉、耶穌或佛祖有沒有在看你都一樣。雖然人可以在寒冷的天氣看到自己的呼吸，在炎熱的日子卻不行，但是，不管是在哪種情況下，人都是活著的！」

「你知道嗎，」阿奇頓了一下說：「我離開菲利斯多港的時候，看到他們現在用的新型鑽孔機已經變成有兩個頭，可以在上面加不同的東西，像是扳手、榔頭、甚至開罐器。可以想像在面積小的地方應該很好用。我跟你說，我還真想要一支那玩意兒。」

山曼德看了阿奇一會，搖搖頭說：「走吧，我們進去了。那個保加利亞食物搞得我的胃不舒服，我需要睡一下。」

「你看起來好蒼白，」阿奇說著，伸手扶他站起來。

「這是我的罪孽，瓊斯，是我的罪孽。然而我的罪孽又遠超過這樣的懲罰。」山曼德自己在那邊咯咯傻笑。

「你什麼？」

阿奇用一邊的肩膀撐起山曼德走進屋裡。

「我吃了一些東西，」山曼德說，用切玻璃似的刺耳英國腔說：「報應就要來了。」

阿奇很清楚山曼德偷偷吃了櫃子裡的嗎啡，但他看得出來山曼德不想讓他知道，於是他只說了一句。「我幫你躺下來，」然後把山曼德撐到床上。

「等這些結束後，我們一定要在英國相見，好嗎？」山曼德說著，翻到床墊上。

「好，」阿奇回答，試著想像和山曼德一起走在布萊頓碼頭的景像。

「因為你跟一般英國人不一樣，瓊斯老弟，我把你當朋友。」

阿奇不確定自己把山曼德當什麼，但他以溫和的微笑回報對方的情愫。

「你可以在一九七五年來找我和我太太一起吃晚飯，到時我們都會是坐擁銀山的大肚男了。我們一定會再見。」

對外國食物不是很有把握的阿奇無力地笑了笑。

「我們這輩子都會是對方的好朋友。」

阿奇幫山曼德躺下，然後為自己搬了個床墊，調整好睡覺的姿勢。

「晚安，朋友，」山曼德說，聲音充滿著滿足。

▼

到了早上，有支遊行隊伍來到村落。山曼德被喧囂及笑聲吵醒。他費力穿好制服，手裡握著槍，走到豔陽高照的庭院，結果看到蘇聯士兵穿著暗褐色制服，不是在玩青蛙跳，用錫罐丟彼此的頭，就是對著釘在棍子上的馬鈴薯射飛鏢，而且每顆馬鈴薯還用黑色的短樹枝插成八字鬍的模樣。在大徹大悟的虛脫下，山曼德跌到了石階上，嘆口氣，把手放在膝蓋坐下來，臉轉向炙熱的太陽。一會兒後，阿奇跑了出來，褲管一半捲起，揮動著槍要尋找敵人，還對空鳴出駭人的一槍。然而遊行隊伍繼續進行，根本就沒注意到。山曼德不耐煩地拉拉阿奇的褲管要他坐下。

「怎麼了？」阿奇問，眼睛溼溼的。

「沒事，什麼事也沒有，事實上，是已經結束了。」

「但這些人可能是……」

「看看那些馬鈴薯，瓊斯。」

阿奇的眼睛睜得大大瞪著他。「馬鈴薯跟這有什麼關係？」

「那些是希特勒馬鈴薯，老兄。他們是蔬菜假扮的獨裁者——前獨裁者。」他過去拔下其中一個馬鈴薯。「看到這小小的八字鬍嗎？結束了，瓊斯，有人幫我們結束了。」

阿奇拿過他手上的馬鈴薯。

「就像坐公車，瓊斯，我們錯過了這該死的戰爭。」

阿奇對一個身材瘦長，正在戳希特勒馬鈴薯的蘇聯兵大叫。「你講英文嗎？結束多久了？」

「你說戰爭？」他難以置信地大笑。「兩個星期了，同志！如果你們還想打，得去日本才行！」

「就像坐公車，」山曼德搖著頭重複。一陣狂怒自他內心升起，囤積在喉嚨。這戰爭本來是個機會，他應該要滿載榮耀而歸，光榮回到德里。他何時還會再有這樣的機會？不會再有這樣的戰爭了，這是大家都知道的事。這時，和阿奇說過話的士兵走過來，他穿著蘇聯的夏季軍服：薄薄的布料，領子很高，尺寸過大的帽子軟趴趴的；他在結實的腰間繫了一條皮帶，皮帶扣接收了烈陽，折射到阿奇的眼睛。當刺眼強光消失，阿奇已經面對著一張又大又寬的臉，左眼斜視，黃棕色的頭髮往不同的方向亂翹，總結起來算是這個美好早晨的可笑畫面。他一開口，說的是流利的美國英文，像海浪一樣拍打著你的耳朵。

「戰爭都結束兩個星期了，你們不知道？」

「我們的無線電沒辦法……」阿奇的話自動消音。

這位士兵咧嘴大笑，神采奕奕和他們握手。

「歡迎來到和平時代！兩位，我還以為我們蘇聯才是資訊不通的國家哩！」他又大笑了一陣，然後朝山曼德問。「那，你們其他的人呢？」

「沒有其他人了，同志，坦克裡的人都死了，也沒有我方軍隊的消息。」

「你們在這兒毫無目的？」

「呃……對，」阿奇說完，頓時覺得丟臉起來。

「目的嗎，同志，」山曼德的胃突然痛了起來。「戰爭結束了，於是我們留在這裡也變得毫無目的了，」他冷冷地笑出聲，並用好的那隻手和蘇聯兵握了一下。「我要進去了，這太陽——」他瞇著眼說：「把我的小眼睛給弄痛了。很高興認識你。」

「是，當然，」蘇聯兵說。他的眼睛一直跟著山曼德，直到他消失在教堂裡，再改把注意力轉向阿奇。

「奇怪的人。」

「嗯，」阿奇回答。「那你們為什麼會在這裡？」他問，同時接過蘇聯兵遞給他的手捲菸。原來這位蘇聯兵和同行的其他七人本來要去波蘭，去解放大家都曾私下聽人提起的集中營，而之所以會到這裡，托卡特西部，是因為要抓一名納粹。

「但這裡沒人啊，老兄，」阿奇好心地說：「除了我和那個印度人，還有村子裡一些老弱婦孺外就沒別人了，大家非死即逃了。」

「非死即逃……非死即逃，」蘇聯兵覺得很有趣，他用拇指和食指不停轉動一根火柴。「好句子……有趣的句子。不過呢，你知道，我本也這樣以為，但我們有可靠的消息。事實上，是從你們情報單位得來的。此刻，有位資深軍官就藏在那間屋子裡——就是那間。」他指向地平線的那間破房子。

「那個博士？有小鬼跟我們提過他。我說，如果你們這麼多人要抓他，他一定嚇到要自殺了，」阿奇以稱讚的口吻說：「但我很確定，他們說他只是個生病的傢伙，他們都叫他生病博士。喂，他該不會是英國人吧？反叛者或什麼的？」

「嗯？喔不，不不不，不是。他是馬克．皮耶．皮瑞特博士。是個年輕的法國人，天才、絕頂聰明。在戰爭前就為納粹的科學單位效命。先是研究不孕滅種，然後是安樂死。都是德國內部的事。非常忠貞的一位人士。」

「我操，」阿奇說，希望自己聽懂所有的意思。「你們打算怎麼做？」

「抓他回波蘭，交給有關單位處理。」

「有關單位，」阿奇仍然覺得驚奇，但沒有真正在聽。「我操。」

阿奇的注意力一向很差，又被這位高大友善蘇聯兵的眼睛給擾亂，因為他老是一次看兩個地方。

「既然我們的消息來自你們的情報單位，而你又是這裡官階最高的人，上尉……上尉……」

一隻玻璃眼！那是放進肌肉裡的義眼，所以無法正常移動。

「很抱歉，我不知道你的名字和官階，」蘇聯兵一眼看著阿奇，另一眼看著攀附在教堂門上的常春藤。

「誰？我？瓊斯，」阿奇一邊說，一邊跟隨那眼睛的移動路線：樹木、馬鈴薯、阿奇、馬鈴薯。

「嗯，瓊斯上尉，是否有榮幸請你帶領我們小隊攻堅？」

「上尉？什麼？我操，不行，你們要他媽的自己去，」阿奇擺脫了眼睛的吸引力，神智恢復過來，才發現自己穿著狄更生・史密斯勳章發亮的制服。「我根本不是什麼——」

「中尉和我很樂意接受，」有個聲音突然從他身後傳來。「我們有好一陣子沒行動了。就像人家說的，是時候重返緊張時刻了。」

山曼德像影子一樣靜靜走出石階，他穿著狄更生・史密斯的另一套制服，下脣不經意叼著一根香菸，一副很世故的樣子。他一直都是個帥哥，那一身釦子發亮的制服讓他更加醒目，再搭配炫目的陽光和教堂的門框，看起來還真是沒話說。

「我朋友的意思是，」山曼德用他最迷人的盎格魯印度調調說：「他根本不是什麼上尉，我才是那個上尉。山曼德・伊格伯上尉。」

「我是尼可拉──尼克・派索斯基。」

山曼德和蘇聯兵一起熱情地笑了，再次握手。山曼德拿出一根香菸。

「他是中尉阿奇博德・瓊斯。我為我剛剛的怪異行為道歉，之前吃的東西讓我很不舒服。這樣吧，我們晚上就出發，天黑以後好嗎？中尉？」山曼德用藏了祕密的眼神看著阿奇。

「好的。」阿奇胡亂答腔。

「對了，同志，」山曼德將火柴往牆上一劃點燃。「希望你別介意我問這個問題──那是玻璃眼嗎？看起來好像真的。」

「是的！我在聖彼得堡買的。我的眼睛在柏林給弄掉了。看起來超像真的，對不對？」友善的蘇聯老兄把眼睛從眼窩挖出來，一顆噁心的珍珠球就放在手掌上，供山曼德和阿奇欣賞。阿奇心想，戰爭開打時，我們這群年輕人為了一睹有白蒂・葛雷波露大腿的香菸盒而擠在一塊，現在戰爭結束了，竟是圍著某個可憐蟲的眼睛瞧，我操。

好一陣子，那顆眼睛就這樣在蘇聯兵的手上滑上滑下，然後慢慢停在他長長的生命線中央，目不轉睛看著阿奇中尉和山曼德上尉。

那個晚上，瓊斯中尉第一次嘗到了戰爭的滋味。所有人坐在兩輛軍用吉普車上，阿奇、八個蘇聯兵、「高森的廚房」老闆高森和他姪子，在山曼德的帶領下往山上出任務去抓納粹。當蘇聯兵喝著一瓶瓶甜酒，直到沒人唱得出自己的國歌，而高森忙著把烤雞塊賣給出價最高的人時，山曼德就站在第一輛吉普車上，乘著白粉的力量像風箏一樣高飛。他的手臂亂揮，把夜晚切割成一塊塊的碎片，狂叫著那些爛醉的弟兄全聽不懂、而他自己也搞不清楚的指示。

阿奇坐在第二輛吉普車後面，安靜、清醒而害怕，並對他的朋友報以敬畏。阿奇從沒崇拜過誰，他五歲的時候，父親出門去買包香菸就再也沒回來，加上一直以來不愛讀書，所以那些寫來讓年輕人做夢的爛書跟他也從來不曾沾上邊——他不信什麼武打英雄、什麼獨眼海盜，什麼天不怕地不怕的綠林好漢。但現在山曼德站在那裡，身上的釦子閃閃發亮，在月光反射下宛如許願池裡一個個的銅板，徹底震憾了十七歲的阿奇，像是一記正對下巴的上鉤拳，宣示著：對這樣一個男人來說，哪有什麼生命旅途算是太過崎嶇？這樣一個站在坦克上胡言亂語的瘋子，一個朋友，一個英雄，正以一種阿奇不曾想過的方式呈現在他眼前。然而，就在三分之二的路程上，車子走的路突然陷了下去，坦克猛地震了一下，讓英雄狠狠往坦克後面翻了一個筋斗，屁股朝上。

「好久好久都沒人到這裡來了，」高森的外甥啃著雞骨，頗有感觸地說。他看看山曼德（正好跌到他旁邊），然後指著他們坐的坦克車。「這個，就更不可能了。」

就這樣，山曼德帶著情緒高張的隊伍繼續往山上邁進，去找尋未來可以講給子孫聽的戰鬥，就像他曾祖父的功績流傳到他耳裡一樣。他們前進的速度因為地上一些大石頭變得緩慢，這些石頭之前在炸彈的威力下，從山上被震下來擋在路上。還有許多被連根拔起，在空氣中苟延殘喘的樹木，使他們不得不下車，用蘇聯兵的刺刀砍出一條路來。

「這裡根本就是地獄，」高森的外甥哼了一聲，爛醉地爬上樹根。「怎麼看都像是地獄。」

「請原諒他，他這麼激動都是因為年輕。但這倒是實話，這場戰爭並不是——你們是怎麼說的——不是屬於我們的衝突，瓊斯中尉，」高森說。他之所以沒揭穿阿奇官階突然高升的祕密，是因為已經先收下了兩雙靴子。「你說這跟我們有什麼關係呢？」他抹去一滴眼淚，半醉半瘋地說：「這跟我們有什麼關係呢？我們是愛好和平的人，根本就不想要戰爭！這座山丘曾是那麼美麗！有花、有鳥，牠們快樂地唱歌，你們知道嗎？我們是東方人，西方人的戰爭跟我們有什麼關係呢？」

阿奇直覺地看向山曼德，以為他會說些什麼，但高森話還沒說完，山曼德突然拔腿就走，不消一分鐘，居然還跑了起來，他越過那些喝得醉茫茫，拿著刺刀亂揮的俄國人，其速度之快，瞬間就轉進一個暗黑角落，身影消失在黑夜之中。阿奇先是慌亂了幾下，隨即擺脫高森外甥死命抓住他的手（他正要講起在阿姆斯特丹遇到古巴妓女的軼事），朝那鈕釦最後閃出亮光的地方衝去，那是個大轉彎，而這山裡到處都是轉彎。

「伊格伯上尉！等等，伊格伯上尉！」

他衝過去，不停叫著，搖晃的手電筒把樹叢照得活像真人。有個男人在這頭，跪著的女人在那頭，還有三隻對著月亮吠的狗，除此之外什麼也沒有。阿奇就這樣在黑暗中踉蹌找了好一陣子。

「打開你的手電筒！伊格伯上尉！伊格伯上尉！」

沒有回應。

「伊格伯上尉！」

「你何必這樣叫我，」一個聲音從他右邊響起，距離很近。「你明知道我不是。」

「伊格伯？」才問出口，阿奇手中的光線抓到了他的身影，他坐在一塊大石頭上，整個頭埋在手裡。

「你何必——我說，你不會真的這麼笨吧？你明知道，我想你應該知道我不過是女王軍裡的大兵罷了。」

「知道啊，但我們要保密，不是嗎？就像我們的偽裝什麼的。」

「偽裝？我的老天，」山曼德自己咯咯笑了起來，讓阿奇有不好的預感。山曼德抬起頭，眼睛紅紅的還閃爍著淚光。「你以為我們是在幹麼？裝白痴嗎？」

「不是，我……你還好吧？山姆？你看起來怪怪的。」

山曼德也隱約知道自己怪怪的。傍晚的時候，他把一丁點白粉放在眼皮下。嗎啡把他的神智逼到了極限，再狠狠切割開來。藥效發作時可真是美味又暢快，然而如此無拘無束的想法最後卻淪落在酒精裡打滾，使他陷入傷人的低潮。就在傍晚的時候，山曼德看到自己的倒影，極其醜陋。他發現自己實際上身在何處：歐洲戰爭的道別舞會上，卻渴望回到東方。他看看自己廢了的手和那五根沒用的裝飾品；看看自己的皮膚，被太陽晒成了黑巧克力色；再看看他的腦袋，被愚蠢的對話和已經沒啥感覺的死亡搞得像個笨瓜。他渴望回到以前的自己：那個博學、英俊、膚色較淺的山曼德．彌亞，寶貝得連母親都不讓他晒到太陽，把他託付給最好的老師，每天兩次用亞麻子油為他抹遍全身。

「山姆？山姆？你看起來不對勁，山姆，拜託，他們馬上就過來了……山姆？」

自我憎恨會讓人朝第一個見到的人求救，但這個人居然是阿奇，這點讓山曼德更覺惱怒。阿奇低頭看著他，溫和的關懷裡夾雜恐懼及氣憤，全疊加在那張沒型沒款的臉上，糟到連表情都做不出來。

「別叫我山姆，」他咆哮，聲音連阿奇都認不出來。「我又不是你在英國的狐群狗黨。我的名字叫山曼德．彌亞．伊格伯。不是山姆，不是山米，更不是──上帝原諒我──那個撒母耳[37]。是山曼德。」

阿奇看起來很氣餒。

「算了，」山曼德突然客氣起來，免得過於情緒化。「很高興你跑來，因為我正想告訴你，我累了，瓊斯中尉。我就像你說的──怪怪的。我是真的累了。」

他站了起來，隨即又跌坐在石頭上。

「起來，」阿奇在齒間發出噓聲：「起來啊，你是怎麼搞的？」

「是真的，我徹底完了，我一直在想，」山曼德說著，用還沒廢掉的手拿起了槍。

「把槍放下。」

「我一直在想我完蛋了，瓊斯中尉。我看不到未來，我知道你聽了可能會吃驚──我恐怕不如我預期的堅強。但這是事實。我只看到──」

「放下它。」

「──黑暗。我是個廢人，瓊斯。」那把槍隨著他的身體左搖右擺、在手中起舞。「我的命運也廢了，你知道嗎？我什麼都不能做了，就連萬能慈悲的阿拉也救不了我。戰爭結束後我該怎麼辦？現在戰爭都結束了，我該怎麼辦？回孟加拉？去德里？有誰會要像我這樣的英國人呢？還是去英國？又有誰會要我這樣的印度人呢？他們答應讓我們獨立，我們才放棄原來的自己。但這是惡魔的交易。我該怎麼辦？待在這？去別的地方？還有什麼實驗室會要單手的廢人？我還能做什麼呢？」

「聽著，山姆……你這是在丟你自己的臉！」

「是嗎？是這樣嗎？朋友？」山曼德邊說邊站了起來，但隨即被石頭絆倒，跌到阿奇身上。「才一個下午，我就讓你從蠢大兵變成英國中尉，而你現在居然這樣報答我？我有需要的時候你人在哪裡？高森！」他對著餐廳的胖老闆叫喊，他已經出現在遠方轉彎處，滿身大汗朝這裡過來。「高森，我的回教夥伴，以阿拉之名，你說是不是呢？」

「閉嘴，」阿奇爆叫出來。「你是要大家都聽到嗎？把槍放下。」

山曼德拿槍的那隻手從黑暗中跳出，繞住阿奇的脖子，槍和兩人的頭就這樣噁心地揪在一塊兒。

「我有什麼用呢，瓊斯？如果我扣了扳機，身後又會留下什麼呢？一個印度人，一個變節的英國籍印度人，瘸了的手就像肉捲，運回去的屍體什麼勳章也沒有。」他放開阿奇，轉而抓住自己的領口。

「我的天，你要就拿去好了，」阿奇說著，把自己領口那三個勳章拔下丟向他。「我這裡有一堆。」

「還有那件事呢？你知道我們是叛徒嗎？很行的叛徒啊？你停一停，看看我們吧，朋友。隊長死了，我們還穿著他的制服，接管了這些軍人，他們比我們官階還高，這又是怎

---

37 聖經中希伯來的士師或預言者。

麼做到的呢?因為我們撒謊。我們這下不成了叛徒了嗎?」

「戰爭結束了!我的意思是,我們也有盡力去聯絡其他人。」

「有嗎?阿奇老兄,我們有嗎?真的嗎?還是像叛徒一樣在這空等,當全世界在我們耳邊四分五裂,所有人在戰場上戰死的時候,我們卻躲在教堂裡。」

阿奇企圖把槍搶過來,兩人扭打了一下,山曼德略有節制的出力揍他。此時阿奇看到遠方轉角,那堆可笑的隊員已經轉了過來,在昏暗的光線中看起來灰灰一大片,跌來撞去地唱著「琳蒂亞,那紋身的女孩」。

「聽好,小聲一點,冷靜下來,」阿奇說著放開山曼德。

「我們是騙子,穿著別人制服的叛逃者。我們有盡到我們的責任嗎,阿奇博德?有嗎?老實說有嗎?是我把你拖下水的,阿奇,這點我很抱歉。事實上,這是我的命,老早就決定了。」

喔,琳蒂亞,喔,琳蒂亞,喔,你是否見過琳蒂亞?喔,琳蒂亞,那紋——身——的女孩。

山曼德神情恍惚地把手槍放進嘴裡,開了保險。

「伊格伯,聽我說,」阿奇說:「我們和隊長、洛伊和其他人一起在坦克裡的時候——」

喔,琳蒂亞,那紋身的皇后!背上刺的是滑鐵盧一役……

「你老是說要當英雄什麼的,就像你那個叫什麼名字來著的叔公——」

旁邊刺的是金星的殘餘……

山曼德把槍從嘴裡掏出來。

「潘達，」他說：「我曾祖父，」然後又把槍放回去。

「這不就是了嗎——現在有個機會迎面而來。你不會想錯過這班公車吧，我們也不會錯過的，只要我們好好做。所以你就不要在這邊窮瞎鬧了。」

還有在海浪上驕傲飄著的紅白藍（旗）……

你可以從琳蒂亞身上學到好多！

「同志，這是在搞什麼？」

他們絲毫沒注意到，那個友善的蘇聯兵已經緩緩來到兩人後面，滿臉恐懼看著山曼德咬在嘴裡像根棒棒糖的槍。

「我在清槍，」山曼德顯然受到驚嚇，把槍從嘴裡拔出來，結結巴巴地說。

「在孟加拉，」阿奇解釋。「他們都是這樣搞的。」

這十二人希望從山丘屋裡找到的戰爭，也是山曼德想為他的青春醃漬起來、留給後代的戰爭，根本就不存在。那位生病博士，人如其名，就坐在輪椅上，病懨懨地縮在毯子底下。他的臉色蒼白，瘦骨如柴，沒穿制服，只穿了件開襟白襯衫和深色褲子。他也是個年輕人，不會超過二十五歲。當他們衝進屋子用槍指著他時，他沒做任何反抗，好像他們突然造訪了某間舒適的法國農舍，只是未受邀請而擅自進入，還把槍放在人家餐桌上。屋內被幾盞小巧秀氣的煤氣燈照得通明，光線在博士的牆上舞動，照亮了一組八幅的畫作，呈現出一系列保加利亞的鄉村風光。山曼德在第五幅畫中看到他們住的那間教堂，就像黃沙滾滾裡的一粒光點。這些畫如全景般間隔著環繞房間，沒有畫框，矯作地想呈現出一種現代風格。第九幅畫還放在畫架上未乾，距離爐火好近好近。十二把槍就這樣對著這位藝術家。當這位藝術博士轉身面對他們時，宛如血淚的淚珠從他臉頰滑下。

山曼德走上前去。他連槍都放進自己嘴裡了，還有什麼好怕的呢？一大包嗎啡他都吃了，再深的深淵也都掉了，不也都活下來了嗎。山曼德走向博士，心中想著，還有什麼比從絕望中重生還要來得堅強呢？

「你是皮瑞特博士？」山曼德刻意的英國腔讓這位法國佬的臉部肌肉抽搐，逼出更多血淚流下臉頰。山曼德繼續用槍指著他。

「是，我就是。」

「那是什麼？你眼睛流下的東西？」山曼德問。

「我有糖尿病視網膜病變，先生。」

「什麼？」山曼德問，但仍用槍指著他，決心不讓他的光榮時刻因為平淡無奇的醫學疑問受到損害。

「意思是我只要缺乏胰島素就會分泌出血來，朋友，就從我的眼睛。這些是我的興趣。」他指向環繞周圍的畫。「不是什麼難事。本來要畫十幅的，這樣就會有一百八十度的景觀。看來這計畫要被你們破壞了。」他嘆了口氣站起來。「那，你們要殺我嗎，朋友？」

「我不是你朋友。」

「我想也不是。但你要殺我嗎？請原諒我這麼說，不過你年紀看起來小到連蒼蠅都下不了手。」他看看山曼德的制服。「天啊，這麼年輕就有這番成就了，上尉，」山曼德不安地動了動，眼角瞥到阿奇害怕的眼神。山曼德把雙腳分開些，好讓自己站得更穩。

「很抱歉我一直問這個問題，那……你是打算要殺我嗎？」

山曼德的手穩穩挺著，手槍一動也沒動。他可以殺了他的，大可以冷血把他殺了，根本不需要黑夜的掩飾或用戰爭當藉口，而他們也都知道這點。那個蘇聯兵看到這個印度人的眼神，走上前一步。「對不起，上尉。」

山曼德依舊沉默地看著博士，於是蘇聯兵再上前一步，對博士說：「我們沒這打算，我們受命把你帶回波蘭。」

「我會在那裡被殺嗎？」

「這要留給有關單位決定。」

博士歪了歪頭，眼睛瞇了起來。「這只是……我只是希望被告知罷了。有沒有被告知對人來說是非常重要的，至少也算是一種禮貌吧。讓那人知道他到底是會被殺還是會被放。」

「這要留給有關單位決定。」蘇聯兵重複。

山曼德走到博士後面，用槍頂著他的後腦杓：「走。」

「要留給有關單位決定……和平期間不應該是文明的嗎？」當十二個人用槍指著他走出屋子時，生病博士留下了這句話。

那晚稍後，就在山坡下，部隊把上了手銬的病博士留在車上，轉戰到小酒吧裡。

「你們玩撲克牌嗎？」尼克拉很高興地對著剛進門的山曼德和阿奇說。

「我什麼都玩，我。」阿奇說。

「更重要的問題是，」山曼德拿了把椅子坐下，露出邪邪的笑容。「你是不是很在行？」

「你很在行嗎，伊格伯上尉？」

「賭王一個，」山曼德說著，用一隻手拿起分給他的牌，在手中攤成扇形。

「那麼，」尼克拉為在座的人再倒一些甜酒。「既然我們的好友伊格伯這麼有信心，最好先從小的玩起吧。我們就從賭香菸開始，看情況怎樣再說。」

就這樣從幾根香菸開始，他們贏了一些徽章，徽章又贏了槍，槍又贏了收音機，收音機又贏了吉普車。到了午夜時，山曼德已經贏了三輛吉普車、七隻槍、十四個徽章、高森他妹房子旁邊的那塊地，還有「先欠著」的四隻馬、三隻雞和一隻鴨。

「我的朋友，」尼克拉派索斯基原本熱情開放的態度，現在變得焦慮而嚴肅。「你總得給我們機會贏回我們的東西吧，我們不可能讓事情就這樣結束的。」

「我要博士，」山曼德說，他不想去看阿奇博德．瓊斯的眼神，阿奇坐在椅子上醉醺醺，嘴巴張得好大。「我用他交換我贏的東西。」

「為什麼？」尼克拉往椅子一攤，驚訝的說：「他有什麼用呢——」

「我當然有我的理由。我希望今晚帶他走，不准跟蹤我們，也不准說出這件事情。」

尼克拉派索斯基看看自己的手，看看桌子四周，再看看自己的手。接著伸手進口袋，把鑰匙交給了山曼德。

一到外面，山曼德和阿奇坐上那輛載著病博士的車，博士靠在儀表板上睡著了。他們啟動引擎，朝黑暗中駛去。

駛離村莊有三十公里遠後，病博士被別人竊竊私語爭論自己下一刻命運的聲音吵醒。

「為什麼？」阿奇嘶聲說。

「因為，以我來看，最關鍵的問題就是我們雙手必須沾血，明白嗎？做為補償。你明白嗎，瓊斯？我們在這場戰爭中一直都是失敗者，你我都是。我們錯失了和惡魔交戰的機會，現在一切都太遲了。不過我們還有他，還有這個機會。我問你，為什麼要打這場戰爭？」

「不要淨說些廢話，」阿奇以咆哮代替他的答案。

「因為這樣，我們的未來才有自由，最後的問題終究是：你希望你的小孩生長在怎樣的一個世界？但我們什麼也沒做，我們正處在道德的十字路口。」

「聽著，我不知道你在說些什麼，我也不想知道，」阿奇厲聲說：「我們會在第一個出現的兵營，」他手指半睡半醒的病人。「把他給丟下去，然後你我從此分道揚鑣，現在我只在乎那個十字路口。」

「據我了解，」隨著車子在一路平坦的道路上奔馳，山曼德繼續說：「世世代代的人都有關聯的，瓊斯。它不是單獨的線，生命不是一條線，這不是看手相，生命是一種循環，它會對我們說話。這也是為什麼你看不到命運，而必須親自去體驗，」山曼德可以感受到嗎啡又再度為他帶來了訊息，宇宙間所有的訊息，牆上所有的訊息，正以奇特的方式呈現著。

「你知道這人是誰嗎，瓊斯？」山曼德抓起博士後面的頭髮，把他的頭往後一扳。

「蘇聯兵告訴我，他是個科學家，跟我一樣，但你知道他研究什麼嗎？他決定誰該被生，誰不該被生，把人類當雞一樣繁殖，一旦規格不對，就毀掉他們。他想要控制，想要指定未來。他想要新的種族，無敵的種族，足以生存到世界末日。但這些不應該在實驗室裡完成。它必須是、也只能以信仰來完成！只有阿拉才能解救！我雖不是虔誠的教徒，也不曾擁有那些力量，但也不至於笨到去否定事實。」

「啊，好，但是你說過不是嗎？說這不是你們的衝突，就在山丘上，你是這麼說的，」阿奇摸索著，很高興抓到了山曼德的小把柄。「所以、所以、所以就算這傢伙做了……管他做了什麼又怎樣，你說的那是我們的問題，我們西方人的問題，你就是這麼說的。」

病博士滿是血淚的眼睛如今已如潺潺流水，山曼德依舊抓著他的頭髮，讓他簡直要被自己的舌頭給噎死。

「小心，你會把他噎死。」阿奇說。

「噎死又怎樣！」山曼德在不聞回音的景色中大叫。「像他這樣的人，以為活生生的器官可以受人為設計所控制，他們崇拜身體的科學，卻藐視給我們的身體！他是納粹！最糟的納粹！」

「但你說——」阿奇繼續抗辯，一意堅持他的論點。「你說這些都跟你無關，這不是你的衝突，要說這車上誰有資格清算這瘋德國人——」

「法國人，他是法國人。」

「好嘛，法國人——要說這車上誰有資格清算他，也應該是我吧。我們是在為英國的未來戰鬥，為英國，你知道吧，」阿奇說著，極力搜尋他的腦袋。「為了民主和週日的晚餐，和……和……碼頭，還有散步，臘腸和馬鈴薯泥，所有我們的東西，不是你們的。」

「你說的沒錯。」山曼德說。

「什麼？」

「一定要你來做，阿奇。」

「我還謝謝你哩！」

「瓊斯，你的使命就在眼前，你居然還在那邊搓香腸，」山曼德齷齪地笑著，手仍抓住博士的頭髮往椅子後扳。

「冷靜點，」阿奇一邊說一邊看路，山曼德把博士的脖子扳得簡直要斷了。「聽著，我不是說他不該死——」

「那就做，做啊！」

「但我做不做對你他媽的有那麼重要嗎？你知道，我從沒殺過人——不是啦，沒面對面殺過人，人不應該死在車上……我做不到。」

「瓊斯，問題很簡單，當你有籌碼，你會怎麼做？這讓我很好奇。今晚可作為長久信念的驗證，一種試煉，也可以這麼說。」

「我不知道你在說什麼。」

「我要知道你是什麼樣的人，瓊斯。我要知道你能做什麼，你是不是懦夫，瓊斯？」

阿奇突然緊急煞車。

「這是你他媽自找的，你自找的。」

「你不為任何事物而戰，瓊斯，」山曼德繼續說：「不為信念，不為政治，甚至不為你的國家。你的運氣會強過我真是他媽的詭異。你是個無足輕重的人，不是嗎？」

「是什麼？」

「也是個白痴，你小孩問你是誰的時候，你會怎麼告訴他們？你知道嗎？你到底知不知道？」

「你他媽又有什麼了不起？」

「我是個穆斯林、男人、子孫和有信念的人，我會安然走到最後。」

「你是個該死的的酒鬼，而且你還……你還嗑藥，你今晚有嗑藥對不對？」

「我是個穆斯林、男人、子孫和有信念的人，我會安然走到最後。」山曼德像吟誦一樣重複著。

「這他媽的又是什麼意思？」阿奇大叫，同時抓住病博士，把他滿布血淚的臉拉過來，直到兩人的鼻子碰到一塊兒。

「你，」阿奇咆哮。「你給我過來。」

「我沒辦法，先生……」博士舉起銬住的手。

阿奇用生鏽的鑰匙解開他的手銬，強拉他下車，朝黑暗中走去，手中拿一把槍對著尼克拉．尼克．派索斯基博士的頭顱底部。

「你要殺了我嗎？孩子？」病博士邊走邊問。

「看起來是這樣，不是嗎？」阿奇說。

「我可以求你饒命嗎？」

「隨你高興，」阿奇說著又推了他一把。

坐在車上，五分鐘後，山曼德聽到一聲槍響，讓他跳了起來。他拍死一隻飛過手腕正在尋找鮮肉的蟲子。山曼德抬起頭，看到眼前歸來的阿奇：流著血、拐著腳，繞過車頭燈，一會兒亮，一會兒暗，一會兒亮，一會兒又暗了下來。他看出他稚嫩的年齡，燈光把他的金髮照成了半透明，而他的月亮臉就像正要出生的嬰兒，先是探出頭來，接著便進入了生命。

山曼德

一九八四，一八五七

板球迷測驗——你支持哪一隊？你為你來自的國家加油，還是為你所在的國家加油？

——諾曼・泰比[38]

38 Norman Tebbit，前英國保守黨主席，曾說要分辨一個人（意即移民者）的國籍認同，就問他支持哪個板球隊伍。

6 山曼德・伊格伯的誘惑

孩子。孩子就像疾病一樣找上了山曼德。沒錯，他很認命地有了兩個，以男人最大限度的認命，卻沒料到另一件事，沒人告訴他的事，就是「認識」小孩。四十多年來，山曼德暢遊在人生大道上，並未留意沿路的一些星星點點，或是加油站托兒區裡，有堆社會的附屬族群在那邊活著，一堆咿咿喔喔、流著口水的下層階級。突然，到了八〇年代初，他受的全是小孩的影響：不管是別人的小孩，他小孩的小孩朋友，這些小孩朋友的其他小孩朋友，甚至是兒童頻道中小孩節目裡的小孩。到了一九八四年，他的社交及文化圈子裡至少有百分之三十的人小於九歲——無可避免，這一切最後演變成他現在的身分：家長會委員。

情形還對稱得奇怪，身為家長會委員的過程，就反映出當父母的過程。偶然之間，你已經朝氣蓬勃出現在學校春季博覽會上，幫忙賣彩券（因為那位美麗的紅髮音樂老師請你幫忙），還贏了一瓶威士忌（所有彩券的獎品都一樣），或還搞不清楚自己身在何處時，已經在每週的校務會議中安排音樂會，討論設立新的音樂系，贊助噴水池的復建工程。你和學校關係密切，根本就是深陷其中、不可自拔。很快地，你不只是把孩子送到校門口，還會跟著他們一起進去。

「把手放下來。」

「我不放。」

「放下來，拜託你。」

「放開我。」

「山曼德，你為什麼老是要丟我的臉？把手放下。」

「我有意見，我有權有意見，而且我有權力發表意見。」

「對，但你一定要這麼常發表嗎？」

一九八四年七月初，山曼德和艾爾沙娜·伊格伯，坐在週三家長委員會議中，在後方暗地起了爭執。艾爾沙娜盡其所能想把山曼德執意舉起的左手拉下來。

「放開，你這女人。」

艾爾沙娜用她兩隻小手抓住他的手腕，試著做出一個中國結。「山曼德·彌亞，你難道不明白，我這是在救你。」

暗地裡的角力持續進行時，主席凱蒂·米尼佛，一名身材瘦長、身著緊身牛仔褲的白人離婚婦女（就是那個頭髮超捲還有齙牙的）正竭盡所能避開山曼德的視線。她暗暗詛咒韓森太太，就是坐在山曼德後面的胖子，就因為她要講學校果園有樹蟲的事，害她終究無法假裝沒看到山曼德死命舉起的手。她遲早還是得讓他發言的。她一邊對著韓森太太點頭，一有機會就往左邊瞥，看看祕書凱爾納尼太太手上潦草的會議紀錄。她想證明不是自己妄想，也不是她不公平或不民主，或更糟的：有種族歧視（她在彩虹聯合黨發的「漠視色種」手冊的自我評量上表現也滿好的啊！）那種已經根深蒂固、充滿整個社會、以至於她都沒注意到的種族歧視。不過不對。她並沒有瘋。只要隨便擷取紀錄上的一段，大家就可以發現問題所在：

一三·〇　珍妮卓特太太建議在操場再蓋一座攀爬架，以解決太多小朋友想爬卻因人數過多造成危險，卓特先生（建築師翰歐佛·卓特）願意為學校免費設計並監督工程。

一三·一　主席見無人反對，決定表決這項提議。

一三·二　伊格伯先生想知道，為什麼西方的教育系統，重視體能的程度遠超過小朋友的心智與靈魂。

一三·三　主席不確定這和今天的主題有相關。

一三·四　伊格伯先生要求，表決必須等到他提出書面資料、詳列他的主要論點為止，並強調他的兒子馬吉德和米列特光是透過倒立延展肌肉、讓血液刺激大腦的體能中樞皮層，就已獲得足夠的運動量了。

一三·五　沃菲太太問，伊格伯先生是不是希望她女兒蘇珊也要一起做倒立。

一三·六　伊格伯先生暗示，根據蘇珊的課業表現及體重問題來看，倒立療法可能是必要的。

「是，伊格伯先生？」

山曼德大力甩開艾爾沙娜抓住他領口的手，很不必要地站了起來，在檔案夾的一堆紙裡翻來翻去，最後抽出他要的那張拿在面前。

「是，是，我有提議，我有提議。」

委員間起了一陣難以察覺的抱怨，陸續有人變換姿勢、抓癢、蹺腿、調調背袋、移移椅子上的外套等等。

「又有提議，伊格伯先生？」

「喔當然，米尼佛太太。」

「這個下午，單單你就提了十二個提議，我想其他人可能——」

「喔，這事太重要了不能拖，米尼佛太太，那，可以的話我就——」

「是米尼佛女士。」

「什麼？」

「沒什麼，只是……是米尼佛女士，你一整個下午都……可是，呃……事實上我不是米尼佛太太，是女士，女士。」

山曼德很好笑地看著凱蒂·米尼佛，然後看看他手中的紙，似乎想從中找到答案，然後再看看不太好受的女主席。

「對不起？妳還沒結婚嗎？」

「事實上是離婚了。沒錯，我離過婚，不過仍沿用我前夫的姓。」

「我了解了。請接受我的道歉，米尼佛小姐。那，我要說的事情——」

「對不起，」凱蒂用手撥了撥她頑強的頭髮。「呃，也不是小姐，對不起。我結過婚，對吧，所以——」

伊蓮·科柯隆和珍妮·藍佐拉諾，凱蒂在婦女運動團體的兩個好友，給了她支持的笑容。伊蓮搖搖頭指示凱蒂千萬不能哭（因為妳做得很好，真的很棒），珍妮則是用嘴形告訴她繼續下去，還偷偷為她舉了舉大拇指。

「我真的會覺得不舒……我只是覺得婚姻狀況應該不是什麼大問題。不是我要給你難堪，伊格伯先生，我只是覺得如果你是……你……是女士……」

「女士？」

「女士。」

「這是太太和小姐兩個詞中間的什麼綜合體嗎？」山曼德沒注意到凱蒂．米尼佛已開始抖動的下脣，誠懇地提出他的好奇。「用來指那些不是沒了老公就是不打算再婚的女人？」

艾爾沙娜呻吟了一下，把頭埋進手裡。

山曼德看著他的檔案夾，用筆在某個重點下劃了三遍，然後再次轉向所有家長會委員。

「那個收穫節[39]——」

大家又開始換姿勢、抓癢、蹺腿、移移外套。

「是，伊格伯先生，」凱蒂．米尼佛說：「收穫節怎麼樣？」

「這正是我想知道的。這收穫節到底是為了什麼？它是什麼節日？為什麼要有這節日？我的小孩又為什麼非得慶祝不可？」

校長歐文斯太太是位很有教養的女人，和藹的面容被俐落的金色短髮遮住了一半，她使使眼色要凱蒂讓她來處理。

「伊格伯先生，我們在秋季檢討的時候已經詳細討論過宗教節慶的議題。我相信你應該曉得，學校認同了許多宗教或非宗教性的活動：包括聖誕節、回教齋戒、中國農曆新年、印度排燈節、猶太贖罪日及光明節、海利索拉西[40]誕辰，馬丁路德逝世紀念等等。而收穫節也是學校接受宗教多樣化的一種表現。」

「我明白了。歐文斯太太，在我們馬諾小學裡有很多異教徒嗎？」

「異教徒？我不了解……」

「很簡單，基督教的年曆上有三十七個宗教活動，三十七個吶。回教有九個——只有九個，卻被基督教這些拉哩拉雜的給擠掉了。現在，我的提議很簡單，只要我們把異教徒的活動從年曆上拿掉，平均就會……」山曼德停下來看了檔案一眼。「多出二十天，這樣孩子們就可以在……例如十二月的時候慶祝吉慶夜，一月慶祝開齋節，還有四月慶祝犧牲節[41]。而第一個應該刪的，依我看來，就是收穫節。」

「我想，」歐文太太帶著愉悅而堅定的笑容，巧妙地對著大家說：「要把基督教的節日從這世上消除恐怕不是我能決定的。不然，我也大可以把聖誕夜刪掉，省得在襪子裡塞禮物。」

山曼德無視大家為此發出的竊笑聲，執意說服。「這正是我的意思。因為收穫節不是基督教的節日，在聖經裡，哪裡有提到說：汝等須自父母的櫥櫃偷取食物，帶至學校集

39 基督教教會所舉行的收穫感恩禮拜。

40 衣索匹亞已故皇帝Haile Selassie（1892-1975，出生於牙買加），被拉斯達教（Rastafarianism）教徒視為耶穌基督般的救世主，拉斯達教於三〇年代起源自加勒比海島國牙買加，後擴展至牙買加全國及部分歐洲城市。

41 皆為回教的節日。

合，並強迫汝等母親烘烤魚形麵包？這些是異教徒的思想！你們告訴我，哪裡有提到說，汝等須帶一盒冷凍炸魚餅，送給住在溫布萊的老太婆？」

歐文斯太太皺起眉頭，她其實不常用諷刺的語調，除非針對老師之類的，例如，我們是住在豬舍裡嗎？你們八成也是這樣對待自己的家吧！

「當然了，伊格伯先生，收穫節的施予不正是值得我們保留這節日的地方嗎？送些食物給老人，在我看來不管有沒有聖經的支持，似乎都是值得稱讚的行為。何況，聖經裡也沒提到，要我們在聖誕節一起坐下來吃火雞大餐啊，但很少人會譴責這樣的活動吧。老實說，伊格伯先生，我們比較希望把這件事當作跟社區關懷有關，而非跟宗教有關。」

「一個人的上帝就是他的社區！」山曼德拉高他的分貝。

「是，呃……那，我們可以為這個提議表決了嗎？」

歐文斯太太緊張兮兮地看著現場。「有人支持嗎？」

山曼德推了推艾爾沙娜的手，艾爾沙娜則回踢他的腳踝，他又踏了她的腳趾，她也回捏他一把，最後他把她的小指往後一扳，艾爾沙娜不甘願地舉起右手，同時還用左手肘往他胯下一頂。

「謝謝妳，伊格伯太太，」歐文斯太太說。這時，珍妮和伊連以一種同情而悲哀的笑容看著這個受到壓抑的回教女人。

「贊成這個提議，基於——」

「基於異教徒的原因。」

「基於某種異教徒的………可能性，同意把刪除收穫節的人，請舉手。」

歐文斯太太掃視四周，有一隻手，美麗的紅髮音樂老師波比・伯特瓊斯倏地舉手，使得手鐲叮叮噹噹地滑下。然後是喬分夫婦馬克斯和喬伊絲，一對年邁的嬉皮夫妻，穿著仿冒的印度傳統服裝，勇於抗爭地舉起他們的手。接著，山曼德尖銳的眼神掃到另一頭，克羅拉和阿奇怯懦地坐在那裡，不久，兩隻手也默默從人群中舉起。

「反對的人舉手？」

剩下的三十六隻手在空中舉起。

「提議不通過。」

「我相信馬諾小學裡的巫婆和妖精對這樣的結果一定很高興，」山曼德說著，坐回自己的位置。

會後，山曼德勉為其難在廁所裡的迷你尿桶解放之後走出廁所，美麗的紅髮音樂老師波比・伯特瓊斯在走廊上攔下他。

「伊格伯先生。」

「嗯？」

細長、白嫩、略帶雀斑的手臂伸出來。「我是波比・伯特瓊斯，我是馬吉德和米列特的管弦樂和歌唱老師。」

山姆用他的左手取代了她原本要握、卻是殘廢的右手。

「啊！對不起。」

「不，沒關係，不會痛的，只是不能用而已。」

「喔，太好了！我是說，很高興它不會——你知道——不會痛。」

她算是隨便弄弄就很漂亮的女人。大概二十八歲，頂多三十二歲。苗條，但不是全身沒肉那種，像小孩一樣有著圓圓的身體（而非扁身）；長型平坦的胸部只在頂端隆起。她穿著開領襯衫，有點舊的 Levis 牛仔褲和灰色休閒鞋。濃密的深紅色頭髮綁成散亂的馬尾，還有幾束頭髮落在脖子上。臉上有雀斑。現在的她正對著山曼德露出非常討喜又帶點憨的笑容。

「妳是不是要跟我討論我那對雙胞胎的事情？有什麼問題嗎？」

「喔不不不……呃，你知道，他們都很好。馬吉德是有點不順利，但以他過去的成績，我相信直笛對他不是難事。米列特對薩克斯風真是有天分。其實，我是想告訴你，你知道，你說得很有道理。」她用拇指朝背後的會議室一比。「就是剛剛開會的時候。我也一直覺得收穫節很荒謬。我是說，如果真要幫助老人──呃，與其送些漢滋牌[42]的罐頭義大利麵給他們，還不如另外選個政府。」她再次對他微笑，同時把一綹頭髮塞到耳後。

「可惜的是大部分人都不同意，」山曼德被對方二度露出的笑容搞得心花怒放，努力把他五十七歲男人還算可以的肚子往內吸。「早上支持的人似乎很少。」

「嗯，你後面的喬分夫婦支持，他們人真的很好，算是知識分子。」她輕聲說話，好像在講什麼奇怪的熱帶疾病。「先生是科學家，太太是做園藝之類的，但兩個人都還滿平易近人，不會高高在上。我和他們聊過，他們都認為你應該爭取。你知道，事實上，我還在想我們未來幾個月可以怎麼一起合作，等到九月的會議再提出來，你知道，越接近節日，相關性就越強，也許還可以印些傳單什麼的。因為，你知道，我對印度文化真的很有興趣。我只是覺得你提的那些節日會更……精采，我們還可以結合藝術、音樂。那一定會很刺激的。」波比・伯特瓊斯越說越興奮。「我覺得一定會很棒，你知道，對小朋友們來說。」

不會的，山曼德知道這女人不可能對他有什麼興趣。但他還是掃視了一下艾爾沙娜的身影，緊張地玩弄口袋裡的車鑰匙，還是感覺到有個冷漠的東西在譴責他的心，那就是他對上帝的畏懼。

「妳知道，事實上我不是來自印度，」山曼德用未曾有過的耐心語調，回答這個他來英國後就一直重複回答的問題。

波比・伯特瓊斯看起來既驚訝又失望。「你不是？」

「不，我來自孟加拉共和國。」

「孟加拉共和國……」

「以前是巴基斯坦，更以前是孟加拉。」

「喔，對，像個棒球場那樣的。」

「對，大概就差不多那樣大。」

兩人尷尬地停頓了一會。這一刻山曼德清楚地發現，他想要她的程度超越過去十年遇到的任何女人。就是這樣，欲望這東西根本懶得粉飾太平，也懶得檢查有沒有鄰居在看，它們都是直接破門而入，毫不客氣就把你家當它家。山曼德感到不安，體認到自己的表情從興奮轉為恐懼。因為剛剛他腦中浮現的，居然是他抱起波比・伯特瓊斯，以及她所帶來

42 位於美國匹茲堡的一家大型食品製造商。

的肉體及心靈接觸。他必須在情況變糟前說些話才行。

「呃……嗯，重提這個議題，倒是不錯的想法。」他心口不一地說，因為此刻說話的人是已超越其理性的獸性。「如果妳可以空出時間。」

「喔，我們可以討論討論，我幾個星期內再跟你聯絡，也許我們可以在管樂課後見面？」

「應該……沒問題。」

「太好了！那就這麼說定了。你知道，你的小孩真的好可愛，他們很特別。我那次還對喬分夫婦這樣說，馬克斯也這麼說，他說印度小孩——希望你不會介意——通常都比較……」

「比較什麼？」

「安靜。非常守規矩，但很……我也不知道……壓抑？」

山曼德內心抽搐了一下，想像艾爾沙娜正在聽他們講話。

「但馬吉德和米列特卻是那麼……外放。」

山曼德試圖微笑。

「以九歲的小孩來說，馬吉德真是太聰明了，大家都這麼說。我的意思是，他真的很優秀。你一定很驕傲。他就像個小大人。連他的衣服……我想我還沒見過九歲的小孩穿得這麼——這麼嚴肅。」

這對雙胞胎一直都很堅持自己挑衣服，但當米列特要求艾爾沙娜買耐吉的紅條鞋、阿里不達、怪裡怪氣的衣服，還有裡外都有花樣的毛衣，馬吉德卻不管在什麼天氣都是穿著灰色套頭、灰色襯衫、黑色領帶和黑得發亮的皮鞋，鼻頭上也總掛著ＮＨＳ的眼鏡，像個圖書館的侏儒管理員。艾爾沙娜會帶他到奇哥的主力產品區說：「小朋友，為阿媽（媽媽）穿件藍色的吧，嗯？就一件，和你的眼睛很配的。就算是為了阿媽，馬吉德。你怎麼會不喜歡藍色呢？它是天空的顏色吶！」

「不是，阿媽，天空不是藍色的，天空是一種白光，白光有彩虹的各種顏色，當他們分散為天空中數以億計的分子時，像藍色或紫色這種短波長的顏色，就會是你看到的顏色。但天空不是真的是藍色，只是你看起來是這樣而已。這種情形叫瑞里散射。」

一個有著冷酷智慧的怪小孩。

「你一定非常驕傲，」波比面帶笑容重複。「要是我就會。」

「可惜啊，」山曼德嘆氣，一想到二兒子（晚兩分鐘）的不才，就擾亂了他勃起的興致。「米列特就什麼都不行。」

波比因這話而感到困窘。「喔不！不是的，我完全不是這個意思。我想說的是，他這方面可能有點受到馬吉德的威脅，但他真的很有個性！他只是沒那麼……有學問。但大家就是愛他，他又是這麼漂亮的男孩，可真是……」她說，對他眨了眨眼，在他肩上拍了一下。「好遺傳。」

好遺傳？她是什麼意思，好遺傳？

「哈囉！」阿奇從後面走上來，朝山曼德背後重重一拍。他握了握波比的手，又說了一次「哈囉！」然後用他面對高等教育者所慣用的語氣硬裝高雅地說：「我是阿奇瓊斯，愛瑞的父親，恕我冒犯。」

「波比．伯特瓊斯，我教愛瑞——」

「——音樂對吧，我知道。我們常提到妳。不過很遺憾，你沒選她當第一小提琴手……也許明年吧，嗯？看來——」阿奇說著，把視線從波比身上轉到山曼德。山曼德站在離他們遠一點的地方，臉上有怪怪的表情，阿奇心想，這表情真他媽的怪啊。「妳已經見過這位惡名昭彰的伊格伯了！你剛在會議裡有點太過份了吧，山曼德，啊？妳說是不是？」

「喔，我不知道耶，」波比甜甜地說：「事實上，我覺得伊格伯先生提了一些不錯的論點。他說的話很多讓我印象深刻。真希望自己也能在各方面這麼博學。遺憾的是，我只是個單純的人，沒辦法學太多。伊格伯先生，你是不是……是不是某方面的教授什麼的？」

「不，不，」山曼德說，懊惱著因阿奇在場而無法說謊，卻怎麼也說不出「我是服務生」這幾個字眼。「不，事實上我在餐廳工作，我年輕的時候做過一些研究，不過後來發生戰爭，所以……」山曼德以聳聳肩作為結束，看著波比．伯特瓊斯的雀斑臉扭曲成巨大、不知所措的紅色問號。他的一顆心往下沉。

「戰爭？」她說，好像他講的是無線電還是自動鋼琴還是抽水馬桶似的。「福克蘭戰爭嗎？」

「不，」山曼德淡淡地說：「二次世界大戰。」

「喔，伊格伯先生，真是難以相信，你那時候一定非常年輕。」

「那裡的坦克都比我們老，親愛的。」阿奇齜牙咧嘴地笑著。

「喔，伊格伯先生，真令人吃驚！不過人家不是說黑皮膚的人比較不會有縐紋嗎？」

「真的嗎？」山曼德一邊說一邊想像她緊實、粉紅色的肌膚，逐漸老死變成層層皺紋。

「我想是小孩子讓人保持年輕的。」

波比笑了。「那倒也是，這我能想像。呃——」她紅了臉，半扭捏、半篤定地說：「你真的保養得很好。我敢說一定有人說你長得像奧瑪·雪瑞夫[43]，伊格伯先生。」

「不不不不，」山曼德越來越得意。「我想唯一相同的地方，就是對橋牌的共同熱愛吧。沒有的事、沒有的事……喔，叫我山曼德，」他補充一句。「請叫我山曼德就好。」

「留著下次叫吧，小姐，」阿奇說，他老是堅持用小姐來稱呼老師。「因為我們得走了，老婆在外面等，你知道，晚餐。」

「那，很高興有機會和你說話，」波比說著，又朝著山曼德的右手握去，對方回以左手，於是她再次紅了臉。

「是，再見。」

「得了吧，得了吧，」阿奇到了外面，和山曼德一起下坡朝校門走去，他說：「老天，那句答得可真好！吁！不錯，真是不錯。厲害，你搭得真好……你是怎麼說來著？對橋牌的共同熱愛。我認識你幾十年了，沒見你玩過橋牌，玩五張牌還差不多。」

「閉嘴，阿奇博德。」

「不、不，應該的，你做得很好。只不過這真不像你，山曼德，一個老是講上帝什麼的人，你不像會被肉欲所困惑。」

山曼德拍掉阿奇停在他肩上的手。「你怎麼會這樣粗俗到無可救藥？」

「又不是我……」

43 演員Omar Sharif，主演過《齊瓦哥醫生》，也是著名的橋牌手。

但山曼德沒有在聽，他腦中不斷出現兩行英文字，兩行他在英國學了十年卻一直難以接受的字，兩行他希望能使他免受褲襠裡的燥熱所困擾的字：

對潔淨之人，凡物皆潔淨。對潔淨之人，凡物皆潔淨。對潔淨之人，凡物皆潔淨。這樣就很好了。這樣就很好了。這樣就很好了。

不過，先讓我們回顧一下。

一、對潔淨之人，凡物皆潔淨。

性，或至少是性誘惑，一直以來都是問題。約在一九七六年，山曼德娶了手小、手腕無力又冷淡的艾爾沙娜後，他對上帝的恐懼第一次深入骨髓。他還為此請教克洛敦（倫敦南部）清真寺的長老，有關男人是不是可以……用他的手來解決那個……

就在他試圖用手表演時，這位老年學者悄悄從桌上一疊東西裡抽出一張紙遞給他，然後伸出他充滿皺紋的手指，堅決地指在第三點上。

以下九種行為將使齋戒無效：

1. 吃喝東西
2. 性交
3. 手淫，意指自慰到射精
4. 把罪過歸咎於萬能的阿拉、祂的先知、或神聖先知的傳人
5. 吞下厚厚的灰塵

6. 把頭整個埋進水裡
7. 黎明禱告阿讚（adhan）聲響起時，仍有精液、經血和產血流出的情況
8. 用液體灌腸
9. 催吐

「長老，那如果……」山曼德沮喪地問。「那人不在齋戒期呢？」

老學者看起來很嚴肅，說：「哈里發歐默[44]有一次被問到這個問題，文獻記載他的回答是：只不過就是摩擦男人的那個東西直到噴出水來這麼回事。不過就是揉一條神經嘛。」

這句話讓山曼德重拾信心，但長老繼續說：「然而，他在另一個文獻中的回答是：一個人絕不可與自己性交。」

「哪一個才是正確的呢？到底是行還是不行？有些人說……」山曼德膽怯地表示：「對聖潔之人，凡物皆聖潔。如果一個人能誠實對待並相信自己，就不會傷害別人，也不會冒犯……」

長老為此笑了出來。「我們都知道你說的這些人是誰。阿拉對這些英國國教徒只有憐憫！山曼德，男人的雄性器官一站起來，三分之二的理智就沒了，」長老搖搖頭說：「另外三分之一的宗教信仰也掛了。這是先知穆罕默德——願他安息——的手稿。他是這麼說的：喔，阿拉真神，請保佑我免受我聽、我見、我口、我心及我私密處的困擾。」

44 穆罕默德的門徒及回教君王之一。

「但是真的……如果一個人真的很聖潔，那——」

「告訴我那聖潔的人在哪？山曼德？讓我看他聖潔的行為！喔，山曼德．彌亞……我給你的建議就是，離你的右手遠一點。」

當然了，山曼德還是山曼德，終究是採納了他那西方實用主義中的精髓，回家後用他健全的左手激動地做了那件事，口中念著對潔淨之人，凡物皆潔淨；對潔淨之人，凡物皆潔淨，直到最後高潮來臨，帶來黏黏的、悲哀的又令人沮喪的感受。這樣的情況持續了五年之久，他每天早上三點，從餐館爬回頂樓自己一個人睡的小房間（為了不吵醒艾爾沙娜），祕密地，安靜地做這些勾當。不過，信不信由你，他可是為此而受到折磨，為這些鬼鬼祟祟、捏捏搓搓到爆發射精的事情受折磨。為害怕自己不清白，害怕這樣的行為不清白，害怕自己永遠也清白不了而倍受折磨。而且上帝似乎不斷給他一些小小的暗示、小小的警告和小小的詛咒（一九七六年，他得尿道炎，一九七八年，他做了被去勢的夢，一九七九年，艾爾沙娜的姑媽發現他弄髒還變硬的床單，甚至因此誤會），直到一九八〇年，轉捩點來臨，山曼德聽到了阿拉在他耳邊咆哮，宛如透過海螺的聲浪，似乎到了不得不解決的時候了。

二、這樣就很好了

事情是這麼解決的：一九八〇年元旦，就像新年禁食，人們之所以放棄起司，是因為可以拿到巧克力。於是，山曼德放棄了手淫，來交換喝酒。這是一筆交易，是他和上帝做的買賣：山曼德是兩造的一方，上帝則是不實際參與的另一方。從那天開始，山曼德獲得了精神上相當程度的寧靜，也和阿奇博德喝了不少帶泡的健力士黑啤酒，甚至還養成了習慣，每每舉杯飲盡最後一口，總要抬頭望天，像個基督徒，心中想著：我基本上是個好人。我既然已經不「搓香腸」，就饒了我吧，不過就是喝幾杯，這樣就很好了。

可是，他的宗教根本無法接受什麼妥協、買賣、契約、弱點或這樣就很好了的論調。如果他想要的是同情或讓步，想要自由解讀事情，想要饒了我吧，那麼他恐怕是選錯了邊。衛理公會教或天主教那種留著白鬍子，看起來矬矬的，可他的神可不像聖公教愛傢伙。他的神是不做「饒了你吧」這種事的。於是，當山曼德的眼睛在一九八四年七月那天，停留在美麗的紅髮音樂老師波比．伯特瓊斯身上時，他終於了解了這個事實。他知道神開始報復了，他知道這場遊戲開始了，他看到那紙合約已被撕破，所謂的聖潔條款，終究是不存在的，而誘惑已經被蓄意、惡意地丟在他的來路上。總而言之，所有的交易都破裂了。

山曼德又開始手淫了，狠狠地做。就這兩個月，從見到美麗的紅髮老師開始，到再見到她為止的五十六天，是山曼德生命中最漫長、最黏稠、最難聞、也最內疚的日子。不管他到哪，不管他做什麼，都會發現自己被這女人的幻影所誘惑，他在清真寺裡看到她的髮色，觸摸水管時感覺到她的手，就連單純走在上班的途中，都能嘗到她笑容的味道。這最後的結果就是他對倫敦的公廁變得瞭若指掌，他手淫次數之頻繁，連住在偏僻南謝德蘭群島[45]的十五歲少年都會覺得太多。唯一感到安慰的是，他就跟羅斯福一樣，他有了新政，

45　鄰近南極大陸的一個群島。

新計畫，就是他要戰鬥，他要絕食。就某方面來說，他這是要淨化自己，讓自己忘了波比．伯特瓊斯的樣子和味道，並免除手淫的罪惡。雖然現在並非齋戒的季節，而且是一年中白晝最長的日子，但山曼德的嘴巴，從日出到日落沒有吞過半樣東西，就連他的痰——多虧了瓷製的痰盂——也沒有例外。由於這一頭沒吃進什麼東西，另一頭射出的就變得稀薄而微不足道，貧乏而近乎透明，讓山曼德得以說服自己罪惡減輕了，總有一天，有那麼美好的一天，他可以手淫到爽，但除了空氣之外也不會射出別的東西來。

儘管在精神上、肉體上或性欲上極度飢渴，山曼德還是每天十二小時在餐廳工作。事實上，他發現餐廳幾乎成了他唯一待得下的地方。他不敢見家人，不敢去歐康尼爾酒吧，不想讓阿奇看到他現在的樣子而幸災樂禍。到了八月中，他的工作時數增加到一天十四小時。他拿著裝著粉紅色天鵝紙巾的籃子，跟在席法放好的塑膠康乃馨後面，把刀叉排好，杯子擦亮，把盤子上的指紋清掉。這些事情就像某種儀式撫慰著他。如今，不管他是個多麼糟糕的穆斯林，也沒人敢說他不是個技巧高超的服務生。他把一項乏味的工作練到完美的境界，至少可以讓別人知道什麼是正確的做法：如何掩飾爛掉的洋蔥巴唧，如何讓少少的蝦子看起來變多，如何讓澳洲人了解自己恐怕不是真的想要那麼多辣椒。在「皇宮」外面，他是個手淫的人、糟糕的丈夫、冷淡的父親、持有國教道德觀的人，但在「皇宮」裡，在這四面漆黃綠色渦紋圖案的四方牆裡，他可是個獨臂天才。

「席法！這裡少了花，這裡。」

山曼德新計畫開始後兩個星期，一如往常的星期五下午，「皇宮」內正忙著準備一切。

「你漏掉了這個花瓶，席法！」

席法慢慢走到十九號桌，檢查那個淡綠色的細細空花瓶。

「在十五號桌上，有萊姆醃醬浮在調味架上的酸芒果醬裡。」

「真的嗎？」席法冷冷地說。可憐的席法，如今都快三十了，不再英俊的他卻依舊在這裡。他之前以為會發生的事情一樣也沒有發生。他確實離開過餐廳，山曼德模糊記得是在一九七九年一段很短的時間，他開了一家保全公司，不過因為「沒人想僱用巴基斯坦保鑣」而再度回到餐廳，從此變得比較消極、比較絕望，活像一匹受了傷的馬。

「沒錯，席法，千真萬確。」

「就是這些東西把你搞得快瘋了？」

「我不認為有到瘋了那麼嚴重，不是……只是會讓我很困擾。」

「因為最近，」席法打斷他。「有事情捅到了你的屁眼。我們大家都注意到了。」

「我們？」

「我們，就這群服務生。昨天，有鹽粒留在餐巾上。前天，牆上的甘地像沒有掛直。過去一個禮拜你表現得就像天殺的希特勒，」席法一邊說，一邊朝阿達夏的方向點頭。「像個瘋子，沒有笑容也不吃東西，老是監督別人的工作。你這位班頭不在的時候，大家都鬆了口氣。你簡直活像個足球教練。」

「我很確定我不知道你在說什麼，」山曼德說完，緊閉雙唇，把空花瓶遞給他。

「但我確定你知道。」席法挑釁地說，把空花瓶放回桌上。

「就算我有什麼事情，也沒理由影響我在這兒的工作，」山曼德變得有點驚慌，又把花瓶遞給他。「我不希望造成別人的不便。」

席法再次把花瓶放回桌上。「所以，那就是有事情囉，得了吧，老兄……我知道我們一直都看對方不順眼，但我們就是得一起窩在這個地方。我們在都一起工作多久了，山曼德．彌亞？」

山曼德突然抬頭看著席法，席法則發現他在流汗，好像就要昏過去了。「是，確實……有……事情。」山曼德說。

席法把手放在山曼德的肩上。「既然這樣，我們還鳥這他媽的康乃馨幹麼，不如去給你弄盤咖哩吃，反正太陽再過二十分就會下山了。來吧，把所有的事情告訴席法，也不是我要管你，你知道，但我也要在這工作，你簡直快把我惹毛了，老兄。」

很奇妙，這位傾聽者隨隨便便的邀請感動了山曼德，他放下粉紅色的天鵝紙巾，跟著席法走到廚房。

「是動物、植物還是礦物？」

席法站在工作檯前，把雞胸肉切成整齊的雞丁，然後放進玉米粉裡。

「什麼？」

「是動物、植物還是礦物？」席法沒耐心地又講了一遍。「那個困擾你的東西。」

「動物，基本上。」

「女的？」

山曼德跌坐在最近的板凳上，垂下了頭。

「女的，」席法做了結論。「老婆？」

「真是丟臉，這事最後會讓我老婆痛苦，不過不是……不是她。」

「那麼是另有女人囉，我最拿手的話題，」席法表演出攝影機就位的動作，嘴裡哼著益智節目「金頭腦」的開場音樂，然後馬上跳到節目演出。「席法・巴哈娃提，你有三十秒時間談談和不是你老婆的女人鬼混。第一個問題，這麼做對嗎？回答：看情況。第二個問題：我會下地獄嗎？」

席法那模樣山曼德看了就討厭，馬上打斷。「我沒有……我沒和她做愛。」

「既然我都演了，就讓我把它演完：我會下地獄嗎？回答——」

「夠了，算了。拜託你，就忘了我曾提過這件事吧。」

「你要加茄子嗎？」

「不要……青椒就好。」

「沒問題，」席法說著，朝空中丟了一個青椒，用刀尖在半空中接住。「一客雞肉咖哩馬上來，那……這事有多久了？」

「什麼事也沒發生，我只見過她一次，對她幾乎不了解。」

「那有什麼大不了的？你摸了她？打了啵？」

「就只是握手，她是我兒子的老師。」

席法把洋蔥和青椒丟到熱油裡。「你不過就是有點想入非非嘛，那又怎樣呢？」

山曼德站起來：「不是只有想入非非這麼簡單，席法，我整個身體都在叛亂，不管我叫它做什麼都沒用。我以前從不會做一些不光彩的肢體動作。例如，我常常會——」

「我知道，」席法指向山曼德的褲襠。「這我們也注意到了。你來工作前，怎麼不先用你的五指解決？」

「我有……我是……但沒有用。而且，阿拉不允許。」

「喔，你不應該有宗教信仰的，山曼德，你不適合，」席法撥掉因為洋蔥而流出的一滴眼淚。「那些罪惡感讓人不健康。」

「不是罪惡感，是恐懼。我五十七歲了，席法。等你到了我這年紀，就會……擔心自己的信念，不希望等到一切都太遲。我已經被英國腐化了，我很清楚。我的孩子、我的老婆也被腐化了。我想可能是我交了不好的朋友，我太過輕佻，或以為智慧遠比信念來得重要，所以才會有這麼個誘惑擺在眼前，你知道，就是為了懲罰我。席法，你最了解女人，救救我，怎麼會有這樣的感覺？我認識這女人還不到幾個月，而且才跟她說過一次話。」

「如你所言，你現在五十七歲了。這是中年危機。」

「中年？什麼意思？」山曼德不耐煩地說：「媽的，我又沒打算活到一百一十四歲。」

「那只是一種說法罷了，最近在雜誌上都可以看到。就是指人到了生命的某一階段，開始覺得在走下坡，而那女人讓你覺得你和她一樣年輕，你懂我的意思吧？」

「我現在是站在人生的道德岔路上，你還一直跟我閒扯淡。」

「你一定得學學這些，老兄，」席法慢慢地、耐心地說：「女性身體、G點、睪丸癌、停經等，中年危機也是其中之一，全都是現代男人必須了解的資訊。」

「但我不想知道這些！」山曼德大叫，站起身來在廚房走來走去。「這正是問題所在！我並不想成為現代男人！我想要照我原本的方式活下去！我要回東方去！」

「啊，嗯……大家都想，不是嗎？」席法喃喃抱怨，用鏟子翻弄著青椒和洋蔥。「我離開時只有三歲，操——誰都知道我在這國家什麼也沒闖出來。但誰出得起機票錢？誰又想和十四個服務生靠著薪水住在簡陋的房子裡？誰知道席法・巴哈娃提回到加爾各答會變成什麼樣子？是王子還是乞丐？又有誰——」席法說著說著，過去的俊美隱隱約約再次出現在他的臉上。「——能把我們已經吸收的西方文化徹底清除乾淨呢？」

山曼德繼續踱步。「我不應該到這來的，這是一切問題的根源。也不該把我兒子帶來這裡，這裡離真主這麼遠。威斯敦！糖果店窗戶上的色情名片，學校裡有茱蒂・布倫[46]，人行道上的保險套，收穫節、狐狸精老師！」山曼德咆哮著，然後順手拿起幾樣東西說：「席法，我偷偷告訴你，我最好的朋友阿奇・博德瓊斯，是個沒有信仰的人！如今我對我的孩子來說，又是個什麼樣的典範呢？」

「伊格伯，坐下，冷靜下來。聽好：你不過就是想要某個人。是人都會有這需要。這種事從德里到狄普福[47]都一樣，這又不是什麼世界末日。」

「我希望真的不是。」

「你下次見到她是什麼時候？」

「我們會為學校的一些事情見面……九月的第一個星期三。」

「原來如此，她是印度人？穆斯林？不是錫克教徒吧，是嗎？」

「最糟的就是這點，」山曼德說話的聲音都破了。「是英國人，白種英國人。」

46 Judy Blume，是美國票選最受歡迎的青少年小說作家之一。因為大膽談論性愛、月經、宗教等議題，她的書在保守的一九七〇年代曾經被查禁。

47 倫敦東南部的工業城。

席法搖搖頭。「我和很多白種女人交往過，山曼德，很多。有時候成功，有時候失敗。我交往過兩個可愛的美國女孩，為一個巴黎美女如痴如醉，甚至花一整年時間和一個羅馬尼亞人在一起。不過從沒交過英國女人。不可能成功的。絕不可能。」

「為什麼？」山曼德問，牙齒咬著拇指的指甲，等待對方講出可怕的答案，做出高高在上的宣判。「為什麼不可能？席法．巴哈娃提？」

「太多歷史了，」席法把雞肉咖哩裝到盤子裡，說出了謎樣的回答。「太多他媽的歷史了。」

一九八四年，九月第一個星期三，早上八點三十分。思緒不知飄到何處的山曼德，聽著他那輛迷你奧斯丁的車門開了又關的聲音，遠遠的好像不是來自真實的世界。他頭往左轉，看到米列特爬進來坐在他旁邊——起碼頸部以下很像米列特。他頭上戴著叫「電子湯米」的電動玩具，一種難度低、看起來像個大型望遠鏡的電動玩具。根據山曼德的經驗，在這機器裡，他兒子的紅色小車子會和一輛綠色、一輛黃色的車子在立體的道路上比賽。米列特小小的背靠在咖啡色的塑膠皮椅上。「喔，冷椅子！冷椅子，屁股都凍僵了。」

「米列特，馬吉德和愛瑞呢？」

「馬上來了。」

「『馬上』是跟火車一樣快，還是像蝸牛一樣慢？」

「啊！」米列特尖叫，因為遊戲裡某個障礙物差點讓他的紅車打轉出界。

「拜託，米列特，把那停掉。」

「不行，要到一、零、二、七、三點。」

「米列特，你要開始學習數字了，跟我一起念：一萬零兩百七十三。」

「一碗零兩排七直三。」

「關掉，米列特。」

「不行，我會死，你要我死嗎？阿爸？」

山曼德沒有在聽。他一定得在九點前到學校，不然這趟接送就沒意義了。九點一到她就會進教室，九點零二分，她就會用細長的手指翻開點名簿，九點零三分，她就會用她新月型的指甲在木桌上看不見的地方敲著。

「他們人呢？他們是想要遲到嗎？」

「嗯哼。」

「他們每次都這麼晚嗎？」山曼德問，因為這並不是他的例行工作。送小孩上學一直都是艾爾沙娜和克羅拉的事情。他只是為了看伯特瓊斯一眼（雖然距離他們倆聚會只剩七小時又五十七分鐘，七小時又五十六分鐘，七個小時又……）才會扛起書上所說的為人父母最令人討厭的責任。而且，他花了好一番工夫才說服艾爾沙娜，他突然這麼想接送自己和阿奇子女上學，其實並沒有什麼特別的理由：

「可是，山曼德，你到早上三點鐘才回來，幹麼非得要去？」

「我想看我兒子！我想看愛瑞！他們一天天長大——我都沒看到！米列特又長高五公分了。」

「但不需要在早上八點三十分的時候看吧。其實也真好笑，他一直都在長耶！感謝阿拉！這八成是個奇蹟。到底是為了什麼？嗯？」她用指甲戳進他凸出來的肚子。「有什麼事情瞞著我，我聞得出來，就像野貓嗅到鹹魚一樣。」

啊，艾爾沙娜分辨罪惡、欺騙及恐懼的鼻子，就跟廚師一樣靈敏，在布蘭特這一區是無人能及的，山曼德對此束手無策。她知道了嗎？她猜到了嗎？焦慮的感覺昨兒一整夜跟著他入睡（除了他在搓香腸的時候），又跟著他進到車子裡，現在已準備要發洩到孩子身上。

「他們是他媽的死到哪裡去了？」

「死到地獄去了！」

「米列特！」

「是你罵髒話，」米列特說。他的遊戲正進行到第十四圈，因為讓黃色車子燒起來而得了五零零點。「你每次都這樣，瓊斯先生也是。」

「我們有講髒話的特權。」

整個頭被包住的米列特不用表情也可以表達出他的憤怒。「沒有這回——」

「好好好，」山曼德認了，跟一個九歲小孩爭到底有沒有這回事，實在沒什麼意思。

「是我被抓包，沒有所謂講髒話的特權這回事。米列特，你的薩克斯風呢？你今天有管弦樂課啊。」

「在後車箱，」米列特回答。他的聲音馬上透露出不敢相信和嫌惡：薩克斯風都是在星期天晚上放進後車箱的，連這都不知道的人，根本就是白痴。「為麼今天是你送我們？

星期一都是瓊斯先生送我們的，你根本就不知道怎麼送我們上學，或是接我們回家。」

「我想我會搞清楚的，謝謝你，米列特，這又不是什麼太空科學。另外那兩個到底跑哪去了！」他大叫，還拚命按喇叭，因為他九歲的兒子，竟然注意到自己反常的行為，害他心神不寧起來。「還有，拜託你可不可以把那該死的東西關掉！」山曼德抓住「電子湯米」，往米列特的脖子猛拉下來。

「你害死我了！」米列特戴回「電子湯米」，面露恐懼，正好看到他那輛紅色小寶貝撞上障礙物，消失在一陣悲慘的黃色聲光秀裡。「我都要贏了，你還害死我！」

山曼德閉上眼睛，讓眼球盡可能往上翻，希望他的腦袋能夠影響它們，可以的話，甚至到自我盲目的地步，就像另一位西方腐敗下的受害者伊迪帕斯。他想到：我要另一個女人。想到：我害死了兒子、我講髒話、我吃培根、我常打手槍、我喝健力士黑啤酒、我最好的朋友是個無神論的莽夫。我告訴自己，只要我不用手搓就不算打手槍。但那還是算的！在祂偉大的紀錄板上這些全都算。最後審判日到來時會怎麼樣呢？到了那天我該如何拯救自己？

……喀、碰、喀、碰！先是馬吉德，再來是愛瑞上了車。山曼德睜開眼睛，看看照後鏡。後面正坐著他等待的兩個小孩：兩個都戴著眼鏡，愛瑞頂著又圓又蓬的頭髮（她是個不怎麼好看的孩子：基因混壞了的結果，有阿奇的鼻子和克羅拉可怕的暴牙），馬吉德烏黑濃密的頭髮梳成了不太好看的中分頭，手上拿著直笛，愛瑞拿的則是小提琴。但除了這些基本的細節外，所有事情好像都不對勁了。除非是他徹底搞錯了，不然一定有什麼事情在這小車子裡發酵，有什麼事情在進行。兩個小鬼從頭到腳穿成黑色。兩人左手臂上都戴著一個白色臂章，上面隨便畫了幾籃蔬菜。兩人脖子上還掛著寫字板和一隻筆。

「誰讓你們穿成這樣？」

沒人回答。

「是阿媽？還是瓊斯太太？」

沒人回答。

「馬吉德！愛瑞！你們舌頭被貓給吃了啊？」

依舊沒人回答。大人總是巴不得孩子安靜，但真的發生時又讓人覺得毛毛的。

「米列特，你知道這是怎麼回事嗎？」

「無聊，」米列特嘀咕。「他們只是在那邊裝聰明、自以為聰明、自大、啞巴的甩白痴先生和醜八怪大便小姐。」

山曼德扭身轉向後座，面對兩位反抗者，「我應該問這是怎麼回事嗎？」

馬吉德用他整潔、一絲不苟的手拿起筆寫下：如果你想問的話。然後把紙撕下來遞給山曼德。

「選擇沉默是吧。我懂了，你也是嗎，愛瑞？我還以為妳對這種無聊的事情沒興趣呢。」

愛瑞在她的紙板上亂寫一通，然後遞給他：我們在抗意。

「抗意？抗什麼意？是妳媽教妳這兩個字的嗎？」

愛瑞差點就忍不住要大肆解釋一番，可是馬吉德用手做了拉拉鍊的動作，要她閉嘴，然後把那張搶了回來，把「意」給塗掉，改成「議」。

「喔，我明白了，抗議。」

馬吉德和愛瑞拚命點頭。

「哼，真是太好了，我想是你們兩個人的媽媽主導這整件事情的吧？還有你們這身衣服？那個寫字板？」

沉默。

「你們還真像政治犯……一點都不妥協。很好，那總可以知道你們在抗議什麼吧？」

兩個人急忙指著自己的臂章。

「蔬菜？你們在為蔬菜的權利抗議？」

愛瑞一手摀著嘴巴，避免自己喊出答案，馬吉德同時間在紙上慌亂寫著：我們在為收穫節抗議。

山曼德咕噥一聲。「我已經跟你說過了，我不要你參加那沒有意義的事情，那和我們毫無關係，馬吉德，你為什麼就是老愛當別人不做你自己？」

兩人都知道這話別有所指而生起悶氣來。幾個月前，馬吉德九歲生日那天，一群看來很有教養、很體面的白人小男孩出現在他們家，要找馬克・史密斯。

「馬克？我們這裡沒有馬克，」艾爾沙娜帶著和藹的笑容，傾身到他們的高度說：「只有伊格伯家的人，你們找錯地方了。」

但她話還沒說完，馬吉德就衝到門口，要他媽媽趕快進去。

「嗨，各位。」

「嗨，馬克。」

「媽，我要去西洋棋社，媽。」

「喔，好，馬、馬、馬克，」艾爾沙娜回答，兒子冷冷說了一聲「媽」，而不是「阿媽」，讓她幾乎哭了出來，「那，不要太晚回來。」

那晚，馬吉德回到家後，山曼德對他破口大罵。「我給你馬吉德・馬佛茲・馬謝德・馬他辛・伊格伯這麼好的名字，你卻希望人家叫你馬克・史密斯！」而馬吉德則以媲美子彈的速度迅速爬上樓，躲到房間裡。

但這只是嚴重問題的一個徵兆罷了。馬吉德真的很想成為別人家的小孩。他希望家裡有貓，而不是蟑螂；希望聽到媽媽拉大提琴，而不是踩縫紉機；希望房子的一邊有長滿花的棚子，而不是別人家越堆越多的垃圾；希望走廊上放的是鋼琴，而不是表哥柯謝德的破車門；希望假日能去法國騎腳踏車，而不是當天來回拜訪住在黑池的姑媽；希望他房間用的是發亮的木地板，而不是從餐廳撿回來綠橘色交織的地毯；他還希望自己的爸爸是醫生，而不是獨臂服務生。這個月，馬吉德把這所有的希望轉換成想要參加收穫節，就像馬克・史密斯會參加，就像其他的每個人也都會參加一樣。

可是我們想要參加，不然就會被罰留校勞動服務。歐文斯先生說這是傳統。

山曼德火冒三丈。「誰的傳統？」他怒吼，含淚的馬吉德又開始瘋狂寫起來，山曼德繼續咆哮。「媽的，你是穆斯林，不是什麼樹林妖精！我跟你說過了，馬吉德，我跟你說過了什麼事可以做。你要跟我去朝聖，我死前若能摸到那塊黑色的石頭，也要我的長子和我一起去。」

馬吉德寫到一半弄斷了鉛筆，繼續用另一半鈍鈍的筆尖亂撇。這不公平！我不能去朝聖。我要上學。我沒有時間去麥加。這不公平！

「歡迎來到二十世紀，沒有公平這回事，從來也沒公平過。」

馬吉德撕下另一張紙，舉在他爸面前，你還叫她爸不讓她去。

山曼德無法否認。上星期二，他要阿奇表現團結，在收穫節這星期都要讓愛瑞待在家裡。阿奇推推拖拖、討價還價，擔心克羅拉會生氣，但山曼德向阿奇再度保證：學學我吧，阿奇博德，看看我們家穿褲子的男人是誰？這讓阿奇想到艾爾沙娜，老是會看到她穿那種褲管變窄的可愛絲質褲子，還有山曼德，經常穿條灰色繡花的長棉布，那是裹在腰間的腰布，怎麼看都像條裙子。不過他把這些想法放在心理。

你不讓我們去，我們就不說話。永遠、永遠、永遠、永遠都不說話，等我們死了，大家就會說都是因為你、你、你、你。

真是太好了，山曼德心想，我的一隻手又沾滿更多血淋淋、黏兮兮的罪惡了。

山曼德對於指揮一竅不通，卻知道自己喜歡什麼樣的指揮。真的，看她指揮的樣子，應該不會太複雜，就是簡單的三／四，不過就是用她的食指在空中當節拍器來揮。可是啊！能看著她指揮是多麼快樂的事啊！她背對著他，光溜溜的腳跟露在鞋外，每到第三拍都會往上抬一下。臀部更翹了些，她每每在呼應樂曲激動處而往前傾時，就會把牛仔褲給挺起來，多麼賞心悅目！多麼享受啊！而他能做的也只有克制自己衝上前去擁抱她的衝動。這點讓他害怕，因為他沒辦法把眼神從她身上移開。他必須保持理性：樂團需要她，天知道如果沒有她，這些小朋友一定演奏不出天鵝湖的精神（倒讓人聯想到幾隻鴨子在油水中吃力划動）。然而，這又是多麼可惜啊，好像看到嬰兒在公車上無意間抓到隔壁陌生女人的胸部一樣，好可惜喔！這麼美的人居然浪費在這些年紀小到不知珍惜的人身上。但當他一觸及這個想法，馬上又回過神來：山曼德．彌亞……如果有人嫉妒小孩子抓女人胸部、嫉妒這些年紀小、未來的主人翁，那這個人就真的是無可救藥了……接著，就在波比．伯特瓊斯再次墊起腳跟，而鴨子也終於屈服在環境汙染下時，他再一次問了自己：我，以阿拉之名，為何會站在這裡？然而答案就像穢物一樣揮之不去，令人厭惡：因為我就是哪兒也去不了。

喀、喀、喀。山曼德很感激指揮棒敲打音樂架的聲音打斷了他的想法，一些幾近發狂的想法。

「好了，小朋友，小朋友，停，噓，安靜下來。把嘴巴從樂器上移開，鞠躬。彎下來，阿妮塔，就是這樣，好，停在原地。謝謝大家。現在，你們可能已經注意到我們今天有客人，」她轉朝向他，他卻不知要看她哪裡，哪裡才不至於讓他血脈噴張。「這位是伊格伯先生，馬吉德和米列特的父親。」

山曼德好像被點名似地站了起來，小心翼翼的用他敞開的外套，蓋住他衝動的下腹，很彆扭地揮了揮手又坐回去。

「大家說『你好，伊格伯先生』。」

「你好，伊格伯先生。」

「現在，我們既然有了聽眾，是不是應該加倍努力表演呢？」

「是的，伯特瓊斯老師。」

「伊格伯先生今天不只是我們的聽眾，他還是很特別的聽眾。因為伊格伯先生的關係，我們下星期就不用再演奏天鵝湖了。」

此話一出，引起一陣騷動，連帶喇叭、大鼓和鐵鈸也齊聲大作。

「好，好，夠了。我可沒想到大家會這麼高興。」

山曼德笑了。這表示她有幽默感。有點機智，有那麼一點點的敏銳。但為什麼，想到越多犯罪的理由罪惡感就變得越小？他的思考又變成基督徒了，他又在對造物者說這樣就很好了。

「樂器放下來，是，就是你，馬文。非常謝謝。」

「那我們會改吹什麼呢，老師？」

「呃……」波比·伯特瓊斯又露出了半扭捏、半自信的微笑，這微笑山曼德以前也見過。「一些很有趣的東西。下星期我想試試印度音樂。」

鐵鈸手不知道自己在這兩種相差十萬八千里的樂風裡能做什麼，第一個跳出來嘲笑這個建議。「什麼？妳是說那個咿——咿咿咿啊啊——咿咿咿——啊啊喔的音樂？」他邊說邊學一段常在印度音樂開頭或印度餐廳聽到的旋律，頭還跟著擺動。所有小朋友都爆笑出來，聲音大到連樂器的銅管都跟著迴響起來：咿——咿啊喔——喔喔喔啊——咿——喔喔喔咿——這些聲音，加上尖銳諷刺的小提琴聲，滲進山曼德深深埋藏、半睡半醒的情色欲望，把他的思緒帶到一座花園，一座大理石環繞的花園。他發現自己穿著白色的衣服，躲在大樹後面，偷偷看著身穿印度莎麗服，額前點了一顆痣的波比·伯特瓊斯，嬌媚地在幾處噴水池間進出玩耍，有時候看得見她，有時候人又不見了。

「我不認為——」波比．伯特瓊斯先是開口，接著為了壓過騷動又拉高了好幾個音階。「我不認為有禮貌的小孩——」這時，大家意識到語調中帶了點火氣而安靜下來，她的聲音也調回正常。「我不認為有禮貌的小孩會拿別人的文化開玩笑。」

這班小樂團雖然沒意識到自己做了這樣的事，卻知道這是馬諾小學校規中最嚴重的錯誤，於是全部低下頭看著腳趾。

「你們說呢？啊？蘇菲，如果有人拿皇后合唱團來開玩笑，妳會有什麼感覺呢？」

蘇菲，一個十二歲大、腦筋不太靈活、從頭到腳穿得像搖滾樂團的女孩透過圓框眼鏡向外看。

「會不高興，老師。」

「沒錯。你們說你們會覺得高興嗎？會嗎？」

「不會，老師。」

「因為弗萊迪．墨袞瑞來自於你們的文化。」

山曼德聽過在「皇宮」服務生間廣為流傳的一個八卦，說皇后合唱團的主唱墨袞瑞其實是個皮膚很淡的波斯人，叫法洛，主廚還記得他念的是孟買附近的聖彼得寄宿學校。但誰要分得那麼清楚呢？為了不打斷那可人的伯特瓊斯小姐，山曼德決定把這件事情藏在心裡。

「有時候我們之所以覺得別人的音樂奇怪，是因為他們的文化和我們不同，」波比．伯特瓊斯嚴肅地說：「但這不代表他們就不好，不是嗎？」

「是的，老師。」

「我們也可以透過彼此的文化來了解對方，不是嗎？」

「是的，老師。」

「例如，米列特，你喜歡什麼樣的音樂呢？」

米列特想了一下，馬上把他的薩克斯風打橫，像把吉他一樣彈起來。「為奔跑而生！答答答答答——我喜歡布魯斯・史賓斯汀[48]，老師。答答答答答——寶貝，我們為奔跑而——」

「呃……沒、別的了嗎？例如，一些你在家聽的音樂？」

米列特的表情變得黯淡，因自己的回答似乎不是正確答案而難過。他看向父親，看他在老師的背後猛比劃，試著演出印度古典舞蹈「婆羅達納天」中頭和手抽動的動作，也是艾爾沙娜一度在心情還愉悅、行動也還沒受到小孩子束縛時所喜愛的舞蹈。

「吹——勒[49]！」米列特扯開喉嚨唱，深信自己理解了父親的暗示。「吹——勒！麥可・傑克森，老師！麥可・傑克森！」

山曼德把頭埋進手裡，伯特瓊斯小姐的表情好古怪，看著這個小朋友站在椅子上，在她面前猛抓自己的褲襠。「好了，謝謝你，米列特，謝謝你跟我們分享……這些。」

---

48 美國著名搖滾歌手Bruce Springsteen，於一九七五年推出大受歡迎的專輯《為奔跑而生》（*Born To Run*），並因此成為《時代雜誌》與《新聞週刊》兩家雜誌的封面人物，成為是史上第一次有流行歌手躍上知名政經雜誌的封面。

49 麥可・傑克森的著名專輯《顫慄》（*Triller*）。

米列特得意的露齒而笑。「不客氣，老師。」

當小朋友排隊等著用二十便士換取兩顆消化碇和一杯沒味道的飲料時，山曼德則像隻掠食動物，尾隨波比．伯特瓊斯輕盈的腳步，進入音樂間，一間很小很小的房間，沒有窗戶，沒有逃脫的出路，到處堆積的樂器，溢滿樂譜的櫃子，還有山曼德一度以為是她的香味，如今發現是小提琴的舊皮箱混合了弦線芳醇的味道。

「這裡，」山曼德看著堆積如山的桌子說：「就是妳辦公的地方？」

波比漲紅了臉。「很小，對不對？音樂預算每年都遭到刪減，最後到了已經沒有預算可以再刪的地步。他們把一張桌子搬到櫥櫃裡，就這樣稱之為辦公室，要不是因為教會的關係，可能連桌子都沒有。」

「真的很小，」山曼德說，拚命環顧四周想找個站的地方，一個伸手碰不到她的地方。「簡直可以說會導致幽閉恐懼症。」

「我知道，很糟糕……你不坐嗎？」

山曼德努力找尋她所指的椅子。

「喔，天啊！對不起！在這裡，」她用一隻手把一堆紙、書和垃圾撥到地上，露出一個看起來不怎麼牢靠的凳子。「這是我做的，不過很安全。」

「妳會木工？」山曼德問，再次尋找更多犯罪的理由。「身兼工匠及音樂家？」

「不不不，我上過幾堂夜間部的課，沒什麼特別的。我做了這個和一個矮凳，矮凳後來壞掉了。我不是……你知道嗎，我連個木匠都不認識！」

「你總認識耶穌[50]吧。」

「也不是說我是個『完全不信耶穌的人』。我的意思是，很明顯地，我並不虔誠，但不是因為這個原因。」

波比繞到書桌後面坐下，山曼德也在搖晃的凳子上坐下來。「妳的意思是，妳不是一個好人？」

山曼德發現自己突然其來的嚴肅問題讓對方感到不安，她用手指穿過瀏海，撥弄著上衣的黃褐色小鈕釦，笑得有點顫抖。「我不想把自己想得那麼糟。」

「這樣就滿足了？」

「呃……我……」

「唉呀，對不起……」山曼德說：「我不是認真的，伯特瓊斯小姐。」

「那……就說我不是齊本德爾[51]就好了。」

「是，」山曼德體貼地說，心裡想著她的腿比古典貴族椅要美多了。「這樣就好。」

「那，我們剛說到哪？」

阿曼德往桌子傾身過去面對她。「我們剛剛有說到什麼嗎？伯特瓊斯小姐？」

（他在用眼睛。記得以前大家都是這麼說他的眼睛的——那個德里新來的男生山曼德・彌亞，他的眼睛真是迷死人了。）

「我剛是在找……找……我的筆記……我的筆記跑哪去了？」

50 聖經記載，耶穌曾當過木匠。
51 十八世紀英國家具設計家。

她開始在桌上那堆災難中翻找，山曼德又再次退回凳子，享受這小小的滿足。如果他沒看錯，她的手在顫抖，就剛剛的那一刻，不是嗎？他五十七歲了，從最後一次有那一刻的感覺到現在已經十年了，現在就算遇到，連自己也不是很有把握。你這個老頭，他用手帕輕拍自己的臉，對自己說，你這個老白痴，馬上離開——在你被自己罪惡的毒瘤溺死前趕快離開（因為現在的他就像隻流汗的豬），在事情搞得更糟以前離開。但是，有沒有可能呢？有沒有可能在過去這一個月，他不斷搓揉射精、祈禱哀求、與上帝交換條件並且思念、老是思念著她的這一個月……她也一直在想著他呢？

「喔！我一邊找……就想起了有個問題要問你。」

是的！山曼德的右睪丸出現了有人講話的聲音。不管問題是什麼，答案就是是的、是的、是的。是的！我們會在這張桌子上做愛，是的，我們會乾柴烈火在所不惜，是的，伯特瓊斯小姐，是的，我的回答絕絕對對、毫無疑問地就是：是的。然而不知怎麼，就在他們繼續的對話下，他那兩顆「球袋」上方約一公尺的理性世界，說出的答案卻是。「星期三。」

波比笑了出來。「不，我不是問今天星期幾。我看起來沒那麼笨吧？我是問今天是什麼日子，對穆斯林來說。因為我看到馬吉德穿著特別的服裝，我問他為什麼，他什麼都不肯說。我還很擔心會冒犯到他什麼的。」

山曼德皺起眉頭。當一個人正打量著透過胸罩和襯衫仍清晰可辨的乳頭形狀，卻聽到自己兒子的事情，真是令人討厭。

「妳說馬吉德？請不必擔心馬吉德，我很確定妳沒冒犯到他。」

「所以我是對的囉，」波比高興地說：「那是一種，我不知道，一種言語齋戒？」

「呃……對、對，」山曼德結結巴巴地說，不想暴露自己家庭的問題。「象徵可蘭經的主張，主張懲罰的日子會在我們不知不覺中發生，也就是知道，可是默不作聲。所以……所以……所以，家庭中最年長的兒子要穿黑色的衣服，嗯……鄙棄語言……達到……一段時間，做為一種……淨化的過程。」

我的真主啊。

「我懂了。真的好有趣，所以馬吉德是老大？」

「大兩分鐘。」

波比笑了出來。「只大兩分鐘？」

「兩分鐘——」山曼德耐心地說，因為聽的人根本不明白，這麼一點點時間在伊格伯整個家族歷史中造成了多大的影響。「就夠了。」

「這淨化的過程有什麼特別的名字嗎？」

「阿磨都爾博拉嘎希。」

「那是什麼意思？」

文意解讀：我感到脆弱。意思是，伯特瓊斯小姐，我身上每一處都因渴望親吻妳而變得脆弱。

「意思是，」山曼德毫不遲疑地大聲地說：「對造物者無言的尊敬。」

「阿磨都爾博拉嘎希，哇喔——」波比．伯特瓊斯說。

「正是。」山曼德．彌亞回答。

波比·伯特瓊斯在她的椅子上前傾。「我不知道……對我來說，這就像一種驚人的自制力，我們西方就沒有這種犧牲的精神。我真是對你們的節制力、自我克制力感到敬佩。」

就在這一刻，山曼德像個上吊的人，踢開他下面的凳子，用他炙熱的嘴，封住了波比·伯特瓊斯多話的唇。

7 臼齒

有其父必有其子，東方父親的罪惡一樣會出現在西方兒子的身上。這些罪惡多半會慢慢顯現出來，就像儲存在基因裡的禿頭或睪丸癌一樣。但有時候也會在同一時期出現，甚至是同一時間。至少，這就可以解釋為何在兩星期後，也就是德魯伊教友慶祝收穫節時，這一頭的山曼德，悄悄收起一件他從沒穿到的清真寺襯衫（對純潔之人，所有事物皆純潔），放進塑膠袋裡，打算在和伯特瓊斯小姐見面前（四：三〇，哈勒斯丹鐘塔下）換上，以免引起懷疑。而另一頭的馬吉德和改變心意的米列特，把四罐已經過期的雞豆，一大袋油炸馬鈴薯片，還有幾顆蘋果丟進兩個帆布背包（這樣就很好了），準備去和愛瑞會合（四：三〇，冰淇淋攤前），然後去找指定給他們的老人，住在凱索．瑞斯的漢彌頓先生，並完成施予異教徒的任務。

在當事人毫不知情的情況下，那古老的道路已落在他們的路線上，或以現在的話來說，應該就是重播。我們之前也走過這條路，就像孟買、京斯敦或達卡的電視一樣，看到的都是英國傾倒至這些老殖民地的舊鬧劇，叫人厭煩又毫無止境的循環。因為移民者就是喜歡做重複的事，可能跟他們老是從西方搬到東方，從東方搬到西方，或從這個島搬到那個島的經驗有關吧。即便是抵達目的地，你還是會來來去去，你的小孩也還是會去去回回。找不到什麼好的名詞來形容，「原罪」這字眼似乎太重了些，用「舊傷」可能好些。畢竟，傷口是一種會一再復發的東西，而這也是伊格伯家的悲劇——不由自主地重蹈覆轍，從一個地方到另一個地方，一個信仰到另一個信仰，從褐色的祖國到蒼白而滿是雀斑的帝國。在他們進入下一場劇碼前，總要先演個好幾回，而這就是現在正在發生的事情。艾爾沙娜踩著那臺有如怪獸的勝家縫紉機，嘈雜地在褲襠還鏤空的燈籠褲車上雙縫線，絲毫沒有注意到她的老公和兒子，正在屋子裡躡手躡腳地收拾衣服和糧食。這是重複的災禍，跨越歐陸的挫敗，這是重播。但是，一次一個來。現在，一次一個來……

那麼，這些小的要怎麼去見那個老的呢？其實就跟這個老的準備去見那個小的一樣：保持一點高姿態，不要期望對方會太理性，知道對方可能無法理解他們所說的話，因為這些話會超越對方的想像（倒也不是他們的頭腦沒辦法理解，而是他們兩腿之間的能力不及的），覺得一定得帶樣對方喜歡的東西，合宜的東西，例如，葛里巴底餅乾[52]。

「因為他們喜歡哪。」當雙胞胎質疑她的建議，愛瑞如此解釋。三人坐在前往目的地的五十二路公車上吵來吵去。「他們喜歡裡面的葡萄乾，老人家就素喜歡葡萄乾。」

戴著「電動湯米」的米列特嗤之以鼻。「沒人喜歡葡萄乾。死掉的葡萄，噁，誰會想吃啊？」

「老人就喜歡，」愛瑞堅持，然後把餅乾塞回她的袋子。「而且它們不素死掉，素實上它們只素乾掉而已。」

「對，就是壞掉了，然後就乾掉。」

「米列特，你閉嘴。馬吉德，你叫他閉嘴！」

馬吉德把眼鏡推到鼻梁上，巧妙地改變了話題。「妳還帶了什麼？」

愛瑞把手伸進袋子裡。「椰子。」

「椰子！」

「我告訴你們，」愛瑞沒好氣，把椰子拿到米列特碰不到的地方：「老人喜歡椰子，他們可以把椰奶加在茶裡面。」

愛瑞不畏米列特作嘔的聲音，繼續說：「而且，我還帶了一些脆皮法國麵包、和一些起司條、一些蘋果——」

「我們還帶蘋果，妳這第一名，」米列特打斷她。不知什麼原因，「第一名」這個詞在北倫敦的字彙演變中變成了白痴、屁眼、討厭鬼的意思，最最失敗的人也不過就是如此。

「哼，素實上，我的蘋果更多更好，還有薄荷蛋糕和阿開木果和鹹魚。」

「我討厭吃阿開木果和鹹魚。」

「誰說要給你吃？」

「我也不想吃。」

「很好，你也不能吃。」

「唉，太好了，因為我根本就不想吃。」

「唉，那太好了，因為就算你想吃，我也不讓你吃。」

「唉，太幸運了，因為我就是不想吃，真可惜，」米列特依舊戴著他的「電動湯米」，

52 一種摻雜著葡萄乾或其他水果的烤餅乾。

以那種老掉牙的方式，用手把他的可惜傳達到愛瑞的額前。「可惜到家了喔。」

「唉，素實上，不勞你費心，因為你絕不可能吃到的——」

「喔喔——火氣來了，火氣來囉！」馬吉德叫起來，用他的小手插進來。「你們真是丟臉，兩位！」

「素實上，我沒丟臉，素你們丟臉，因為這素要給漢彌頓先生的——」

「我們到站了！」馬吉德大叫，跳起來猛拉好幾次下車鈴。

「如果你問我，」這時車上有傳來一個不爽的老人對另一人說話的聲音。「我說，他們都應該滾回自己的……」

但這句話，世上最古老的一句話，隨即淹沒在一連串的鈴聲和跑步聲中，直到它和吐掉的口香糖消失在椅子下面。

「丟臉，丟臉，就是你們。」馬吉德叫著，三人碰碰撞撞下了公車。

五十二路公車有兩條路線。從威斯敦過來，可以像孩子們一樣往南，經凱索瑞斯到波多貝羅、騎士橋等，然後看到各種有色人種淹沒在一片雪白的城市裡；另一條路線則是往北，也就是山曼德走的路線，從威斯敦到多黎斯高地，到哈勒斯丹，然後憂心地看著（如果你跟山曼德一樣害怕，如果你從這個城市學到的唯一事情，就是看到有色人種時必須馬上避到對面一條街去）白人淹沒在一片黃色褐色的人群中，接著，哈勒斯丹鐘出現在眼前，好像京斯頓的維多利亞女王雕像一塊高聳白色的石頭，被一群黑皮膚的人所包圍。

山曼德很驚訝，真的很驚訝，她會說出哈勒斯丹這個地名。當他親吻她（那個至今餘味韻猶存的吻），接著握她的手，詢問有什麼其他地方可以見面，遠遠離開（他胡亂念著「我的兒子、我的妻子」）這兒的地方時，還以為聽到的回答會是「伊斯靈頓路」、「西漢普司特」或至少是「瑞士村」那一區時，沒想到她的回答竟是「哈勒斯丹，我住在哈勒斯丹」。

「妳是說石橋那一帶？」山曼德問，顯得有點驚嚇。他眼睛瞪得好大，難以相信阿拉竟然想出這麼有創意的方法來懲罰他。他想像自己躺在新歡身上，背後卻有歹徒拿出一把四吋長的刀子頂著他。

「不是……不過離那兒也不遠。你想見個面嗎？」

那天山曼德的嘴就像個孤獨的槍手站在青草茂盛的小丘上，一邊想破了腦袋，一邊奮力咒罵。

「好，喔，該死！當然好。」

然後他又吻了她，原本純真的東西變了樣，他的左手包住她的胸，同時享受她急促的呼吸。

接著，兩人不可避免地說了些簡短的話，一些不忠的人說來讓自己不像不忠的人的話。

「我真是不應該——」

「我不確定這是怎麼——」

「啊，我們至少必須見個面來討論這件事——」

「是的，剛剛的事必須要討論——」

「剛剛是發生了一些事，但——」

「我的老婆……我的小孩……」

「讓我們給彼此一些時間……兩星期後的星期三？四點三十分？哈勒斯丹鐘塔下？」

至少他還可以慶幸，在這麼一團混亂中，自己時間算拿捏得不錯。他下車時已經四點十五分，還有五分鐘讓他從側門溜進麥當勞廁所換衣服（因為有黑人警衛守在門口，阻止黑人進去），再出現時，身上已經是耀眼的深藍色西裝，搭配羊毛V領和灰襯衫，口袋裡還放了一把梳子，把他濃密的頭髮梳得十分柔順整齊。時間到了四點二十分，還有五分鐘去拜訪表哥哈金和他老婆席娜，他們夫婦在當地開了家叫一**塊半**的店（這種店做生意的方法就是，讓人以為賣的東西不會超過一塊半，但仔細一看才發現這價錢是店裡最便宜的），山曼德打算讓他們「碰巧」成為他不在場的證明。

「山曼德．彌亞，喔！今天看來真體面啊，一定有什麼特別事情吧。」

席娜．瑪哈，嘴巴大得可媲美布來克沃隧道[53]，但這也是山曼德想借重的。

「謝謝妳，席娜，」山曼德虛偽而從容地回答。「至於什麼事……我不確定是不是該說。」

「山曼德！我的嘴就跟死人一樣緊！任何事情到了我這兒就不會再傳出去了。」

任何事情到了席娜這兒，最後都會把電話線路塞爆，一路反射傳遞到天線、無線電和衛星，然後一個不小心在大氣星球間彈得太遠，被先進的外星人給接到。

「呃，事實是……」

「看在阿拉的分上，你快說啊！」幾乎已經跑到櫃檯另一頭的席娜喊著，因為八卦而顯得興奮異常。「你是要去哪？」

「呃……我要去皇家公園見一個做保險的，我希望艾爾沙娜在我死後還可以過得很好——但是！」他對著渾身珠光寶氣，擦了過多眼影的質詢者搖了搖手指頭，說：「我不想讓她知道！席娜，這種死亡的想法她可是很忌諱的。」

「你聽到了嗎，哈金？有男人會為老婆的未來擔心呢！去吧——快點去吧，表弟，別讓我耽擱你了。還有，不要擔心，」她叫住他，同時捲長的指甲已經伸向電話。「我不會告訴艾爾沙娜一個字的。」

證人安排妥當，現在只剩下三分鐘讓山曼德想想，一個老頭該帶什麼給年輕女子？可以讓棕皮膚老人，在四條充滿黑人的十字路口，送給年輕白種女子的東西，一個合宜的……

「一顆椰子？」

波比．伯特瓊斯收下毛茸茸的椰子，帶著困惑的微笑看著山曼德。

「這是個結構複雜的東西，」山曼德緊張的說：「多汁如水果，卻堅硬如核果，外表看來又黑又老，裡面卻是又白又嫩。但這樣的組合，我想，還真不賴，」因為不曉得還能說些什麼，他就再補了一句。「有時候我們會用在咖哩裡面。」

波比笑了，好棒的笑容，凸顯了她臉上所有的自然美。在這個笑容裡，有更美好的東西，山曼德內心如此想著，不帶任何恥辱，比他們正在做的事都還要美好、還要純潔。

「很可愛。」她說。

照學校給的那張紙上寫的地址走了五分鐘，愛瑞依舊對剛剛的恥辱無法釋懷，而急欲扳回一城。

---

53 位於東倫敦的一條隧道。

「我要課那個，」她說，指向一臺靠在「凱索瑞斯市管線」旁的破摩托車，然後繼續指向旁邊的兩臺越野自行車。「課那個，還有那個。」

米列特和馬吉德馬上有了反應。「課稅」這種做法，是指某個人像殖民地的新統治者一樣，將路上不屬於他的東西都宣稱為他所有。這遊戲兩雙胞胎很熟，而且很愛。「菜！拜託！信不信，我才不想課那爛貨，」米列特用牙買加人的語氣說，這語氣是所有小孩，不論國籍，在表達輕蔑時會用的。「我課那個！」他說著，指向一臺正要轉彎，精巧、閃亮的紅色MG。這時一輛BMW呼嘯而過，他搶在馬吉德前面叫了出來。「還有那個！老天，你知道我課那個喔，」他對馬吉德說，而馬吉德倒也沒有爭辯的意思。「沒人說不是。」

愛瑞被事情的演變弄得有點沮喪，把眼神從路上移到了地上，突然靈機一動。

「我課那個！」

馬吉德和米列特停下腳步，滿懷敬意地看著一雙雪白的耐吉球鞋，如今已經成為愛瑞所有（它的耐吉標誌還是一邊紅，一邊藍的那種，真是太漂亮了，就像馬吉德後來說的，漂亮到讓人想死），不過這雙鞋還是在他們眼睜睜的注視下隨著一個高大、看來不太好惹的黑小子走到女王公園去了。

米列特不情願地點點頭。「算有妳有一套，真希望是我先看到的。」

「我課！」馬吉德突然說了出來，伸起他髒髒的手指貼在某個櫥窗，指向一組四呎長的化學器材，上面還有一張老電視明星的照片。

他猛拍窗戶。「哇！我課那個！」

沒人說話。

「你課那個？」米列特懷疑地問。「那個？你課化學器具組？」

可憐的馬吉德還沒搞清楚狀況，就被兩隻手掌殘忍地「啪」的打了他的額頭，還很不客氣地死命搓。馬吉德給了愛瑞一個「你也這樣對我」的乞求眼神，儘管他知道這是沒用的。在不到十歲的小朋友間是沒什麼誠信可言的。

「丟臉！丟臉！就是你！」

馬吉德在極度羞愧下，不滿地說：「那個漢彌頓先生，我們已經到了，他的房子就在這。這條街很安靜，你們不能這麼大聲，他已經很老了。」

「但如果他已經老了，應該也聾了，」米列特分析。「如果聾了，就不會聽到了。」

「不是這麼回事。老人很辛苦的，你不了解。」

「他可能已經老到沒辦法把東西從袋子裡拿出來，」愛瑞說：「我們應該先把東西拿出來，放在手上。」

大家都同意了這個建議，於是三人花了點時間把所有食物放在手上和身體各處，這樣漢彌頓先生出來應門時，就會被他們這麼多的禮物給「驚喜」到。結果，漢彌頓先生一開門，面對三個手中抱著一堆東西的黑小孩，真的是驚到了。漢彌頓先生正如他們所想的老，卻比他們想像的高大和乾淨。他只把門打開一點點，頭從門縫裡伸出來，青筋暴露的手則停留在門把上。他讓愛瑞想到那些有模有樣的老老鷹，幾簇如羽毛的毛髮從耳鼓、領口和脖子上冒出來，額前還有一束白的垂下來。他的手指好像爪子一樣永遠都是那麼緊繃。衣著穿得很體面，就像大家可以想像在愛麗絲夢遊仙境中會遇到的那種老派英國鳥——絨皮背心和粗呢夾克，手上戴著金色的錶鏈。

他還閃亮亮得像個喜鵲。從那對因白眼球及紅血絲環繞而格外明顯的藍眼睛，到閃亮的圖章戒指、四個掛在胸前的銀製獎牌、還有銀邊的養老服務袋從胸前口袋探出來。

「很抱歉，」一個聲音從眼前這位「鳥」人身上傳出來，連小孩都可以感覺到，這是來自不同階級、不同年代的腔調。「我要請你們離開。我沒有錢或什麼的，所以，如果你們想要搶劫或賣東西，我想你們恐怕會失望。」

馬吉德上前一步，試著讓自己進入老人的視線，因為他那藍如瑞利散射[54]的左眼，眼神落在他們身後的地方，而右眼則因為緊密的皺紋幾乎睜不開來。「漢彌頓先生，你不記得了嗎，學校叫我們來的，這些是——」

「那麼，再見了，」他說，好像在對即將搭車遠行的老姑媽道別一樣，又說了一句。「再見。」孩子們透過關起的門上兩塊廉價的彩色玻璃，看到漢彌頓先生修長的身影，似乎因為暖氣而模糊起來。他從走道上慢慢遠離他們，直到化成咖啡色點點的他和屋內其他家具融在一起而完全消失。

米列特把「電動湯米」拉到脖子上，皺起眉頭，用拳頭毫不客氣地朝電鈴按去，緊壓不放。

「也許，」愛瑞說：「他不想要這些東西。」

米列特放開手、發出咆哮。「他一定要，這是他要求的，」然後再次使盡全力按下電鈴。「上帝的收穫節，不是嗎？漢彌頓先生！漢彌頓先生！」

於是，那緩慢消失的過程再次倒帶，隨著他從階梯和衣櫃裡由小到大重組回來，回到他的正常大小，探出門來。

米列特毛躁地把學校那張紙塞進他手裡。「上帝的收穫節。」

老人搖搖頭，像隻在水盆戲水的鳥。「不、不，休想在我家門前強迫我買東西。我不曉得你們賣些什麼——拜託上帝！別再是百科全書了——到了我這年紀，我不想知道更多，只想知道更少。」

「可是這是免費的！」

「喔……是這樣啊……為什麼？」

「是上帝的收穫節，」馬吉德重複。

「幫助社區活動，漢彌頓先生，你一定和我們老師說過，是她叫我們來的。你可能忘記了。」

漢彌頓先生憂鬱地碰了碰太陽穴，好似要喚回記憶似的。然後慢慢地，他推開門，像企鵝一樣往前跨了一小步，沐浴在秋日的陽光下：「喔……你們進來吧。」

孩子們跟著漢彌頓先生進入屋子陰鬱的走道，走道上堆滿了殘破的維多利亞時期文物，偶爾點綴著幾件較為現代化的物品：有小孩子壞了的腳踏車，遭人遺棄的我說你寫遊戲，四雙大小不一、顯然是一家人的泥濘長統靴。

54 Rayleigh scattering，以物理學家約翰．斯特拉特，第三代瑞利男爵（John Strutt, 3rd Baron Rayleigh）命名。當入射光波長比碰到的微粒大，就會產生散射。可見光中藍紫光波長最短，而我們視網膜的感光細胞對藍光比對紫光更加敏感，因此我們眼中看見的天空才會是藍色。

當大夥兒來到客廳，眼前出現了可望向海灘的窗戶，窗外還有整潔的花園。「那麼，」老人高興地說：「你們帶來了什麼？」

孩子們把東西放在滿是蟲蛀的躺椅上，馬吉德把東西攤開，好像要核對採購單的項目似的，此時漢彌頓先生點燃一根香菸，用他衰竭的手檢查這套都市野餐。

「蘋果……喔，老天，不行。雞豆……不，不，不會吧，炸薯片……」

情形就是這樣，每個東西輪流被輪流拿起來，然後就是一陣咒罵，直到老人用已經微溼的眼睛看著他們說：「這些我都不能吃，你們瞧，都太硬了，他媽的太硬了。我唯一能吃的恐怕就是那顆椰子裡的椰漿而已。不過，我們還是得一起喝杯茶，是吧？你們要留下來喝茶吧？」

孩子們茫然地看著他。

「來吧，孩子們，坐下吧。」

愛瑞、馬吉德和米列特笨手笨腳擠進那張躺椅。這時出現了喀嗒的聲音，三個人往上看到漢彌頓先生的牙齒掉到了舌頭上，好像第二張嘴巴從第一張嘴裡掉出來，瞬間又給頂了回去。

「你們瞧，除非是磨得很爛的東西，不然我什麼都不能吃。是我自己的錯，經年累月忽視的結果。刷牙這件事從來就不是當兵時的重點。」他用一隻微顫的手，笨拙地指著自己的胸膛，向他們強調他是在說自己的事情。「知道吧，我以前是軍人。現在我問你們：你們幾個年輕人一天刷幾次牙？」

「一天三次。」愛瑞說謊。

「騙人！」米列特和馬吉德齊聲說：「火燒褲子[55]！」

「兩次半。」

「呃，唉呀，到底是幾次？」漢彌頓先生說著，一手撫平褲子，一手舉起茶杯。

愛瑞怯懦地說：「一天一次，」但老人語氣中的懷疑迫使她說出實情。「通常。」

「妳以後恐怕會後悔的。你們兩個呢？」

馬吉德中途神遊，想到一種精緻奇特的洗牙機，可以在你睡覺的時候洗牙。不過被米列特的話給拉了回來。「一樣，一天一次，或多或少。」

漢彌頓先生躺回椅子上冥想起來。「人有時候就是會忘了牙齒的重要，我們可不像那些低等動物，牙齒可以一直汰換什麼的，你瞧，我們是哺乳動物，在牙齒這件事上，哺乳動物一生就只有兩次機會吶。各位要多加一點糖嗎？」

孩子們心裡想著那唯二的兩次機會，都拒絕了。

「但就像所有事情一樣，這事也有一體兩面。把牙齒刷得雪白也不見得就很明智，是不是？例如，我在剛果打仗的時候，唯一可以辨識那些黑鬼的方法就是他們雪白的牙齒，你們懂我的意思吧。真的很恐怖，那兒黑得跟雞寮一樣，而他們就是因為這樣被殺的，你們明白嗎？可憐的狗雜種！從另一個角度看，我卻這樣活了下來，看到了吧？」

孩子們安靜地坐著。然後，很小聲很小聲地，愛瑞開始哭了起來。

55 美國小孩的童謠「Liar Liar, Pants on fire, Hanging on the telephone wire」，意思是「騙子，騙子，火燒褲子，被電話線勒到翹辮子」。

漢彌頓先生繼續說：「這些都是戰爭中成敗的關鍵。看到一道白光閃過，就碰！因為那兒……黑得跟雞寮一樣。恐怖的日子。可愛的男孩子一個個死在地上，就在我的面前，我的腳底下。開膛破肚，你們知道嗎，他們的腸子噴到我的鞋子上，好像他媽的世界末日。都是很可愛的男孩子，被德國佬徵召入伍，黑得跟撲克牌的黑桃一樣，可憐的蠢蛋，甚至不知道自己為什麼會在那裡、為什麼人而戰、該殺的又是誰。槍火下的審判是如此快速啊，孩子們，如此殘酷啊——要餅乾嗎？」

「我要回家，」愛瑞啜泣。

「我爸打過仗，為了英國。」米列特臉紅脖子粗地脫口說道。

「哼，小子，你是說足球隊還是軍隊？」

「英國國軍，他開坦克，邱吉爾隊，和她爸爸一起。」馬吉德解釋。

「我想你們可能搞錯了，」漢彌頓先生依舊彬彬有禮地說：「就我所知，那時軍隊裡是不可能有東方佬的，雖然現在已經不准人這樣說了，是不是？不，沒有巴基斯坦人，不然我們要給他們吃什麼呢？不、不，」他咕噥著思量這個問題，好像榮獲機會要在此刻重寫歷史似的。「不可能，我不可能吃過那麼油膩的食物。沒有巴基斯坦人。不管怎樣，巴西斯坦人就會在巴基斯坦軍隊裡了，你們知道吧。至於可憐的英國人，他們光是要應付老女皇就要花好一番力氣……」

漢彌頓先生自己輕聲笑了起來，轉頭靜靜地欣賞窗外的櫻桃樹，茂密的樹枝雄霸了整個花園一角。久久停頓之後，他回過頭來，眼淚再次出現眼中，清晰可見，那急速、鮮明的眼淚，好像剛剛才被摑了一掌似的。「哼，你們年輕人不應該說謊，不是嗎？謊話可是會腐爛你們牙齒的。」

「我們沒有說謊，漢彌頓先生，他真的打過仗，」總是擔任和事佬兼談判者的馬吉德說：「他的手還被槍射到，他有獎牌，他是英雄。」

「等你們牙齒都腐爛時——」

「是真的！」米列特大叫，踢著擋在他們中間的茶几。「你他媽的蠢老頭。」

「等你們牙齒都腐爛時——」漢彌頓先生仰頭對著天花板笑，繼續說：「啊，就沒有回頭的機會了。別人不會再像以前那樣看你，漂亮的人看都不看你一眼，不管你有沒有錢，愛不愛他。你還年輕的時候，最重要的就是第三顆臼齒，我相信就是大家所說的智齒，你一定要把這第三顆臼齒擺在所有事情之前。它就是我垮掉的原因，而你們的則還沒長出來，但我的曾孫已經開始長了。第三顆臼齒的問題就是，沒有人可以確定自己的嘴巴是不是大到裝得下它們。它們是唯一身體必須長到夠大才能與其相安無事的地方。一個人要夠大才能裝得下這些牙齒，你們知道嗎？不然的話，喔，天啊，它們就會長歪或亂長，甚至就完全不長了。它們卡在哪裡和骨頭連在一起，是個『埋伏齒』，我想應該這麼說。然後，可怕喔，可怕的感染就會接踵而來了。所以要讓它們早點長出來，我是這麼告訴我外孫女喬瑟琳和她兒子的。你非得這麼做不可，你無法和它對抗的，真希望我有啊，真希望我當時早點放棄，起碼保住我的賭本。因為智齒其實是你爸爸的牙齒，知道吧，智齒是從父親傳下來的，這點我很確定。所以你們一定要長到夠大才容得下。天知道我就是長得不夠大才裝不下……一定要讓智齒早點長出來，而且一天要刷三次牙，如果你們覺得我講的話還有點道理……」

當漢彌頓先生低下頭，想確認他的話是不是還有點道理時，三位褐色訪客早已經離開，並帶走了那一袋蘋果（他本來還想叫喬瑟琳幫他把蘋果磨爛呢），他們跌跌撞撞快速逃走，跑到有綠地的地方，跑到這城市的肺部，一個可以自由呼吸的地方。

現在，孩子們認識了這個城市，也知道城裡養了一些瘋子。他們知道白臉先生，一個老是把臉塗得白白，嘴巴塗得藍藍，穿著緊身褲和旅行靴，走在威斯敦街上的印度人；他們知道報紙先生，一個又高又瘦的人，穿著及踝的雨衣坐在布蘭特圖書館裡，老是從提箱裡拿出報紙來，有條不紊地撕成一條條；他們知道瘋婆子瑪莉，一個紅臉的黑女巫，她的活動範圍遠從基爾本到牛津街，不過施法的地方就在西漢普斯頓的一個箱子裡；他們還知道假髮先生，這位先生沒有眉毛，戴了一頂假髮，不過不是戴在頭上，而是掛在脖子上。但至少這些人都擺明了他們是瘋子——比漢彌頓先生好多了，也令人安心多了。他們炫耀自己的瘋狂，而不是不會蜷曲在門縫裡，半瘋半醒。他們瘋得有莎士比亞的味道，講的話有時還出乎你意料有條有理。北倫敦曾有議員表決要把這一帶改名為「極樂世界」，因為偶爾走在路上，就會突然遇到粉筆臉、藍嘴唇或沒眉毛的人給你一些至理名言。這些人出現在對街或是地鐵車廂的另一頭，用他們精神分裂的特殊能力，從隨機現象中找出一些關連（從一粒沙中洞察世界，無中生有講出一堆故事），困惑你、律動你、分化你，告訴你自己是誰，要往哪兒去（通常都是貝克街——大多數的現代預言家都搭這條環城線），還有為什麼。但是活在城市的我們並不認同這些人，我們的直覺是他們想讓我們難堪，歪歪扭扭從車廂那頭走過來，就是要讓我們丟臉，他們凸出如球的眼睛和紅紅的鼻子，好像在責問我們。「你看什麼看？你操他媽的看什麼看？」。而作為先下手為強的保護措施，倫敦人學會了不去看，絕絕對對不要看，完完全全不能看，這樣就可以避免那句「你看什麼看？」和那句可憐的、沒膽的、沒用的回答——「我沒有。」雖然獵物有進步（我們是瘋子的獵物，他們急著要傳授獨有的真理給不幸的通勤者），獵人卻也有所進步。真正的好手開始厭倦了那句老掉牙的「你看什麼看？」進入了更奇特的領域。就拿瘋婆子瑪莉來說吧，喔，這原則還是沒變，還是跟眼神接觸和其帶來的危險有關。不過現在的她可是從一百公尺、兩百公尺、甚至三百公尺遠的地方看著你，如果她發現你也在看著她，就會沿著整條街叫罵，髮辮、羽毛和斗篷齊飛，手中拿著巫棍衝到你面前，對你吐口水，然後開始念叨起來。山曼德知道這些，他們之前曾照過面，就山曼德和紅臉瘋婆子瑪莉兩人，甚至倒楣到在公車上和她坐隔壁。換做是別的日子，山曼德就會盡可能對她客氣。但今天他有著愧疚和容易受傷的心情，今天他在緩緩夕陽下牽著波比的手。這樣的他無法面對瘋婆子瑪莉和她惡毒的直率，無法面對她醜陋的瘋癲，而這卻正是他被盯上的原因。在教堂路上，她果然盯上了他。

「為了妳的安全，不要看，」山曼德說：「只管往前走，我不知道她怎麼會跑到哈勒斯丹這麼遠的地方來。」

波比瞥了一眼那個身上有好多顏色、騎著隱形馬在大馬路上奔馳的人。

她笑了笑說：「那是誰？」

山曼德加快腳步。「瘋婆子瑪莉，她可是一點也不好玩，她很危險的。」

「喔，別說笑了，就因為她無家可歸或有……精神方面的問題，不代表她就會傷害別人。可憐的女人，她一定是遭遇了什麼事情才會變成這個樣子。」

山曼德嘆了口氣。「第一，她不是無家可歸，她偷走了西漢普斯頓的有輪垃圾桶，在財星綠地蓋了一個很不得了的避難所。第二，她不是『可憐的女人』，從議會那裡一路下來，每個人都怕她。自從她烏鴉嘴詛咒了雷馬強佐的店，讓它一個月內關門大吉之後，她就跟北倫敦的每個店家要免費食物。」瘋婆子瑪莉在對街加速時，山曼德也跟著加速，導致他那大塊頭的身體開始流起汗來。

山曼德氣喘呼呼，小聲地說：「而且，她不喜歡白人。」

波比睜大了眼睛。「真的？」好像她壓根沒想過這種事似的。然後，她轉過頭去，覺得很要命地看了瘋婆子瑪莉一眼。不用一秒鐘，瘋婆子瑪莉便盯上他們。

一口濃痰正中山曼德兩眼之間，就落在鼻梁上。他伸手擦掉，把波比拉近自己，鑽進聖安德魯教堂後院，想繞過瘋婆子瑪莉，但那隻巫棍瞬間掃在他們面前，在卵石和沙土地上畫出一條線，讓他們無法過去。

瘋婆子瑪莉一字字迸出口，表情窮凶惡極到左臉快癱瘓。「你……看……啥……東……西？」

波比努力發出聲。「沒有！」

瘋婆子瑪莉用巫棍打了波比的小腿，然後對山曼德說：「你，老兄，你……看……啥……東……西？」

山曼德搖搖頭。

突然她大叫起來。「黑人！走到哪裡都沒有路！」

「拜託妳，」波比顯然嚇到了，結結巴巴地說：「我們不想惹麻煩。」

「黑人！」（這女人講話喜歡有韻律）「這母狗想看你被火焚！」

「我們的事不用妳管——」山曼德才開口，馬上被第二發口水砲彈打斷，這次落在他的臉頰上。

「翻山越谷，他們都會跟著你，跟著你。翻山越谷，惡魔都會吞噬你，吞噬你，」她自言自語又故意唱給人家聽似的，還搭配左蹦右跳雙臂展開，然而巫棍卻穩穩當當停留在波比·伯特瓊斯的下巴下。

「除了殺死囚禁我們之外，他們為我們的身體做了什麼？除了傷害、激怒我們之外，他們為我們的心靈做了什麼？這是什麼汙染？」

瘋婆子瑪莉用棍子頂住波比的下巴，又問了一次。「**這是什麼汙染？**」

波比開始哭泣。「拜託……我不知道妳要我說——」

瘋婆子瑪莉「嘖」了一聲，再次把注意力轉向山曼德。「答案是什麼？」

「我不知道。」

她用她的棍子打在他的腳踝上。「答案是什麼？黑人？」

瘋婆子瑪莉是個漂亮、醒目的女人：她有著高貴的額頭，凸出的鼻子，不見歲月痕跡的黑皮膚，還有連女皇都奢望的長脖子。不過吸引山曼德注意的，卻是她駭人的眼睛，射出一道瀕臨崩潰的憤怒。他看到那雙眼睛在對他說話，而且是只有對他，波比跟這事一點關係都沒有。瘋婆子瑪莉認出他來，她看到一個流浪的同伴，看到他心中的那個瘋子（也可以說是那個先知），他很確定她認出了那個憤怒的人，手淫的人，遠離兒子在沙漠中無依無靠的人，被困在兩國邊境的外國人。這個人，如果你把他逼到了極限，就會瞬間明瞭。不然街上這麼多人她為何偏偏挑上他？就是因為她認出他來了。就是因為他們來自相同的地方，他和瘋婆子瑪莉來自：很遠很遠的地方。

「不合作主義，」山曼德說，對自己的冷靜感到驚訝。

瘋婆子瑪莉不習慣有人真的回答，驚訝地看著他。「答案是什麼？」

「不合作主義，這是梵文『事實與堅定』的意思，甘地用的字，知道吧，他不喜歡用『被動抵抗』或『公民不服從』這種字眼。」

瘋婆子瑪莉開始在呼吸間交雜痙攣與咒罵，但山曼德卻認為這是她聽進去的表現，是瘋婆子瑪莉的腦袋正試著消化別人的話。

「這些字眼對他來說不夠宏大，他要讓大家知道，我們所說的弱點也可以是強勢，他很清楚，有時候什麼都不做卻是一個人最大的勝利。他是個印度人。我是個穆斯林，我這位朋友是——」

「羅馬天主教，」波比虛弱的說：「不過那是以前的事了。」

「那妳呢？」山曼德問。

瘋婆子瑪莉連續罵了好幾次三字經、賤貨和王八蛋，然後朝地上吐口水，山曼德認為這是個敵意冷卻的徵兆。

「我想說的是……」

此時，山曼德看到一小群衛理公會的教徒，因為聽到吵鬧的聲音，開始在聖安德魯教堂門前緊張地聚集起來。他的信心頓時大增。在山曼德的內心一直有位不得志的傳教士，一位什麼都知道、會說也會做的人。有了一小群聽眾和一大片新鮮空氣後，他總是能說服自己，宇宙間所有的知識，牆上所有的知識，都為他所有。

「我想說的是，生命就是一座大教堂，不是嗎？」他指向擠滿信徒的醜陋紅磚建物，然後說：「有著大大的走道，」他再指向那有著黑、白、褐、紅和黃色點點在上面來來去去，臭氣薰天的街道。接著他指向一位患白化症的婦人，她站在現款取貨的商店外，兜售從教堂後院撿來的雛菊。「我的朋友和我都將繼續走下去，如果妳也願意。相信我，我了解妳的苦楚，」山曼德從另一位北倫敦偉大演說家李文斯頓那裡得到靈感。「我自己也遭遇一些困難，我們在這個國家各自遭遇一些難題，這國家對我們來說是既新且舊，我們是被分割的人，不是嗎？」

就在這裡，山曼德做了過去十五年來從來沒人對瘋婆子瑪莉做的事：他碰了她，輕輕地，碰了她的肩膀。

「我們是被分裂的人。以我自己為例，一半的我希望能夠安靜盤起腿，讓無法控制的事情從我身上流過，但另一半的我又希望加以對抗，為了聖戰！這樣我們大家一定會當街吵起來。但我想，到了最後，你的過去終究不是我的過去，你的真理終究不是我的真理，而你的答案——終究也不是我的答案。所以我不知道妳到底要我說什麼。『真理與堅定』就是我提的答案。當然，如果這答案不能滿足妳，妳還是可以去問其他的人。但就我個人而言，我的希望寄託在那最後的日子。先知穆罕默德——願他安息！——他告訴我們，到了復活的那一天，所有人都會失去知覺，又聾又啞，沒有話語，沒有舌頭。那真是他媽的一種解脫啊。那麼，請恕我離開了。」

山曼德緊緊抓住波比繼續往前走，而瘋婆子瑪莉先是站在那兒說不出話來，接著衝到教堂門前，朝著那堆群眾身上猛吐口水。

波比抹去臉上一滴驚嚇的淚珠，嘆了口氣。

她說：「緊要關頭還這麼冷靜，你真不簡單。」

山曼德眼前逐漸出現一個影像，他看到曾祖父蒙格．潘達揮動滑膛槍抵抗外來的侵略，捍衛自己的傳統。

他說：「這是家族的血統。」

稍後，山曼德和波比一起走過哈勒斯丹，在多里士山丘附近蹓躂。當他們走得太接近威斯敦，山曼德刻意等到太陽下山，買了一盒黏牙的印度甜食，和波比一起走向環林公園，欣賞碩果僅存的花朵。山曼德不停地說話，就是那種說來克制自己身體欲望、卻只會讓欲望更加強烈的話。他告訴她大約一九四二年時的德里，她則告訴他大約一九七二年時的聖亞班士學校。她抱怨過去一長串完全不合適的男朋友，而山曼德，在無法批評艾爾沙娜，甚至不敢提及她名字的情況下，聊到了他的兒子。他擔心米列特對色情、還有吵鬧的甲級足球隊電視節目過度熱中，擔心馬吉德是否有晒到足夠的太陽。這個國家到底對他兒子做了什麼？他想要搞清楚英國對他們做了什麼？

「我喜歡你，」她終於說出口。「很喜歡。你很有趣，你知道你很有趣嗎？」

山曼德笑了笑，搖搖頭。「我從來不認為自己是個會令人發笑的人。」

「不——你真的很有趣。你上次說那個有關駱駝的故事……」她開始笑起來，而她的笑很有感染力。

「什麼事？」

「就是駱駝啊——我們上次聊天時。」

「喔，妳是說男人就像駱駝：一百個裡面找不到一個是可以一輩子信任的。」

「對！」

「那不是個笑話，那是布哈理的《聖訓》（*Bukhari*），第八節，第一百三十頁，」山曼德說：「而且是個很好的建議，我發現這是千真萬確的。」

「可是還是很好笑。」

她坐在長椅上向他靠近，親吻了他的耳朵。「真的，我喜歡你。」

「我老到可以做妳爸爸了，而且我已經結婚，又是穆斯林。」

「好嘛，交友中心不會把我們湊成一對，那又怎樣（*so what*）？」

「這是什麼講法，那又怎樣？，英語是這樣講的嗎？這不是英語的講法。現在只有移民會說標準的英文了。」

波比咯咯笑了起來。「我偏要說，那又——」

但山曼德突然用手摀住她的嘴，注視了好一會兒，好像要打她似的。「會怎樣，會怎樣。這情況一點也不好笑，一點都不好。我不想和妳討論這件事的對錯。我們只管維持來這兒最明顯的目的就好，」他脫口而出。「純粹肉體，沒有心靈。」

波比移到長椅另一端，傾身向前把手肘撐在膝蓋上。「我知道，」她慢慢說：「除了這也沒別的了，但你也用不著這樣對我說——」

「對不起，我不應該——」

「就因為你有罪惡感，我就沒有任何感覺——」

「對不起，我不是——」

「你可以離開，如果你——」

一堆沒有講完的話全部連在一起，得到的結果跟沒講差不多。

「我不要離開，我要妳。」

波比受到些許激勵，露出半憂半憨的笑容。

「今晚我想……和妳在一起。」

「很好，」她回答。「因為你在隔壁買甜食的時候我為你買了這個。」

「什麼東西？」

她探進袋中，在口紅、車鑰匙和零錢堆裡胡亂找了好一陣子，接著發生了兩件事：

一、山曼德閉起他的眼睛，聽到了那句話：對純潔之人，所有事物皆純潔。然後，幾乎是緊接在後，又聽到這樣就很好了。

二、山曼德睜開眼睛，清楚看到表演臺上站著他的兩個兒子，白白的牙齒咬進兩顆上蠟的蘋果，對他招手、微笑。

然後，波比的臉再次出現，面帶勝利，手中拿著某種紅色塑膠。

「一支牙刷。」她說。

8 分裂

如果有陌生人不經意來到歐康尼爾酒吧，以為可以在這裡聽到他祖父熟悉的愛爾蘭口音此起彼落，或撞紅球、彈顆星進底袋，那他馬上就會失望地發現，這兒既不是愛爾蘭人聚集的地方，也不是撞球的地方。他會帶著不小的困惑，注視那掛滿裝飾的牆，幾幅複製的喬治．斯塔布斯賽馬圖，還有一些裱了框、破破碎碎的東方異國字跡。他本想找一張可以抽菸的桌子，卻發現一個高瘦、褐色皮膚又滿臉痤瘡的男人站在吧檯後面煎蘑菇加蛋。他的眼神會懷疑地停留在那一面愛爾蘭國旗和阿拉伯地圖，綁在一塊從這一面牆吊到另一面牆，把他和其他客人分割開來。接著他會發現有幾對眼睛盯著他瞧，有些高傲，有些不信任。而這位不幸的陌生人會開始倉皇地往外走，小心翼翼地倒退，卻撞上維夫．理查[56]的真人大小立牌。這時所有客人都會笑出來。歐康尼爾酒吧根本不是陌生人來的地方。

歐康尼爾酒吧是有家庭的男人來找尋另一個家的地方。這裡的人不靠血緣關係，必須自行爭取在團體中的地位，也就是經年累月在這裡閒晃、殺時間、亂打一氣、說幹話或乾瞪眼的結果，跟在床上的草率比起來，他們在此所投注的心力要多得多了。你必須去了解這個地方，舉例來說，為什麼歐康尼爾這間愛爾蘭撞球酒吧會是由阿拉伯人經營，而且連張撞球臺都沒有？這是有原因的；還有那個膿包滿臉的米奇，之所以會在那邊為你弄盤

56 全名為Isaac Vivian Alexander Richards，為一名黑人板球手。

薯條、蛋加豆子，或是蛋、薯條加豆子，或是豆子、薯條、蛋加蘑菇，可是無論如何，就是不做薯條、豆子、蛋加培根這種組合，這也是有原因的。但你得常在這邊晃才能知道這些東西，這我們稍後再說明白。現在呢，這裡可以說是阿奇和山曼德除了家以外的家。十年來，他們都會在下午六點（阿奇下班後）到八點（山曼德上班前）之間到這兒，從啟示錄聊到水管工人收費等等的任何事情。當然還有女人，一些想像中的女人。如果有女人走過（因為從來都沒有女人膽敢走進去）歐康尼爾酒吧那鏽如蛋黃的窗戶，兩人就會發笑然後開始討論——通常是根據山曼德那天的宗教感應——話題從男人會不會只想要她快點下床，到褲襪和緊身褲的優缺點比較都有。或者，不可避免地牽扯到那個偉大的辯論：是小胸部（但是很挺）比較好，還是大胸部（但是兩旁下垂）比較好。但他們不會去聊到真的女人，有血有肉有汗有味的女人，從來都沒有。因此，過去幾個月來的空前事件，導致歐康尼爾酒吧的重要會面必須提早進行。山曼德終於打了一通電話給阿奇，向他坦承所有的混亂：他已經不忠，或正在不忠，還被他兩個兒子看到，現在又變成了他看到他兒子，從早到晚，就像揮之不去的幻影。阿奇在另一頭安靜了好一會兒，然後說：「他媽的，現在才清晨四點鐘，你真夠他媽的。」。阿奇，他就是這樣，緊要關頭還這麼冷靜。

到了四點十五分，阿奇還是沒出現，心焦如焚的山曼德已經把他所有指甲咬到了表皮層，整個人癱在吧檯，鼻子頂在裝有漢堡碎肉的熱玻璃上，對著印有安特里姆郡當地八個觀光景點的明信片乾瞪眼。

米奇，也就是主廚、服務生兼老闆，很驕傲自己認得每個客人的名字，而且誰心情不好他都看得出來。他奉送雞蛋切片要山曼德把臉從那熱玻璃上移開。

「喔伊。」

「嗨，米奇，你好嗎？」

「老樣子，老樣子。就別管我了，你操他媽是怎麼回事，老弟？啊？啊？我一直在注意你，山米，從你踏進來第一步，臉就拉得跟大便一樣長，來，告訴你米奇叔叔是怎麼回事？」

山曼德發出呻吟。

「喔伊，不，別這樣。你知道我，我在服務業靠的是有同情心，是靠他媽的微笑來服務的。要不是我操他媽的頭太大，我還會和跟漢堡先生裡的人一樣，戴條紅領帶和紅帽子耍寶。」

他說的可不是譬喻，米奇的頭真的很大，彷彿他的面皰去爭取一些空間因而得到擴建許可似的。

「是什麼問題？」

山曼德抬頭看著米奇又大又紅的腦袋。

「我只是在等阿奇博德，米奇。你不用擔心，我沒事。」

「這時間有點早，是吧？」

「什麼？」

米奇看看身後的鐘，鐘面上還有年代久遠到已經硬掉的蛋。「我說『有點早，是吧？』因為你和阿奇小子都是下午六點來的。一個點薯條、豆子、蛋加蘑菇，一個點蛋包加蘑菇。當然，偶爾也會有些變化。」

山曼德嘆口氣。「我們有很多事要討論。」

米奇翻了翻白眼。「你該不會又要說那個蒙格．潘達，什麼阿里不達的東西吧？什麼誰射了誰，誰又吊死誰的，我祖父統治過巴基斯坦還是管他什麼鳥的哩，你還真以為這些王八羔子會鳥你個鬼啊。你只會把我的客人嚇跑，你這是——」米奇翻著他新買的聖經——《思想的糧食：給餐飲業老闆及員工的指引，顧客策略與顧客關係》。「你這是在製造重複性病症，會讓這些畜生吃不下飯的啦。」

「不，不是，今天要討論的不是我曾祖父，我們有其他事情。」

「喔，那還真是他媽的感激。不過我要說的就是這種重複性病症，」米奇拍拍書，熱情地說：「這裡面都有，老弟。四鎊九毛五可以買到最好的一本書了。說到錢，你們今天要小賭一把嗎？」米奇的手指向樓下。

「我是個穆斯林，米奇，我不再放縱自己了。」

「喔，看得出來，是啊，我們都是好弟兄——但人總得活下去吧。不是嗎？我說，不是嗎？」

「我不知道，米奇，是這樣嗎？」

米奇重重拍打山曼德的背。「當然！我那天還跟我弟阿布杜說——」

「哪個阿布杜？」

這時就要說到一項傳統。不管是米奇的近親或遠房家族，所有的兒子都叫阿布杜，這是為了讓他們知道爭執地位是毫無意義的事。這原意是很好，不過卻容易在多年之後造成混淆。還好，孩子們很有創意，在所有阿布杜後面加上英文名字作為補充。

「阿布杜．柯林。」

「喔。」

「好，你知道阿布杜．柯林變得有點基本教義派[57]的樣子。蛋、豆子、薯條加吐司。留那一把他媽的大鬍子，不吃肉、不喝酒，不搞女人，他媽的死命工作，老弟，在這裡，先生。」

阿布杜．米奇把一盤對人體不怎麼健康的高熱量食物推給一位沮喪的老頭，他的褲子紮得好高，簡直就像要把他整個身體吞進去一樣。

「好了，你知道我上星期碰巧在哪裡看到阿布杜．柯林？就在哈洛路上的**毒癮書店**那裡，然後我說：『喔伊，阿布杜．柯林，就算是為了看書也他媽的太常來了吧。』結果他說啊，你知道，就是滿臉嚴肅又滿嘴鬍鬚的，他說——」

「米奇，米奇——你介不介意我們把這事留到以後再說……真的是因為……」

「不，沒關係，沒關係，我他媽的介意什麼啊我。」

「阿奇博德進來的時候，能不能麻煩你告訴他，我就坐在彈珠臺後面那個房間。喔，我要點跟平常一樣的。」

57 基本教義派（fundamentalist）又稱為基要主義，源自於美國的一九二〇年，羅斯（Curtis Lee Laws, 1868-1946）為反對北美浸信會中自由派神學而用。它很快成了反對自由派、反對現代文化中之世俗化的名稱。基要主義者的共同特色，包括反新神學，意即相信傳統超自然的教義，堅持宗教文獻完全無誤，反對任何形式的聖經批判等。

大約十分鐘後門被打開，米奇從他的第六章：〈我的湯裡有蒼蠅：處理有關健康問題的麻煩〉抬起頭，看到阿奇．博德瓊斯，手中拿著廉價的手提箱往吧檯走來。

「太好了，阿奇，折紙生意怎麼樣啊？」

「喔，你知道，就是這樣，山曼德來了嗎？」

「他來了嗎？他來了嗎？他操他媽的像股惡臭，在這裡晃了有他媽的半小時了。臉拉得跟大便一樣長。有沒有人想要一坨大便的趕快去清一清他。」

阿奇把手提箱放在吧檯上，皺了皺眉。「他情況很糟是不是？我偷偷告訴你，米奇，我真的很擔心他。」

「去跟這些他媽的堆積如山的碗說吧，」米奇說，他被第六章那個堅持要用滾燙熱水洗碗的主張給惹毛。「不過，你也可以到彈珠檯後面的那個房間。」

「謝謝，米奇。喔，蛋包加──」

「我知道，蘑菇。」

阿奇走在歐康尼爾小小的走道上。

「哈囉，丹佐；午安，克勞倫斯。」

丹佐和克勞倫斯是兩個超級粗魯、滿嘴髒話的八十幾歲牙買加人。丹佐是胖得不成人樣，克勞倫斯則是瘦到不行，兩人的家人都死了。他們都戴著呢帽，坐在任何時間都會留給他們的角落玩骨牌。

「沒問題，老弟。」

「那個拔目混帳在說啥？」

「塌說午安。」

「塌沒瞧見俺玩骨牌？」

「沒，我操！塌一臉婆娘腔，你想塌說什麼鳥？」

阿奇硬生生地接下這句話，然後溜進房間，坐在山曼德對面。「我不明白，」阿奇馬上繼續電話中未完的話題。「你是說在幻覺中看到他們站在那裡，還是真的看到他們在那裡？」

「這事真的很簡單，第一次，那個最最第一次，他們真的站在那裡。但自從那次以後，阿奇，過去幾個星期來，每次和她在一起時，我都會看到我那對雙胞胎——好像幽靈一樣！就連我們在……那個的時候我都看到他們，對著我笑。」

「你確定你不會只是工作太累了？」

「聽我說，阿奇，我看到他們，這是一種徵兆。」

「山姆，讓我們試著只針對事實來談。他們真的看到你的時候——你在做什麼？」

「我能做什麼？我說：『嗨，兒子們，跟伯特瓊斯老師說哈囉』。」

「然後他們說什麼？」

「他們說哈囉。」

「然後你說什麼？」

「阿奇博德，我可不可以直接告訴你發生了什麼事情，而不要搞這些無聊的對話？」

「**薯條**、**豆子**、**蛋**、**蕃茄加蘑菇**。」

「山姆，你點的。」

「我反駁你的指控，那不是我的，我從來不點蕃茄。我不吃什麼剝了皮的蕃茄，煮到爛又煎到爆的。」

「喔，也不是我的，我點了蛋包。」

「很好，也不是我的。現在我可以繼續了嗎？」

「洗耳恭聽。」

「我看著我的兒子，阿奇……看著我可愛的兒子……而我的心裂了，不，比這還慘，是虛脫成好幾塊碎片，而每一片又刺進我的身體變成致命的傷口。我一直想：我還能教我兒子什麼呢？如果連我自己都迷失了，又要怎麼告訴他們什麼才是正確的道路呢？」

「我想，」阿奇吞吞吐吐地說：「問題就是那個女人。如果你真的不知道該怎麼辦，那……我們可以丟硬幣，正面就留下來，背面就離開她，這樣至少也做了一個——」

山姆的拳頭在桌上重重一拍。「我不要丟他媽的什麼硬幣！而且，現在也太遲了。你看不出來嗎？做過就是做過了，我完蛋了，我很清楚，所以我必須把重點放在拯救我的孩子身上。我必須做選擇，道德的選擇。」山曼德壓低聲音，甚至在他還沒開口前，阿奇已經知道他接下來要說什麼了。「你自己也做過這樣的選擇，阿奇，很多年以前。你把它隱藏得很好，但我知道你並沒有忘記那是什麼感覺。你腳裡的那塊子彈就是證明。你和他鬥，你贏了，我沒有忘記這件事情，也一直為此欽佩你，阿奇博德。」

阿奇看著地上。「我寧願不——」

「相信我，我無意把這件讓你難受的事情再挖出來，我的朋友。我只是想讓你了解我的狀況。所以，從以前到現在，我的重點始終是：我到底希望自己的孩子在什麼樣的世界長大？你曾經為此做出抉擇，現在輪到我了。」

「呃……你為什麼不乾脆……那個……不要再見她？」

「我在努力……努力。」

「有這麼好嗎？」

「沒有，呃，也不完全是……我的意思是雖然是這樣沒錯……不過不是那種放蕩的行為……我們接吻、擁抱。」

「但是沒有……」

「嚴格來說，沒有。」

「可是有一些……」

「阿奇博德，你是關心我兒子還是我精子？」

「你兒子，」阿奇說：「當然是兒子。」

「他們的內心已經有了反抗，阿奇，我看得出來，這反抗現在雖小，但是正在逐漸擴大。我告訴你，我不知道我們的孩子在這個國家到底是怎麼回事，而且哪裡來的都一樣。上星期，席娜的兒子抽大麻被發現，像個牙買加人似的！」

阿奇挑起他的眉毛。

「喔，我沒有冒犯的意思，阿奇博德。」

「我不介意，老兄。但除非你親身經歷，否則不該妄下評論。和牙買加人結婚奇蹟似地治好了我的關節炎，不過這是題外話。繼續。」

「呃，拿艾爾沙娜的姊妹來說好了，她們的孩子除了會惹麻煩外什麼都不會。他們不去清真寺，不祈禱，講話怪怪的，穿得也怪怪的，淨吃些垃圾食物，還跟天曉得什麼樣的人上床。完全不尊重傳統。大家還管這叫做同化，但根本就是墮落。墮落！」

阿奇試著表達出驚訝，然後是厭惡，根本不知道該說什麼。阿奇喜歡人們好好相處，是那種覺得人們應該……你知道，就是什麼和平或融洽地住在一起的人。

「薯條、豆子、蛋加蘑菇！蛋包加蘑菇！」

山曼德把手舉高，轉頭向吧檯大叫。「阿布杜．米奇！」他的聲音顯露出滑稽和倫敦佬式的傲慢。「這邊，老闆，謝謝。」

米奇傾身倚在吧檯上看著山曼德，用他的圍巾抹抹鼻子。

「你們清楚得很，先生，這裡是自助式的，可不是他媽的華爾道夫飯店[58]。」

「我來拿。」阿奇說著，滑出座位。

「他怎麼樣？」米奇把盤子推給阿奇，壓低聲音說。

阿奇皺皺眉頭。「不知道，他又開始聊傳統了。他很擔心他兒子，你知道。這年頭的孩子很容易有偏差。我不太知道該對他說什麼。」

「不用你說也知道，老弟，」米奇搖搖頭說：「這點我可是專家，不是嗎？看看我最小的兒子，阿布杜．吉米，下星期還得因為砸了福斯汽車的招牌去上少年法庭。我跟他說，你是操他媽的蠢蛋還是啥？做那操他媽的有啥意義？至少還操他媽的偷個車你說是不是，如果你心裡是這個打算的話。我說，到底是為什麼？結果他說就只是不爽某個開福斯金龜車的小子還是什麼混蛋的。然後，我對他說，那幾個混小子如果被我逮到就死定了，我馬上就可以這樣告訴你。完全不理會傳統，絲毫沒有他媽的道德感，這就是問題。」

阿奇點點頭，拿了一疊紙巾來端熱騰騰的盤子。

「如果你要聽我的建議——你最好聽聽，因為這也算酒吧老闆和顧客之間的特殊情誼。你就告訴山曼德他有兩條路可走。要麼就把兒子送回家鄉，回去印度——」

「是孟加拉共和國，」阿奇糾正，邊從山曼德的盤子裡抓起一根薯條。

「管他媽的是哪裡，他可以送他們回去，叫他們爺爺還是奶奶的把他們好好帶大，讓他們學些他媽的自己的文化，懂點他媽的原則下，或是……等一下……**薯條、豆子、碎肉加蘑菇！兩份好了！**」

丹佐和克勞倫斯慢吞吞來到旁邊。

「這碎肉瞧起來怪怪的。」克勞倫斯說。

「塌想毒死俺們。」丹佐說。

「這個蘑菇看起來就有鬼。」克勞倫斯說。

「塌想把惡魔的食物塞進好人的肚子裡。」丹佐說。

米奇把蛋片甩在丹佐的手指上。「喔伊，王哥加他媽柳哥，操你們的，做點不一樣的事情行不行？」

「或是什麼？」阿奇仍停留在剛才的對話。

「塌想把一個老頭給殺了，死老又每用的老頭兒，」丹佐嘀咕著，兩人慢慢拖著腳回座位去。

58　五星級的豪華飯店。

「操他媽的，那兩個老鬼，他們之所以活到現在，是因為小氣到不願意付他媽的火葬費。」

「或是什麼？」

「什麼？」

「第二條路是什麼？」

「喔，對。嗯，第二條路很明顯啊，不是嗎？」

「有嗎？」

「就是接受啊！他必須接受啊，不是嗎？我們都是英國人了，老弟。就像大黃跟布丁說的，不管你喜不喜歡都得接受。一共兩鎊五，阿奇博德，我的好老弟。餐券的黃金歲月已經結束了。」

餐券的黃金歲月早在十年前就結束了。十年來，米奇還是會一直說「餐券的黃金歲月已經結束了」，而這也是阿奇喜歡歐康尼爾酒吧的地方：所有事情都不會被忘記，沒有東西會失去。歷史從不會被修改、重新解釋、重新改編或遭到漂白。這事簡單而堅定地就跟鐘面上硬掉的蛋一樣。

當阿奇回到第八桌時，山曼德看起來就像個管家：就算沒有很不爽，也鐵定不是太高興。

「阿奇博德，你是跑到恆河去了是不是？你沒聽到我進退兩難嗎？我已經腐敗了，而我的兒子正在腐爛，我們很快就會在地獄裡被燒死了，這是很緊急的問題，阿奇博德。」

阿奇沉穩地笑了笑，又捏了另一根薯條。「問題解決了，山曼德，老兄。」

「問題解決了？」

「問題解決了。現在，我的看法是，你有兩條路可走……」

大約本世紀初，泰國皇后搭上一條船，同行的還有許多朝臣、男僕、女僕、洗腳傭人和食物品嘗師。突然，一陣海浪擊上船尾，皇后被拋到船外，掉入藍綠色的日本海中，儘管大聲呼救，最後仍遭溺死，因為船上沒有半個人下去救她。這對外界來說是件不可思議的事情，對泰國人來說，箇中原因卻昭然若揭：因為這就是傳統，即便是今日也一樣，那就是不論男女，沒有人可以碰觸皇后。

如果宗教是人類的鴉片，那傳統就是更險惡的止痛劑，因為它幾乎不會顯露出它的險惡。如果宗教是條緊束的皮帶，悸動的血管和一根針，那傳統就是一種更不引人注意的陰謀：像是放進茶裡的罌粟種子、加了古柯鹼的甜可可飲料、那種連你祖母都可能做的東西。對山曼德和泰國人來說，傳統就是文化，而文化是他們的根，根是好的，是不受汙染的原則。這雖然不表示他們就能為之信守，靠它們過活，或按它們要求的方式來成長，但不管怎樣，根就是根，根就是好的。就算你告訴他們雜草也一樣有根，或牙之所以會掉是因為牙齦底有地方腐爛或衰敗，也是沒用。根是能救命的事物，就好像一條向溺水者拋出的繩索，是要來**解救他們的靈魂**的。當山曼德在海洋中漂得越遠，被名叫波比的海妖拉得越深，他就越加堅定要讓孩子的根抓在岸邊，讓這根深到連暴風都奈何不了它。但這畢竟是說比要容易多了。這會兒他窩在波比窄小的公寓裡，算著自家的帳戶明細。顯然，他是兒子太多、銀子太少。如果把他們全送回去，就得給祖父母兩筆錢，兩份教育費用，兩份衣著費用。但他幾乎連兩個小孩的機票都付不出來。波比曾問：「你老婆呢？她不是來自有錢人家嗎？」但山曼德還不敢跟艾爾沙娜提這件事。他只是先旁敲側擊，趁著克羅拉做園藝的時候，以愛瑞作為假設順道一提，看看她的反應。如果有人為了愛瑞好，而把孩子帶走以得到更好的生活，那妳會怎麼樣？克羅拉從花圃起身，帶著些許擔憂，靜靜看了他一會兒，然後大笑許久。「誰敢這麼做，」她最後終於開口，拿著巨大的園藝刀，在他胯下不到幾吋的地方。「我就砍、砍、砍、砍。」砍、砍、砍、砍，山曼德想著，於是接下來他該怎麼做便有了答案。

「其中一個？」

又是歐康尼爾酒吧，六點二十五分，一份薯條、豆子、蛋加蘑菇，還有一份蛋包加蘑菇，外加豌豆（偶爾的變化）。

「只有其中一個？」

「阿奇博德，拜託你小聲一點。」

「可是……就只有他們其中一個？」

「沒錯，砍、砍、砍、砍，」他把盤子裡的煎蛋從中間分開。「沒別的方法了。」

「可是……」

阿奇又開始絞盡腦汁陷入沉思了。還不就是那個老問題，你知道，就是人們為什麼不能好好相處，為什麼就不能和平地、或什麼融洽地住在一起。但他卻什麼也沒說，他只說了。「可是……」然後又說了。「可是……」

最後他說：「可是，是哪一個呢？」

這是個價值三千兩百四十五英鎊的問題（如果算進機票、給祖父母的錢、一剛開始的學費）。這些錢一旦湊齊——沒錯，他抵押了房子，拿土地冒險，做出了移民者最大的錯誤決定——剩下的就只是挑選哪個兒子了。第一個星期，他決定是馬吉德，而且非馬吉德不可。馬吉德腦筋好、脾氣穩、學語言也快，而且阿奇也希望能把米列特留在英國，因為他是威斯敦畢爾包足協（十五歲以下）幾十年來僅見最好的前鋒。於是山曼德開始暗中拿走馬吉德的衣服打包，申請獨立的護照（他要和姑媽席娜在十一月四日一起回去），並偷偷知會學校一聲（像是這麼長的假期，可不可以給他一些功課帶回去做什麼的）。

但到了第兩個星期，他心意一轉變成了米列特。因為馬吉德真的是他的最愛，他想要看著他長大，何況，米列特才是比較需要道德調整的人。於是米列特的衣服開始被打包，護照被安排，他的名字也偷偷被知會了學校。

再下一個星期又變回了馬吉德，然後到星期三又變成了米列特，因為阿奇收到老筆友荷斯特．伊貝爾高夫特的一封信。阿奇對於荷斯特的信中常會有巧合的預言早已習慣，他把這封信拿給山曼德看：

親愛的阿奇博德，

從我上一封信至今已有一段時日了，我一定要告訴你有關我花圃的好事，它在過去幾個月為我帶來不小的快樂。就讓我長話短說聊聊這美好的故事吧。我終於改變主意把它給砍了，就是花園角落的老橡樹，但我簡直無法清楚描述因此造成的差別！現在，那些瘦弱的種子因為得到更多的陽光，變得好健康，甚至都有花可以剪了——現在我每個孩子的窗檯上都有花瓶插著牡丹花，這還是我記憶以來的第一次呢。這些年來我一直被誤解所困擾，說什麼我不是好園藝師，其實一直都是那棵老橡樹在作怪，它的根占了大半個花圃，完全不給其他東西成長的機會。

一九八四年九月十五日

這封信下面還有，但山曼德看到這裡就不耐煩地說：「我到底是要從信裡得到……什麼東西？」

阿奇敲敲鼻翼，會意地表示：「砍、砍、砍。一定是米列特了，這是個預兆，老兄。你可以信任伊貝爾高夫特。」

山曼德通常是不會把時間浪費在預兆或敲鼻子這種事情上的，但此時也緊張到接受了這個建議。但隨後，波比（她敏銳地發現，因為兩個男孩的問題，自己已經在山曼德的思緒裡慢慢失寵）突然對這事起了興趣，宣稱在夢中感應到應該是馬吉德，於是這下又變成了馬吉德。山曼德在極度絕望下，甚至還讓阿奇為他擲硬幣，不過卻一直無法堅持最後的決定——到底是丟三次算數，還是要丟五次—山曼德就是不放心。而你相信嗎，阿奇和山曼德就這樣賭著兩個男孩的命運，把硬幣丟到歐康尼爾酒吧的牆上，看它彈回來時究竟是哪一邊朝上。

在他們的爭辯中，有件事情一定要講清楚，就是絕對不能提到「綁架」這個詞。事實上，如果這個詞正好可以描述他接下來要做的事情，山曼德一定會嚇破膽，放棄所有計畫，好像夢遊的人突然醒來，彷彿發現自己拿著麵包刀站在主臥房裡。他知道他還沒告訴艾爾沙娜，他也清楚，他已經訂了清晨三點鐘的飛機，但如果你說這兩件事加起來，很明顯就是會拼出綁架這兩個字，對他來說可是門兒都沒有。因此，當山曼德十月三十一日清晨兩點，看到俯在餐桌上激動哭泣的艾爾沙娜時，感到非常吃驚。他想到的不是，啊，她發現我要對馬吉德做的事情了（最後，自始自終還是馬吉德），因為他畢竟不是維多利亞時期犯罪小說裡留著大鬍子的惡棍，也沒有刻意犯罪。因此，他第一個想到的是，她知道波比的事了，而面對這樣的情況，他採取每個出軌的男人直覺會做的事情：先發制人。

「我回來就是要忍受這些，是不是？」山曼德重重甩下袋子。「我已經在那個死餐廳待了一整晚，回來還要面對妳的哭哭鬧鬧？」

艾爾沙娜哭得身體顫抖。山曼德注意到她胖得可愛的身體在莎麗服的空隙間抖動，還有聲音從裡面隱隱傳出。她對他揮揮手，然後把手摀在耳朵上。

「有必要這樣嗎？」山曼德問，試圖偽裝他的恐懼（他曾想過該如何處理對方的憤怒，但從沒料到對方會哭）。「拜託，艾爾沙娜，妳這是反應過度了。」

她再次對他揮手，好像要他離開，然後把身體稍微抬高，山曼德這才發現那聲音不是來自身體。她趴在一樣東西上面，一臺收音機。

「這到底是——」

艾爾沙娜把收音機從她身下推到桌子中央，然後比劃要山曼德打開它。隨後傳來四個熟悉的嗶嗶聲，這聲音隨著英國散布到所有他們攻掠下的領土，布滿整間廚房，然後在標準的英式發音下，山曼德聽到了以下的報導：

這是英國廣播電視臺，清晨三點整。甘地遺孀，也是現任印度總理印蒂拉・甘地，今天遇刺身亡。她在新德里自家花園中，遭到公然叛亂的錫克教貼身警衛所槍殺。這場謀殺無疑是對「藍星任務[59]」的報復行動。去年六月錫克教位於安姆利則市的聖廟遭到襲擊，錫克教團體認為他們的文化遭到侵犯。

「夠了，」山曼德邊說邊關掉收音機。「她反正他媽的也好不到哪去，他們沒一個是他媽的好人。而且誰還管印度那糞坑發生了什麼事。真是夠了……」他話還沒出口就已搞不清自己為什麼非要這麼說，為什麼今晚他這麼壞心腸。「妳真是可悲透頂。我懷疑我死了妳會不會哭成這樣？才不會——因為妳還比較關心從沒見過面的腐爛政客，妳知道妳是最典型的無知民眾嗎，艾爾沙娜？妳知道嗎？」好像在對小孩說教似的，山曼德托起她的下巴繼續說：「只會為那些在妳身上小便、有錢有勢的人哭。我看下個禮拜妳就會為戴安娜王妃斷了指甲而哭了。」

艾爾沙娜掏出了她嘴裡的所有粗話對他發射。

「雜種！我又不是在為她哭，你蠢豬啊，我是在為我的朋友哭。現在家鄉的街上一定又到處是血，不管是印度或孟加拉共和國，都會有暴動——一堆刀和槍。死人一大堆，我曾經見過，活像世界末日，像審判日，人們就死在街上，山曼德，你知我知。而德里的情況理應最糟，永遠都是這樣。我有些家人還在德里，我還有朋友，還有我的老情人——」

這時候，山曼德甩了她一個耳光，部分是為了她的老情人，部分則是好多年來沒人敢說他是畜生了（註：簡單說就是連自己姊妹都上的人）。

艾爾沙娜摀著臉，靜靜地說：「我是在為那些可憐的家庭哭泣，為我兒子不用擔心受怕而哭泣！沒錯，他們的父親只會漠視和壓制他們，但至少他們不用像老鼠一樣死在街上。」

就這樣，同樣的爭吵又開始：同樣的立場，同樣的陣營，同樣的指控和同樣的右鉤拳。赤手空拳，鈴聲響起，山曼德從角落先出場。

「才怪，他們會受到更大的痛苦，只會更糟：活在一個道德淪喪的國家，有個快瘋掉的母親，十足十的瘋子，懶得要死。妳看看妳，看看妳現在的樣子！看看妳有多胖！」他抓起她的一塊肉，接著好像會傳染給他似的趕快放掉。「看看妳穿的是什麼。慢跑鞋配莎麗服？還有那個是什麼？」

那是克羅拉的非洲頭巾，一條很長的橘色肯特（Knti）布頭巾。艾爾沙娜把它拿來綁她濃密的頭髮。山曼德扯下來丟到地上，艾爾沙娜的頭髮整個披到背上。

「妳甚至不知道自己是誰，來自何處！我們已經不再去認識新家庭了，把妳介紹給人家讓我覺得丟臉！他們都說，你幹麼大老遠跑去孟加拉娶老婆，為什麼不直接到鄉下普特尼找就有了。」

艾爾沙娜悲慘地笑了，並且搖起頭來。此時的山曼德佯裝鎮定，把鐵壺裝滿水，「碰」的一聲放在爐子上。

59 印度政府於一九八四年對錫克教徒最神聖的黃金聖殿（Golden Temple）發動攻擊，其行動代號就叫藍星任務（Operation Blue Start）。

「你穿的腰布條就很美嗎？山曼德．彌亞，」艾爾沙娜對著他身上那件藍色毛巾料運動服，和波比那頂**洛杉磯突擊者隊**的棒球帽，一邊點頭一邊刻薄地說。

「差別就在這裡，」山曼德沒有看她，重重拍了自己左胸。「你說很感激我們人在英國，那是因為妳把什麼都吞進去了。我告訴你，兩個孩子如果回去都比在這裡——」

「山曼德．彌亞！你連想都別想！除非我死，這個家才有可能搬回那個危機四伏的地方！克羅拉有跟我說你的事情，她有告訴我，說你問她一些奇怪的問題。你在打什麼主意，山曼德？我還聽席娜說些什麼保險的事情……是誰要死了？我嗅到了什麼不對勁？我告訴你，除非我死了——」

「但如果你已經死了呢，艾爾沙娜——」

「閉嘴！閉嘴！我沒有瘋，是你想要把我逼瘋！我打過電話給阿達夏，山曼德，他說你最近都是十一點三十就離開，現在都半夜兩點了，我不是笨蛋！」

「妳沒瘋，不過更糟——妳的腦袋有病，妳還當自己是穆斯林——」

艾爾沙娜衝過來面對山曼德，山曼德正專心對著嗶嗶叫的熱水壺。

「錯了，山曼德。喔錯了，錯。我沒有當我自己是什麼。我不會去主張。是**你**當自己是穆斯林，是**你**在和阿拉打交道，**你**才是在審判日要面對他的人，是**你**，山曼德．彌亞，是你，你，**你**！」

第二回合，山曼德又甩了艾爾沙娜一個耳光，艾爾沙娜馬上朝他肚子一記鉤拳，緊跟著在他左臉一擊，然後朝後門衝去。但山曼德抓住她的手腕，然後像橄欖球員一樣擒抱住她，把她拖到地上，用手肘壓住她。藉著體重的優勢，艾爾沙娜跪了起來頂他，把他翻倒拖到花園外，趁他倒在地上的時候踢了兩腳——朝他的額頭急又猛地踹了兩下——但那雙膠鞋沒能造成任何傷害，他瞬間又跪了起來。他們互相抓住對方的頭髮，山曼德決心要拉到見血為止，但就在這時，艾爾沙娜的膝蓋有了空檔，朝山曼德的胯下猛烈一頂，迫使他放手，還讓他原本要打她嘴巴的一記拳頭打到了耳朵。大約就在這時候，雙胞胎半睡半醒從床上起來，出現在廚房長長的玻璃窗前看著這場打鬥，同時鄰居的警示燈亮起，照得伊格伯家的後院宛若擂臺。

「我說是阿爸，」在觀察了這場打鬥一會兒後，馬吉德說：「一定是阿爸。」

「去，老兄，不可能，」強光下瞇起眼的米列特說：「我跟你賭兩根橘子棒棒糖，阿媽一定會把他揍到吃屎。」

接著，雙胞胎同時叫了出來「哇歐！」好像在看煙火表演一樣，然後就聽到「啊嗚！」艾爾沙娜在除草耙的小小協助下結束了這場打鬥。

這時傳來鄰居的大叫。「我們這裡有人明早還要工作吶，可不可以讓人好好睡一覺！他媽的巴基佬！」

幾分鐘後（每次打鬥之後夫妻總會撐著彼此，一種介於情感及崩潰之間的擁抱）山曼德從花園進來，帶著些許的腦震盪說：「回去睡覺，」，然後摸了摸兩個兒子濃密的頭髮。

當他來到門前，突然停下來轉身對馬吉德說：「你會感激我的。」。馬吉德飄飄然地笑了笑，以為阿爸終於要買化學器具組給他。「你會感激我的，這個國家不好，這個國家只會讓我們撕裂彼此。」

接著他上了樓梯，並打電話給波比．伯特瓊斯，先是把她叫醒，然後告訴她，以後將不再有夜晚的親吻，不再有罪惡的散步，不再有鬼鬼祟祟搭車回家。婚外情結束了。

也許所有伊格家的人都是先知吧，因為艾爾沙娜專嗅問題的鼻子這次怕是最準的了。印度有人遭公開斬首，睡夢中全家被燒死，喀什米爾拱門上吊滿了人，還有人昏了頭茫茫地找尋失落的殘肢，到處都是被錫克教徒砍下的穆斯林身體，還有被印度教徒砍下的錫克教徒身體，有腿、有手、有鼻子、有腳趾和牙齒，到處都是，散落各處，和泥巴混在一起。到了十一月四日，艾爾沙娜從泡水浴缸裡冒出來，聽到某個德里同胞啜泣的聲音從櫥櫃子上面的收音機傳來，告訴她已經有一千人死掉了。

這真是可怕。但在山曼德眼中看來，有人這時可以奢侈地坐在浴缸裡聽國外的消息，有人卻得繼續工作，得忘掉一段感情，還得綁走一個小孩。他把自己塞進白色喇叭褲中，檢查機票，然後打電話給阿奇複習整個計畫，隨後就去上班。

坐地鐵時，有位年輕漂亮但只有一邊眉毛的女孩在哭。她就坐在他對面，黑黑的看起來像西班牙人，腳上穿著粉紅色的大號暖腳套，而且還哭得很大聲。沒有人說什麼，也沒有人做什麼。大家都希望她會在基爾本站就下車，但她就一直這樣，坐在那裡哭。這樣經過了西漢普斯頓站，芬奇利路站，瑞士村站，聖約翰林地站。到了龐德街站，她從帆布背包拿出一張相片，然後拿給山曼德和其他乘客看，相片上是個看起來很沒出息的年輕人。

「他為什麼離開我？我的心都碎了……尼爾，他說那是他的名字，尼爾，尼爾，尼爾。」

到了查令十字路站，也是這條線的最後一站，山曼德看著她走到月臺另一頭，搭上另一輛回到威斯敦綠地的火車。真是浪漫啊，就某方面來說。她說出「尼爾」的樣子，好像那個名字充滿了過去的激情和落寞。那是種平順又嬌柔的痛苦。不知怎麼，他原本也預期波比應該會這樣子的。當他拿起電話，本來以為會聽到輕柔而有節奏的嗚咽，之後還會接到她的信，信上或許會帶有香氣和一點淚漬。而在她的悲傷中，他會成長，很可能就像此刻的尼爾一樣。她的悲傷會成為一種頓悟，帶領他接近救贖。然而，他得到的卻是一句。「媽的，你操他媽的去死。」

「就跟你說了，」席法說著，搖了搖頭遞給山曼德一籃要折成城堡的黃餐巾。「就跟你說了他媽的不要蹚這種渾水，有沒有？有太多歷史的包袱了，老兄。你看，她氣的不只是你而已吧？」

山曼德聳聳肩，開始折起角塔。

「當然不只，老兄，是歷史，歷史啊。一直以來都是褐皮膚男人離開英國女人，都是尼赫魯（曾任印度總理）對大不列顛小姐說再見掰掰，」席法為了自我成長，還參加了空中大學的課程。「太複雜了，全是複雜的狗屎，還不都是為了尊嚴。我跟你賭十鎊，她就是要你當她的僕人，像個剝葡萄的下人。」

「不是，」山曼德反駁。「不是這樣的。現在又不是黑暗時代，席法，現在是一九八四年了。」

「這就證明你有多不了解狀況。從你告訴我的情況來看，她就是那種典型的案例，老兄，典型的。」

「呃，我現在有其他事情要煩惱，」山曼德嘀咕（內心偷偷計算，這時他孩子應該已經被安全地帶到瓊斯家過夜了。再不到兩個鐘頭，阿奇就會叫醒馬吉德，但是讓米列特繼續睡）。「家庭的問題。」

「沒時間了！」阿達夏大叫，一如往常不知不覺從後面走上來，檢查山曼德的城堡。「沒時間管家庭問題了，表哥。每個人都有煩惱，每個人都想讓故鄉的人脫離混亂，我自己也掏了一千鎊給我那個大嘴妹妹買機票，但我還是得工作，事情還是得繼續下去。今晚可忙了，表哥，」阿達夏離開了廚房，穿著燕尾服在餐廳裡踱步，然後對著他們喊。「別讓我失望啊。」

星期六，每星期最忙碌的一晚，客人一波接著一波進來，有看戲前的客人，看戲後的客人，之前去過酒吧的客人，去過夜總會的客人。第一種最有禮貌還會跟你聊天，第二種會哼著戲裡的調子，第三種喧鬧粗魯，第四種是瞪大眼睛滿嘴粗話。看戲的客人是服務生的最愛，這些人的脾氣穩定，小費給得多，還會問這些菜的出處——菜的東方淵源和歷史等等——這些通常都交由年輕的服務生樂意捏造（雖然這些年輕服務生去過最接近東方的地方就是他們位於白教堂區、史密斯莊園、或是群狗島的家），或由那些較有經驗的前輩，在粉紅餐巾紙背後自豪地以黑色原子筆詳細回答。

我打賭她就是！正是過去幾個月來在國家戲劇院上演的劇碼，這是一齣重新被人發掘的五〇年代中期音樂劇，描寫的是三〇年代的故事。講的是一個富家女逃家，在外面遇到一名貧窮且即將離開參加西班牙內戰的男子，兩人墜入情海。就連山曼德這種沒音樂細胞的人，也因為撿了夠多的節目表，聽過許多桌客人唱起，而知道裡面大多數的歌曲。他喜歡這些歌，事實上，這些歌能讓他的心遠離單調的工作（甚至還更好，今晚這些歌就是甜蜜的解脫劑，讓他不去擔心阿奇是否能準時在一點把馬吉德帶到餐廳外）。他和廚房其他人一起，隨著他們剁砍、淹漬、切片和碾碎的節奏，一路哼著。

我曾看過巴黎的歌劇以及東方的美好

「山曼德．彌亞，我在找印度芥末子。」

在尼羅河畔度過整個夏天，滑雪道上度過整個冬季

「芥末子……我好像看到穆罕默德拿走了。」

我曾有過鑽石、紅寶石、貂皮和天鵝絨的披肩

「誣賴，誣賴……我沒看到什麼芥末子。」

甚至讓霍華．休斯為我剝葡萄

「對不起，席法，如果那老頭子沒拿，那我就不知道了。」

但沒有愛這些又有何意義？

「那這些是什麼？」席法從主廚旁邊走過來，在山曼德右肘下拿出一盒芥末子。「拜託，山姆，振作點，你今天腦子是跑哪去了？」

「對不起……我腦子裡有太多事情了……」

「為了那個女朋友，哼？」

「小聲一點，席法。」

「他們說我被慣壞了，一個有錢的女人只想找麻煩。」席法用最怪異的大西洋印度腔調唱著。「喔伊——喔伊，我的合音們，但不管我得到多少的愛，我都將雙倍奉還。」

席法手裡拿著藍綠色小花瓶，唱出了高亢的收尾。「但不管多少錢，也喚不回我的愛人……你應該接受這個建議，山曼德．彌亞，」席法還以為山曼德最近二度抵押是為了資助他的地下戀情。「這是個好建議。」

幾小時後，阿達夏從旋轉門後再次出現，打斷大家的歌聲，發表他第二回合的激勵演說：「各位！各位！夠了。現在，大家聽好，十點三十了，他們的秀看完了，也餓了，他們只在中場休息時，吃了個可憐兮兮的冰淇淋和一堆孟買酒，我們清楚得很，那些只會讓他們更想來吃咖哩，各位，這就是我們上場的時候了。兩桌十五人的剛剛才進來坐在最後面。現在，如果他們要跟你們要水喝時，你們該怎麼辦？怎麼辦，雷明？」

雷明是新人，主廚的外甥，十六歲，很緊張。「要告訴他們……」

「不，雷明，在你說話以前，你要先做什麼？」

雷明咬咬脣。「我不知道，阿達夏。」

「你要搖頭，」阿達夏搖著頭說：「外加關懷並且為了他們好的眼神，」阿達夏表演了這樣的眼神。「然後說什麼？」

「『喝水無法解辣，先生』。」

「那什麼可以解辣，雷明？什麼可以幫助客人舒緩此刻味覺上的灼熱？」

「更多飯，阿達夏。」

「還有？還有呢？」

雷明看起來很笨拙，而且並開始流汗。被阿達夏羞辱過太多次的山曼德，不願意再看到別人成為受害者，傾身向前，把答案低聲湊上了雷明發黏的耳朵。

雷明的臉感激地亮了起來。「更多印度烤餅，阿達夏！」

「對，因為烤餅會吸辣，而且最重要的是，水是免費的，而烤餅一個是一鎊二。我說表哥……」阿達夏轉向山曼德，搖著一根瘦骨如柴的手指說：「你這樣這個年輕人要怎麼學習？下次讓他自己回答。你有你自己的事，十二桌的幾個女人特別點名要領班來服務，所以——」

「點名我？但我以為今晚我可以待在廚房。而且，我又不是什麼私人管家，可以這樣呼來喚去，我有太多事情要做了——沒有這種規定，表弟。」

此刻的山曼德感到驚恐。他整個思緒都在一點鐘的綁架上，他就要拆散他的雙胞胎兒子了，他沒有把握去端熱盤子和冒著煙的碗，去碰在陶製爐灶上噴油的雞，去處理對獨臂服務生來說十分危險的事。他腦袋裡全是他兒子，今晚的他是半昏迷狀態。他又再次把每根指甲咬到了表皮層，簡直就要一直咬到指甲的根部，白色半圓形的地方。

他正在說話，他聽到自己正在說：「阿達夏，我在廚房還有幾百萬件事情要做，為什麼要——」

有回答傳過來。「因為領班是最好的服務生，當然她們也是付了我——我們——一筆小費才有這種特權。表哥，不要挑剔了好不好？十二桌，山曼德．彌亞。」

汗水微微流了出來，山曼德把一條白色毛巾丟到左臂上，開始變調地哼著那首因為掌聲太過熱烈而中斷的歌曲，朝門推去。

還有什麼事情男人不願為女人做？瞧這香水多香，這珍珠多大？

到第十二桌真是條漫漫長路。倒也不是指它的距離，因為事實上也只有二十呎，但要在那濃濃的味道、吵雜的聲音及大聲的吆喝下過去，的確是條漫漫長路。他經過幾個叫囂的英國人來到第二桌，桌上的煙灰缸已經滿了，他絲毫不在意地默默拿起新煙灰缸換掉；他在第四桌停了一會兒，因為有一盤不是他們點的東西送錯；他和第五桌的人爭論，因為這些客人不管多不方便，就是要和第六桌的人擠一塊；而第七桌的硬要點蛋炒飯，也不管那是不是中國菜：第八桌的情緒都不穩了還要更多酒！更多啤酒！如果你得周旋在這堆亂七八糟的情況裡，那這條路就會變得很長；你要照料那些永無止境的需求及不必要的要求，像是那些臉色紅潤的客人，就讓他想起戴著遮陽帽，雙腳跨在桌上，槍枝放在膝上的紳士；還有陽臺上咻咻喝著茶水，在褐皮膚男孩揮舞羽毛扇的涼風下納涼的小姐。

多遠的路他都願意跋涉，多坎坷的過程他都願意承受。

拜阿拉所賜，他真是感激啊（是的，女士，請等一下，女士）。一想到馬吉德，至少還有馬吉德，在四個小時後就可以離開這裡，離開這裡的要求和欲望，而朝東飛去，這可真是令人高興啊。這地方沒有任何耐心或同情心，人們只知道要求，而且馬上就要，馬上（我們的蔬菜已經等了二十分鐘了）。他們期望他們的愛人、小孩、朋友甚至是上帝，都能不費吹灰之力，瞬間到來，就像第十桌的人正吵著要他們的炭火蝦一樣……

在她擁有物品的拍賣會上，有多少林布蘭，多少克林姆，多少戴庫寧[60]的畫？

這些人為了性出賣信念，為了權力出賣性，為了自尊出賣對上帝的敬畏，用知識換來諷刺，用本來包得好好、受人尊敬的腦袋，換來一頭又長又刺眼的橘頭髮——

第十二桌的人是波比。是波比·伯特瓊斯。這會兒光是聽到這名字就夠嗆了（因為此刻的山曼德極端不穩定。他就要拆散他的兒子，就像當初那個緊張的外科大夫，笨拙地揮舞他沾滿口水的刀子，去割開那對連在一起的邋遢雙胞胎），光是這名字就夠轟掉他的腦袋，光是這個名字就像一枚魚雷，朝著漂浮的小漁船奔去，把他的思緒炸出了水面。但它又不只是一個名字，不只是個無心的笨蛋呢喃出來、或在某張老舊的信下所發現的名字。

而是活生生充滿雀斑的波比・伯特瓊斯本人，冷漠而篤定地和妹妹坐在一起，而她妹妹就像我們會預期的那種兄弟姊妹一樣，是比較難看，長壞了的版本。

「說話啊，」波比突然冒出一句。她把玩著萬寶路菸盒。「機智的回答跑哪去了？那些關於駱駝還是椰子的狗屎跑哪去了？怎麼，沒話說了？」

山曼德沒什麼話好說。他只是不再哼歌，用最標準恭敬的角度低頭，筆尖就緒，停在紙上。真像一場夢。

「很好，」波比刻薄地說。她上上下下打量山曼德，然後點起一根菸。「隨便你。喔，前餐呢，我們就點羊肉餃和你們叫什麼來著的酸奶酪。」

「至於主菜，」那個矮一點、醜一點、橘一點、鼻子塌一點的妹妹說：「兩客帶骨羊肉燴飯，加薯條，謝囉，服務生。」

至少，阿奇沒搞錯時間。年份對了，日期對了，時間也對了。一九八四年，十一月五日的半夜一點鐘。餐廳外，阿奇穿著軍用長雨衣，站在他那輛歐寶車前，一手彈著那了不起的新倍耐力輪胎，另一手狠狠地抽著菸，活脫脫就像電影明星鮑嘉，或是私人司機，或是鮑嘉特的私人司機。山曼德走上前來，將阿奇的右手緊握在自己手中，感受到這位朋友手指的寒冷，感受到他所欠他的恩情。不由自主地，他一口冷冷的氣吹到了對方臉上。

---

60 De Kooning，荷蘭籍美國畫家。

「我不會忘記的，阿奇博德，」他說：「我不會忘記你今晚為我所做的，朋友。」

阿奇支支吾吾笨拙地說：「山姆，在你……有件事我必須先……」

但山曼德的手已經伸向車門，讓阿奇的解釋不得不被拋到最後，當他看到三個小孩坐在後座發抖的景象，那就像是瘸腳的收尾。

「他們全醒來了，山姆。他們睡在同一個房間——外宿過夜就是這樣，我也沒辦法。所以我只在他們睡衣外加了外套，我又不能讓克羅拉聽到，只好把他們都帶來。」

愛瑞依舊睡著，整個人縮得把頭靠在菸灰缸，腳放在齒輪箱上。但米列特和馬吉德則高興地湊向父親，拉著他的喇叭褲，還用下巴搓他。

「嘿，阿爸！我們要去哪兒，阿爸？祕密舞廳嗎？真的嗎？」

山曼德狠狠看了阿奇一眼，阿奇聳聳肩。

「我們要去機場，去希斯洛機場。」

「哇！」

「等我們到了那裡，馬吉德……馬吉德……」

真像是場夢。山曼德還來不及克制，已經感覺到淚水湧上。他向他那大兩分鐘的長子伸出手，緊緊將他抱在胸前，把他的鏡架都弄斷了。「馬吉德要和姑媽席娜一起遠行。」

「他會回來嗎？」米列特說：「最好是不要回來了！」

經過父親這麼一個擁抱，馬吉德感到十分驕傲：「會很遠嗎？我星期一前來得及回來嗎……因為我得看看自然科的光學作用實驗怎麼樣了，我種了兩棵植物：一個放在碗櫥裡，一個放在陽光下，我一定要看到，阿爸，我一定要看是哪一個……」

數年之後，甚至飛機起飛後幾小時，這一切就會變成山曼德盡可能不去回想的歷史，變成他記憶中不願保留的歷史。就像突然沉沒的石頭，像杯裡的假牙靜靜落到了杯底。

「我會回來上學嗎，阿爸？」

「走吧，」阿奇在前座嚴肅地說：「我們得走了，不然就來不及了。」

「你星期一就會回到學校，馬吉德，我保證。現在坐回車上，快去，為了阿爸，好不好？」

山曼德關上車門，彎身看著兩個兒子呼出的熱氣吹到了車窗上。他伸起他的手，隔著玻璃碰觸他們的脣，兄弟倆生嫩粉紅的脣貼在玻璃上，口水交融在汙穢的霧水裡。

9 叛亂

在艾爾沙娜心中，人類真正的差別不是膚色，不是性別或信仰，也不是呼應節奏的跳舞能力，或手中握有多少鈔票。真正的差別比這些都還要原始。真正的差別來自於大地，來自於天際。對她來說，所有人類都可以分成兩個不同陣營，而且只需要請他們完成簡單的問卷，那種你可以在女性雜誌上看到的問卷：

(a) 你認為頭上的天終究有一天會破他個數星期嗎？
(b) 你腳下的地有可能會震動並爆裂開來嗎？
(c) 每到正午都會讓你家陷入陰影的不祥山脈，有沒有可能（不管機率感覺多小，都請在框框處打勾）有一天也會莫名其妙、毫無道理的火山爆發？

如果在這些問題中，你有一個或全部的答案是「是」的話，那麼你的生活就是黑暗的，就老是活在子夜的邊緣。你的生活飛逝，乏善可陳，就像「毫無牽掛」這四個字一樣，什麼都不去關心，像鑰匙圈或髮夾，微不足道而容易失去。這樣的生命昏昏睡睡，何不乾脆枯坐個一早上、一整天、一整年，始終坐在柏樹下，在地上不停畫著「8」？而且還不只這樣，這樣的生命是個災難，是混亂：何不瞬間把政府推翻？何不把你憎恨的男人弄瞎？何不就此瘋掉？像個無賴走在街上語無倫次地揮你的手、扯你的髮？沒有事情可以阻止你——或者應該說，什麼事情都可以阻止你，不管幾點，不管幾分。這樣的感覺，才是人類生命真正的差別。那些活在堅實土地上、平安天空下的人，是無法體會這樣的感覺的。他們就像在德國德列斯登的英國俘虜，儘管警鈴已經大作，整座城被燒成了火球，還是能夠繼續喝茶，繼續打扮赴宴。在青綠、美好、溫和的土地上出生的英國人，對於什麼叫做災難根本就是低能，哪怕是人為的災難也一樣。

但對孟加拉共和國人，也就是之前的東巴基斯坦人，再之前的印度人，或再再之前的孟加拉人來說就不一樣。他們活在不定期的災難、洪水、旋風、颶風和土石流的威脅下，國家半數的土地有半數時間被水淹沒，一代代的人被摧殘，就像時鐘的發條一樣規律。每個人的平均壽命，樂觀一點的說呢是五十二歲。而當你說到天啟，說到一堆人隨便就死掉，他們也能冷靜地理解。沒錯，在這方面他們算是比較先進的，當麻煩的北極冰山開始融化，他們會是第一批，第一批像亞特蘭提斯島沉到海底的人。孟加拉共和國是世界上最荒謬的國家。那真是上帝「巧妙的計謀」，對黑色喜劇的嘗試。你無須讓孟加拉人填什麼問卷，因為災難本身就是他們的生命。舉例來說，從艾爾沙娜美好的十六歲生日開始（一九七一），到她不再和老公直接說話的那一年（一九八五），就有太多人在孟加拉共和國死掉，在風雨中腐爛，死的人比廣島、長崎和德列斯登加在一起都還要多。一百萬人失去了生命，讓他們學會了不把命看得太嚴重。

而這就是艾爾沙娜最氣山曼德的地方，說真的，不是因為背叛，不是因為欺騙，也不是因為綁架的基本事實：而是馬吉德最後也會不把命看得太嚴重。雖然他待在吉大港丘，那個低窪國家最高的地方還算安全，但一想到馬吉德必須和她以前一樣，不把命看得比一塊派薩[61]重，在洪水中毫無意識地跋涉，在漆黑厚重的天空下顫抖……

很自然地，她變得有點歇斯底里。很自然地，她嘗試要把他弄回來。她打電話給相關單位，但這些單位卻一副：「老實說，女士，我們還比較擔心讓這些人進來，」或是。「講實在話，如果是妳先生安排的，我們實在也無法——」之類的話，於是，她放下了電話。幾個月後，她已不再打電話求人。她絕望地跑到溫布利和白教堂區，坐在親戚家度過充滿哭泣、暴飲暴食和憐憫同情的悲壯週末。但她的直覺告訴她，咖哩固然好吃，但同情卻不是那麼真心。因為有人對於艾爾沙娜·伊格伯，這位有著大房子、有黑人白人家的朋友、丈夫長得像奧瑪·雪瑞夫、講話又像威爾斯王子的人，現在竟和他們一樣活在困惑與不安之中，再次穿上了熟悉有如舊絲綢的災難裝，因而暗暗竊喜。這其中帶有某種滿足，就連席娜（她從沒披露自己在這件事情中的角色）也一樣。她來到椅子邊，把艾爾沙娜的手放在她同情的爪上。「喔，艾爾沙娜，我一直在想好可惜喔，為什麼他非得送走好的那個！他那麼聰明，又那麼規矩！都不用擔心他會吸毒或去交骯髒的女朋友。只是會念書念到需要花錢買眼鏡罷了。」

喔，這裡面鐵定有高興的成分。千萬不要低估了人類，低估了他們從看到別人痛苦、告訴人家壞消息、目睹飛彈在電視裡落下、聽到電話另一頭窒息的啜泣聲中所得到的快樂。痛苦本身雖然痛苦，但痛苦＋和我無關的距離就＝娛樂、偷窺狂、假惺惺、寫實電影、肚裡竊笑、同情的微笑、挑起的眉毛、隱含的輕蔑等。這些艾爾沙娜都感覺得到，最明顯的就是有一次一通電話打來——一九八五年的五月二十八日——她在電話線另一頭要告訴她、同情她，有關最近的龍捲風。

「艾爾沙娜，我一定得告訴妳，他們說孟加拉海邊有好多浮屍……

「我剛剛才聽到收音機的最新消息——一萬人吶！

「倖存的人都擠在漂浮的屋頂上，還有鯊魚和鱷魚猛咬他們的腳跟呢。

「一定很恐怖，艾爾沙娜，不知道那個……真是不確定……」

有六天六夜，艾爾沙娜什麼也不知道，什麼也不確定。這段時間，她讀了很多泰戈爾的詩，盡量去相信他的保證（黑暗的夜是個袋子，將綻放出黎明的黃金光芒），然而，她的內心畢竟是個實務派的人，念念詩實在不能帶給她什麼安慰。那六天來，她的日子是一片黑暗，一直生活在子夜的邊緣。但到了第七天，曙光出現了：有消息傳來，馬吉德安然無恙，只不過因為清真寺裡書架上的花瓶，被風那麼一吹掉落下來，把他的鼻子給打斷了（請注意這只花瓶，就是這只花瓶將會帶領馬吉德朝他的職業走去）。還有幾個佣人，兩天前偷偷把松子酒塞進家裡那輛破爛小貨車，興高采烈跑去達卡玩，現在則是像死魚翻肚，漂浮在賈木納河上，用他們凸起並呆滯的眼睛瞪著他們。

山曼德得意地要命。「你瞧？他在吉大港不會有危險的！更棒的是，他還在清真寺裡！寧願在清真寺裡弄斷鼻子，也比在基爾本打架弄斷的好！這正是我想要的。他在學習傳統。妳說，他這不是在學習傳統嗎？」

艾爾沙娜想了一會兒，然後說：「也許吧，山曼德．彌亞。」

「妳說『也許』是什麼意思？」

---

61 Paisa，印度和巴基斯坦輔幣。

「也許是，山曼德．彌亞，也許不是。」

艾爾沙娜已經下定決心不直接和她老公對話。接下來的八年，她決定一句「是」或「不是」都不對他說，她要迫使他跟她一樣，生活在「什麼都不知道，什麼都不確定」的日子底下，要讓山曼德的精神無法得到救贖，直到她得到補償，直到那年長兩分鐘而且最棒的兒子回來，直到她可以再次用她胖胖的手撫摸他濃密的頭髮為止。這是她的承諾，是她對山曼德的詛咒，是絕佳的報復。有時候，這幾乎把他逼至瘋狂的邊緣，幾乎要拿起廚房菜刀、打開藥櫃的地步。但山曼德是那種頑強到不願自殺、稱了別人心意的人，他就這樣繼續撐著。艾爾沙娜會在睡夢中翻來覆去，喃喃地說：「只要你把他弄回來，你這蠢蛋……如果你受不了了，就把他給弄回來。」

但就算山曼德很想搖白色腰布投降，也還是沒錢把馬吉德弄回來。所以，他只好忍下來，最後連有人在街上或餐廳對他說出「是」或「不是」時，他都不知要如何回答了。他已經忘記這兩個優美辭彙所代表的意義。他不再從艾爾沙娜的嘴巴聽到它們。在伊格伯家中，不管是任何問題，都不可能有明確而直接的回答。

「艾爾沙娜，你我沒有看到我的拖鞋？」

「可能有，山曼德．彌亞。」

「現在幾點？」

「可能是三點，山曼德．彌亞，但阿拉才知道，也可能是四點。」

「艾爾沙娜，妳把遙控器放哪去了？」

「可能在抽屜裡，山曼德．彌亞，也可能在沙發後面。」

就像這樣。

五月的暴風後不久，伊格伯家收到一封來自他們年長兩分鐘兒子的信，工整的字跡寫在一張作業紙上，裡面還附了一張近照。這不是他的第一封信，但山曼德在這封信中看到了不一樣的東西，讓他相當興奮，也證明他當初那個不獲支持的決定；一些語調上的改變，一些成熟的跡象，一些東方智慧的累積。他先在花園小心讀了一遍，然後滿心歡喜地把信拿到廚房，大聲念給正在喝薄荷茶的克羅拉和艾爾沙娜聽。

「聽好，這裡他說：『昨天，祖父用皮帶狠狠揍了泰米（他是清潔工），直到他屁股變得比蕃茄還紅。他說泰米偷了蠟燭（這是真的，我有看到！）所以這是他自找的。他說有時候阿拉自己會懲罰人，但有時候則必須由人來執行，而只有明智的人才知道什麼時候該由阿拉、什麼時候該由人來做。我希望有一天我能成為明智的人。』你們聽到了嗎？他說他要成為明智的人。你們知道現在的學校裡還有多少人想成為明智的人嗎？」

「也許一個也沒有，山曼德．彌亞，也許全部。」

山曼德對老婆拉下臉，繼續說：「還有這裡，這裡他提到他的鼻子：『我發現，花瓶實在不該放在會掉下來砸到小孩鼻子的爛地方，這是某人的錯誤，某人應該為此受到懲罰（但不是打屁股，除非他們還小，不是大人，如果小於十二歲。）等我長大，我想我要去確定花瓶不會被放在那種爛地方造成危險，而且我也會去抱怨其他有危險的東西（對了，我的鼻子現在已經好了）』，有沒有聽到？」

克羅拉皺眉。「聽到什麼？」

「很明顯地，他不贊成清真寺裡的偶像崇拜，他不喜歡那些未開化的、不需要的、危險的裝飾！這樣的男孩注定要成為偉人，不是嗎？」

「可能是，山曼德．彌亞，可能不是。」

「也許他會到政府做事，或者念法律。」克羅拉建議。

「胡說！我兒子是要為神服務，不是為人。他不會畏懼責任，不怕成為真正的孟加拉人，和正派的穆斯林。他告訴我照片中的羊已經死了。『我幫忙殺死了這隻羊，阿爸，』他說：『我們把牠砍成兩半後，牠還動了一會兒，』這聽起來像是會害怕的男孩嗎？」

很明顯地，在場一定有人得義不容辭的說句「不像」才行。克羅拉沒什麼熱情地說了出來，並伸手接下山曼德遞給她的照片。那真的是馬吉德，穿著他慣有的灰色衣服，站在一隻死羊旁邊，後面有一棟老房子。

「喔！看看他的鼻子！看看那個裂痕。他現在變成鷹鉤鼻了。看起來像個小貴族，好像小英國人似的。看，米列特。」克羅拉把照片拿到米列特比較小、比較扁的鼻子下說：「你們看起來已經不那麼像雙胞胎了。」

「他看起來——」米列特隨便瞥了一眼。「活像第一名。」

從來沒搞懂威斯敦街頭俚語的山曼德嚴肅的點點頭，拍拍他兒子的頭髮說：「很高興你看出了你們兩者之間的差別，米列特，早知道總比晚知道好，」山曼德看了看艾爾沙娜，艾爾沙娜正用食指在太陽穴上畫圈，還在頭的兩側敲了敲：真是瘋了，傻了。他繼續說：「別人或許會嘲笑，但你我都知道你哥哥將帶領大家走出荒漠。他會成為族群的領導者，他是個天生的第一名！」

米列特一聽，笑得好大聲，好激動，簡直就是無法控制，以至於沒有站穩，一腳踩在溼布上滑了一跤，鼻子撞到水槽，斷了。

兩個兒子。一個你見不著卻完美無瑕，停留在惹人疼愛的九歲年齡，靜止在相框裡，而相框下的電視不斷吐出八〇年代的垃圾——愛爾蘭炸彈，英國暴動，大西洋冷戰。就在這些混亂之上，那孩子出脫得不可侵犯，毫無缺點，地位可比永遠微笑的佛陀，充滿著安詳的東方冥思；他有萬能的能力，是天生的領導者，天生的穆斯林，天生的第一名——簡而言之，就是個幻影。一個根據父親想像沖洗出來的幽靈影像，保存在母親眼淚的鹽劑裡。這兒子靜靜站在那兒，遙遠卻「想來無恙」，就像女皇陛下所擁有的眾多殖民地，永遠被迫停留在天真、未成長的階段。這個兒子山曼德見不著，而山曼德長久以來已經學會了去崇拜他見不著的東西。

至於他見得著的兒子，這個一直阻擾他、惹惱他的兒子，唉，最好還是不要讓山曼德開始這個話題，去談「米列特問題」。這個問題就是：他是次子，像公車一樣，遲了，或像郵資太低，慢了，是個遲鈍的人，是得追趕人家的孩子，是在產道上就輸了第一場賽跑的人，在遺傳基因的作弄下只能成為追隨者，這是阿拉難解的設計，關鍵兩分鐘下的失敗者，永遠沒有彌補的機會，不管是在未卜先知的鏡子中，神的水晶球裡，還是在他自己父親眼中。

如果是比米列特憂鬱、多慮的孩子，那他可能終其一生都會追逐這兩分鐘而變得很悲慘，一味追求那無法理解的目標，最後把它帶到父親的腳下。但父親對他的看法並未對米列特造成太大影響：不管他父親怎麼說，他知道自己不是追隨者，也不是第一名，不是討厭鬼，也不是最佳人緣獎得主，不是不中用的人，但也沒有多聰明。以街上的說法來講，米列特是個野蠻的孩子、壞傢伙、老愛衝第一、換形象跟換鞋子一樣快、嘴甜得跟什麼似的、不具危險但心懷不軌、會帶其他小孩上山踢足球、下山洗劫吃角子老虎、逃學、跑去看色情錄影帶。洛基錄影帶店是米列特經常出沒的地方，是由無恥的毒品販子所開的店，十五歲就給你色情，十一歲就給你限制級的東西，五鎊錢就拿給你藏在櫃檯下的色情謀殺片。這裡就是米列特真正學到「父」字的地方。教父，弟兄情仇，（艾爾）帕希諾，（勞勃）狄尼洛，身穿黑色西裝看起來很屌，講話又快，從不需要（操他媽）等位子的人，還有一雙把玩槍枝自如的手。他學到，要成為明智的人，不需要活在有洪水、有颶風、有危險的地方，而是要自己去追求。十二歲時，米列特就出去追求了，雖然威斯敦不如布隆克斯區（紐約市最北的一區），也不像南中區，但他還是追求到了一些，而這些就夠了。他既臭屁又愛叫囂，十三歲前的他毫不起眼，但一夕之間，他的英俊就像從魔術箱蹦出來的小丑一樣突然顯現，讓他從一堆青春痘男孩的老大晉升為女人堆中的老大。他是威斯敦的魔笛手，女孩神魂顛倒地跟在他身後，口水潺潺滴，胸膛怦怦跳，然後掉進傷心的池子裡……因為他是最屌的也是最壞的，年紀輕輕就一把罩的：他第一個抽菸，第一個喝酒，甚至第一個失去那個——那個！才十三歲半的時候吶。好吧，他是沒感覺到什麼或摸到什麼，就只是溼溼的和迷迷糊糊的，根本還搞不清楚那個是什麼就失去那個了。但他畢竟還是失去了，因為毫無疑問——怎麼可能有疑問！他是所有人中最棒的，不管是從哪種少年犯罪來看，他都是少年社群裡的耀眼光芒，是個大人物、大老闆、超級種馬、街頭小子和一堆囉嗦的老大。事實上，米列特唯一的麻煩就是愛找麻煩。他在這方面就是很行，不不不，應該說是一級棒。

當然，這引發了許多討論。不管是在家、在學校、在分布廣泛的伊格伯／貝吉家族親戚的廚房裡，時時討論著米列特的問題，反叛的米列特，年齡十三，在清真寺放屁，泡一票金髮小妞，身上全是香菸味。但除了討論米列特之外，還包括其他所有的孩子：穆吉伯（十四歲，駕車兜風前科），坎達卡（十六歲，白種女友，晚上會上睫毛膏），迪波希（十五歲，吸大麻），科薛德（十八歲，吸大麻，穿很垮很垮的褲子），卡菈達（十七歲，和中國男人婚前性行為），比摩（十九歲，念戲劇學校）；這些孩子到底是出了什麼問題？這些偉大跨海移民的第一代子孫到底出了什麼問題？花園不是已經夠大，三餐不也都有，衣服也從店裡新買，接受的不也是頂級、一流的教育了嗎？上一代的人不都盡力了嗎？大家不都是為了同一個理由而到這個島上的嗎？那就是安全啊！他們現在不是安全了嗎？

「太安全了，」山曼德解釋，耐心地安慰其他幾位哭泣、生氣的媽媽或爸爸，以及困惑、年長的爺爺和奶奶，他說：「他們在這國家太安全了，不是嗎？他們活在由我們創造出來的大塑膠泡泡裡，他們的生命都被安排好了。就我個人而言，你們知道我是會對聖保羅吐口水的人，但他的睿智話語是對的，那其實是阿拉的話：把幼稚的事放在一邊。如果我們的孩子沒有像個男人一樣受到挑戰，他們又將如何成為男人呢？嗯？現在想來，毫無疑問地，把馬吉德送回去是最明智的選擇。我真的建議各位。」

這時，齊聚一堂的哭泣者和抱怨者，都會悲戚的看著那張馬吉德與羊的珍貴照片。他們迷茫地坐在那裡，就像一群印度人等待一隻石牛哭泣，直到好像真有一股靈氣從那張照片散發出來：那種來自逆境、來自地獄與洪水的善良與勇敢，一個真正的回教孩子，他們從不曾擁有的孩子。多麼可悲啊！艾爾沙娜發現這當中的可笑處：情況顛倒過來了，如今沒有人為她哭泣，每個人都在為自己和他們的孩子哭泣，為這可怕的八〇年代對他們兩代所做的事情而哭泣。這樣的聚會好像赴死戰士最後的會議，某個絕望的政府或教會的閉門會議，而外面的暴徒正在滿街猖狂、粉碎玻璃。於是，一種距離自動產生出來，不僅是在父與子、老與少、出生在這裡或出生在那裡之間的距離，而是待在裡面的人和在外面暴動的人之間的距離。

「太安全了、太安逸了，」當曾姑媽貝比用高級手帕憐愛地擦拭馬吉德的照片時，山曼德重複地說：「回去一個月就可以把他們全都矯正回來。」

但事實是，米列特不需要回去，他精神分裂似地立足在兩地，一腳在孟加拉，一腳在威斯敦。在他腦中，在這裡也等於在那裡。他不需要護照就能同時住在兩地，不需要簽證就能過他哥哥和他自己的生活（他倆終究是對雙胞胎），而艾爾沙娜是第一個發現的人。她對克羅拉吐露：真主的旨意啊，他們兩人就像翻線遊戲一樣綁在一起，像蹺蹺板一般連在一塊，壓下一邊，另一邊就會彈起來，不管米列特看到什麼，馬吉德也會看到，反之亦然！艾爾沙娜知道一些偶然的事件：相似的病，同時間的意外，寵物在兩地死去等。但她不知道當馬吉德看著一九八五年的颶風把高處的東西吹得搖搖欲墜時，米列特也正在財星綠地的墓園裡為他的生命搏鬥；還有一九八八年二月十日，當馬吉德奮力穿越達卡的暴動人群，閃躲那些想用拳頭刀子搞定選舉的人隨時揮過來的拳頭時，米列特正在基爾本臭名滿天下的雞羹酒館外，獨自對付三個爛醉、暴怒和手腳飛快的愛爾蘭人。什麼，巧合不足以說服你？你就是要證據證據證據證據？你就是要那種跟頂著黑斗篷、拿著鐮刀的死神擦身而過的證據？那好，在一九八九年四月二十八日，龍捲風把馬吉德家在孟加拉吉大港的廚房給掃起來，帶走了所有的東西，惟獨馬吉德神奇地趴在地上像顆球。現在，換到五千公里外的米列特，正把他的身體壓在傳說中第六任女友娜塔莉亞・卡文迪希身上（她身上帶有連她自己都不知道的惡疾），他褲子後口袋裡的保險套連盒子都還沒拆，但不知怎麼他也不打算拿；就這樣規律動了起來，又上又下、又裡又外的和死神共舞。

三天：

一九八七年十月十五日

儘管電都停了，颶風也把雙層鑲嵌玻璃震得嚇人，但堅信BBC天氣預測的艾爾沙娜依舊穿著睡衣坐在沙發上，絲毫沒有讓步的意思。

「如果汪高先生說沒問題，那就是他媽的沒問題。看在老天的份上，他可是BBC吶！」

山曼德放棄了（幾乎不可能改變艾爾沙娜對某些英國機構的溺愛，她就是認為他們很可靠，包括安妮公主、寶貼萬用膠、皇家兒童綜藝表演，艾瑞克・莫肯貝和女人時段等），他只好從廚房抽屜拿出手電筒上樓去找米列特。

「米列特？回答我，米列特！你在嗎？」

「可能在，阿爸，可能不在。」

山曼德循著聲音來到浴室，發現米列特浸在一池髒紅色的肥皂泡裡，下巴抬得高高地在看漫畫。

「啊，爸，太棒了。手電筒，照這裡我才看得到。」

「不必了，」山曼德把漫畫從兒子手中搶過來。「外面有他媽的龍捲風，而你那瘋婆子老媽卻堅持要坐著等屋子塌下來。出來，我要你到車庫去找些木頭和釘子，我們才能——」

「可是阿爸，我光著屁股！」

「不要跟我浪費時間——這事很緊急，我要你去——」

這時一陣劇烈的撕裂聲從外面傳來，好像有什麼東西被連根拔起，然後拋撞到牆上。

兩分鐘後，伊格伯一家人各自衣衫不整的站在一塊，透過廚房那片長長的玻璃，看到那片原本是車庫、如今已夷為平地的地方。米列特頓了三次腳，然後用雜貨店老闆那種誇張的腔調說：「喔天，喔我的天，真是家不像家，家不像家了。」

「好了，女人，你現在要走了嗎？」

「也許，山曼德．彌亞，也許。」

「媽的！我沒心情跟你玩公投，我們馬上就去阿奇博德家，也許他們還有燈，大家聚在一起也比較安全。你們兩個，去穿好衣服，拿些必要的東西，攸關生死的東西，然後給我進到車子裡！」

山曼德在執意作對的強風下奮力撐開車子的行李箱，看到他太太和兒子拿來所謂必要和攸關生死的東西，先是覺得好笑，後又覺得難過：

米列特	艾爾沙娜
《為奔跑而生》（唱片）布魯斯・史賓史汀	縫紉機
狄尼洛在《計程車司機》中「你是在跟我講話嗎」那一幕的海報	三罐萬金油
《紫雨》的拷貝錄影帶（搖滾電影）	羊腿（冷凍的）
收縮合身的 Levis 501 牛仔褲（紅標）	泡腳皂
一雙黑色的 Converse 棒球鞋	琳達・固德蒙的星座書
《發條橘子》（書）	一大盒印度比第牌香菸
	戴瓦吉德・辛《月光印度喀拉拉》（*Moonshine over Kerala*）專輯（音樂錄影帶）

山曼德把行李廂「碰」一聲甩上。

「沒有小刀，沒有糧食，沒有蠟燭燈光。他媽的真是太好了。不用猜也知道伊格伯家哪個才當過兵。甚至連可蘭經都沒人想到要拿。在危急時刻最重要的東西就是：精神支持。我要再進屋子一趟。你們給我坐到車子裡不要動。」

山曼德再次回到廚房，閃著他的手電筒經過：水壺，爐子，茶杯，窗簾，然後難以置信地瞥到那車庫就像樹屋一樣快樂地掛在隔壁的七葉樹上。他拿了那把還記得是留在水槽裡的瑞士小刀，然後到客廳拿他那本絲絨鑲邊加鍍金的可蘭經，正要離開時，突然有一股誘惑朝他席捲而來，想去感受一下颶風和它可怕的破壞力。他等到風勢稍微平息一些，便打開廚房的門，試探著走到花園。就在這時，一道閃電劃過，燃起了一幕市郊天啟錄：橡樹、香柏、梧桐、榆樹在一座座花園裡相繼被擊倒，籬笆倒了下來，花園的設備被催毀殆盡。只有他的花園，那個沒有樹木點綴，只有鐵欄杆和一床床怪味藥草而遭到奚落的花園，相較卻完好無缺。

當他正得意地想著寓言，想著彎曲的東方蘆葦對上頑固的西方橡木，一陣強風再次宣揚了它的威力，把他擊到一邊，然後繼續衝向雙層鑲嵌玻璃，隨即毫不費力地加以撕毀、爆裂。玻璃吹進了廚房，把所有東西捲到外面空中。最近才空運到家的濾鍋甩到他耳朵上，山曼德趕緊把書緊抱在胸口，朝車子快速衝去。

「妳坐在駕駛座上幹麼？」

艾爾沙娜堅定地握著方向盤，對後照鏡裡的米列特說：「拜託，有沒有人可以跟我先生講，是我要開車。我可是在孟加拉灣長大的，當我看著我媽在這種暴風中開車時，我老公還在德里跟一群娘娘腔的男學生混呢。所以我建議我先生只管好好坐在一邊，除非我允許，否則連個屁都不要放。」

艾爾沙娜以時速三公里的速度開在空蕩蕩的漆黑大路上，同時強風以時速一百一十公里的速度殘酷地撞擊所有高層建物的頂端。

「英國就是這樣嗎！我搬到英國來就是為了避免這些。我再也不相信那個什麼『碗糕』先生了。」

「阿媽，是汪高先生。」

「從現在開始，他就是『瞎咪碗糕』先生，」愛爾沙娜瞪著狠狠的眼神爆出口。「管他是BBC還是不是BBC。」

阿奇家的電也沒了，但瓊斯一家人的準備周全，足以應付從海嘯到輻射外洩的各種災難。當伊格伯一家抵達，瓊斯家裡已經點起了數十盞瓦斯燈、花園蠟燭和夜燈。前門和窗戶也飛速用硬紙板加以強化，花園的樹木和樹枝也拿繩子綁在一塊兒。

「事先準備就是這麼回事，」阿奇說著，打開大門，迎接危急的伊格伯家和他們滿手的東西，像個DIY國王歡迎無依無靠的難民。「我說，你總得好好保護你的家人嘛，是不是？也不是說你在這方面輸了，你知道我的意思，只不過事實就是：是我戰勝了這暴風。我都跟你講過了，伊格伯，都跟你講過一百萬次了：要檢查你的支撐牆，如果它們沒有處在絕佳的狀況，那你就完了，老兄。真的就完了。而且屋子裡一定要留一把氣動扳手，這絕對不能少。」

「真是棒透了，阿奇博德，那我們可以進來了嗎？」

阿奇往裡面退一步。「當然當然。老實說，我也預料到你會來。你從來也沒真的搞懂鑽孔機跟螺絲起子的差別，伊格伯。你理論很行，但從沒抓到實務的竅門。上去吧，到樓上，小心那些夜燈。這點子不錯吧，嗯？哈囉，艾爾沙娜，妳看起來美麗依舊，哈囉，米列特小子，你這小壞蛋。喏，山姆，說真的：你有什麼損失？」

山曼德怯懦地重新計算至今的損失。

「啊，你看看，不是鑲崁玻璃的問題，玻璃很好，那是我安上去的。一定是窗框，我敢打賭，一定是從那面破牆開始裂的。」

山曼德不情願地同意了這個說法。

「我敢說，再下來還會更糟呢。那，已經發生的就發生了。克羅拉和愛瑞在廚房。我們有一座德國本生火爐，食物馬上就好了。真是他媽的厲害的暴風啊，是不？電話都斷了，電也停了，從沒見過這樣的。」

廚房裡籠罩著不自然的冷靜。克羅拉正在攪拌豆子，靜靜哼著水牛城士兵，愛瑞趴在筆記本上，用十三歲小孩的專注寫著她的日記：

8:30 pm，米列特走進來，他真是超——帥的，也超讓人火大的。還是跟平常一樣穿緊身牛仔褲，看都不看我一眼（老是這樣，要不就是用那種友善的方式）。我愛上了一個笨蛋（豬頭我）！如果他有他哥的頭腦……喔……呸呸呸。我是少女思春，而且還有少女肥——啊！暴風還是一樣亂掃。不說了，等下再寫。

「嗨，」米列特說。

「嗨，」愛瑞說。

「這真是瘋了，嗯？」

「對，瘋了。」

「我爸發飆，房子也毀得一團糟。」

「就是，這裡也是一團亂。」

「如果不是我，妳哪還有地方待，小女孩，」阿奇說著，又把鐵釘敲進一塊硬紙板。

「威斯敦最安全的房子就屬這裡了。從這裡幾乎感覺不出來有暴風。」

「是喔，」在阿奇用木頭和釘子把天空完全遮住前，米列特恐懼地朝窗外狂甩的樹木瞥了一眼。「就是這樣才危險。」

山曼德捏住米列特的耳朵。「你不要厚臉皮了。我們知道自己在做什麼。你別忘了，阿奇博德和我連最糟的情況都碰過。在戰場上只要一個不小心就會丟命，子彈在你屁股旁邊呼嘯而過，還要把五人用的坦克修好，並在最惡劣的情況下把敵人制服，那我告訴你，暴風也不過是個小問題罷了，和那時候比起來根本就是芝麻綠豆。沒錯，一點都不夠看，」山曼德咕噥。兩個孩子和孩子的媽都裝做沒聽到。「有誰要豆子？我要裝盤子了。」

「又有人在講故事了，」艾爾沙娜說：「如果我們整晚都得聽這些老兵吹噓，那可真的是會無聊死。」

「你說嘛，山曼德，」阿奇跟他使了使眼色：「跟我們說說蒙格．潘達的故事，那個真的很好笑。」

一陣「不要～」的怨聲響起，大家紛紛做出割斷脖子和窒息的動作。

「蒙格．潘達的故事，」山曼德抗辯。「可不是件好笑的事，而是一個警醒，我們之所以有現在都是因為他。他是現代印度的創立者，一個歷史的大偉人。」

艾爾沙娜嗤之以鼻。「胡說八道，每個笨蛋都知道甘地才是偉人，要不然也是尼赫魯[62]，或阿卡巴[63]，只不過阿卡巴駝背鼻子又大，我向來不喜歡他。」

---

62 Jawaharlal Nehru，印度獨立後的首任總理，也是甘地的繼承人。

63 Akbar，為印度蒙兀兒王朝第三代皇帝，將蒙兀兒王朝推向名符其實帝國之路，有「大帝」之稱。

「媽的！女人，不要講些沒大腦的話。妳知道什麼？事實上不過就是市場經濟、宣傳、電影票房這麼簡單。問題是：那些滿口白牙的大帥哥是不是願意演你之類的。甘地還有班·金斯利來演他——算他走運——但有誰會想要演潘達？潘達根本就不夠帥，是不是？太印度臉了，濃眉大鼻的。這也是為什麼我總是得跟你們這些忘恩負義的人講一、兩件蒙格·潘達的事情。如果我不講，就沒有人會講了。」

「聽著，」米列特說：「我來說個短一點的，曾祖父他——」

「是你曾曾祖父，笨蛋，」艾爾沙娜糾正。

「隨便。他決定要操那些英國鳥——」

「米列特！」

「要反抗那些英國人，全是他自己的意思，嗑大麻嗑過頭，還想要射死隊長，但沒中，然後想射死自己，又沒中，結果就被絞死——」

「是吊死。」克羅拉心不在焉地說。

「應該是講絞死還是吊死？我去拿本字典。」阿奇說著，放下槌子爬下櫥櫃。

「隨便。故事結束，無——聊。」

這時一棵大樹——就是那種北倫敦特有，樹幹會分支然後形成一大片樹蔭，也是遷移的喜鵲最愛在都市落腳的樹，這樣的一棵大樹將自己從一堆狗屎和一大片水泥地中連根拔起，搖搖晃晃往前踏了一步後發眩跌倒，撞穿排水道，雙層鑲嵌玻璃，撞穿硬紙板，打翻了瓦斯燈，然後落在阿奇剛剛才離開的地方。

阿奇第一個跳出來反應，拿條毛巾向沿著廚房軟木磚前進的小火苗丟去。其他人都嚇得哭叫，同時檢查彼此有沒有受傷。阿奇DIY國王的崇高地位顯然因此受到威脅，並企圖扳回所有控制權，他用廚房的碎布把幾根樹枝綁在一塊兒，並命令米列特和愛瑞到屋子裡把煤氣燈都熄掉。

「我們總不希望被活活燒死吧？我最好得找些黑色膠帶，趕快做點什麼才行。」

山曼德難以置信地說：「趕快做點什麼才行，阿奇博德？半棵顆樹都砸到廚房來了，我不知道黑色膠帶能夠幫到什麼忙？」

「天啊，我好害怕，」克羅拉在暴風減緩之際幾分鐘的沉默中結結巴巴的說：「太安靜是不好的徵兆，我祖母——願上帝讓她安息——她總是這麼說。這種安靜只是上帝下一回合爆發之前停下來喘口氣罷了。我想我們應該到別的房間去。」

「這是這頭唯一的一棵樹了，我們最好留在這裡。最糟的情況已經過了。而且……」阿奇深情地碰碰妻子的手臂。「你們包頓家更糟的都遇過呢！看在老天的份上，你媽還是在大地震裡生出來的。一九〇七那年，整個京斯頓都毀了，荷坦絲還蹦到這地球來，像這樣的小風暴根本就嚇不了她。真是狠角色，那個人。」

「這無關什麼狠角色不狠角色，」克羅拉站起來，從破掉的窗戶望向外面的一團混亂，靜靜的說：「這都是僥倖。僥倖和信仰。」

「我建議我們來禱告，」山曼德邊說邊拿出他小巧的可蘭經。「在造物主今晚徹底發威後，我建議我們承認祂的威力。」

山曼德開始翻來翻去，找到了他要的那一頁，尊貴地把可蘭經移到他老婆鼻下，結果只見對方把經書甩上，死死瞪他。不信神的艾爾沙娜，對於神的話語仍然抱持不置可否的態度（好的教育，合宜的父母，喔是喔），她除了信念之外什麼都不缺，並已準備好要做一件只在危急時才會做的事：背誦。「我不信你所信，你也不信我所信，我永遠不會信你所信，你也永遠不會信我所信。你有你的信仰，我有我的。以上取自可蘭經一〇九章，企鵝文庫道伍譯本（N. J. Dawood）。現在，有沒有人，」艾爾沙娜看著克羅拉說：「拜託提醒我先生一下，他不是什麼曼尼洛先生[64]，也沒有讓全世界跟著他齊唱的好歌，所以，他只管唱他的，我照樣唱我的。」

山曼德輕蔑地回過頭來，雙手僵硬放在經書上。「有誰要和我一起禱告的？」「抱歉，山姆，」一個悶悶的聲音傳來（阿奇頭伸進櫥子裡找垃圾袋）。「那也不是我的調調，我向來就不是上教堂的人。沒有冒犯的意思。」

寧靜無風又過了五分鐘，隨之而來的卻是一陣狂暴，上帝再次怒吼了，正如安姆博西雅．包頓對她孫女所說的話。雷聲劈過房子，好像某人臨死前的怒吼，跟隨在有如其最後詛咒的閃電之後，山曼德閉上了眼睛。

「愛瑞！米列特！」克羅拉狂叫，艾爾沙娜也一樣，但沒有任何回應。阿奇突然站直身子，頭撞到上層放調味料的架子。「都過十分鐘了，喔，天啊，孩子們是跑哪去了？」

一個孩子在吉大港，被朋友挑釁，要他脫去腰布走過出了名的鱷魚潭；另外兩個跑到房子外去感受颱風眼，逆風而行，就像在深及大腿的水中行走。他們步履艱難地來到威斯敦的遊戲廣場，並發生以下的對話：

「這真是太驚人了！」

「對，瘋了！」

「妳才瘋了！」

「什麼意思？我很好啊！」

「不，妳才怪。妳老是在看我。還有妳剛在寫什麼東西？蠢蛋一個，老是在寫東西。」

「沒什麼，就一些東西，你知道，日記什麼的。」

「妳煞到我了。」

「我聽不到！大聲一點！」

「**妳在哈我！超明顯的！妳聽得很清楚！**」

「我才沒有！你這個自大的傢伙。」

「妳在肖想我的屁股。」

「別蠢了！」

「哼，反正也最好不要。妳變得有點大隻，我不喜歡太大隻的女人。妳死了這條心吧。」

「我也不想，自大狂先生。」

「而且，想想我們的孩子會長成什麼樣？」

「我倒覺得不會太差。」

「褐中帶黑，黑中帶褐。爆炸頭、扁鼻子、兔牙和雀斑。根本就是怪胎！」

---

64 Barry Manilow，著名的情歌手，被倫敦時報評為當代偉大歌手之一。

「你儘管說啊。我也看過你祖父的照片。」

「是曾曾祖父——」

「鼻子超大，可怕的眉毛——」

「那是藝術家的特質，妳這個第一名！」

「他們還會發瘋——他真的瘋了——你們一家都瘋了。這是遺傳。」

「對，對，隨便妳講。」

「我告訴你，反正呢，我才不喜歡你。你的鼻子歪了，而且老是惹麻煩。誰會喜歡麻煩？」

「那就小心了，」米列特說著，身體往前傾，撞上幾顆暴牙，舌頭瞬間伸進去又縮了回來。「妳會有的麻煩就只有這些了。」

一九八九年一月十四日

米列特像貓王一樣兩腿一開，把皮夾子甩在櫃檯上說：「布拉福特一張，啊？」售票員疲倦的臉湊到玻璃窗上：「你是在拜託我還是在命令我，年輕人？」

「我剛說，到布拉福特一張，不行嗎？你有問題嗎？聽不懂英語啊？啊？這裡是王十字區不是嗎？布拉福特一張，懂了沒？」

米列特的同夥（雷吉、拉尼爾、迪派西和席方）在他身後搖晃竊笑，呼應著啊這啊那的，就像一幫撐腰兄弟。

「不說請？」

「請什麼啊？布拉福特一張啊？你聽懂了沒？布拉福特一張，你這第一名你。」

「來回嗎？兒童票？」

「對，靠，我十五歲，行嗎？當然要來回，我跟大家一樣還有個家要回。」

「那，總共七十五鎊，謝謝。」

米列特和他的同夥這時不爽了。

「什麼？還講什麼自由！七十……我靠，操，超不爽的，我才不付這七十五鎊哩！」

「那，很抱歉價格就是這樣。等你下回搶了哪個老女人的錢再來吧，」售票員看著米列特耳朵、手腕、手指和脖子上那堆厚重金飾說：「你可以先來買票再到珠寶店去。」

「自由！」席方尖叫。

「他在詛咒你啊？」拉尼爾加油添醋。

「你最好給他點顏色瞧瞧，」雷吉警告。

米列特停了一會。時機就是一切。接著他轉身，把屁股翹在空中，朝著售票員放了一個又響又長的屁。

裡面的工作人員迸出一句。「*Somokami*（死玻璃）！」

「你叫我什麼？你——你剛說什麼？你這小雜種。不會講英文嗎？一定要講你那什麼巴基話？」

米列特的拳頭朝玻璃狠狠一擊，力道之大，讓另一端販賣前往密爾頓・凱因斯車票的售票員都感受到了。

「第一，我不是巴基佬，你這瞎了眼的豬。第二，你聽得懂英文吧？啊？我就明白告訴你，你是操他媽的被雞姦，死兔子，肛交狂，爛人妖，玻璃鬼。」

米列特一夥人最驕傲的就是可以講出這麼多罵同性戀的話。

「捅屁眼，搞兩條，蹲著尿。」

「你得感激上帝，我們之間還隔著這塊玻璃，小鬼。」

「是喔、是喔、是喔，我還感謝阿拉哩，我希望祂把你操到死。啊？我們就是要到布拉福特去揪出你這種人，啊？你這第一名！」

在前往十二號月臺的中途，他們幾個才打算要偷偷跳上火車，就被王十字區的一名警衛攔了下來。「你們幾個不是想找麻煩吧？」

這是個很合理的問題，因為米列特一票看起來就像是惹麻煩的。當時，像他們這一型專找麻煩的人有個名字，是特別的族群：叫雷基鬼。

這是個新族群，剛出現在其他街頭混混的幫派中，像是點頭小子、街頭小子、印度小鬼、野孩子、瘋子樂、粗魯幫、嗑藥幫、雪倫幫、崔西幫、K夫幫、國民黑鬼、雷鬼幫和巴基佬等，而這新族群的名字明白顯示出自己是後三種族群的綜合體。雷基鬼說的操是一種混合牙買加方言、巴基斯坦、古扎拉地及英語的腔調。他們的特質和宣言（如果可以這麼說）根本就是個大雜燴：感覺好像信仰阿拉，但比較像把阿拉當幫裡大哥崇拜，而不是拿祂當至高無上的神明。成員都像怪咖，有必要的話會在街角打鬥，每個都壯得跟什麼一樣；功夫和李小龍的行徑也算他們的中心哲學，外加一知半解胡亂拼湊成的黑人力量（受人民公敵合唱團的專輯對黑人星球的恐懼[65]影響而成型），但他們最主要的使命就是讓無敵回到他們印度人身上，讓壞胚子回到他們孟加拉人身上，讓耍屌回到他們巴基斯坦人身上。之前有人很幹雷吉迷西洋棋、穿V領，有人很幹拉尼爾坐在教室後面，那麼認真地把老師的每句話抄在課本上，有人很幹狄派西和席方穿著他們的傳統服裝到操場玩，甚至有人很幹米列特的緊身牛仔褲和白人搖滾樂。但現在沒有人敢再幹他們了，因為他們無疑就是大麻煩。看起來就是那種典型找麻煩的人。當然，他們的穿著也有一定的樣子。每個人脖子上都有一條金項鍊；印花手帕不是繞在額頭就是綁在手或腳關節；褲子穿得很大、很垮，而且左腳褲管無論如何就是要捲到膝蓋。鞋子也是不得了，鞋口非得高到包住腳踝，棒球帽更是必備，不僅要壓得很低，更絕對不能脫，最後每一樣、每一樣、每一樣都必須是耐吉的。不管他們五個人到哪裡，給人的印象就是一大坨人，和一個非常大的公司符號（意指耐吉的符號），他們走路也有一種特別的樣子，左邊的身體好像癱瘓似的要右邊的身體來撐，這種誇張耍酷的行走方式，就像葉慈在構思他筆下那種百年巨獸的時候腦海會浮現的景象。當嗑藥的人還在恣意享受愛的夏日時，不過十幾來歲的米列特一夥正懶懶散散朝布拉福特前去。

「不找麻煩，行不行？」米列特對警衛說。

「只是要去……」席方起了個頭。

「……布拉福特。」雷吉接上。

「處理事情，啊？」迪派西解釋完成。

---

65 人民公敵（Public Enemy）合唱團所出過的一張HIP-HOP專輯Fear of A Black Enemy，成為後代饒舌先鋒，專輯中描述一些黑街生活，黑人民權及社會良知。

大家趁機溜進火車時，席方還給了警衛一根中指，大喊。「掰掰！這位大哥！」然後用屁股在關起的門上磨蹭。

「坐窗戶邊，啊？不錯喔，非在這邊抽根菸不可，啊？我真是他媽的龜。這整件事，各位，那個他媽的怪胎，操，他是他媽的豬頭——我鐵定把他操到死。」

「他真的會在那裡嗎？」

只要是重要問題都要問米列特，而米列特也會代表大家回答。「不可能，他不會在那裡，只有一些弟兄會在那裡。那是他媽的示威，你第一名啊，他去參加反對他的示威幹啥？」

「我只是想說，」拉尼爾受傷地說：「如果他在那裡，你知道，我就操死他，啊？他寫那操他媽的下流的書。」

「真是他媽的恥辱！」米列特說，把泡泡糖吐到窗戶上。「我們在這國家真是受夠了。現在要靠我們自己爭取，老兄。無賴！他是操他媽的下人，白人的傀儡。」

「我叔叔說他甚至連字都不會拼，」席方忿忿不平地說，他算是這一幫人中最虔誠的了。「還敢說什麼阿拉！」

「阿拉會操死他，啊？」雷吉大叫，他是最沒知識的一個，以為上帝是某種耍猴戲的和布魯斯．威利混合的人。「他會踢得他睪丸開花。什麼下流的書！」

「你們都看過了？」拉尼爾問，火車呼嘯著經過芬斯伯里公園。

大家停頓了一會。

米列特說：「我是沒真的給它看過——但那些狗屎我都知道，行吧？」

嚴格來講，米列特根本就沒看。他對這位作者毫不了解，對這本書一竅不通，就算把它擺在一排書中也無法分辨出來，也沒辦法從一群作者裡挑出他來（當然囉，這一排都必須是曾經引發爭議的作者：像是蘇格拉底、普洛達哥拉斯、奧維德、朱文納爾、瑞克里芙．霍爾、巴斯特納克、D．H．勞倫斯、索忍尼辛和納伯可夫等，全都像嫌犯一樣拿著號碼牌等待拍照，在閃光燈中睥睨斜視）。不過他知道其他的事情。他知道自己——米列特——不管來自何處，終究還是巴基斯坦人，聞起來有咖哩的味道，沒什麼性別認同，搶人家的工作，或沒有工作到處乞討，或只把工作給自己的親戚。他們可以成為牙醫、店老闆或端咖哩的服務生，就是不能成為足球員或拍電影的人，他們應該回到自己的國家，或留在這裡賺他媽的生計。他們崇拜大象，纏頭巾。那些看起來像米列特、說話像米列特、或感覺起來像米列特的人，不曾有過什麼新聞，除非是他最近被殺了。簡而言之，他知道他在這個國家沒有臉、沒有聲音，直到上上星期，突然有像米列特這樣的人出現在每家電視臺、每個收音機頻道和每份報紙上，他們非常氣憤，而米列特認出了這股氣憤，也覺得這股氣憤認識他，他要用雙手緊緊握住。

「所以……你沒看過？」拉尼爾緊張地問。

「聽著，你最好相信我不會花錢去買那種垃圾，操。沒有的事，老兄。」

「我也不會。」席方說。

「沒錯，大哥。」雷吉說。

「他媽的下流東西。」拉尼爾說。

「十二鎊九十五便士吶，你知道嗎！」迪派西說。

「何況，」米列特的音調高了點，但帶著沒得商量的語氣說：「你根本就不需要去讀那些垃圾才知道它不敬，你聽懂了吧？」

回到威斯敦，山曼德．伊格伯同樣對著晚間新聞大聲發表同樣觀點。「我不需要去念它。相關的那一段已經有人影印給我了。」

「有沒有人可以告訴我先生，」艾爾沙娜對著電視播報員說：「他根本就不知道那本書在講什麼，因為他最近念的東西是他媽的英文字母A到Z。」

「這是我最後一次叫妳閉嘴，讓我好好看新聞。」

「我聽到有人在亂吠，但顯然不是我。」

「妳不了解嗎，女人？這是這國家有史以來對我們最重大的事情，這是個緊要關頭，是個警醒，是個重大時刻，」山曼德用拇指在音量鍵上猛按好幾下。「這個女人——莫伊菈什麼的——講話不清不楚。連話都講不好了，還跟人家報什麼新聞？」

莫伊菈突然在某個句子中出現。「……作者否認有不敬，並宣稱這本書是有關世俗及宗教對生命觀點的掙扎。」

山曼德咆哮。「什麼掙扎！我沒看到有什麼好掙扎。我就協調得很好。所有細胞情況都好得很，哪有什麼情緒困擾？」

艾爾沙娜殘酷地大笑。「我先生他媽的每一天都在腦筋裡打第三次世界大戰，其他人也都一樣——」

「沒有、沒有、沒有，沒有掙扎。他在打什麼算盤，啊？不要以為用理性就可以粉飾過去。理性！太高估了西方道德了！喔不。事實是他純粹就是要冒犯——而且已經冒犯了——」

「聽著，」艾爾沙娜插話進來。「我們姊妹淘聚在一起的時候，就算有不同的意見也都可以解決。例如，莫荷娜．赫賽討厭戴瓦吉德辛，討厭他的所有電影，討厭他討厭得要死。她喜歡其他睫毛長得像女人的豬頭！但我們還不都容忍下來。我也沒有去燒掉她家的任何錄影帶啊。」

「這根本是兩碼子的事，伊格伯太太，養了魚的茶壺還算茶壺嗎？」

「喔，女人團體的情緒可是很高張的——這顯示山曼德．伊格伯知道的有多少。但我和山曼德．伊格伯不一樣。我會管束我自己，我讓自己活，也讓別人活。」

「這跟讓不讓別人活根本沒關係。這是捍衛自己的文化，保護自己的宗教不被殘害。很明顯地，妳根本就完全不了解。總是忙著那些沒營養的北印度玩意兒，根本懶得關心妳自己的文化！」

「我自己的文化？我倒要請問那是什麼？」

「妳是個孟加拉人，就要表現得像個孟加拉人。」

「那請問，老公，孟加拉人又是什麼？」

「不要擋住電視機，注意看。」

艾爾沙娜拿出《波羅的海—大腦》，二十四冊讀者文摘百科全書中的第三冊，把相關的一段念出來：

孟加拉共和國的居民絕大部分是孟加拉人，多半為印度阿利安人的後裔，自幾千年前開始從西方遷入這個國家，和當地不同族群的孟加拉人混血而成。少數種族包括恰克瑪、穆護及蒙古人種，多住在吉大港丘特區一帶。聖多人主要是現今印度移民的後裔，隸屬非孟加拉穆斯林的比哈瑞人則是印度分割後移民過來。

「喔伊，先生！印度阿利安人……看來我終究還是個西方人！也許我應該聽聽蒂娜・透納的歌，穿那種小巧可愛的皮裙。呸，這就證明——」艾爾沙娜用她的英文說：「就算回到以前再以前再以前，要找到正牌的胡佛吸塵袋都比在這地球上找到一個純種的人、一個純淨的信仰簡單多了。你覺得有誰是英國人？真正的英國人？那根本就是神話！」

「我不知道妳在說些什麼，妳根本就不知道自己在說什麼。」

艾爾沙娜舉起百科全書。「喔，山曼德．彌亞，你想把這個也燒了嗎？」

「聽著，我現在沒時間跟你瞎鬧。我還想看這則重要的新聞。布拉福特有大事情在發生。所以，如果妳不介意——」

「喔，我的天啊！」艾爾沙娜尖叫，臉上的笑容消失，她在電視機前跪了下來，用手掠過焚燒的書看到一個熟悉的面孔，正透過電視機對她微笑，她那相片中長子的弟弟，她那搞怪的次子。「他在那裡做什麼？他瘋了嗎？他以為他是誰？他到底在那裡做什麼？他應該在學校的！已經到了連小朋友都在燒書的時代了嗎。啊？我不相信！」

「和我無關。這是警醒，伊格伯太太，」山曼德坐回他的躺椅，冷冷地說：「這是警醒。」

▼

那晚米列特回到家裡，只見好大的營火在自家後院焚燒。燒的全是他的東西——四年來，他用來耍酷的東西，不管是成為雷基鬼之前還是之後，每一張唱片，每一張海報，每一件珍藏版T恤，收集並保存了兩年以上的酒吧廣告，美麗的氣墊休閒鞋，從二〇〇〇年起廣告雜誌第二十期到七十五期影印留下來的作品，人民公敵主唱查克·D的簽名照，幾乎已經找不到的傳奇饒舌歌手史利克·瑞克的《嗨，年輕世界》（*Hey Young World*）和《麥田捕手》，他的吉他，《教父》第一和第二集，《殘酷大街》（*Mean Streets*），《鬥魚》（*Rumblefish*），《熱天午後》（*Dog Day Afternoon*）和《神探少夫特》（*Shaft in Africa*），全都放進火葬堆裡。一陣塑膠和紙屑的濃煙，從這堆悶燒的灰燼中散發出來，刺痛了這個男孩的眼睛，那早已充滿淚水的眼睛。

「每個人都要學點教訓，」艾爾沙娜說，數小時前她狠心點燃手中的火柴。「除非每樣東西都是不可侵犯的，要不就沒有東西是不可侵犯的。他既然燒掉人家的東西，就會失去一些寶貴的東西。每個人都會得到報應，這只是遲早的問題。」

一九八九年十一月十日

有面牆要倒了。這是件和歷史有關的事。是歷史性的一刻。沒人真正知道誰蓋了這座牆，又是誰要把它拆了，拆了是好或不好、還是會怎樣，沒人知道它多高，多長，以及人們為什麼要因跨越它而死亡，而未來又能不能因此免於死亡，但它依然具有教育性，就跟其他事情一樣，是讓大家聚在一起的好藉口。那是星期四的晚上，艾爾沙娜和克羅拉煮了飯，每個人看著電視機裡歷史性的一刻。

米列特和愛瑞伸出他們的盤子，要爭奪第一個位置。

「誰還要飯？」

「現在怎麼樣了？」克羅拉拿著一碗牙買加煎餃衝回她的座位上，愛瑞則從碗裡捏了三個。

「一樣，靠，」米列特咕噥。「一樣、一樣、都一樣。還不就是在牆上跳舞，用槌頭亂敲。管他怎樣，我要看其他臺在演什麼，啊？」

艾爾沙娜把遙控器一把搶過來，擠進克羅拉和阿奇之間。「這位先生，你休想。」

「這具有教育性，」克羅拉慎重地說，她臂上夾著便條紙，這樣一出現任何具教育性的建議就能馬上抄下來。「這是那種我們大家都應該要看的事。」

艾爾沙娜點點頭，等兩塊奇形怪狀的小肉餅滑落咽喉。「我就是這樣跟小孩講的。這是個大事情，頂級的歷史事件，以後你的小伊格伯會拉著你的褲子，問你當時在哪裡——」

「我會說我嗝屁無聊得在看電視。」

米列特的頭因為「嗝屁」兩個字和無禮的言論而遭到兩記毒打。愛瑞穿著她千篇一律的裝扮，戴著反核武徽章，布滿石刻文字的褲子，和那頭圓圓的頭髮，看起來跟那些爬在牆上的群眾一樣，她用悲傷而難以置信的表情搖了搖頭。她現在正是那種年紀。不管她說什麼，都是沉默幾世紀的天才會講的話。不管她碰觸到什麼都是第一次接觸。不管她相信什麼，都不只是純粹的信仰，而是鐵錚錚的事實。不管她在想什麼，都是前無古人的見解。

「這完全是你的問題，米列特。對外面的世界毫無興趣。我覺得這事真是太驚人了，他們都自由了！在這麼多年以後，你不覺得很令人吃驚嗎？這麼多年來困在東方共產主義的陰霾下，現在要邁向西方民主的光芒，完成統一，」她忠實地節錄晚報上的字句說：「我覺得民主是人類最偉大的發明。」

艾爾沙娜個人認為克羅拉的小孩最近變得超級自負，她夾起一塊牙買加煎魚頭並出言抗辯。「不，親愛的，不要搞錯了，馬鈴薯剝皮器才是人類最偉大的發明。要不也是撿糞鏟。」

「他們需要的，」米列特說：「就是少在那邊拿槌子胡搞瞎搞，只管拿些炸藥把那鬼東西給炸了，你懂我的意思吧？這樣豈不快多了？」

「你怎麼這樣說？」愛瑞狼吞虎嚥吃下一個餃子，怒氣沖沖地說：「根本就不像你說的話，聽起來太可笑了。」

「妳自己才要小心那些餃子，」米列特說著，拍拍肚子。「太胖了可不好看喔。」

「喔，你閃一邊去。」

「你們知道，」阿奇咕噥，津津有味地吃著雞翅。「我不是那麼確定，這樣做到底是不是一件好事。我的意思是，你們要記得，我和山曼德，我們當時在那裡。相信我，我們有很好的理由把德國拆成兩半。這是分裂與征服，小女孩。」

「我的老天，爸，你在講什麼啊？」

「他沒講什麼，」山曼德嚴厲地說：「你們年輕人都忘了為什麼有些事情會變成這樣，都忘了這些事的重要性。我們當時在那裡，不是每個人對德國統一都有美好的想法。那是不同的年代，小女孩。」

「一些人爭取自己的自由有什麼不對？看看他們，看看他們多麼高興。」

山曼德看著那些高興的人在牆上跳舞，湧上一股輕視，而心底更令人難以忍受的可能是嫉妒吧。

「不是說我不認同反抗行為本身。純粹是因為如果你要破壞舊的秩序，一定要確認有辦法提供一個具體的東西來取代，這也是德國人需要了解的。就拿我曾祖父蒙格．潘達的例子來說——」

愛瑞嘆了有史以來最大口的氣。「如果又是同樣的故事，就不必了吧。」

「愛瑞！」克羅拉覺得自己必須做些反應。

愛瑞感到惱怒，氣嘟嘟的。

「他說話的樣子好像什麼都懂。每件事情都跟那個人有關——我可是在講現在、今天，講德國。我跟你賭——」她轉身對山曼德說：「我比你都要了解這件事情。來啊，考我啊，我都研究得一清二楚了。喔，還有，你們當時才沒在那裡，你和爸一九四五年就離開了，而他們是在一九六一年才建了那道牆。」

「冷戰，」山曼德完全不予理會，故意酸溜溜地說：「他們已經不談熱血沸騰的戰爭了，那種男人死在沙場上的戰爭，也是我了解歐洲的地方。這些在書裡面是找不到的。」

「喔伊、喔伊，」阿奇企圖冷卻這口角。「你們知道《最後的夏日美酒》（*Last of the Summer Wine*）再十分鐘就要演了吧？在BBC第二頻道。」

「來啊，」愛瑞不退讓，把腳蜷縮起來轉身面對山曼德。「考我啊。」

「書本和親身經歷之間的鴻溝，」山曼德嚴肅地吟詠。「就像一片寂寞的海。」

「對，你們兩個淨講一堆屁——」

還沒說出口，克羅拉一巴掌迅速摑上她耳邊。「愛瑞！」

愛瑞靠回椅子上，心中的惱怒更勝於挫敗。她把電視聲音轉得好大。

一條二十八公里長的傷痕，分割東邊與西邊世界最醜陋的記號——已經不再具有任何意義了。幾乎沒有人，包括播報員本身，會想到能在有生之年看到此事發生。然而昨晚，就在午夜鐘聲響起後，數以千計在這面牆兩側逗留的人，在一聲吶喊後開始湧進檢查站並攀越這道牆。

「愚蠢。大量移民的問題就會接踵而來了，」山曼德對著電視機說，他拿起一個餃子沾了些蕃茄醬。「根本就不能讓一大票人進入有錢的國家。自找麻煩。」

「他以為他是誰？邱吉爾先生嗎？」艾爾沙娜譏笑。「是隻原裝的滑溜鰻皇家變種英國牛頭犬嗎？」

「傷痕，」克羅拉說著把它寫下來。「就是這個詞，是不是？」

「我的老天，你們了解一下這件事情的深遠意義好不好？這是一個政權的末日。一個政治天啟，瓦解了。這無疑是歷史性的一刻。」

「怎麼大家還是繼續在講，」阿奇翻閱著電視頻道節目表：「不然ＩＴＶ頻道的《氪氣元素》（*The Krypton Factor*）怎樣？一直都還滿好看的，嗯？現在在演了。」

「不要再說『無疑是什麼』了好不好，」米列特受不了這些矯揉做作的官話。「操，妳為什麼就不能跟大家一樣，直接說『是』就好了？為什麼總要這麼假腥腥？」

「喔，雞歪哩！」（她愛他，但他們是不可能的）「這是他媽的有什麼差別？」

山曼德站了起來。「愛瑞！這是我的家，妳還算是客人，不准在我家裡這樣說話！」

「很好！那我就到街上去跟那些無產階級的人說。」

「她啊，」等家門被重重甩上後，艾爾沙娜嘖嘖說道：「無疑是同時吞下了一本百科全書和一條臭水溝。」

米列特對他媽嘖了一聲。「操，妳不要也開始喔。就講『是』不行嗎？為什麼這房子裡的人老愛操他媽的擺架子啊？」

山曼德手指向門口說：「好，這位先生，你不能這樣跟你媽說話，你也給我出去。」

米列特衝回自己房間後，克羅拉靜靜地說：「我不認為，我們應該壓抑孩子自己的想法。他們能自由思考是件好事。」

山曼德輕蔑地說：「妳又懂個……什麼了？妳又做了什麼自由思考了？還不就每天待在家裡看電視？」

「你說我什麼？」

「恕我冒犯，但這世界是很複雜的，克羅拉。這些孩子應該要了解的一點是：人要生存就得有規矩，而不是靠異想天開。」

「他是對的，妳知道，」阿奇熱切地說，把煙灰彈進空的咖哩碗裡。「情緒問題——沒錯，正是妳們最擅長的——」

「喔——女人搞的是吧！」艾爾沙娜滿嘴咖哩，開口尖叫。「真是謝謝你喔，阿奇博德。」

阿奇努力把話講完。「但妳們是不可能打敗經驗的，不是嗎？我是說，妳們兩個就某方面來說還很年輕。而我們——我是說我們就像經驗的泉源可以讓孩子們利用，妳知道，就是一旦他們有需要，我們就像百科全書。而妳們就是沒辦法給他們我們所能提供的，怎麼說都是這樣。」

艾爾沙娜把手掌放在阿奇額頭上輕輕敲了幾下。「你這個笨蛋，你不知道你們就像馬車和蠟燭一樣早就落伍了嗎？你不知道對他們來說你們又老又臭，就像昨天拿來包炸魚和薯條的廢紙。我要同意你女兒講的一個重點，」艾爾沙娜起身，跟在克羅拉後面，克羅拉被這最後的汙辱所激怒，帶著眼淚走進了廚房。「就是你們兩位先生，老是講得好像什麼都懂似的。」

只剩下他們兩個，阿奇和山曼德，在彼此滾動的眼珠和扭曲的微笑下，明白自己遭到兩個家庭的遺棄。他們靜靜坐了一會兒，阿奇的拇指熟練地按著遙控器轉換電視臺，歷史性的一刻，澤西島的古裝劇，兩人築筏三十秒，棚內墮胎大辯論，然後又回到歷史性的一刻。

喀喀喀喀喀

「留在家？去酒吧？歐康尼爾？」

阿奇的手正想伸進口袋拿出那枚閃亮的銅板，隨即發現似乎也沒這個必要了。

「歐康尼爾？」阿奇說。

「歐康尼爾？」山曼德說。

10 蒙格．潘達的過去

最後，還是歐康尼爾的店，想來想去，還是歐康尼爾的店。因為在這裡你可以忘記家庭，忘記財產地位，忘記過去的光榮和未來的希望，你可以身無一物地推門進來，就跟在座每一位一樣。管他外面是一九八九、一九九九或二〇〇九，你還是可以坐在吧檯邊，穿著你在一九七五、一九四五或一九三五年婚禮上穿的V領上衣。這裡什麼都不會變，事情只會一再傳述，一再回憶。這也是為什麼老人喜歡這裡的原因。

這都跟「時間」有關。不只跟時間的靜止有關，還跟它的純淨和豐沛有關。而且量重於質。這很難解釋，但如果有個公式……就會類似：

花在這裡的時間
本來可以花在其他有用地方的時間
×享受×被虐待狂＝為什麼我會是常客

這可以合理化、並解釋為什麼大家一再光臨，就像佛洛伊德的孫子所玩的「不見了─在那裡[66]」的遊戲，同樣可悲的模式。不過「時間」是其中真正關鍵所在，當你花了一定的

66 佛洛伊德曾提過其孫子玩的一種遊戲叫「fort-da」，意指以為不見了，又看到它在那裡，反覆著同樣的循環。

時間，大量投資在某個地方，你的信用就會大增，好像要把時間銀行給擠爆一樣。在投資了這麼多時間後，你會想待在這裡，直到得到回饋——即便永遠不可能發生。

花在這裡的時間帶來了知識，也帶來了歷史。一九七四年，山曼德就是在**歐康尼爾**建議阿奇再婚。一九七五年，阿奇慶祝愛瑞出生，坐在第六桌吐得滿地都是。彈珠機旁的汙點，是山曼德在一九八〇年，被肌肉發達、種族歧視的醉鬼一記右鉤拳，噴出的第一滴老百姓的血。一九七七年，阿奇坐在樓下看著他五十歲的生日在一杯威士忌裡漂浮，像艘失事的破船與他相會。一九八九年除夕（不管是伊格伯還是瓊斯的家人，都沒表示想和他們一起慶祝邁入九〇年代），他倆樂得過來品嘗米奇的新年特餐：兩鎊八十五便士，有三顆蛋、豆子、兩大片吐司、蘑菇和一大片應景的火雞肉。

應景的火雞肉是額外賺到的。對阿奇和山曼德來說，重點是要來見證，來成為專家。他們來這裡是因為他們了解這裡，對這個地方瞭若指掌。尤其當你無法向孩子解釋，為什麼玻璃只在某種撞擊下粉碎，為什麼世俗民主和宗教信仰能在某個國家裡取得平衡，而德國當初又是在什麼情況下被分割成兩半，那麼，這種感覺就會很好，不，是很棒，這種你至少還了解某個地方、了解某個時代，而且是透過第一手的經歷，透過親眼目睹的情況，能夠當個權威，讓時間就一次，就這麼一次，和你站在同一陣線。說到歐康尼爾撞球酒吧的戰後重建和成長史，這世上恐怕沒有比阿奇和山曼德更好的歷史學家和專家了。

一九五二年

阿里（米奇的父親）和他的三個兄弟來到多佛港，身上僅有三十英鎊和父親的金懷錶。每個人的皮膚都很糟糕。

一九五四年—六三年　結婚；做些雜七雜八的工作，阿布杜·米奇出生，還有其他五個阿布杜和他們的表兄弟姊妹。

一九六八年　在南斯拉夫人開的乾洗店做了三年送貨員後，阿里和他的兄弟存了點錢，開了一家計程車行叫「阿里計程車」。

一九七一年　計程車生意非常成功，但阿里並不滿足。他認為自己真正想做的是「提供食物，讓人們快樂，偶爾還可以和人面對面聊上幾句」。他買下芬利奇路上，火車站舊址旁已經廢棄的愛爾蘭撞球酒吧，開始重新整修。

一九七二年　在芬利奇路上，只有愛爾蘭人的生意做得起來。所以儘管他是來自中東，開的又是咖啡餐飲而不是撞球店，阿里還是決定保留原來的愛爾蘭店名。他把所有裝潢漆成橘色和綠色，掛些賽馬的照片，店名註冊為「安得魯·歐康尼爾·尤素夫」。出於敬意，兄弟們慫恿他在牆上掛些可蘭經語錄，這樣他的複合式生意就會受到「妥善庇佑」。

一九七三年五月十三日　歐康尼爾酒吧開張做生意。

一九七四年十一月二日　山曼德和阿奇在回家路上，蹣跚經過歐康尼爾酒吧，就這樣進來吃了一餐。

一九七五年　阿里決定在牆上貼壁紙，以減少食物油漬。

一九七七年五月　山曼德玩吃角子老虎贏了十五先令。

一九七九年　由於心臟周圍膽固醇堆積，阿里死於心臟病發。阿里的家人認為他的死是因為吃豬肉對神不敬的結果。「豬」從此被驅逐在菜單外。

一九八〇年　重大的一年。阿布杜·米奇接掌歐康尼爾酒吧。在樓下設立賭博區以彌補不賣香腸的損失。兩張大撞球檯被拿來當「死桌」和「活桌」用。想要賭錢的人就到「活桌」玩。那些受宗教約束或沒錢的人就到「死桌」玩。這是個很成功的安排。山曼德和阿奇都在「死桌」上玩。

一九八〇年十二月　阿奇在彈珠機上創下有史以來最高成績：五一·九九八點。

一九八一年　阿奇在塞爾弗里奇百貨公司一家商店地上發現人家不要的維夫·理查人形立牌，便把它撿到歐康尼爾酒吧。山曼德要求把他曾祖父蒙格·潘達的照片掛在牆上。米奇拒絕，理由是「他的兩個眼睛靠得太近了」。

一九八二年　山曼德因為宗教因素，不再在「死桌」上玩，並繼續要求米奇掛上相片。

一九八四年十月三十一日

阿奇在「死桌」上贏了兩百六十八鎊又七十二便士。為他那輛破車換了四個美麗的倍耐力輪胎。

一九八九年除夕夜晚上十點半

山曼德終於說服米奇把照片掛上。不過米奇仍然覺得這張照片會「讓人食不下嚥」。

「我還是覺得它會讓人食不下嚥。而且今晚又是除夕夜，很抱歉，老兄。我沒有冒犯的意思，因為我的意見也不是他媽的神的意見，不過，這依舊是我的意見。」

米奇在劣質相框後面裝上掛繩，很快用圍裙把髒玻璃擦拭一下，然後不情願地把它掛在爐子上的掛勾上。

「我說，他看起來真是他媽的很噁心。那個八字鬍看起來就是一副下流的樣子。還有那副耳環是幹麼用的？他不會是個玻璃吧？」

「不，不，不是。而且，男人戴珠寶也不是什麼怪事。」

米奇半信半疑地看著山曼德，那眼神就像他看那些宣稱投了五毛錢卻沒玩到彈珠機而要求退錢的人。他從吧檯後面走出來，用不同的角度看著那張相片。「你覺得如何，阿奇？」

「滿好，」阿奇堅定地說：「我覺得，滿好。」

「拜託你，如果你把相片留在那裡，真的是對我個人很大的恩惠。」

米奇把頭歪向一邊，再歪向另一邊。「如我所言，我不是要冒犯還是怎樣，我只是覺得他看起來有點他媽的陰陰的。你沒有他其他照片還是什麼的嗎？」

「這是唯一留下來的一張。這對我個人是很大的恩惠，很大很大的。」

「這個嘛……」米奇陷入沉思，把蛋翻面。「你是這裡的常客，一直都是，又他媽那麼常來，我想我們是得留下它了。不如來個民調如何？你們覺得怎樣，丹佐？克勞倫斯？」

丹佐和克勞倫斯一如往常坐在角落，他們為除夕夜唯一精心的打扮就是丹佐腳上金光閃閃卻骯髒兮兮的飾品，和克勞倫斯嘴裡想搶雪茄位置的卡祖笛。

「幹啥？」

「我說，你們覺得山曼德要掛的這傢伙怎樣？是他祖父。」

「曾祖父，」山曼德糾正。

「沒看俺玩骨牌？你想剝奪老頭的樂趣呸？啥照片？」丹佐不情願的轉頭。「那個？哼！俺不喜歡，像撒旦的爪牙！」

「塌是你親戚？」克勞倫斯用娘娘腔的聲音朝山曼德粗嘎說到。「這就對了，俺的朋友，這就對了。塌的臉看起來就像驢子的屁屁。」

丹佐和克勞倫斯卑鄙地笑了出來。「噁心到讓俺沒胃口，千真萬確！」

「你看吧！」米奇勝利地大叫，轉向山曼德說：「會讓客人食不下嚥——我剛才就是這麼說的。」

「你向我保證不會聽那兩個人的話。」

「我不知道……」米奇在他煮的東西前又轉又扭的，他每次遇到難解的決定就會這樣，那是不由自主的動作。「我尊敬你，你也算是我父親的朋友，但——也不是說不敬還是怎樣——但你是他媽的越來越老了，山曼德老兄，年輕的客人有些可能不……」

「什麼年輕的客人？」山曼德盤問，手指比了比克勞倫斯和丹佐。

「是，我懂你的意思……但顧客總是對的，你了解我的意思吧？」

山曼德深受打擊。「我也是顧客，我也是顧客，我來你們店裡十五年了，米奇，對任何人來說都是很長的時間。」

「是沒錯，但總要看多數人的意思吧？大多數時候我也都是聽從你的意見，年輕的都叫你『教授先生』，顯然也不是沒有原因。我尊重你的判斷，七天裡頭至少有六天如此。但底線是：如果你是隊長，而其他隊員都他媽的搞叛亂，那……你就掛了，不是嗎？」

米奇滿懷同情，在煎鍋上驗證這個智慧，示範十二個蘑菇如何把一個蘑菇擠到邊緣，滾出鍋子掉到地上。

丹佐和克勞倫斯的笑聲在他耳中徘徊不去，一陣憤怒衝向山曼德，還來不及阻止便衝破了他的喉嚨。

「還給我！」他越過吧檯，想拿下以可悲的角度掛在爐子上的蒙格‧潘達。「我根本就不該問的……這根本就是對蒙格‧潘達名譽的侮辱，我想到都覺得羞愧才會把他掛在這個……這個沒有宗教信仰的無恥屋子！」

「你說什麼？」

「還給我！」

「聽著……等一下——」

米奇和阿奇伸手阻止他，但山曼德在深感悲痛及多年來前所未有的恥辱之餘，不斷掙扎，想要突破米奇強硬的阻擋。他們扭打了一會，山曼德的身體隨即鬆垮下來，覆上一層薄薄的汗水，他屈服了。

「聽著，山曼德，」米奇無比深情地碰了碰山曼德的肩膀，讓他差點哭了出來。「我不知道這對你他媽的那麼重要，我們從頭來好了，就讓照片放一個禮拜看看，可以吧？」

「謝謝你，我的朋友，」山曼德掏出手帕朝額頭擦去。「感謝你、感謝你。」

米奇在他肩胛骨上安慰地拍了一下。「媽的誰知道呢，這麼多年我也聽夠他的故事了，乾脆就把他留在他媽的牆上好了，我想，反正對我都一樣，就像法國佬說的，就是這個樣，我的意思是，我操，我操他媽的。那額外的火雞肉要錢的，阿奇博德，好傢伙，餐券的黃金時代已經過去了。我的老天，還真是件無關緊要的事啊……」

山曼德深深看進曾祖父的眼睛。這樣的爭鬥已經經歷過好幾回了，就山曼德和潘達兩人，為了潘達的名譽而爭鬥。兩人都很清楚現代人對蒙格．潘達的看法在兩邊陣營的重量。

未被承認的英雄	**無關緊要的事情**
山曼德．伊格伯	米奇
作者米撒拉[67]	馬吉德和米列特
	艾爾沙娜
	阿奇
	愛瑞
	克勞倫斯和丹佐
	一八五七年到今天的英國學術界

他一而再、再而三地和阿奇討論這件事情。這麼多年來，他們坐在歐康尼爾酒吧裡重複相同的辯論，有時候山曼德持續的研究會帶來新的訊息，但約在一九五三年，阿奇發現潘達「真正」的故事後，他的想法就沒再變過了。潘達（Pande）唯一的貢獻，正如阿奇用心指出的，就是他在英語字彙上增加了「叛敵（Pandy）」這個詞，好奇的讀者可以在牛津英語大辭典裡找到以下釋意：

> *Pandy / pandi* / 名詞，口語用字（現已成為歷史用字），或拼成 *Pandee*。M 19（可能是英國殖民印度時代，孟加拉高階軍隊中第一位叛徒的姓。）1. 指在一八五七至一八五九年的印度叛亂中，造反的所有印度兵。2. 反叛者或賣國賊。3. 軍隊中的笨蛋或懦夫。

「攤在你面前一清二楚，朋友，」阿奇「啪嗒」一聲，得意地把字典闔上。「根本也用不著字典來告訴我，你也一樣。那是種很平常的講法。你和我在軍隊的時候也是這樣。你一度還想唬我，但事實終究會浮現，老兄。『叛敵』就只有一個意思，如果我是你，我會開始保持低調，不去張揚和他之間的親戚關係，而不是他媽的一天二十四小時轟炸人家的耳朵。」

「阿奇博德，就因為有這麼個詞存在，並不代表它就是蒙格·潘達這個人的正確解釋。我們都同意那第一個定義：我可以很驕傲地說，我的曾祖父是個反叛者。我承認事情並未

67 A.S. Misra 一位印度法學叢書作者。

如計畫般進行，但是賣國賊？懦夫？你拿的那本字典太舊了——那些定義現在都沒在用。潘達不是賣國賊也不是懦夫。」

「啊，那你看看，我們討論好多遍了，我的看法是：無風不起浪，」阿奇說。他似乎對自己結論中的智慧深受感動。「你懂我的意思吧？」這是阿奇面對新聞事件、歷史事件和日常生活中真假難辨的情況時最常用的分析方法：無風不起浪。他對此信念的依賴有其薄弱之處，不過山曼德從不忍心拿此羞辱他。

「當然，我了解你的看法，阿奇，真的。但我的看法是——而且早在我們第一次討論這個話題至今——我的看法就是這故事的說法不完整。沒錯，我知道我們已多次徹底研究過這件事情，但事實依舊是：完整的故事就像誠實一樣少見，如鑽石一般珍貴。如果你夠幸運揭發了一個，那這完整的故事就會像鉛塊一樣穩坐在你腦裡。完整的故事難找，追尋的路途遙遠曲折；完整的故事有如史詩，有如上帝所傳述的故事，充滿了很多不可思議的訊息。你是無法從字典中找到他們的。」

「好吧、好吧。教授。那就聽聽你那個版本的故事吧。」

你常會看到老人們坐在酒吧漆黑的角落，比手畫腳談這談那，用啤酒杯和鹽罐代表早就死了的人和遙遠的地方。那一刻他們展現了在其他方面所缺乏的生命力。那時的他們亮了起來，在餐桌上重演完整的故事：叉子在這代表邱吉爾，餐巾在那代表捷克，還有一堆冷掉的豆子表示德國軍——這些人事物全部重生。但當阿奇和山曼德在八〇年代進行餐桌辯論時，光靠刀叉是不夠的。一八五七年炙熱的印度夏季，一整年的叛亂和屠殺，都被這兩位臨時權充的歷史學家拖進歐康尼爾酒吧，進入半無意識狀態。從投幣點唱機到吃角子老虎那一區代表德里，而維夫・理查人形立牌默默屈服，化身潘達的英國長官汀梭上尉；克勞倫斯和丹佐繼續玩著骨牌，同時被指定為英國軍隊中不安分的印度兵。兩位辯論者各自帶來佐證自己說法的東西，並將其一一攤開，然後拼湊起來讓對方看個清楚。場景一切就緒，槍彈所經之路重現，歧見依舊無解。

根據傳說，一八五七年春天，位於達姆的一間兵工廠開始生產一種新式的英國子彈，是設計給英軍中的印度兵使用的。就像當時大部分的子彈一樣，必須先咬掉彈殼，子彈才能裝進槍管裡。這本來不是什麼大不了的事，直到某個精明的工人發現，這些子彈都覆有潤滑油——成分有豬油（嚇壞了穆斯林）和牛油（嚇死了印度教徒）。這是個無心之過，就像在偷來的土地上，做什麼事都是無心的一樣，卻是英國人天大的愚蠢錯誤。而乍聽這消息的人不知陷入了多麼瘋狂的騷動啊！他們認為在「研製武器」這個華而不實的藉口下，英國人其實想摧毀他們的社會、他們的榮耀、他們在神和人類面前的立足之地。簡而言之，就是摧毀生命裡一切有價值、有意義的東西。這樣的謠傳是藏不住的，它在那年夏天印度乾燥的土地上如野火一般擴散開來，從生產線上、傳到外面的街上、再到市郊住宅和鄉下陋屋、一個兵營傳過一個，直到整個國家都燃起了叛亂的欲火。這個謠言傳到蒙格・潘達又大又醜的耳朵裡，他當時還是住在小城巴拉波的無名叛徒，而他神氣活現地走到閱兵場——一八五七年三月二十九日——從人群中站出來創造了歷史。「比較像是製造了笑話，」阿奇會這麼說，因為現在的他已經不像以前那麼容易受騙，去聽信什麼潘達英雄論了。

「你完全誤解了他的犧牲。」山曼德會這麼說。

「什麼犧牲？他甚至連自殺都做不好！山姆，你的問題，就是不願接受證據。我已經都念得很透徹了，事實就是事實，不管是不是很難讓人接受。」

「真的嗎，那麼請你，我的朋友，既然你對我的宗族這麼了解，就請你來教教我，就聽聽你的版本為何。」

好，如今一般學生都明白，世界存在著複雜的力量、變動和深層的浪潮，會點燃戰爭及革命的烈火。但當阿奇還在學校時，這個世界似乎要比現在更能容許「虛構」。當時的歷史課可不像現在這麼回事：一面陳述事蹟，一面加以戲劇化，也不管其內容或時間先後有多麼不正確。在這樣的教法下，蘇聯革命乃是起因於大家都憎恨《真假公主》裡的雷斯布汀[68]；羅馬帝國的衰亡，則是因為安東尼迷上埃及豔后克莉奧佩脫拉而拱手讓人[69]；亨利五世為何能在阿金科特一役[70]勝利，是因為法國軍隊忙著欣賞自己的裝備，而一八五七年的印度大叛亂，則是因為叫蒙格・潘達的醉鬼蠢蛋率先射了第一發子彈。儘管山曼德抗議，阿奇每回念到這一段就越加確信：

地點在巴拉波，日期是一八五七年三月二十九日。星期日下午，閱兵場滿是灰塵的地上，一齣戲劇在此上演，卻絲毫沒有假日的平靜。一群充滿困惑的印度兵在此吱吱喳喳、搖來晃去，不是穿著各式各樣的衣服，就是沒穿衣服；有些帶著武器，有些沒有，不過全都處於極度亢奮狀態。一名叫蒙格・潘達的印度兵在第三十四列隊前約三十公尺處，大搖大擺來回走動。他被大麻搞得半醉不醒，被宗教狂熱激得神智不清。他下顎朝著天空，裝了子彈的滑膛槍拿在手中，以半是跳舞的樣子神氣活現地後退前進，並用尖銳單調的鼻音大叫。「站出來，你們這些惡棍！全都給我出來！英國在害我們，我們一咬彈殼，就成了宗教的叛徒！」

這個人事實上處於大麻和緊張交互作用的狀態，結果就是讓一個馬來人發了狂。而從他嘴巴爆出的每聲叫喊，就像火苗一樣迅速蔓延到在場印度同袍的大腦及神經裡。當群眾越聚越多，亢奮也越來越高。簡言之，以人類為（火藥）粉末的彈藥即將引爆。

後來也真的引爆了。潘達對著他的中尉開了一槍，沒中。接著他拔出一把大刀，圓月彎刀，趁著中尉轉身的時候懦弱地朝他刺去，但只中了他的肩膀。一個印度兵想要阻止他，但潘達繼續抵抗。這時援軍出現：汀梭上尉衝上來，他的兒子在旁邊，兩人全身武裝無比榮耀，準備為國家捐軀（山曼德補充。「**汀梭**就跟他的名字一樣**！聽**人瞎**說**！胡亂捏造！」）這時，潘達眼看遊戲已然結束，便用他那把大槍對著自己的頭，戲劇化地用左腳

68 蘇俄東正教神父 Rasputin。亦即為「真假公主」的時代背景。

69 莎士比亞晚年的一部羅馬歷史悲劇作品《安東尼與克莉奧佩脫拉》（*Antony and Cleopatra*）中，羅馬執政者安東尼迷戀上美麗動人的埃及女王克莉奧佩脫拉，日日盛宴作樂。因此引起另一位執政者野心，並發動羅馬人民群起反對。當時安東尼內憂外患遂一蹶不振，最後與克莉奧佩脫拉同歸於盡。

70 阿金科特戰役（Agincourt）是英法百年戰爭中，一場以寡擊眾的例子。當時英王亨利五世帶著疲憊的軍隊返回途中，在此被埋伏的法國部隊包圍，敵方人數高達英國五倍之多。不過奇蹟卻發生了，由於法國軍隊過於輕視英國僅剩的能力，而被英國擊敗。

扣了扳機，結果還是沒中。幾天後，潘達受到審判裁定有罪。處決他的命令是遠從印度另一頭，德里的某個馬車臥榻裡，由亨利．哈佛拉克將軍所下的（讓山曼德難以忍受的是，這位將軍因為深受敬重，皇宮餐廳外的特拉法加廣場就有他的雕像，矗立在名將尼爾森的右邊）。將軍還說——他在書面命令裡補上這一筆——他真的希望處決蒙格．潘達能讓最近常聽到的魯莽言論告一段落。但已經太遲了。當潘達在炎風中被吊起，在德里臨時搭起的刑臺被絞死，第三十四列隊潰散的印度兵已經朝著德里而來，決心加入這場有史以來最血腥又最失敗的大暴動。

這個版本——由名叫費契特的當代歷史學家所提出——真是讓山曼德氣到抽筋。因為當一個男人只受熱血驅使，他的每一滴血都是珍貴的，而且珍貴得不得了，應該要謹慎捍衛，讓他的鮮血免受攻擊和誹謗，應該要為之奮力抗爭才是。但就如「三人成虎」這句中國成語，費契特糊塗了，而無能的潘達就這樣在歷史學家中代代流傳下來，事實隨著傳聞的延續而改變了、扭曲了、也模糊了。他們不管大麻是為了醫療而服用，根本不可能造成那樣的昏迷，也不管潘達身為虔誠的印度教徒根本不可能吃下它，更不管山曼德根本找不到任何確切的證據，可以證明潘達那天早上確實服過大麻。這個說法就像巨大的引用錯誤，已經緊緊箝住伊格伯家的名譽，牢牢無法移除，就跟大家誤會哈姆雷特，以為他說過跟尤瑞克[71]這個人「很熟」一樣。

「夠了，不管你念多少遍都沒用，阿奇博德，」（阿奇常背著一個塑膠袋，裡面裝滿布蘭特圖書館的書，一些「反潘達」情結的書，大量錯誤引用的書。）「這就像一票小孩被人抓到把手伸進一大罐蜜糖裡，他們肯定都會搬出同一套謊話。我對這類中傷沒興趣，對這些傀儡和可悲的鬧劇沒興趣。我在乎的只有行動，我的朋友，」這時，山曼德會動手把嘴巴像拉鍊一樣閉緊，然後把鎖丟掉。「真正的行動，而不只是空口說白話。我告訴你，阿奇博德，蒙格．潘達是以印度的正義之名犧牲了生命，不是因為他嗑藥或瘋了！幫我拿一下那個蕃茄醬。」

這是一九八九年在歐康尼爾酒吧的除夕夜，而這場辯論進行得正激烈。

「沒錯，他不是你們西方人喜歡的那種英雄。因為他雖然死得光榮，卻沒有成功。但你想想：當他坐在那——」山曼德指向丹佐，他的骨牌遊戲就要贏了。「——接受審判時，他知道死亡不遠了，卻仍拒絕說出同夥——」

「喔，這個嘛——」阿奇拍拍他那一疊書，包括對此論點感到懷疑的麥可．艾德華德斯、P．J．O．泰勒、席德莫伊奴漢格[72]，還有其他一堆作者：「就要看你念的是什麼了。」

「不，阿奇，這是個常見的錯誤，真實並不是根據你所念的東西。不過我們就不要去扯到事實的本質了好不好？這樣我們就井水不犯河水，扯平了。」

「好吧，那，潘達他到底做了什麼？沒有！他唯一做的就是引發暴動——但又引發得太早，你不要介意，就是比計畫時間早——原諒我講粗話，但這在軍隊裡可是他媽的大失

---

71 在哈姆雷特劇中，有一場在墓地的戲，哈姆雷特看到了一個骷顱，認出是一個叫尤瑞克（Yorick）的人，他說：「唉呀，可憐的尤瑞克，我認識他（Alas, poor Yorick, I knew him）。」但並沒有說：「我跟他很熟（I knew him well）。」

72 此三位作者分別為：Michael Edwardes、P.J.O. Taylor 及 Syed Moinul Hag。

敗。你要有計畫，而不是單憑直覺行動。他造成了不必要的傷亡。包含英國人和印度人。」

「恕我冒犯，但我不認為是這樣。」

「那麼，你錯了。」

「恕我冒犯，但我相信我是對的。」

「就像這樣，山姆，假想這些——」他抓起一疊米奇正要放進洗碗機的髒盤子：「是過去一百……管他媽的多少年來寫過潘達的所有作者。現在，這些是同意我看法的人，」他從中拿走十個放在桌子一邊，然後把其中一個推向山曼德。「這個是站在你那邊的瘋子。」

「米撒拉，他是受人景仰的印度公僕，他不是瘋子。」

「好。現在，你得花另外的一百年之類的時間，才可能有和我一樣多的盤子，就算你想把所有盤子都變成你的，就算你有了它們，也很可能不會有哪個傢伙會照單全收。這是個譬喻，了解我的意思吧？」

結果就只有米撒拉。山曼德的外甥雷努，曾在一九八一年從劍橋大學寫信給他，提到他偶然發現一本書，山曼德可能會感興趣。他說，在這本書中可以找到一些對他們共同祖先蒙格．潘達的有力抗辯。唯一留存的一本就放在學校的圖書館裡，是一個叫米撒拉的人寫的。不知他是否聽過這本書？如果沒有，是否有這個榮幸（雷努還很謹慎地寫在附註裡）邀請叔叔過來見個面？

山曼德隔天就搭火車抵達，在傾盆大雨中站在月臺上，同他說話溫和的外甥熱情寒喧，並和他握手良久、熱切談話（雖然當時已經不時興這套了）。

「真是個好日子，」他不斷重複著，直到兩人都被雨給淋透。「對我們家族來說最好的日子，雷努，也是面對事實最棒的日子。」

全身溼透的人不能進圖書館，於是兩人一早上都坐在樓上那間悶熱的咖啡店，裡面全是再正常不過的淑女，喝著再正常不過的咖啡，讓衣服晾乾。向來善於傾聽的雷努坐在他叔叔旁邊，耐心地聽他瘋狂嘮叨——喔！這個發現何其重要。喔，他等這一刻等了多久。雷努也沒錯過在適當的機會點頭，當山曼德拭去眼角的淚水時，還給了他一個溫柔的笑容。「那是一本很棒的書，對吧？雷努。」山曼德期盼地問，這時，雷努給了那個臭臉服務生慷慨的小費，雖然服務生很不爽這兩個過度激動的印度人，點一杯奶茶就坐了三個小時，還把座位弄得溼答答。山曼德繼續。「是本獲得肯定的書，對吧？」

雷努心裡明白這本書其實不怎麼樣，無足輕重，在學術上根本就是沒人理。但他愛叔叔，所以他笑了，點點頭後又更堅定地笑了一次。

兩人再次回到圖書館，館員要山曼德填寫來訪者簽名簿：

姓名：山曼德・彌亞・伊格伯

學校：不在這裡（在德里）

研究專案：事實

雷努被最後一行的答案給逗笑，拿起筆加上「與悲劇」。

「事實與悲劇，」面無表情的圖書館員說著，把簽名簿放回去。

「有特別要哪一類嗎？」

「不用麻煩了，」山曼德快活地說：「我們自己會找到的。」

這本書還要搬梯子才拿得到，但它值得這麼費力。當雷努把書交給他叔叔，山曼德感到自己的手在刺痛。看著那書的封面、形狀及顏色，正是他一直以來夢寐以求的樣子。書很厚，很多頁，用棕色的皮革裝訂，外面覆蓋一層薄薄的灰塵，代表某樣極其珍貴、鮮有人碰觸的東西。

「我做了記號，裡面有好多相關的部分，但我想有個地方你會想先看看，」雷努說著，把書放到書桌上，厚厚的那邊「砰」地一聲打在桌上，山曼德看向雷努指的那一頁，那已經遠遠超過他的期望。

「只是畫家憑印象畫的，但有些相似之處——」

「不要說話，」山曼德脫口，手指掠過那張照片。「這是我們的血脈，雷努，我從沒想過我可以看到……多麼棒的眉毛啊！多麼棒的鼻子！我有和他一樣的鼻子！」

「你有一張他的臉，叔叔，當然了，只是更瀟灑。」

「這裡——這下面說些什麼。可惡！我的眼鏡呢……念給我聽，雷努，這字太小了。」

「照片說明嗎？蒙格．潘達於一八五七年的暴動中發射了第一發子彈。他的犧牲為這個國家帶來警訊，要團結起來反抗外來的統治者，最後演變成世界歷史上難以及其項背的大暴動。雖然這次的抗爭並未馬上帶來勝利，但卻成功地奠定一九四七年贏得獨立的基礎。他的愛國情操讓他失去了生命。直到最後一口氣，他都不願說出其他預謀、煽動這場偉大暴動的人。」

山曼德坐在梯子的最下一格哭了。

「好，讓我搞清楚了，所以你的意思是說沒有潘達就不會有甘地，沒有你那個瘋祖父就不會有他媽的獨立——」

「曾祖父。」

「不，讓我講完，山姆。這真的就是你要我們大家——」阿奇在毫無興趣的克勞倫斯和丹佐的背上拍了一下。「相信的嗎？這你相信嗎？」阿奇問克勞倫斯。

「俺不信！」克勞倫斯回答，完全不知道主題是什麼。丹佐拿紙巾清了一把鼻涕。「老實說，俺什麼也不想相信，非禮勿聽、非禮勿視、非禮勿言，俺的座右銘。」

「他是個警醒，阿奇博德，就這麼簡單，我確實相信。」此刻有了短暫的沉默，阿奇博德看著三顆方糖在他的茶杯裡融化。然後，他有點猶豫地說：「我有我自己的理論，你知道，我是說，跟這些書不一樣的理論。」

山曼德低頭說：「洗耳恭聽。」

「你可不要生氣，現在……請你想一下，像潘達這樣虔誠的人為什麼會吃大麻？真的，我知道我之前還取笑這點，但他為什麼要吃呢？」

「你知道我的看法。他不是、他沒有。這是英國人的說法。」

「而且他是個好槍手——」

「這點毫無疑問。米撒拉曾列出紀錄，註明潘達在特別護衛隊裡受過一年的訓練，尤其是使用滑膛槍的訓練。」

「好，既然這樣，為什麼他會失手？為什麼？」

「我相信唯一的解釋就是那把槍出了問題。」

「是……有這可能。但也許，也許是其他的原因。也許他是被威脅了才出來叫囂，你知道，被其他傢伙激的。他可能一開始就不想殺人，你知道，所以他就假裝神智不清，這樣兵營裡的弟兄就會相信是他失手了。」

「這是我所聽過最愚蠢的理論，」山曼德嘆氣，此時，米奇店裡那個沾滿蛋漬的鐘已經來到了午夜前的最後三十秒。「也只有你才想得出來。荒謬透了。」

「為什麼？」

「為什麼？阿奇博德，這些英國人，汀梭中尉、哈佛列克和其他人，是每個印度人不共戴天的仇人，他又何必去寬恕這些他看不起的人呢？」

「也許他就是下不了手這麼簡單，也許他就不是那種人。」

「你真的相信人有分會殺人的人和不會殺人的人嗎？」

「也許有，山姆，也許沒有。」

「你講話像我老婆似的！」山曼德抱怨，吃掉最後一片蛋。「我告訴你，阿奇博德，人就是人。當他的家庭受到威脅、信念受到打擊、生存受到破壞，他的世界面臨終結——他會殺人。絕對是如此，他不會讓新的秩序碾過他卻不做任何抵抗。一定有一些他要殺的人。」

「也有一些他要救的人，」阿奇瓊斯說，隱約露出連好友都以為不會出現在他那臃腫下垂的臉上的英勇神情。「相信我。」

「五！四！三！二！一！牙買加愛瑞（安啦）！」丹佐和克勞倫斯舉起熱呼呼的愛爾蘭咖啡向彼此致意，馬上又回到第九局的骨牌遊戲上。

「**操他媽的新年快樂！**」米奇的大聲吆喝從吧檯後面傳了出來。

愛瑞

一九九〇，一九〇七

在這個因果交錯的鍛鐵世界裡，有沒有可能我從他們身上所偷走的悸動，並未對他們的未來造成影響？

——《蘿莉塔》，納博科夫

11 愛瑞・瓊斯的教育失誤

從瓊斯家到格蘭諾橡樹綜合中學路上的正中間，有一盞街燈。這盞街燈開始出現在愛瑞夢裡。但真正出現的倒也不是街燈，而是上面一張用手寫的，再用透明膠帶貼在視線等高的小廣告，上面寫著：

> 減肥可以賺錢
> 081 555 6752

現在的愛瑞芳齡十五，很大一隻。克羅拉歐洲人的勻稱體格，居然隔代遺傳地漏掉了她，讓她得到荷絲坦厚實的牙買加人骨架，全身淨是鳳梨、芒果和酪梨。這女孩重量可觀，大胸脯、寬骨盤，大屁股，粗肥腿，大門牙。她體重多達十三石噸，銀行戶頭裡卻只有十三英鎊。如果這個廣告有對象，她知道自己就是那個對象，這點她清楚得很。尤其每次她滿嘴甜甜圈，夾帶身上的游泳圈步伐艱辛地經過時，這個廣告都在跟她說話。它在對她說，減肥可以賺錢。喂，喂，就是妳，瓊斯小姐，想用手和綁在腰間的羊毛外套技巧地遮住屁股的你，（永遠的難題是：如何裹起那個巨大又膨脹的牙買加屁股？）穿著束小腹的內褲，減罩杯的胸罩，還有緊密到不行的萊卡布料——九〇年代為胖子所做的最好發明——緊緊捆在她鬆弛的腰部。她知道那廣告在對她說話，只是不完全明白它在說些什麼。這裡指的是什麼呢？願意贊助我減肥？還是在說瘦子的賺錢能力？或根本就像詹姆士時代的戲劇特徵，是威斯敦低級商人的促銷新法，一磅肉換一鎊金：還不就是在賣肉？

迅速地，閉上眼，影像瞬間動了起來。（REM：快速眼動睡眠，通常是做夢階段）有時候是她穿著比基尼上學，棕色的皮膚上用粉筆寫滿了廣告上的謎，遍布她每塊肥肉和每個突出的地方（可以擺書、放茶杯、籃子，或更實際一點，可以放小孩、幾袋水果和幾桶水的地方）。就是從基因學來看，大家都會想到是另一個國家、另一個氣候的人才會有的身材。有時候，也會出現贊助減肥的夢：挨家挨戶敲門，光著屁股掛著一塊寫字板，暴露在陽光下，慫恿老頭子，花一塊錢就讓你捏一下。最糟的情況呢？就是扯下已經鬆弛、有白色斑點的肥肉，塞進可樂玻璃罐，拿到街角商店的櫃檯，而米列特正是穿著V領、額前有顆痣的老闆，他算算斤兩，用沾滿血漬的手不情願地打開錢箱、遞過錢來。一點加勒比海的肉，換一點英國的錢。

愛瑞・瓊斯有心事。憂心的母親偶爾會在她奔出家門前在走廊攔下她，拿她那個煞費苦心的束腹開刀。「妳是怎麼了？妳穿那個是什麼東西？妳要怎麼呼吸？愛瑞，寶貝，妳很好啊，妳只是長得像包頓家那種實實在在的身材罷了，妳不覺得這樣其實很好嗎？」

但愛瑞不這麼覺得。這兒是英國，像一面巨大的鏡子，而愛瑞站在這裡，卻沒有相同的倒影。是個在陌生土地上的陌生人。

晚上做惡夢，白天就做白日夢，不管是在公車上、洗澡時還是上課中。想著之前，之後。之前，之後。之前，之後。把超級愛美的人的殷殷規勸吸進去又吐出來。她不願屈服在基因遺傳的命運下，她在等待改造，把牙買加人的身材，從積滿了但土河瀑布層層泥沙的沙漏，變成一株英國玫瑰——喔，你知道的——她是那麼的修長、精緻，受不起烈日的摧殘，卻像是隨著海浪輕輕蕩漾的衝浪板：

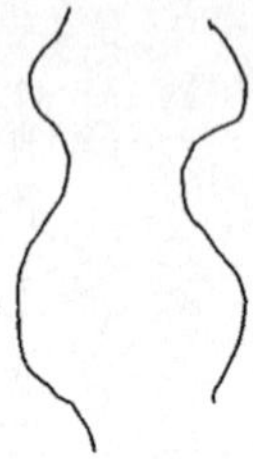

之前

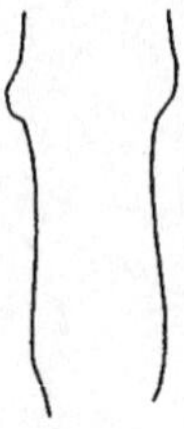

之後

奧麗芙．露迪小姐是他們的英文老師，也是遠從二十公尺外就可以揪出學生心不在焉的厲害角色。她走到愛瑞身旁拿起她的作業簿，撕下這張有問題的紙，懷疑的看著它，然後刻意用蘇格蘭悅耳的腔調問。「什麼之前和之後？」

「呃……什麼？」

「什麼之前和之後？」

「喔，沒什麼，老師。」

「沒什麼？喔，得了吧，瓊斯小姐，用不著謙虛了。顯然這個比十四行詩要有趣多了。」

「沒什麼。真的沒有。」

「妳確定？不會再耽誤其他人上課了？因為班上其他人還……呃，還對我講的東西有那麼點興趣。所以，可不可以請妳把發——呆的時間給挪出來——」

沒人會像奧麗芙・露迪把「發呆」講成那樣。

「——加入我們，這樣我們才可以繼續，行嗎？」

「行什麼？」

「妳可以嗎？把時間挪出來？」

「可以，露迪老師。」

「喔，很好。讓人振奮了些，繼續十四行詩第一二七首[73]。」

「以前的黑不算好看，」法蘭西斯・史東繼續念著，帶領學生讀這首伊麗莎白時期的詩。「就算是，也不能掛上美的名。」

愛瑞右手放在肚子上，倒抽一口氣並看向米列特。米列特正忙著表演給美麗的妮琪・泰勒看，看他怎麼把舌頭捲成細細一條，有如長笛。而妮琪・泰勒則讓他看，看她的耳垂是跟頭連在一起沒分開。這場調情從早上那堂「遺傳特徵（上）」的科學課延續到現在。分開、連著，可以捲起來、不能捲起來，藍眼睛、棕眼睛，之前、之後。

「而我情婦的眼睛黑如烏雀，眉毛也與之相稱，宛如在哭泣……她的雙眼比不上麗日，嘴唇的紅也遠不及珊瑚；若說酥胸如白雪，那她的胸脯色如土……」

青春期，真正發酵的青春期（可不是只有胸部隆起一點、毛髮多出一些的差別），把

73 這是指莎士比亞十四行詩，其中第一二七首之前是寫給某個美男子，而第一二七首之後，乃描述對一位黑女郎的愛戀。

愛瑞．瓊斯和米列特．伊格伯這兩個老朋友劃分在學校的兩端。愛瑞相信自己被發到一手爛牌：像山脈一樣的曲線，暴牙和厚厚的金屬牙套，難以接受的非洲爆炸頭，最慘的是那有如鼴鼠的視力（幾乎是瞎的），使她不得不戴著一副淡粉色、酒瓶玻璃厚的眼鏡（就連那對藍眼睛——那本來讓阿奇高興得要命的藍眼睛——也只維持了兩個禮拜。是的，她生下來時的確是藍眼睛，但有一天，克羅拉再去看時已經變成了棕眼睛，就像花苞隔夜開花的轉變一樣，真正發生的那一刻，就是肉眼盯著瞧也無法察覺）。而認為自己醜陋及失敗的看法擊垮了她。愛瑞最近把一貫臭屁的講話方式收斂起來，右手老是放在肚子上。她從頭到腳都不對勁。

而米列特就像老人家戴起懷舊眼鏡時所追憶起的年少，其美麗本身就是一種諷刺：受過傷的鷹鉤鼻，身材高眺、修長，光滑的肌肉上帶著靜脈的紋路，巧克力色的眼珠散發出綠色閃耀的光芒，宛如倒映在漆黑海洋上的月光。還有令人難以招架的笑容，整齊潔白的牙齒。在格蘭諾橡樹綜合中學有黑人、巴基斯坦人、希臘人及愛爾蘭人等種族之分，但唯有性感的人能領先其他對手，自成獨特的人種。

「若說美髮如金絲，那她頭上長的是黑鐵線……」

她愛他，這是當然。但他之前總是對她說：「重點是人們依賴我。他們需要我成為米列特，老好人米列特，壞壞的米列特，可靠、嘴巴又賤又甜的米列特。他們希望我很酷，這實際上已經變成了我的責任。」

實際上也是。披頭四的林哥．史達[74]曾說，他們再怎麼受歡迎，也不可能超越一九六二下半在利物浦的顛峰，以後頂多是把範圍延伸到其他國家罷了。而這正是米列特的寫照。一九九〇年夏天，他在魁可塢、威斯敦、西漢普斯德受歡迎的程度，也是他後來一輩子都無法超越的。從起先一小票的雷基鬼開始，他的追隨者後來擴張並遍及學校，最後是整個北倫敦。他實在是「大」到不可能只是愛瑞的愛慕對象、雷基鬼的老大、甚至是山曼德和艾爾沙娜·伊格伯的兒子，因為他任何時候都必須滿足所有人。對穿著白牛仔褲和花襯衫的東倫敦佬來說，他是個丑角、愛冒險、對女人很有一套的傢伙。對黑人小鬼來說，他是哈菸的同夥和重要的客戶。對亞洲小孩來說，他則是個英雄與發言人。他就像隻社會的變色龍。但在這一切之下，依舊有著一股永遠不滅的憤怒與飢渴，那種「處處皆是家」的人才有的「何處才是家」的惆悵。也就是這纖細的弱點，讓他得到愛瑞和吹管樂穿長裙的中產階級女生的憐愛，被輕拂頭髮、作曲吟唱的女性所寶貝。他是她們的黑騎士，偶然的情人和不可能的愛戀，是她們甜蜜幻想及激情夢幻裡的主角……

他同時也是她們的課題：應該對米列特做些什麼？他非得把菸草給戒掉不可，非得制止他逃課才行。她們擔心他對過夜的態度，或用假設的方式和她們父母討論他的教育問題（就說有這麼一個印度男孩，對，總是會惹一些……）甚至還為這件事寫了幾首詩。女孩們不是想得到他，就是想改變他，直到他變成她們想要的樣子。對於米列特·伊格伯，每個人都有那麼一點嚴苛。

「但妳不一樣啊，」米列特·伊格伯會這樣對自怨自艾的愛瑞·瓊斯說：「妳不一樣。我們從小就認識，我們之間有歷史，妳是我真正的朋友，她們對我並不代表什麼。」

---

74 Ringo Starr，本名為Richard Starkey，是披頭四樂團的鼓手。

愛瑞希望自己相信這點，相信他們之間有歷史，而她在某方面來說是不一樣的。

「但這黑在我看來最美好……」

露迪小姐揚起一根手指，示意法蘭西斯暫停。「好，他這裡指的是什麼意思呢？安娜妮絲？」

安娜妮絲．赫西，一整堂課忙著把紅線黃線編到頭髮上，滿臉困惑地抬起頭。

「任何意見，安娜妮絲，親愛的，任何想法，多小或多麼不可取的想法都沒關係。」

安娜妮絲咬咬嘴唇，看看書，看看露迪小姐，再看看書。

「黑是……好的？」

「是……呃，這個嘛，我想我們可以把妳的回答和上週的比較一下：哈姆雷特……是不是……瘋了？還有沒有人有其他想法？那這句呢？因為每隻手都插手自然，用藝術的假面去美化了醜惡。有誰可以告訴我這句的意思？」

喬書亞．喬分，班上唯一自願表達意見的學生，舉起了他的手。

「怎麼樣呢？喬書亞？」

「化妝。」

「是的，」露迪小姐看起來像高潮似的。「是的，喬書亞，沒錯。這又是怎麼說呢？」

「她皮膚是黑色的，所以想藉化妝來變白，這是一種手段。伊麗莎白時期是很崇尚雪白皮膚的。」

「那她們一定很喜歡你，」米列特嗤之以鼻，因為喬書亞是個蒼白、幾乎貧血無力的鬈髮胖子。「你就會是他媽的湯姆．克魯斯了。」

一陣大笑。倒不是因為它好笑，而是因為米列特用他的地位把某個應該成為蠢蛋的人變成了蠢蛋。

「你再說一句，伊格伯先生，就給我滾出去！」

「受不了，莎士比亞，屁話一堆。這樣有三句了吧，用不著妳費心，我自己會出去。」

這就是米列特最拿手的事。教室的門被甩上，美麗的女孩開始用那種眼神交換相視（他真是太失控、太瘋狂了……他真的需要一些協助，好朋友私下一對一的協助……）男孩們捧腹大笑，老師則在想，班上是不是要造反了。愛瑞用右手蓋住她的肚子。

「真是棒，多成熟的表現啊。我想米列特・伊格伯八成是什麼英雄囉，」露迪小姐看著5F這班學生愚蠢的臉，第一次清清楚楚卻又不無沮喪地了解到，他確實是這麼回事沒錯。

「還有沒有人要對這十四行詩表示意見？瓊斯小姐！可不可以不要那麼可憐兮兮地看著那扇門！他已經走了，可以嗎？除非妳想加入他？」

「不想，露迪小姐。」

「那就好。妳對這十四行詩有什麼看法嗎？」

「有。」

「什麼呢？」

「她是黑人嗎？」

「誰是黑人？」

「那個黑女郎。」

「不，親愛的，她只是皮膚黑，不是我們所講的黑人。在當時的英國是沒有……呃，加勒比海黑人的，親愛的。我想妳也知道，這是比較現代才有的現象。但當時是一六〇〇年，我的意思是，我雖然不是很確定，不過似乎不太可能，除非她是某種奴隸什麼的。但作者不可能在寫詩給某位貴族之後又寫給奴隸是吧？」

愛瑞漲紅了臉。她還以為就在剛剛，她似乎看到了自己的倒影，這會兒卻逐漸模糊了，於是她說：「我不知道，老師。」

「況且，他說得很清楚，妳沒有一處是黑的，除了妳的行為……不，親愛的，她只是皮膚比較黑而已，妳知道吧，可能就跟我一樣黑。」

愛瑞看看露迪小姐，她的皮膚是草莓奶油的顏色。

「你們瞧，喬書亞的說法很正確：那個年代就是喜歡女人很白，這首詩是關於她的自然膚色和當時流行化妝之間的討論。」

「我只是覺得……就像他說到，這裡：於是我發誓，美的本身即是黑……還有那個鬈頭髮的地方，黑色的鐵線……」

愛瑞在大家的竊笑和聳肩之中放棄了。

「不，親愛的，妳這是用現代的眼光來看這首詩。絕不可以用現代的眼光來看以前的東西。事實上，這就是今天的重點——請大家把它寫下來。」

5F的同學把這點寫了下來。而愛瑞一度瞥到的倒影又縮回那熟悉的黑暗。離開教室時，愛瑞收到安娜妮絲傳來的紙條，她聳聳肩表明紙條不是她寫的，她只是純粹傳遞罷了。紙條上寫著：僅以此詩獻給樂蒂亞和所有頭髮歪七扭八的大屁股賤貨——威廉．莎士比亞筆。

那間店名不清不楚的髮廊「PK篷篷頭：設計與處理」，就位在「一帆風順殯儀館」和「拉肯山牙科」中間。這樣的地緣關係表示，如果有個非洲裔的人往生，他非常可能會經過這三家店，在入殮前走完其人生最後一程。因此，當你打電話預約弄頭髮，而安卓拉、丹妮絲或潔琪告訴你：三點三十分牙買加時間，顯然他們的意思是要你晚一點到，但也可能是說，某個已經作古要進教堂的女人，執意要有長長的藝術指甲和滿頭編髮才進棺材，所以會多耗一點時間。這聽起來雖然有點毛，不過很多人可不願意頂著蓬蓬頭去見神吶。

愛瑞不理會這些，她在三點三十分準時赴約，打算改頭換面並和遺傳基因對抗。她用頭巾把鳥巢似的頭髮偽裝起來，右手小心地放在肚子上。

「妳要做啥，ㄚ頭？」

直髮。而且是很直很直、又黑又長、又滑又亮、彈性佳、可以甩、超級好摸、還會穿透手指、隨風飄逸的頭髮。而且要有瀏海。

但她最後說出口的話卻是：「我約了安卓拉，三點三十分。」

「安卓拉在隔壁，」那女人把口香糖拉得好長，朝「一帆風順葬儀社」的方向點點頭。「忙著那個要上路的人，妳最好過來這邊坐下來等，別煩我，我不曉得她還要多久。」

愛瑞看起來不知如何是好，只是抓著她的鮪魚肚站在店中央。那女人起了憐憫之心，把口香糖放進嘴裡並上下打量愛瑞。當她注意到她咖啡色的皮膚和淡色的眼珠時，就更覺得同情了。

「我叫潔琪。」

「愛瑞。」

「眼睛好淡，小姐！還有雀斑什麼的，妳墨西哥人？」

「不是。」

「阿拉伯人？」

「一半牙買加，一半英國人。」

「混血的，」潔琪不死心地問。「妳媽白人？」

「我爸。」

潔琪皺起鼻子。「通常都是相反情況的說。你有多捲？讓我看一下裡面——」她伸手要去抓愛瑞的頭巾，愛瑞因為害怕在滿屋子人前被活剝開看，搶在她之前把頭巾抓得緊緊的。

潔琪嘖了一聲。「妳不讓我看是要我們怎麼弄？」

愛瑞聳聳肩。潔琪搖搖頭覺得好笑。

「以前沒來過？」

「沒，從來沒有。」

「那想要變成怎樣？」

「變直，」愛瑞想到妮琪．泰勒，堅定地說：「很直的深紅色。」

「真的假的！那妳最近有沒有洗頭？」

「昨天，」愛瑞回答，覺得有點受到侮辱。潔琪卻在她頭上猛拍。

「不要洗！如果妳要變直就不要洗！你沒在頭上用過阿摩尼亞嗎？感覺就像魔鬼在妳

頭皮開舞會。妳是瘋了嗎？兩個禮拜不要洗頭再回來。」

但愛瑞沒有兩個禮拜的時間。她都計畫好了，今天晚上就要帶著全新的髮型去見米列特，她要綁著美美的髮髻，然後拿掉眼鏡，把頭髮甩下來，而他會說，為什麼，瓊斯小姐，我從來沒想到……為什麼瓊斯小姐你……妳是如此的……

「我今天就得做，我姊姊今天要結婚。」

「好，等安卓拉回來，就把妳的頭髮燒成七種不同的狗屎顏色。如果妳夠幸運的話，還可以不用光著頭走出去。不過這都是妳自己的事。拿去！」她丟了一疊雜誌給愛瑞，指了張沙發說：「那邊等。」

「PK 篷蓬頭」裡面分成兩區，男士和女士。在男的那區，一臺破爛音響持續傳出零落的雷鬼音樂。年輕的男孩會請年長的男生，也就是電動髮剪高手在他們頭髮後面剪出某個標誌。像是愛迪達、BADMUTHA（貝馬撒）、馬汀大夫等。男士那區充滿笑聲、聊天聲和打鬧聲，那種理髮不會超過六英鎊和十五分鐘的輕鬆感。這是再簡單不過的交易了，而且其中還充滿了樂趣：先是電動剪刀在耳邊嗡嗡叫，然後用有溫度的手隨便一梳，鏡子前後照照欣賞自己改頭換面。你頂著一顆難看的頭進來，粗糙不整地藏在棒球帽下，但離去時瞬間變成一個全新的人，聞起來有椰子油的香味，頭髮剪得就跟髒話一樣：乾淨俐落。

相較起來，女孩這邊就死氣沉沉了。在這邊，那不可能的願望「筆直與飄逸」，每天都在跟頑強的非洲鬈毛囊對抗。阿摩尼亞、硬梳子、夾子、別針，甚至火燒都曾參與這場戰爭，盡它們最大的努力逼每根鬈曲的頭髮乖乖投降。

後。「直了嗎？」是你唯一會聽到的問題。在拿掉毛巾，把痛得發麻的頭從烘髮機拖出來後。「直了嗎？丹尼絲？告訴我直了嗎，潔琪？」

潔琪和丹尼絲完全沒有白人理髮師的那種責任感，她們不會泡茶給你，不會對你唯命是從、拍你馬屁或閒話家常（畢竟她們的客人也不是這種人，而是一些可憐的病人）。因此對於這個問題，她們只會不以為然地吸吸鼻子，甩甩那條大便綠的圍袍說：「最直就是這樣了！」

現在坐在愛瑞面前的四個女人全都咬著嘴脣，專心看著既長又髒的鏡子，等待直髮的自己逐漸成形。愛瑞緊張地翻閱美國黑人髮型雜誌，四個女人則一臉怪相，痛苦地坐在那裡。偶爾，其中一位會對另一位說：「妳多久了？」對方則驕傲回答。「十五分鐘，妳呢？」「二十二。這鬼東西在我頭上搞了二十二分鐘，它最好有給我直。」

這是種痛苦的競爭。就像有錢女人在高級餐廳裡點的沙拉也都在比小的一樣。最後總會有尖叫，或是。「夠了！媽的，我受不了了！」然後那顆還在弄的頭就會衝到洗手檯，洗一個怎麼洗也洗不快的頭（要洗掉阿摩尼亞，怎麼也快不了），接著就是微微的啜泣聲。而敵意就在此刻產生；有人的頭髮就是比別人難搞，有人的蓬蓬頭比誰都還要固執，但有人就是幸運的存活下來。而這份敵意還會從客人之間，轉嫁到對她們施加痛苦的髮型師身上，因為很容易就會發現她們動作太慢了，而且水也是可憐兮兮的一小條，而不是嘩啦嘩啦地湧出來，結果讓魔鬼有太多時間在妳頭皮上灼燒那個鬼東西。

「直了嗎？潔琪，直了嗎？」

男生們的頭繞過中間那塊隔板，愛瑞把臉從雜誌裡抬起來。實在沒什麼好說的。直是直了，或者說也夠直的了，但也掛了。乾燥、分裂、硬梆梆的。所有彈性都沒了。好像那種溼潤盡去的髮屍。

潔琪和丹妮絲很清楚非洲鬈毛囊最後還是會追隨基因的指示，因此便用一種扭曲的達觀透露這個壞消息。「最直就是這樣了。幸運的話可以撐三個禮拜。」

儘管之前的嘗試都明顯失敗，每個等待的女人卻覺得自己的情況會不同。當她們拿掉毛巾時，出現的會是很直很直、彈性好摸、隨風飄逸的頭髮。愛瑞也像其他人一樣充滿信心，繼續把頭埋進雜誌裡。

瑪莉嘉，倍受歡迎的情境喜劇《瑪莉嘉的生活》中的閃亮新星，分享她如何擁有一頭蓬鬆平順的頭髮。「我每天晚上都會把頭髮用熱毛巾裹起來，在髮尾的地方抹一點非洲女王蓬蓬頭蠟，然後，到了早上，我會把梳子放在爐子上約——

安卓拉回來了。愛瑞手中的雜誌「啪」地一下被抽走，頭巾還來不及阻止已被無禮扯下，五隻既長又犀利的指甲開始在她頭皮上工作起來。

「哇——」安卓拉叫。

這叫聲中透露出的欣賞在這家店裡實在太少見了，使得店內其他人都轉過頭來看。

「哇——」丹妮絲的手也加入其中。「很蓬鬆嘛。」

一位老一點的女人痛苦地從烘髮機下露出扭曲的臉，也讚賞地點點頭。

「這麼蓬鬆的鬈髮。」潔琪大感驚奇，完全不理會另一個已被燙傷的病人，也跑過來摸愛瑞的頭髮。

「這是混血的結果，我希望我的就像這樣，有一種慵懶的美。」

愛瑞皺起臉。「我恨它。」

「她恨它！」丹妮絲對其他人說：「這淡棕色恰到好處吶！」

「我整個早上都在弄一個死人，可以摸摸柔軟的東西真好，」接著，安卓拉從恍惚中回過神來。「親愛的，妳要把它弄更鬆？」

「對，直的，又直又紅。」

安卓拉把綠色圍袍綁在愛瑞脖子上，然後把旋轉椅調低一些。「不知道可不可以弄紅，寶貝。不能同時染又變直，會把頭髮給搞死的。不過我可以幫妳把頭髮弄直，這沒問題，應該會很漂亮，親愛的。」

「ＰＫ篷篷頭」的髮型師彼此之間溝通很差，沒人告訴安卓拉愛瑞剛洗過頭。由於沒有足夠的油脂保護頭皮，所以又厚又白的阿摩尼亞抹上她的頭才沒兩分鐘，就從原本冰涼的感覺變成了灼熱，愛瑞也開始尖叫起來。

「我才剛放上去！妳想要變直不是嗎？不要鬼叫鬼叫！」

「可是好痛！」

「生命本是痛，」安卓拉諷刺地說：「愛美就不要怕痛！」

愛瑞咬著牙又過了三十秒，直到血跡出現在她右耳，可憐的女孩接著昏了過去。醒來時她的頭已經掛在洗臉檯上，看著自己的頭髮一叢一叢流進水槽裡。

「妳應該先告訴我的，」安卓拉抱怨。「妳應該先告訴我妳洗過頭，弄這種頭一定要髒的才行，現在妳看吧！」

現在妳看吧。原本一頭過肩的長髮，如今從頭皮算來只剩幾吋長。

「看妳做了什麼，」安卓拉繼續念，愛瑞則放聲大哭。「真想知道保羅・金先生會怎麼說。我最好打電話給他，看可不可免費幫妳救一救。」

保羅・金（Paul King）原來就是ＰＫ，這家店的老闆。一個五十來歲大塊頭的白種人，原本是建築貿易企業家，直到某個黑色星期三，他老婆把信用卡刷爆而失去了一切，只剩下幾塊磚和臼研機。有一天，他邊吃早餐邊看報上的生活專欄，想找東山再起的點子，結果讀到黑女人花在美容產品上的金額是白人的五倍，而花在美髮上更有九倍之多。如果把他老婆當作是典型的白女人，相較之後，保羅金的口水便流了下來。他在當地圖書館做了小小的研究，發現這是個數百萬的市場。於是，保羅金在威斯敦路上買下一間廢棄的肉鋪，並透過獵人頭公司把安卓拉從哈勒斯丹髮廊挖角過來，準備針對黑人整髮市場一搏。結果很快就成功了。他驚訝地發現，低收入女性真的很甘願每月花個數百元在頭髮上，花在指甲和配件上的更多。當安卓拉告訴他肉體上的疼痛是免不了的，他真是覺得莫名其妙好笑。而最棒的一點就是，絕不會有被告的問題——因為大家都預期會很痛。這真是太棒的生意了！

「妳就做吧，安卓拉，親愛的，算她免費，」保羅金對著磚形的手機大叫，背景傳來溫布利分店的施工噪音。「不過可不要成為慣例了。」

安卓拉一副情勢不錯的態勢回到愛瑞身上。「沒關係，親愛的，這次算我們的。」

「但要怎麼……」愛瑞瞪著她有如原子彈轟炸過後的殘影說：「妳要怎樣……」

「把頭巾包回去，出了這裡往左轉到馬路上，一直走就會看到一間叫『羅西美髮』的店，拿著這張名片說是PK叫妳來的，去拿八捆五號黑帶紅的頭髮，然後馬上回到這裡。」

「頭髮？」愛瑞在一堆鼻涕和眼淚中重複。「假髮？」

「笨女孩，那不是假的，是真的頭髮。而且放上你的頭就變成真的頭髮了，快去！」

愛瑞像個嬰兒一樣啜泣，拖著腳步走出「PK篷篷頭」來到馬路上，試著躲避自己在店面櫥窗上的倒影。到了「羅西美髮」時，她盡全力振作起來，右手放在肚子上推門進去。裡面很黑，撲鼻而來的是跟「PK篷篷頭」裡一樣的阿摩尼亞和椰子油味道，痛苦中摻雜著快樂。透過長燈閃爍的模糊光線，愛瑞看到裡面沒有櫃子，而是地上一排排堆積如山的美髮用品，其他配件（梳子、緞帶、指甲油等）則是釘在牆上，旁邊還用簽字筆標示價格。唯一擺得比較像樣的是那些繞著房間吊在天花板的東西，就像割下來的頭皮和狩獵戰利品一樣占有驕傲的地位。那些是頭髮，一束束相隔幾吋釘在天花板上，下面各有大板子標示出它的血統：

二米　天然，泰國人，直，栗色
一米　天然，巴基斯坦人，直帶微捲，黑色
五米　天然，中國人，直，黑色
三米　人造，螺旋狀，粉紅色

愛瑞走向櫃檯。一個穿著莎麗服的胖女人搖搖擺擺走到收銀臺，然後拿了二十五英鎊去給一個頭髮剪得亂七八糟幾乎削到頭皮的印度女孩。

「拜託別用那種眼神看我，二十五鎊已經是很合理的價格了，我告訴妳，妳髮尾那麼多分叉，我能給的就這麼多了。」

那女孩用另一種語言反駁，然後從櫃檯拿起那袋頭髮準備離開，但老女人一把搶過去。「拜託，別再丟妳自個兒的臉了。我們都看過那些髮尾，二十五鎊是我能給的最高價錢了，去別的地方也不會比較多，好了，我現在……」她說著越過那女孩的肩看向愛瑞。「有別的客人。」

愛瑞看到一串熱淚從女孩眼中流出來，就跟她的沒兩樣。她似乎靜止不動了一會兒，因氣憤而些微抖動，然後「啪」地一下拿走櫃檯上的二十五鎊破門而去。

女孩離去後，胖女人輕蔑地搖搖下巴。「真是不知感激，那女孩。」

接著她撕下一張標籤貼在那袋頭髮上，上面寫著「六米，印度，直，黑／紅色」。

「是，親愛的，需要什麼？」

愛瑞重複安卓拉的指示並遞過那張名片。

「八捆？那是六米囉，是嗎？」

「我不知道。」

「是，是，沒錯。你想要很直的還是有點波浪？」

「直的，非常直的。」

胖女人默默計算一下，然後拿起那袋女孩剛剛留下的頭髮。「這就是你要的那種，我還來不得及綁，妳應該能理解。但絕對是乾淨的，妳要嗎？」

愛瑞看起來半信半疑。

「不必擔心我剛說的，這尾巴沒有分叉。是那笨女孩獅子大開口。有些人就是連簡單的買賣都不了解……就因為她剪掉頭髮很傷心，就期待可以賣個一百萬什麼的，甚至更多。她的頭髮很漂亮。我年輕的時候，喔，頭髮也是很漂亮的，啊？」胖女人聲調拔尖笑了出來，忙碌的上唇讓八字鬍隨之顫抖。接著笑聲逐漸散去。

「告訴安卓拉這樣是三十七鎊五，我們印度女人的頭髮很美對不對，嗯？每個人都想要！」

一個推著雙座嬰兒車的黑女人，拿了一袋髮夾等在愛瑞後面。她嘖了一聲，半自言自語地說：「妳們這種人自以為是什麼大人物。真是心領了！不過我們有些人就是喜歡自己的爆炸頭，我才不買什麼可憐印度女孩的頭髮哩。也祈求上帝至少讓我有機會跟黑人買這些黑人髮飾。如果我們連自己的生意都不做，要怎麼在這個國家生存喔？」

胖女人嘴邊的肌肉繃緊，然後開始講些五四三，她把愛瑞要的頭髮放進袋子裡，寫張收據給她，然後隔著愛瑞對那女人發表意見，而且完全不讓對方插話。「不喜歡在這買，就不要到這來。有人逼妳嗎？沒有啊，有嗎？真是笑死人了，人啊，有些還真粗魯，我又不是種族主義者，但我就是不明白，我不過是提供服務，服務吶，我幹麼要受人侮辱？把錢放在櫃檯就好，氣都受了，我可不打算服務。」

「又沒人侮辱妳，我的老天爺！」

「有人想買直髮是我不對嗎，還有人買白皮膚，像麥可．傑克森，那也是我的錯嗎？

那些地方報紙老叫我不要賣**孔雀博士增白劑**，我的老天，幹麼大驚小怪！但他們又愛買。把收據拿給安卓拉，可以嗎，親愛的？我不過就是跟其他人一樣，在這個國家賺錢過日子罷了。拿去，親愛的，妳的頭髮。」

黑女人繞過愛瑞，火大地把算好的零錢丟到櫃檯上。「搞什麼東西！」

「如果他們要的就是這些我又能怎樣，就是供應和需求啊。但說髒話我可受不了！這麼簡單的買賣。走出去的時候小心點啊，親愛的。至於妳，不必了，拜託妳以後別來了，不然我就叫警察，我是不會被恐嚇的，我會叫警察。」

「對，對，對——」

愛瑞為那雙座嬰兒車開門，還幫忙把一邊提起來越過門檻。在店外頭，女人把髮夾放進包包裡，看起來精疲力竭。

「我討厭這個地方，」她說：「但我又需要髮夾。」

「我需要頭髮，」愛瑞說。

女人搖搖頭說：「妳明明就有頭髮啊。」

五個半鐘頭後，感謝這場費時費力的處理過程，把別人的頭髮一小綹一小綹，用膠黏在愛瑞的兩吋短髮上。就這樣，愛瑞・瓊斯終於有了一頭又直又長、黑中帶紅的頭髮。

「直嗎？」她問，簡直不敢相信自己親眼所見。

「直得要命，」安卓拉欣賞著自己的手藝。「但是寶貝，如果妳要它乖乖留在頭上，最好是編起來。妳幹麼不讓我編起來？這樣散散的不會撐太久的。」

「會的，」愛瑞陶醉於鏡中的自己。「會的。」

畢竟，只要讓他——米列特——看一次就夠了，一次就好。為了確保讓他看到自己清新的面貌，她用手抱著頭髮一路走到伊格伯家，深怕風把她的頭髮給毀了。

是艾爾沙娜應的門。「喔，哈囉，不，他不在，出去了。不要問我去哪裡，他沒跟我說一個字，我還比較知道馬吉德在哪裡。」

愛瑞走近玄關，趁機瞥了一下鏡中的自己。頭髮都還在，而且沒亂掉。

「我可以在這等嗎？」

「當然。妳看起來不太一樣，親愛的，瘦了嗎？」

愛瑞神采奕奕地說：「新髮型。」

「喔，對耶……妳看起來像報新聞的，很不錯。那請妳到客廳坐。帶不出門的姪女和她的下流朋友也在，可別因為這樣而覺得不自在。我在廚房做事，山曼德在除草，所以盡量安靜點。」

愛瑞一進客廳。「我靠！」妮娜看著漸漸走近的身影尖叫。「妳那是他媽的什麼樣子？」

她很好看吧。頭髮很直吧。一點都不捲了吧。美吧。

「妳那樣子像怪咖！我操！瑪克莘，老天，妳快看。我的老天爺，愛瑞，妳到底是在幹麼？」

不是很明顯了嗎？就是要直啊。很直，很飄逸啊。

「我說，這是什麼大實驗？黑人版本梅莉．史翠普？」妮娜整個人像墊子一樣瘋狂地笑彎了腰。

「帶不出門的姪女！」艾爾沙娜的聲音從廚房傳來。「車衣服是需要專心的，閉上妳的嘴！妳這個大嘴巴小姐！」

妮娜的「下流朋友」也就是妮娜的女朋友，是個性感苗條名叫瑪克萍的女孩，漂亮的瓷娃娃臉，黑色的眼珠和濃密彎曲的棕髮。她拉了拉愛瑞奇怪的瀏海。「妳是做了什麼？靠，妳本來的頭髮很漂亮啊，彎彎的又很有野性，美極了說。」

愛瑞好一陣子說不出話來。她沒想到會有「棒透了」以外的評語。

「我不過是剪了個頭髮，有什麼好大驚小怪的？」

「但那不是妳的頭髮，我拜託妳，那是某個可憐的巴基斯坦女人被迫賣來養孩子的頭髮，」妮娜伸手過去抓了一大把。「我操！」

妮娜和瑪克萍兩人又開始歇斯底里。

「不要管我，可以嗎？」愛瑞逃到扶手椅上，蜷起膝蓋頂住下巴，試著表現出隨口問問的樣子。「那……嗯……米列特呢？」

「一切就是為了這個？」妮娜驚訝的問。「為了我那屎腦袋的堂弟？」

「不是，妳少管。」

「好，他不在，交了新女朋友了。一個腹部平坦得像洗衣板的中東聯盟體操選手。長得不難看，胸前很宏偉，但屁股硬得跟什麼似的，叫……叫什麼來著？」

「史塔夏，」瑪克萍從電視流行音樂排行榜中抬起頭：「……還是什麼鳥的。」

愛瑞整個人在那張山曼德最喜歡但彈簧都壞了的椅子上縮得更進去。

「愛瑞，妳要聽忠告嗎？從我認識妳開始，妳就一直跟在那孩子後面像條迷路的狗。同一時間，他已經嗅遍了所有的人——所有人——除了妳以外。他甚至還肖想我，我可是他表姊，有沒搞錯！」

「還有我，」瑪克苹說：「但我的性向不在那。」

「妳從沒想過他為什麼不打妳主意？」

「因為我很醜，又胖，還有爆炸頭。」

「不是，豬頭，因為妳是他的一切。他需要妳，你們之間有歷史。妳是真的了解他。妳看他現在多迷失。前一天還阿拉這、阿拉那，下一分鐘就跟大胸脯的金髮美女、蘇聯體操選手、或是抽大麻的搞在一起。他是從頭到尾搞不清楚自己，就跟他老爸一個樣，不知道自己是誰。但妳知道，至少還知道一些，妳知道他所有的面貌，而他就需要這些。妳是不同的。」

愛瑞轉了轉眼珠。有時候你就是想要不同。但有時候你又想要擺脫自己的一頭怪髮，好和別人一樣。

「聽著，愛瑞，妳是個聰明的孩子，卻被灌輸了一堆狗屎。妳一定要重新教育自己，了解自己的價值，停止這種盲目愛慕，做點有意義的事。交女朋友也好，交男朋友也罷，但最重要的是過有意義的日子。」

「妳是個很性感的女孩，愛瑞。」瑪克苹溫柔地說。

「哼，是喔。」

「相信她，她是個徹底的女同性戀，」妮娜熱情地撥弄瑪克莘的頭髮，然後給她一個吻。「但事實是，妳頭上頂的那個芭芭拉．史翠珊頭根本就不適合妳，爆炸頭很酷啊，小姐，很屌啊。至少是妳的頭髮。」

這時，艾爾沙娜出現在走廊那頭，手裡拿著一大盤餅乾，臉上露出強烈懷疑的神情。瑪克莘給了她一個飛吻。

「要吃餅乾嗎，愛瑞？過來吃些餅乾，來我這邊，到廚房。」

妮娜抱怨。「別神經了，阿姨，我們又不是在慫恿她膜拜莎芙[75]。」

「我不管妳們在做什麼，也不知道妳們在做什麼，更不想知道。」

「我們在看電視。」

電視螢幕出現的是瑪丹娜，兩手在錐形胸脯上游走。

「很好，看得出來，」艾爾沙娜瞪了瑪克莘一眼，冷冷地說：「愛瑞，吃餅乾？」

「我想要吃點餅乾。」瑪克莘眨眨她誇張的睫毛嘀咕。

艾爾沙娜慢慢地、尖銳地、意有所指地說：「我確定，我這裡沒有妳要的那種餅乾。」

妮娜和瑪克莘又一次笑得人仰馬翻。

「愛瑞？」艾爾沙娜叫，然後朝廚房的方向擠了擠臉。愛瑞跟在她後面離開。

「我可是跟大家一樣開明，」當她們來到不受干擾的地方，艾爾沙娜說：「但她們幹

75 希臘女詩人莎芙（Sappho），她的詩多是敘述兩個女人間的愛情，其住在愛海的里伯斯（Lesbos）島，並在這個島上舉行女詩人同歡會，而「lesbian」這個名詞遂於一八九〇年代成為女同性戀的名詞。

麼老是在那邊笑，要不就把每件事搞得好像唱歌跳舞似的？我就不相信同性戀真的那麼有趣，當然異性戀是根本就無趣。」

「我可不想再在這屋子聽到同樣的話，」山曼德從花園走進來，把手套放在桌上，面無表情地說。

「哪一句？」

「兩句都是。我可是盡力在維護一個虔敬的家庭。」

山曼德看到廚房桌邊有個人影，先是皺了皺眉，確認那真是愛瑞・瓊斯，便開始兩人一貫的簡短對話；

「嗨，瓊斯小姐，妳爸近來可好？」

「好的很，謝謝。妳最近有看到我那沒路用的兒子嗎？」

愛瑞意思意思地聳聳肩。「你看到他的時間比我們還多。神近來如何？」

「最近沒有。」

「我那有路用的兒子呢？」

「好幾年沒見了。」

「如果妳看到那個沒路用的，可不可以告訴他，說他真是沒路用？」

「我盡力，伊格柏先生。」

「真主保佑妳。」

「願你健康。」

「那，我就不陪妳們了，」山曼德伸手到冰箱上面，拿著他的禱告墊離開廚房。

「他是怎麼了？」愛瑞注意到山曼德說話很沒精神。「似乎很……我不知道，很難過。」

艾爾沙娜嘆了口氣。「他是很難過。他覺得好像把所有事情都搞砸了。當然，他確實把所有事情都搞砸了，但還不就是那個老問題，到底誰要先攤開檢討。他祈禱又祈禱，就是不願面對事實：米列特和一堆天知道是怎麼樣的人混，又老是和白女人搞在一塊，而馬吉德……」

愛瑞想起了她的第一個心上人，迷濛的完美光暈環繞在他四周，那是米列特數年來讓她失望透頂所產生的假象。

「馬吉德怎麼了？」

艾爾沙娜皺眉，手伸到廚房最上面的櫃子，拿出她收著的航空信封遞給愛瑞。愛瑞把手伸進薄薄的信封裡，拿出信紙和內附的照片。

相片上的是馬吉德。如今已經是個高䠷、出色的年輕男子。他有和弟弟一般烏黑的頭髮，只是沒有梳到前面，而是左分，再整齊的拉到右耳後。他穿著一套花呢西裝，還帶著看起來好像領巾的東西，不是很確定，因為這張照片拍得不好。他一手拿著大遮陽帽，另一手緊握印度名作家沙拉瓦地爵士的手，爵士一身白色衣服，頭上戴著一頂大緣帽，一根誇張的藤條拿在他另一隻手中。兩人擺出一副好像在自我祝賀的姿態，開懷笑著並看向全世界，好像準備互相拍拍對方的肩膀，或剛剛才做完這件事情一樣。正午的陽光照射在達卡大學的前梯，也是這張照片的拍攝地點。

艾爾沙娜用食指把照片上的汙點弄掉。「你知道沙拉瓦地嗎？」

愛瑞點點頭。中學必修的課：沙拉瓦地的《防微杜漸》，描寫帝國末日苦樂交錯的故事。

「山曼德討厭沙拉瓦地，妳知道。說他是殖民大倒退，英國的哈巴狗。」

愛瑞隨便從信中挑出一段大聲念出：

如你們所見，我何其幸運能在三月如此美好的一天，見到印度最棒的作家。由於我贏得了一個論文比賽（我的題目是：孟加拉共和國——她能投向誰？），所以到達卡大學這邊參加頒獎典禮（一張獎狀和一點點獎金），並由這位偉人親自頒獎。很榮幸的，他很欣賞我，我們一起度過了棒極了的下午，先是親密的午茶長敘，然後在達卡美麗的校園漫步。在我們漫長的對話中，沙拉瓦地爵士稱讚我的想法，甚至還說到（我是轉述他的用語）我是「頂尖的年輕人」——我會好好珍惜這個評語的！他說我未來可能會在法律或學界，甚至如他本身從事創作！我說，他第一個提到的職業最接近我的想法，而且我一直都想把亞洲國家變成合情理、有秩序、能防範災難、以及年輕小孩不需擔心花瓶掉落這種危險的地方（！）我們需要新的法律和新的規定（我這麼告訴他），來處理我們不幸的命運和天然的災禍。但這時他糾正我。「不是命運，」他說：「我們印度人、孟加拉人、巴基斯坦人就是太常在歷史面前雙手一攤大叫這是命了。我們有很多人都沒有受過教育，並不了解這個世界。我們應該要更像英國人。英國人會和命運對抗至死。他們不會聽命於歷史，除非那是他們想聽的歷史。我們總是說這是注定的！但這是錯的，沒有事情是注定的。」在這樣一個下午，我從這位偉人身上所學到的，超過——

「他學到個屁！」

山曼德怒氣沖沖衝回廚房，把水壺甩在爐子上。「跟個什麼都不知道的人學個屁！他的鬍子跑哪去了？他的長袍跑哪去了？他的謙卑又跑哪去了？如果阿拉說會有暴風，就會有暴風，會有地震，就會有地震。這當然是注定的！這正是我送那孩子回去的原因——去了解我們基本上是很脆弱的，是無法掌控一切的。回教的意義是什麼？這個字，這個字本身的意義是什麼？意思就是我臣服！我向上帝臣服，我向祂臣服。因為這不是我的生命，而是祂的。這個我稱之為我的生命是他的，要由他的意願來決定。是的，我會在人生的浪潮裡翻滾打轉，卻什麼也不能做。什麼也不能！自然本身就是回教，因為它遵從了造物者制定的法則。」

「你不用在這個屋子裡說教，山曼德·彌亞！多的是地方讓你去說這些事情。去清真寺啊，但不要在這廚房說，人家還要在這吃東西——」

「但是我們，我們卻未能主動遵從。我們很狡猾，人類是狡猾的混帳。我們的內心有惡魔，就是自由意志。我們必須學會遵從，這才是我希望馬吉德·馬佛茲·馬謝德·馬他辛·伊格伯回去發掘的東西。告訴我，我是把孩子送去給崇拜大布列顛律法的印度老玻璃洗腦的嗎？」

「也許是，山曼德·彌亞，也許不是。」

「妳不要又來了，艾爾沙娜，我警告妳——」

「喔，來啊，你這燒水的老頭！」艾爾沙娜抱起身上的備胎，像個相撲選手。「你說我們無法掌控，你卻老想掌控一切！放手吧，山曼德·彌亞，讓孩子去吧。他是下一代的人，在這兒出生的，做的事情當然也會不一樣。你無法計畫所有的事情。畢竟，有那麼糟嗎？他是沒被訓練成穆斯林，但至少他受過教育，是清清白白的。」

「這就是你要求你兒子的事情？清清白白？」

「也許是，山曼德．彌亞，也許──」

「妳不要跟我談什麼下一代！就只有一代！不可分割！永恆不朽！」

在這場爭吵的中間，愛瑞溜出了廚房朝大門走去。她在走廊上那個滿是刮痕和汙漬的鏡子裡不幸瞥到自己的模樣。她看起來就像是戴安娜．羅絲和英格柏．漢普汀克的女兒[76]。

「你要讓他們自己從錯誤中學習……」聲音來自吵得正熱的艾爾沙娜，穿透廚房廉價的木門來到愛瑞所在的走廊，她看著自己在鏡中的身影，忙著用手扯掉不屬於她的頭髮。

就像其他學校一樣，格蘭諾橡樹中學也有複雜的建築結構。倒不是說它的設計複雜，因為它其實只是單純建造於兩個不同階段。一個是一八八六年的救濟院（結果：巨型紅色怪獸，維多利亞時代的收容所），然後在一九六三年增蓋了一幢建築物而成為學校（結果：灰色大笨石，美麗新議會地產）。這兩頭怪物在一九七四年由一條龐大管狀的玻璃人行橋連接起來。但一座橋實在不足以讓兩個地方結合，或減緩學子間的分裂和幫派鬥爭。而學校也已經從慘痛的教訓中學乖，知道根本不可能光用拉丁口號（校訓：*Laborare est Orare*，勞動本身便是祈禱）就把一千名學生給整合起來。孩子就像會撒尿的狗或挖地洞的鼴鼠，老是在地上標出地盤，使每個地區都有它自己的規定、信仰及法律。不管如何鎮壓，學校私下還是被劃分成管轄帶、巢窟、具爭議性的領土、衛星領域、緊急區、少數民族區、飛地（指本國境內隸屬另一國的領土）及島嶼等等。雖然沒有詳細地圖，卻是一種常識。舉例來說，千萬不要落到垃圾箱和工藝科中間的地方，那裡曾發生傷亡事件（好像是某個叫奇斯的可憐王八，整個頭被夾在老虎鉗裡）。而在這一帶遊蕩的瘦子和壯漢可都不是好惹的，他們把一份惡毒的小報像手槍插在褲子後面，相信的是暴力正義——一命賠一命，吊死還算便宜。

這個地方對面：有長椅，三張排成一列。這裡是偷偷摸摸交易微量毒品的場所。像是兩鎊五可以買到的大麻樹脂，數量則少到可能在鉛筆盒裡弄不見，或和橡皮擦屑混在一起。或是二十五便士的合成迷幻藥，最大用處就是緩和月經的持續性疼痛。容易被騙的人還可能因此買到各色各樣的家用品——茉莉花茶、花園牧草、阿斯匹靈、甘草、麵粉等——全被拿來冒充A級毒品，然後拿到戲劇科後面那個凹進去的地方抽掉或吞掉。這個牆壁凹進去的地方，根據所站的位置，可以讓年紀太小還不能在吞吐花園（混凝土造的花園，滿十六歲的人可以在這裡抽到爽——現在還有哪個學校像這樣？）抽菸的人躲過老師的視線。所以這個戲劇部的凹洞也是要避開的。這裡都是些凶狠的小混混，十二、三歲，菸一根接著一根，他們什麼也不鳥，真的是什麼都不鳥。管你什麼健康、他們的健康、老師、父母、警察——全都一樣。抽菸就是他們對這宇宙的答案，他們的一切，他們存在的理由。他們對菸太過熱衷，倒也不是什麼鑑賞家，也不挑牌子，就只是要菸，哪一種菸都

76 戴安娜·羅絲（Diana Ross），為美國著名黑人（跟愛瑞母親一樣）女歌手。英格柏·漢普汀克（Engelbert Humperdinck），英國籍（跟愛瑞父親一樣），被喻為永遠的情歌王子。

行。他們用力抽的樣子活像猛吸乳頭的嬰兒，好不容易抽完了，就眼中含淚地朝泥巴地上丟。他們真是他媽的愛死了菸、菸、菸。除了菸之外，他們唯一有興趣的就是政治，或更正確一點講，是那些操他媽一直抬高菸價的賤胚、官員，因為錢永遠不夠，菸也永遠不夠。你非得成為白吃白喝、偷拐搶騙的高手不可。最常見的技倆就是把一週的零用錢全都花在買菸上，而且很大方地送給所有相干和不相干的人，然後在下個月忙著提醒那些有菸的人，你有菸的時候是如何如何照顧他們。但這是個風險很高的技倆，最好生得一張超不容易被記得的臉，能夠討了一根菸，五分鐘後再去討一次也不會被認出來。最好培養自己成為無足輕重的角色，當個毫無特色的叫馬特、裘利或伊安什麼的人。不然，你就得仰賴別人的施捨和分享了。而一根菸也有很多種分法。方法是這樣的：某人（真正買菸的那個人）點燃一根菸，有人大喊「一半」，這菸在一半的地方被傳了過來，當它傳到第二個人這裡，就會聽到有人喊「第三半」，再下來就是「留一半」（三半的一半），然後是「菸屁股！」如果那天天氣冷，有人哈菸哈得要死，就會聽到「最後一口！」但最後一口是極度飢渴的人才會要的。因為剩下的菸已經是千瘡百孔，連寫牌子的地方都燒掉了，連可以叫做菸屁股的東西都不剩。最後一口是泛黃的菸蒂，裡面含的東西根本不是菸草，集在肺裡就像一顆定時炸彈，會破壞免疫系統並帶來永久、窒塞的鼻腔病。那東西會讓白色牙齒變黃。

格蘭諾橡樹中學裡的每個人都在勞動。他們是標準的巴別人，什麼階級都有，什麼膚色都有，什麼奇腔怪調都有。他們在各自辛勤的角落用忙碌的香爐嘴朝頂上的各色神祇獻上誠摯的祭煙（一九九〇年的布蘭特校園報告：計有六十七種信仰，一百二十三種語言）。

勞動便是祈禱：

笨蛋在池塘邊，看青蛙怎麼做愛，
音樂科的漂亮女生唱著法文歌，哼著拉丁文，迷上葡萄減肥，壓抑同性戀本性，
死胖子在體育教室的走廊上，手淫
緊張兮兮的女生在語言教室外，讀著兇殺大全
印度小鬼在足球場上用網球打板球
愛瑞．瓊斯到處找米列特．伊格伯
史考特．布雷茲和麗沙．藍波在廁所裡，打炮
約書亞．喬分，外加小妖精，長老和侏儒，在科學大樓後面玩小妖精與蛇髮魔女

而每一個人，每一個人都在抽菸、抽菸、抽菸，或忙著討菸、點菸、哈菸，要不就是撿些菸屁股然後再做一根菸，大肆慶祝菸的能耐，可以把不同種族信仰的人拉在一塊。當然大部分時候就只是抽菸——給人一根菸，或賞我一根菸——這菸插在他們嘴裡就像小煙囪，直到那薰煙變得越來越厚，厚到就連一八八六年在救濟院的煙囪燒煤炭的人都不會覺得跑錯地方。

在迷濛煙霧中，愛瑞正忙著尋找米列特。她找過籃球場、吞吐花園、音樂科、自助餐廳、男生女生廁所，還有學校後面的墓地。她必須趕快警告他，就要突擊檢查了，這是學校教職員和當地警察的合力行動，要抓所有非法抽大麻或抽菸的人。這個震撼的消息來自阿奇，他是揭露真相的天使。愛瑞不小心聽到他在電話中提到這個家長會的重大祕密。現

在愛瑞肩負著比地震學家、甚至是先知還要沉重的任務，因為她知道這次大地震的日期和時間（今天下午，兩點半），也知道它的威力（可能會遭到開除），還知道誰很可能會成為大地震的受害者，她必須救他。她挺著抖動的身軀，頂著滿是汗水的三吋蓬蓬頭在校園裡奔跑，呼喚著他的名字，詢問所有的人，翻遍所有他常去的地方。他沒有和那些做買賣的傢伙在一起，沒和漂亮的女生在一起，沒和印度幫或黑小子在一起。最後，她蹣跚來到科學大樓，老救濟院的一部分，也是學生們最愛的死角，它另一邊的牆和東邊的角落，提供了三十公尺見方的珍貴草地，學生在這邊幹什麼不法勾當幾乎都能躲過一般人的眼睛。那是個美好、涼爽的秋日，這裡擠滿了人，愛瑞必須穿越那些玩著摸身體遊戲的人，跨過喬書亞．喬分的小妖精和蛇髮魔女遊戲（喂！注意妳的腳！小心踩到死人的洞穴！）最後擠過一票嗑菸的人所空出的小通道，才能到達位在正中心的米列特，而他正毫不含糊地抽著圓錐形的大麻菸，聽一個大鬍子高個兒說話。

「米列特！」

「我現在沒空，瓊斯。」

「但是，米列特！」

「拜託，瓊斯。這是席方，一個老朋友了。我正在聽他講話。」

席方，那個高個兒的傢伙，話都沒停一下。他的聲音深沉而溫柔，就像潺潺流水讓人難以抵抗又毫無變化，需要比愛瑞突然出現還要巨大的事件，或是比重力都還要強大的力量才能把他的話打斷。他穿著時髦的黑色西裝，白襯衫和綠領結。他胸口口袋處繡著小小的圖徽，那是兩隻手捧著一把火，下面還有個小黑點，但太小了看不清楚是什麼東西。雖然他年齡不會比米列特大，但毛髮生長能力非常傑出，一把鬍子讓他看起來老很多。

「……所以大麻會削弱一個人的能力、力量，從我們身邊帶走我們國家最好的人，就像你這樣的人，米列特，天生具有領導技巧，擁有某種特殊能力，能夠握住人們的手把他們拉起來的人。在布哈里聖訓第五部第二頁有提到：我們群體中最棒的人就是我的同齡伙伴和支持者。你是我的同齡夥伴，米列特，我也祈禱你會成為我的支持者。現在有一場戰爭正在進行，米列特，一場戰爭……」

他就這樣字連著字，帶著同樣的甜膩語氣，沒有段落、沒有換氣。任誰都可以爬進他句子裡，任誰幾乎都可以在裡面睡著。

「米列特，米列特，要緊事。」

米列特看起來昏昏沉沉，不是因為啤酒就是因為席方講話不清楚。他把愛瑞的手從袖子上甩開，試圖做個介紹。「愛瑞，這是席方。他和我以前常在一起。席方——」

席方往前跨一步，像個鐘塔似地逼近愛瑞。「很高興認識妳，姊妹，我是席方。」

「喔。米列特。」

「愛瑞，我操，媽的。你就不能冷靜一下嗎？」他把菸遞給她。「我在聽這傢伙說話，行不行？席方是號人物了，瞧他這身衣服……黑社會調調的！」米列特一根手指摸摸席方的領子，而席方雖然明知這種反應不對，還是不由自主高興地眉開眼笑。「說真的，席方，靠，你看起來很屌，夠犀利。」

「是嗎？」

「比起你以前跟我們混的時候穿的好多了，有沒有？在基爾本的那段日子，記不記得我們還跑到布拉福特，然後——」

席方記得。不過他再度擺出之前堅決的虔敬。「我想我記不得那些基爾本的日子了，兄弟，我那時淨做些無知的事，我現在不一樣了。」

「是……」米列特蠢蠢地說：「當然當然。」

米列特開玩笑地朝席方的肩上摑了一下，因為他站著不動的樣子活像個崗哨衛兵。

「所以你說，有個他媽的心靈戰爭正在進行，這真是夠他媽瘋狂的！也該是時候了，我們必須在這個該死的國家留下自己的記號。叫什麼名字來著，你再說一遍，你那個命運所在地？」

「我來自永恆的守護者與勝利的伊斯蘭國度（Keepers of the Eternal and Victorious Islamic Nation）的基爾本分支。」席方驕傲地說。

愛瑞猛吸一口氣。

「永恆的守護者與勝利的伊斯蘭國度，」米列特重複一遍，欽佩地說：「這名字真屌，聽起來有那種很臭屁的拳腳功夫在裡面。」

愛瑞皺起眉頭。「KEVIN[77]？」

「這我們有注意到……」席方肅穆地說，手指向胸口那個手捧火焰下的小黑點，五個字母低調地繡在那裡。「我們在縮寫方面有點問題。」

「一點點啦。」

「但這個名字是阿拉之名，不能隨便改的……繼續我剛剛說的，米列特，我的朋友，你可以成為魁可塢分支的領導——」

「米列特，」

「你也可以擁有我現在所擁有的，而不是你內心可怕的困惑，不是對毒品的依賴，尤其是那些政府進口來抑制黑人和亞洲團體的毒品，還不就是為了削減我們的力量。」

「對耶，」米列特拿著抽到一半的大麻菸，悲傷地說：「我倒不曾這樣看過這件事情，我想我應該要這樣看才對。」

「米列特。」

「瓊斯，不要煩了。我正在他媽的討論事情。席方老兄，你現在念哪個學校？」

席方帶著微笑搖搖頭。「我已經脫離英國的教育體系了，但我的學習之路還漫長得很。我可以引述一段塔利茲聖訓二三〇來說明：尋求知識之人正是服務上帝直到祂回歸之人，而——」

「米列特，」愛瑞在席方流暢如水的音調中呢喃。「米列特。」

「我他媽的，什麼？對不起，席方老兄，等我一下。」

愛瑞深吸一口大麻菸，說出了她的祕密。米列特長嘆一聲。「愛瑞，他們從這邊過來，我們就那邊逃走，沒啥麼大不了的，常有的事，可以嗎？現在妳可不可以過去跟那邊的小鬼玩？我這裡在談正經事。」

「很高興認識妳，愛瑞，」席方說著伸出他的手，上下打量她。「讓我這樣說吧，看到女人穿得這麼端莊，頭髮剪得這麼短，感覺真的很清新。KEVIN相信，女人不需要

77 Keepers of the Eternal and Victorious Islamic Nation 取第一個字母縮寫就是KEVIN。

去取悅西方性欲的情色幻想。」

「呃，是——謝謝。」

為自己感到難過的愛瑞，像顆石頭一樣麻木地走回那條嗑菸人空出的小道，跨越喬書亞．喬分的小妖精和蛇髮魔女遊戲。

「喂，沒看到我們在玩嗎！」

愛瑞猛地回頭，滿肚子怨氣說：「**又怎樣？**」

喬書亞的朋友：一個胖子、一個瘋子和一個頭大無比的小孩，全都害怕得縮了回去。但喬書亞並沒有退縮。他假借參加學校管絃樂團為藉口，在拉二部中提琴的愛瑞後面吹雙簧管，他常觀察她的怪頭髮和寬肩膀，覺得自己應該有一半以上的成功機會。她很聰明，也不全然那麼難看，加上她有股讓人討厭的強烈特質，儘管她常跟那個男生混在一起，就是那個印度佬。她雖然和他一起混，但她並不像他。喬書亞．喬分強烈覺得，她應該是像他這樣的人才對。他覺得她有某種與生俱來的東西是他可以激發出來的。她是個從肥人島逃出來的討人厭移民，長得挺安全，聰明又沒威脅性。她爬過可爾多山峰，遊過勒維史瑞克斯河，征服過杜文峽谷，就為了逃離她真正的同胞，來到另一個國度。

「我的意思是，妳似乎很喜歡踩在我朋友的領土上，妳想和我們一起玩嗎？」

「不，我不想和你們一起玩，什麼鳥啊，我根本就不認識你們。」

「我是喬書亞．喬分。我以前念梅諾小學。我們英文課在一起。還有我們管樂隊也在一起。」

「不，我們才不是在一起。我在管樂隊，你也在管樂隊，但我們並沒有、也不可能在一起。」

那個小妖精、長老和侏儒對這段賣弄文字欣賞得笑出鼻涕。但汙辱對喬書亞來說根本不算什麼。喬書亞接受汙辱的能耐就跟大鼻子情聖一樣。他受的汙辱可多了（從好聽的小胖喬分、優雅喬書亞、精打細算的喬書亞，到不堪入耳的嬉皮豬、鬈毛狗雜種、扒糞的），他該死的一輩子都在承受永無止境的汙辱，還不都活了下來，還為了自己能從另一個出口爬起來而沾沾自喜。汙辱不過是他道路上的小石子，只是表示那丟石子的人心智較差而已。他不予理會、繼續前進。

「我喜歡妳剪的頭髮。」

「你在說什麼屁話？」

「沒有，我喜歡女生短髮。我喜歡那種不男不女的樣子，真的。」

「你是他媽的有什麼問題？」

喬書亞聳聳肩。「沒什麼。只是再怎麼不了解佛洛伊德里論的人，也知道妳才是那個有問題的人。妳那些敵意是從哪冒出來的？我以為抽菸是要讓人冷靜。可以給我一些嗎？」

愛瑞壓根忘了手中仍在燃燒的大麻菸。「哼，對，老菸槍了，是吧？」

「淺嘗而已。」

那個侏儒、長老和小妖精發出噴鼻息和鼻涕的怪聲音。

「哼，行啊，」愛瑞嘆了口氣，正要把菸遞給他。「你要就給你。」

「愛瑞！」

是米列特。他忘了拿回愛瑞手中的菸，現在正跑過來拿。而愛瑞，把菸交給喬書亞的途中轉過身來，看到米列特朝她跑來，同時發覺地面一陣搖晃，把喬書亞那些鑄鐵製的迷你小妖精軍隊給震得摔出了棋盤外。

「這是操他媽——」米列特罵。

原來是突擊小組。他們採納了家長會員阿奇博德．瓊斯的建議，他這個退伍軍人聲稱對突擊很在行，決定兩面夾攻（以前從沒這樣試過）。他們一百多人利用出其不意的戰略，悄無聲息沒有發出半點腳步聲，就這樣把這群小混蛋困在裡面，並截斷敵人所有逃生之路，當場抓到米列特、愛瑞和喬書亞這樣的人正在使用大麻。

格蘭諾橡樹中學的校長一直都處在自我壓抑到瀕臨崩潰的狀況。他的髮線就像必定退潮的潮水，一直往旁邊退。他的眼窩很深，嘴脣總是往嘴裡抿。他沒有什麼身體可言，或者應該說是他把身體折成一個很小且怪模怪樣的包裹，然後再以一雙怪手和怪腳加以密封。校長把座位排成很大的圓形，似乎為了平衡他個人內心的崩潰，希望藉這種坦率的姿勢，幫助大家交談並看到彼此，每個人都能發表意見，並讓所有人聽到，這樣他們就可以一起解決問題，而不是斥責行為。有些家長擔心校長是個假惺惺的自由主義者。但如果你問他的祕書蒂娜，（別以為從來沒有人會問蒂娜鳥問題，喔不，別擔心，就是會有像這樣的問題：所以，這三個飯桶是做了什麼事？）那她會告訴你，他不是假惺惺，而是個徹徹底底的自由主義者。

「所以……」校長帶著憂鬱的笑容對蒂娜說：「這三個飯桶是做了什麼事？」

蒂娜不耐煩的宣讀了三人持有大麻的罪行。愛瑞舉起手來要抗議，但校長給了她一個和善的笑容要她閉嘴。

「我知道了，這樣就可以了，蒂娜。妳出去的時候麻煩讓門留點空隙，對，就是這樣，再大一點……很好，一如以往，我不想讓任何人覺得是被關在裡面。好，現在，我想用最文明的方法來處理這件事情，」校長說著，把手掌攤開放在膝蓋上，表示自己沒帶武器。「所以，沒有人會在別人的背後說話，也就是我說完我的部分，接著就換你們一個一個說，就從你開始，米列特，最後到喬書亞結束，然後當我們把該說的都說完，最後再換我來說，就是這樣。再簡單不過了，可以嗎？好。」

「我要根菸。」米列特說。

校長重新調整姿勢。他把蹺著的右腿放下，換跨皮包骨的左腿，兩根食指放在嘴脣上，像教堂的尖塔，頭則像隻烏龜縮了進去。

「米列特，別這樣。」

「你有沒有菸灰缸？」

「沒有，米列特，別這樣……」

「那我到外面去拿一個好了。」

就是這樣，這整個學校非得校長來救贖不可。他不能讓一千個孩子排排站在魁可塢的街上抽菸，把學校的風氣都給拉下來。這可是個聯合評比看名次的年代。挑剔的父母會翻遍《泰晤士報教育特刊》，從文字、數字和觀察家報告中來為學校下定論。校長每次都被逼得在重要時期關掉火警警報，以掩飾學校中數千名癮君子的存在。

「聽好，你就把椅子移到窗邊。去嘛，快點，別搞得大驚小怪的。好了，這樣可以了吧？」

一根叫蘭伯特和巴特勒的菸叼在米列特的唇上。「火呢？」

校長隨即在他的襯衫口袋裡搜刮。一包德國菸草和打火機被擠在一堆衛生紙和原子筆下面。

「拿去吧，」米列特把菸點燃，朝校長的方向吐了團煙。校長像個老人咳了幾聲。「好，米列特，從你先開始。我希望你至少能配合這點，說出實情。」

米列特說：「當時我在那裡，就是科學大樓後面，討論精神成長的話題。」

校長傾身向前，用那座教堂尖塔敲了嘴唇幾下。「你必須多告訴我一點，我才知道該怎麼做，米列特。如果和宗教有關，只會對你有好處，但我需要全盤知道。」

米列特稍作解釋。「我那時和我的弟兄在說話，他叫席方。」

校長甩甩頭。「我聽不懂，米列特。」

「他是個精神領袖，想要給我一些建議。」

「精神領袖？席方？他念我們學校嗎？你是在講什麼異教膜拜嗎，米列特？我要知道我們是不是在講什麼異教膜拜？」

「不！不是他媽的異教膜拜，」愛瑞被激怒叫了出來。「我們可以快一點嗎？我十分鐘後還有提琴課。」

「現在是米列特在說話，愛瑞。我們在聽米列特說話。希望等會兒輪到妳說話米列特會給妳比較多的尊重，可以嗎？我們必須要溝通才行。好了，米列特，繼續。是什麼樣的精神領袖？」

「回教。他協助我在信仰上成長，可以嗎？他是永恆的守護者與勝利的伊斯蘭國度基爾本分支的領導者。」

校長皺起眉頭。「ＫＥＶＩＮ？」

「他們自己知道有縮寫的問題，」愛瑞解釋。

「那麼，」校長急切地說：「這個從ＫＥＶＩＮ來的傢伙，就是那個供貨的人嗎？」

「不是，」米列特把菸灰彈到窗外。「東西是我的，他在和我說話，是我在抽大麻。」

幾次繞來繞去的對話後，愛瑞說：「聽著，事情很簡單，那是米列特的東西，我沒有多想就抽了，然後我要喬書亞幫忙拿一下好讓我綁鞋帶，他跟這事一點關係也沒有。可以了吧？我們可以走了嗎？」

「不，我有關係。」

愛瑞轉向喬書亞。「什麼？」

「她是想為我掩飾。有些大麻菸是我的。我正在做大麻交易，然後那些警察豬就撲上來了。」

「喔，老天爺，喬分，你是豬頭。」

也許吧。但在過去這兩天，喬書亞得到了更多尊敬，肩膀被更多人拍過，這輩子從來沒這麼被人看重過。米列特的風采似乎因為這次的結夥事件有部分轉移到他身上。至於愛瑞，這個嘛，過去兩天，他允許自己從「模糊的興趣」開始發展，再演變成全面的迷戀。不對不對，是對他們全面的迷戀。他們有一種令人注目的特質，比矮子艾爾金或巫師摩洛奇還要引人注目。他想要和他們發展關係，不管這連結多麼薄弱。他們從一群討厭鬼中挑中了他，意外讓他從毫不起眼的傢伙迅速成為學校的焦點。他可不想什麼都沒做就回到原點。

「這是真的嗎？，喬書亞。」

「是……嗯，剛開始只做一點點，但我想我現在真的有麻煩了，很明顯的，我本來不想販毒的，我真的不想，但這就像人在江湖，身不由己——」

「喔，我的老天……」

「好了，愛瑞，妳必須讓喬書亞自由發言才行。他的發言權就跟妳的一樣重要。」

米列特的手伸到校長口袋，抽出那厚厚一包菸草，然後把裡面的東西倒在小小的咖啡桌上。

「喔伊，喬分，說大話的，估出八磅的量。」

喬書亞盯著那難聞的棕色小山丘。「是歐洲的八磅還是英國的八磅？」

「你就照米列特說的做行不行。」校長不耐煩地說，傾身向前去檢驗菸草。「好讓我們解決這事。」

喬書亞顫抖著手抓了一把菸草放在手掌上舉了起來，校長把喬書亞的手拉到米列特鼻下檢視。

「這些連五磅都不到，」米列特輕蔑地說：「要是我就絕不會跟你買。」

「好了，喬書亞，」校長說著把菸草塞回袋子裡。「我想我們可以很有把握的說，這場遊戲結束了。連我都知道這些不可能有八磅，但我擔心的是為什麼你覺得有必要撒謊，看來我們得另外約個時間好好談談。」

「是，校長。」

「同時，我也和你們父母談過了。為了配合學校放棄行為責罰，改採建設性的引導式管理，他們很慷慨地建議了一個為期兩個月的計畫。」

「計畫？」

「每個星期二和四，你，米列特，和妳，愛瑞，要到喬書亞家和他一起課後溫習兩個小時，平均分配給數學和生物，這是你們最弱也是他最強的科目。」

愛瑞鼻子哼了一聲。「你不是認真的吧？」

「你們知道，我是認真的。我認為這是個很有趣的建議。這麼一來，喬書亞的優點就可以同時分配到你們身上，而你們兩個也可以到比較穩定的環境。另外還有一個好處，就是不讓你們到街上混。我已經跟你們父母談過了，而他們也很高興有這樣的……你知道，安排。但真正讓人興奮的是，喬書亞的父親是位卓越的科學家，而他母親是園藝家，因此，你們知道，我相信你們一定會從中獲得很多。你們兩個有很大的潛能，但我覺得你們被某些會損害潛能的東西給困住——不管是家庭因素或是個人問題，我不知道——但這次是一個很好的解脫機會。我希望你們不會把它當做是懲罰，而是當成很有建設性的活動，是人們彼此的相互幫助。我真的很希望你們能用心來做這件事情，知道嗎？這樣的事情在過去也有很多例子，這種情操、這種格蘭諾橡樹高中的特質，是遠從格蘭諾爵士本身就開始的。」

格蘭諾橡樹中學的過去、情操及特質，正如每個道地的格蘭諾人都知道，可以追溯回艾德蒙．佛雷克．格蘭諾爵士（1842－1907），一位學校決定紀念為維多利亞時代恩主的人。官方文獻記載，格蘭諾出於對改善社會弱勢團體的熱誠，捐贈經費建造了最早的建築，在家長教師聯盟（PTA）手冊中以「收容所」取代「救濟院」稱之，讓當年的英國和加勒比海混種人可以在此工作和受教育。根據PTA手冊記載，格蘭諾橡樹中學的創始人是位教育慈善家。但同時，PTA手冊也表示「行為過失課後反省時間」適合用來取代「留校查看」的說法，那這下就難講了。

你只要在當地圖書館的檔案資料裡做更詳盡的研究，就會發現艾德蒙．佛雷克．格蘭諾爵士其實是個很成功的殖民家。他在牙買加種植菸草賺了很多錢，或更確切地說，是碰巧看到一大片土地上面有菸草。這樣經過了二十年，由於賺的錢遠遠超過他的需要，艾德蒙爵士便常躺在他令人欽羨的皮製扶手椅裡自問，難道沒什麼是他可以做的嗎？讓他可以帶著善心和尊重進入老年的事蹟？為人們做些事情，那些他從窗戶就可以看到的人，那些在農場上的人。

艾德蒙爵士為此困擾了好幾個月。直到某個星期天下午，他悠哉地在京斯敦散步時，聽到了熟悉的聲音，這聲音那天卻給了他不同的啟示。那是虔敬的吟唱聲，有拍手、有啜泣也有慟哭。喧鬧、激動和著迷的聲浪，一個教堂接著一個教堂傳了出來，在牙買加凝重的空氣中穿梭，宛如看不見的聖樂團。*是了，這就是了*，艾德蒙爵士心想。他並不像過去他那些愛國同袍，總是把這些歌聲當做是在叫春，或指控其為異教徒。艾德蒙爵士一直都為牙買加基督徒的祈禱式所感動。他喜歡「歡樂教堂」這樣的想法，大家可以任意在裡面擤鼻涕、咳嗽或突然動來動去，也不會遭受牧師怪異的眼光。艾德蒙爵士很確定，上帝以祂的智慧，才不會想把教堂變成一板一眼痛苦不堪的地方，就像湯布利・威爾斯鎮的那個[78]一樣，而是一個快樂、可以唱歌跳舞和拍手踏步的地方。而牙買加人了解這一點，有時候這似乎也是他們唯一真正了解的一點。艾德蒙爵士在一間尤其歡聲雷動的教堂外站了一會，藉此機會思索他的難題：牙買加人對上帝的奉獻，和對雇主賣命之間的差距簡直有如天壤之別，而這也是他過去不得不多次思考的問題。一直到這個月，當他坐在書房專心思考自己設下的難題，他的管理員敲門三下帶來消息，說有很多男人在工作時睡著或嗑藥，而一大票媽媽級的人（其中也包括包頓家的女人）則是抱怨薪水太低而拒絕工作。你看吧，這就是問題所在，一清二楚。你可以看到牙買加人一整天都在禱告，不管是白天或晚上，他們會為了任何宗教日子而擠到教堂，即便是最無關緊要的日子。但換做是在菸草園，只要你視線從他們身上移開一分鐘，他們的工作就會停擺。當他們做禮拜，那可真是活力四射，身體動得跟活蹦亂跳的豆子，在走道上亂吼亂叫……但工作時卻是擺出一張臭臉不願合作。這問題讓他非常困擾，早期還為此寫了一封信去請教《拾穗人》[79]，不過並沒有得到滿意的答覆。艾德蒙越是思考，就越加確定這件事的情況和在英國時正好相反。

---

78 Tunbridge Wells 位於倫敦東南部的城市，基本上都是英格蘭本地人，沒有有色人種。

79 *The Gleaner*，牙買加的新聞報紙。

你會為牙買加人的信仰感動，卻為他們的工作倫理和教育失望。相反地，你會欣賞英國人的工作倫理和教育，卻對他們搖搖欲墜的信仰失望。現在，當艾德蒙爵士轉身回去自己的莊園，他知道自己的地位是可以去做些改變的。不，比這還要偉大，是去改造！艾德蒙爵士是個相當肥胖的人，看起來好像後面還可以藏一個人，這會兒卻幾乎不顧一切地直奔回家。

隔天，他發了一封振奮人心的電報到《泰晤士報》，並捐了四萬英鎊給一個教會團體，要求在倫敦找一塊地，讓牙買加人可以在這裡和英國人併肩工作，包裝艾德蒙爵士的香菸，並在傍晚時接受英國人的基本教導。這塊地上除了主要的工廠，還要蓋一間小禮拜堂。艾德蒙爵士繼續在信中表明，星期天時，牙買加人要帶英國人上教堂，並讓他們知道做禮拜應該是什麼樣子。

這地方是蓋起來了。在倉促向大家保證那裡遍地是黃金之後，艾德蒙爵士載運了三百個牙買加人到北倫敦。兩個星期後，在世界那一頭的牙買加人發了封電報向格蘭諾報告平安抵達，而格蘭諾則寫了一封回信，建議在已經有他名字的匾額下方加上一句拉丁格言：*Laborare est Orare*（勞動便是祈禱）。有一陣子事情進行得還頗為順利。牙買加人對英國很樂觀，他們把冷冽的氣候拋到腦後，內心因為艾德蒙爵士突如其來的熱情並關懷他們的福利感到溫暖。但艾德蒙爵士向來有個問題，就是無法持續他的熱情和關懷。他的腦袋是顆小東西，上面卻破了個大洞，熱情總是從大洞裡漏出來。他對牙買加人信仰的好奇很快就被其他興趣所取代，例如：印度軍人的衝動、英國處女的不切實際、千里達人「性」趣特別強烈所造成的影響等等。接下來的十五年，除了艾德蒙爵士的記帳員寄來還算準時的支票，位於格蘭諾橡樹的工廠就沒有再聽到他的消息。後來，一九〇七年的京斯敦地震，格蘭諾在愛瑞外婆面前被倒下來的大理石雕給壓死（這都是舊祕密，只有時機對了才會像智齒落下一般公諸於世）。那真是個不幸的日子。就在同一個月，他原本還計畫要回到英國海岸，去看看他那個長久以來都忽略了的實驗進行得如何。一封他親筆所寫並載明行程的信，在一隻蟲花了兩天時間穿越這個可憐老人的腦袋來到他左耳時，他同時抵達了格蘭諾橡區。雖然他被蟲子狠狠吃了一頓，但格蘭諾本人至少逃掉了一個棘手的難題，因為他的實驗結果非常糟糕。運送潮溼又大量的菸草到英國所造成的費用，讓整件事從一開始就很不切實際。當艾德蒙爵士的資助在六個月前被榨乾，整個經營便一落千丈。教會團體小心翼翼地消聲匿跡，工廠的英國人離開去找其他工作，而牙買加人因為在其他地方找不到工作，只好留下來倒數糧食耗盡的日子。那時，他們對於假設語氣、九九乘法、征服者威廉的生活與時代、還有等邊三角形的性質等等事物都已經相當熟悉，但重點是他們餓了。有些人因此餓死，有些人因為飢餓所犯的小罪進了監牢，還有許多人則是笨拙地朝東倫敦（港口多工區）和英國勞動階級蠕動。有一些人在十七年後，也就是一九二四年的大英帝國博覽會裡，發現自己出現在牙買加展示區中，穿得像個牙買加人，為他們以前的生活方式做可怕的模擬表演——馬口鐵皮鼓和珊瑚項鍊等。因為他們根本就是英國人了，甚至拜失望所賜變得比英國人還要英國人。因此，總而言之，他們的校長是錯了，格蘭諾根本稱不上為下一代傳承了什麼偉大的教化明燈。傳承這東西根本不是你可以自行選擇給予或拿走的，而在遺產這門棘手的生意裡也沒有絕對。雖然這可能會讓他大失所望，但格蘭諾造成的影響是很私人的，並非專業或教育上的：這樣的影響滲透到了人類的血液以及家族的血脈，滲透到移民者的第三代，使他們即使在豐盛的食物面前和家庭的懷抱中，依然有飢餓和被遺棄的感覺；它甚至滲透到了牙買加包頓家族裡的愛瑞・瓊斯，儘管連她自己都沒有察覺。（應該有人要告訴愛瑞對格蘭諾持保留看法的，畢竟牙買加是個花一天就可以走完的小地方，而住在那裡的人三不五時總是會彼此相遇的。）

「我們有選擇的餘地嗎？」愛瑞問。

「你們對我很誠實，」校長咬著他沒有血色的嘴唇。「所以我也要對你們誠實。」

「我們沒有選擇的餘地。」

「老實說，沒有。就是這樣，不然就是兩個月的行為過失課後反省時間。很抱歉我們必須顧及所有人的想法，愛瑞，就算不能每次都顧及所有人的想法，至少也要顧及部分人——」

「是，這真是太好了。」

「喬書亞的父母真的是很棒的人，愛瑞，我想這次的經驗對你們一定很具教育性。你不覺得嗎，喬書亞？」

喬書亞喜形於色。「喔，是的，校長，我真的這樣覺得。」

「令人興奮的是，如你們所知，這可能是後面一系列計畫的實驗專案，」校長激動地說：「讓弱勢或少數民族背景的孩子接觸那些可以讓他們學習的孩子。同樣的，顛倒過來也是一種交流。孩子們相互學習籃球、足球等。我們可能還可因此集資，」校長凹陷的眼睛開始沉入他顫動的眼皮下，就在他說出那個魔法字眼「集資」的時候。

「我操，媽的，」米列特難以置信的搖搖頭。「我需要一根菸。」

「一半。」愛瑞跟在他後面出去。

「那星期二見囉。」喬書亞說。

12 虎牙：撕裂的獠牙

這麼比較或許有點誇張，不過，過去二十年來，我們在性和文化上的改革，與園藝在草圃及花床上的改革其實相去不遠。過去，我們只要看到那些二年生、顏色貧瘠的花可憐兮兮從地面冒出來，一年開它幾次（如果幸運的話）就很偷笑了。現在，我們對花的要求既要多樣化又要持久，就希望它們一年三百六十五天，天天綻放鮮豔的色彩。以往，園藝者還為自花授粉的可靠性背書，讓雄蕊花粉傳到同一朵花的柱頭（自體授精）。現在我們更具有冒險性，無疑是異花授粉的歌頌者，讓花粉從一朵花傳到同株植物另一朵花上（同株同種異體授精），或傳到不同株但同種的花上（異株同種異花授粉）。因此，不管是鳥、蜜蜂或濃密的花粉都是應該被鼓勵的！沒錯，自花授粉是兩種授粉法裡比較簡單而且有把握的，尤其對需要藉由充分複製母體品種以捍衛疆界的物種來說。然而無性繁殖造就出完全一樣的後代，必須承擔因演化而可能導致舉族滅絕的風險。園藝就如同社會和政治領域，唯一不變的就是變。我們的父母和父母那一代的喇叭花都付出了代價才學到這個道理。而歷史的演進沒有感情可言，總以殘忍的決心，一年又一年，沉重地走過每個世代。

事實上，異花授粉能製造出更多不同、更能適應改變環境的後代。據說異花授粉的植物也能製造出更多、品質更好的種子。如果我那一歲大的兒子（偏離天主教的女園藝家，和聰明猶太人異體授精的結果！）就是這樣的例子，那我敢說這樣的說法還真是不假。姊妹們，底線是：如果我們希望在未來十年還能有花戴在頭上，那麼花朵就必須更強健，更容易取得，而這只有真正細心照料的園藝者才能做得到。如果我們希望為孩子提供快樂的園地，為丈夫保留沉思的角落，我們就必須創造多樣有趣的花園。大地之母是偉大而豐富的，但就連她偶爾也需要你的幫忙！

——喬伊絲．喬分，擷取自《花朵新勢力》，一九七六年出版，毛毛蟲出版社

一九七六年酷夏，喬伊絲．喬分在一間窄小的閣樓，望著她雜亂的花園寫下了《花朵新勢力》這本書。這本小書率直的開頭讓它變得怪怪的——與其說是談植物，還不如說是談感情。這本書後來賣得很好，在整個七〇年代末穩定銷售（雖算不上每張茶几都有的擺設書，但仔細看看每位嬰兒潮世代的人的書架，都可以發現它布滿灰塵、遭人忽視，和一些名作家的書擺在一塊，像是史帕克醫師[80]、雪莉．康倫[81]、還有艾莉絲．沃克的《格藍奇科普藍的第三次生命》[82]等。《花朵新勢力》會受到歡迎，最感意外的莫過於喬伊絲本人。這本書基本上只寫了三個月，而且因為熱得要命，她多數時間只穿著迷你T恤和短褲，偶爾還得替喬書亞餵奶，但幾乎是心不在焉的。不過，她卻在信筆拈來的花草文句間體認到這樣的生命正是她一直想要的。七年前，她穿著迷你裙經過牛津大學廣場時，第一次見到

80 Dr. Spock，著有《育兒寶典》（*Dr. Spock's Baby and Child Care*）。
81 Shirley Conran，暢銷書《女超人》的作者，曾向英國婦女發出呼籲，舉行生育大罷工。
82 Alice Walker，美國非裔文壇健將，普立茲文學獎得主，曾將母親的花園與百衲被當做草根女性創作的象徵。

馬考斯那對聰明的小眼睛不經意瞥到她又白又胖的腿，從那一刻起，她斗膽想像的未來就是這樣。她是那種看一眼就知道的人，儘管她未來的老公才緊張的要開口說聲「嗨」。

這是樁非常快樂的婚姻。一九七六年夏天，在熱氣、蒼蠅和冰淇淋車沒完沒了的旋律中，事情就這樣迷迷糊糊發生了，有時候喬伊絲還得捏捏自己來確定一切是真的。馬考斯的辦公室就在大廳右邊底，而她會每天兩次散步到走廊來，結實的一邊臀背對著喬書亞，另一邊則把門撞開，就為了確定他還在那兒，確定他是真的存在。她會精力充沛地湊近書桌前，親親她這位摯愛的天才，認真研究奇怪的螺旋、字母和數字的人。她老愛將他拉離手邊的研究，然後告訴他喬書亞做了什麼或學了什麼不得了的事，不管是發聲、認字、動作協調性或模仿力等。*就跟你一模一樣*，她會這麼對馬考斯說，而馬考斯會回答說，*還真是好遺傳*，然後拍拍她的背和粗大腿，秤秤她的乳房、摸摸她的小肚肚，大體說來對他的英國洋梨、他的大地女神……還頗為欣賞。而這樣她就滿足了，然後像一隻抱著小貓的大貓，滿身覆蓋薄薄一層快樂的汗珠，慢慢踱步回自己的辦公室。她會聽到自己以一種漫無目的的喜悅呢喃，就像念出青少年在廁所門上塗鴉的東西一樣：*喬伊絲和馬考斯，馬考斯和喬伊絲*。

七六年夏天，馬考斯也在寫書。（在喬伊絲看來）與其說是書不如說是研究。這本書叫《嵌合鼠：針對布林斯特（一九七四年）對老鼠胚胎在八細胞發展階段之細胞結合研究的評估及實際探索》[83]。喬伊絲在大學時念過生物，但從沒想過要碰觸在老公腳邊越積越高、活像老鼠丘的厚厚手稿。喬伊絲知道自己的限制，她沒那麼大的欲望想去讀馬考斯的書，就某方面來說，只要知道有書在寫，而且是她嫁的人所寫的就夠了。她的老公不只會賺錢、會做事、會賣別人做的東西，他還會創造生物。他來到上帝想像的邊緣，創造了連耶和華也想像不到的老鼠：有兔子基因的老鼠、有腳蹼的老鼠（這些或許是喬伊絲自己的想像，因為她並沒有問清楚）、會年復一年更顯示出這是由馬考斯所設計的老鼠：從選擇品種中碰運氣，到胚胎的嵌合重組，然後是接下來的快速發展等等，超越了喬伊絲的理解範圍，也造就了馬考斯的未來——DNA顯微鏡下注射法、逆轉濾過性病毒調節遺傳工程[84]（他還差點因此贏得一九八七年的諾貝爾獎）、胚胎幹細胞基因轉殖——種種過程讓馬考斯用來操作卵細胞、將表現不穩定的基因規則化、將指令與命令植入胚胎當中，使其成為該生物的生理特質，並創造出身體完全遵照馬考斯需求成型的老鼠。當然他腦中一直存有人道的考量，像是有助於癌症、腦中風、帕金森氏的治療等，總是堅定地相信所有生命都可以是完美的，可以讓生命更具效能、更符合邏輯（對馬考斯來說，疾病只是在基因組合邏輯上出了問題，就像資本主義也只是人身為社會動物在邏輯上出了問題一樣）、沿著「喬分之路」演進下去。他對主張動物權的激進分子——一聽到馬考斯怎麼處置老鼠，就擠在他家門口，讓喬伊絲不得不用窗簾桿把他們趕走的可怕人物——或是嬉皮、樹人、以及任何無法看清社會與科學發展根本就是手足相連的人，一概表達輕蔑之意。這就是喬分

83 賓州大學獸醫醫學院的一位胚胎學家賴夫・布林斯特（Ralph Brinster），研究出一種簡單的方法可以在實驗室培養，使授精的鼠卵成長直到成為胚細胞。不久，其他科學家現一隻老鼠的部分胚細胞可注射入另一隻的胚細胞內。結果變成了嵌合體，也就是其細胞是兩個胚胎細胞鑲嵌體的考鼠。

84 Retrovirus-Mediated Transgenesis，一種調節致癌性病毒的遺傳工程。

之路，代代相傳下來，他們先天的缺點就是無法欣然忍受笨蛋什麼的。如果你和喬分家的人辯論，企圖替認為真理只是語言的功能，或歷史是種詮釋，而科學是種比喻的怪法國佬辯護，那麼參與討論的「喬分家的人」會靜靜聽你說，然後輕蔑地揮揮手，根本懶得去反駁，免得抬高了這場廢話的層次。對喬分家的人來說，真理就是真理，天才就是天才。馬考斯創造生物，而喬伊絲是他老婆，勤奮地製造出另一個小馬考斯。

十五年後，喬伊絲依舊認為沒有人的婚姻會比自己的更快樂了。他們在喬書亞之後又生了三個小孩：班哲明（十四歲）、傑克（十二歲）和奧斯卡（六歲），全是精力充沛的鬈髮男孩，個個口才好又風趣。馬考斯的大學教職和喬伊斯的《室內植物的內心世界》（一九八四年出版）幫助他們度過八〇年代繁榮後的蕭條，並有足夠的錢加蓋一間浴室、一間溫室並維持充裕的生活：陳年乳酪、美酒、甚至還可以到佛羅倫斯過冬。而現在有兩件新案子在進行：《攀爬玫瑰的祕密戀情和基因轉殖鼠：顯微鏡下注射法的先天限制》（高登與雷多所著，一九八二年）與《胚胎幹細胞基因轉殖》（勾斯勒等著，一九八六年）的比較研究。另外，馬考斯在沒有思考清楚的狀況下和一位小說家合作，撰寫一本「科普」一書，希望藉此賺足至少前兩個孩子一直到大學的費用。喬書亞是個數學奇葩，班哲明想跟他爸一樣成為遺傳學家，傑克的興趣是精神病學，而奧斯卡玩西洋棋可以在十五步內拿下他爸的國王。更有甚者，喬分夫婦竟然敢把孩子送到格蘭諾橡樹中學就讀。與此同時，他們的同儕，那些緊張兮兮的自由主義者，卻聳聳肩、內疚地避開這場意識形態上的賭博，寧願拿錢讓小孩讀私立學校。喬分家的孩子不僅耀眼，也很快樂，更不是溫室裡的花朵。他們課後唯一的活動（他們是看不起運動的）就是一星期五次，接受傳統佛洛伊德精神醫師（名叫瑪喬莉）的個別治療，喬伊斯和馬考斯則安排在週末（個別的）。這對喬分家以外的人來說可能很極端，但馬考斯是在非常尊重心理治療的環境下長大的。（在他家族，治療早就取代了猶太教。）而且成果無庸置疑。喬分家每個人會都宣稱自己心智健全且情緒穩定。孩子們很早就有了戀母情節，但是表現正常，他們都是絕對的異性戀，愛慕母親並欽佩父親，而且，很不尋常地，這樣的情感一直到青春期才開始增強。他們極少爭吵，就算爭吵也只是好玩而且只針對政治和才智的話題（無政府的重要性、提高稅收的必要性、南非問題、心物二分等等），一些他們都同意的話題。

喬分夫婦沒有朋友。他們主要互動的對象就是喬分家族的其他成員（他們的好基因是絕對不能不提到的：有兩位科學家，一位數學家，三位精神病學家，還有一個年輕的堂弟在工黨工作）。他們在國定假日且基於忍耐的情況下，會拜訪長久以來被排斥在外的喬伊絲娘家，也就是康諾爾家族。他們是《每日郵件新聞》（*Daily Mail*）的撰寫員，到現在對喬伊絲嫁給以色列人依舊不是很苟同。但重點是：喬分家族也不需要其他人。他們把自己當作名詞、動詞、偶爾也可以是形容詞。這是喬分家的做法，他說出了喬分家道的真正精髓，他又在擺喬分了，關於這點我們更加堅持喬分思想。而喬伊絲也會向任何人挑戰，看有誰的家能像他們的這麼快樂、這麼的喬分樣。

可是啊，可是⋯⋯喬伊絲非常懷念她是家中關鍵人物的黃金歲月。就是別人沒有她就不能吃、不能穿的日子。但現在就連奧斯卡都能自己弄點心了。有時候似乎就是沒東西可以讓她改善，沒東西可以讓她栽種了。最近她為雜亂的玫瑰剪去枯枝時，發現自己還真希望有機會去指正喬書亞的缺點、找出傑克或班哲明的祕密創傷、或發現奧斯卡的行為偏差等任何值得她注意的事情。但他們都太完美了。有時候，喬分一家星期日坐在一起晚餐，就這樣持續扒著烤雞直到只剩破爛的胸腔，大家靜靜地狼吞虎嚥，只有在拿鹽巴或遞胡椒罐時才說話，無聊的程度極其明顯。本世紀正要邁入尾聲，而喬分家的人卻無聊得要死。他們彼此就像對方的翻版，坐在餐桌上宛如完美的映射，喬分主義和所有原則無窮無盡地映射下去，從奧斯卡映射到喬伊絲，喬伊絲映射到喬書亞，喬書亞映射到馬考斯，馬考斯映射到班哲明，班哲明再映射到傑克，無遠弗屆地橫越桌上的肉和菜。他們仍舊是那個了不起的家庭，只不過和牛津的同儕——那些現在是法官、電視臺執行長、廣告人、律師、演員、和其他喬分主義看不起的人——斷了聯繫之後，就變成了沒人可以欣賞喬分主義了。沒人可以欣賞它的美好邏輯、它的熱情和智慧。他們就像五月花號裡瞪大眼睛的乘客，視線所及之處沒有任何礁石，或是沒有新的未知領域的朝聖者和先知。他們是無聊的，而其中又以喬伊絲最為嚴重。

為了填補整天獨自在家的時間（馬考斯都通勤到學校），喬伊絲的無聊使她翻遍家裡所有的雜誌（新馬克斯主義、力行馬克斯主義、新科學家、牛津饑荒救濟委員會刊、第三世界運動、無政府主義者期刊），渴望看到赤裸裸的羅馬尼亞人或大肚皮的衣索比亞人——沒錯，她知道這些讓人看了很不舒服，但就是要這樣。孩子們在光滑的紙上哭喊，他們需要她，而她需要被需要，這她一點也不否認。就像她的孩子本來都還瞪大眼睛只吃母奶，最後卻一個接著一個斷了這個習慣，她可是很不高興的。她通常都會延後個兩、三年，以喬書亞來說就有四年，雖然她沒有缺奶的問題，但孩子卻不需要了。她害怕那個不可避免的時刻到來，孩子從對鈣質的依賴，轉變成喜愛糖果的糖分，從輕度藥癮轉變成重度毒癮的一天。於是，從她停止為奧斯卡哺乳的那一刻起，她便把自己丟回園藝，回到所有小東西都需要依賴她的溫暖園地。

之後，在一個晴朗的日子，米列特．伊格伯和愛瑞．瓊斯心不甘情不願地走進了她的生命。當時她正在後花園，傷心地發現她的加德爵士飛燕草（有淡紫紅色和深藍色，中心烏黑好似天空中的子彈孔）上有薊馬蟲子那殺死她灌木的噁心害蟲。門鈴響起，喬伊絲頭往後偏，直到聽見穿著拖鞋的馬考斯放下手邊的研究跑下樓梯，這才帶著滿意的心情回到灌木叢中。喬伊絲揚起眉毛檢查那些招搖的花朵，花朵立在飛燕草八英尺高的枝幹上吸引人們的注意。她大聲自言自語，薊馬蟲，了然地看著每朵變質又潰爛的花。薊馬蟲，她不無高興地又重複了一遍，因為現在需要治療了，甚至還可為此寫一本書，或至少一個章節，就叫薊馬蟲。喬伊絲對薊馬蟲可是略知一二：

薊馬蟲：以各種植物為食的小蟲通稱，尤其喜愛待在室內或外來種植物所需的溫暖環境。多數種類的成蟲長度不會超過一．五毫米（〇．〇六英寸）。有些沒有翅膀，其他則多半有兩對邊緣有毛的短翅膀。成蟲和蛹都有狀如吸管帶刺的嘴巴。雖然薊馬蟲為某些植物傳授花粉，並會吃掉某些害蟲，但對近代園藝者來說，牠們是既有益、也有害，且通常被視為需要用殺蟲劑來控制的有害昆蟲。**科學分類**：薊馬歸類在昆蟲綱纓翅目下。

——喬伊絲．喬分，《室內植物的內心世界》，摘自害蟲及寄生物之索引是的，薊馬蟲有好的本能：牠們基本上是好心、多產、會幫助植物發展的生物。薊馬本意是好的，但牠們衝過了界，越過傳授花粉和吃掉害蟲的本分，開始吃起了植物本身，而且還是從內部吃起。如果你放著不管，一代代的飛燕草就會被薊馬蟲侵襲。如果在這種情況下連殺蟲劑都沒用，又該拿薊馬怎麼辦呢？除了努力、無情地修剪，而且必須從一開始就做，還有什麼其他的辦法呢？喬伊絲深吸一口氣。她現在為飛燕草做的就是這些，而她之所以這麼做，就是因為如果沒有她，飛燕草就完了。喬伊絲從圍裙口袋拿出巨大的園藝剪，緊緊握住那令人不快的橘色把手，把兩片銀色刀鋒放在一朵藍色花的咽喉下。真是冷酷的愛啊！

「喬伊絲，喬——伊絲！喬書亞和他抽大麻的朋友來了！」

英文的pulchritude這個字，源自拉丁文pulcher，是「美麗」的意思。也是當米列特．伊格伯踏進溫室階梯，對馬考斯的冷笑話感到不屑，並在漸逝的冬陽下遮蔽他紫色的雙眸時，讓喬伊絲第一個聯想到的字。「美」：而且不只是個概念，而是這個字的實例，就像有人把這個字打在她視網膜上一樣——美——一種你最不可能想到會在這裡出現的美，潛藏在這個看起來意思應該是「打嗝」或「皮膚感染」的字背後。一個高䠷、褐色皮膚的年輕人所擁有的美，而這樣的人對喬伊絲來說本來應該是不起眼的，就像她每天跟他們買牛奶麵包、把帳戶交給他們核對、或隔著銀行櫃檯的厚玻璃遞出支票簿的那些人。

「米列——特．伊格——伯，」馬考斯用外國話的音節說：「當然，還有愛瑞．瓊斯。喬書亞的朋友。我剛還跟喬書亞說，他們是我們看過他朋友中最好看的了！他的朋友通常是又矮又瘦，過度遠視以至於變成近視，不然就是畸形腿。而且從來都沒有女的。哈！」馬考斯無視喬書亞驚恐的神情，繼續興高采烈地說：「妳能出現真是天殺的太好了。我們還一直在找，看哪個女的會看上老大不小的喬書亞……」

馬考斯站在花園的階梯上，頗為明目張膽地欣賞著愛瑞的胸脯（雖然老實說，這是因為愛瑞比他要高出一整顆頭和肩膀）。「他是個優秀的青年，又聰明，不規則幾何是有點弱，但我們還是愛他……」

馬考斯停下來讓喬伊絲從花園出來。她脫掉手套，和米列特握手，並跟著大家進入廚房。「你真是個大女孩。」

「呃……謝謝。」

「我們家喜歡這樣，很能吃的樣子。喬分家的人都很能吃又健康。我是一點都不會胖，但喬伊絲就會，不過基本上都胖在對的地方。你們要留下來晚餐嗎？」

愛瑞呆呆站在廚房中央，緊張得說不出話來。她從沒見過像他們這樣的父母。

「喔，別在意馬考斯，」喬書亞調皮地眨眨眼。「他有點老色鬼了。這算是喬分家的玩笑，從你一進門就一直轟炸你，看你反應有多快，喬分家的人覺得輕鬆的談話沒意義。喬伊絲，這是愛瑞和米列特。他們就是那兩個躲在科學大樓後面的人。」

喬伊絲逐漸從米列特．伊格伯的影象中恢復過來，妳重新振作精神，以扮演好喬分媽媽這個角色。

「所以就是你們兩個在帶壞我大兒子囉。我是喬伊絲。要喝茶嗎？所以喬書亞的壞朋友就是你們。我剛剛還在修剪飛燕草。這兩個是班哲明、傑克，走廊上那個是奧斯卡。要草莓的、芒果的還是原味的？」

「我要原味的，謝謝，喬伊絲。」喬書亞說。

「我一樣。」愛瑞說。

「嗯。」米列特說。

「三杯原味一杯芒果的，麻煩你，馬考斯親愛的，麻煩你。」

馬考斯嘴裡叨著剛填滿的菸斗正朝門口走去，隨即帶著厭煩的笑容又折了回來。「我是這個女人的奴隸，」他說著，一把環住她的腰，好像賭徒用手臂攬起所有的籌碼。「但如果我不是，她可能會和任何闖進家門的俊男私奔。我可不想在這個禮拜成為進化論的受害者。」

這個擁抱再直接不過了，似乎是衝著她對米列特的欣賞而來的，因為喬伊絲那雙奶油藍的大眼睛一直停在他身上。

「愛瑞，妳需要的就是這種，」喬伊絲用故意為之的家人口吻低語，好像她們已經認識了五年而不是只有五分鐘。「要找像馬考斯這樣的男人當伴侶，跟那些短暫的夜遊子玩玩是可以，但他們哪當得了什麼父親？」

喬書亞臉紅了起來。「喬伊絲，她才剛進門而已！讓她喝口茶吧！」

喬伊絲做作地表示驚訝。「我沒讓妳尷尬吧？妳得原諒喬分媽媽我，我就是這麼心直口快。」

但愛瑞並不覺得尷尬，反而深受吸引，這五分鐘已經讓她傾心。在瓊斯家從來沒有人會開達爾文的玩笑，說出「我就是這麼心直口快」這種話，或是大人對小孩、小孩對大人自由發言，好像這兩個族群的溝通管道並未受到限制、並未被歷史阻擋，而是暢行無阻。

「那麼……」喬伊絲在馬考斯放開手後在圓桌前坐下，並邀請其他人一起坐。「你們看起來不像本地人，如果不介意我問問，可以告訴我你們是從哪來的嗎？」

「威斯敦。」愛瑞和米列特同時脫口而出。

「是，是，當然，我是說最起先？」

「喔，」米列特用一種他稱之為「小孩子」的腔調說：「妳是說我從哪來的那種？」

喬伊絲露出迷惑的表情。「對。」

「白教堂區，」米列特說，點燃一根菸。「經由皇家倫敦醫院和二〇七號公車。」

散落在廚房各處的喬分家人，馬考斯、喬書亞、班哲明、傑克全都爆笑出來，喬伊絲也跟進。

「安靜，我靠，」米列特不解地說：「沒他媽的那麼好笑吧？」

但喬分家的人還是在笑。喬分家的人很少開玩笑，除非是超級無厘頭或跟數字有關，要不就是兩者皆備：像是0會對8說什麼？皮帶不錯喔。

笑聲漸息時，喬伊絲突然問。「你要抽菸嗎？」聲音中還帶著為難。「在這裡抽嗎？可是我們討厭那個味道，我們只喜歡德國菸草的味道。而且就算我們抽，也會在馬考斯房間抽，不然奧斯卡會難過的，對不對？奧斯卡？」

「不會，」奧斯卡是四個孩子中年紀最小也最天真的一個，正忙著用樂高積木搭造帝國。「不關我事。」

「奧斯卡會難過的，」喬伊絲重複，又是那種故意讓人聽見的低語。「他討厭那種味道。」

「我、到、花、園、去、抽，」米列特用那種對瘋子或外國人說話的語調慢吞吞說道：「馬、上、回、來。」

等米列特走到聽不見他們說話的地方，而馬考斯把茶端過來，喬伊絲突然年輕了好幾歲似的，像個女學生一樣把身體靠在桌上。「天啊，他真帥，是不是？就像三十年前的奧瑪・雪瑞夫。那個鷹鉤鼻，真有趣。妳和他是……？」

「不要逗她了，喬伊絲，」馬考斯勸告。「她不會告訴妳的，對吧？」

「不會啊，」愛瑞說，反倒覺得自己想把所有事情跟這些人講。「我們不是。」

「說得也是。他父母可能已經幫他安排好了，沒有嗎？聽校長說他是個回教孩子。不過，我想他應該很慶幸自己不是女的，是吧？穆斯林對待女孩的方式真令人不敢相信。記得《時代雜誌》那篇報導嗎，馬考斯？」

馬考斯正在冰箱搜尋昨天剩下的馬鈴薯冷盤。「嗯，不敢相信。」

「但妳知道，我剛才看了那麼一下，他似乎一點也不像大部分的回教小孩。我是說，根據我個人的經驗，我到很多學校去講關於園藝的事情，和不同年齡的孩子接觸過。回教小孩通常都很安靜，妳知道，就是溫順得要命，但他似乎很有……膽識。這樣的男孩都喜歡高眺的金髮美女，不是嗎？我是說，起碼是這樣，因為他們都已經那麼帥了嘛。我知道妳的感受……我以前像妳這麼大的時候也喜歡這種浪子，但後來妳就會學乖了，真的。危險不是那麼性感的，相信我。選個像喬書亞這樣的人對妳會比較好。」

「媽！」

「他整個禮拜不停地在講妳。」

「媽！」

喬伊絲以微笑面對兒子的責備。「對你們年輕人來說，我可能是太坦白了點。我也不知道……在我的年代，人們就比較直接一點。如果你想抓住好男人，非得這樣不可。大學裡才兩百多個女生，卻有兩千多個男生吶！男生都在為女生打架——但如果妳夠精明，就知道要挑。」

「喔！妳可會挑了，」馬考斯走到她後面，親了她耳朵一下。「而且品味之好。」

喬伊絲像小女孩還就她最好朋友的弟弟一樣，接受了這個吻。

「但你媽就不確定了，是不是？她覺得我太聰明了，不會想生小孩。」

「但妳說服她了啊。妳的屁股什麼人說服不了！」

「是啦，終於……但她小看我了不是嗎？她並不認為我是喬分家的料。」

「她那時不了解妳罷了。」

「那麼，我們是出乎她的意料了，是不是？」

「這麼奮力做人都是為了取悅那個女人！」

「給她生了四個孫子吶！」

在這段你來我往的對話中，愛瑞試圖把注意力放在奧斯卡身上，他正忙著把一隻粉紅色的大象變成「聖蛇」，猛把象鼻往牠屁股裡塞。她從未如此近距離接觸這麼奇怪又美好的事物，也就是中產階級，並體會那種嚴格說還頗叫人迷惑與陶醉的尷尬。真是既奇怪又美好。她覺得自己就像走進天體營的老古板，只敢盯著沙子瞧，又像哥倫布遇上暴露的阿拉肯人，不知道眼睛要往哪裡擺。

「原諒我的父母，」喬書亞說：「他們倆就是難分難捨。」

但就算是這句話也說得挺驕傲的，因為喬分家的小孩知道他們父母算得上是稀有動物，一對快樂的夫妻，在整個格蘭諾橡區掐指一算也不會超過一打。愛瑞想到自己的父母，彼此的碰觸已經名存實亡，只存在於兩人的手共同停留之處：電視遙控器、餅乾罐蓋子、燈的開關等等。

她說：「在二十或好多年後，如果還能像這樣，感覺一定很棒。」

好像有人鬆開她身上的開關，喬伊絲轉身了過來。「是棒透了！妙極了！就像一早醒來發現一夫一妻制根本不是束縛，而是自在無比！孩子們也需要在這樣的環境下成長。我不知道妳本身是否經歷過，不過大家都讀過，加勒比黑人似乎很難維持長久的關係，那真是滿可惜的，是不是？我在《室內植物的內心世界》寫過一個多明尼加女人，她讓一盆杜鵑跟著她陸續搬到六個不同男人的家，先是放在窗檯，然後換到陰暗的角落，接著又換到南面的房間，你說一個盆栽怎麼受得了這樣？」

這是典型的喬伊絲式離題，馬考斯和喬書亞翻了翻白眼，依舊充滿深情。

米列特抽完了菸，懶洋洋走進來。

「我們還要不要念書啊？很謝謝你們的招待，但我晚上還想要出去吶。」

當愛瑞像個浪漫的人類學者迷失在她對喬分家的幻想時，米列特卻在外面的花園，看著窗外抽大麻菸。愛瑞看到有文化、教養、階級和才智的地方，米列特看到的卻是錢，懶洋洋的錢，在這個家裡晃來晃去也沒做啥特別事情的錢，可能是某個像他這樣的人很需要的錢。

「所以，」喬伊絲拍拍手，企圖讓大家多待一會兒，好讓喬分式的沉默維持得越久越好。「你們三個以後要一起念書囉！我們很歡迎你和愛瑞。我還對你們校長說過，對吧，馬考斯，說不應該把這事搞得像懲罰。又不是什麼罪大惡行。我偷偷告訴你們，我以前還是個種大麻的高手呢……」

「滿屌的嘛。」米列特說。

就是培植罷了，喬伊絲心想，要有耐心，定時澆水，而且修剪的時候還不能沒耐性。

「……你們校長說，說你們的家庭環境不是很……好……我確定你們在這裡會比較容易念書。這麼重要的一年，就為了中等教育證書。而且很明顯地你們兩個都很聰明，任何人從你們的眼睛就可以看出來。不是嗎？馬考斯？」

「喬書亞，你媽這是在問我智商本身是否反應在眼睛的顏色、形狀等次要的身體特徵。對於這個問題有沒有合理的答案？」

喬伊絲依舊堅持己見。人與鼠、基因與微生物，這些是馬考斯的領域。但播種、光源、成長、養分、舉凡與種植有關的東西則是她的領域。就像任何船艦，任務都會分派妥當；馬考斯負責船頭，注意有沒有暴風，喬伊絲則負責甲板內，檢查床單有沒有臭蟲。

「你們校長知道我有多討厭看到潛能的浪費，也是因為這樣他才會送你們來我們這裡。」

「因為他知道喬分家的人絕大多數都比他聰明個四百倍！」正在做跳躍運動的傑克說。傑克還年輕，尚未學會用社會比較能接受的方式，來傳達他身為這家人的驕傲。「就連奧斯卡也比他聰明。」

「不，我沒有，」奧斯卡說著，踢翻他剛做好的樂高車庫。「我是世界上最笨的人。」

「奧斯卡的智商有一七八，」喬伊絲低語。「就算我是他媽，也有點叫人害怕。」

「哇喔，」愛瑞說著，和其他人一起轉過頭去，欽佩地看著奧斯卡想嚇下塑膠長頸鹿的頭。「真是厲害。」

「是啊，但他什麼東西都有，也接受許許多多的栽培，對吧？我真的這樣覺得。我們很幸運可以給他這麼多，而且有馬考斯這樣的父親，就像有強烈的日光一天二十四小時照耀著他，是不是，親愛的？他很幸運才能擁有這些，其實他們幾個都是。所以了，雖然你們聽起來可能會覺得奇怪，但我向來的目標就是要嫁個比我聰明的人，」喬伊絲雙手放在臀部上，等著看愛瑞是否覺得她的說法很奇怪。「真的，我真的是這樣。而且馬考斯還能向妳證明，我是個不折不扣的女性主義者。」

「她是個不折不扣的女性主義者。」馬考斯從冰箱裡說。

「我不奢望你們可以了解，你們這一代有不同的想法，但我知道這可以讓你們解放。而且我知道要給孩子什麼樣的父親。好了，是不是讓你們大吃一驚？真是抱歉，但我們家真的不太會閒話家常。如果你們每星期都要過來，我想最好是現在讓你們多了解一下喬分家。」

在場聽到最後那句話的喬分家人無不微笑點頭。

喬伊絲停頓下來，用看飛燕草的方式看著愛瑞和米列特。她是個迅速又有經驗的疾病探測器，而她發現眼前一定有創傷存在。第一個身上有著祕密的痛楚：愛瑞黑女人馬考斯缺乏症候群（Irieanthus negressium marcusilia），可能是缺乏父親形象所致，心智未開，自尊心低落。第二個身上：米列特白蘭度縱情症候群（Millaturea brandolidia joyculatus）有著更深的悲傷，可怕的迷失，破裂的傷口。這個傷口需要的不只是教育或金錢，它需要的是愛。喬伊絲渴望用她喬分式的園藝祕訣去碰觸那傷口，縮小那裂痕，讓皮膚癒合。

「我可以問嗎？你們的父親？是做——」

（喬伊絲納悶他們的父母是做什麼的，又對孩子做了什麼。當她一發現有變種花開，就想知道插枝從何而來。但這問題問錯了，這不是父母的問題，不是只有一代的問題，是整個世紀的問題。不是花苞，而是整個花叢。）

「端咖哩的，」米列特說：「餐廳幫手，服務生。」

「跟紙有關，」愛瑞開口。「類似折疊……做些像穿孔的事情……有點像直寄郵件廣告，但又不算廣告，至少不是創意端……有點像是折紙……」接著她放棄了。「很難解釋。」

「喔是。是是，是的。你們看，根據我的經驗，一旦缺乏男性……榜樣，事情就會走偏。我最近為《女性大地》寫了一篇文章，提到曾在一間學校教課，我給所有學生一盆鳳仙花，告訴他們要像爸爸媽媽照顧寶寶一樣照顧它們一星期。小孩子可以自行選擇要模仿爸爸還是媽媽。有個可愛的牙買加小男孩叫溫斯頓，選了模仿他爸爸。隔週，他媽打電話來問我，為什麼教溫斯頓拿百事可樂餵盆栽，還把它放在電視機前面。我的意思是，這真的是太可怕了，是不是？但我想有很多這種父母，就是不夠珍惜他們的孩子。多少是文化的關係吧，你們知道嗎？這讓我覺得好生氣。我唯一讓奧斯卡看的節目就是每天半小時的《兒童新聞》（*Newsround*），這樣就夠多了。」

「奧斯卡可真幸運啊。」米列特說。

「無論如何，我真的很興奮你們能夠來，因為……因為喬分家的關係，我的意思是，這聽起來可能很奇怪，但我一直想說服你們校長這是最好的方法，現在我見到你們兩個之後就更加確定了，因為喬分家──」

「──知道怎麼把每個人好的一面激發出來，」喬書亞接上。「我就是個例子。」

「是的，」喬伊絲很高興不用再搜尋字眼因此一派驕傲。「是的。」

坐在桌前的喬書亞把椅子往後推站了起來。「那麼，我們最好開始念書了。馬考斯，你等會兒可以上來幫我們看一下生物嗎？我對把生殖細胞分解成小單位還真是一竅不通。」

「沒問題，不過我也正忙著研究未來鼠，」這是這家子對馬考斯的研究所取的渾名，而年輕的喬分家人則尾隨父親齊聲唱出未來鼠！腦中想像那是隻擬人化的齧齒動物，甚至還穿了紅色短褲。「而且我得先陪傑克彈一點鋼琴。史考特．卓普林[85]的曲子。傑克負責左手，我負責右手。雖比不上鋼琴大師亞特圖坦[86]，」他邊說邊揉傑克的頭髮。「但我們配合得不錯。」

愛瑞奮力想像伊格伯先生用他壞死的手指彈出史考特．卓普林的右手，或是瓊斯先生把任何東西分解成小塊。她感覺自己的臉頰因為喬分家所散發出的熱量而紅熱。所以，還是有父親只針對現在，不會把古老的歷史像包袱一樣拿出來講，所以，還是有人不會脖子拉得老長，就怕淹死在過去的沼澤裡。

「你們會留下來晚餐吧？」喬伊絲懇求。「奧斯卡真的很希望你們留下。他喜歡屋子裡有陌生人，覺得這樣很刺激，尤其是褐色皮膚的陌生人！是不是？奧斯卡？」

「不，不是，」奧斯卡朝愛瑞的耳朵吐了吐。「我討厭褐皮膚的陌生人。」

「他覺得咖啡色的陌生人最刺激了。」喬伊絲喃喃地說。

這是個陌生人的世紀，棕色、黃色和白色。這是個偉大移民實驗的世紀。到最近，你走到外面的運動場上，才能看到以薩・梁站在魚塘邊，丹尼・拉蒙守足球門，光・歐洛可打籃球，以及愛瑞・瓊斯唱歌。這些姓和名不協調的孩子。他們的名字裡藏著移民潮、擁擠的船隻或飛機、寒冷的抵達以及醫療檢查。到最近，而且可能只有在威斯敦區，你才能看到席塔和莎朗變成了最好的朋友，還常把兩人給搞混，因為席塔才是白人（她母親喜歡這個名字）而莎朗才是巴基斯坦人（她媽媽覺得這樣比較好，比較不會惹麻煩）。然而，儘管有這些融合，儘管我們終於還算自在地鑽進了彼此的生活（好像男人夜半溜躂之後回到愛人的床），還是很難去接受，沒有人比印度人還要英國化，或比英國人還要印度化。還是有些年輕白人對此感到氣憤，他們會在店面打烊後，到燈光昏暗的街上遊蕩，手裡緊緊握著廚房的菜刀。

---

85 有名的作曲家兼鋼琴演奏家 Scott Joplin，創作了無數膾炙人口的樂曲。當時美國流行一種散拍樂風（Ragtime），對後來爵士樂的發展居功甚偉，其代表性人物即為 Scott Joplin。

86 技巧高超的鋼琴手 Art Tatum，被喻為天才鋼琴手。

但是民族主義者所擔心的事情，像是害怕被影響、遭滲透、種族混合等，在移民者聽來只會一笑置之，因為比起他們自己所害怕的分解、滅絕，這根本就是無足輕重、雞毛蒜皮。就連一向鎮定的艾爾莎娜．伊格伯，三不五時也會在半夜滿身大汗地嚇醒，因為她夢到米列特（基因排列BB，其中B代表孟加拉人種）娶了某個叫莎拉的女人（aa，其中a代表亞利安人種），結果生了個叫麥可的孩子（Ba），這孩子又娶了個叫露西（aa）的女人，結果生了個連她都認不出來的曾孫（欸欸欸欸欸！），他們的孟加拉血統完全稀釋了，他們的基因型被顯型生物群給埋葬了。這是世界上最不理性又最自然的感受。甚至在牙買加文法裡都提到：沒有其他的人稱代名詞，不分我們、你們或他們，只有單純、同質的我。本身是半白人血統的荷坦絲．包頓一聽到克羅拉的婚姻，便跑到她家站在門口說：「聽清楚了：我和我從此以後不再說話。」便踩著她的鞋子調頭離去，而且真的說到做到。荷絲坦自己並未在嫁給黑人或把基因從邊緣拉回這點上做出多少努力，正因為如此，她的女兒才應該為世界帶來色彩更強烈的小孩。

同樣地，在伊格伯家裡也清楚劃分了戰線。只要米列特帶了艾蜜莉或露西回家，艾爾莎娜便會悄悄在廚房流淚，山曼德則跑到花園去砍胡荽。隔天早上就是伺機而動、準備大吵一番，等到艾蜜莉或露西離開房子，一場脣槍舌戰就會開始。但就愛瑞和克羅拉而言，問題多半沒有說出來，因為克羅拉知道自己沒有說教的立場。然而，她並不打算隱藏她的失望或難過。從愛瑞房間搞得好像膜拜好萊塢碧眼偶像的聖地，到一群嘰嘰喳喳定期出入她房間的白人朋友，克羅拉看到的是一片粉色皮膚的汪洋環繞著她的女兒，她害怕那些浪潮會把她給帶走。

多少因為這點，愛瑞並未把喬分家的事告訴父母。不是說她刻意要去結交喬分家……但直覺上就是這樣。她對他們有一種十五歲的迷濛熱情，而且是排山倒海銳不可擋，不過並沒有確切的方向或對象。她只是想要……怎麼說呢……類似想和他們同化。她想要他們的英國樣，他們的喬分樣。就是那種純粹。她倒沒有想過，喬分家勉強也算得上是移民族（第三代，來自德國和波蘭，原名喬分洛夫斯基），他們對她的渴望或許就如同她渴望他們。對愛瑞來說，喬分家比英國人還要英國。當愛瑞踏進喬分家的門檻，她就感到一股不法的顫抖，有如猶太人大口咬著香腸，或印度人抓著牛肉漢堡一樣。她正在穿越邊界，偷偷進入英國，感覺好像某種可怕的反叛行為，就要穿上別人的制服或套上別人的皮了。她只跟父母說，星期二晚上都有球類運動，就這樣。

對話在喬分家流動著。對愛瑞來說，這裡似乎沒有人會祈禱，或把感受藏在工具箱裡，或默默撫摸泛黃的相片猜想發生了什麼事。在這裡，生活的內容就是談話。

「哈囉，愛瑞！進來、進來。喬書亞和喬伊絲在廚房，妳看起來不錯。米列特沒跟妳一起？」

「等一下就來，他有約會。」

「啊，這樣。如果你們考試有考口語溝通，他鐵定會高分通過。喬伊絲！愛瑞來了！那，書念得怎麼樣了？已經過了……四個月了？有沒有感染到一點喬分的天才？」

「嗯，還可以，還可以。我從不覺得自己是念科學的料，但……似乎開始奏效了。不過我也不曉得，有時候還是覺得很頭痛。」

「那是因為你的右腦在長期睡眠後甦醒並開始運作的關係。不錯嘛，我就跟妳說，就算是腦袋空空的藝術學生也可能在一瞬間生出科學頭腦的。喔，我有未來鼠的照片了。等一下提醒我，妳想看嗎？還是不要？喬伊絲！大塊頭的褐色女神來了！」

「馬考斯，安靜一點，天啊……嗨，喬伊絲。嗨，喬書亞。嗨，傑克，喔喔！哈——囉，奧斯卡，你這小可愛。」

「哈囉，愛瑞！過來親我一下。奧斯卡，看，愛瑞又來看我們了！妳看看他的臉……他在想米列特在哪裡是不是？奧斯卡？」

「不是，我沒有。」

「喔，親愛的，他有，妳看他的小臉蛋……米列特沒出現他就會很難過。告訴愛瑞那隻新猴子的名字，奧斯卡，爹地給你的猴子。」

「喬治。」

「不，不是喬治，你都叫他米列特猴猴的啊，記不記得？因為猴子很調皮，就跟米列特一樣壞，是不是，奧斯卡？」

「不知道，隨便。」

「米列特一沒來奧斯卡就變得超級難過的。」

「他一會兒就來了，他有約會。」

「他什麼時候沒有約會！那些大胸脯的女孩！我們都要忌妒了，是不是？奧斯卡？他跟她們在一起的時間比我們都還要多。但說真的，我想這一定讓妳有點難受。」

「不，我不介意，喬伊絲，真的，我已經習慣了。」

「但每個人都喜歡米列特不是嗎？奧斯卡？很難不喜歡的，是不是？奧斯卡？我們也愛他，不是嗎，奧斯卡？」

「我討厭他。」

「喔，奧斯卡，不要說傻話。」

「我們可不可以不要談米列特？拜託？」

「好，喬書亞，沒問題。妳有沒有聽出他在忌妒？我試著跟他說米列特需要特別關懷，妳知道，他的出身背景讓他很不好過。這就像如果我花在牡丹上的時間比雛菊多，那雛菊就會亂長一通……你知道你有時候還滿自私的，喬書亞。」

「好了，媽，好了吧。那晚餐是要怎樣，念書之前吃還是之後？」

「之前，我想，不行嗎？喬伊絲？我整個晚上還要研究未來鼠。」

「未來鼠！」

「噓，奧斯卡，我在聽爹地講話。」

「我明天要宣讀一篇論文，所以晚飯最好早點吃。妳不介意吧，愛瑞，我知道妳最喜歡吃了。」

「我沒意見。」

「不要說那種話，馬考斯親愛的，她對自己的體重很敏感的。」

「不，我真的不——」

「敏感？對她的體重？但每個人都喜歡豐滿點、大隻點的女孩，不是嗎？至少我就是。」

「晚安各位，門是開著的，我就自己進來了。總有一天會有人闖進門，然後他媽的殺了你們全家。」

「米列特！奧斯卡，看，是米列特耶！奧斯卡，你看到米列特很高興對不對，寶貝？」

奧斯卡皺起鼻子，做勢嘔吐，還朝米列特的腳丟了把木製榔頭。

「奧斯卡一看到你就變得超興奮的。太好了，你正好趕上晚飯的時間。雞肉加花椰菜起司。坐啊，喬書亞，把米列特的外套掛起來。怎麼樣，一切如何？」

米列特在桌邊粗魯地坐下，眼睛好像剛剛哭過。他掏出一袋麻草和一小包香菸。

「媽的糟透了。」

「怎麼糟透了？」馬考斯不經意地問，忙著從一大塊斯提耳頓乾酪切下一小塊。「脫不掉女生的褲子？還是女生不脫你的褲子？還是女生沒穿褲子？純屬好奇，她穿什麼樣的褲——」

「爸！拜託你好不好。」喬書亞發出牢騷。

「喔，如果你曾脫掉任何人的褲子，喬書亞，」馬考斯看著愛瑞說：「我就可以傳授你幾招，但是到目前為止——」

「噓，你們兩個，」喬伊絲開口。「我在聽米列特說話。」

四個月前，有個像米列特這麼屌的同伴，對喬書亞來說真是他媽的走運。光是他每星期二到家裡來，就讓喬書亞在格蘭諾的地位提升，而且遠遠超過他的想像。如今，米列特在愛瑞的鼓勵下，也開始自願過來交流交流，喬書亞．喬分，也就是小胖喬分，應該覺得自己福星高照才對，他卻沒有，反而覺得火大。因為喬書亞沒料到米列特迷人的威力，那有如磁鐵的特質。他發現愛瑞內心深處依舊像支迴紋針一樣黏著他，就連他自己的媽有時候都把米列特當做唯一焦點。她對園藝、孩子和丈夫的所有精力，就像鐵屑一樣朝這個對象黏過去。這點讓他很不爽。

「我不能說話嗎？我在自己的家都不能說話嗎？」

「喬書亞，別鬧了。米列特顯然很心煩……我現在只是想要處理這件事。」

「可憐的小喬書亞，」米列特慢慢地、不懷好心地、竊竊得意地說：「是不是媽咪不夠注意你？要不要媽咪幫你擦屁屁？」

「去你媽的，米列特。」喬書亞說。

「咰喔喔——」

「喬伊絲，馬考斯。」，喬書亞懇求，尋求第三者的判決。「告訴他！」

馬考斯倏地把起司往嘴裡塞，聳聳肩口齒不清地說：「米內特口怕是媽媽痾管夾換圍。」

「讓我先處理這件事，喬書亞，」喬伊絲開口。「等一下再……」但後面的話因為長子喬書亞甩門出去而吞了回去。

「我要跟去嗎……」班哲明問。

喬伊絲搖搖頭，吻了吻班哲明的臉頰。「不必了，班哲明，最好由他去吧。」

她轉回米列特身上，碰碰他的臉，用她的手指追溯那道乾掉的淚痕。

「說吧，發生什麼事了？」

米列特開始慢慢捲手上的菸。他喜歡讓他們等，讓喬分家的人等待，就可以從他們身上拿走更多東西。

「喔，米列特，不要抽那個東西。最近每次看到你，你都在抽那個。這樣奧斯卡會很難過的。他並不是真的那麼小，他知道的事情比你想像的多。他知道什麼是大麻。」

「什麼是大媽？」奧斯卡問

「你知道那是什麼，奧斯卡。就像我們今天說過的，會讓米列特變可怕的東西，會殺死他小腦袋細胞的東西。」

「媽的，用不著妳來管我，喬伊絲。」

「我只是想要……」喬伊絲戲劇性地嘆了口氣，手指伸進頭髮裡。「米列特，到底是怎麼回事？你是不是需要錢？」

「對，我需要，尤其發生了這事。」

「為什麼？發生什麼事了？米列特，告訴我。又是家裡的事？」

米列特把橘色大麻菸捲塞進嘴裡用雙唇叼著。「我爸把我趕出門了。」

「喔，天啊，」喬伊絲說著，眼淚馬上泉湧而出，她把椅子拉緊一些並抓住他的手。「如果我是你媽，我就——可是，我終究不是，不是嗎……但她怎麼這麼無能……讓我覺得好……我的意思是，你想想，會讓自己老公把孩子送走，天知道又是怎麼對待另一個小孩，我就是——」

「不要談到我媽，妳沒見過她。我連提都沒提過她。」

「喔，是她不願見我，不是嗎？好像有某種競爭似的。」

「閉上妳的鳥嘴，喬伊絲。」

「好吧，反正也沒有意義，不是嗎？談到……那個只會讓你難過，這我看得出來，顯然都是因為碰觸到那件事。馬考斯，拿茶來，他需要茶。」

「搞什麼！我不需要他媽的茶。你們會做的事就是喝茶！你們一家子尿出來的一定全是該死的茶。」

「米列特，我只是想要——」

「——那就拜託你不要。」

一丁點大麻細籽從米列特的菸管掉了出來，落在他的唇上。他把它抓起來丟進嘴裡。

喬伊絲向愛瑞使了一個「你又能怎樣呢」的眼神，然後悄悄用拇指和食指，朝她那三十年拿破崙白蘭地比出一點點的量。愛瑞只好站在翻倒的水桶上，把酒從櫃子最上方拿下來。

「不過，有白蘭地的話，我倒是可以喝喝。」

「好，讓我們冷靜下來好嗎？好，所以，這次是為了什麼？」

「我叫他雞巴，他也確實是個雞巴，」米列特朝奧斯卡伸過來的手打了一下，奧斯卡正在找好玩的東西，試探性地把手朝他那邊伸。「我需要地方待一陣子。」

「這有什麼問題，你當然可以待在我們家。」

愛瑞回到喬伊絲和米列特兩人中間，把下寬上窄的白蘭地酒杯放在桌上。

「好了，愛瑞，我想，現在請多給他一些空間。」

「我只是——」

「我知道可以嗎，愛瑞，但他此刻不需要太多人擠在這——」

「他是個他媽的偽君子，操，」米列特突然咆哮出來，眼睛看向不近不遠的地方，與其說是對著溫室，不如說是對著大家講。「他一天祈禱五次還不是照樣喝酒，而且連半個回教朋友都沒有，可是我和白女人上床他就叫我滾蛋。他對馬吉德失望透頂，把氣全出在我身上。還規定我不能跟KEVIN來往。我他媽的比他都像個穆斯林。操他的！」

「你要對著所有人講這些東西嗎？」喬伊絲意味深長地環視整個房間。「還是就對我們倆？」

「喬伊絲，」米列特一口灌下白蘭地說：「我管這些屁啊。」

但喬伊絲把這話解讀成「就我們倆」，便用眼神示意其他人離開。

愛瑞很高興能夠離開。過去四個月來，她和米列特常到喬分家為理化生物的資格考拼高分，吃他們挑選及烹飪的食物，並形成一種奇特的模式。當愛瑞進步得越多，不管是在課業上、試圖和他們禮貌性的聊天，或對喬分主義加以模仿研究，喬伊絲對她的興趣就越少。然而，米列特做得越過分——在星期天晚上不請自來、隨時翻臉不認人、帶女孩子過來、在屋裡隨地抽大麻、偷喝他們一九六四年份的香檳王、在玫瑰園裡撒尿、在前面的房間舉行KEVIN會議、打了三百英鎊的電話到孟加拉、說馬考斯是同性戀、恐嚇說要閹掉喬書亞、管奧斯卡叫被寵壞的老鼠屎、指控喬伊絲是個瘋子——喬伊絲就越寵愛他。四個月後，他至少已經欠了她三百英鎊、一個新的鴨絨墊子和一個腳踏車輪子。

「妳要上樓來嗎？」馬考斯為留在廚房的那兩人把門關上，身體像蘆葦似的彎這彎那兒，讓孩子們一一繞過去。「我有妳想看的照片。」

愛瑞向馬考斯投以感激的微笑。似乎只有馬考斯注意到她。這四個月來是馬考斯幫了她，她的大腦從模模糊糊變成堅實分明，並且慢慢熟悉了喬分式的思考方式。她將其視為一個忙碌男人的偉大犧牲，但直到最近，她懷疑這對他來說也不無樂趣。或許，就像看瞎子觸摸某種新東西的輪廓，或是實驗室老鼠搞懂迷宮。但不管怎樣，為了換來他的注意力，愛瑞一開始是有預謀的，但現在則是出於真誠，對他的未來鼠感興趣。因此，受馬考斯邀請到房子最頂樓，也是至今她最喜愛的房間，也就變得越來越頻繁。

「喂，不要愣在那像個鄉下的傻瓜，上來啊。」

愛瑞是第一次看過像馬考斯這樣的房間，它除了是馬考斯的房間外沒有其他家庭設施或用途。它沒用來放玩具、裝飾品、壞掉的東西或多餘的燙衣板，也沒有人在裡面吃東西、睡覺或做愛。完全不像克羅拉的頂樓房間，淨放些幾百年的舊東西，全都小心翼翼裝在盒子裡貼上標籤，免得哪天得從這個地方逃到另一個地方去。馬考斯的房間不像移民的閣樓，老是把所有用過的東西包起來，也不管已經多麼破爛或損壞，就是要到處堆些有的沒有的，這樣就證明了他們現在擁有什麼，不像以前什麼都沒有。馬考斯的房間卻完全屬於馬考斯和他的工作。它就只是書房，在珍．奧斯汀的小說、《樓上樓下》節目及福爾摩斯探案裡才看得到的那種書房。唯一不同的是，這是愛瑞這輩子親眼見到的真正書房。

這是個地板傾斜、有木製屋簷、本身不太方正的小房間，這表示只有房裡某些地方可以站直身子，它沒有窗戶，只有天窗將光線切成片片，照射在跳躍的灰塵上。四個檔案櫃，全像張開嘴巴往外吐紙的怪獸，還有一疊疊的紙排在地上、櫃子上或環繞在椅子旁。香醇甜美的德國菸草香就盤旋在頭上的雲霧裡，把最上層的書都給薰黃了，而邊桌上有個輕巧的吸菸盒，裡面有備用的菸嘴、從最基本的U型菸斗到各種奇形怪狀的菸斗、鼻菸盒、幾塊網紗等，全都排在有天鵝絨內裡的皮盒子裡，宛如醫生的儀器設備。散布在牆上及排列在壁爐上的，是喬分家族的相片，包括喬伊絲年輕時美麗神氣的嬉皮模樣，上翹的鼻子從兩大綹的頭髮中露出來。另外還有幾幅比較大的裱框裝飾品。喬分家的族譜，一張孟德爾自鳴得意的特寫，一張愛因斯坦身為美國偶像的海報——一顆古怪的教授頭，「吃驚」的神情和巨大的菸斗。上面還有個副標題，引述他說的「上帝不玩骰子」這句話。最後是馬考斯的橡木大扶手椅，靠在華生和克里克[87]的合照前，兩人看起來雖累，但得意洋洋地站在他們的DNA結構模型前，一個金屬的螺旋階，從劍橋大學實驗室的地上延伸到攝影師的鏡頭外。

「但怎麼沒有維爾金斯呢？」馬考斯問，他在傾斜的天花板下彎起身子，並用鉛筆在相片上敲了敲。「維爾金斯在一九六二年與華生和克里克贏得了諾貝爾醫療獎。但在這張照片中卻沒有維爾金斯的影子，只有克里克和華生、華生和克里克。歷史就是喜歡孤獨的天才或雙人拍檔，但就沒有多餘的空間給三人小組，」馬考斯再度思考。「除非他們是喜劇演員或爵士樂手。」

「那我猜你勢必要做孤獨的天才囉，」愛瑞從相片回過身高興地說，並在一張瑞典無背椅上坐下。

「嗯，但我有個導師，妳看，」他指向另一面牆上那張有如海報大小的黑白照片。「導師可是全然不同一回事喔。」

那是個老老頭的超級特寫，他的臉部輪廓在線條、陰影和地形學暈滃線下，清楚地呈現出來。

「偉大的法國老頭，是個紳士和學者。我所知道的東西幾乎都是他教的。七十多歲了還像鞭子一樣有力。但妳瞧，導師的好處，就是不需要直接把功勞歸給他們。對了，那張該死的照片在哪呢……」

馬考斯在某個檔案櫃裡翻尋時，愛瑞研究了一小部分的喬分族譜。這可是張詳細列明的大樹狀圖，往回可追溯至一六〇〇年代，往後直到現代。喬分家和瓊斯／包頓家的差別在此刻瞬間顯現。首先，喬分家每個人似乎都只有幾個小孩。不僅如此，每個人都知道誰是誰的小孩，男人比女人長壽，單一婚姻且維繫良久，出生和死亡時間都很確定。喬分家的人確實知道活在一六七五年的家人有誰。但阿奇瓊斯對家族的記憶不會超過他的父親。阿奇只曉得，他父親偶然來到這星球，誕生在布魯尼市某家酒館的後房間裡。當時大約是一八九五年，或一八九六年，也可能是一八九七年，端看你是聽哪個九十來歲的前酒吧侍女述說，就這樣。而克羅拉．包頓對她祖母也所知不多，對於那個有名多產的P叔叔，生了三十四個小孩的故事她也半信半疑。唯一可以確定的是她媽媽是在一九〇七年一月十四日下午兩點四十五分的京斯頓大地震中，在一間天主教教堂出生。其他的都只是謠言、傳聞和神話。

「你們家族好久遠喔，」愛瑞說，馬考斯走到她身後看她指的是什麼。「真是不可思議。我根本無法想像那是什麼樣的感覺。」

「愚蠢的說法。我們每個人都可以追朔到一樣遠。只不過喬分家的人總是把東西寫下

---

87 James Dewey Watson和Francis Crick皆為生物學家，連同文中接下來提到的維爾金斯（MHF Wilkins），同為獲得諾貝爾獎得主的劍橋人，此三人發現ＤＮＡ的結構，使後代的生物科技一日千里。

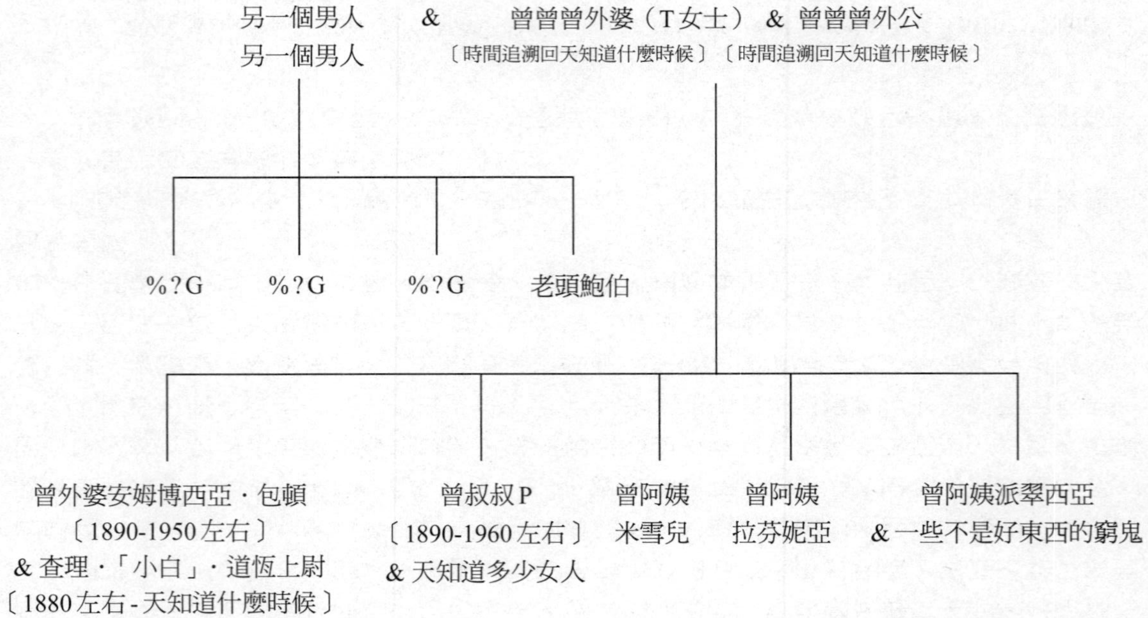
另一個男人 & 曾曾曾外婆（T女士） & 曾曾曾外公
另一個男人
〔時間追溯回天知道什麼時候〕〔時間追溯回天知道什麼時候〕
%?G
%?G
%?G
老頭鮑伯
曾外婆安姆博西亞・包頓
〔1890-1950左右〕
& 查理・「小白」・道恆上尉
〔1880左右-天知道什麼時候〕
曾叔叔P
〔1890-1960左右〕
& 天知道多少女人
曾阿姨
米雪兒
曾阿姨
拉芬妮亞
曾阿姨派翠西亞
& 一些不是好東西的窮鬼

外婆荷坦絲・包頓
〔1907—〕
1947年結婚
達克斯・包頓
〔1910-1985〕

34個小孩
包括蘇西阿姨、波波、G先生、戴洛伊、大臉、潘妮洛普小姐等。

不詳

不詳

3個小孩%？G

克羅拉・包頓 & 阿奇瓊斯
〔1955—〕〔1927—〕
結婚於1975

愛瑞・安姆博西亞・瓊斯
〔1975—〕

圖解

& = 婚配
% = 父不詳
？= 孩子的名字不知道
G = 由外婆帶大

來罷了，」馬考斯體貼地說，同時將新鮮菸草塞進菸斗裡。「這樣可以幫助記憶。」

「我想我的家族比較偏向口耳相傳的傳統，」愛瑞聳聳肩說：「不過呢，你應該問問米列特，他是某個——」

「——革命先烈的後代。我聽說了。如果我是你就不會太相信這種事。依我看，那個家是一分真實、三分虛構。妳的家庭有什麼歷史人物嗎？」馬考斯問，卻又瞬間對他的問題失去了興趣，繼續回去翻找第兩個檔案櫃。

「沒有……沒……沒什麼特別的人。但我祖母出生在一九九七年一月，就是京斯頓——」

「找到了！」

馬考斯打勝仗似的從鐵櫃裡冒出來，揮舞著薄薄的塑膠檔案夾，裡面放有幾張紙。「相片。特別給妳看的。如果保護動物權的那些人看到這些，我這輩子就玩完了。一張一張看，不要抓。」

馬考斯把第一張照片遞給愛瑞。照片上是一隻躺著的老鼠，肚子長滿鼓鼓的有如小蘑菇的棕色東西。牠的嘴巴被迫張大，從屈從俯臥的姿勢變成極度痛苦的哀嚎。但又不像真的哀嚎，愛瑞這麼覺得，反倒像戲劇性的哀嚎，像是牠做出某種不得了的表演似的。一隻瘸腳的老鼠。裝模作樣的老鼠。其中似乎還有些嘲笑的意味。

「妳看，胚胎細胞是很好沒錯，讓我們了解可能導致癌症的基因成分，但你真正想知道的是，腫瘤是如何在活體內成長。我的意思是，你又不能在培養菌裡模擬，那不夠真實。所以只好把化學致癌物注射到目標器官，但是……」

愛瑞一半的思緒還能繼續聽，另一半卻已專注在遞給她的相片上了。這張也是同一隻老鼠，而就她可以辨別的情況來看，應該是牠的正面，腫瘤則顯得更大。還有個腫瘤在脖子上，看來就跟牠耳朵一樣大。但老鼠本身對這腫瘤似乎還滿高興的，好像是刻意長出來的新裝備，好聽清楚馬考斯在說牠什麼。愛瑞知道這樣去想實驗鼠很愚蠢，可是，牠的鼠臉再次露出老鼠特有的狡詐，牠的鼠眼有種老鼠特有的嘲謔，牠的鼠嘴有種老鼠特有的奸笑。終極病魔？（老鼠對愛瑞說，）什麼終極病魔？

「……過程緩慢又不精確。不過如果你重構真實的基因組，讓特定的癌在預定好的時間內，在老鼠成長過程中出現在特定的組織上，這樣就不算是隨機了。因為這會消除突變過程中的隨機成分。我們現在講的是老鼠的基因研究，在細胞內啟動致癌基因的力量。妳看，這是一隻年輕的雄鼠……」

現在這隻未來鼠©（版權所有）的前爪被兩隻巨大的粉紅色手指抓住，讓牠直立站著，就像卡通裡的老鼠一樣，並強迫牠的頭抬起來。牠那小小粉紅色的舌頭好像被拉出來，原本是對著攝影師，現在則是對著愛瑞。牠下巴有顆腫瘤吊在那裡，好像一大點骯髒的雨滴。

「……牠的部分表皮細胞呈現出H-ras癌基因，因此產生了許多良性的皮膚刺瘤。當然，有趣的是，年輕雌鼠是不會產生那些的，那是……」

老鼠一隻眼閉起來，一隻眼張開。好像在眨眼，狡猾的老鼠式眨眼。

「……為什麼呢？因為雄性內部的抵抗——而抵抗就會導致損耗。這並非出自生物本能，而是社會習性。遺傳學的結果也是相同。看到沒有？只有透過基因轉殖鼠，實驗性增加基因組，你才可以了解到這類的差別。而這隻老鼠，妳現在看的這隻，愛瑞，是隻獨一無二的老鼠。我植入了一個腫瘤，而這腫瘤完全照我預期出現。歷經十五週的發展。老鼠的基因組是新的。新品種。如果妳問我，沒有比這更適合成為專利了，或至少也可以談談授權：百分之八十出於上帝，百分之二十出自我，或者顛倒過來，端看我的律師有多厲害。那些哈佛的可憐傢伙還在爭取這點。我本身對專利是沒什麼興趣啦，我有興趣的是科學。」

「哇喔，」愛瑞回應，勉強把照片還給對方。「真是難以消化，我是一半有懂，另一半完全聽不懂。不過很教人吃驚。」

「呃，」馬考斯謙虛地自嘲。「打發打發時間啦。」

「只要能夠降低隨機……」

「能降低隨機，就能統馭世界，」馬考斯簡單地說：「何必局限在癌基呢？一旦可以在有機體的發展過程中控制每個步驟：生殖、飲食習性、平均壽命，」馬考斯佯裝機器人的聲音，伸展雙臂有如僵屍，眼珠子猛轉。「支、配、全、世、界。」

「我已經可以想見小報的標題了。」

「不過說真的，」馬考斯說著，將照片放進袋子裡，並走向檔案櫃去重新歸檔。「針對基因轉殖動物隔離品種的研究，確實對隨機的世界投下關鍵性的曙光。妳了解我的意思吧？一隻老鼠為五十三億的人類犧牲，又不是什麼老鼠末日。這麼做應該不過份吧。」

「嗯，這是當然。」

「可惡！這兒真是他媽的亂透了。」

馬考斯試了三次想把檔案櫃最後一層給推回去，結果失去耐心，朝它側邊踢了一腳。

「他媽的爛東西！」

愛瑞走上前朝拉開的抽屜瞧。「你需要更多分類匣，」她斬釘截鐵地說：「而且你用了很多A3、A2和不一樣大小的紙。你必須有收藏的方法才行，現在你只是一直硬塞。」

馬考斯的頭笑得往後仰。「收藏法！我想妳對這應該很在行，有其父必有其女。」

他在抽屜旁蹲了下來，再推了幾下。

「我是說真的。我不知道你怎麼可以這樣工作，我上課的東西都比你有系統，更何況我還不是做支配世界這種大事的人。」

馬考斯從跪著的地方抬頭看她。從這樣的角度看她就像一座山，一座柔軟有如枕頭的安地斯山脈。

「聽著，不如這樣：我付妳一星期十五英鎊，妳一星期兩次到這來幫我打點這些爛帳。妳可以學到更多，我也可以把需要的事情做好。覺得如何？」

覺得如何。喬伊絲一個禮拜光是叫米列特做些像照顧奧斯卡、洗車、除草、擦窗戶和回收彩色紙等雜七雜八的事情，就付了他三十五英鎊。當然，她付錢真正的目的是要讓米列特出現，要那種環繞在她四周的活力，要那種依賴感。

愛瑞很清楚她即將做出的交易。她可不像米列特，是因為喝醉、抽大麻、絕望或困惑才接受的。更何況，這就是她要的；她想要融入喬分家，和他們成為一體，從她那個雜亂、隨機的家族骨肉中分離出來，轉殖融入其他家族。成為獨一無二的動物，一個新的品種。

馬考斯皺起眉頭。「幹麼這麼慎重的樣子？如果妳不介意，我還希望本世紀可以得到回覆哩。妳覺得這提議到底好不好？」

愛瑞點點頭並微笑。「當然好，我什麼時候開始？」

艾爾沙娜和克羅拉兩人就沒那麼高興了。不過她們花了好一陣子來比較雙方注意到的事情，並結合不滿的情緒。克羅拉的夜校課程一個禮拜就有三天（課程：大英帝國主義一七六五年至今；中世紀威爾斯文學；黑人女權），而艾爾沙娜每回碰上家庭戰爭爆發，就整個白天耗在縫紉機上。她們倆只有偶爾通通電話，見面的機會更少，但對這個越來越常聽到的喬分家皆感到一股不安。經過幾個月不斷的監督，艾爾沙娜如今確定，米列特固定從家裡開溜就是跑到喬分家。至於克羅拉，如果能在非週末的晚上碰到愛瑞就算她幸運了，而且早就識破她打球的藉口，因為幾個月來她總是喬分這、喬分那，喬伊絲說了什麼很棒的話，馬考斯又是多麼聰明等等。但克羅拉不是那種愛爭辯的人，她迫切想要做出對愛瑞來說最好的事情，加上又一直相信對子女的養育有十之八九是犧牲。她甚至提議讓她和喬分家的人見個面，但對於這件事情，不是克羅拉太偏執，就是愛瑞刻意去避免。而尋求阿奇博德的支持根本就沒有意義。他看到愛瑞的時間才那麼幾下，就她回家洗澡、換衣服或吃飯的時候，而且對於女兒不停說著喬分家的小孩（他們聽起來人很好啊，寶貝），或喬伊絲做了什麼（真的嗎？滿聰明的，是不是，寶貝？）或馬考斯說了什麼（聽起來就像老老的愛因斯坦，啊？寶貝？嗯，真替妳高興。那我得走了。我八點和山姆約在歐康尼爾），他好像一點都不擔心。阿奇的皮就像短吻鱷一樣厚。在他的想法裡，身為父親是種堅固的基因地位（阿奇生命中最牢靠的事實），他從沒想過可能會有人來挑戰他的王位。結果就只剩克羅拉獨自咬牙混血吞，期盼自己不是一步步失去她唯一的女兒。

但艾爾沙娜終於做出結論，認為這是一場全面戰爭，而她需要同盟才行。一九九一年一月末，在平安度過聖誕節和齋戒月後，她拿起了電話。

「所以，妳知道喬花雞的事？」

「喬分，我想他們的名字是喬分。是的，我想他們是愛瑞朋友的父母，」克羅拉有所隱瞞地說，想要先了解艾爾沙娜知道些什麼。「他叫喬書亞．喬分，他們似乎是不錯的家庭。」

艾爾沙娜鼻子哼了一聲。「我偏要叫他們喬花雞，那種專門啄掉你所有好種子的英國鳥！這些人對我兒子做的事就跟這些鳥對我的桂葉所做的事一樣。但他們更糟，他們就像有牙齒的鳥，有尖銳犬齒的鳥，不只會偷，還會把你撕得粉碎！妳對他們知道多少？」

「呃……沒什麼，真的。他們為愛瑞和功課也好多了。她是老不在家裡，但我真的不確定。」

克羅拉聽到艾爾沙娜憤怒地往伊格伯家的欄杆一擊。「妳見過他們嗎？因為我從來沒見過他們，但他們卻很大方地給我兒子錢和住的地方，好像他都沒這些東西似的。而且還說我壞話，這點不用懷疑。天知道他一定對他們說了我什麼！他們是什麼東西？我從來就不認識他們！米列特一有時間就和他們在一起，我卻看不到他成績有什麼特別進步，他還是一樣抽大麻，還是和女人瞎搞。我跟山曼德講，但他根本就活在自己的世界，聽不進去，只會對米列特大吼大叫然後不跟我說話。我們正在存錢把馬吉德弄回來，並讓他念好學校。我是奮力在維繫這個家，這些喬花雞卻是在撕裂它！」

克羅拉咬了咬嘴脣，在話筒另一頭默默點頭。

「妳有在聽嗎，小姐？」

「有，」克羅拉說：「沒錯。妳知道，愛瑞，呃……她似乎很崇拜他們。我一開始很難過，但後來我想我是多心了。阿奇說我是腦袋壞掉了。」

「如果妳跟那個洋芋頭說月亮上沒有重力，他也會覺得妳腦袋壞掉了。十五年來我們什麼時候聽過他的意見，就算現在沒有我們也一樣可以處理，克羅拉，」艾爾沙娜沉重的呼吸喀嚓喀嚓敲在話筒上，她的聲音聽起來精疲力竭。「我們總是相互扶持……我現在需要妳。」

「我知道……我只是在想……」

「拜託，別想了。我預約了一部電影，法國老電影，就是你喜歡的那種，今天兩點半。妳到三輪戲院前來找我。我那個帶不出門的姪女也會過來。我們一起喝茶，聊一聊。」

那是一齣十六厘米的黑白電影，叫《斷了氣》。有老福特汽車和林蔭大道，翻邊的衣服和手帕，還有親吻和香菸。克羅拉很喜歡（瀟灑的尚保羅．貝蒙！美麗的珍茜寶！浪漫的巴黎！）妮娜覺得太法國調調了，而艾爾沙娜搞不懂這電影是他媽的在講些什麼。「兩個年輕人在法國跑來跑去講些莫名其妙的話，殺警察、偷車子、不穿胸罩。如果這就是歐洲電影，拜託以後每天都給我好萊塢電影。好了，小姐們，我們現在可以談正經事了嗎？」

妮娜跑去拿茶，然後重重地放在小桌子上。

「好了，這個叫喬花雞的陰謀到底是怎麼回事？聽起來有希區考克的味道。」

艾爾沙娜簡短地把情況解釋一遍。

妮娜的手伸進袋子拿出她的領事館香菸，點燃一根，吐出含有薄荷味的煙。「阿姨，他們聽起來不過是個非常好的中產階級家庭，在幫忙米列特的功課。妳把我從工作拉出來就是為了這事？我的意思是，這又不是什麼瓊斯鎮宗教狂熱事件[88]，妳說是不是？」

「不，」克羅拉小心地說：「不是，當然不是。但妳阿姨我要說的是，米列特和愛瑞花太多時間在那裡了，所以我們只是想多了解一點他們是什麼樣的人，妳知道。這夠正常了吧，不是嗎？」

艾爾沙娜反駁。「我要說的不只這些，我要說的是這些人想從我這把兒子搶走！那些有牙齒的鳥！他們正在將他徹底英國化。他們正慢慢引導他遠離他的文化、他的家庭、和他的宗教——」

「妳什麼時候鳥起他的宗教了？」

「妳——帶不出門的姪女，妳不知道我為那個孩子流了多少血汗，妳不知道——」

「這樣，既然我什麼都不知道，妳又他媽的把我叫出來做啥？我還有他媽的其他事情要做，妳知道嗎？」妮娜揪起她的袋子站起來。「很抱歉，克羅拉，我不知道為什麼老是會變成這樣。改天再見……」

「坐下，」艾爾沙娜抓住她的手，噓聲說：「坐下，好啦，我知道妳的意思，聰明的女同性戀小姐。聽著，我需要妳，可以吧？坐下，我道歉、道歉，可以了吧？好了沒？」

---

88 一九七八年，瓊斯鎮（Jonestown）發生了一起宗教狂熱事件，共九百二十三個人集體自殺身亡。

「好吧，」妮娜憤而在餐巾上壓熄她的香菸。「但我可是有話直說，而且我說的時候就不要跟我唱反調，行嗎？行，好。現在，妳剛剛說愛瑞在功課上進步很多，但就算米列特沒變好，也不是什麼不可思議的事——他什麼事也沒做好過。至少現在有人願意幫他。而且就算他太常跟這些人在一起，我相信也是他的決定，不是他們的。畢竟你們家現在也不是什麼快樂天堂，是不是？他只是想要逃離自己，去找些盡量遠離伊格伯家的東西。」

「啊哈！但他們離我們家也只有兩條路遠！」艾爾沙娜勝利地叫。

「不，阿姨，是在心靈上離你們家很遠。身為伊格伯家的人有時候還真叫人窒息，妳知道嗎？他把那個家庭當作避難所。他們可能還會造成好的影響或什麼的。」

「或什麼的——」艾爾沙娜惡意暗示。

「妳在害怕什麼？艾爾沙娜？他是新的一代，妳自己也常說，妳必須讓他們走自己的路。沒錯，看看我就好，妳老是說我這、說我那的，對妳來說我可能是帶不出門的姪女，艾爾沙娜，但我靠鞋子賺來好日子，」艾爾沙娜懷疑地看著那雙妮娜自己設計、自己做、然後自己穿的黑色及膝靴。「我過得很好，妳知道，我依我的原則而活。我要說的是，他和山曼德叔叔已經開戰了，不需要連妳也加進來。」

艾爾沙娜對著藍莓茶嘀咕。

「如果妳要擔心，阿姨，就擔心那些他老是混在一起、叫KEVIN的那些人。這些人都是瘋子，而且還他媽的多得要命，都是一些妳想像不到的人。那個穆老闆，有沒有，那個屠夫，妳知道，就是休斯．以實馬利，阿達夏那邊的親戚。沒錯，他就是其中一個。還有那個該死的席法，餐廳那個，他也信教了！」

「那真恭喜他了，」艾爾沙娜刻薄地說。

「但那跟真的回教沒關係，艾爾沙娜。他們是政治團體，搞一些政治的東西。其中有個小混蛋對我和瑪克莘說，說我們會在地獄坑裡被活活燒死。顯然我們是最低等的生命，甚至比鼻涕蟲都還要卑賤。我把他的鳥蛋給揪了個三百六十度大旋轉。這些人才真是妳需要擔心的。」

艾爾沙娜搖頭並揮手打斷妮娜。「妳難道不了解嗎？我擔心我兒子被人搶走。我已經失去一個了。我都六年沒看到馬吉德了。六年了吶。而我看著這些人，這些喬花雞，他們和米列特在一起的時間都比我多。妳至少可以了解這一點吧？」

妮娜嘆了口氣，不經意摸著上衣的釦子，然後，她看到淚水在她阿姨的眼眶裡打轉，也只能默默點頭承認。

「米列特和愛瑞常常到那邊晚餐，」克羅拉靜靜地說：「而艾爾沙娜，呃，妳阿姨和我是在想……如果妳可以跟他們一起去一次。妳看起來很年輕，事實上似乎也是，妳可以過去，然後——」

「回報給妳們，」妮娜接話，轉動著眼珠子。「滲透到敵後。那可憐的家庭，完全不知道自己槓上什麼樣的人，是不是？受到監視卻毫不知情。就好像他媽的電影《三十九級臺階》[89]。」

「帶不出門的姪女，妳是願意不願意？」

89 John Buchan 的小說 The Thirty-Nine Steps，後被拍成電影。

妮娜抱怨。「願意，阿姨，願意，如果我非做不可的話。」

「那就感激不盡了。」艾爾沙娜說著，把她的茶喝個精光。

好了，倒不是說喬伊絲憎惡同性戀，她喜歡男同性戀，他們也喜歡她。她在大學時，身邊無意間累積了一小票的同性戀朋友，這群男人把她當做芭芭拉．史翠珊／貝蒂．戴維斯／瓊．拜雅綜合體，每個月聚會一次為她做飯，還稱讚她衣著品味很好。所以囉，喬伊絲不可能是討厭同性戀的人。但女同性戀……就讓喬伊絲感到不解了。不是說她不喜歡她們，她只是無法理解。喬伊絲可以理解男人為什麼會喜歡男人，她終其一生都花在愛男人這件事上，所以她知道那是什麼樣的感覺。但女人愛女人這種想法實在遠遠超出喬伊絲對這世界的認知，使她無法消化。她們的想法，她就是搞不懂。天知道她也真的有努力過。十七歲的時候，她盡責地讀了《寂寞之井》[90]這本書和《我們的身體，我們自己》[91]（裡面有提到一小段）。最近她不僅讀了也看了《柳橙不是唯一的水果》[92]這本書和電影，但一點用也沒有。她並未感到不舒服，但就是看不出箇中意義。因此，當妮娜和瑪克莘手挽著手到他們家晚餐，喬伊絲從開胃菜起（黑麥麵包加豆子）就一直坐在那兒盯著人家瞧，簡直完全看傻了。她前二十分鐘驚訝地說不出話來，讓其他人在缺乏她這個重要角色下討論喬分家例行的話題。她有點像是被催眠，或坐在迷霧當中，透過這團迷霧聽到片片段段的餐間談話，而這些談話裡卻沒有她。

「那麼，喬分家的第一個問題總是：妳們是做什麼的？」

「鞋子，我做鞋子。」

「喔，嗯。這恐怕不是個讓人興奮的聊天題材。這位美麗的小姐呢？」

「我是個遊手好閒的美麗小姐。我穿她做的鞋子。」

「啊，所以沒上大學囉？」

「沒有，我根本懶得上大學，可以嗎？」

妮娜同樣防禦的說：「我先說，我也沒上大學。」

「呃，我不是故意讓妳們難堪——」

「我們了解。」

「不過倒也沒那麼令人驚訝……我知道你們並非世上最有學術的家庭。」

喬伊絲知道事情進展得很糟糕，但她卻說不出話來緩和情況。有幾百萬個危險的雙關語擠在她喉嚨後面，一旦她嘴巴裂出一個小縫（！）任何一個雙關語恐怕就會噴出來。那個粗線條又老是激怒人家的馬考斯卻還在那邊高興地狂講。「妳們兩位對男人來說真是可怕的誘惑。」

「是嗎？」

---

90 *The Well of Loneliness*，作者為 Radclyffe Hall，描寫一對女同性戀情侶掙扎想被社會所接受的故事。

91 *Our Bodies, Ourselves*，一九六九年，由一群波士頓婦女自行書寫，這是一本以女性觀點呈現女性身體經驗和知識的書。

92 *Oranges Are Not The Only Fruit*，作者為 Jeanette Winterson。後被拍成電影。

「喔，女同志向來是這樣。我敢說某些紳士還是有二分之一的機會吧？不過我想，妳們恐怕把外表看得比智慧重要，所以我是沒機會了。」

「你似乎對你的才智很有信心，喬分先生。」

「我不應該嗎？妳知道，我超級聰明的。」

喬伊絲就只是看著他們，心中想著：誰依靠誰？誰教導誰？誰改善誰？誰來授粉，又由誰來照養？

「那麼，很高興有另一個伊格伯家的人跟我們一起用餐，是不是，喬書亞？」

「我是貝吉家的人，不是伊格伯家。」妮娜說。

「我就是忍不住一直想，」馬考斯無心的說：「喬分家的男人和伊格伯家的女人這種組合一定很棒。就像佛瑞德和金格[93]一樣。妳們可以給我們性，而我們可以給妳們鑑賞力什麼的。啊？妳們就像伊格伯家的人一樣熱情，讓喬分家的男人躍躍欲試。印度熱情。不過你們家有趣的一點是：第一代的人都是瘋子，第二代的人卻個個是正經八百的老古板。」

「呃，你聽好：沒人管我家的人叫瘋子，可以嗎？就算他們是，也只輪得到我來叫。」

「妳看看，妳要試著使用正確的語法嘛。妳是可以說『沒人管我家的人叫瘋子』，但這並不是正確的說法，因為人們可以、也會這樣叫。妳應該說：『我不希望人家管我家什麼什麼的』，這只是件小事啦，但如果我們可以不亂用語法，會比較能了解對方的意思。」

接著，就在馬考斯走去爐子邊拿主菜（雞肉燉雜燴）時，喬伊絲的嘴巴張開了，而且莫名其妙地說出了這句。「妳們是不是用對方的胸部當枕頭？」

妮娜本來要往嘴巴送的叉子在鼻尖前停下來，米列特被一塊小黃瓜噎到，愛瑞努力把掉下來的下巴接回去。瑪克莘開始咯咯笑了出來。

但喬伊絲可不打算自認丟臉。她家的女人一向都是堅持到底的，就算搬運行李的土人丟下了她們的東西掉頭，連白種男人也都靠在槍枝上搖頭，她們還是能成功跨越非洲沼澤地。喬伊絲跟身處邊疆的女人屬於同一塊料，這些女人僅有的武器就是聖經、一把短槍和一塊遮眼簾，卻能冷酷地擊斃自地平線走向平原的褐色男人。喬伊絲不知道什麼叫打退堂鼓。她要堅持到底。

「我只是想，很多印度詩裡提到用胸部來當枕頭，柔軟的乳房、枕頭乳房。我只是……只是……只是在想，是白色睡在咖啡色上面，還是，如同大家會想的，咖啡色睡在白色上面？妳們知道，就是延伸那個……那個……枕頭的譬喻罷了。我只是在想……是哪一種方式……」

一段明顯又轉不過來的漫長沉默。妮娜嫌惡地搖搖頭，「鏗啷」一聲把餐刀丟在餐盤上。瑪克莘的手指在桌巾上敲出一段緊張的《威廉泰爾序曲》（*William Tell Overture*）。喬書亞看起來很想哭。

終於，馬考斯把頭往後一仰，鼓起掌，爆出一陣喬分式的粗嘎大笑。「我整個晚上都想問這個問題呢。做得好，孩子的媽！」

▼

93 Fred and Ginger。指的是 Fred Astaire 和 Ginger Rogers，都是美國三〇年代以舞蹈著名的明星。

於是，有史以來第一次，妮娜不得不承認她阿姨是對的。「妳要我回報，這就是我完整的回報：瘋子、怪胎、莫名其妙、欠人扁、亂吠亂叫的垃圾，他媽的每一個都是。」

艾爾沙娜點點頭，嘴巴張得好大。她已經叫妮娜重複第三遍，說她在甜點時間，喬伊絲端上乳脂鬆糕，一邊問及回教女人穿那種又長又黑的布是不是很難做飯——袖口難道不會攪進蛋糕裡？在瓦斯爐上做事不是很危險嗎？

「全都該去撞牆！」妮娜結論。

但是，事情就是這樣，一旦確認了情況，卻沒有人真的知道該怎麼辦。愛瑞和米列特已經十六歲了，從不厭煩地跟他們各自的媽強調，他們現在已經到了法定年齡，可以在任何時間做任何事情。既然不能把門上鎖也不能把窗戶釘死，克羅拉和艾爾沙娜也是無能為力。因此，就算這次有什麼進展，也只是更糟。愛瑞花越來越多的時間沉浸在喬分主義中。克羅拉發現她不太想跟自己的父親談話，對克羅拉蜷在床上看小報也皺眉以對。米列特一次失蹤達數星期，然後帶著不是他的錢回家，講話的腔調是完美的喬分腔夾雜KEVIN幫的街頭俚語。他不管有沒有理由，就是會激怒山曼德。不，不對，是有理由的。因為米列特既不是這樣，也不是那樣，既不是這個也不是那個，既不是穆斯林也不是基督徒，既不是英國人也不是孟加拉人，他就是游移在中間，就跟他名字所代表的一模一樣——佐菲卡爾（Zulfikar），兩把劍的碰撞。

「只不過買個東西，」山曼德看到兒子買了黑人領袖麥爾坎的自傳後抱怨。「你到底要說幾次謝謝才夠。你把書遞過去說謝謝，她把書接過來說謝謝，然後她告訴你價錢又說謝謝，你付了錢再說謝謝，對方收到錢後又說謝謝！他們管這叫做英國禮節，實際上根本就是自大，因為唯一值得感謝那麼多次的就只有阿拉！」

艾爾沙娜又一次夾在兩人中間，努力保持中立。「如果馬吉德在這，一定可以幫你們解決。他那律師的腦袋就是可以把事情搞清楚，」但馬吉德不在這裡，他在那裡，而他們沒有足夠的錢來改變情況。

接著，考試伴隨著暑假到來。愛瑞的名次僅次於小胖喬分之後，而米列特的進步超過任何人、甚至是他自己的預期。而這唯一的可能就是喬分家的影響，所以克羅拉第一次為自己感到羞愧。而艾爾沙娜只說了「伊格伯家的腦袋終究是高人一等」，然後決定為了此事在山曼德的草皮上辦個伊格伯／瓊斯共同慶祝烤肉會。

妮娜、瑪克莘、阿達夏、席法、喬書亞、嬸嬸、表兄弟姊妹、愛瑞的朋友、米列特的朋友、KEVIN那一掛的朋友，還有校長全都來參加了，並且用紙杯盡情享受廉價的西班牙香檳酒（除了KEVIN的人以外，他們在角落圍成圓圈）。

本來一切都進行得很好，直到山曼德發現了那堆戴綠領結、手搭手圍成圈圈的人。

「他們在這裡做什麼？誰讓異教徒進來的？」

「你不也在這裡嗎？」艾爾沙娜脫口而出，看著山曼德已經喝光的三只啤酒罐，熱狗醬汁都滴到他下巴了。「到底是誰急著想搞砸這個烤肉會？」

山曼德瞪了她一眼就歪歪斜斜地和阿奇一起走開，到工作房去欣賞他們共同的工藝品。克羅拉抓住機會把艾爾沙娜拉到一邊問問題。

艾爾沙娜在她的胡荽上跺了一腳。「不！不可能的事。我幹麼要謝她？他表現好也是因為他自己的腦袋，伊格伯家的腦袋。她一次都沒有，那隻長獠牙的喬花雞一次都不曾屈就打電話來。小姐，就算叫野馬來拖，也要等我死了才拖得動。」

「但是……我只是想，如果能去謝謝她花在孩子們身上的時間，應該會滿好的……我想也許是我們錯怪她了——」

「隨便妳，妳去啊，瓊斯女士，妳想去就去，」艾爾沙娜輕蔑地說：「我呢，就是一群野馬也拖不動我。」

「還有，那是所羅門．喬分博士，馬考斯的爺爺。當維也納所有人都認為手淫是汙穢不乾淨的時候，他是少數幾個相信佛洛伊德學說的男人。好一張令人震撼的臉，妳不覺得嗎？包含了太多的智慧了。馬考斯第一次拿這張照片給我看時，我就知道要嫁給他了。我想：如果我的馬考斯到八十歲時也是那個樣子，那我還真是個幸運的女孩呢！」

克羅拉笑笑，對那張銀版照相感到欽佩。到目前為止她已經欽佩了壁爐上的八張照片了，愛瑞跟在後面鬱鬱不樂，但看起來至少還有另外八張等著呢。

「這是個歷史悠久的偉大家族，如果妳不覺得我太放肆的話，克羅拉——我可以叫妳『克羅拉』嗎？」

「妳可以叫我克羅拉，喬分太太。」

愛瑞等喬伊絲也請克羅拉叫她喬伊絲。

「喔，就像我剛說的，這是個歷史悠久的偉大家族，如果妳不覺得我太放肆，就某方面來說，我倒是滿想把愛瑞也歸類在一起。她是這麼一位卓越的女孩，我們都好高興她能夠過來。」

「我想，她也很高興到這來。她真的欠你們很多。我們都是。」

「喔，不不不，我深信自己對智慧人才的責任……何況，這也是種樂趣。真的，儘管考試已經過了，我希望我們還是能繼續看到她。就算不為別的，還有中等教育A級考試等著呢！」

「喔，我確定她一定會過來的。她老是提到你們，喬分這、喬分那的……」

喬伊絲緊緊握住克羅拉的手。「喔，克羅拉，我好高興。我好高興我們終於見面了。喔對，我還沒說完呢。剛說到哪了……喔，對，這是查爾斯和安娜，曾叔叔和曾嬸嬸，遺憾的是都死很久了。他是精神病學家，沒錯，又一個，而她是植物生物學家，一個和我志趣相投的女人。」

喬伊絲往後站了一會，把手放在嘴脣上，好像畫廊裡的藝評家。「我的意思是，看完這些，你一定會想這絕對是基因的問題，是不是？我的意思是，這些人的腦袋，光靠單純的教養是無法解釋的，是不是？」

「呃，不，」克羅拉同意。「我想應該不行。」

「現在，純粹出於好奇——我的意思是，就是好奇——妳覺得愛瑞是遺傳到哪一邊的血統，牙買加或英國？」

克羅拉上上下下看著那一列死掉的白人，直挺挺的領子，有些戴著單片眼鏡，有些穿著制服，有些坐在家人中間，全都擺好姿勢，讓那緩慢的相機搞定這件事情。他們隱約讓她想起了一個人，就是她的外公，亦即瀟灑的查理．道恆上尉。在僅存的一張相片裡：他消瘦而蒼白，大膽直視鏡頭，好像不是在照相，而是強迫他的影像印在醋酸鹽裡似的。就是以前人家叫「肌肉型基督徒」的那種人。包頓家的人都叫他「小白」，是個以為所有給他碰過的東西就是屬於他的的大蠢包。

「我這邊，」克羅拉試探性地說：「我想是我這邊的英國血統。我外公是英國人，我聽說還滿像樣的。他的孩子，就是我媽，出生於一九〇七年的京斯頓大地震。我常想，也許是當時的震動把包頓家的腦細胞給震回了常軌，因為從那時起，我們家的人就都還算滿正常的！」

喬伊絲發現克羅拉正等待有人發笑，馬上回應了一個。

「但說真的，可能就是查理．道恆上尉吧。我祖母所知道的事情都是他教的，良好的英國教育。天知道，除了他我還真想不出還有誰呢。」

「喔，真是棒！就像我跟馬考斯說的，不管他怎麼說，就是基因這麼回事。他說我把事情看得太簡單，但他就是太理論了。而且每次都證明我是對的！」

當大門在她身後關上，克羅拉再次咬了咬自己的嘴脣，這次卻是感到挫折與氣憤。她為什麼會說是查理．道恆上尉呢？那根本是個徹底的謊言，就跟她雪白的牙齒一樣假。克羅拉比查理．道恆上尉聰明多了，荷坦絲也比查理．道恆上尉要聰明多了，就連外婆安姆博西亞可能都比查理．道恆上尉聰明。查理．道恆上尉根本就不聰明，他自以為聰明，其實根本不是。他犧牲了上千個人就為了救一個他不曾真正了解的女人。查理．道恆上尉根本就是個沒路用的大蠢包。

13 荷坦絲・包頓的根由

一點點的英國教育可能是很危險的事。艾爾沙娜最喜歡的例子就是英國艾倫巴羅勛爵的老故事，當他攻下印度信德省，發了一封電報到德里，上面只有一個字：peccavi，這個字是拉丁文的動詞變化形，意思是我犯了罪。「只有英國人會想同時教育你又從你身上偷走東西，」艾爾沙娜對喬分家的不信任就跟這感覺沒什麼兩樣。

克羅拉也同意，不過是為了跟家庭比較有關的原因：關於她家的記憶。包頓家不可抹滅的不良血統。當時，有位英國紳士突然決定某人需要教育，當時克羅拉的媽媽就在她媽的肚子裡，成了這整個事件沉默的見證人（如果我們要細說這個故事，就得像俄羅斯娃娃一樣，把她們全部放進另一個人的肚子裡。愛瑞回到克羅拉的肚子，克羅拉回到荷坦絲的肚子，荷坦絲則回到安姆博西亞的肚子）。因為這位最近才被派遣到牙買加的查理・道恆上尉（Captain Charlie Durham）在一九〇六年五月一個酒醉的晚上，在包頓家的儲藏室把他房東年輕女兒的肚子給搞大了。但他不以奪走其處子之身而滿足，還覺得必須教她一些東西。

「偶？他要教偶？」安姆博西亞・包頓的手放在裡面裝著荷坦絲微微凸起的肚子，盡可能露出一副無辜的神情。「他幹啥教偶？」

「一星期三次，」她母親回答。「不要問偶為啥。但老天知道，這對妳只有好處。要感激人家慷慨。像道恆上尉這麼樣英俊、正值的英國紳士要慷慨根本就不需要去問為什麼。」

即使是安姆博西亞，一個任性、傻呼呼、長到十四歲還沒見過教室的鄉村小孩，都知道這個建議是被誤解了。當英國人想要慷慨時，妳要問的第一件事情就是為什麼，因為這其中一定有原因的。

「妳還在這？丫頭？他要見妳。不要讓我拿掃把逼妳！」

於是，安姆博西亞帶著肚子裡的荷坦絲匆匆跑進上尉的房間，從那之後一星期三次去接受他的教導。字母、數字、聖經、英國史，三角數學。等這些都上完，安姆博西亞的媽也安全離開房間後，就變成了人體解剖學，這課教得久了，她會躺下來咯咯發笑，他就壓在她身上教。道恆上尉要她不用擔心肚裡的孩子，因為這樣不會傷害到它。他還告訴她，他們的私生子會是牙買加最聰明的小黑鬼。

幾個月過去，安姆博西亞從這位英俊上尉身上學到許多美好的事。他教她閱讀聖經約伯的考驗、研究啟示錄中的告誡、板球怎麼揮、「耶路撒冷」怎麼唱。還有一排的數字怎麼加總，拉丁名詞怎麼變化，怎麼把一個男人的耳朵親到像個嬰兒一樣嗚嗚叫。但他教她最多的就是讓她知道自己不再是個女僕，雖然她每日做的雜務並無任何改變，但她的教育已讓她提升，並在內心自覺是個淑女。他老喜歡指著她胸口說，就在這裡，就在這裡，不再是處女（僕女），安姆博西亞，不再是處女（僕女），他總愛這麼說著這句雙關語，而那地方事實上正是她經常放掃把的地方。

接著有一天下午，也是荷坦絲滿五個月時，安姆博西亞穿著一件想騙過大家的寬鬆棉格子洋裝火速衝上樓，一隻手在門上猛敲，另一隻手拿著一把英國金盞菊藏在身後。她要給愛人一個驚喜，她知道這些花會讓他想起故鄉。她敲了又敲，叫了又叫，但他已經走了。

「不要問偶為什麼，」安姆博西亞的媽懷疑的看著女兒的肚子說：「他一起來就走了，突然得要死，但他有留紙條，說素要讓妳得到好照顧。他要妳馬上去那個莊園，見一個格蘭諾先生，一個信基督教的英國人。老天知道這對妳只有好處。妳還愣在那做什麼，ㄚ頭？妳是要偶拿掃把逼妳……」

她話還沒說完，安姆博西亞已經奪門而出。

道恆似乎是跑到京斯頓去控制一家印刷公司的情況，那裡有個叫葛維的年輕人，為了更高的工資正在上演印刷工人大罷工。之後他計畫離開三個月去訓練陛下的千里達士兵，讓他們知道一些該知道的東西。英國人是拋棄一個責任去接受另一個責任的高手，但他們又喜歡把自己當做有道德良心的人，因此在這段過渡期間，道恆將安姆博西亞包頓的教育委託給他的好友艾德蒙・佛雷克・格蘭諾爵士，他就像道恆一樣，認為當地人需要教育、基督教信念和道德指引。格蘭諾很高興收容了她——誰不高興呢？——一個美麗、服從的女孩，不但樂意也有能力幫忙打點家裡。但她才待了兩個星期，肚子就越來越明顯。人們也開始閒言閒語，這樣下去也不是辦法。

「別問偶為什麼，」安姆博西亞的媽從哭泣的女兒手中，接過格蘭諾致上歉意的信函說：「八成就是妳沒得救了，要不就是不想有個罪孽在家裡。你都回來了！現在還能怎樣呢！」但在信中，最後還有一個安慰的建議。「他信上素有說，要妳去找一個叫布林頓太太的基督教女人，說什麼妳可以去和她住。」

根據道恆的指示，是要讓安姆博西亞參加英國聖公教會教堂，而格蘭諾則建議牙買加衛理公會教堂，但熱情的布林頓太太，一位專門協助迷途靈魂的蘇格蘭老女人，卻有她自己的想法。「我們要去真理，」到了星期天她堅定的說，原因是她不喜歡「教堂」這兩個字。「妳、我和這個無辜的小東西。」她拍拍安姆博西亞的肚子，就在離荷坦絲的頭不到幾吋的地方說：「我們要去聽耶和華的箴言。」

（所以是布林頓太太把包頓家帶入見證人，或叫見證會、守望臺、聖經手冊公會——在那個年代他們的名字有很多講法。布林頓太太在上一世紀末於匹茲堡遇到查爾斯・泰茲・盧梭本人，被此人的知識、奉獻和他了不起的鬍子所震懾。在他的影響下，布林頓太太背叛了新教，然後就像每個皈依者一樣，非常熱衷的想把這些東西告訴別人，她發現安姆博西亞和肚裡的小孩是兩個簡單又現成的對象，因為她們至今都還沒什麼宗教好背叛。）

真理在一九〇六那年冬天進入了包頓家，然後經由安姆博西亞的血液直接延續到荷坦絲身上。雖然荷坦絲當時還在子宮裡，但她深信她有意識的那一刻正是她母親認同耶和華的那一刻。後來，不管妳拿的是什麼聖經，她都會跟你打賭，儘管她當時仍在媽媽肚子裡，但盧梭先生《千年破曉》（*Millennial Dawn*）的每一個字，在每個晚上都念給安姆博西亞聽的情況下，經由一種滲透作用進入了荷坦絲的靈魂。因為這樣才能解釋，為何她在長大後去念這六本東西會有一種「懷念」的感覺；為何她以前沒有念過，卻可以用手把字蓋住，然後任憑記憶來引述。但也正因為這個原因，所有荷坦絲的根由都必須追溯到這個最原點，因為她當時是存在的，因為她記得的，那個一九〇七年一月十四日的事件，那個牙買加的可怕地震，都未能隱藏在她的記憶中，反而清晰鮮明的有如鐘聲。

「我將迅速找尋祢……我的靈魂渴望祢，我的軀體祈求祢，在一個乾涸又飢渴的土地，這兒沒有水……」

懷孕末期的安姆博西亞大腹便便走在國王街上唱著，內心祈禱耶穌重返或是查理·道恆歸來——兩個可以解救她的男人——在她心中如此相似，以至於早習慣將他們混淆在一起。當她唱到第三節中間（至少荷坦絲是這麼說的），那個粗聲老酒鬼艾德蒙·佛雷克·格蘭諾爵士，帶著因在牙買加俱樂部喝多了而造成的通紅臉色擋住了她們的去路。荷坦絲記得他以一種問候的方式說，查理·道恆上尉的僕女！但安姆博西亞只瞪了他一眼。安姆博西亞想要繞過他，但他再次移動龐大的身軀擋在她面前，今天天氣不錯，啊？

這些日子妳有沒有乖啊，親愛的？聽說布林頓太太帶妳去她的教會。那些見證人真有意思。但我懷疑他們已經準備好了嗎？他們願意接受這位黑白混血的新教徒了嗎？

荷坦絲清楚記得他那熱呼呼的鹹豬手放在她媽身上的感覺；她還記得自己使勁所有力氣去踹他。

喔，沒關係的，孩子。上尉跟我說過你們的小祕密。當然了，祕密是要付出代價的，安姆博西亞。就像山芋、玉桂子和我的菸草一樣，都是要付出代價的。妳有沒有看過那間古老的西班牙教堂，就是聖塔安東尼亞？妳有沒有進去看過？它就在這裡。裡面很棒的，如果從藝術欣賞的角度，而非宗教角度來看的話。只要一下下就好，親愛的。不管怎樣，妳都應該把握這個學習的機會。

接下來的時間發生了兩次：肚子裡面和肚子外面，而且是兩種不同的版本。在安姆博西亞肚子外面，全是一些白色的石頭，沒有別人，只有一個斑駁的金黃色聖壇，燈光昏暗，蠟燭燒著餘菸，地上刻有許多西班牙名字，還有一個大型的婦人石雕，低頭高站在一個基座上。當格蘭諾開始碰觸她，一切都還異常的平靜。但在她肚子裡面，卻是飛快的心跳聲，擠壓全身幾百萬個肌肉，死命想反抗格蘭諾給予教育的企圖。他溼黏的手如今放在她胸前，從兩片薄薄的棉布間鑽了進去，捏擠那已經充滿奶水的乳頭，那個連嘴巴都沒料到會這麼粗的乳頭。內心的她雖已逃竄到國王街上，但外面的安姆博西亞卻是僵在那裡，雙腳生根，像任何婦人一樣，嬌柔得像塊石頭。

接著，整個世界開始晃動。在安姆博西亞裡面，羊水破掉了。安姆博西亞外面，地面裂開了。對面的牆壁破碎，彩色玻璃爆炸，而那個婦人石雕，就像昏厥的天使從那麼高的地方掉下來。安姆博西亞踉蹌逃離現場，費盡工夫也只來到旁邊的告解室，就在這同一時間，地面再度破裂——真是要命的猛烈啊！——她跌了下來，看到格蘭諾躺在那昏厥的天使下被壓得粉碎，牙齒散落各處，腳踝被長褲捆住。此時地面仍繼續顫動。第二次強震出現，然後是第三次。許多柱子倒塌，一半的屋頂不見。安姆博西亞的狂叫聲，加上荷坦絲要衝出來而導致子宮收縮的尖叫聲，如果是在其他的牙買加下午，一定會引起其他人注意而來幫幫她的忙。但在那個京斯敦的下午，正是世界忙著毀滅的時候，每一個人都在尖叫。

如果這是一個童話故事，那麼此刻就是道恆上尉這位英雄出現的時刻了。其實他也不是沒這個條件。不是說他不夠帥、不夠高或不夠壯、不想幫她或不愛她（喔，他是愛她的，就像英國愛印度、愛非洲和愛愛爾蘭一樣，就是因為他愛她才會有問題，因為人們總是對他們所愛的人不好）。這些條件他都有。但也許是這個場景錯了。也許在偷來的領土上是不能期待有快樂的結局的。

因為道恆在隔天歸來時發現整個小島毀了，兩千人因此喪生，山丘淨是焚煙，部分的京斯敦落入海裡，飢餓、恐懼、加上整個街道被地球吞噬。但這些恐懼都比不上以為自己再也見不到她的恐懼。如今他明白了什麼叫做愛。他站在閱兵場，寂寞得幾乎要發狂，四周全是陌生的黑色臉孔，唯一看到的白人是那個維多利亞雕像，五次的餘震把她轉了個一百八十度，變成了背對群眾，而這與事實倒也相差不遠。因為最後有資源可以給予協助的是美國而不是英國，三艘滿載糧食的軍艦正從古巴駛來。這是個不受英國政府所欣賞的美國宣傳戲碼，就像其他的英國佬一樣，道恆不可避免的覺得自尊心深深受創。儘管這土地已證實了它有自己的想法，但他仍舊認為這是他的土地，不論是要拯救這塊土地，或是傷害這塊土地，都是他的事情。因此當他發現有兩個美國兵在沒有獲得允許的情況下入港，並站在他們領事館前無禮的咬著雪茄時，那深植的英國教育讓他覺得受到藐視（當時所有登陸都必須經過道恆或他的長官）。這是一種奇怪的感覺，一種無力感，發現有另一個國家比英國更有能力去拯救這個小島。這真是一種奇怪的感覺，望向這一片有如汪洋的黑色皮膚，卻無法找到那個他所愛的人，那個他以為他擁有的人。因為此刻的他正奉命在此叫喊一小票僕人、管家和女僕的名字，一些英國人列出來要一起帶去古巴直到苦難結束的人。如果他知道她的姓，天知道他一定可以叫出她的名字了。但在過去的教育中，他從來都不知道，也從來都沒問。

但這個疏忽可不是道恆上尉，這位偉大教育者之所以在包頓家族歷史中成為蠢包的原因。他很快就發現了她在哪裡；他在人群中發現了小表妹馬蓮，並讓她帶張紙條到她最後看到安姆博西亞的教堂，她在那和見證人唱歌，感謝上帝給了他們這個審判日。當馬蓮用灰白的雙腿死命跑去，道恆以為一切安排妥當，便冷靜的走向國王宮，也就是牙買加總督詹姆斯·史威特翰的住處。他要求他給安姆博西亞一個例外——一個受過教育而且他將迎娶的女黑鬼。她跟其他人不一樣，所以在下一艘離開的船上，一定要給她一個位置讓她和他一起走。

但如果你統治的是一個不屬於你的領土，早就習慣了去漠視所有的例外。史威特翰很明白的告訴他，他的船上是沒有多餘的空間給黑人妓女或畜生的。受傷而急欲報復的道恆，暗示史威特翰自己都沒有權力了，而美國船艦的到來就是最好的證明。做為離開前的最後一擊，他提到那兩個未獲允許就站在英國土地上的美國人，放肆的入侵不屬於他們的領土。就這樣不明就裡的把這塊地送給人家？道恆臉漲得跟紅色郵筒一樣責問他，訴諸於他堅信與生俱來的擁有權：這已經不是我們的國家了嗎？我們的權威就因為地牛翻動這麼簡單的理由就被推翻？

之後的事就很糟糕了：這就是歷史啊。史威特翰後來要求美國船艦折返古巴，馬蘭此時也帶著安姆博西亞的回答跑回來。一個從約伯記上撕下來的句子：我要將所知道的從遠處引來（荷坦絲保留了這本被撕過的聖經，說是從那天開始，除了上帝以外，包頓家的女人就不再從別人身上學習了）。馬蘭把句子交給道恆，然後像個快樂的保密者那樣，跑回閱兵場去找尋她受傷而虛弱的父母，他們就像其他數以千計的人一樣，痴痴站著等待救援的船隻。她要告訴他們好消息，就是安姆博西亞跟她說的話：就快來了，就快來了。妳是說船嗎？馬蓮問，安姆博西亞點點頭，儘管她忙著祈禱，入迷到沒有聽到她的問題。就快來了，就快來了，她說，一再重複她從啟示錄上學到的東西；那些道恆、然後是格蘭諾、然後是布林頓太太用不同方式教她的東西；這些大火、地震和巨響所欲做的證明。就快來了，她告訴馬蘭，馬蘭也把她的話當做真理。一點點的英國教育可以是很危險的。

14 比英國人還英國

在英國教育的偉大傳統下，馬考斯和馬吉德成了筆友。至於他們是怎麼變成筆友的，大家倒是有過一番激烈的爭辯。（艾爾沙娜責怪米列特，米列特聲稱是愛瑞把地址透露給馬考斯，愛瑞則說是喬伊絲偷看了她的聯絡簿——愛瑞的說法才是正確的。）但不管怎樣，他們是筆友了。從一九九一年三月起，兩人之間的通信除了被一直沒啥效率的孟加拉郵政系統耽誤之外，不受任何其他因素的影響。他們共同的成果驚人。兩個月內加起來的量至少有濟慈的作品那麼厚。四個月之後，書信的長度和量可說直逼真正的書信作者聖保羅、克拉莉莎和無所事事整天抱怨的人。由於馬考斯會把自己寫的信拷貝下來，愛瑞只好重新調整歸檔系統，好空出一個抽屜單獨放他們的信。她把歸檔的方式分為兩大類，主要是先根據寫信的人，然後再按時間順序，而不是只靠日期就搞定。畢竟這些都和人有關，是兩個人跨越大陸、跨越海洋所做的連結。她做了兩張標籤來區別這一疊東西。第一張寫著：馬考斯寫給馬吉德。第二張寫著：馬吉德寫給馬考斯。

混合了忌妒和敵意的不爽情結，讓愛瑞濫用了她的祕書角色。她偷偷把一些不會被發現的信拿回家，把它們從袋子裡拿出來，仔細閱讀之後（仔細的程度連知名批評家李維斯都望塵莫及）再小心放回去。她在這些郵戳鮮明的航空信中所發現的東西讓她很不高興。因為她的導師有了新門徒。馬考斯和馬吉德、馬吉德和馬考斯。連念起來都比較順。就像華生和克里克會比華生、克里克和維爾金斯念起來還要順一樣。

約翰・唐恩說過，文字交融靈魂，遠勝親吻，果真如此。愛瑞警覺地發現了這樣的交融，不論距離，光透過紙墨就成功把兩人結合在一起的交融。還有什麼情書會比他們的信還要熾熱呢？而打從一開始，也沒什麼情感會比他們彼此交換的熱情還要激烈了。他們最初的幾封信充滿了對彼此認同的無限快樂，這讓在達卡郵政工作的傢伙覺得無聊，讓愛瑞覺得迷惑，卻讓兩位作者覺得棒透了：

我覺得我好像認識你很久了；如果我是印度人，就會懷疑我們前世一定相識——馬吉德。

你的想法和我一樣，你是個想法精確的人，我很喜歡——馬考斯。

你講得太好了，把我的想法表達得比我自己還要好。我渴望研究法律，期盼改善我那可憐國家的命運，它深受暴風和洪水這些無非是上帝閃過的怪念頭所害。但在這些目標之中，什麼樣的天性才是根本？是什麼樣的根、什麼樣的夢能把種種雄心壯志繫在一塊？豈非是為了讓這世界有意義，為了減少隨機的命運？——馬吉德。

接著是相互的欽佩，而且還延續了好幾個月。

你正在進行的東西，馬考斯——那些非凡的老鼠——可說是一種革命。當你鑽研那些謎樣的遺傳特質，無疑觸及到人類的靈魂，是那樣的根本又戲劇化，就跟所有的詩人一樣，甚至還多了詩人所沒有的武器：那就是真理。我敬畏擁有遠見想法和卓越見識的人。我敬畏像你——馬考斯．喬分這樣的人。而我何其榮幸可稱其為朋友。我由衷感謝你在這件攸關我家人福祉的事情上，付出如此難以解釋並受到尊敬的關心——馬吉德。

真叫人不可思議，人們竟然對複製這件事大驚小怪。複製就算真的發生（而且我可以告訴你，就快了）只不過是時間差比較大的攣生子罷了，而我這輩子還沒看過像你和米列特這樣的雙胞胎，能這麼確實推翻基因決定論。很多他欠缺的領域正是你的專長。我倒也希望這句子倒轉過來還能成立，但殘酷的事實是，他除了用甜言蜜語勾引我老婆上床之外，實在沒什麼優點——馬考斯。

最後，還有對未來的計畫，在熱情驅動下而盲目訂出的計畫，好像某個英國笨蛋只因為對方在熱線聊天時聽起來很性感，就娶了來自美國明尼蘇達州的十九歲摩門教徒。

你一定要趕快來英國，最晚也要在一九九三年初到。如果必要，我可以勉強支付部分的費用。這樣你才可以到本地學校報名，通過測驗以後，再盡快送你到任何能讓你夢想發芽的地方（雖然其實只有一個選擇），當你置身其中就可以快速成長，進入法庭並成為我所需要的律師，幫助我捍衛我的領域。我的未來鼠©需要可靠的辯護者。快點，慢吞吞的傢伙，我可沒那個閒時間慢慢等你——馬考斯。

最後一封信，不是他們往來的最後一封信，而是愛瑞能夠忍受的最後一封，馬考斯在信裡最後一段寫道：

這裡的一切沒什麼改變，除了我的檔案現在非常整齊，這得感謝愛瑞。你會喜歡她的，她是個亮眼的女孩，還有那對驚人的胸部……遺憾的是，我對她在科學這領域的熱衷不抱太大的希望，說明確一點就是我的生物科技研究，她在這方面表現出企圖心……她某方面來說是很精明，但她拿手的東西是比較卑微的工作，例如費力的雜事。她或許可以成為實驗室助理，但她對概念性的東西就沒那個腦筋，一點慧根也沒有。我想，她可以試試念醫，但即使在這塊領域，她的臉皮也得再厚一點……所以我們的愛瑞可能只能走牙醫這一途（這樣至少她還可以醫醫自己的牙），當然這不失為正直的專業人員，卻不是我希望你做的那種……

最終，愛瑞並未感到被冒犯。她是難過了一會兒，不過很快就過去了。她就像她媽、像她爸，是偉大的再造家、替代員。做不了戰爭特派員？那就做自行車手吧。做不了自行車手？就折紙吧。不能成為那十四萬四千個坐在耶穌旁邊的人？那就融入廣大人群吧。不能面對廣大的人群？就嫁給阿奇吧。愛瑞倒也不是那麼難過。她只是想：是喔，牙醫。我可以當個牙醫，對响，牙醫。

▼

此刻，喬伊絲正在陽臺下面解決米列特和白種女人的問題——而且問題不少。所有女人，不管是哪一種膚色，從烏漆抹黑到蒼如白子，全都任由米列特挑選。她們塞給他電話號碼，在公共場所幫他口交，穿過擁擠的酒吧過來請他喝一杯，強拉他進計程車，跟蹤他回家等等。反正不管她們是為了什麼——就當是為他的鷹勾鼻吧，或是那對有如夜海的眼睛，還是巧克力一般的膚色，烏黑如絹簾的髮絲，或只是他單純、簡單的臭味——不管是哪一樣，反正就是他媽的很有用。不過，大家用不著忌妒，也沒必要。因為不管是過去或未來，有的人就是有散發性感的能耐（哪怕呼吸也好，流汗也行）。隨便舉幾個例子：年輕時的馬龍白蘭度、瑪丹娜、埃及豔后、潘．葛瑞兒、范倫鐵諾、住在城中倫敦希波登夜總會對面那個叫泰瑪拉的女孩。還有板球手伊姆隆．肯[94]、米開朗基隆的大衛雕像等等。你是沒辦法跟這種不可思議又無所限制的力量鬥的，因為那未必是勻稱或美麗造成的（泰瑪菈的鼻子就歪得可以），而你也不可能說要就能要到。有句美國諺語倒是說得很恰當，不管用在經濟、政治還是愛情上都很貼切：有就是有，沒有就是沒有。而米列特他就是有，還是王牌黑桃。所以只要是你知道的，他都可以選擇，任何嬌豔欲滴的女人，從尺寸8到28，泰國人或東加群島人，從非洲桑吉巴到瑞士蘇黎世，反正映入他眼簾的全是兩腿張開、痴痴等待的女人，來自他視線所及的四面八方。你大有理由懷疑，天生擁有這麼好天份的人，肯定會一頭栽進這麼多桶不同的女人菜色中，去體驗個夠、體驗個爽。然而米列特主要染指的對象幾乎都是尺寸10的白種女人，年齡十五到二八，住在西漢普斯敦鄰近一帶的新教徒。

剛開始，米列特對這點並不以為意，也不覺得有什麼奇怪。他的學校裡多的是符合上述描述的女人。而且以平均定律來看（由於他是格蘭諾橡樹唯一值得搞的傢伙），他到最後還是會跟她們多數的人搞過。至於卡瑞娜．凱因，就是他現在的馬子，和她搞在一起也還滿開心的。與此同時，他只腳踏另外三條船（亞莉山卓．安卓瑟、波莉．霍夫頓和蘿西．迪巫），這也是他個人迄今的最低紀錄。再說，卡瑞娜對他來說還是不一樣的。和卡瑞娜不是只有性。他喜歡她，她也喜歡他，而且她很有幽默感，這真是非常難得，加上她會在他失意的時候照顧他，而他也會，不過是用他自己的方式，像是買花還是其他東西送她什麼的。這是拜平均定律，同時也是幸運和隨機所賜，讓他比以往都還要快樂。而事情就是這麼回事。

不過，KEVIN卻不這麼想。有天晚上，卡瑞娜開著她媽那輛雷諾送他去參加KEVIN的聚會。下車後，席方弟兄和泰隆弟兄穿越基爾本市政府過來，活像兩座巨大的人山。他們毅然決然要以穆罕默德之名過來向米列特傳道，只見兩座山朝他逼近，越來越大。

「嗨，席方，老弟，嗨，泰隆，老兄。幹麼拉著一副長臉？」

但席方弟兄和泰隆弟兄並不打算回答，反而遞給他一張傳單，上面寫著：誰才是真的自由？KEVIN的姊妹還是蘇活區的姊妹？米列特熱情地道了謝，然後把它塞進袋子最裡面。

你覺得如何？一個星期後，他們問起了這件事。你有看吧，米列特弟兄？但事實是，米列特弟兄根本就還沒看（而且老實說，米列特比較喜歡像美國的惡魔：美國黑手黨如何

94 Imran Khan。著名的巴基斯坦籍板球手。

統馭世界，或科學與上帝的對抗：螳臂擋車這類的傳單），但他看得出來泰隆弟兄和席方弟兄似乎對這件事情很在意，所以他說他看了。他們看起來很高興，隨即又給了他另一張。這一張叫：萊卡（彈性纖維）解放運動：西方世界與強暴。

「是不是有道光芒開啟了你黑暗的世界，米列特弟兄？」泰隆弟兄在隔週的星期三熱切問道。「事情也變得越來越清楚了？」

但「越來越清楚了」對米列特來說似乎不是很正確的說法。前幾天他特別撥出時間來讀這兩張傳單，而且第一次有了奇怪的感覺。因為短短三天之內，卡瑞娜・凱因，這個可人的女孩，從沒惹毛他的好女孩（相反的，她還讓他覺得快樂！爽歪歪！）惹毛他的次數就比過去一年加起來還多，且還不是讓他普通的火，是無法平息、無法解決的惱怒，就好像幻肢上的疥瘡。但他卻不知道是為了什麼。

「是啊，泰隆老兄，」米列特點點頭，並笑咧了嘴。「就跟水晶一樣，我操，清澈透明得很。」

泰隆弟兄也回點了幾次頭。米列特看到對方高興自己也樂了起來。感覺就像真的黑手黨或在龐德電影裡什麼的。雙方穿著黑白色的西裝向對方點頭默示：我明白我們已經彼此了解了。

「這位是阿伊莎姊妹，」泰隆弟兄說著，把米列特的綠色領結弄正，然後把他微微推向一位嬌小、美麗的黑人女子，她有著淡褐色眼睛和高聳的頰骨。「她是個了不起的非洲女子。」

「真的？」米列特。「妳住哪？」

「卓民鎮[95]北邊，」阿伊莎露出嬌羞的微笑說。

米列特雙手一拍、重重頓足。「啊——靠，那妳鐵定知道赤背咖啡店。」

阿伊莎姊妹整個人亮了起來。「沒錯，喔——我從很久以前就很喜歡那個地方！你也常去嗎？」

「常！很酷的地方。這樣，說不定以後會在那碰到妳囉。很高興認識妳，姊妹。泰隆弟兄，我得閃人了，我馬子在等我。」

泰隆弟兄看起來有點失望。在米列特離開前，他把另一張傳單塞到米列特手裡，然後緊緊握住他的手，直到傳單在兩人手中變得有點潮溼。

「你一定可以成為很棒的領導者，米列特，」泰隆弟兄說著（為什麼大家老是跟他說這些？）先是看看米列特，再轉向路邊按喇叭的卡瑞娜，她的胸部就掛在車門上。「但現在的你只能算是半個人，我們需要完整的人。」

「是嗎，酷，謝了，你也是，弟兄，」米列特說完，簡短看了傳單一眼，打開門道別。「那掰囉。」

「那是什麼？」卡瑞娜伸手去打開乘客座的門，瞥到他手中那張已經溼軟的紙。

出於本能，米列特把傳單直接塞進他口袋。這倒是有點詭異，他通常會把所有東西秀給卡瑞娜看的。只是現在她的問題有點煩。而且你看她現在穿的是什麼？沒錯啦，是跟以前一樣露肚臍的上衣，但似乎更短了些？乳頭未免更清楚、更刻意了些？

95 Clapham，英國倫敦外圍的一個小鎮。

他暴躁地說：「沒什麼。」但事實並非如此。那張傳單是KEVIN的西方女子系列主題的最後一張：裸露的權利：西方性事赤裸裸的事實。

既然我們提到了裸露這件事，卡瑞娜那嬌小的身軀還真是沒話說。膚如凝脂，圓潤的身軀和纖細的四肢。到了週末時她就喜歡穿些可以炫耀的衣服。米列特第一次注意到她是在某個地方舞會上，他瞥到銀色短褲和銀色緊身無袖上衣所射出來的閃光，還有一截光溜溜的肚子從兩塊銀布中間微微凸了出來。卡瑞娜的小腹還有那麼一點討人喜歡。雖然她很討厭，米列特卻很愛。他就愛她穿些露肚臍的衣服。但現在那些傳單把事情搞得越來越清楚了。他開始注意到她穿的衣服和其他男人看她的樣子。當他提起這件事情，她說：「嗯，真受不了，那些色迷迷的老男人。」但在米列特看來，她好像是在鼓勵他們；是主動想要男人看她——就像裸露的權利裡面講到的——「成了男人眼光下的娼妓」，尤其是白種男人。因為西方男人和西方女人之間就是這麼一回事，不是嗎？他們就是喜歡在公共場合做。而他越是這樣想，就越覺得不爽。她為什麼不把自己給包好？她是想給誰看？從卓民鎮北邊來的非洲女性都能自重，卡瑞娜．凱因為什麼不行？「我無法尊重妳，」米列特慎重解釋，好把他讀過的句子一字不差地說出來。「除非妳尊重妳自己。」但卡瑞娜說她有尊重自己，只是米列特不相信她。這真的很奇怪，因為他從不認為卡瑞娜會說謊，她不是那種人。

當他們準備好要外出時，他說：「妳不是為我打扮，妳是為所有人打扮！」卡瑞娜則說她不是為他或任何人打扮，她是為她自己打扮。當她在**老鼠與胡蘿蔔**[96]卡拉OK唱《性愛治療》那首歌時，他說：「性是很私密的東西，是妳和我之間的事，用不著跟大家分享！」卡瑞娜說她只是在唱歌，又不是在店裡的老顧客面前做愛。當他們做愛時，他說：「不要這樣……不要像妓女一樣貼上來。妳沒聽過什麼叫不自然的舉動嗎？而且，我想要的時候就會做了。妳為什麼就不能淑女一點，不要發出那些噪音！」結果卡瑞娜摑了他一巴掌然後猛哭。她說她不知道他是怎麼搞的。問題是，當米列特甩門走人時，他覺得：我也不知道是怎麼搞的。那次大吵之後他們冷戰了好一陣子。

大約兩星期後，他在「皇宮」兼差賺點小錢，跟剛剛皈依KEVIN而且還是組織中竄起之星的席法提起這件事。「不要跟我講白種女人的事，」席法怒斥，不知道自己還得跟伊格伯家多少代的人重複同樣的勸戒。「在這個女人就是男人的西方社會根本就沒意義！我說啊，她們有跟男人一樣的欲望和衝動——他媽的無時無刻都要做。衣服穿得好像要讓所有人知道她們想要似的。你說是不是？是不是？」

但這段辯論還沒來得及進行，山曼德就推門進來找芒果酸醬，於是，米列特轉頭回去繼續剁東西。

那天工作結束後，米列特透過窗戶看到皮卡迪利咖啡店內有一張圓圓的臉，一個看起來很端莊的印度女人，側面跟他媽年輕的時候還有那麼點像。她穿著黑色高領衫和黑色長褲，眼睛被黑色的長髮隱約擋住，身上唯一的裝飾品就是她雙掌上的紋彩。她就一個人坐在那裡。

帶著一如往常和辣妹或跳舞妹搭訕時從不加以思索的膽識，和男人不怕跟陌生人聊

96 Rat and Carrot，北倫敦的一家酒吧。

天的勇氣，米列特走了進去，幾乎是逐字逐句地把裸露的權利念給她聽，期望她能夠了解，了解這所有關於心靈伴侶、關於自我尊重、關於女人只願為悅己者帶來「視覺上的快樂」。他解釋。「這是不裸露的自由，不是嗎？妳看，就像這裡說的：不受制於男性挑揀的枷鎖和美麗的標準，女人能夠自主做她內心的自己，免於被當成性的象徵，或受性欲的追逐，就像架子上等著被挑選或檢驗的肉一樣，」米列特說：「這就是我們的想法，」雖然不是很確定這是否就是他的想法，他說：「這就是我們的理念，」雖然不是很確定這是否就是他的理念。「妳知道，我就是來自這個團體——」

女人皺起她的臉，用食指優雅的封住他的嘴。「喔，親愛的，」她欣賞著他的俊美，難過的輕語。「如果我給你錢，你可不可以走開？」

接著她的男朋友出現，一個出奇高大穿著皮夾克的華裔傢伙。

在極度陰鬱的心情下，米列特決定走個十三公里回家，就從蘇活區開始，冷眼看著露出長腿的妓女，穿著沒有褲襠的燈籠褲和毛絨絨的圍巾。等他走到馬柏馬區時，已經被怒火搞得簡直就要爆炸，於是找了個電話亭撥電話給卡瑞娜，並在滿腦子奶頭和屁眼的火氣下（簡直就是妓女、妓女、妓女），胡亂把她給甩了。他對其他交往的女人（亞莉山卓．安卓瑟、波莉．霍夫頓和蘿西．迪巫）是一點也不以為意，因為她們是不折不扣愛慕虛榮、水性楊花的賤貨。但他在意卡瑞娜．凱因，因為她是他所愛的人，而他所愛的人應該是他的，不是別人的。就像《四海好傢伙》（*GoodFellas*）中李歐塔的老婆，或是《疤面煞星》（*Scarface*）裡艾爾．帕西諾的妹妹一樣受到保護。她們被當成公主一樣對待，也表現得像個公主，住在高塔裡，被包得好好的。

他拖著腳跟，步伐慢了下來，畢竟回家也沒有想看的人。他在艾吉威爾路上被攔截下來，一群肥佬對著他喊（「瞧，那不是米列特嗎，女人堆裡的小米列特！野貓咪最哈的王子米列特！現在長大了，連菸都不屑了是吧？」）然後露出一臉可悲的笑容。門外那張搖晃的桌子旁散落一堆水煙斗、合乎回教教義宰殺的炸雞和非法進口的苦艾酒；看著女人匆忙穿梭在幕簾間，好像忙碌的黑色幽靈在街上出沒，深夜在街上亂逛，尋找她們迷途的丈夫。米列特喜歡看她們的樣子：活跳跳的講話技巧，色彩繽紛善於交際的眼睛，從微張的小嘴噴爆出來的笑聲。他記起了以前還會跟他爸聊天時他爸曾告訴他的話：你根本就不知道什麼叫做情色，米列特，也不知道什麼叫做欲望，我的小兒，除非你曾坐在艾吉威爾路上，嘴裡叼著冒泡的菸斗，用盡你所有的想像力，想像那赤裸肉衣下四英吋的是什麼，那貂皮毛毯下的又是什麼。

約莫六小時後，米列特出現在喬分家餐桌前，不僅爛醉如泥，而且涕淚縱橫地到處使壞。他毀掉奧斯卡的樂高消防站，把咖啡機砸到另一頭。然後他做了過去十二個月來，喬伊絲一直在等他做的事情：請求她的建議。

感覺上，從上回桌邊對談到這回談話已經隔了數個月之久。喬伊絲發出噓聲把所有人驅趕走，雙手緊緊扭握，把她讀過的全拿出來討論一遍，毒品的味道摻雜在無數杯熱氣翻騰的草莓茶香中。喬伊絲是真的疼他，也想幫他，但她的建議冗長又複雜。她仔細研讀過這方面的知識，從這種情況看來，米列特是充滿了自我嫌惡，憎恨他自己這樣的人。可能還有奴隸心態，或產生以他媽為中心的膚色情結（他比他母親黑多了），不然就是希望透過被白種人基因稀釋而達到自我毀滅，或是無法調解兩種不同的文化，過去顯示百分之六十的亞洲男人會這樣，百分之九十的穆斯林會那樣……眾所皆知，亞洲家庭常會怎樣……而青春期的男孩比較會怎樣，而她幫他找的精神治療師真的很棒，一星期三天，不用擔心錢的問題，也不要擔心喬書亞這邊，他只是在耍脾氣罷了。然後這樣那樣，那樣這樣……

在一片混亂的談話中，米列特記得自己曾經有個喜歡的女孩叫卡瑞娜還是什麼的。而她也喜歡他，而且她還很有幽默感，這感覺真是難得。她會在他失意的時候照顧他，而他也會，不過是用他自己的方式，像是買花還是其他東西送她什麼的。如今她似乎變得好遙遠了，就像童年和騎馬打戰的遊戲。而事情就是這麼回事。

瓊斯家也有麻煩事。愛瑞即將成為包頓或瓊斯家第一位進入大學的人（可能啦，應該會啦，一切順利的話，如蒙上帝恩寵，合掌祈禱）。她選考的科目是化學、生物和宗教研究。她想念牙醫系（白領階級吶！薪水有兩萬英鎊以上！）對於這點大家都很高興，但同時她又想要休學一年到次大陸和非洲去（瘧疾！貧窮！絛條蟲！）這導致她和克羅拉之間長達三個月的公開戰爭。一個希望取得金援和同意，一個則決心兩樣都不允許。雙方衝突不斷並且越來越痛苦，所有調解人不是無功而返（她已經下定決心了，和這個女人沒有任何討論的空間——山曼德），就是也加入了這場脣槍舌戰（如果她硬要去，為什麼不去孟加拉？妳的意思是說我的國家不值得妳女兒去嗎？——艾爾莎娜）

這場角力陷入膠著，各方領土也因此被瓜分或重新分配。愛瑞宣稱她的房間和閣樓是她的地盤。阿奇這位老實的反對者只要求一間客房、電視機和衛星小耳朵。除了廁所是共有的之外，克羅拉接收了所有剩下場所。大家房門深鎖，已經沒什麼好說的了。

到了一九九一年十月二十五日的凌晨一點鐘，愛瑞正在著手進行深夜突擊。過去的經驗告訴她，克羅拉最疏於防備的時候就是躺在床上；到了深夜，她就會輕聲細語像個孩子，因為疲倦顯然會讓她變得口齒不清，但就是要在這時候才有可能得到妳一直想要的東西：不管是零用錢、新腳踏車、門禁延後等等。但這一招已經用過太多次了，因此愛瑞之前並不認為值得一試，尤其這次是她和她媽吵得最激烈也是最久的一次。但如今她也沒更好的方法了。

「愛瑞？怎麼半……夜三更……回去睡……覺啦……」

愛瑞再把門打開一點，讓更多走廊的光線進入房間。

阿奇把頭塞進枕頭。「搞什麼，寶貝，現在是半夜一點耶！明天還有人要上班吶！」

「我有話跟媽說，」愛瑞走到床尾，毫不妥協：「她白天都不跟我講話，我是逼不得已才這樣。」

「愛瑞，拜託……我累格半死……好不容易……可以睡……覺。」

「不是我要休學一年，而是我必須休學一年。這是一定要的……我還年輕，我需要累積經驗。我在這個可憎的郊區住了一輩子。這裡每個人都是一成不變。我想去看看世界上不同的人……這也是喬書亞要做而他爸媽都支持他做的事情！」

「是嗎，但我們可是他媽的負擔不起，」阿奇發著牢騷，從絨毛被下冒出來。「不是每個人都有份頂尖的科學工作，可以吧？」

「我不在乎錢——我會想辦法找到工作什麼的，但我需要你們的同意！你們兩個都要。

我不希望離開的這半年每天還要想著你們在生氣。」

「喔，這不是我能決定的，寶貝，妳說是不是？是妳媽，真的，我……」

「謝謝你喔，爸，這麼明顯的事就不用再說了。」

「喔，是喔——」阿奇把頭轉向牆壁生著悶氣。「那我就閉起我的嘴……」

「佝，爸，我不是這個意思……媽？妳就不能坐起來好好講嗎？我現在不是在跟你溝通嗎？怎麼好像我在自言自語？」愛瑞用可笑的語調說，因為這一年正是紐澳連續劇盛行，教導這一代年輕人把每句話都講成問句。「聽著，我需要妳的同意，行嗎？」

儘管在黑暗中，愛瑞還是可以看到克羅拉拉下臉。「同意捨麼？讓妳企那個地方跟人家昏還是跟那些窮黑鬼抛媚眼？去那當個自以為是的英國人？妳崇喬昏家學到的就素這些？如果妳要的就素這些，那妳摘這也裡一樣可以奏啊。妳就奏在那好好看我六個月就夠了！」

「根本就不是這樣好不好！我只是想去看看其他人是怎麼過的！」

「然後去給人家撒掉？妳腫麼不到隔壁去，那裡也有及他人啊。妳企看人家是腫麼過的啊！」

愛瑞真是火大透頂，攀著床把衝到克羅拉這一頭。「妳為什麼就不能坐起來好好講話，裝那什麼可笑的幼稚聲——」

愛瑞在黑暗中踢翻了杯子，冰冷的水滲到她的腳趾和地毯上，使她倒抽一口氣。當水流得差不多了，愛瑞有種被咬一般奇怪又恐怖的感覺。

「噢嗚！」

「喔，看在老天份上，」阿奇伸手去開床頭燈。「這次又怎麼了？」

愛瑞往下一探疼痛究竟為何而來。不管是什麼樣的戰事，這樣的攻擊位置未免也太低了吧。結果，她的右腳上面躺著一排門牙，一排沒有嘴巴的假牙。

「我靠！這是他媽的什麼東西？」

但這問題顯然是多餘的。愛瑞話還沒有出口，就已經把兩件事給串連起來了——半夜講話的聲音，白天受不了的潔白又整齊。

克羅拉急忙衝到地板，把假牙從愛瑞的腳上搶救回來。如今要掩飾也太遲了，於是直接把它擺在床頭櫃上。

「這下尼高興了吧？」克羅拉消沉地說，其實她也不是故意騙她，只是一直沒有好的機會罷了。

但愛瑞十六歲了，正是把什麼事都看得很嚴重的年紀。對她來說，這是在父母一長串的偽善和不實紀錄上又多加了一項，是另一個瓊斯／包頓窩藏過去祕密的例子，一些你從未被告知的祕密，從不能全盤揭露的歷史，和從來都不曾解開的傳言。這些事要不是每天都被那麼一點線索和跡象給挑起來，本來倒也相安無事，但就像阿奇腳上的子彈碎片、白人外公道恆的怪怪照片、「歐菲莉亞」這個名字和「精神病院」這四個字、自行車帽和老舊的擋泥板、歐康尼爾酒吧油炸食物的味道、深夜開車外出，對著飛機上的男孩揮手道別的模糊記憶、上面印有瑞典郵戳的信，寫著荷斯特．伊貝爾高夫特，若無法投遞請退回給寄件者……

我們所編織的是個多麼糾結的網絡啊。米列特是對的：這些父母親是受過傷的人，沒手、沒牙齒。這些父母親有著許許多多你想知道卻又害怕去聽的故事。但她再也無法忍受了，她累了。她厭倦了永遠得不到全盤的事實。她要退回給寄件者。

「呃，不要一副那麼吃驚的樣子，寶貝，」阿奇好言相勸。「不過就是假牙嘛。妳現在也知道了，又不是什麼世界末日。」

不，就某方面來說，它就是世界末日。她受夠了。愛瑞走回自己房間，把學校功課和必要的衣服塞進一個大背包，然後在睡袍外套上一件厚外套。她有閃過去喬分家的念頭，但她知道那裡不會有答案，只會讓你更想逃走。何況，那裡唯一多出的房間已經被米列特占據了。愛瑞知道自己應該去哪，她心裡很清楚，半夜這時候只有北17路公車可以帶她到那裡，她會坐在公車上層，被吐滿穢物的座位上，轆轆駛過四十七個公車站牌才會到達。

但她最後還是到了。

「我的老天爺，」頭上還掛著鐵髮捲，睡眼惺忪站在門口的荷坦絲嘀咕道。「愛瑞・安姆博西亞・瓊斯，素妳？」

15 喬分主義對上包頓主義

門口站的是愛瑞．瓊斯沒錯。比她們上次見面時大了六歲，比較高、比較胖；有胸部、沒頭髮，在粗呢長外套下拖鞋隱約可見。至於荷坦絲．包頓，老了六歲，比較矮、比較胖，胸部掛在肚子上，也沒頭髮（她戴著假髮上捲子，很奇怪的方式），嫩粉色的泡棉長外套下，拖鞋同樣隱約可見。但真正的差別是荷坦絲八十四歲了，不過她可不是什麼瘦小的老女人，而是強壯有肉得很。她的肥肉把皮繃得好緊，以至於表皮連皺都皺不起來。儘管如此，八十四歲終究不是七十七或六十三歲。人活到八十四歲，前方等待你的除了死亡沒有其他，這樣的堅持是乏味的。愛瑞在她臉上看到了以前所沒有的東西——等待、恐懼和神聖的解脫。

雖然很多事情都不一樣了，但當愛瑞走進荷坦絲的地下公寓，卻又因為什麼都沒變而感到驚訝。過去，她也算是外婆家定期的訪客，當時她媽在學校念書，她和阿奇便一起偷偷過來，而且總會帶些奇怪的東西回去，像是醃漬的魚頭、紅番椒餃子或零星卻不斷重複的聖歌歌詞。在一九八五年達克斯的喪禮上，十歲的愛瑞不小心把這些禮貌拜訪說溜了嘴，結果被克羅拉全面禁止。她們現在雖然還是會彼此通電話，但也只是偶爾。一直到現在，愛瑞都會收到練習紙寫的短信，裡面藏一份《守望臺》。雖然愛瑞有時候會在她媽臉上看到外婆：那嚴峻的頰骨和一樣的眼睛，但她們終究是足足六年沒見到過面了。

但說到房子，時間又似乎只過了六秒。一樣昏暗，一樣潮溼，一樣在地下室。一樣裝飾著數以百計的庸俗小人偶（灰姑娘前往舞會、小小先生指明松鼠前往野餐的路），全都好端端站在自己的小餐巾上，自顧自地在那邊笑得很開心，似乎覺得有人會用一百五十英鎊，分期十五個月買下它們這些次等瓷製品真是好笑。另外還有三塊一組的大掛毯，正掛在火爐上的那面牆，愛瑞猶記得上面繡的圖案。第一塊是受膏者和耶穌一起坐在天堂，這些受膏者全都金髮藍眼，在荷坦絲的廉價毛毯上盡可能表現出安詳的樣子。他們看著下面的芸芸眾生，芸芸眾生看起來還算滿足，卻沒有受膏者那麼得意，他們全都憐憫地看著躺在墓穴裡的異教徒（目前是人數最多的一群），就像沙丁魚一樣一個疊著一個。

唯一不在的就是達克斯（愛瑞對他只有混合了味道和質感的模糊記憶：臭樟腦丸加潮溼的棉衣）。他那張大椅子還空空地杵在那裡，照樣發出惡臭，還有他的電視機，也是照樣開著。

「愛瑞，看看妳！妳這孩子連毛衣都沒穿，一定凍僵了！看妳抖得像墨西哥豆。偶摸摸看。發燒了！妳素想把發燒帶到我家是不是？」

有一點很重要，只要荷坦絲在場，就絕不能承認生病。因為就像大多數牙買加家庭一樣，接下來的治療絕對是比生病還可怕。

「我很好。根本沒問題——」

「喔，素嗎？」荷坦絲把愛瑞的手放在自己額頭上。「發燒了就素發燒了準沒錯。有沒有？」

愛瑞感覺到了，她燙得跟什麼似的。

「過來，」荷坦絲從達克斯的椅子上抓起一條小毯子裹在愛瑞肩上。「到廚房來，什麼都不要動。三更半夜就這樣給他跑來，穿那幾件什麼衣服喔！妳要喝熱藤茶[97]，然後用最快的速度躺到床上去。」

愛瑞披著那條難聞的毯子，跟著荷坦絲來到狹窄的廚房，兩人都坐了下來。

「讓偶看看妳。」

荷坦絲雙手扠腰，越過爐灶傾身過來。「妳看起來像個死人，妳素怎麼來的？」

同樣的，你的回答也要很小心。荷坦絲對倫敦運輸的蔑視，對這把年紀的她來說可是一大安慰。光是火車這兩個字就可以讓她扯出一段旋律（北部幹線），然後擴大成一段調子（地下火車），再發揚光大變成一首曲子（地上火車），最後倍數成長成為一齣輕歌劇（英國鐵路系統的邪惡和沒效率）。

「呃……坐北17路公車來的。上面那一層很冷。我可能是冷到了。」

「什麼可能素，年輕人。偶真不知道妳為什麼要搭公車，明明要三小時才到，還得在寒風中等，就算坐上去了窗戶也素開著的，只會把自己冷個半死。」

荷坦絲從一個塑膠容器裡倒了些無色液體到她手掌上。「過來。」

「幹什麼？」愛瑞瞬間多疑起來。「那是什麼東西？」

「沒啥，過來，把眼鏡拿下來。」

荷坦絲那隻弓成碗狀的手伸了過來。

「不要滴我的眼睛！我的眼睛沒問題！」

---

97 這裡指的是cerace，一種常見的蔓藤，用來煮成藥茶或沐浴，以其苦味聞名。

「不要吵，偶又沒有要滴妳眼睛。」

「告訴我那是什麼就好，」愛瑞懇求，企圖搞清楚那東西是要往哪個洞滴。當碗狀的手碰到她的臉，裡面的液體從額頭流到下巴她尖叫出來。

「啊啊！好痛！」

「蘭姆月桂酒，」荷坦絲一副謎底揭曉的模樣，她說：「能把發燒給驅走。不行！不能洗掉，就這樣讓它發揮功效。」

愛瑞咬緊牙，讓原本有如一千根針刺痛的折磨漸漸變成五百根，然後是二十五根，最後只剩下像被人摑了巴掌後所留下的紅熱。

荷坦絲如今整個人清醒過來，帶著些許勝利說：「喔——偶明白了，妳終於逃離那個不敬的女人了，還因此害自己發燒！不過偶不會怪你的，不，一點也不怪妳沒人比偶更了解那個女人了。從不待在家裡，只知道在學校學她那些主義啦學說啦，把先生和小孩留在家裡餓肚子又營養不良。老天，這樣叫你怎能不逃家！唉……」她嘆口氣把銅水壺放在爐子上。「聖經上面都有寫。你們要從我山的谷中逃跑，因為山谷會延到亞薩（Azel）。你們會如猶大王烏西雅（Uzziah king of Judah）年間的人逃避大地震一樣逃亡。然後耶和華我的神必將降臨，所有聖者將與之同來。撒迦利亞書十四章五節。良善的人終究會逃離惡魔的。喔，愛瑞．安姆博西雅……偶早就知道你會來。所有上帝的孩子終究都要回歸上帝的。」

「外婆，我不是來找上帝，我只是想在這邊念點書，讓頭腦清醒一下。我需要待幾個月，至少會到新年。呃……我覺得有點頭昏。我可以吃個柳丁嗎？」

「素的，他們終究都要回歸上帝的，」荷坦絲自己繼續在那邊講，同時把苦澀的藤根放進水壺裡煮。「那不素真的柳丁，寶貝，所有水果都上過膠了，那個花也素。偶的家用錢才那麼一點，偶想上帝也不會希望我把它們花在容易腐爛的東西上。那些水果已經放好一陣子了。」

愛瑞覺得一陣噁心，把那乾癟的水果放下。

「所以你拋下阿奇，讓他和那個女人在一起……可憐的傢伙。偶一直都滿喜歡阿奇博德，」荷坦絲悲哀地說：「偶反對的從來就不素他這個人。他一直都還算明智的傢伙，好心的和事佬，總素讓偶想到和事佬。但這素比較根本的問題，妳知道嗎？黑白配素不會有好下場的。主耶穌從來就不要我們混在一起。這也素為什麼祂要在人類建造巴別塔時製造那麼多混亂。祂就素要大家保持距離。所以上帝在那裡打亂了天下人的語言，使眾人分散在整個地球上，這是創世紀十一章九節。混在一起什麼好處也沒有，本來就不該這樣的嘛！」但她事後想想又補上一句。「當然除了妳以外，整件事唯一的好處大概就素妳吧……呴，有時候覺得就像在照鏡子，」荷斯坦說著，用她皺皺的手指抬起愛瑞的下巴。「妳的體型就像偶，妳知道，就是大！屁股大，奶也大。偶媽也素這樣。妳甚至還以我媽命名。」

「妳說愛瑞？」愛瑞很想專心聽，但發燒的溼熱一直讓她往下沉。

「不，寶貝，素安姆博西亞，一輩子跟著你的東西。好了，」她拍拍手，堵住愛瑞的下個問題。「妳就睡在客廳，偶會去拿棉被和枕頭，我們明天早上再聊。偶六點會起來，因為有見證會的事，所以八點以後妳也甭想再睡。聽到了沒，ㄚ頭？」

「嗯。那媽以前的房間呢？為什麼我不能睡那？」

荷坦絲用肩膀撐著愛瑞，把她帶到客廳。「不，不行，有特殊情況，」荷坦絲神祕兮兮地說：「等明天天亮了再跟妳解釋。所以別害怕，因為遭到掩蓋的事實沒有不顯露的。」她默默吟誦，轉身準備離開。「而遭到隱藏的事情，沒有不被知道的，這是馬太福音十章二十六節。」

冬天的早晨是這地下公寓唯一值得待的時間。早上五點到六點之間，太陽還很低的時候，光線從前面的窗戶射進屋裡來，讓起居室沐浴在金黃色中，斑駁了這個狹長的空間（七乘三十英呎），並讓外面那顆蕃茄樹多了一層健康的膚色。早上六點鐘，妳幾乎會以為自己是在某個歐陸濱海渡假小屋的地下室，或至少是在托奇[98]街上的那種水準，而不是蘭伯特的地下室。這時的陽光如此耀眼，讓人無法看清窗前那塊綠地末端的小鐵路，或是每天由此經過的足履，揚起的灰塵越過窗欄落在玻璃窗上。早上六點就是整片白花花的光和巧妙的陰影交錯。此時，愛瑞坐在廚房桌邊捧著一杯熱茶，瞇起眼望向外面的草地，她看到的似乎是葡萄園，是佛羅倫斯的景色，而不是參差不齊、亂七八糟的蘭伯特屋簷。她看到一個身形模糊的義大利壯男，正在採收豐盛的葡萄並用腳踩碎。但這個海市蜃樓，這個全因陽光而起的幻想很快就不見了，被一朵貪婪的浮雲整個吞噬下去，只留下愛德華時期的破爛老屋，一條以某個粗心小孩而命名的小鐵路，一間細長、狹窄的屋子和前院那顆長不出什麼東西的樹，還有一個皮膚白得要死、膝蓋外彎滿頭紅髮的傢伙，他穿著橡膠靴，正以一種難看的姿勢在灰白的塵土中頓足而過，企圖甩掉鞋跟上被踩爛的蕃茄。

「那素托布斯先生，」荷坦絲急忙衝進廚房，身上穿著暗紫紅的衣服，釦子都還沒扣好，手裡拿著一頂帽子，上面的乾燥花歪七扭八。「達克斯死後，他幫了偶很大的忙。他撫平了偶的煩惱，寧靜了偶的心。」

她對他招手，他則挺直身子招手回來。愛瑞看到他提起兩個裝滿蕃茄的塑膠袋，然後用他那種企鵝內八的姿勢進入花園，朝廚房後門走來。

「而且他素唯一讓那顆枯樹長出東西來的人。從沒看過這麼多的蕃茄！偶說愛瑞・安姆博西亞，不要看了，過來幫偶弄好這件衣服。快點，妳那兩顆大魚眼都要掉出來了。」

「他住在這裡嗎？」愛瑞驚訝地低語，同時費力將荷坦絲的衣服在她厚實的身軀前揪在一塊。「我是說，跟妳住一起？」

「不素妳想的那種，」荷坦絲嗤之以鼻。「他只素幫了偶這老女人很大的忙。他和偶住在一起六年了，願上帝保佑他和他的靈魂。現在把別針給偶。」

愛瑞把躺在奶油盤上的長別針遞給她。荷坦絲把她帽子上的塑膠康乃馨弄正，然後用力刺進去，再把針頭從那頂氈帽戳出來，露出兩吋銀色的部分直直挺在帽緣上，好像德國軍人以前的刺釘帽。

「好了，別露出那麼驚訝的表情。這素令人滿意的安排。女人需要一個男人在家裡，不然就會一團亂。托布斯先生和偶，偶們是為上帝而戰的老兵。不久前，他改信見證會，他的晉升迅速並受到肯定。而偶也等了五十年了，總希望除了打掃以外還能為天國殿做些

98 托奇（Torquay）位於英國西南方的德文郡（Devon），是英國西南部風景最優美的濱海城市。

其他的事情，」荷坦絲悲傷地說：「但他們不希望女人參與真正的教會事務。不過托布斯先生做了很多，偶爾還讓偶幫忙。他素個很好的人，但他家人素一些很糟的人，」她小聲偷偷地說：「他爸素個可怕的傢伙，又賭又嫖的……所以過一陣子後，偶就叫他過來跟我住，反正房間也素空著，達克斯又死了。他素個很有教養的孩子，不過一直沒結婚，都奉獻給教會了，素的，小姐！這六年來他只叫偶包頓太太，除了這沒別的，」荷坦絲嘆了一口氣，聲音小到幾乎聽不見。「他根本就不知道什麼叫不規矩。他一生唯一的願望就素成為受膏者。偶對他欽佩至極。他進步好多，妳知道嗎，他現在講話都變得好優雅！對水電也很有一套。那妳發燒怎麼樣了？」

「不太好。最後一個釦子……好了，完成了。」

荷坦絲快速跳開，然後走到門廊去為雷恩開門。

「但外婆，他為什麼住在——」

「好了，妳今天早上要好好吃，發燒就素要吃，感冒就得節食。用這些蕃茄和車前草一起煎，還有昨晚剩下的魚。我會煎好放在微波爐裡熱。」

「我怎麼記得是發燒要節食——」

「早安，托布斯先生。」

「早安，剎太太，」托布斯先生說完，把門在他身後關上，脫掉及膝的防水外套，露出廉價的藍色西裝，領子上還別著很小的金色十字架。「我相信您差不多一切就緒了吧？我們必須在七點整抵達教堂才是。」

至此，雷恩還沒注意到愛瑞。他正彎身甩掉靴子上的泥巴，動作跟他說話一樣慢得可怕，半透明的眼皮翻得就像陷入昏迷的人。愛瑞從她站著的地方只能看到對方的一半身影：紅色的瀏海，彎曲的膝蓋和一隻手的袖口。

但他的聲音本身卻是栩栩如生，是比較精鍊的倫敦東區土腔，一種經過幾番琢磨後的說話方式，只不過失去了正確的發音，卻加上不正確的發音，全在嘴巴幾乎未張的情況下從鼻孔裡冒出來。

「美好的早岑，剝太太，美好的早岑，這邀感謝上帝。」

荷坦絲對於他就要抬起頭看到爐子旁的愛瑞似乎很緊張，不斷叫她往前站，又噓聲叫她往後退，不確定兩人應不應該見面。

「喔，素的，托布斯先生，你說的沒錯。偶已一切準備妥當。偶的帽子出了點小問題，你知道，但偶有個別針……」

「上帝不會在意這種外表虛榮的，您說是不是，剝太太，」雷恩笨拙地蹲在那裡，並脫他左腳的靴子，緩慢而吃力地把每個字清清楚楚念出來。「耶和華在意的是您的靈魂。」

「喔素的，那無疑素最聖潔的根本，」荷坦絲手指撥弄那些加工過的康乃馨，緊張地說：「只不過，見證會的女性也不希望自己在上帝的殿堂前看起來像個……呃……像個流浪漢。」

雷恩皺眉。「我的重點是，您最好不要隨便照自己的意思解讀經文，剝頓太太。以後，最好先和我還有我的夥伴討論。問問我們：好看的衣服是否是上帝所在意的事？我本人和其他受膏的夥伴就會去看看相關的章節……」

雷恩的話漸漸消失在籠統的「啊嗯——」聲中，這是他習慣發出的聲音，從他拱形的鼻孔開始，然後在他細弱、瘦長、畸形的四肢間反射，好像上吊自殺的人最後的顫抖。

「偶不知道偶為什麼會這樣，托布斯先生，」荷坦絲搖搖頭說：「你知道嗎，有時候偶覺得偶也可以成為指導者。雖然我素個女人……但偶覺得上帝好像用一種特別的方式在和偶說話……這素一種不好的習慣啦……但最近教會真的變了好多，有時候連偶都無法跟上所有的條款和規定了。」

雷恩面有怒容，眼神從鑲崁玻璃往外看。「上帝的箴言沒有改變，剝太太，只是被人誤解了。您能為真理所做的最好事情，就是祈禱布魯克林聖殿早日告訴我們那最終的日期，啊嗯——」

「喔是的，托布斯先生，偶日夜都有在做。」

雷恩用一種假假的熱情拍起手來。「那麼，我好像聽到您說有車前草當早餐是吧，剝太太？」

「喔素的，托布斯先生，那些番茄是否麻煩你把它們拿過來。」

正如荷坦絲所希望，番茄的遞送碰巧帶出了愛瑞。

「喔，這素我孫女，愛瑞．安姆博西亞．瓊斯。這位素雷恩．托布斯先生。說哈囉，愛瑞，寶貝。」

愛瑞照辦，緊張地走上前去伸手要跟他握手。但雷恩．托布斯並沒有反應，落差很大，就連他突然覺得自己似乎認得對方時也是有增無減。當他的眼睛移到她身上時，有一股熟悉的悸動在那裡，然而愛瑞卻什麼也沒看出來，連他的臉是屬於哪一型、哪一款的都沒感覺。但他的難看倒是挺特別的，比一般紅髮的人還要紅的頭髮，比一般雀斑還要花的雀斑，比一般龍蝦還要清楚的青色脈紋。

「她素……她素……克羅拉的女兒，」荷坦絲試探性地說：「托布斯先生認識妳媽，很久了。不過不打緊，托布斯先生，她現在要過來跟偶們住。」

「只是一段時間，」愛瑞注意到托布斯臉上隱約露出害怕的表情，連忙澄清。「可能只待幾個月，就是今年冬天，讓我可以念書，我明年六月有考試。」

托布斯先生沒有任何動作，或應該說他身上沒有一樣東西在動。好像中國兵馬俑，被放在戰場上卻動也不動。

「克羅拉的女兒，」荷坦絲嗚咽低語。「原本也可能素妳女兒。」

愛瑞並未被這最後一句悄悄話給嚇到，只是把它加到她的祕密清單上：安姆博西亞在地震中生產……查理．道恆上尉是個沒路用的大蠢包……玻璃杯中的假牙……原本也可能是你女兒……

愛瑞隨口一問，也沒期待什麼答案。「什麼？」

「喔，沒事，愛瑞，寶貝，沒事沒事。那偶來煎早餐了，偶都聽到肚子咕嚕咕嚕叫了。你還記得克羅拉吧，托布斯先生？你和她以前還算滿好的……朋友啊？托布斯先生？」

雷恩目不轉睛地打量愛瑞已經整整兩分鐘了。他的身體保持完全直立，嘴巴微張，一聽到這個問題似乎鎮定下來，閉起嘴巴拉出桌邊的椅子坐下。

「克羅拉的女兒是嗎？啊嗯——」他從胸前口袋掏出類似警用的小冊子，然後拿支筆在上面遊移，好像這樣就可以啟動他的回憶裝置。

「你們知道，人生有許多的片段，我年輕時所經歷的人和事，都在耶和華認定的最佳時機以真理啟發我之後，經由全能的劍將我和它們一分為二，因為祂已經為我選擇了新的角色，如同保羅寫給哥林多的信中的明智建議一樣，把幼稚的事放在一旁，讓早期的我化為一團煙霧吧，」雷恩．托布斯說著，淡淡吸了口氣，並從荷坦絲那兒拿走他的刀叉。「顯然妳的母親，以及我對她可能有的任何記憶都已消失殆盡。啊嗯——」

「她也從來沒提過你。」愛瑞說。

「喔，那素很久以前的事了，」荷坦絲以勉強裝出的快活說：「但你素真的盡力對她好了，托布斯先生。克羅拉，偶那上帝賜給我的女兒。當時偶都四十八歲了！偶還以為她素上帝的孩子，但她卻受到惡魔的綑綁……她從來就不素個相信上帝的女孩，最後做什麼也素枉然。」

「祂會施予報復的，剣太太，」雷恩用一種愛瑞見到他以來最愉悅的神情說：「祂會對那些罪有應得的人施以可怕的酷刑的！請給我三株車前草，如果可以的話。」

荷坦絲把三個盤子放在桌上，愛瑞這才想到自己從昨天早上到現在都還沒吃東西，連忙扒了一大把車前草到自己盤子上。

「啊！好燙！」

「燙，總比不冷不熱好，阿門。」荷坦絲意味深長冷冷地說。

「阿門，」雷恩附和，並勇敢面對滾燙的車前草。然後他問。「那麼，妳是要念什麼呢？」不過他的眼神卻穿過愛瑞，讓她花了好一會兒工夫才知道原來他是在跟她說話。

「化學、生物和宗教研究，」愛瑞把車前草吹冷。「我想當牙醫。」

雷恩整個人活躍起來。「宗教研究？那他們有沒有讓妳了解什麼才是真正的宗教？」

愛瑞調整一下坐姿。「呃……我想就是那三大類吧。猶太教、基督教和回教。我們有一個月都在講天主教。」

雷恩露出一怪臉怪相的表情。「妳其他有什麼興趣呢？」

愛瑞想了一下。「音樂，我喜歡音樂。音樂會、夜總會那類的。」

「沒錯，啊嗯——我有一度也沉迷其中，直到上帝為我帶來了好消息。那種一堆年輕人聚集的地方，受人歡迎的音樂會，通常也是膜拜惡魔的溫床。像妳這樣有肉體……資產的女孩，會發現自己遭到好色之徒的擁抱所迷惑，」雷恩說著，從桌邊站起來看看自己的錶。「如今我回想起來，在某些光線下，妳跟妳媽真的很像。有相同的……頰骨。」

雷恩抹去額前一排汗珠。在一度的沉默中，荷坦絲站著一動不動，緊張地捏著抹布不放，愛瑞不得不走到另一頭去拿水喝，好脫離托布斯先生的注視。

「那，只剩下二十分鐘了，剎太太。我去牽車了，可以嗎？」

「喔，好的，托布斯先生，」荷坦絲笑容滿面地說，但這笑容在雷恩離開屋子後隨即變成了怒容。

「妳為什麼偏要那樣說，啊？讓他覺得妳素什麼邪惡的異教徒還是怎樣？妳為什麼就不能說喜歡集郵還素什麼的？快點啦，偶還要洗盤子——趕快吃完。」

愛瑞看著自己盤子剩下的一堆食物，內疚地拍拍自己的肚子。

「去！偶就知道，眼大胃小！拿來。」

荷坦絲靠在水槽邊，抓一把車前草往嘴巴裡塞。「聽好，妳在這可不能跟托布斯先生鬥嘴。妳有功課要做，他也有功課要做，」荷坦絲壓低聲音說：「他現在在諮詢布魯克林那邊的人……要確認那最後的日期。這次不會有錯了，妳只要看看這世界發生的問題就知道，偶們離那指定的日子不遠了。」

「我不會添麻煩的，」愛瑞說著伸手要洗碗來表示她的誠意。「他只是有點……怪怪的。」

「被上帝選中的人在異教徒眼中都有些怪怪的。托布斯先生只素被誤解罷了。他對偶很重要。以前偶什麼人也沒有。妳媽不跟妳說這些是因為她自認自己的層次高。但包頓家歷經了長久的苦難。偶在地震中出生，生的時候差點沒死去。等我成了成熟的女人，自己的女兒又背棄我，偶甚至見不到偶唯一的孫女。這些年來，偶有的只有上帝。托布斯先生素第一個照顧偶、可憐偶、關心偶的人。妳媽素笨蛋才會離開他，真的！」

愛瑞又試了最後一次。「什麼？什麼意思？」

「喔，沒事沒事，我的老天……偶這嘴巴今天早上胡亂講了一堆……喔，托布斯先生，你來了，偶們要遲到了素不素？」

再次回到屋內的托布斯先生如今從頭到腳穿著皮衣皮褲，頭上戴著一頂巨型機車安全帽，一盞小紅燈黏在他左足踝上，右邊則綁著小白燈。他把面罩翻了起來。

「沒有，還好，承蒙上帝慈悲。您的安全帽呢，剎太太？」

「喔，偶現在都把它放在烤箱裡，在這種寒冷的早晨，讓它烤一烤溫暖些。愛瑞．安姆博西亞，麻煩妳幫我拿出來。」

在中間預熱兩度的那一層果真躺著荷坦絲的安全帽。愛瑞把它拿出來，小心將它戴在荷坦絲的塑膠康乃馨上面。

「你騎摩托車喔，」愛瑞隨口聊聊。

但托布斯先生似乎有些戒心。「GS偉士牌。沒什麼特別的，我曾想過要丟掉它，因為它代表一段我想忘掉的荒唐歲月，妳明白我的意思吧。摩托車是塊性感的磁鐵，上帝原諒我，而我卻濫用了這點。我其實已經準備好要丟掉它了，但剁太太說服了我，說我需要一樣可以讓我盡快往來的交通工具，好去做公開的演講。而且剁太太這個年紀了也不想擠公車或火車的，是不是啊，剁太太？」

「沒錯，你說的對。他用這臺拖曳車載偶——」

「是加掛機車——」雷恩暴躁地糾正。「這種車叫加掛機車。美樂達的組合摩托車，一九七三年的款式。」

「素，當然，加掛機車，坐起來就跟床一樣舒服。托布斯先生和偶，偶們到哪都騎這輛車。」

荷坦絲從門上的掛勾把外套拿下來，然後伸進口袋拿出兩條魔鬼沾反光帶，綁在兩隻胳臂上。

「好了，愛瑞，偶今天有一堆事要辦，妳就自己煮東西來吃，我不知道會什麼時候到家，不過不用擔心，我很快就回來了。」

「安啦！」

荷坦絲嘖了一聲。「安啦。她的名字在方言就是這個意思：愛瑞，安啦。你看看，取這素什麼名字喔……」

托布斯先生並沒有回答。他已經走到人行道上，發動那輛偉士牌。

「我先是要應付喬分家的人，現在又多了你們！」克羅拉在電話那頭狂罵，聲音充滿了憤怒與恐懼。

而這一頭，荷坦絲把洗好的衣服從洗衣機拿出來，聽著頂在耳朵和疲倦肩膀上的無線電話，靜靜等待她的時機。

「荷坦絲，我不准妳把那堆屁話塞進她腦袋，妳聽到了沒？妳媽是笨蛋才相信，然後妳也是，但這件蠢事就到我為止，不會再下去了。如果愛瑞回來還講那些有的沒的，妳也休想看到基督復臨，因為在那之前，我就會讓妳好看。」

狠話都出來了。但克羅拉的無神論是多麼不堪一擊啊！就像荷坦絲放在客廳櫃子裡的小玻璃鴿一樣，一口氣就可以把它們吹垮。說到這點，克羅拉連經過教堂時，都跟剛改吃素的人經過肉販一樣，會憋住呼吸快步跑過。她盡量避免在星期六到基爾本去，因為害怕遇到街上那些站在水果箱上的傳教士。荷坦絲可以感受到克羅拉的恐懼。她靜靜把另一堆白色衣服塞進洗衣機，用女人節儉的眼睛量出一杯洗衣精，然後簡短而堅決地說：「妳用不著擔心愛瑞．安姆博西亞。她現在非常安全。她自己會跟妳說明白的。」說得好像她已經榮登天國殿主持似的，而不是跟雷恩．托布斯一起窩在蘭伯特區的地底下。

克羅拉聽到自己的女兒拿起分機。先是細碎的吱擦聲，然後傳來跟鐘琴一樣清晰的聲音。「聽好，我不會回去的，可以嗎，所以不用妳操心。我想回去的時候就會回去，不用擔心我就對了。」本來應該是沒什麼好擔心，其實也是沒什麼好擔心，只不過外面的街道是越來越冷了，就連狗屎都結了凍，擋風玻璃上也隱約看到了初雪，而克羅拉曾在這間屋子裡度過冬天，她很清楚那是什麼樣子。啊！那兒的清晨六點是何其明亮啊！是的，明亮得只有一個鐘頭。但當白晝越來越短，黑夜越來越長，屋子裡也越來越暗，也就越來越容易、越來越容易、越來越容易讓一個人錯把影子當成牆上的字跡，把路過的腳步聲聽成遙遠的雷擊，把除夕夜的鐘響當成鳴報世界末日的喪鐘。

但克羅拉根本無需害怕，因為愛瑞的無神論也很堅定。這源自對喬分主義的信任，而她是以一種超然的興味來看待和荷坦絲的相處。她為包頓家著迷。這是個充滿尾聲、日落、句點和終場的地方，連指望明日到來都是種恩惠的地方。這裡需要的服務，包括送牛奶到電力，全都以日計費，免得哪天上帝就這樣在神聖的復仇中出現，而白白浪費了多花在這些地方上的錢。包頓主義為「過一天算一天」提供了全新的詮釋，就像生活在永恆的剎那，不斷在毀滅的邊緣搖擺。很多人嗑藥的人就是為了體驗八十四歲的荷坦絲·包頓現在所過的生活。所以你看過侏儒剖開他們的肚子，讓你看他們的腸子？或看過電視沒任何警訊就關掉？或曾以「克里希納[99]」的意識體驗整個世界，絲毫沒有自我意識，飄浮在無邊無際的靈魂宇宙？那又有什麼好屌的！跟耶穌丟給聖約翰的二十二章啟示錄[100]比起來，這些根本就是屁話。這位先知發現舊約聖經的復仇竟然近在眼前時，一定非常震驚（尤其

99 Krishna，庫里須那是印度救世神，相傳世界出現問題時，其即化身為人，來到人世間，以重建秩序。

在那麼徹底的暈眩之後，在新約聖經裡種種美妙的字句和崇高的情感之後）。凡我所疼愛的、我就責備管教他。當時一定有過什麼令人瞠目結舌的事情。

得到天啟就是所有瘋子的結局，是瘋子直達車的終點站。而包頓主義，結合了見證會、啟示錄還有一些其他的，就像他們之中的局外分子。舉例來說：荷坦絲．包頓只用字面意義來解讀啟示錄三章十五節的那一節：我知道你的行為，你也不冷也不熱，我巴不得你或冷或熱。你既然是溫，也不冷也不熱，所以我必從我口中把你吐出去。她知道「溫」本身是個禍害，所以隨手都要有個微波爐（現代科技中她唯一認同的東西——長久以來她一直無法做出決定，到底是要取悅上帝好呢，還是要讓自己因為使用高週波產品，而暴露在美國想要控制人類腦波的計謀下），好把每餐飯熱到不行；外加一大桶冰塊，好讓每杯水比冰還要冰。她不管何時都穿著兩條短褲，好似唯恐自己變成交通事故的受害者。當愛瑞問她為什麼，她不好意思地表示，這樣她第一時間聽到上帝的警訊時（逼近的雷聲、狂怒的轟鳴、華格納的音樂指環[101]），就可以迅速脫掉裡面那件，穿上外面這件，這樣耶穌就會發現她乾淨無臭，準備好要上天堂。她還在走廊放了桶黑色油漆，這樣時候一到，她還可以在鄰居門上塗上「畜生」兩字，幫上帝省下剷除敗類和分辨山羊綿羊的麻煩。在這間屋子裡千萬不能提到「結局」、「結束」、「完了」這些字眼，因為它們就像啟動裝置，會觸動荷坦絲和雷恩對殘忍一貫的喜好：

愛瑞：我洗完了。

雷恩．托布斯（對這話嚴肅地搖搖頭）：總有一天我們都會完了的，愛瑞，親愛的，所以不要急，只管懺悔就好。

或是

愛瑞：這真是一部好電影，結局真棒。

荷坦絲．包頓（眼中含淚）：那些希望世界有這樣結局的人一定會大失所望，因為上帝會散播恐怖之事，讓一九一四那個年代的人，得以見證樹木焚毀的慘事、海洋變血水的慘事、還有……這種慘事……

再來就是荷坦絲對氣象報告的恐懼。不管由誰來報、人有多好、聲音有多好聽或衣著多麼無傷大雅，她都會強烈詛咒站在那裡的傢伙，整整五分鐘，然後純粹出於任性，就是要跟對方的建議唱反調（雨天穿薄夾克不帶傘，烈日穿厚外套加遮雨帽）。愛瑞花了好幾個禮拜才搞懂，原來氣象播報員正是荷坦絲畢生志業的世俗對立面，說穿了，他們就是在用氣象播報這種極具權威的詮釋來揣測上帝的神蹟。氣象播報員根本就是狂妄自大……明

100 新約聖經中的最後一卷。啟示錄的作者相傳是耶穌在世時的愛徒約翰。他被囚在拔摩孤島時，親眼看見天上顯現的異象，並且歷歷如繪的描寫下來，成為一卷啟示未來奧祕的啟示錄。

101 Wanger's Ring Cycle，華格納（Wagner 1831-1883）為德國歌劇界大師級人物，這裡提到的是他的曠世巨作尼貝龍根的指環，故事取材自北歐的神話寓言故事。

天，在東邊預料將形成很大的暖氣團，使整個地區籠罩在熱氣之下，不過還是有陰暗的天氣……在此恐怕要建議北部地區民眾穿起暖和的衣服來對抗厚冰，至於沿岸地區很可能會遭到持續暴風和強烈冰雹襲擊，而內陸地區，冰雪將不會融化……麥克．汪高和他的同類就像暗巷裡的殺手，居然會相信英國國家氣象局的蠢話，嘲弄最精確的科學，也就是荷坦絲研究了五十年以上的神學末世論。

「有消息嗎？托布斯先生？」（她每天早餐幾乎都會問；荷坦絲總是害羞、屏息以待、像小孩子問聖誕老公公似的。）

「沒有，剎太太，我們還在研究。你得讓我和我的夥伴思考周全才行。人在世上，本來就有人當老師，有人當學生。有八百萬的耶和華見證人在等待我們的決定，等待審判日的到來，您得學會把這些事交給有直覺感應的人，剎太太，有直覺感應的人。」

蹺了幾星期的課後，愛瑞在一月底回到學校。但感覺變得好遙遠，就連每天早上從南到北的路程感覺就像在極區跋涉，更糟的是，在還沒抵達終點前居然發現自己在溫帶，而這跟包頓家沸騰騰的漩渦比起來根本是毫不足道。你既然是溫，也不冷也不熱，所以我必從我口中把你吐出去。你已經習慣了極端，突然之間其他的都不行了。

愛瑞經常看到米列特，但兩人的對話卻很短暫，他現在不是戴著綠領結就是有事在忙。愛瑞還是一樣一星期兩天為馬考斯整理檔案，但盡量避開那家子其他的人。她總是和喬書亞匆匆一瞥，他似乎也跟她一樣在躲避喬分家。愛瑞週末會見到父母，就是那種以彼此名字稱呼的相敬如賓，（愛瑞，可不可把鹽拿給阿奇？克羅拉，阿奇想知道剪刀放在哪？）每個人都覺得被人遺棄。她感覺到自己在學校被人議論紛紛，那種北倫敦客發現有人染上宗教狂熱時會表現出的樣子，活像在討論令人作嘔的疾病似的。因此，她只好急急忙忙忙躲回蘭伯特林達可路二十八號，一回到這個黑暗的地方才安心，因為這就像冬眠或是蟲蛹，而她就跟其他人一樣好奇，想看看自己會蛻變成什麼樣子。這算不上是囚禁，因為這房子對她來說是種探險。在壁櫥、遭人忽略的抽屜和骯髒的相框裡有著深藏已久的祕密，好像已經過時了的祕密。她找到曾祖母安姆博西亞的照片，一位瘦骨如柴，有雙大杏眼的美麗女子。還有一張查理「小白」道恆的照片，他站在一堆小石頭上，後面是深褐色的海洋。她發現一本聖經，上面有一行字被撕了下來，還發現克羅拉用自動照相棚拍的相片，她穿著校服咧嘴狂笑，露出的牙齒還真是恐怖。她交替閱讀了傑洛・凱西的《牙體解剖學》（*Dental Anatomy*）和《佳音聖經》（*The Good News Bible*），吹掉書皮上的牙買加校舍紅土，用小刀割開從未被閱讀過的地方，迅速而貪婪地吞噬了荷坦絲那規模雖小卻不拘一格的藏書。她在二月份讀完的就有：

《西印度群島的養老院記述》（*An Account of a West Indian Sanatorium*）——吉歐・J・H・蘇東・默克斯里著（Geo. J. H. Sutton Moxly）。倫敦：Sampson low, Marston & Co.，一八八六年（這個作者名字之長和這本書的品質成反比）。

《湯姆・克林格的航海日誌》（*Tom Cringle's Log*）——麥可・史考特著（Michael Scott）。愛丁堡：一八七五年。

《甘蔗栽培地》（*In Sugar Cane Land*）——艾登・菲爾波特斯著（Eden Phillpotts）。倫敦：McCure & Co.，一八九三年。

《多明尼克：給計畫移民者的建議及注意事項》（*Dominica: Hints and Notes to Intending Settlers*）——海斯凱斯・貝爾閣下（His Honour H. Hesketh Bell, CMG）著。倫敦：A. & C Black，一九〇六年。

她讀得越多，道恆上尉那張瀟灑的照片就越激起她天生的好奇心：他英俊而憂鬱，勘查著半座教堂的砌磚，儘管年紀輕輕看起來卻聰明世故，從頭到腳就是一副英國人的樣子，好像什麼事情都能跟你聊個一、兩下，說不定連愛瑞自己的事情也行。因此她把他放在枕頭下以防萬一。如今，外面的早晨不再是義大利的葡萄園，而是甘蔗、甘蔗、甘蔗，而旁邊種的除了菸草以外，什麼也看不到，她放肆地想像車前草的味道能將她送回某個地方，很虛幻的地方，畢竟她從來都不曾到過那裡。那個地方哥倫布管叫它做聖亞哥（St. Jago），但阿拉瓦印第安頑民把它重新命名為Xaymaca（牙買加），意思是「好山好水之地」，而這個名字活得比他們都久。倒不是說愛瑞聽聞了這些小個兒、好性情、大肚皮，最後卻成了自己好脾氣下的犧牲品的人。他們是一撮其他的牙買加人，根本就引不起浩瀚歷史的注意。她只是對過去——她那個版本的過去——提出了自己的主張，如此積極，宛如要把一封誤送的郵件給搶救回來。她就是來自那裡，這些全都是屬於她的，是她與生俱來的權利，就像一對珍珠耳環或郵局的存根保證。愛瑞在她發現的東西上全都打了X，就像在屬於你的東西上面做記號一樣，她蒐集了一些有的沒的東西（出生證明、地圖、軍隊報告、新聞剪報等），然後藏在沙發下，這樣，它們的豐富性說不定能趁她睡覺的時候，從布料滲透進入她的體內。

就像新芽總在一月出現，女隱士也在這時翩翩來訪。不過，是從聲音開始，就從荷坦絲的古董收音機劈哩啪啦傳出來。喬伊絲．喬分正在接受園藝人來電直播時間的專訪：

主持人：我想，再開放一個問題給聽眾。來自布爾茅斯的莎莉．惠特克太太要問專家一個問題，是不是，惠特克太太？

惠特克太太：謝謝你，布萊恩。呃，我是園藝新手，這是我經歷的第一個寒冬，短短兩個月，我的花園就從百花齊放變成光禿禿的徹底掛了……有朋友建議我種一些容易養的花，結果就變成一堆小木耳花和雙瓣雛菊，看起來真的很可笑，因為我的花園真的很大。我很想種比較醒目、大約飛燕草高度的東西，但冷風又不放過它們，鄰居透過籬笆看過來一定都在想：**唉呦！我的媽啊！**（錄音室傳來一陣同情的笑聲）所以我想請教的就是，怎麼在寒風刺骨的嚴冬中保持花園的風貌？

主持人：謝謝，惠特克太太。嗯，這是個常見的問題……就算對經驗豐富的園藝家來說，也不見得必較容易。像我自己呢，就從來沒搞好過。那麼，還是把問題交給我們的專家吧，喬伊絲．喬分，針對嚴冬季節，有什麼答案或建議嗎？

喬伊絲．喬分：呃，首先我要說呢，妳的鄰居聽起來好像很愛管閒事。如果我是你，就會叫他們先管好自己的事（現場笑聲）。但說正經的，我覺得一整年都要開花這種想法，對花園本身和園藝家來說都是很不健康的，尤其是對土壤，真的……我認為冬天就應該是休息的時間，妳知道，就是少一點色彩——這樣當新春到來時，鄰居就會嚇一大跳！碰！看到了吧，全都神氣活現地長出來了。我想深冬真的是滋養土壤的時間，可以把土壤翻過來，讓它們休息，好好為未來儲備，這樣才能讓隔壁多管閒事的鄰居好看。我總覺得花園的土壤就像女人的身體——妳知道吧，有一定的週期，只能在特定的時間受孕，這是很自然的事情。但如果你堅持要四季花團錦簇的話，就試試四旬玫瑰吧，它們在寒冷天氣、石灰土壤中也可以長得很好，儘管其非常——

愛瑞把喬伊絲給關了。能叫喬伊絲「閉嘴」還真是叫人痛快。但這不全然涉及私人恩怨，只不過就是突然覺得無聊，而且也沒必要了，好像非得從頑強的英國土壤擠出東西來似的，但既然現在有了另一個地方，又何苦在這裡多費心呢。（牙買加對愛瑞來說就像剛出爐一樣。好像她是哥倫布自己，是因為她發現了牙買加，它才開始存在。）在這個「好山好水之地」，東西完全不用人管就恣意從土壤冒出來，一位年輕的白種軍官輕輕鬆鬆就遇上年輕的黑種女孩，兩個人同樣清新未受汙染，沒有過去也沒有遭人支配的未來。那是個事情就是這麼簡單的地方。沒有虛幻、沒有神話、沒有謊言、沒有糾結的網絡，這就是愛瑞想像她家鄉的樣子。因為家鄉就跟獨角獸、靈魂和無限這些魔幻字眼一樣，成為語言的一部分。對愛瑞來說，家鄉之所以具有獨特的魔力和魅力，就是因為它聽起來像是個全新的開始，是所有源頭的源頭。就像伊甸園的第一個早晨，天啟後的第一個日子。是空白全新的一頁。

但每當愛瑞覺得自己越來越接近那完美空白的過去，屬於現在的東西就會敲響包頓家的門鈴來干擾她。拜望雙親日那天，喬書亞就突然來訪，氣呼呼站在門口，他至少瘦了十公斤，也比平常邋遢多了。在愛瑞還沒來得及表示關心或吃驚時，他已經衝進屋內把門甩上。「我受夠了！我真是他媽受夠了！」

門的撞擊把道恆上尉從窗檯上震下來，愛瑞小心地再把它立起來。

「是，很高興見到你，老兄。你要不要坐下來緩一緩。受夠什麼了？」

「他們啊。讓我作嘔。淨搞一些什麼權利和自由，結果還不是他媽每星期吃掉十五隻雞！偽君子！」

愛瑞一下子沒意會出其中的關係。她拿出一根菸準備從頭聽起。出乎她意料的，喬書亞也拿了一根，於是兩人跪坐在窗檯前，讓煙霧飛過鐵窗飄到街上去。

「妳知道雞寮裡的雞是怎麼過的嗎？」

愛瑞不知道，於是喬書亞解釋。那些可憐的雞多數被禁錮在狹小的空間裡，生活在完全黑暗之中，被綁在雞屎堆裡，就像沙丁魚一樣，吃的還是最差的飼料。

而這些，根據喬書亞的說法，如果跟豬、牛和羊的情況比起來，還算不上什麼哩。「這是他媽的犯罪。但你這樣去跟馬可斯講啊，叫他放棄週日豬排大餐看看。他真的是操他媽搞不清楚狀況。妳有發現嗎？他在某方面的知識是很驚人，但還有整個外面的世界……喔，免得我忘了——妳最好也拿一張。」

愛瑞從來沒料到會有這麼一天，竟然是喬書亞．喬分傳單給她。但那傳單如今確實在她手中，上面寫著：吃肉就是謀殺：事實與謊言。一張由「FATE」組織所發表的東西。

「FATE就是反抗動物酷刑及剝削（Fighting Animal Torture and Exploitation）。他們就像綠色和平組織之類的中堅分子。妳好好看看，他們不是什麼嬉皮怪胎，而是有堅強的科學與學術背景，從無政府主義者的角度在努力。妳知道嗎，我覺得我好像找到了真正的利基。他們真的是很不可思議的一群。全心投入直接的行動。他們的領導人過去曾經是牛津人。」

「嗯，那米列特最近怎樣？」

但喬書亞不想談論這個問題。「喔，我不知道。蠢蛋一個。就是發蠢吧。喬伊絲還是一樣迎合他的每個狗屁想法。不要問我了。他們全都讓我作嘔。一切都變了。」喬書亞焦躁地用手指撫過他剛好及肩的頭髮，就是那種威斯敦人熱情地叫做猶太頭的髮型。「但我也說不出來為什麼一切都變了。我想我現在正處在一種真正……淨化的時刻。」

愛瑞點點頭。她對淨化時刻深有同感。她的十七歲也確實充滿了同樣的東西。因此她對喬書亞的改變並不驚訝。在十七歲這一年的四個月裡，淨是些搖擺與顛覆。滾石迷變成了披頭四迷，保守黨變成自由民主黨又變回去，黑膠唱片迷變成了CD痴。你一輩子恐怕不可能再經歷像這樣的人格大翻修了。

「我就知道你會了解的，真希望早點跟妳聊，但最近那個家我真是待不下去了，而且每次見到妳，米列特似乎都擋檔在中間。能見到妳真的很好。」

「你也是。你看起來不一樣了。」

喬書亞輕蔑地指著自己的衣服，動作倒是沒以前那麼令人討厭。

「我想，總不能一輩子穿著老爸的舊褲子吧。」

「說的也是。」

喬書亞雙手一拍。「那，我訂了票要去格雷斯東伯里，而且可能不會再回來了。我在FATE遇到一些人，我要跟他們一起去。」

「現在才三月，總等到夏天才去吧。」

「喬莉和克里斯賓——就是我新認識的人——他們說我們可以早點到那裡。妳知道，野外露營一陣子。」

「那學校呢？」

「妳可以蹺課，我也可以……也不是說我的功課就會落後，我肩上頂著的終究是喬分家的腦袋。我會回來考試然後再溜走。愛瑞，妳一定要見見這些人，他們真的是……不可思議。克里斯賓是達達主義者，喬莉則是無政府主義者。貨真價實的無政府主義者。不像馬考斯。我跟喬莉說過馬考斯和他那該死的未來鼠，她覺得他是個危險的人，很可能還有精神病什麼的。」

愛瑞思考著這點。「嗯，那就叫人吃驚了。」

喬書亞菸也沒熄，就把它丟到人行道上。「還有，我都盡量不吃肉了。我現在算是半個素食者，但這只是過渡時期而已。我會變成一個他媽的吃素的。」

愛瑞聳聳肩，不確定應該做出什麼反應。

「那句古老的格言有許多智慧在裡面，妳知道嗎？」

「古老的格言？」

「以牙還牙。只有透過操他媽的極端行為才能和馬考斯這樣的人對抗。他甚至連自己有多瘋狂都不曉得，所以根本就不需要跟他講道理，因為他以為他就是道理。像這樣的人你要怎麼應付？喔，我連皮革都放棄了，不穿了，還有其他用動物做成的東西。動物凝膠什麼的。」

好一會兒，愛瑞看著眼前一雙雙腳經過，有皮鞋、運動鞋、高跟鞋，然後她說：「夠他們瞧的了。」

到了四月一日愚人節，山曼德出現了。他全身白色正準備去餐廳上班，又垮又累像個失望的聖徒。他看起來差點沒哭出來的樣子，愛瑞趕緊讓他進屋。

「哈囉，瓊斯小姐，」山曼德微微點了一下頭說：「妳爸近來可好？」

愛瑞了然地笑了。「你見到他的時間都比我們多。上帝可好？」

「好得很，謝謝。妳最近有沒有看到我那沒路用的兒子？」

愛瑞還來不及回話，山曼德就在她面前崩潰了，愛瑞連忙撐著他到客廳，坐在達克斯的椅子上，並端來一杯茶，他才有力氣說話。

「伊格柏先生，有什麼不對勁嗎？」

「又有什麼是對勁的呢？」

「是我爸發生了什麼事嗎？」

「喔不不……阿奇博德好得很。他就像洗衣機廣告講的，始終如一地運轉下去。」

「那是怎樣了？」

「米列特，他已經三個禮拜不見人影了。」

「天啊。那，你去喬分家找過嗎？」

「他沒在那裡。我知道他在哪。他簡直是從油炸鍋跳出來往火裡栽。他和那些綠領結的瘋子躲在卻斯特的一間運動中心裡。」

「靠！」

愛瑞蹺著二郎腿坐下，拿出一根菸。「我在學校都沒見到他，不過我不知道有這麼久了。但既然你知道他在哪……」

「我不是來這兒找他的，我是來徵詢妳的意見。我到底應該怎麼做？妳了解他——到底要怎樣才能熬過這些？」

愛瑞咬著唇，這是她媽媽的老習慣。「我的意思是，我也不知道。我們現在不像以前那麼親近了……但我一直在想或許是馬吉德那件事，想念他……我的意思是他絕對不會承認，但馬吉德是他的雙胞胎哥哥，也許他一見到他……」

「不，不不不，不行。我也希望這是解決的方法。阿拉很清楚我如何把所有的希望寄託在馬吉德身上。但他現在說他要回來英國念法律，用喬分家的錢。他要伸張的是人類的法律而非上帝的律法。他完全沒有學到穆罕默德——願祂安息——的訓誡。沒錯，他媽是很高興，但他對我來說，除了失望以外什麼都不是了。他比英國人還要英國。相信我，馬吉德對米列特沒有任何好處，米列特對馬吉德也沒有好處的。他們兩個都迷失了，遠遠偏離了我為他們計畫的人生道路。他們會娶個叫席菈的白種女人，然後早早把我送進棺材。我要的不過是兩個聽話的回教兒子啊！喔，愛瑞……」山曼德抓住愛瑞沒拿菸的手，難過地拍了拍。「我不了解我是哪裡做錯了。好好教他，他不聽，硬是把『全民公敵』開到最大聲。指路給他看，他卻挑了一條他媽的通往法學協會[102]的路。給他指引，他卻跑到卻斯特的運動中心讓你抓不到。你為每件事情辛辛苦苦計畫，卻沒有一件事照你希望的走……」

但如果你可以重新來過，愛瑞心想，可以帶他們回到最源頭，回到故事的一開始，回到家鄉……可是她並沒有說出來，因為她知道他感受到了，但兩人都知道，那就像追逐影子一樣於事無補。於是，她抽出手放在他的手上，安慰地拍了拍。「喔，伊格柏先生。我不知道該說些什麼……」

「沒什麼好說的了。我送回去的那個成了真正的英國佬，成了穿白西裝戴可笑假髮的律師。我留下的那個是個徹底敗家、戴綠領結的基本教義派恐怖分子。我有時候想，這是何必呢，」山曼德背叛了自己這二十年來在這個國家的種種改變，痛苦地說：「真的。這幾天，我的感覺就是，你一踏進這個國家就跟惡魔訂了契約。你在海關交出護照，蓋了章，你想賺一點錢，好讓自己有個開始……但你本來打算回去的！誰想要留下來呢？寒冷、潮溼、淒慘。可怕的食物、糟透的報紙——誰想要留下來呢？但你和惡魔訂了契約，他把你拖進來，突然之間，你變得不適合回去了，你的小孩認不出自己是誰，你不屬於任何地方了。」

「喔，不是這樣的，真的。」

「然後你開始放棄那個屬不屬於的想法。忽然，這件事，屬不屬於這件事，就像漫長、骯髒的謊言一樣……然後我開始相信所謂出生地其實只是個意外，每件事都只是意外。但如果你相信這點，你還要去哪裡？還要做什麼？還有什麼事值得你在乎呢？」

當山曼德面露恐懼訴說這個反烏托邦的想法時，愛瑞羞愧地發現，充滿意外的地方在她聽來倒像是天堂，像是自由。

「妳了解嗎，孩子？我知道妳了解的。」

他真正的意思是：我們說的是同樣的語言嗎？我們來自同樣的地方嗎？我們是一樣的嗎？

愛瑞緊握他的手用力點頭，試著避開他的淚水。除了說些他想聽的話之外，她還能說什麼呢？

「是的，」她說：「是的，我了解，我了解。」

那天晚上，荷坦絲和雷恩在晚禱後回家，兩人都處在極度興奮的狀態。就是今晚了。雷恩匆匆忙忙給了荷坦絲一些指示，有關他在《守望臺》最新一篇文章的編排，然後就跑到走廊打電話去布魯克林問消息。

「我還以為他是和他們一起討論。」

「是，是，他是……但最後的確認，妳知道，非得來自布魯克林的查爾斯．溫屈先生不可，」荷坦絲屏息地說：「天大的日子啊！大日子！快幫偶把那臺打字機搬上來……偶

102　英國的一個法學學校 Inns of Court School of Law。

要把它放在桌上。」

愛瑞照她的話做，把那臺又老又大的雷明頓打字機搬到廚房，放在荷坦絲面前。荷坦絲遞給愛瑞一疊紙，上面是雷恩密密麻麻像螞蟻一樣的筆跡。

「現在，把這些念給偶聽，愛瑞．安姆博西亞，慢慢地……讓偶把它打出來。」

愛瑞念了約莫半個鐘頭，不敢領教雷恩乏味至極的文筆，偶爾在需要的時候把立可白遞上，對於作者每十分鐘就衝進來修改前面的語法和修辭氣得咬牙切齒。

「托布斯先生，你接通了沒？」

「還沒，剝太太，還沒。忙線呐，那個查爾斯．溫屈先生。我現在要再試一次。」

山曼德那句話閃過愛瑞疲倦的大腦。我有時候想，我這是何必呢。既然雷恩現在不在旁邊，愛瑞看到機會可以問個明白，不過她得小心用詞才行。

荷坦絲往椅子後面一靠，手放在膝蓋上。「偶做這些事情也夠久了，愛瑞．安姆博西亞，從偶還是穿長襪的小女孩起就一直在等待了。」

「但又沒有理由——」

「妳知道什麼理由？妳什麼都不知道。見證會就素我的根。大家都背棄偶的時候，只有它對我好。它素偶媽送給我的好東西，偶可不會在這最後關頭放棄它。」

「可是外婆，這不是……妳不可能會……」

「偶告訴妳……偶不像有些見證人只素怕死。就只知道怕。他們希望所有人都死光，除了他們自己之外。那不素你奉獻生命給耶穌基督的原因。偶的目的不一樣。雖然偶素女人，還素希望成為受膏者，這素我一輩子的希望。偶要和上帝一起制定法律和決定，」荷坦絲嘖了好長好大一聲。「偶已經厭煩了教會老是告訴偶，說偶是女人，說偶沒受過什麼教育。每個人都想要教育妳，教妳這個，教妳那個的……這就素女人最大的問題。總素有人要教她們東西，明明就素主觀的鬥爭，卻講得好像都素為了學習。但如果我素那十四萬四千人當中的一個，就沒人敢再來教偶了，那就變成了偶的工作。偶會定下自己的法律，也不要任何人的意見。我媽骨子裡可素意志頑強得很，而偶就跟她一樣，妳媽也一樣，就連妳也一樣。」

「告訴我安姆博西亞的事，」愛瑞在荷坦絲的防禦中似乎看到可以鑽過去的縫隙。「求求妳。」

但荷坦絲不為所動。「妳知道的已經夠多了。過去的無法挽回，誰也不能從其中學到什麼。麻煩第五頁最上面——偶想我們剛剛是念到那裡。」

這時雷恩回到房間，臉紅得不能再紅了。

「怎樣，托布斯先生？有嗎？你知道了嗎？」

「願上帝保佑那些異教徒，剝太太，因為那一天馬上就要到了！上帝在啟示錄中表達得很清楚了。他沒有進入第三個千禧年的打算。現在，我希望妳趕快把那篇文章打出來，還有另外一篇我直接念給妳來打。妳要通知所有蘭伯特的會員，還要發傳單——」

「喔，是的，托布斯先生，但讓偶消化一下……它不可能素其他日子的，對不對，托布斯先生？偶就跟你說過我從骨子裡就知道。」

「我不知道妳骨子跟這有什麼關係，剝太太。這主要是歸功於我和我的夥伴仔細鑽研聖經的結果——」

「想必還有上帝吧，」愛瑞從中打斷，狠狠瞪了他一眼，然後過去抱住因哭泣而顫抖的荷坦絲。荷坦絲在愛瑞的雙頰吻了一下，愛瑞則對著那淚人兒笑。

「喔，愛瑞．安姆博西亞，偶好高興有妳在這和我分享這一刻。這一世紀我素撐過來了！既然一開始是在地震中來到這世界，偶就要在另一個強震中看到惡魔與罪惡被洗刷殆盡。讚美上帝啊！終究還素如祂所承諾的。偶就知道偶一定能辦到。只剩下七年了，到時就九十二歲了！」荷坦絲輕蔑地嘖了一聲。「去！偶外婆一百零三歲都活了，那女人直到死掉變硬那天都還能跳繩呢。偶一定沒問題的，都撐到這裡了。偶媽可素拚了命才讓偶到這來——但她知道什麼素真正的教會，她在最艱困的環境下把偶擠出來，就素為了讓偶看到那光榮的一天。」

「阿門！」

「喔，阿門，托布斯先生。穿上上帝的盔甲備戰吧！現在，愛瑞．安姆博西亞，偶要妳見證偶說的話：偶一定會活到那一天，而且那一天偶會在牙買加。偶要在那一年回到故鄉。如果妳吸取偶的教訓並聽我的話，那妳也可以一起來。妳想在二〇〇〇那一年到牙買加來嗎？」

愛瑞發出一小聲尖叫，然後衝去給她外婆一個擁抱。

荷坦絲用圍裙拭去她的淚水。「主耶穌啊，這世紀偶總算是活過來了！老老實實忍受了這世紀所有的問題和苦難。偶要感謝祢，主啊，讓偶能在兩世紀交會時感受到一場劇烈的震盪。」

馬吉德、米列特和馬考斯
一九九二，一九九九

fundamental／形容詞，基礎的，根本的。一、與基礎或根本有關；深入事情的根由。二、是為基礎或根基；必要的或不可或缺的。又見primary和original；由其衍生出其他東西。三、建築地基的。四、層級的；最低一層，位於最底部的。

fundamental／名詞，基要主義。嚴格維繫傳統之正統宗教信仰或教義。例如，深信宗教文獻絕對無誤。

——新簡明牛津字典

你必須牢記，親吻依舊是親吻
嘆息也只是嘆息
儘管韶光飛逝
基本的事從不會改變

——赫曼・霍普菲（Herman Hupfeld）《韶光飛逝》（*As Time Goes By*）

16 馬吉德．馬佛茲．馬謝德．馬他辛．伊格伯的歸來

「對不起，你該不會是要抽那個吧？」

馬考斯閉起他的眼睛。他恨透了文法結構。每次遇到這種反面問題，他都很想用同樣搞怪的文法來回答：是的，我不會去抽那個。不是的，我會去抽那個。

「對不起，我說你該——」

「是，我剛剛就聽到了，」馬考斯慢條斯理地說，並轉向右邊去看那個和他共用扶手的人。在一長排的塑膠座椅裡，每兩張椅子共用一個扶手。「有什麼理由我不能抽嗎？」

他的惱怒在看到對方之後立刻消失：一位苗條、美麗的亞洲女孩，門牙之間有道迷人的小縫，她穿著一條軍褲，馬尾綁得高高的，腿上放著一本科普書（這是最重要的一點！）那本書是他去年春天跟別人（小說家瑟里．班克斯）合力完成的，書名叫《定時炸彈與生理時鐘：人類基因的未來探險》。

「有，就是有理由，豬頭。你不能在機場抽菸，至少在這就不行，當然更不能抽那什麼鳥菸斗。這些椅子一個連著一個，更別說我還有氣喘，理由夠多了吧？」

馬考斯友好地聳聳肩。「是，太多了。那書好嗎？」

這對馬考斯來說是全新的體驗，居然遇到他的讀者，在機場等候室遇到他的讀者。他一輩子都是學術論作的作者，專寫文章給特定的小眾對象，而這些人他多半也都認識。他從沒把他的作品像個掃興玩意兒那樣丟到外面世界，因為不確定看到這些作品的人會是

誰。

「什麼？」

「別擔心，妳說不能抽我就不抽。我只是好奇那本書好不好？」

女孩皺起臉，樣子卻沒馬考斯想像的好看，她的下巴線條有點太嚴肅了。她把書闔起來（已經看到一半），然後看看封面，好像已經忘了那是本什麼書似的。

「喔，我想還可以吧。有點玄。叫人看了昏頭。」

馬考斯皺起眉頭。這本書是他經紀人的意思：一本綜合高低文化水準的書，馬考斯針對某一項基因發展先寫一篇嚴謹的科學文章，再由小說家寫出對應的一篇，從未來、虛構和如果這樣做會造成什麼後果的角度，探討這些想法，就像這樣各寫八個章節。馬考斯之所以答應這個案子主要是因為金錢上的考量，他還有將來要念大學的兒子和馬吉德的法律學校要他擔心。結果，這本書並未如預期或要求成為暢銷書，而馬考斯把整件事情想過一遍後，就覺得它是個失敗。但「玄」？「昏頭」？

「哪裡玄了？」

女孩突然變得多疑起來。「幹麼？這是質問還是怎樣？」

馬考斯往後退回一些。一旦他離開家庭的懷抱來到外面的世界，他的喬分自信就會變得比較不明顯。他是個很直接的人，覺得沒必要把問題弄得拐彎抹角。但這些年來他漸漸發現，這樣的直接不見得可以從陌生人身上得到直接的答案，這和在他自己的小圈子裡不一樣。在外面的世界，也就是學校和家庭外面，你必須在話中多加一些東西，尤其是那些外表看起來有點怪怪的人，而馬考斯猜想他自己應該就是這樣的人。有點老、頭髮凌亂、連眼鏡鏡框都掉一半，因此必須在話裡多加一些東西，好讓它聽起來舒服些。像是領帶不錯喔這種輕鬆帶過的話，或者請啦、謝謝啦。

「不，不是質問。是這樣的，我只是想說自己也想看。妳知道，我聽說這本書很好的。所以我想知道妳為什麼會覺得玄。」

女孩確認馬考斯不是重大謀殺或強暴犯什麼的，肌肉才放鬆下來靠回椅子上。「喔，我也不知道。我想也沒那麼玄啦，可怕倒是真的。」

「怎麼會可怕呢？」

「呃，很可怕啊不是嗎？那些基因工程的。」

「會嗎？」

「會啊，你知道，拿身體來瞎搞。那些人覺得智力有基因、性感有基因，幾乎所有東西都有，你知道嗎？這就叫基因重組技術，」女孩小心講出這個詞，好像在測試水的溫度，看看馬考斯知道多少。她看馬考斯臉上沒有任何明白的意思，更有信心地說：「一旦你知道某樣東西的限制——像是一段DNA，就可以開啟或關掉所有東西，就像他媽的音響一樣。他們在可憐的老鼠身上做的就是這些。有夠他媽的可怕。更別說像是引起疾病了，就是疾病促發，把致病有機體放進培養皿裡養得到處都是。我的意思是，我是念政治的，沒錯，而我的感覺就像：他們在製造什麼東西？他們想抹滅誰？如果你沒想到西方國家可能會把這些東西用在東方國家或阿拉伯人身上，那你還真的是天真過頭了。這是用來對付基本教義穆斯林的快速方法——真的，老兄，這可不是開玩笑，」女孩回應馬考斯挑起的眉毛。「情況是越來越可怕了。我的意思是，我讀了這本鳥書才發現科學和科幻有多相近。」

根據馬考斯的理解，科學和科幻就像兩艘夜行的船，在迷霧中錯過對方。舉例來說，科幻機器人——就連他兒子奧斯卡所想像的那種機器人——都超前現今不論是機器人學或人工智慧所能達到地步數千年之久。當奧斯卡心裡想的機器人在唱歌、跳舞並感受他的每份歡欣恐懼，麻省理工學院某個可憐的傢伙正慢慢地、苦心積慮地想讓機器重現人類僅僅一根拇指的動作。從另一方面看來，就連最簡單的生物事實，以動物細胞的結構為例好了，對大部分的人來說也都還是謎，除了十四歲的孩子和像他這樣的科學家以外，前者必須在課堂上畫出它們的形狀，而後者必須在細胞身上注射外來的ＤＮＡ。而這兩者中間，或至少就馬考斯看來，則是浮著一堆笨蛋、陰謀者、宗教狂、放肆的小說家、動物權激進分子、念政治的、還有一些對他終生志業莫名其妙反對的各色基本教義人士。在過去幾個月裡，自從他的未來鼠獲得一些公開注意，他就被強迫要去相信這些人，相信他們確實都存在，這對他來說，就跟強拉他到花園要他相信裡面住有花仙子一樣困難。

「我的意思是，他們說這是進步，」女孩尖聲說，變得有些激動起來。「是在醫藥領域裡大步邁進，什麼有的沒有的，但底限是，一旦有人知道怎麼去消滅人類不想要的特質，你覺得有哪個政府會不想做？我的意思是，什麼又是不想要的呢？這整件事有法西斯的成分在裡面……我想這是本好書，但有時候你確實會想：我們到底要做到什麼地步？好幾百萬金髮藍眼的人嗎？還是郵購嬰兒？我的意思是，如果你跟我一樣是印度人，還有其他事情讓你擔心，是吧？而且他們還把癌植入可憐的動物身上，這簡直就是，你以為你是誰？有權利拿老鼠基因亂搞？把一個生物創造出來就是要牠死亡——豈不是在做上帝了嗎！我的意思是，就我來說，我是印度人對吧？我不為宗教還是什麼其他理由，但你知道，我相信生命的神聖，是吧？而這些人就像是在為老鼠設定程式，計畫牠每個動作，真的，什麼時候生小孩，什麼時候又該死。這是不自然的。」

馬考斯點點頭，試著掩飾他的疲倦。光聽她說話就夠累的了。馬考斯在書裡根本沒提到「人類優生學」，這不是他的領域，也沒什麼特別興趣。但這女孩竟把這本書當做是專門講基因重組中比較乏味領域的書來念。像是基因治療、蛋白質分解血塊、胰島素複製等等。然後從中浮現新法西斯主義唯恐天下不亂的老掉牙幻想，愚蠢的複製人、性別和種族的基因管制、疾病突變等。只有講到他老鼠的那章才可能造成如此斯底里的可笑反應。這本書的名字指的就是他的老鼠（同樣地，這也是經紀人的意思），而媒體的焦點也是落在老鼠身上。馬考斯之前還只是懷疑，如今是清清楚楚的看到了：如果不是那隻老鼠，根本就不會有人對這本書感興趣的。他之前的著作似乎都無法像這隻老鼠一樣引發大家的想像力。為老鼠決定未來這件事把大家給惹毛了。大家都是這樣看的：這不是決定癌症的未來，或生殖週期，或老化能力，而是為老鼠決定未來。人們把注意力放在老鼠身上的方式依舊讓他非常驚訝。他們似乎就是無法把這隻動物當做一個場所，用來實驗以了解遺傳、了解疾病、了解死亡的生物場所。那隻老鼠是一隻老鼠的事實似乎是不可避免的。有一次，泰晤士報刊登了一張馬考斯實驗室的遺傳工程鼠照片，以及一篇努力尋求專利的報導。他和這家報社同時收到一堆團體的攻擊信，像是保守黨婦女團，反活體解剖團，回教國家組織、波克夏郡聖安妮絲天主教堂的牧師，以及極左派《自發公報》的編輯委員等等。妮娜·貝吉還打電話來通知他可能會轉世變成蟑螂。而總是呼應媒體潮流的格蘭諾橡樹中學則撤銷了對馬考斯在國家科學週來校訪問的邀請。而他自己的兒子喬書亞到現在都還拒絕跟他說話。這整個事件的荒唐著實嚇到了他。他不知不覺挑起了恐懼。這一切都因為一般人就像奧斯卡的機器人一樣，比他快上好幾步，他們已經計畫好遊戲的結局，為他研究的結果下了結論——一些他根本不敢妄自揣想的事！像是到處都是複製人、沒有生氣的僵屍、基因設計的小孩、同性戀基因等等。當然，他知道他的工作牽涉到道德運氣；但任何的科學工作不也需要一些道德運氣？就某種程度來說，你是在黑暗中工作，不確定未來的發展如何，不知道自己的名字可能會背負什麼惡名，家門前可能出現什麼樣的屍體。那些在全新領域中工作，進行真正有遠見的工作的人，沒有一個敢擔保自己是在雙手不沾血的情況下走過本世紀或下一世紀。但要說把工作停了？難道要掐死愛因斯坦嗎？還是要把海森堡給銬起來？這樣你還奢望達到什麼呢？

「沒錯，」馬考斯開口，表現得比自己預期的還要慌亂。「妳說的的確有道理。所有動物就某方面來說都已經設定好要死亡，這再自然也不過了。但如果這看起來純粹是隨機，那只是因為我們並未真正了解罷了，妳知道嗎。我們並未徹底了解為什麼有人就是有羅患癌症的傾向，也沒真正了解為什麼有人會因為自然因素死於六十三歲，有些卻是九十七歲。如果能夠多知道這類的事情不是很有趣嗎？顯然，我們會想培養白老鼠來研究致癌基因，主要是因為我們希望有機會能將生與死的各個階段，放在顯微——」

「是啦，呃……」女孩說著把書放進袋子裡。「管他的。我得去五十二號門了。很高興跟你聊。不過，你倒是真的該念念這本書。我是瑟里・班克斯的頭號書迷……他淨寫些稀奇古怪的鬼東西。」

馬考斯看著女孩和她那束跳來跳去的馬尾走向寬闊的走道，直到她混入其他黑髮女孩之中不見了人影。突然，他覺得如釋重負，並高興地想起自己和馬吉德．伊格伯約在三十二號門，而馬吉德可就是完全不同的一回事，或者是完全不那麼一回事，管他是怎麼講的。還剩下十五分鐘，他丟下那杯從滾燙迅速變成微溫的咖啡，開始朝五十號門以下的方向走去。「心靈相會」這幾個字開始在他的腦中流竄。他知道對一個十七歲的男孩有這樣的想法是很荒謬的事情，但他還是這麼想，也感覺到了：那是一種得意洋洋的感覺，也許就跟當年他的導師第一次看到十七歲的馬考斯．喬分，看到他走進他窄小的大學辦公室時所經歷的感覺一樣吧，就是有那麼一種滿足感。馬考斯對於這種相互得利、從導師到門徒，再從門徒到導師的沾沾自喜感到熟悉（啊，你是如此閃亮並屈尊你身與我一起！啊，我是如此傑出，才得以出眾並得到你的注意！）就這樣，他沉迷其中，很高興就要和馬吉德初次相見了，而且還是單獨的，雖然這出於他的計畫，但也不希望是什麼不可原諒的事情。其實這比較算是一連串幸運事件的結果。因為伊格伯家的車子壞了，但馬考斯的斜背式汽車又不夠大，所以他說服山曼德和艾爾沙娜，如果他們和他一起去，就沒有足夠的空間可以放馬吉德的行李。至於此刻正和KEVIN在卻斯特的米列特，有人聽說他只講了一句（用那種讓人聯想到黑手黨電影的語氣）：「我沒有兄弟。」愛瑞則是早上有一場考試，而喬書亞拒絕和馬考斯坐同一輛車。事實上，他現在基本上避免所有的車，寧願選擇有環保意識的兩輪交通工具。喬書亞所做的決定，馬考斯的反應就跟他對其他人所做的類似決定差不多，你實在沒辦法贊同或反對這些決定是不是理念。人類做了這麼多事情，不是每件事都有道理或原因的。而和喬書亞不合讓他感到前所未有的無助。連自己的兒子都不能如他所期望的那麼喬分，這點讓他倍感受傷。過去幾個月來，他在馬吉德身上建立起很大的期望（這正可以解釋為什麼他現在步伐加快了，二十八，二十九，三十），或許他開始希望，開始相信，即使右派的喬分主義早已曝屍在荒郊野外，馬吉德卻可能是為其指引正確方向的指標。他們可以解救彼此。但這該不會就是信仰吧？馬考斯？他快步走著，想到這裡便直接了當地問問自己。這問題困擾了他一個半出口的路程，然後便不再存在，答案也讓他感到安心。不是信仰，不，馬考斯，不是盲目的那種信仰，而是某種更強烈，更堅定，更有智慧的信念。

於是，三十二號門到了。那麼，等一下就只會有他們倆，在克服了兩大陸塊的隔閡後終於相見。一位老師，一個向學的弟子，首先會是一段意義重大的握手。馬考斯想都沒想過是否會發生什麼不好的情況。他不是念歷史的（科學已經教育他，過去就好比在透視鏡下做的事情，是黑暗的，但未來總是比較明亮，是我們可以把事情做好，或至少做得更好的地方），不會被什麼黑人遇上白人，兩人都有很大的期望卻只有一人有權力的可怕故事嚇到。他手上也沒拿什麼白色板子，或是上面寫有名字的布條，就像其他接機的人拿的那種。他環視三十二號門，開始擔心起來，他們要怎麼認出彼此呢？但他隨即想起他要見的是個雙胞胎，想到這不禁讓他大笑出來。這真是亂屌又不可思議的事，就連他自己都這麼覺得，即將從通道出來的男孩身上的基因組合和另一個他認識的男孩一模一樣，但從任何可以想到的角度來看卻又完全不同。他認得他又不認得他，知道他，但這種知道卻不是真的。他還沒來得及思考這其中的意義，或到底有沒有意義，BA261號班機的旅客已經陸續朝他走來。一群棕色皮膚、疲憊不堪卻聒噪不休的烏合之眾像條河流湧向他，然後在最後一步轉彎，活像他是瀑布懸崖似的。*Nomoskar……salam a lekum……kamon acho*？這是朋友之間在橫桿兩端對彼此喊的話。有的女人全身包得緊緊的，有的穿著莎麗服，男人則混搭一些布料、皮革、粗呢、羊毛和尼龍，頭上戴著小小的船形帽，讓馬考斯想起前印度總理尼赫魯，小孩子穿的是臺灣製的運動服和鮮紅或亮黃的帆布背包，這些人全都從出口往外推擠到三十二號門大廳，見到姑媽，見到司機，見到小孩，見到公司職員，見到晒得黝黑牙齒雪白的航空代表……

「你是喬分先生。」

見到知交。馬考斯抬起頭，看到一個高䠷的年輕男孩站在他面前。那是米列特的臉，絕對沒錯，但是比較清爽，看起來也似乎年輕些。眼睛沒那麼紫，或者說沒那麼像紫羅蘭的紫。頭髮往前梳，就像英國公立學校學生那種下垂的髮型，全身上下結實又健康。馬考斯對服裝不是很在行，但至少他敢說那是全身白色，而且整體感覺就是好質料，手工佳又柔軟。他很帥，這點連馬考斯都看得出來。雖然少了他弟弟那種拜倫式的魅力，卻多了貴族的氣息，有更堅定的下巴和尊貴的喉嚨。這些其實都像乾草堆裡的針，然而就因為太像了，你能注意到的差別也只有這些。他們就是雙胞胎，從斷裂的鼻梁到巨大不雅的腳掌都是。馬考斯對這點感到一股淡淡的失望，但如果把膚淺的外表放在一旁，就沒什麼好懷疑的了。馬考斯心想，這個叫馬吉德的男孩真正像的是誰？馬吉德不是在一堆人群中發現了馬考斯嗎？他們剛剛不是彼此相認了，而且是在更深層、更根本的層次上嗎？這並不像姊妹市或因為隨機而產生的同卵雙胞胎，而是像方程式一樣，是兩邊必定對等的雙生：是邏輯上、本質上、絕對必然的雙生。就像理性主義者的習慣，馬考斯在面對全然驚奇時也一度放棄了理性。這個發生在三十二號門、出於本能的相見（馬吉德越過樓面直接走向他），要像這樣在一堆人群中發現彼此，而且至少也有五百人的人群，像這樣的機率是多少？似乎就跟勇猛的精蟲克服黑暗的陰道衝向卵子那樣不容易啊！就跟卵子要分裂成兩個一樣神奇啊！馬吉德和馬考斯。馬考斯和馬吉德。

「是啊！馬吉德！我們終於見面了！我覺得好像早就認識你了——呃，其實也是，但又好像不認識你，但是，管他的，你是怎麼知道就是我？」

馬吉德的臉亮了起來，並流露出不相稱的天真笑容。「馬考斯，我敬愛的先生，你是三十二號門唯一的白人啊。」

馬吉德・馬佛茲・馬謝德・馬他辛的歸來為伊格伯、瓊斯和喬分三個家庭帶來不小的震撼。馬吉德待在家幾天後，艾爾莎娜偷偷對克羅拉說：「我都不認識他了，他有點奇怪。我告訴他米列特在卻斯特，他一個字都沒說，就只是嘟著嘴。他都八年沒見到他弟了，卻什麼也沒說，連吭都沒吭一聲。山曼德說他是複製人，不像伊格伯家的人。幾乎沒人想去碰他，他的牙，他每天刷六次，連內衣都要燙過。讓人感覺就像和大衛・尼文[103]一起吃早餐。」

喬伊絲和愛瑞對這位新訪客抱持同樣的遲疑。她們太愛弟弟了，而且是數年來全心全

---

103 David Niven 奧斯卡金像獎影帝。

意，如今，突然出現了這個熟悉的面孔。就好像打開一齣你最喜歡的肥皂劇，發現你鍾愛的角色被偷偷換成有相同髮型的演員。在頭幾個星期，她們就是不知該拿他如何是好。至於山曼德，如果照他的做法，早就把這孩子永遠藏起來，看是要鎖在地下室還是送到格陵蘭島去了。他怕死了無法拒絕的親戚拜訪（那些他曾經對他們大肆吹噓、一起景仰那張裱框相片的親戚），當他們看到年輕的伊格伯，戴著領帶、推崇亞當．史密和他媽的佛斯特[104]，還崇尚無神論的伊格伯！唯一的好事就屬艾爾莎娜的改變了，現在不管你問她什麼，是的，山曼德．彌亞，在右邊最上面的抽屜，是的，就在那裡，是的。她第一次說出口時差點沒把山曼德給嚇死。詛咒解除了。不再有也許吧，山曼德．彌亞，不再有，可能吧，山曼德．彌亞。而是是的，是的，是的，不是，不是，不是，最基本的回答。這是個幸福的解脫，但光是這些根本就不夠。他的兒子辜負了他，這份痛楚令人難以忍受。他在餐廳時眼睛離不開地面，腳步提不起勁。叔伯嬸嬸打電話來，他不是逃避問題就是乾脆撒謊。米列特？他在伯明罕市，在清真寺裡工作，沒錯，他重拾信仰了。馬吉德？喔，他快結婚了，是的，一個很好的年輕女孩，非要娶可愛的孟加拉女孩不可，是的，他是傳統的支持者，是的。

好了，從一個地方搬到另一個地方，首先需要解決的就是惱人的住宿問題。米列特在十月初回來，他變瘦了，長滿鬍子，而且以政治、宗教和個人理由執意不見他的雙胞胎哥哥。「如果馬吉德留下，」米列特說（這次是勞勃．狄尼洛的句子）。「那我就走。」由於米列特看起來又瘦又累，眼神又野，於是山曼德說米列特可以留下來，結果在問題解決之前除了讓馬吉德先去住喬分家外（雖然艾爾莎娜很不甘願），實在也沒什麼選擇。喬書亞對於自己在父母心中的地位被另一個伊格伯家的人取代而火冒三丈，便跑到瓊斯家去，而愛瑞，表面上回到自己的家（在同意「休學一年」的讓步下），大部分的時間卻待在喬分家處理馬考斯的事情，好為她的兩個計畫多賺點錢（一個是一九九三年夏季的亞馬遜叢林，另一個是二〇〇〇年的牙買加），她老是工作到半夜，然後就睡在沙發上。

「孩子拋下我們，老是往外跑，他們是陌生地上的陌生人，」山曼德在電話裡對阿奇說。他說得如此憂愁，阿奇還以為他是在引述詩句。

「他們比較像是躲到該死的深山去了，」阿奇冷冷地說：「我告訴你，過去幾個月，如果我每次見到愛瑞就有一毛錢……」

那他大概也只有十毛錢。她從來不在家。愛瑞困在石頭和硬地中間，就像愛爾蘭、以色列和印度，完全沒有贏的機會。如果她待在家裡，喬書亞就會譴責她參與馬考斯的老鼠計畫，挑起她既沒有答案也沒有胃口的爭辯：活生生的生物應該被界定為專利嗎？在動物身上種植病源體對嗎？愛瑞不知道，因此，她帶著她爸的本能，乾脆閉起嘴保持距離。但如果她在喬分家做已經變成全職的暑期工作，她就得應付馬吉德，而這裡的情況更難搞。她幫馬考斯工作，從九個月前的歸檔工作，到現在增加了有七倍之多。近來大家對馬考斯研究的興趣表示她必須處理媒體的電話、大量的郵件和會議安排等等，不過她的薪水倒也增加到祕書的等級。但這正是問題所在，她是祕書，而馬吉德是馬考斯的知己、學生和門徒。他跟著馬考斯旅行，觀察他在實驗室工作。他是個金童，是被選中的人。他不只出

104 E. M. Forster，英國一著名小說家。

眾，還很迷人；不只迷人，還很寬厚。對馬考斯來說，他是祈禱來的答案。這個男孩可以用專業架起最美麗的道德藩籬，掩飾他的年輕，幫助馬考斯提出他自己根本沒耐心去做的答辯。是馬吉德鼓勵他走出實驗室，並用手牽引他走入這個陽光耀眼、人們呼喚的世界。有人對馬考斯和他的老鼠有興趣，而馬吉德知道該怎麼給他們。如果《新政治家》（*New Statesman*）需要一篇關於專利的兩千字辯論，馬吉德就可以寫，而馬考斯只管講，他會把他的話轉變成優雅的英文，把科學家對道德爭議無動於衷的聲明，轉變成哲學家精湛的辯駁。如果第四頻道新聞想要專訪，馬吉德會建議他身體該怎麼坐，手該怎麼擺，頭又該往哪歪。這些都來自大半輩子生活在吉大港丘，沒有接觸電視或報紙的男孩身上。儘管馬考斯一輩子都討厭這個詞，儘管他爸在他三歲時捏了他耳朵後，他就沒再用過這個詞，馬考斯還是很想管他叫做奇蹟，至少也是「非常偶然」的。這男孩正在改變他的生命，而這是非常偶然的。有生以來第一次，馬考斯已準備好承認自己的錯誤——雖然，是很小的錯誤——但畢竟還是……錯誤。他一直都太與世隔絕了，也許吧，也許。對他研究有興趣的群眾，他對他們的態度太激進了，也許吧，也許。他看到了改變的空間，而其中最厲害，也是最要緊的一點，就是馬吉德從來不曾讓馬考斯覺得喬分主義在任何情況下有所妥協。馬吉德每天都表達了對喬分主義的豐沛熱情與尊敬。而馬吉德想要做的，正如他對馬考斯所說的，就是把喬分主義帶給人群。但你必須用他們可以理解的方式，給他們所想要的東西。他說這話的方式讓人有種崇高的感覺，那麼流暢，那麼真誠，讓六個月前鐵定會對這樣的論調吐口水的馬考斯，幾乎是毫無反抗徹底投降。

「本世紀還有一個位子，」馬吉德對他說（這傢伙真是諂媚大師）。「佛洛伊德、愛因斯坦、克里克和華生……但還有一個空位，馬考斯，車子還沒坐滿呢。叮！叮！還有一個位子……」

你實在無法拒絕這樣的邀請，實在無法抗拒。馬考斯和馬吉德，馬吉德和馬考斯，其他什麼都不重要了。他們根本沒注意這些舉動惹得愛瑞心煩，也沒注意到他們的友情引發旁人大規模的斷層和奇怪震波。馬考斯本身是退出了，就像蒙巴頓將軍[105]退出印度一樣，或是厭煩的年輕人離開他的新朋友。他排除了對每件事和每個人的責任——喬分家、伊格伯家或瓊斯家——任何會阻礙馬吉德和他老鼠的人和事。因為其他人全是盲信者。而愛瑞也只能啞口無言，因為馬吉德就是好，馬吉德就是棒，馬吉德就是穿得一身純淨潔白在屋裡晃。但就像所有宣揚基督復臨的人，像所有聖人、救世者或印度精神導師一樣，馬吉德・伊格伯同時也是——以妮娜慣用的強烈字眼來說——有夠、超級、百分之百、徹徹底底讓你頭痛到爆的傢伙。你常會聽到的對話就是：

「愛瑞，我想不通。」

「現在不行，馬吉德，我在講電話。」

「我並不想打擾妳寶貴的時間，但這事很緊急。我就是想不通。」

「馬吉德，你能不能——」

「妳看。喬伊絲人真好，買了這些牛仔褲給我。LEVIS的牛仔褲。」

「喂，我等一下再打給你好嗎？是……好……再見。怎樣，馬吉德？剛剛那通電話很

105 大英帝國駐印度最後一位總督蒙巴頓伯爵（Lord Mountbatten）。

重要。到底是什麼事？」

「妳看我有好看的美國LEVIS牛仔褲，白色的，是喬伊絲妹妹去芝加哥度假時買的，那個名為風之城的都市，不過我倒是不相信那裡天氣會有多奇怪，畢竟它離加拿大那麼近。我的芝加哥牛仔褲真是貼心的禮物！收到這個禮物讓我好高興。但後來我被它裡面車的標籤給搞糊塗了，上面寫著這些牛仔褲會『收縮合宜』。我就問自己，這是什麼意思，『收縮合宜』？」

「褲子會縮到合宜的大小，馬吉德，我想這就是它的意思。」

「但是喬伊絲的觀察力之好，買的尺寸完全正確，妳看有沒有？A32．34？」

「好了，馬吉德，我不想看。我相信你。那就不要收縮不就得了。」

「我一開始也這麼想。但顯然它又沒有其他特別的收縮法。如果我把牛仔褲洗了，它豈不就又收縮了嗎？」

「真是太棒了。」

「他們應該想過，牛仔褲也是需要洗的吧？」

「你到底要說什麼，馬吉德？」

「它們是否會依預先計算好的數值來收縮，如果是，那是多少？如果數值不正確，豈不讓他們置身於訴訟的危險，不會嗎？畢竟，要收縮才合宜本來就不好，因為如果他們收縮了又不合宜，那怎麼辦呢？還有另一種可能，就像傑克講的，它們會收縮貼著身體的輪廓。但這怎麼可能呢？」

「我說，你何不穿著那條該死的牛仔褲坐進他媽的浴缸裡，看看到底會變成怎樣？」

但馬吉德是不會被言語激怒的。他是打不還手的那一型。有時候一天數百回，就像幫小朋友過馬路的導護媽媽，總是用那種方式對你微笑，也不受傷也不生氣，就是歪著他的頭（跟他爸寫下客人點的咖哩雞時一模一樣的角度），用一種我「徹徹底底原諒你」的態度。馬吉德對每個人有絕對的同情心，而這一點還真是令人不敢相信地受不了。

「呃，我不是故意的……喔，可惡。對不起。聽著，我不知道，只是你真的……那你有米列特的消息嗎？」

「他在躲避我，」馬吉德依舊是一貫的冷靜和寬容。「他當我是該隱，因為我什麼都不信。至少不信他的上帝或任何叫得出名的神祇。就因為這樣，他拒絕見我，甚至連電話都不接。」

「喔，你也知道，他很可能會改變心意的。他一直都是個頑固的傢伙。」

「當然了，對，妳愛他，」馬吉德沒給愛瑞抗辯的機會，繼續說：「所以妳了解他的習慣，還有他的舉止。那妳也該知道，他對我的改變反應有多激烈。我信奉的是生命。但我在圓週率小數點後的第一百萬位、在柏拉圖斐多篇[106]的對話裡、在完全自相矛盾的爭論中看到他的上帝。但這些對米列特來說根本不夠。」

愛瑞目不轉睛地看著他的臉。在他臉上有她這四個月來無法用手碰觸到的東西，因為全被他的年輕、他的長相、他的乾淨衣服和個人衛生所隱藏起來了。但現在她清清楚楚的看到了。他被感染了。就跟瘋子瑪莉，白臉藍脣印度人和把假髮用繩子掛在身上的人一

106《柏拉圖對話集》的一篇《斐多》（Phaedrus）。

樣。跟那些在威斯頓街上遊走，卻不想買黑標啤酒、偷竊音響、蒐集施捨品或在巷子裡撒尿的人一樣。那些忙著幹跟我們完全不一樣的事情的人。那種預言能力。馬吉德的臉上有這樣的東西。他就是想要告訴你、告訴你、告訴你、告訴你。

「米列特要我徹底投降。」

「這很像他會做的事。」

「他要我加入那個永恆的守護者……」

「喔，KEVIN，我知道他們。所以你跟他說過話了。」

「我不用跟他說話就知道他在想什麼，他是我的雙胞胎弟弟。我不想見他，也不用見他。妳明白孿生的本質嗎？你明白分裂這個字的意思嗎？或者應該說，是這個字的雙關意義——」

「馬吉德。我沒有冒犯的意思，不過我還有工作要做。」

馬吉德把頭微微一躬。「當然。那恕我失禮，我也要穿著我的芝加哥牛仔褲，去試試妳的建議了。」

愛瑞咬咬牙，拿起話筒重撥了她剛剛掛斷的電話。對方是記者（最近都是記者），而她有些東西要念給他聽。她從學校考試結束後就一直在上媒體關係速成課，而和他們打過交道之後讓她知道，根本就沒有必要個別處理他們。你不可能把某個特殊論點送給《財經時報》（*FT*），再送給《鏡報》（*Mirror*），然後又送給《每日郵報》（*Daily Mail*）。這應該是他們的工作，不是你的，是他們自己要去找分析角度，為龐大的媒體聖書寫下各自的篇幅。大家各做各的。記者不僅有派系，而且狂熱又過度地捍衛自己的地盤，一天又一天地提倡同樣的事，一直以來都是如此。又有誰能料到路加和約翰竟然會對這本世紀和上帝之死有如此不同的觀點呢？這就證明了你無法信任這些傢伙。於是，愛瑞的工作就是把資料原封不動送出去。每一次，就是把馬考斯和馬吉德寫好釘在牆上的那張紙，逐字念給對方聽。

「好了，」記者說：「在錄了。」

此時，愛瑞居然結巴起來，因為她遭遇作好公關的第一個瓶頸——相信你要說的話。倒也不是說她缺乏精神信念，而是更根本的東西。她不相信這是個實實在在的事實。她不相信這件事真的存在。未來鼠©現在居然變成如此龐大、壯麗又卡通的想法（你可以在每份報紙的專欄看到記者彼此爭論——它應該獲得專利嗎？或看到順從者的頌揚——本世紀最偉大的成就？）甚至還有人希望那隻該死的老鼠會自己站起來講話。愛瑞深吸了一口氣，雖然她已經念了好幾遍了，似乎還是很荒誕、很可笑，就像是乘坐虛構小說的夢幻翅膀，裡面摻有不少瑟里・班克斯的調調。

新聞稿：一九九二年十月十五日

主題：未來鼠©問世

馬考斯・喬分教授，本文作者，著名的科學家及聖猶大大學遺傳學研究小組領導人，計畫在公開場合「發表」他的最新「設計」，使大家了解何謂異種基因導入，引起民眾興趣，增加對他研究工作的資助。這個設計將證明基因操控上的複雜工作，並揭開此一生物研究中飽受中傷之分支的神祕面紗。本發表將伴隨完整的展示廳、演講廳、多媒體區和專為孩子準備的互動遊戲。其部分經費將由政府的「千禧科學委員會」所贊助，以及來自工商業的金援。

自一九九二年十二月三十一日開始，兩週大的未來鼠©將放在倫敦的培瑞特會館（Perret Institute）公開展示，至一九九九年十二月三十一日止。這隻老鼠除了在基因組中曾被植入一組新的基因外，其他基因皆為正常。這組基因的一個DNA複製被注射入老鼠的受精卵中，然後連結到受精卵中的基因染色體，由產生之胚胎的細胞而遺傳下來。在注射到胚胎前，這些基因經過特別設計，得以被「啟動」，並按預定的時程，在老鼠特定的組織上展現出來。老鼠將是實驗細胞老化、細胞內癌症發展以及其他項目的場所，並且在整個展示過程中充滿驚喜。

記者笑了出來。「老天，這是什麼意思？」

「我不知道，」愛瑞說：「就是驚喜吧，我想。」

她繼續念下去：

老鼠將隨著展覽存活七年，約是一般老鼠平均壽命的兩倍。因此，老鼠成長將很緩慢，以兩年抵一年的速率成長。第一年結束時，製造胰島素之老鼠胰線細胞中的SV40 large-T致癌基因，將以胰癌的形式出現，並以緩慢的速度繼續發展。到了第二年年尾，老鼠皮膚細胞中的H-ras致癌基因會開始以多重良性刺瘤出現。三個月後，觀察者便可以用肉眼清楚看到。實驗進入第四年時，在緩慢、且讓其酪胺酸酵素消失的設計下，老鼠將開始失去製造黑色素的能力。這時候，老鼠會失去所有的天然色素，而導致白化現象：變成白老鼠。如果沒有外來或意外的干擾，這隻老鼠將活到一九九九年的十二月三十一日，並在一個月內死亡。未來鼠©的實驗提供大眾獨一無二的機會，得以「特寫」的方式觀看生命和死亡。同時也是見證的機會，見證一項可能減緩疾病發展的技術，控制老化的過程，並減少基因上的缺陷。未來鼠©持有進入人類歷史新紀元的誘人承諾，屆時我們將不再只是隨機下的犧牲者，而是自己命運的主人和導演。

「我操，」記者說：「好噁心。」

「嗯，我想是吧，」愛瑞木然地說（她今早還有十多通電話要打）。「你要我附上幾張照片嗎？」

「要，放上去。省得我還要去開檔案。謝了。」

正當愛瑞放下電話，喬伊絲像個嬉皮彗星衝進房裡，她今天的衣服是一大塊黑色滾邊的天鵝絨，土耳其長袍和多層次的絲巾。

「不要用電話！我已經跟妳說過了，一定要保持電話暢通，米列特隨時會打回來。」

四天前，米列特並未出現在喬伊絲幫他安排的心理諮詢，而且之後就不見了蹤影。大家都知道他在KEVIN那裡，也知道他根本不會打給喬伊絲。大家都知道，除了喬伊絲。

「如果他打來，絕對要讓我跟他談。我們差一點就有突破性的進展了。瑪喬莉幾乎就要確定他是得了注意力障礙過動症（俗稱ADHD，Attention-Deficit Hyperactivity Disorder）。」

「那妳是怎麼知道這些的？瑪喬莉不是醫生嗎，醫生和病人之間的守密協定是他媽的跑哪去了？」

「喔，愛瑞，別傻了。她也是我的朋友啊。她只是讓我知道情況罷了。」

「聽起來比較像是中產階級黑手黨。」

「喔，是嗎？用不著緊張兮兮的好不好。妳最近越來越歇斯底里了。聽好，我要妳別碰那支電話。」

「我知道，妳說過了。」

「瑪喬莉是對的，就是ADHD，他真的需要看醫生和甲基芬尼錠。這是個很容易導致衰竭的病症。」

「喬伊絲，他根本就沒有失調，他只是個穆斯林。這樣的人恐怕也有十來億。他們該不會都有ADHD吧。」

喬伊絲深吸一口氣。「我覺得妳真的很殘忍。妳剛講的話正是那種完全沒幫助的話。」

她昂首闊步走到砧板，淚眼婆娑地切下一塊起司。「聽著。現在最要緊的就是讓他們兩個面對面。也該是時候了。」

愛瑞看似不解。「為什麼是時候了？」

喬伊絲把那塊起司「啪」地一下塞進嘴裡。「因為他們需要彼此，就是這樣。」

「但如果他們不想見，就是不想見啊。」

「有時候人們不知道自己要什麼，需要的又是什麼。那兩個孩子彼此需要，就像……」

喬伊絲想了一會，她對譬喻一向不太在行，在花園裡，你根本不會種個要代表其他東西的植物。「就像勞萊需要哈臺，克里克需要華生——」

「我看是東巴需要西巴。」

「我不覺得這很好笑，愛瑞。」

「我沒有在笑，喬伊絲。」

喬伊絲再切下更大一塊起司，然後從一大塊麵包撕下兩小片，接著把起司夾在兩片麵包中間，做成三明治。

「事實就是，這兩個孩子都有嚴重的情緒問題，而米列特拒絕見馬吉德是一點好處也沒有，只是讓他難過透了。他們已經被宗教和文化隔離了。妳能想像這種創傷嗎？」

愛瑞此刻真希望她能讓馬吉德告訴她、告訴她、告訴她。那麼她至少會得到一些資訊，可以用來反駁喬伊絲。因為如果你仔細聽這些預言者講話，他們就會給你抨擊的彈藥。什麼孿生的本質，什麼圓週率的小數點後第一百萬位（無窮循環有起頭的嗎？）而最重要的是，什麼是分裂的雙關意義。他是否知道哪一種會變得更糟？哪一種創傷更大？到底是拉在一起還是分離開來。

「喬伊絲，妳為什麼就不能擔心一下妳自己的家庭？換換口味一下也好啊。喬書亞呢？妳上次看到喬書亞是什麼時候？」

喬伊絲的嘴巴嘟了起來。「喬書亞在格雷斯東伯里。」

「是喔，格雷斯東伯里的音樂祭都過兩個月了，喬伊絲。」

「他有趟小旅行。他說過可能會去。」

「那他是跟誰在一起？妳對這些人根本就不了解。妳何不多關心一下這件事，少管他媽的別人家的閒事。」

喬伊絲一點也沒被這話給嚇到。很難解釋青少年的怒罵對喬伊絲來說有多不陌生。她最近遇多了，不管是自己的小孩還是別人的小孩，所以這一點怒罵或傷人的話對她根本就起不了作用。她只管四兩撥千金就好。

「我不擔心喬書亞的原因妳也很清楚，」喬伊絲毫不掩飾地笑了出來，並用她那種傳授「喬分父母經」的聲調說：「那是因為他只是想得到多一點注意罷了，就跟妳現在的情況很像。對受過良好教育的中產階級孩子來說，在這年齡出現是很正常的行為，」（喬伊絲對於使用「中產階級」這個詞並不感到可恥，這點倒是和這個年代的其他人不太一樣。在喬分家的詞彙中，中產階級是教化的繼承者，是福利國家的創造者，是知識的精英，也是所有文化的根源。至於他們是從哪裡得到這種想法就很難講了。）「但他很快就會恢復正常。我對喬書亞有絕對的信心。他只是故意違抗他的父親，但這些都會過去的。然而，馬吉德卻有真正的問題，愛瑞，我一直都有在研究，太多的徵兆了，這點我可以看得出來。」

「那麼，妳肯定是看錯了，」愛瑞頂回去，戰爭就要開始，她可以感覺得到。「馬吉德好得很。我剛剛還跟他說話。他是個禪學大師，是我這輩子見過他媽的最平靜的人。他和馬考斯一起工作，而這就是他要的，他很快樂。我們就不能試試『不干預』政策嗎？一點點的自由放任不是很好嗎？馬吉德很好啊。」

「愛瑞，親愛的，」喬伊絲說著，示意愛瑞朝旁邊的位子移過去，自己則在電話旁坐了下來。「妳永遠無法了解的是，人類是很極端的。如果每個人都像妳爸，天就要塌下來了，還能若無其事地活下去是很好，但很多人根本做不到。馬吉德和米列特展現出的是極端的行為。你當然可以宣揚放任主義，甚至做得很好，但重點是，米列特跟著那些基本教義派，會讓自己陷入可怕的麻煩，而且是很可怕的麻煩。光是擔心他我都快睡不著覺了。妳在報紙上也讀到那些人……這造成馬吉德心智上的嚴重扭曲。現在，我應該坐下來看著他們撕裂彼此嗎？就因為他們的父母……沒錯，我也不怕說出來，因為這是實情，就因為他們的父母似乎都漠不關心？你們大家應該知道，我想的都是為了這兩個孩子好。他們需要協助啊。我剛剛經過浴室，而馬吉德居然穿著牛仔褲坐在浴缸吶。是的，這樣妳滿意了嗎？」最後，喬伊絲像隻牛一樣平靜地說：「一個孩子到底是不是受過創傷，這點我想我還看得出來。」

17 最後關頭

「伊格伯太太？我是喬伊絲．喬分。伊格伯太太？我看得清清楚楚妳在家。我是喬伊絲。我真的認為我們應該談談。妳可不可以……嗯……把門打開？」

是啊，她是可以。理論上，她可以。但在這個非常時刻，有誓不兩立的兒子又有派系間的爭鬥，艾爾沙娜必須有自己的戰略才行。她已經試過沉默，言語罷工和消耗食物（和絕食抗議相反的一招，讓自己的體積變大以威脅敵人），現在，她正企圖採取「靜坐」抗議。

「伊格伯太太……只要耽擱妳五分鐘時間，馬吉德對這一切真的很難過。他很擔心米列特，我也一樣。五分鐘就好，伊格伯太太，拜託妳。」

艾爾沙娜還是坐在椅子上沒動。她只是繼續縫褶邊，眼睛保持在那條黑線上，從一個齒孔穿梭到另一個車入人造纖維裡，她拚命踩著勝家縫紉機的踏板，好像踢著馬腹，想騎著牠奔進落日。

「妳就讓她進來吧，」山曼德不耐煩的聲音從客廳傳來。喬伊絲的堅持已經妨礙到他觀看電視節目《古董巡迴秀》。（除了看《公平家》〔*Equalizer*〕那個由偉大的仲裁者艾德華．伍德沃主持的節目之外，這是山曼德最喜歡的節目了。他花了十五年漫長的電視歲月，等待某個家庭主婦從她袋子裡掏出屬於蒙格．潘達的東西。喔，雲達波頓女士，這東西可有趣了。我們這邊有的是個滑膛槍管，當時是……他坐在客廳，右手拿著電話，以便有這樣的情況發生時可以第一時間打給BBC問雲達波頓女士的地址，並問她要賣多少錢。不過截至目前為止只有叛亂獎章和哈佛拉克的懷錶，但他還是繼續看。）

他盯著走道那頭，先是看看喬伊絲透過玻璃的身影，然後悲哀地抓抓跨下。山曼德現在正處於電視模式：有夠鮮豔的V領衫，肚子腫得像繃緊的熱水瓶，外加被蛀蟲吃過的長浴袍和雙渦紋圖案的四角短褲，下面露出兩根竹竿腳，顯得特別突出，也是他年少時代唯一留下的東西。當他處於電視模式就連動都不想動。屋角的電視機（他喜歡把它想成是件古董，外圍是木頭，還有四隻腳撐著，就像某種維多利亞式的機器人）把他吸了進去，並枯竭他所有的精力。

「那你怎麼不做些什麼呢？伊格伯先生？把她趕走啊，而不是站在那裡露出你那軟趴趴的鳥和兩顆球。」

山曼德咕噥一聲，把那惹人嫌的兩顆大毛球和看似挫敗的軟棍塞回短褲襯裡。

「她不會走的，」他低聲抱怨。「就算走了，也只會更倔強地回來。」

「那又何必呢？她惹的麻煩還不夠嗎，」艾爾沙娜大聲說，就是要大到讓喬伊絲也聽得到。「她有她自己的家庭不是嗎？她怎麼不換一換，去把自己的家給搞亂呢？她也有孩子啊，四個男孩不是嗎？她到底是要多少男孩？到底是他媽的要多少？」

山曼德聳聳肩，跑到廚房在抽屜裡搜出耳機，拿來插進電視並隔絕外面的世界。他就像馬考斯，已經超脫了。由她們去吧，這就是他的想法。她們的戰爭由她們去吧。

「喔，還真是謝謝你喔，」艾爾沙娜看到自己先生縮回節目裡，去看那些鍋壺和槍，便刻薄地說：「謝謝你喔，山曼德．彌亞，謝謝你——如此寶貴的貢獻。男人就只會做這些。把事情搞得一團糟，搞成了世紀末日，然後留給女人來擦屁股。真是謝謝你喔，老公！」

她加快車縫的速度，迅速完成接縫，然後是褲腳內側，而信箱裡的那個人面獅身像則是繼續問著無法回答的問題。

「伊格伯太太……請妳，我們可以談談嗎？有什麼我們不能談的理由嗎？我們非得表現得像小孩一樣嗎？」

艾爾沙娜開始唱起歌來。

「伊格伯太太，拜託。這樣有什麼用呢？」

艾爾沙娜唱得更大聲了。

「我必須告訴妳，」喬伊絲說，即使透過三層木板和雙鑲玻璃聽起來還是異常刺耳。「我到這來可不是為我自己好。不管妳希不希望我捲進去，我都已經捲進去了，妳知道吧？我已經陷進去了。」

陷進去。至少這是個正確的字眼，艾爾沙娜想著，她把腳移開踏板，讓輪子繼續轉了幾圈才「嘎」地一聲停下。有時候，在英國這裡，尤其是在公車站或白天的肥皂劇，常會聽到人家說「我們陷入彼此無法分開了」，好像那是最好的狀態，是某個人的選擇，而且還樂在其中。艾爾沙娜卻從不這麼想。長久以來「陷進去」這件事就沒有停過，像流沙一樣把你捲進去。所謂陷進去就是圓臉的艾爾沙娜和瀟灑的山曼德·彌亞被推進一家德里早餐店後的一個星期，就宣布他們要結婚，陷進去就是克羅拉·包頓在某個樓梯下遇到阿奇瓊斯的結果。陷進去吞噬了叫安姆博西亞的女孩和叫查理的男孩（沒錯，克羅拉曾跟她說過那個悲慘的故事），就是他們在家庭旅館儲藏室親吻的那一刻。陷進去可以說沒有好也沒有壞。它只是生活的一種結果，占領和移民的結果，帝國和擴張的結果，太常跟對方在一起的結果……會讓一個人陷得太深，而很難走回頭路。這女人說得沒錯，人不是為了自己好才陷進去的。在這世紀末沒有什麼事情是因為好而做的。要說到現代的情況，艾爾沙娜可不笨。她有在看脫口秀，整天都在看──我老婆和我弟弟上床，我媽就是不放了我男朋友──拿到麥克風的人，不管是一口白牙的黝黑男士還是膽小的已婚夫婦，總是問同一個該死的蠢問題：可是你為什麼要……？錯了，艾爾沙娜還得透過螢幕跟他們解釋。你們這些豬頭，他們不是要，而是情非得已──他們就是陷進去了，你懂嗎？他們走進去，然後被困在有兩個V字型旋轉門的中間，被捲進去了。而隨著時間流逝、混亂累積就變成了現在的樣子。你弟和我前妻姪女的二表哥上床。陷進去了。這是個疲累、不可避免的事實。喬伊絲在她話裡不經意提到「陷進去」這幾個字，而且是疲倦的、有點尖酸的，讓艾爾沙娜體會到這個字對她有相同的意思。一個你吐絲編織用來捕抓自己的巨網。

「好啦，好啦，小姐，不過五分鐘而已嘛。我今早不管怎樣都得做完三件緊身衣啊，」艾爾沙娜把門打開，讓喬伊絲進入走道。有那麼一會兒她們打量著彼此，像緊張的拳擊手在上磅秤前會猜測對方的重量。她們絕對是不相上下的對手。喬伊絲的胸脯不足，但可以在下盤補回來。艾爾沙娜嬌弱的相貌所透露出的弱點──細瘦的鼻子和稀薄的眉毛──則可以用她粗壯的手臂來彌補，那是母性威力的展現。畢竟，她才是這家裡真正的母親。是兩個問題孩子的媽。她握有王牌，就看她會不會被逼得非出手不可。

「好了，既然如此，」艾爾沙娜擠進廚房的窄門，並示意喬伊絲跟隨。「要茶還是咖啡？」

「茶，」喬伊絲堅決地說：「水果茶，如果可以的話。」

「水果茶是不可能的，連伯爵茶都別想。我從茶葉王國來到這個糟透了的國家，卻負擔不起一杯好茶。只有PG，其他沒有。」

喬伊絲畏縮了一下。「那就PG，謝謝。」

「如妳所願。」

幾分鐘後，一杯茶「碰」地一聲落在喬伊絲面前，灰灰的，而且旁邊有一圈茶垢和數千個微生物在漂浮，這些微生物還不像一般人想像的那麼小。艾爾沙娜給喬伊絲一點時間思考。

「這情況等一下就沒了，」艾爾沙娜興高采烈的解釋。「我老公有次為洋蔥刨土時挖到水管。我們的水從此就變得很奇怪。好像有些髒東西又好像沒有，但只要給它一分鐘就會乾淨了。有沒有？」艾爾沙娜不具說服力地攪了一下，把一塊更大又不知是什麼東西的攪到表面來。「有沒有？就算沙加罕君王[107]自己來喝都沒問題。」

喬伊絲試探地小飲一口，然後把它推到一邊。

「伊格伯太太，我知道我們過去的關係一向不是太好，但——」

「喬分太太，」艾爾沙娜揚起她的長食指打斷喬伊絲的話。「有兩個規則大家都知道，哪怕是總理大人還是人力車夫都一樣。第一，絕不能讓你的國家成為交易所。這點很重要。如果我的祖先遵從這個建議，我今天的情況就會大不相同，但這就是命吧。第二，不要介入別人的家務事。奶精？」

「不，不用，謝謝。一點糖好了……」

艾爾沙娜丟了一大匙糖到喬伊絲的杯裡。

「妳認為我在介入？」

「我認為妳已經介入了。」

「但我只是希望他們彼此見面。」

「他們之所以分開就是因為你。」

「但馬吉德會和我們住，是因為米列特不想和他住在這裡。馬吉德也告訴我，妳老公根本就受不了他的存在。」

艾爾沙娜就像只小小的壓力鍋，一瞬爆發。「那請問他為什麼會受不了？還不是因為妳，妳和妳老公讓馬吉德投入和我們文化、信仰完全相反的東西，我們幾乎都認不出他來了！還不是你們搞的！現在他和他弟相差十萬八千里。這原本是不可能發生的衝突！那些戴綠色領結的混帳東西，米列特現在和他們混在一起陷得可深了。他沒跟我講，但我都聽說了。他們自稱為回教的追隨者，其實和其他瘋子沒兩樣，不過是一群在基爾本瞎混的暴徒。現在他們還在發一些——你們叫什麼——那種折起來的東東？」

「傳單？」

「傳單。講到妳老公和他那隻邪惡老鼠的傳單。麻煩要來了，不要懷疑。我在他床底下發現傳單，有好幾百張這麼多，」艾爾沙娜站起來，從圍裙口袋拿出一把鑰匙，打開廚房一個櫥櫃，裡面堆滿的綠色傳單滑落到地上。「他又失蹤，三天了。我得在他發現前把這些放回去。妳也拿一些嘛，拿啊，小姐，拿一些啊，拿去念給馬吉德聽。讓他知道妳們做了什麼。兩個孩子被逼到世界不同的盡頭。是你們在我兒子之間挑起戰爭。是你們在撕

107 印度的莫臥兒王朝（Mogul），第五代君王沙加罕（Emperor Shah Jahan）

裂他們！」

就在一分鐘前，米列特用鑰匙輕輕打開了前門，然後就一直站在走道上，一邊抽菸一邊聽著這段對話。這真是他媽的酷斃了！好像在聽兩個壯碩的義大利敵對幫派女老大吵架。米列特愛死幫派了。他加入KEVIN就是因為喜歡幫派（還有他們的服裝和領結），喜歡幫派互鬥。分析師瑪喬莉就說過，這種想成為幫派分子的欲望，乃是孿生特質的表現。分析師瑪喬莉提出，米列特的宗教轉變，比較像出於想在群體中求同，而不是因為其心智對萬能造物主的信仰。也許吧！管他的。對他來說，這事留到以後再研究也不遲，現在還有什麼會比穿著一身黑、抽根菸、聽兩個媽媽為了你而用一種戲劇方式吵架還要酷的事？

「妳說妳想要幫我兒子，但妳除了在他們之間搞分裂之外什麼也不會。現在已經太遲了。我已經失去我的家庭。妳為什麼不回妳自己家，饒了我們呢？」

「妳以為我家就是天堂嗎？我的家庭也因此破裂了。喬書亞都不和馬考斯說話了，妳知道嗎？他們曾經那麼親近的……」喬伊斯看起來眼中含淚，艾爾沙娜不情願地遞給她衛生紙。「我是在試著幫助大家，而最好的方法就是在事情擴大前讓馬吉德和米列特談談。這點我想我們都會同意，如果我們可以找到中立點，找到他們倆都覺得沒有壓力或影響力不及的地方……」

「已經沒什麼中立的地方了！我同意他們應該見面，但要在哪兒？怎麼見？妳和妳老公讓一切都變得不可能了。」

「伊格伯太太，恕我冒犯，但妳的家庭問題早在我老公和我介入之前就已經存在了。」

「也許吧，也許，喬分太太，但妳就是那傷口上的鹽，不是嗎？妳是辣椒醬裡多餘的胡椒粉。」

米列特聽到喬伊絲狠狠倒抽一口氣。

「再一次，恕我冒犯，但我相信事情不是這樣。我認為這已經持續好一段時間了。米列特告訴我，幾年前妳把他所有的東西都燒掉。我是說，這只是個例子，但我不認為妳了解那樣的創傷對米列特造成多大的影響。他非常受傷。」

「喔，我們現在是在玩以牙還牙的遊戲是吧。我明白了，那我就來一報還一報。我做什麼關妳這大鼻子什麼事？我燒那些東西是要給他一個教訓，要他尊重別人的生命。」

「那還真是個奇怪的方法，希望妳不介意我這麼說。」

「我介意！我介意！妳又知道什麼？」

「我只知道我所看到的。我看到米列特的心有太多疤痕。妳可能不知道，但我一直掏腰包幫米列特安排和我的精神分析師見面。我可以告訴妳，米列特的內心世界——就是他的業，我想你們孟加拉人是這麼說的——他潛意識的整個世界顯示出嚴重的病症了。」

其實，米列特潛意識的問題（這點根本用不著瑪喬莉來告訴他）是它基本上就是高低不平。他一方面很努力照著席方和其他人建議的方式過活，而這就牽涉到要說服他的腦袋接受四個重要準則。

1. 杜絕以往的習性（斷絕酒精、大麻菸、女人）
2. 永遠記得穆罕默德（願他安息！）的榮耀及造物主的力量

3. 徹底了解KEVIN和可蘭經的智慧
4. 讓自己在西方的腐敗下淨化

他知道自己是KEVIN的一項大實驗，他也想要全力以赴。前面三點他做得還可以。雖然偶爾抽抽菸，但偶爾也會放棄黑啤酒（這樣就很好了），但他在杜絕有害的大麻菸和肉體誘惑上可是很成功的。他沒再和亞莉山卓・安卓瑟、波莉・霍夫頓和蘿西・迪巫見面（雖然他偶爾會去找泰雅・喬曼瓊斯，一個紅頭髮小個兒，了解他目前微妙困境，願意幫他吹喇叭而不要求米列特碰她。這是項互利的安排：她是法官的女兒，樂於給她老頭一點顏色瞧瞧，而米列特需要射精，但他這一造又不能主動參與）。從可蘭經的角度看，他覺得穆罕默德（願祂安息！）是個不錯的人，亂酷一把的傢伙，米列特是敬畏造物主的，徹徹底底地敬畏：擔心、害怕、嚇得半死——席方說這是正確的，本來就應該是這樣。他知道他的宗教不是建立在信仰上的宗教——不像基督教，猶太教那種——而是可以受到許多優秀頭腦認同的一種。他明白這個意思。但遺憾的是，米列特的腦袋距離優秀實在差得遠，甚至要稱得上是有條理的腦袋都有問題。智性驗證或反駁這種事根本就超乎他的程度。然而，他了解若是依賴信仰，就會跟他父親一樣，根本不值得一提。而且也沒人敢說他不是百分之百認真，這對KEVIN來說似乎就夠了。他們倒是對他真正的專長很滿意，也就是通情達理，就像演說。舉例來說，如果有個看起來很緊張的女人，跑到KEVIN在威斯頓圖書館的攤位來詢問信仰的問題，米列特就會攀過桌面，緊緊握住她的手說：不是信仰，姊妹。我們這裡不講信仰。給我們雷可希弟兄五分鐘，他就會以智慧來驗證造物主的存在。可蘭經是科學文件，是理性思考的證據。姊妹，如果妳在乎超越塵世的未來，就請給我們五分鐘吧。除此之外，他通常還可以賣給她每卷兩英鎊的錄音帶（意識型態的戰爭或學者們小心了），情況好的話，甚至還外加一些他們的宣傳品。KEVIN裡的每一個人都大為讚嘆，所以到目前為止一切都算不錯。而說到KEVIN裡頭比較偏向直接行動的另類計畫，那米列特更是最合適的人，他是他們最棒的資產，站在前線為聖戰衝第一的人，碰到緊急狀況的時候還真是他媽的冷靜，一個行動的男人，就像馬龍·白蘭度，像艾爾·帕西諾，像李歐塔。但儘管米列特在他們家的走道上驕傲地想到這一點，他的心還是一直往下沉。因為這其中還存在著一個問題，那就是上面的第四點：讓自己在西方的腐敗中淨化。

他很清楚，也很明白，如果你想要找一個西方資本文化垂死、頹廢、墮落、縱欲和暴力的例子，或是過度沉迷個人自由的必然結果（傳單：西方之路），怕是沒有比好萊塢電影更好的例子了。他也知道（他和席方不知討論過多少回。）「幫派電影」，黑手黨風雲就是最好的例子。但……這正是他最難捨棄的東西。他可以放棄任何他抽過的大麻和任何他上過的女人，只要能重新拾回被他媽燒掉的電影，或是他最近才買卻被席方沒收的電影。他已經把洛基錄影帶店的會員卡撕破，丟掉伊格伯家的錄影機，讓自己遠離直接的誘惑，但如果第四頻道要來個勞勃·狄尼諾電影季難道是他的錯嗎？哪家服裝店要傳出湯尼·班奈特的《白手起家》那首歌[108]，傳進了他的靈魂，又是他能控制的嗎？他最可恥

108 Tony Bennett 演唱的 Rags to Riches，是電影《四海好傢伙》（*GoodFellas*）的插曲。

的祕密就是，不管他開什麼門——車門也好、後車箱也行、ＫＥＶＩＮ會議廳的門也一樣，就連剛剛開他自己家的門——這時《四海好傢伙》的開場就會閃過他的腦海，有個句子會在他認為就是他潛意識的地方翻滾：

從我有記憶開始，我一直就想混幫派。

他甚至可以看得到這幾個字，就像電影海報上那樣。當他發現自己有這種情況，他努力克制自己，試著解決這個毛病，但米列特的腦袋是一團糟，結果往往就變成他把門甩上、轉頭、肩膀前傾，按著李歐塔的風格，想著：

從我有記憶開始，我一直就想當穆斯林。

他知道，在某種程度上這只是更糟，但他就是沒辦法。他胸前的口袋都會放條白手帕，儘管不了解什麼賭博遊戲也總是帶著骰子，他愛死了長駱駝夾克，他對羊肉咖哩一竅不通，煮的海鮮義大利麵卻是好吃的不得了。這些都是回教禁止的食物，而他自己也知道。

最糟的是他內心的憤怒。不是上帝子民那種正當的憤怒，而是流氓情緒沸騰和暴力的憤怒。像是少年犯決心要證明自己，決心要搞幫派，決心要打敗一切。如果說這場遊戲是上帝，是對抗西方、對抗西方科學的放肆、對抗他的哥哥和馬考斯．喬分的遊戲，那他絕對要贏。米列特在欄杆上把菸捻熄。這些想法被認為不敬讓他很不爽。但他們是在正確的賽場了，不是嗎？他也做到基本的了，不是嗎？潔淨的生活、禱告（一天五次從未錯過）、齋戒、為組織努力、傳播信息？這些就夠了，不是嗎。也許吧！管他的。怎樣都好，現在是不可能走回頭路了。的確，他會去見馬吉德，他會見他……他們會有一段令人滿意的「變臉」，他會從中變成強者，管他的兄弟叫不起眼的蟑螂，然後從這次談話中更堅定地離開去完成他的天賦使命。米列特把他的綠領結弄正，像李歐塔一樣向前潛行（這真是太有威脅性和魅力了），然後推開廚房的門（就我記憶所及……）等待兩雙眼睛，就像史柯西斯的雙鏡頭，移到他的臉上然後聚焦。

「米列特！」

「阿媽。」

「米列特！」

「喬伊絲。」

（太好了，既然大家彼此認識，米列特內心的獨角戲有保羅．索維諾[109]的聲音，就來談正經事吧。）

「好了，各位。用不著緊張兮兮的。不過是我的小孩。馬吉德，這位是米奇；米奇，馬吉德。」

---

109 Paul Sorvino，在電影四海好傢伙裡飾演一位黑手黨老大。

又是歐康尼爾酒吧。由於艾爾沙娜對喬伊絲的看法終於讓步，但不想自己插手，於是，他要求山曼德帶馬吉德「到外面」，花個晚上說服他去見米列特。但山曼德唯一知道的「外面」就是歐康尼爾酒吧，不過一想到要帶兒子去就覺得排斥。他和老婆在花園徹底搏鬥了一回才定下這件事。他本來勝券在握的，卻被艾爾沙娜假裝摔倒所騙，結果被她的剪刀手外加膝蓋頂下體所制伏。就這樣他來到這裡，歐康尼爾酒吧，但就跟他當初預料的一樣，真是個不好的選擇。當他、阿奇和馬吉德一開門，想要低調走進去，餐廳員工和客人之間全是一陣錯愕。大家記憶所及，阿奇與山曼德最後帶來的陌生人是山曼德的會計師，一個鼠臉小個兒的，想和大家聊些存款的事情（好像歐康尼爾酒吧裡的人都有積蓄似的！）而且都已經跟他講過這裡不賣豬肉了，他還硬是問了兩次有沒有豬血糕。當時是一九八七年，而大家對那次都沒有好感。現在又是怎麼回事？才不過五年，又來了一個，這次這個穿得整身白淨，但對星期五的歐康尼爾酒吧來說，這種乾淨簡直就是汙辱。而且看起來比那個不成文的最低年齡限制（三十六歲）要小多了。山曼德又要搞什麼名堂？

「你是想要怎樣，山米？」一位削瘦的前橘會[110]會員強尼正在吃一盤熱騰騰的捲心菜煮馬鈴薯，說：「你是要糟蹋我們還是怎樣？」

「疑，塌？」丹佐開口，這個還沒死的老傢伙。

「你那怪兒子？」克勞倫斯問，真夠他媽的老天保佑了，怎麼連他也還在店裡？

「好了，各位。用不著緊張兮兮的。不過是我的小孩。馬吉德，這位是米奇；米奇，馬吉德。」

米奇似乎被這個介紹給嚇到，愣愣站了好一會兒，溼黏的煎蛋還懸在他的鍋鏟上。

「我是馬吉德．馬佛茲．馬謝德．馬他辛．伊格伯，」馬吉德沉穩地說：「很榮幸認識你，米奇，我久仰你的大名。」

這倒是很奇怪，因為山曼德從沒跟他提過這個人。

米奇的眼神越過馬吉德的肩膀尋求山曼德的確認。「你說什麼？你是說那個……呃……你送回去的那個？就是這個馬吉德？」

「對，對，就是這個馬吉德，」山曼德快速回答，這孩子引起的注意讓他很不滿。

「阿奇博德和我點跟平常一樣，至於——」

「馬吉德．伊格伯，」米奇慢慢重複一次。「喔，還真他媽看不出來。你知道沒有人會猜到你是伊格伯家的人吧。你有一張讓人信任……嗯……硬要我說的話，就是一張充滿同理心的臉。」

「但我確實是伊格伯家的人，米奇，」馬吉德用他那種充滿同理心的眼神投向米奇和幾個圍在煎爐旁的人。「雖然我離鄉已久。」

「你再說一遍。喔，聽起來就像書裡的佳句。我有你……等等，我確認一下……你的曾曾祖父就掛在上面，看到沒？」

「我一進門就注意到了，米奇，我可以向你保證，我的靈魂為此獻上感激，」馬吉德笑得跟天使一樣。「讓我覺得好像回到了家裡，而且，既然這地方讓我父親和他朋友阿奇

---

110 橘會（Orange Order）是個半宗教半政治性組織，成員是不分教派忠英的新教徒。這組織的名稱源自紀念在一六九〇年大敗天主教軍隊的英王「橘邑的威廉」（William of Orange）。

博德・瓊斯覺得親切，我相信也會讓我覺得親切。我想，他們帶我來這兒是要討論很重要的事情，儘管你的皮膚狀況明顯不佳，不過，我還真想不出比這更好的地方了。」

米奇完全被這一說給懾服，根本藏不住他的喜悅，對著馬吉德和店裡所有人說出了他的回答。

「講得真是他媽的優雅，是吧？聽起來就像他媽的奧利佛[111]，女王的英文，沒有任何錯誤，真是好傢伙。馬吉德，我告訴你，你是我這裡願意服務的那種客人，很有教養的那種。還有你用不著擔心我的皮膚，它絕不會碰到食物，也不會給我帶來麻煩。老天！好一個紳士。讓人覺得在他旁邊都得小心言行呢，對吧？」

「米奇，我和阿奇博德點跟平常一樣，謝謝，」山曼德說：「至於我兒子嘛，就讓他自己決定。我們會坐在彈珠遊戲機旁邊。」

「好啦，好啦。」米奇回答，根本不想也不能把眼光從馬吉德深邃的眼睛移開。

「你那衣服好樣的，」丹佐嘀咕，渴望地摸著那白色的亞麻布。「以前英國佬在牙買加常穿，記得不，克勞倫斯？」

克勞倫斯緩緩點頭，被這一刻的幸福所感動，還掉了幾滴淚。

「去去，走開，你們兩個，」米奇發出牢騷，把他們趕走。「我待會兒拿過去，可以吧？我要和馬吉德說話。正在發育的孩子需要營養。那，你要吃什麼，馬吉德？」米奇的身體越過檯面，全心全意，就像是殷勤過度的女店員。「蛋？蘑菇？豆子？炸薄片？」

「我想，」馬吉德慢慢看著牆上那骯髒黑板的菜單，然後轉向米奇，整個臉亮了起來。「我要培根三明治。嗯，就這樣。我想要不太乾但肉全熟，加蕃茄醬的培根三明治，配全麥麵包。」

喔，你真該看看米奇這一刻的臉掙扎得有多厲害！那種奇怪的扭曲！這是在他所見過最優雅的客人和歐康尼爾酒吧裡最神聖、不可碰觸的規矩間的鬥爭。不賣豬肉。

米奇的左眼抽搐。

「不試試一盤炒蛋嗎？我的炒蛋可是一流的，是不，強尼？」

「如果我說不是的話，」儘管大家都知道米奇的蛋總是又焦又乾，強尼還是在他座位上忠誠地回答。「那就是在說謊，就是可怕的騙子，我以我媽的性命擔保，真的。」

馬吉德皺皺鼻子搖搖頭。

「好吧——那蘑菇和豆子呢？蛋包或薯條？在芬奇路上沒有比這裡更好的薯條了。要試試嗎，孩子？」他孤注一擲地懇求。「你是個穆斯林不是嗎？你不會想吃培根三明治來傷你爸的心吧？」

「我爸的心不會因為一個培根三明治而受傷的。他的心因為油脂累積而受傷的機率還遠遠高些，而這是在貴店吃了十五年餐點的結果。令人好奇的是，」馬吉德平靜地說：「是否可以因此興訟，讓案件成立，你知道，就是針對在餐飲業工作卻沒有為肉品標示清楚油脂含量或健康警告的人。這倒是令人好奇。」

這段話由一個最甜美、最有旋律的聲音說出來，沒有任何暗示或恐嚇，讓可憐的米奇不知道該做何反應。

111 這裡指的應該是勞倫斯·奧立佛（Laurence Olivier），英國非常成功的一名演員，被喻為最成功的莎劇演員。

「呃，當然，」米奇緊張地說：「這個假設是個有趣的問題。非常有趣。」

「是的，我也這麼認為。」

「對，沒錯。」

米奇沉默起來，然後花了一分鐘精心擦亮他的煎爐，這個動作他每十年才會做一次。

「行了，乾淨到都可以照鏡子了。那，我們剛剛講到哪？」

「一個培根三明治。」

「培根。」這個字一出，幾隻耳朵都開始往櫃檯拉長。

「你的聲音可不可以小一點……」

「一個培根三明治。」馬吉德輕聲說。

「培根。是。呃……我得去隔壁一趟，因為我現在沒有……你先過去跟你爸坐，我會拿過去。不過會比較貴，因為要特別做，你知道吧。不過別擔心，我會拿過去。你跟阿奇講如果他沒零錢也不用擔心，有餐券也行。」

「你真是好人，米奇，請收下這個，」馬吉德的手伸進口袋拿出一張折起來的紙。

「喔，我操，又是傳單？你操他媽的不要胡來，原諒我講粗話……只是最近在北倫敦最好不要拿著傳單亂跑。我弟弟阿布杜．柯林就老是塞給我一堆。不過，既然是你……好吧，就拿過來吧。」

「這不是傳單，」馬吉德一邊說，一邊從盤子上拿走他的刀叉。「那是張發表會的邀請函。」

「什麼？」米奇興奮地說（就他平日從小報上的了解，發表會表示有很多攝影機，看起來所費不貲的大胸脯女人，還有紅地毯）。「真的嗎？」

馬吉德表明了他的邀請。「在那裡會看到和聽到不可思議的事情。」

「喔，」米奇看完那張昂貴的卡片，失望地說：「我聽說了那個傢伙和他的老鼠。」他從同樣的小報上知道這個傢伙和他的老鼠，一個擠在波霸和更多波霸之間的報導，下面標示著：有個傢伙和他的老鼠。

「我覺得這事怪怪的，好像是跟上帝做對什麼的。而且我也沒有那種科學頭腦，你知道，我腦子最直了。」

「喔，我不這麼覺得，不過每個人都必須從引起他興趣的角度來看事情。就拿你的皮膚來說好了──」

「我還真他媽希望有人願意拿去哩，」米奇親切的開玩笑。「我真是操他媽的受夠了。」

但馬吉德並沒有笑。

「你飽受內分泌失調之苦，我的意思是，它不只是皮脂過剩而引起長痘痘這麼簡單，而是荷爾蒙缺陷所造成的情況。我想你的家族有共同的問題吧？」

「呃……對，沒錯。我的兄弟，我的兒子，阿布杜．吉米，全是痲臉的可憐蟲。」

「但你不希望你兒子把同樣的問題傳給他兒子吧？」

「當然不希望。我在學校因為這樣惹了不少麻煩。一直到現在我身邊都還帶隻小刀。但老實說，馬吉德，我不知道要怎麼避免這種事發生，已經延續好幾十年了。」

「你知道嗎，」馬吉德說（他在引起個人興趣這點上可真是專家！）「這是絕對可以避免的，而且非常簡單，多少不幸都將因此得救。我們在這場發表會要討論的就是這些。」

「喔，如果是這樣，那——就多算我一個吧。我還以為是他媽的突變老鼠還是什麼的，但如果是這樣……」

「十二月三十一日，」馬吉德朝走道向他爸走去，離開前說：「我會很高興在那裡見到你的。」

「你還真慢。」馬吉德抵達桌邊時，阿奇說。

「你是跑到恆河去了嗎？」山曼德不耐煩地說，同時移動身體挪出位置給他。

「請原諒我，我只是和你朋友米奇聊了一下。他是個很正派的男人。喔，以免我等會兒忘了，阿奇博德，他說今天晚上用餐券付也沒問題。」

阿奇差點被嘴上咬的牙籤給噎到。「什麼？你確定？」

「非常確定。現在，阿爸，我們可以開始了嗎？」

「沒什麼好開始的，」山曼德咆哮，但拒絕看他的眼睛。「我想我們之間早就陷入了惡魔為我密謀的結局。我要你知道，我之所以過來不是因為我的決定，是因為你媽求我，是因為我尊重那個可憐的女人，遠勝過你或你弟。」

馬吉德露出挖苦但紳士的微笑。「我還以為是因為你打輸阿媽才來的。」

山曼德整個臉拉下來。「喔很好，嘲笑我是吧。我的孩子。你有沒有讀過可蘭經？你知道兒子對老爸的責任是什麼嗎？你讓我想吐，馬吉德．馬他辛。」

「喂，山米，你這老頭，」阿奇玩弄著蕃茄醬，企圖讓事情輕鬆一點。「不要激動。」

「不，我為什麼不能激動！這小子是我腳上的一根刺。」

「你還真是『支持』他啊。」

「阿奇博德，你不要插手！」

阿奇只好把注意力轉向胡椒和鹽巴罐，試圖把胡椒倒進鹽巴裡。「就依你說的，山姆。」

「我有話要傳給你，而且就這麼一次。馬吉德，你媽要你見米列特。那個喬分家的女人會安排。她們覺得你們兩個必須談一談。」

「那你的想法呢，阿爸？」

「你不會想聽我的想法的。」

「你錯了，阿爸，我非常想知道。」

「很簡單，我覺得這是個錯誤。我覺得你們兩個對彼此不可能有什麼好處。我覺得你們應該跑到地球的兩端。我覺得我兩個兒子對我的詛咒，遠勝過該隱先生和亞伯先生。」

「我非常樂意見他，阿爸，如果他願意見我。」

「顯然他是願意吧，她們是這樣跟我說的。我不知道。我跟他說話的時間不會比我跟你說話的時間多。我現在光是祈求上帝給我平靜就夠忙的了。」

「呃……」又餓又緊張的阿奇猛咬他的牙籤，而且馬吉德還讓他有點神經過敏。「我是不是應該去看看東西好了沒？那，我就去看看。你點的是什麼東西，馬吉德？」

「一個培根三明治，謝謝，阿奇博德。」

「培根？呃……是，就依你說的。」

山曼德的臉整個脹得像米奇的炸蕃茄。「你分明就是要譏笑我，是不是？你就是要當著我的面告訴我你有多野蠻。那好！就當著我的面啃你的豬！你真是他媽的很聰明，是不是？這位自以為聰明先生，還是個抿嘴大白牙、穿白褲的英國先生。你什麼都知道，連你自己的審判日都以為可以逃得掉。」

「我沒那麼聰明，阿爸。」

「對，對，你沒那麼聰明。你連你以為的一半聰明都不到。我不知道我幹麼要警告你，但我告訴你，你和你弟正在迎面對撞，馬吉德。我的耳朵靈的很，我在餐廳聽到席法講。還有其他的人，默．休斯以實馬利，米奇的弟弟阿布杜．柯林，還有他兒子阿布杜．吉米，他們只是其中幾個，還有很多，他們在計畫反對你。米列特也跟他們在一起。你的馬考斯．喬分挑起了一堆憤怒，有些人，那些戴綠領結的，他們樂於採取行動。不管什麼，他們這些人夠瘋狂，只要相信事情是對的就會去做，瘋狂到可以引起戰爭！不是所有人都跟他們一樣。我們有很多人都是在宣告開戰後才不得已跟從，但有些人就是巴不得讓事情起頭。有些人會遊行示威射出第一發子彈，而你弟就是其中一個。」

山曼德邊說，臉先從憤怒、到扭曲，然後轉為絕望，再變成幾近歇斯底里的狂笑，但馬吉德依舊面無表情，他的臉就像一張白紙。

「你沒有話要說嗎？你對這個消息不驚訝嗎？」

「那你為什麼不勸勸他們，阿爸，」馬吉德停了一會兒：「他們很多人尊敬你，你在這個社區受到尊重。勸勸他們啊。」

「因為我跟他們一樣，對那些變態行為強烈不贊同。馬考斯．喬分沒這個權利，沒有權利做他所做的事情。這不關他的事，那是上帝的事情。如果你干涉生物，干涉生物的本質，就算是隻老鼠，你也闖進了上帝的領域：創造。你以為上帝創造的神奇可以被改善。

不可以的！是馬考斯．喬分自己這麼以為。他想要被崇拜，但宇宙中唯一值得崇拜的只有阿拉！你幫助他就是錯的。就連他自己的兒子也聲明要和他斷絕關係。所以……」山曼德說著，無法抑制他內心深處喜歡小題大作的毛病。「我也必須和你斷絕關係——」

「呃……拿去吧，一客薯條、豆子、蛋和蘑菇是你的，山米老友，」阿奇博德回到桌邊把盤子遞過來。「還有一盤蛋包和蘑菇是我的……」

「還有這個培根三明治，」米奇湊上來，他堅持要自己端來這個打破十五年傳統的東西。「給這位年輕的教授。」

「不准他在我桌上吃那東西。」

「喔，別這樣，山姆，」阿奇小心翼翼地說：「饒了這小伙子吧。」

「我說不准他在我桌上吃那東西！」

米奇搔搔他的額頭。「怪我好了，我們這把年紀的變得越來越像基本教義派，你們說是不是？」

「我說不准——」

「就依你的意思，阿爸，」馬吉德還是那副徹底原諒你、讓人看了就有氣的笑容。他從米奇手上接下盤子，然後坐到克勞倫斯和丹佐旁邊的那張桌子。

丹佐以咧嘴笑容歡迎他。「克勞倫斯，瞧著吧，這位白馬王子想來玩骨牌。俺光看塌的眼就知道塌玩骨牌。鐵定是專家。」

「我可以問你們一個問題嗎？」馬吉德說。

「行，問唄。」

「你們覺得我應該和我弟見面嗎？」

「欸，這俺們不曉得，」丹佐仔細想想後回答，同時將一組五張的骨牌遊戲放好。

「俺得說你的樣子像是能自己做決定的小伙子。」克勞倫斯謹慎地說。

「是嗎？」

馬吉德回到原來的座位，他父親故意不理他，阿奇則玩弄著他的蛋包。

「阿奇博德，我應該跟我弟見面嗎？」

阿奇露出內疚的表情看看山曼德，然後又看回自己的盤子。

「阿奇博德！這對我是很重要的問題，我是應該見還是不見？」

「你講啊，」山曼德沒好氣地說：「回答他啊。如果他寧願聽兩個笨蛋和一個幾乎不認識的人的建議，也不願聽他爸的，那就依他啊。怎樣？應該還是不應該？」

阿奇局促不安起來。「呃……我不……我是說，我也不能決定……我想，如果他想要的話……但話說回來……如果你不想……」

山曼德往阿奇的蘑菇裡揮了一拳，力道之大，把整塊蛋包擠出盤子掉到地上。

「做出決定，阿奇博德。就這麼一次，為你可悲的渺小人生做個決定。」

「呃……」阿奇倒抽一口氣，手伸進口袋拿出一個二十分的硬幣。「正面，應該；背面，不應該，準備好了嗎？」

銅板彈起並翻轉，就像一枚在完美世界中彈起並翻轉的硬幣一樣，閃爍著光芒又顯露出黑暗，直到燦爛炫目。接著，就在它得意攀升往上的某一點，它開始轉彎，但這個轉彎走到了錯誤的方向，阿奇博德知道它不會再回到他的手上，而是朝他後面、遠遠的後面飛去，他和其他人一起轉過頭，看到它完成一個優雅的俯衝直接衝向彈珠檯，翻了個觔斗後直直掉進投幣孔。那臺老舊的大怪物瞬間亮了起來，彈珠發射，開始在一堆搖擺門、自動打擊、管子和鈴鐺的迷宮中亂衝亂叫。最後，在沒有人協助也沒有人指揮的情況下陣亡，掉進那吞噬一切的洞。

「我操，」阿奇博德臉上的興奮顯而易見。「你說這種事情的機率有多少？啊？」

一個中立的地方。現在要找到這種地方的機會很少了，說不定比阿奇表演鋼珠秀的機率都還要少。如果要重新來過，我們得清理掉多少過去的包袱啊。種族、土地、所有權、信仰、偷盜、血脈、血脈、血脈、更多血脈。而且要中立的不只是地方，還有帶你去那個地方的傳令員，和派出傳令員的傳令員。在北倫敦已經沒有這樣的人或地了。但喬伊絲還是盡其所能。首先她跑去找克羅拉。克羅拉現在念書的地方，也就是泰晤士河西南方的一所紅磚大學，有一間她以前星期五下午都會用來念書的教室。有位體貼的老師把鑰匙借給她，這間教室三點到六點之間沒有人。裡面只有：一塊黑板、幾張桌子、幾張椅子、兩隻萬向燈、一臺投影機、一個檔案櫃和一臺電腦。沒有一樣東西超過十二年，這點克羅拉可以保證。這所大學本身就只有十二年，就蓋在空曠的西邊——沒有印度人的墳地、沒有羅馬人的高架道路、沒有埋起來的外星人太空船，沒有早已廢棄的教堂地基。只有土。一個比任何地方都要中立的地方。克羅拉把鑰匙給了喬伊絲，喬伊絲再把它交給愛瑞。

「為什麼是我？又不關我的事。」

「就是因為這樣，親愛的。我涉入太深了。但妳是最完美的選擇。因為你認識他，卻不了解他，」喬伊斯含糊地說，同時把她的長冬衣、手套、和馬考斯一頂上面有一顆可笑的球的帽子遞給愛瑞。「因為妳愛他，雖然他不愛妳。」

「是喔，謝謝妳，喬伊絲。謝謝妳的提醒。」

「但愛就是理由，愛瑞。」

「不，喬伊絲，愛才不是他媽的理由，」愛瑞站在喬分家的門口，在夜晚冷冽的空氣中看著自己呼出大量的氣。「愛只是個用來賣保險和潤髮乳的字罷了。外面真是他媽的冷。妳欠我這一次。」

「是大家都彼此相欠。」喬伊絲表示同意然後關上大門。

愛瑞走到她認識了一輩子的馬路上，一條她已經走了一百萬次的路線。如果這時有人問她記憶是什麼，記憶最單純的定義是什麼，那她會說：就是第一次踏上一堆枯葉的那條街道。而她現在就走在上面。每次的扎嘎聲都會帶來過去扎嘎聲的回憶。她沉浸在熟悉的氣味裡：樹根周圍潮溼的木屑和砂礫，還有潮溼的葉子下隱藏的新糞。她被這些感受所感動。儘管選擇牙醫作為終生志業，但她尚未失去靈魂中所有的詩意，也就是說，她偶爾還是會有普魯斯特式的片刻，注意到不同的層次交疊，雖然她總是以牙醫的辭彙來感受它們。例如，她經過那間車庫雜貨店，感到一股酸痛，就像敏感的牙齒，或因焦慮引起的幻齒痛，十三歲時她和米列特在這裡，把從伊格伯家果醬罐裡偷來的一百五十便士遞給櫃檯，迫切地想買一包菸。走過公園時，她感到一陣疼痛（就像嚴重咬合不良，一顆牙齒壓到另一顆的那種），那是他們小時候經常瞎繞的公園，他們在這裡抽了第一口菸，而他在一次暴風中吻了她。愛瑞希望能讓自己放縱在這種過去與現在的想像：沉迷於其中，讓它們更甜美、更長久，尤其是那個吻。但現在她的手中有一把冷冷的鑰匙，周遭的現實比她虛構的世界還要奇怪、還要可笑、還要殘忍，甚至還有虛構世界中不可能有的結果。她不想被牽涉在這些漫長的生命中，但已經太遲了，她發現自己正拖著腳步，一點一點朝他們的結局前去，經過大馬路——梅里印度烤肉串，張家莊，拉吉的店，馬可維奇麵包店——她矇著眼都可以依序講出來的店。然後經過滿是鴿屎的橋下，還有連接到格拉史東公園那條又寬又長的馬路，好像掉進了一片綠色的海洋。你很可能會被這樣的記憶所淹沒，但她試著在其中浮游掙脫。她跳過那道圍著伊格伯家的矮牆，一如過去她不知做過了幾百萬次，然後按下門鈴。過去式和未來未完成式。

樓上，房間裡，米列特已經花了十五分鐘，想搞清楚席方弟兄對於「跪拜」的書面指示（傳單：正確的敬神儀式）：

SAJDA：跪拜。跪拜（sajda）時，手指必須閉合，與耳齊平指向跪拜的朝向（qibla），頭必須放在兩掌中間。額頭放在乾淨之物上是義務（fard），如石頭、地面、木頭或布上面。而且據（學者）說，鼻子朝下也是責任（wajib）。除非理由正當，否則絕不允許只將鼻子貼在地上。只將額頭貼在地上是可憎的（makruh）。跪拜時，必須念誦「Subhana rabbiyal-ala」至少三次。什葉派表示，最好在由卡爾巴拉（今伊拉克）黏土所做的板子上跪拜。將兩隻腳或至少每隻腳的一根腳趾貼在地面上，不是義務（fard），也是責任（wajib），有些學者則說是傳統（sunnat）。亦即，兩隻腳若沒有貼在地上，禱告（namaz）

就不會被接受或變成可憎的（makruh）。如果，跪拜中額頭、鼻子或腳暫時離開地面，並不會造成什麼傷害。在跪拜中讓腳趾彎曲向著跪拜的朝向（qibla）是傳統。Radd-ul-mukhtar這本書中說到那些……

他就念到這裡為止，還剩下三頁。他光是努力回想halal（回教允許的食物）、haraam（回教禁止的食物）、fard（義務）、sunnat（傳統）、makruh-tahrima（嚴重禁止）或makruh-tanzihi（雖禁止，但程度較輕），就滿身冷汗了。困惑不解的他扯掉T恤，用好幾條皮帶斜綁在他雄偉的上半身，然後站在鏡子前面，練習另一種對他來說比較簡單的例行工作，一個他熟得要命的動作：

你在瞪我？你瞪啥？

操，你他媽的不是瞪我是瞪誰？啊？

這裡除了我還有誰？

你敢瞪我？

他完全融入其中，對著衣櫥的門掏出隱形刀槍在手中旋轉，而愛瑞就在此時衝進門來。米列特心虛地站在那裡。「沒錯，」愛瑞說：「我全看到了。」

快速地，悄悄地，她把中立的地方說給他聽，有關那個房間、日期還有時間。她表達了她個人對和解、和平和小心的懇求（每個人都在這麼做），然後她湊上前去，把冷冷的鑰匙放進他溫暖的手中。接著，幾乎不是有意的，她碰觸了他的胸膛，就在兩條皮帶中間。他的心在那兒受到皮帶所束縛，心跳之大連她的耳朵都感受得到。但由於在這方面缺乏經驗，愛瑞很自然地錯把血流不順所造成的心悸當成燥進的熱情。至於米列特，則已經有好長一段時間沒人碰他或他碰別人了。再加上回憶，加上十年喚不回的愛意，加上長久、長久的過去，在這樣的碰觸下，結果是不可避免的。

不用多久，他們的手臂陷了進去，他們的腳陷了進去，他們的唇陷了進去，兩人翻滾到了地上，讓彼此的下腹也陷了進去（最深的糾纏也不過如此），他們就在禱告墊上做愛。但來得快去得也快，兩人因為不同的理由在驚愕中放開彼此，愛瑞光溜溜地彈到門邊縮成一團，既難堪又羞愧，因為她看得出來他有多懊悔；而米列特，猛地抓住他的禱告墊對著卡巴（Kaba），確定墊子平攤在地上，下面沒有壓到書或鞋子，他的手指閉合和耳朵齊平指向，確定額頭和鼻子碰到地面，兩隻腳穩穩貼在地上，但腳趾並沒有彎，他朝著卡巴的方向跪拜，但不是跪拜卡巴，而是跪拜唯一的真主阿拉。當愛瑞哭著穿好衣服離去時，他正忙著確認自己是否做對了這些事情。他忙著確認這些事情，因為他相信天上有個大鏡頭正看著他；他忙著確認這些事情，因為它們是義務，因為「改變敬神儀式的人是不信者」（傳單：正直的道路）。

沒有比受辱的女人更可怕的了。愛瑞脹紅著臉走出伊格伯家，懷著報復之心往喬分家直直走去。但她不是要報復米列特，而是要捍衛米列特，因為她一直都是他的捍衛者，是他的黑白騎士。你看吧，米列特並不愛她，但她認為米列特之所以不愛她是因為他不能。她認為他受到嚴重創傷到了無法愛人的地步。她要將那個把他傷成這樣、傷得如此之深的人給找出來。她要把那個害他不能愛她的人給揪出來。

現代世界真是可笑。常聽到在廁所裡八卦的女孩說：「對，他上了我就把我甩了。他不愛我。他就是無法處理感情的事，他這個人笨到不知道怎麼愛我。」但為什麼會有這種事呢？在這個缺乏愛的世紀裡，我們到底憑什麼認為，我們作為人類這種生物，不管怎樣就是非常討人喜歡呢？到底是什麼讓我們以為無法愛我們的人就是在某方面受過傷，就是有缺陷或不健全呢？尤其當他們選擇的是上帝，是哭泣的聖母，是義大利脆皮麵包上面的耶穌基督的臉時——我們就會說他們瘋了，被矇騙了，是走回頭路。我們太相信自己的好，太相信我們的愛的美好，我們無法想像還有比我們更值得愛、更值得崇拜的人。賀卡不也總是告訴我們，每個人都應該得到愛嗎？但錯了。每個人都應得到乾淨的水喝，但不是任何人任何時候都應該得到愛。

米列特不愛愛瑞，而愛瑞確定一定有人得為此事負責。她的腦袋開始遲緩起來。最根本的原因是什麼？是米列特有「不完整」的感覺。那是什麼造成米列特「不完整」的感覺？是馬吉德。因為馬吉德害他變成老二。因為馬吉德害他變成比較不重要的兒子。

喬伊絲為她開門，愛瑞直接衝上樓，決心要讓馬吉德當一次老二的感覺，就讓他晚個二十五分鐘吧。她一把抓住他，親吻他，憤怒而狂暴地和他做愛，絲毫沒有對話或感情。她把他翻過來，拉扯他的頭髮，用指甲戳進他的背，當他達到高潮時，她很高興地注意到，那高潮伴隨著小小的嘆息，好像他身上某種東西被奪走了。但若她以為這就是勝利，那她就錯了，因為他很快就明白了她剛剛去過哪裡，現在又為何在這出現，這些都讓他感到悲傷。許久，兩人靜靜躺在一起，全身赤裸，而屋內的秋日正隨每一分鐘的流逝逐漸退去。

「依我看來，」當月亮變得比太陽還要鮮明時，馬吉德終於開口。「妳努力想愛一個有如荒島的男人，而妳搭的船發生船難，以為可以在荒島上打個叉，表示歸妳所有。依我看來，這一切似乎都太遲了。」

接著他在她額頭上輕輕一吻，感覺有如洗禮，她則像孩子一樣哭了出來。

一九九二年十一月五日下午三點。兩兄弟經過八年的隔閡，在一個空房間（終於）見面了，並發現預言他們未來的基因，竟產生了不同的結果。米列特對他們的差異大吃一驚。鼻子、下顎的輪廓、眼睛和頭髮。他哥哥對他來說根本就是陌生人，而他也老實地這樣跟他說。

「是你希望我變成陌生人吧。」馬吉德面露狡猾。

但米列特就是直言不諱，根本沒興趣在那邊打啞謎，簡單一句自問自答說出他掛心的問題。「所以你們是篤定要舉行了是吧？」

馬吉德聳聳肩。「停止或開始都不是我能決定的，兄弟。不過是的，我打算盡我所能予以協助。那是個偉大的計畫。」

「那是件令人憎惡的事，」（傳單：創造的神聖性）

米列特從桌下拉出一把椅子，面朝椅背坐了下來，活像困住的螃蟹，手腳攤在兩旁。

「我倒認為比較像是矯正造物主的錯誤。」

「造物主不會犯錯。」

「所以你的意思也是要繼續囉？」

「你他媽的說得沒錯。」

「我也一樣。」

「好，很好，就是這樣了，是不是？結果已經出來了。KEVIN會採取一切必要行為阻止你和你們這種人。事情他媽的結果就是這樣。」

但跟米列特的了解正好相反，這不是演電影，不會有他媽的結果，就好像沒有他媽的開始一樣。於是兩兄弟開始爭論，而爭論又在片刻間逐步擴大，他們讓「中立地方」的美意變成了笑話。相反的，他們讓整個房間充滿了歷史——過去的歷史、現在的歷史和未來的歷史（因為真的有這種事）。他們就像容易興奮、愛拉大便的小孩，把原本空白的地方用過去的臭屎尿搞得汙穢不堪。他們用他們的每個牢騷、每個早年的記憶、每個爭論的原則、和每個激辯的信念，覆蓋了這個中立的房間。

米列特以椅子排列，證明可蘭經中清楚闡明的太陽系，遠遠存在於西方科學好幾世紀以前（傳單：可蘭經與宇宙）；馬吉德在黑板上畫出潘達的閱兵場，以及子彈可能經過的詳細路線，然後在另一個黑板描繪出限制酵素犀利穿透一系列核甘酸的圖解；米列特用電腦當作電視，板擦當作「馬吉德和羊」那張照片，然後獨自模仿那一年到家裡來的每位父親、曾姑媽和表哥的會計師，淚眼婆娑做出那種膜拜偶像的不敬行為；馬吉德利用投影機投射出他最近讀到的一篇文章，一點一點引導他弟了解他的論點，捍衛基因改造有機體的專利權；米列特用檔案櫃影射另一個他憎惡的檔案櫃，裡面塞滿來自猶太科學家和失去信仰的穆斯林彼此交換的想像文字；馬吉德把三把椅子放在一塊，打開萬向燈，有兩個兄弟一起縮在車裡發抖，幾分鐘後就被永遠拆散，然後是一架紙做的飛機起飛……

就這樣一直一直下去。

一直到證明了人們一提到移民者就常說的一句話：他們很有腦筋；無事不達。就是會在任何機會善用任何工具。

我們常覺得移民者就是常常在遷移，沒有束縛，隨時可以改變路線，而且能在每個變化中運用他們傳奇性的機智。我們都聽過德國沙特的足智多謀，或印度阿三的不受束縛，他們航行到愛莉絲島，或多佛港，或加來地區，像個過去空白的人踏進這塊異地，沒有任何行囊，很高興也很樂意將他們的差異留在碼頭，進入這個新地方碰碰運氣，一統在這個「沛綠悅人且受自由意志主義者所支持的自由大地」之下。

不管眼前是怎樣的路，他們都會走，就算是來到死胡同也無妨，德國沙特和印度阿三會愉快地下定決心，迂迴進入這個多文化的快樂地。很好，恭喜他們。但馬吉德和米列特卻做不到。他們離開這個中立的房間就像當初進來時一樣：頹喪、沉重、無法動搖他們的路線，也改變不了他們各自危險的軌道。他們似乎就是沒有任何進展，悲觀的人來看，可能會說他們連動都沒動一下。馬吉德和米列特是季諾[112]兩隻惱人的飛矢，占據了與其等長的空間。更可怕的是，這空間也與蒙格．潘達和山曼德．伊格伯的等長。兩兄弟困在短暫的「當下」，也破壞了所有想為這個事件標上日期、追蹤主角、提出時間和日數的企圖心，因為，現在沒有、過去沒有、未來也不會有這麼一段「過程」。事實上，沒有任何東西移動，沒有任何東西改變。他們只在原地奔跑。這就是季諾的弔詭。

但季諾打的是什麼算盤（每個人都有他自己的算盤），他的角度又是什麼？有些人聲稱他的弔詭論是更普遍的靈性計畫的一部分。為了——

先證明多樣性，就是「多」，是一種錯覺，然後——

證明真實是沒有縫隙、平滑流暢的一體。一個單獨的、不可分割的「一」。

因為當你可以把真實無窮分割成許多小部分時，就會像這對兄弟在那房間做的事一樣，結果是無法忍受的弔詭。你會一直在原地踏步，到不了任何地方，絲毫沒有進展。

但多樣性不是錯覺。就像燉煮的鍋子正以某種速度朝沸騰邁進，而這速度也非錯覺。撇開弔詭不說，他們的確在跑，就像阿基里斯在跑一樣。而且他們會領先那些仍在一昧否認的人，就像阿基里斯一定會讓烏龜望塵莫及。沒錯，季諾有他的角度，他想要「一」，但這個世界是「多」。然而，這個弔詭還是很吸引人。阿基里斯越想追上烏龜，烏龜就越奮力表現牠的優勢。同樣地，兩兄弟比賽衝向未來，只是徒勞發現他們更奮力陳述過去，就是他們剛剛經過的地方。這正好帶出了關於移民者（難民、流民、旅客）的另一件事：

就像一個人無法擺脫自己的影子，他們也無法忘掉自己的過去。

112 希臘哲學家季諾，提出四個關於連續與離散的弔詭理論（季諾弔詭）。第一稱為二分（dichotomy）：運動是不可能的，因為在完成運動的過程中，必須先到達全程的中點（而到達中點之前，得先走過一半的一半……一直下去）。第二稱為阿基里斯與烏龜：雖然阿基里斯是史詩《伊利亞德》中的英雄人物，但若要他與一頭烏龜賽跑，只要烏龜先跑一段路，他就永遠追不上烏龜的，因為當他跑到原先烏龜所在的位置，烏龜已經又跑到他的前方。第三稱為飛矢（arrow）：在任一時刻，飛矢總是占著與其等長的空間，因此在那時刻飛矢總是不動的。因為在任一時刻總是不動，所以從頭到尾，飛矢都是不動的。第四稱為競技場弔詭：在競技場上有三列賽車A、B、C，每車各有三節長。假定時間有最小的（不可分割的）單位，而在這單位時間內，A車向左移動一節車廂，B車不動，C車向右移動一節車廂。如此一來，A車與C車就相差了兩節車廂。那麼在這個過程中，當A車與C車移動到只相差一節車廂時所花的時間，應該是單位時間之半，但這又和單位時間不可分割的假定衝突。當時對時空的看法有兩種，一種是：時間與空間可以一再分割下去，永遠沒有止境。另一說是：時間與空間都有最小的、不可分割的組成單位。一般認為季諾的原意是要向這兩種看法提出挑戰：頭兩個弔詭要說明無窮分割論是無法立足的，後兩個弔詭則要說明不可分割單位也是不能成立的（摘錄自曹亮吉／臺大數學系在網路上發表之說明）。

18 故事的結局與勇者生存

「看看你們四周！你們看到了什麼？這就是所謂民主、所謂獨立、所謂自由的結果嗎？壓抑、迫害、屠殺。弟兄們，每天、每晚、每夜！在國家電視頻道都可以看到。混亂、動亂、慌亂。他們一點兒也不覺得丟臉或難堪或不自在！他們根本不打算躲藏、不打算隱瞞、不打算偽裝！他們知道，我們也知道：這個世界已經是一片混亂了！到處都是沉迷於淫亂、雜交、放蕩、邪惡、墮落、和放縱的人。全世界都被一個叫kufr──也就是反對唯一至尊造物主的疾病所侵襲，拒絕認同造物主無邊的賜福。今天，一九九二年十二月一號，我能見證，沒有比至尊造物主更值得崇拜的對象，也沒有人能與祂並列。今天，我們要知道任何受造物主指引的人，是不可能被誤導的，而任何受祂誤導而遠離正途的人，除非造物主願意在他們心中放下指引，帶領他們走回光明，否則他們將無法回到正途。現在我要開始第三次講道，題目是「意識型態的戰爭」，意思就是──如果有人不了解，我在此加以解──就是這些事情的戰爭……這些意識型態，反對ＫＥＶＩＮ的弟兄……意識型態意味著洗腦……而我們現在正受到思想灌輸、愚弄和洗腦啊，我的弟兄們！因此我會盡量說明、解釋和闡述……」

會堂裡的人雖然沒有人提出來，但如果你仔細聽，以布拉罕・艾德丁・蘇喀爾拉弟兄實在不是個好的演說家。就算不提他一個字能表達的地方卻老愛要用三個字來表達，或用加勒比海抑揚頓挫的轉音來強調三連字最後一個的習慣，就算你跟大家一樣都盡量都不去管這些了，他還是很叫人失望。他蓄著稀疏的鬍子，駝著背，淨做些緊張、笨拙的手勢和演員薛尼．鮑迪那種沒表情的臉，可以說不具備任何能贏得尊重的特質。而且他還很矮。對於這點，米列特最感失望。當席方弟兄完成他冗長的介紹，引介出著名但「矮小」的以布拉罕．艾德丁．蘇喀爾拉弟兄來到講臺前時，你可以感受到整個大廳那股有形的失望。也不是說每個人都要求回教的亞林（alim）要很高大，或膽敢暗示造物主在其神聖萬能之下，居然沒讓以布拉罕．艾德丁．蘇喀爾拉弟兄的身高遵照祂原始的旨意長好。但無論如何，當席方尷尬地降低麥克風，以布拉罕．艾德丁．蘇喀爾拉弟兄笨拙地湊上前去時，就是會讓人不由自主套用起他獨特的三連字表達法，想著：五、呎、五。

以布拉罕．艾德丁．蘇喀爾拉弟兄還有個問題，恐怕也是最大的問題，就是他患有嚴重的重複癖。雖然他答應要說明、解釋和闡述，但在語言上他卻像隻追逐尾巴的狗。「戰爭有許多不同的型態……我在這邊舉幾個例子。化學戰是人們以化學來殺害彼此的戰爭。這是種很可怕的戰爭。肉體戰，是以肉體武器殺害彼此肉體的戰爭。然後還有細菌戰，就像愛滋病帶原者跑到其他國家去，把細菌散播到放蕩的女人身上，而製造了細菌戰爭。心理戰，是最邪惡的一種，是敵人想在心理上擊垮你的戰爭，就叫心理戰。而意識型態之戰！這第六種戰爭，同時也是最惡劣的一種……」

然而以布拉罕．艾德丁．蘇喀爾拉弟兄不愧為KEVIN的創辦者，他是位令人欽佩且具備了不起聲譽的人。他以蒙地．克萊得．班哲明之名，於一九六〇年出生於拉丁美洲的巴貝多，父母是兩個窮困潦倒，打著赤腳的基督教長老會酒鬼。他十四歲那年因為「神視」而皈依回教。十八歲逃離蒼翠的家園，前往沙漠遍布的利雅得，追尋回教大學裡堆高如牆的書。他在那裡念了五年的阿拉伯文，並對回教神職學校幻想破滅，首次對他口中的「宗教與教育分離論者」，對想分離宗教和政治的豬頭烏理瑪[113]表達鄙棄之意。他深信許多現代的激進政治運動都與回教有關，而且只要看仔細一點，就會發現都是建立在可蘭經上。他為這件事寫了幾本冊子，卻發現他激進的論調不受利雅得所歡迎。他被視為專找麻煩的人，他的生命受到許多、無數、數不清的威脅。因此，在一九八四年，為了繼續他的研究，他從以布拉罕來到英國，把自己鎖在伯明罕姑媽家的車庫裡，除了可蘭經和幾本無窮極樂的冊子之外什麼都沒有，然後在那裡度過另外五年。他從貓門收取食物，然後以同樣的方式，用鐵餅乾罐送出自己的糞尿，並固定做伏地起身和仰臥起坐來防止肌肉萎縮。在這段期間，《塞利歐克報導》（*Selly Oak Reporter*）會定期發表關於他的文章，並把他取名為「車庫裡的大師」（此乃有鑑於伯明罕龐大的回教人口，比把他叫做「鎖起來的瘋子」這種標題要保險多了），還會看熱鬧地訪問他困惑的姑媽卡樂琳．班哲明，一名末世聖徒基督教會的虔誠教徒。

這些無情、嘲弄和欺負人的文章是由一個叫紐曼．翰夏的人所寫的，並成為這類文章的經典，被英國各地的KEVIN會員拿來當作證據（如果有人需要證據的話），證明即使KEVIN還在醞釀期間，媒體這種惡毒、反KEVIN的行為就已經開始了。各位要知道——KEVIN的會員都曾被如此告知——翰夏的文章為何到了一九八七年五月就被停掉，而這個月同時也是以布拉罕．艾德丁．蘇喀爾拉弟兄成功透過貓門，用最單純的事實改變他姑媽卡樂琳信仰的月份，就像最後的先知穆罕默德（願他安息！）所做的事一樣。要知道翰夏沒能記錄到，人們大排長龍想和以布拉罕．艾德丁．蘇喀爾拉弟兄說話，這些人多到沿著塞利歐克鬧區往外延伸了三條街，從貓門一直排到賓果俱樂部。還要知道同樣這位翰夏先生，怎麼不發表我們這位弟兄花了五年時間就從可蘭經彙集出六百三十七條不同的規則法令（先依嚴重程度排列，再根據其本質歸納成數個子群，例如關於潔淨、特定的生殖器、口腔衛生等）。大家要知道這些，各位弟兄姊妹，你們就會對口耳相傳的力量感到震撼。對伯明罕年輕人的支持和奉獻感到震撼！

他們的渴望和熱忱是如此卓越（非凡、傑出、空前），以至於我們的弟兄都還沒從監禁中出來宣告，ＫＥＶＩＮ的理念幾乎就已經在黑人和亞洲族群間成形了。這是個激進的新運動團體，其中政治和宗教乃是一體的兩面。它是結合加維主義[114]、美國民權運動和穆罕默德思想，但又不出可蘭經範圍的團體。是永恆的守護者與勝利的伊斯蘭國度（Keepers of the Eternal and Victorious Islamic Nation）。到了一九九二年，他們組織規模雖小，卻已勢力廣布，手腳遠及愛丁堡和蘭茲角[115]，心臟位於賽利歐克，靈魂則落在基爾本公路上。ＫＥＶＩＮ，這個致力於直接、且常是暴力行動的激進組織，讓其他回教團體不滿的小派別，受到十六到二十五歲年輕人歡迎，頻頻讓媒體憂心及揶揄的團體，今晚聚集在基爾本會堂，站在椅子上，擠在大廳邊，聽著他們的創辦人演講。

「殖民強權要對你們做的——」以布拉罕弟兄迅速看了一下筆記，繼續說：「有三件

113 Ulema，指回教國家有名望的神學家或教法學家。

114 加維主義乃由一位 Marcus Garvey（馬考斯．加維）所創，倡導黑人自由平等。

115 英國國土極西之處，Land's End。

事，KEVIN的弟兄。首先，他們要扼殺你們的靈魂……喔是的，他們最想做的無非就是奴役你的心智。你們人數之多不怕和他們交手戰鬥！但一旦他們有了你的心智，那麼……」

「嘿——」一個肥佬傳來一聲低語。「米列特弟兄。」

是穆罕默德·休斯·以實馬利，那個屠夫。他一如往常滿身臭汗，硬在人群中擠出一條路，就是要坐到米列特旁邊來。他們算是遠房親戚，過去幾個月來，穆先生仗著他的捐款，並表達想成為組織中活躍分子的興趣，而快速接近KEVIN的核心範圍（席方、米列特、泰隆、席法、阿布杜·柯林和其他幾個人）。米列特本人對他還是心存懷疑，並對他的大肥臉、頭上那撮鬈髮還有他的口臭覺得很感冒。

「來晚了，我得先把店給關了。但我在後面站了一會兒，一直有在聽。以布拉罕弟兄真是令人欽佩，啊？」

「嗯。」

「太讓人欽佩了，」穆先生重複，別有用心地拍著米列特的膝蓋說：「真是叫人欽佩的弟兄。」穆（罕默德）·休斯資助以布拉罕弟兄巡迴英國的部分經費，因此他就是愛把這位弟兄想得很優秀（或至少會讓他對捐出的兩千英鎊感到好過一些）。穆先生最近才加入KEVIN（他過去二十年來一直都是不錯的穆斯林），而他對組織的熱誠可以分為兩部分。第一，他對於自己能被當做成功的回教商人來索求資助感到榮幸，覺得超有面子的。正常情況下，他只會帶他們去看那些剛放流完血可以填香料的雞，但事實是，穆先生當時正值脆弱的時刻，因為他粗大腿的愛爾蘭老婆才為了一個酒館老闆離開他，讓他有那麼一點被去勢的感覺，因此當KEVIN跟阿達夏要了五千英鎊得逞，而回教肉鋪競爭對手納德也出了三千英鎊後，穆先生基於大男人氣概也捐出了款項。

穆先生皈依的第二個理由就比較個人了。那就是暴力，暴力和搶劫。十八年來，穆先生擁有北倫敦最著名的回教肉鋪。就因為太有名而讓他得以買下隔壁的房子，擴大成為糖果／肉鋪複合店。他經營這兩家店的期間，遭到嚴重的毆打和搶劫，每年三次，沒有一年例外。而且，這數字還不包括被捶頭，被鐵棍敲，被踹下體等等未必流血的傷害。穆先生沒跟警察說，甚至連他老婆都沒講。沒有：嚴重的暴力。穆先生一共被刺了五次（啊——）失掉三個指尖（噁——）雙腿雙臂都斷過（噢——）腳也被火燒傷（呀——）牙齒被踢噴出來（喀——呸）還被空氣槍打過（砰——）子彈嵌進他還好有很多肉的屁股（噗——）穆先生是個巨人，有尊嚴的巨人。光靠這些拳打腳踢就要他低聲下氣、從此說話小心或行事卑躬屈膝，那是不可能的。他就是盡其所能地對付。但這是獨自一人對抗整個軍隊的戰爭，沒人可以幫忙。一九七〇年一月，他第一次在肋骨吃了一記鋤頭，天真地到當地的警察局報案，得到的卻是五個警察深夜造訪，狠狠揍了他一頓。從那次起，暴力和搶劫就成為他生活中的一部分，成為讓回教老男人和年輕回教媽媽公開觀賞的悲慘運動，這些人到店裡來買雞肉，買完後就匆匆離去，深怕下一個就輪到自己遭殃。暴力和搶劫。這些罪犯從到店裡來買糖果的中等學校學生（這也是為什麼穆先生一次只讓一個格蘭諾橡樹的小孩進店裡。但這當然沒啥幫助，他們乾脆輪流跟他單挑，打得他狗血淋頭）、東倒西歪的酒鬼、青年惡棍、青年惡棍的爸媽、一般的法西斯、或新納粹黨、當地的撞球隊員、飛鏢隊員、足球隊員到一大票聒噪、穿著白裙子和致命高跟鞋的祕書團都有。這些人反對他的理由各不相同：他是巴基佬（你去跟身材雄偉喝得爛醉的超市店員說你是孟加拉人試看看！）他把店裡一半空間拿來賣奇怪的巴基斯坦肉；他有一撮鬈髮；他喜歡貓王（「你喜歡貓王？是不是？啊，你這巴基佬？是不是？」）他賣香菸的價格；他離家數萬里（「你怎麼不滾回你自己的國家？」「我該怎麼拿香菸伺候你？」噗——）；或單純就是他的長相。但這些人都有個共同點，就是他們都是白人。這些年來，這個單純的事實讓穆先生對政治熱衷的程度，比起所有政黨傳播、集會和請願的影響都來得高。也使他對如今自己所信仰的團體堅信不移，甚至比聖經裡的報喜天使加百利來訪都還有用。而最後的關鍵因素，如果可以這麼說的話，就發生在他加入KEVIN的前一個月。三個白種「小伙子」把他綁起來，踢下地窖，偷光他的錢，還放火燒他的店。所幸雙重關節的手（斷過太多次的結果）讓他得以逃過一劫，但他已經厭煩了生命受到威脅。當KEVIN發給穆先生一張傳單，上面說明有場戰爭正在進行，穆先生心想：真他媽的一點也不假。終於有人知道他的痛苦了。穆先生在這場戰爭的前線已經十八年了。KEVIN似乎明白這是不夠的——他的孩子過得很好，上不錯的學校，參加網球課程，皮膚白得不曾有人插手他們的生活。這些都很好，但還不夠好。他想要一點點的報復。為他自己。他要以布拉罕弟兄站在講臺上，支解基督教文化和西方道德直到它們成為手中的塵土。他要別人向他解釋清楚這些人墮落的本性。他要知道這種墮落的歷史、權力傾軋和根由。他要看到他們的藝術被揭穿，他們的科學被揭穿，他們的喜好和厭惡被揭穿。但光靠說是絕對不夠的；他已經聽夠了（是不是請你直接寫份報案報告……可不可以明確告訴我們攻擊者的長相），這些永遠比不上實際的行動。他想知道這些人為什麼老是要把他打得屁滾尿流。而他也想要去把他們這些人打得屁滾尿流。

「真令人欽佩，啊，米列特？正如我們所期望的。」

「我想是吧，」米列特沮喪地回答。「不過如果你問我，我是覺得應該少講多做。異教徒到處都是。」

穆先生拚命點頭。「喔，一點也沒錯，弟兄，關於這點我倆的看法完全一致。我聽說有些人……」穆先生壓低聲音，將他肥厚多油的嘴貼到米列特耳邊。「很想採取行動，立即的行動。席方弟兄跟我提過，關於十二月三十一日的事。還有席法弟兄和泰隆弟兄和……」

「得了，得了，我知道他們是誰，他們是KEVIN的核心人物。」

「他們說你認識那個人——那個科學家。你真是好樣的。我聽說你是他朋友。」

「以前是，以前。」

「席方弟兄說你有票可以進去，說你在安排——」

「噓——」米列特不耐煩地說：「不是每個人都可以知道的。如果你想進入核心，嘴巴就得閉緊一點。」

米列特上下打量穆先生。他身上的傳統長袍褲像連身喇叭褲一樣展開，好像是要學七〇年代末的貓王似的。他那幾乎懸在膝蓋上的大肚子就像好朋友一樣黏著他。

毫不留情面地，米列特問了一句。「你未免嫌老了點吧？」

「你這無理的臭小子，我壯得跟他媽的牛一樣。」

「是喔，但是呢，我們可不需要蠻力，」米列特敲敲太陽穴。「而是腦袋裡要有東西。

我們總得先小心地進到裡面去，是吧？第一個晚上，我們得非常小心。」

穆先生用手擤了擤鼻子。「我也可以很小心。」

「好，那就表示要閉緊嘴巴。」

「第三件事情，」以布拉罕弟兄突然加大音量打斷他們，擴音器被震得嗡嗡作響。「他們要做的第三件事情就是說服你，以為全能的、無邊的、至尊的是人類的智慧而非阿拉真主。他們要說服你，你的心智不是用來宣揚造物主的偉大，而是讓自己和造物主並駕齊驅、甚至超越祂！現在我們碰到了今晚最嚴重的問題，異教徒最狂妄的惡魔就在此，在布蘭特區。我要告訴你們，而你們會不敢相信，弟兄們，就在這個社區有個人相信他可以改變阿拉真主的創造。有個人他擅自改變、調整、修改已是天意的事情。他要拿一隻動物——阿拉創造出來的動物——然後擅自改變這個創造物。他要製造出一隻沒有名字、只會讓人作嘔的新動物。當他完成要對那個小動物做的事，一隻老鼠，弟兄們，當他完成後，他就會開始對羊、對貓、對狗動手腳。那麼在這個沒有秩序的社會裡還有誰能阻止他將來去創造出一個人？一個非女人所生、只是由男人腦筋所製造出來的人！他會告訴你這是醫學……但ＫＥＶＩＮ不曾對醫學有所怨言，我們是精英社群，當中也有許多醫生。我的弟兄，不要被誤導，矇騙，愚弄。那不是醫學。而我要問你們的，ＫＥＶＩＮ的弟兄，是誰願意犧牲來阻止這個人？誰願意單獨站出來，以造物主之名，讓現代主義者知道造物主的律法依舊存在而且永遠不朽？因為他們會告訴你，那些現代主義者、那些犬儒學派、那些東方文化研究者，說什麼信仰不再，說什麼我們的歷史、我們的文化、我們的世界已經蕩然無存。這個科學家也是一樣。這也是為什麼他能如此狂妄自作主張。但他很快就會明白所謂末日的真正意思。那麼，有誰要讓他知道——」

「是的，閉緊嘴巴，是，我明白，」穆先生對米列特說，眼神卻直盯前方，就像間諜片演的那樣。

米列特環視四周，看到席方對他使眼色，於是他把眼神傳給席法，席法傳給阿布杜．吉米和阿布杜．柯林，再傳給泰隆和其他基爾本小組成員，他們都是工作人員，倚牆站在廳內各個角落。最後席方再給米列特一個眼神，然後看向後面的房間。小心的行動要開始了。

「發生什麼事了？」穆先生低語，他注意到那些配戴工作人員肩帶的人，開始在人群中移動。

「到辦公室來。」米列特說。

「好，那麼，我想關鍵就是從兩個角度來看這件事。因為這是單純的實驗室酷刑，我們當然可以迎合大眾低級的興味，但最主要的重點還是必須放在反對專利權這一點上。因為這才是我們真正可以操作的角度。如果我們把重點放在這裡，就有一些我們可以號召的團體，像是ＮＣＧＡ，ＯＨＩＮＯ等，克里斯賓也一直在跟他們接洽。因為大家知道，我們之前並未真正涉入這個領域，但這顯然就是關鍵所在，我想克里斯賓等會兒會就這方面為我們做更進一步說明。至於現在，我只針對我們得到的公開支持講解。我的意思是，尤其是最近的報導，就連幾家小報在這點上也都祭出王牌。大家對於把活生生的有機體套上專利權有很多負面的感覺，我想大家對於這種想法當然都會覺得很不舒服，這完全要看我們FATE是不是要插手，然後真的來搞個大遊行，因此，如果……」

啊，喬莉。喬莉、喬莉、喬莉。喬書亞知道自己應該專心聽，但偏偏光是看就夠了。光是看著喬莉就夠了。看她坐的樣子（坐在桌上，膝蓋靠向胸前），翻閱筆記的樣子（像小貓咪一樣），空氣噓聲吹過她門牙縫隙的樣子，不斷用一手把散亂的金髮勾到耳後，另一手在她那雙大號馬汀鞋上敲出旋律。撇開金髮不說，她跟他媽年輕時的模樣還真有點像：過分英國人的脣，滑雪坡道似的鼻梁，褐色的大眼。但那張臉再怎麼醒目，也不過是頂在全球最豪華身材上的裝飾品。線條無不修長，大腿肌肉結實，小腹柔軟，兩顆不知胸罩為何，卻是終極美物的雙峰，還有所有英國屁股中最理想的臀，雖平卻像桃子一樣可愛，雖寬卻又討人喜歡。加上她很聰明，加上她獻身理想，加上她看不起他父親，加上她大他十歲（這點讓喬書亞在此時此刻，就在會議中間，聯想到所有的性愛高招，讓他光是想像陰莖就蠢蠢欲動）。加上她是喬書亞到目前為止見過最棒的女人。喔，喬莉！

「就我看來，我們要提醒大家的就是創下先例的問題。你們知道，就是接下來會變成怎樣的論點，我了解肯尼的看法，他擔心說這樣把這件事表現得太簡單了，但我有不同的看法，我認為這是必要的，我們可以馬上用表決來決定。可以嗎，肯尼？我可以繼續嗎……好？好。我剛講到哪……先例。因為如果有人辯說，受到實驗的動物是某人或某團體的所有物，也就是說，那不是一隻貓，而是具有像貓的特質的發明物，那就會很巧妙又危險地讓動物保護團體的努力功虧一簣，而導致怪恐怖的未來。嗯……我想這要請克里斯賓過來為這方面多做一些說明。」

令人很幹的是，喬莉嫁給了克里斯賓。更幹的是，他們的婚姻是真愛、是精神交融與獻身政治的組合。這真是棒——他媽的棒透了。更糟的是，在FATE的會員裡，喬莉和克里斯賓的婚姻被當成宇宙進化論，當成創始的神話，簡單說明了人們可以是什麼和應該成為什麼、這個組織是怎麼開始的、未來又該如何繼續。雖然喬莉和克里斯賓並未慫恿領導人的想法或任何偶像崇拜，但事情還是發生了，他們受到大家推崇，他們是不可分割的。喬書亞剛加入這個團體時，曾想從他們身上嗅出一些端倪，使出賤招為自己製造機會。例如，他們的感情是否動搖？嚴酷的事業是否逼他們分離？結果才怪。他有次和兩個FATE的老鳥在酒吧「花狗」喝幾杯時，從他們那兒聽到令人沮喪的故事。這兩位老鳥，一個是患有精神病的前郵政人員肯尼，他小時親眼見到父親殺死他的小狗。另一個叫派迪，神經兮兮，一輩子收集救濟品而且超愛鴿子。

「每個人一開始都想上喬莉，」肯尼同情地解釋。「但你很快就會釋懷。你會發現你能為她做的最好事情就是獻身奮鬥。而你會發現的第二件事情，就是克里斯賓竟是個這麼令人難以置信的傢伙——」

「是，是，說來聽聽。」

肯尼繼續說來。

喬莉和克里斯賓似乎是在一九八二年冬季相識於里茲大學並墜入情網的。兩個年輕的學生激進分子，把切格拉瓦的相片掛在牆上，心中抱著完美主義，並對地球上所有會飛、會跑、會爬、會溜的生物有著一份共同的熱情。當時，他們倆都是極左派團體的活躍人物，但是政治的混戰、陷害和永無止境的黨派鬥爭，使他們的夢想有如直立原人的命運一般消失殆盡。一段時間後，他們厭倦了替人類這種物種出頭，因為他們常會突然捅你一刀，抓你耙子，要不就請其他代表回過頭來對付你。反過來，他們把注意力轉移到從不多話的動物朋友身上。喬莉和克里斯賓從素食主義提升到嚴守素食主義，接著退學結婚，於一九八五年成立了FATE（抵制動物虐待與剝削，Fighting Animal Torture and Exploitation）。克里斯賓深具吸引力的個性，加上喬莉天生的魅力，吸引了其他政治游民，迅速成為一個二十五人的團體（另外加十隻貓，十四條狗，滿園子的野兔，一頭羊，兩隻豬，和一家子的狐狸），一起工作並且生活在布里斯頓一間起臥兩用的房間，後面則是一大片未經開發的空地。他們在各方面都算得上是先驅。資源回收還沒流行前他們便已奉行，並把潮溼的浴室弄成熱帶生物圈，同時致力於有機食物生產等等。他們在政治上也非常小心。打從一開始，他們是極端主義者的身分就已經無懈可擊，FATE之於RSPCA（皇家防止虐待動物協會，Royal Society for the Prevention of Cruelty to Animals），就相當於史達林主義之於自由民主黨。三年來，FATE發起抵制動物試驗、虐待和剝削的恐怖運動，對那些在化妝品公司上班的人施以死亡恐嚇，闖入實驗室，綁架技術人員，把自己銬在醫院門口等等。他們還破壞獵狐區，拍攝集中飼養的雞，燒毀農場，對食品賣場投擲燃燒彈，毀掉馬戲團的帳棚。他們的信念之廣之瘋狂（哪怕是任何動物感到任何不適），以至於一直以來都忙得不可開交。而身為FATE成員，生命是艱難與危險的，而且不時還會被抓去關。經過這些，喬莉和克里斯賓的關係更加堅定，並成為大家的典範，宛如暴風中的燈塔，激進分子間的模範愛情（「喔，是喔，原來是這樣，繼續講，繼續講」）。一九八七年，克里斯賓因為對威爾斯實驗室投擲燃燒彈，並從那裡放走四十隻貓，三百五十隻兔子和一千隻老鼠，因而入獄三年。在進入苦艾叢監獄服刑之前，克里斯賓大方告訴喬莉，他不在的這段期間，如果她有性的需求，他允許她去找其他FATE的人（「那她有嗎？」喬書亞問。「她有跟人家搞嗎？」）

在克里斯賓服刑期間，喬莉整個人致力於把FATE從一小群緊密結合的朋友，轉變成可以運作的地下政治勢力。自從她讀了古狄柏[116]的書後，便開始減少恐怖策略，轉而朝向以境遇主義[117]為政治手段，而就她所理解的就是大量使用大型布條、服裝、錄影帶和駭人的情境重現劇。到了克里斯賓出獄時，FATE已經成長了四倍，而克利斯賓的傳奇（愛人、鬥士、反抗者、英雄）也在喬莉廣為宣傳他對生命志業的熱情，並精心挑選了一張他約在一九八〇年拍攝，看起來很像尼克．杜拉克[118]的照片下而隨之膨脹。儘管他的肖像被人用噴槍亂漆，他依舊不改其激進主義。他成為自由公民後的第一個動作就是幕後策劃放生數百隻田鼠，那是一次獲得媒體廣泛報導的行動。雖然克里斯賓把真正執行的責任交給肯尼，導致肯尼在高度戒備看守下被關了四個月（「那是我一生最偉大的時刻」）。到了去年夏天，一九九一年，喬莉說服克里斯賓和她一起到美國加州參與其他團體抵制基因轉殖動物專利權。雖然法庭並非克里斯賓的舞臺（「他這個人是站在前線的」），但他仍然成功地造成大量阻擾，使得法院正式發出無效審判的判決。兩人興高采烈飛回英國，但資金卻出現重大危機，最後發現他們早已被趕出布里斯頓的居所，而且——

116 Guy Debord，法國思想家暨行動主義者。
117 一九五〇到七〇年代法國反對現存社會結構的運動及信仰。
118 Nick Drake，英國一位英年早逝的民謠歌手。

之後的事情喬書亞都知道了。他是在一星期後遇見兩人在威斯頓大道上遊蕩，想尋找適當的蜷伏地。他們看起來很迷失，而喬書亞在夏日氣息和喬莉姿色的慫恿下，上前去和他們說話。結果他們跑去喝一杯。就跟所有威斯敦人一樣，他們跑到**花狗**喝，那是威斯敦很有名的地標，在一七九二年被稱為「大家習慣得不得了的酒館」（《威斯敦的過去》〔*Willesden Past*〕，藍．斯諾〔Leo Snow〕著），後來成為維多利亞中期倫敦客想要「在境內」度假一天的勝地，接著變成交通馬車的交會處，再後來則變成專門給當地愛爾蘭建商去的酒吧。到了一九九二年，花狗再度轉型，變成了威斯敦龐大澳洲移民的焦點。這些人在最後的五年間，離開他們如絲綢般的海灘和綠寶石海洋，令人難以理解地來到倫敦的西北二區。喬書亞遇到喬莉和克里斯賓的那個下午，這個社區正處於高度興奮的狀態，因為有人抱怨有惡臭從馬路上那家**瑪莉看手相**上方傳來，衛生官員便突擊了上面那層樓，發現裡面窩有十六個澳洲人，在地上挖了個大洞在裡面烤豬，顯然是想藉地下爐窯再造南方海洋的效果。他們被轟到街上，正在跟酒館老板哭訴他們的命運。酒館老板是個滿臉鬍子的蘇格蘭人，對他面前的客人絲毫沒有任何同情（「在雪梨是操他媽的有什麼指示，要你們到威斯敦來亂搞嗎？」）。無意中聽到這個消息後，喬書亞推測那層樓現在一定沒人住，便帶喬莉和克里斯賓去一探究竟，他的腦筋則已經開始盤算……如果可以讓喬莉住在附近……

這是一棟美麗但傾圮的維多利亞式建築，有個小陽臺、屋頂花園和地上一個大洞。他建議他們先避避風頭一個月，然後再搬進來。一切也如計畫進行，喬書亞與他們見面的次數也越來越多。一個月後，就在他和喬莉深談數小時後（那數小時都盯著她破爛T恤下的乳房）而改變了信仰，當時的感覺就像有人拿走了他那封閉的喬分主義頭，在每隻耳朵各塞進一根卡通炸藥，在他的知覺裡炸了個操他媽的大洞。這時他明白，自己愛上了喬莉、明白自己的爸媽是混蛋、自己是蠢蛋，而這地球最廣大的社會——動物王國是在所有政府完全知情及支持的情況下，每日受到壓迫、囚禁及謀害。至於最後一個認知有多少是建立在第一個認知之上就很難說了，但他確實放棄了喬分主義，也懶得把事情一一解開來看適當不適當。相反地，他放棄了所有肉食，跑去格雷斯東伯里，刺了刺青，成為那種閉著眼睛都可以量出八磅的人（所以去你媽的，米列特），大體上也算得上有膽量的人……直到最後良心戳了他一把。他坦承自己是馬考斯·喬分的兒子，這點嚇壞了喬莉（或者，也有那麼點激起她的欲望——至少喬書亞喜歡這麼想，有點像與敵人共枕什麼的）。FATE把喬書亞支開，針對這個議題開了兩天的層峰會議：但他不就是我們現在……啊，我們倒是可以利用……

這是個牽涉到表決、子條款、反對和附帶條件的冗長過程，但最後的結果卻是：那你要站在那一邊？喬書亞回答：你們這邊，然後喬莉便敞開雙手歡迎他，把他的頭壓向她一級棒的「胸膛」，如此簡單。他在許多會議中受到讚揚，被賦予祕書的角色，整體來說，還是他們榮冠上的寶石：因為他是從敵方陣營倒戈過來的。

從那時起六個月，喬書亞縱容自己增加對父親的藐視，不斷增加面對愛人的時間，並開始進行巴結這對璧人的長期計畫（反正他需要一個棲身的地方，瓊斯家的殷勤是越來越淡了）。他讓自己迎合克里斯賓，故意不理會克里斯賓對他的猜疑。喬書亞表現得就像他最好的哥兒們，為他包辦所有的鳥事（影印、貼海報、發傳單），以他的地板當床，慶祝他七週年結婚紀念，在他生日時送他自己手做的吉他撥片。然而他對他是從頭到尾恨之入骨，對他老婆卻是垂涎得無人能及，他用一雙忌妒的青眼幻想他垮臺的劇碼，這劇碼恐怕連卡通《阿拉丁》的艾格看了都要自嘆不如。

這些都讓喬書亞的心思無法專注在FATE計畫修理他爸的事情上。他原則上同意這件事，就在馬吉德回來，使他的憤怒抵達頂點，而這個想法本身又還很模糊時——不過就是些讓新進人員覺得很不得了的表面話罷了。如今，三星期後就是三十一號了，喬書亞至今都還不曾以比較有條理或喬分主義的方式自問，即將發生的事情會有什麼樣的結果。他甚至連將要發生什麼事情都搞不太清楚——這事一直還沒有最後的決定。如今他們也正在討論，FATE的核心成員就盤腿散坐在地上的大洞旁，而他應該要專心聆聽這些基本決議的，但他的思緒卻迷失在喬莉的T恤下，沿著她健美又曲線的胴體，再往下到她紮染的褲子，再往下……

「喬書亞老弟，你可以把幾分鐘前的會議紀錄念給我聽嗎，如果你明白整個大意的話？」

「啊？」

克里斯賓嘆口氣還嘖了一聲。喬莉從桌上傾身而下親了克里斯賓的耳朵。幹。

「會議紀錄——喬書亞。就是喬莉說完對抗策略之後那些。我們已經進入最困難的部分，我想聽聽派迪幾分鐘前對於懲罰和赦免的看法是什麼？」

喬書亞看著他空白的筆記，並用它蓋住正在軟癱的陰莖。

「呃……我想我漏掉了那段。」

「啊，那段真的是他媽的很重要耶，喬書亞。你一定要跟上，不然講這麼多到底有啥屁用——」

幹，幹，幹。

「他已經盡力了，」喬莉居中調節，再次從桌上傾身下來，這次是揉揉喬書亞的頭。「這對喬弟來說可能很不好受的，你知道嗎？我的意思是，這對他來說太切身相關了，」她總是像這樣叫他喬弟。喬弟和喬莉、喬莉和喬弟。

克里斯賓皺起眉頭。「你們知道，我已經說過很多次了，如果喬書亞因為私人的同情，不想親自參與這件事情，如果他要退出，那麼——」

「我要參與，」喬書亞脫口，勉強抑制自己的攻擊性。「我可沒有懦弱退出的打算。」

「這也是喬弟為什麼是我們的英雄的原因，」喬莉佐以支持的笑容說：「我敢說，他一定是最後一個退出的人。」

啊——喬莉！

「好吧，既然這樣，我們繼續吧。從現在起盡量都要記錄，可以吧？好，派迪，你可不可以把剛剛說的話再說一遍，讓大家都聽進去，因為我認為你剛剛所說的，正好總結了我們現在要做的重大決策。」

派迪倏地抬起頭，在他的筆記中胡亂摸索。「呃，基本上……基本上，這是……是為了弄清楚我們真正的目的到底是什麼。如果是要懲罰惡人來教育大眾……那麼，就可以採取一種手段——直接攻擊那個……嗯……那個有爭議的人，」派迪緊張地瞄了一下喬書亞。「但如果我們的重點是動物本身，我是這麼認為啦，那這問題就變成了反對運動，就算運動不成功，也要全力放了那隻動物。」

「是沒錯，」克里斯賓遲疑地說，不確定放了老鼠跟克里斯賓的榮耀是否搭配得起來。

「但無疑的是，這次事件裡的老鼠只是一個象徵，換言之，那傢伙的實驗室一定還有更多——因此我們得從更大的層面著手。我們需要有人闖進他的實驗室——」

「呃，基本上……基本上，我認為那正是OHNO所犯的錯誤之一。因為，他們就是把動物本身純粹當作象徵……但依我看來，FATE卻正好相反。如果現在是把一個人關進玻璃瓶裡六年，他就不會是個象徵了，你懂我的意思吧？我是不知道你們啦，不過就我來說，你知道，我覺得人和鼠之間根本就沒有差別。」

聚集的FATE會員低語表示贊成，因為他剛剛表達的，正是他們依慣例都會低語表示贊成的觀點。

克里斯賓被惹火了。「是啦，派迪，我剛說的顯然並不是那個意思，我只是說事情有更大的層面，就像是要選擇解救一個人的生命，還是很多人的生命，對吧？」

「程序問題！」喬書亞的手舉在空中，藉機要讓克里斯賓難看。克里斯賓瞪著他。

「是，喬弟，」喬莉甜甜地說：「你說啊。」

「沒有更多的老鼠，我的意思是，是啦，是有很多老鼠，但都不是這一隻，實驗過程非常昂貴。他沒有那麼多的經費。加上媒體激他說如果未來鼠在展示期間死了，他大可以換一隻就好了，所以他偏偏只做一隻。他要在全世界面前證明他的計算無誤。他就只做那麼一隻，在上面標上條碼。沒有其他隻了。」

喬莉眉開眼笑，彎下身按按喬書亞的肩膀。

「喔——是，我想這可以理解。那，派迪，我了解你的意思——重點是我們要把注意力放在馬考斯·喬分身上，還是在全球媒體面前把被俘虜的老鼠放走。」

「程序問題！」

「是，喬書亞，什麼？」

「克里斯賓，這不像你以前放走的其他動物，不會有任何改變的，傷害已經造成了。那隻老鼠本身的基因中夾帶著酷刑，就像定時炸彈。如果你放了牠，只是讓牠在其他地方痛苦地死去罷了。」

「程序問題！」

「是，派迪，請說。」

「呃，基本上……你會因為某個政治犯得了絕症就不救他出獄嗎？」

多位FATE的成員激動地點頭支持。

「嗯，派迪，沒錯，你說的沒錯。我想這點喬書亞是錯了，派迪讓我們了解到我們該做的決定。我們之前也遭遇過許多難題，而我們面對不同的情況也做出了不同的決定。過去，如你們所知，我們一向都會針對那些惡人。我們列過黑名單，而黑名單上的人也都懲罰過了。現在，我知道我們近幾年已逐漸走出過去的某些策略，但我想就連喬莉也會同意，這次正是我們面臨過最大也最根本的考驗。我們現在是在處理一個嚴重受到侵犯的個體。不過，就另一方面來說，我們過去也曾策動許多大規模的和平示威，並指揮放生了數以千計被囚禁的動物。但這件事情，我們已經沒有時間或機會同時採取兩種策略了。那是個非常公開的場合，而且——呃，我們已經都討論過了。就像派迪說的，我想我們針對三十一號那天的選擇非常簡單，就是在老鼠和人之間做一選擇。大家對於要表決這個選擇有沒有問題？喬書亞？」

此時的喬書亞正坐在自己的手上讓自己墊高一點，好讓喬莉在他背上的按摩更順手。

「我完全沒問題。」他說。

十二月二十日零點整，瓊斯家的電話響起。愛瑞穿著睡衣笨手笨腳跑下樓去接。

「啊嗯，我之所以選擇這時候打給你，是希望你用腦袋記下這個日期和時間。」

「什麼？啊……什麼？是雷恩嗎？聽著，雷恩，恕我冒犯，但現在是半夜，可以嗎？你是有什麼事情還是——」

「愛瑞？丫頭？妳在聽嗎？」

「妳外婆也在線上，她要跟妳說話。」

「愛瑞，」荷坦絲興奮地說：「妳說話大聲一點，偶什麼都聽不到——」

「愛瑞，我重複：妳有沒有注意到我們打給你的日期和時間？」

「什麼？聽著，我不……我真的很累……可不可以等到……」

「是二十號，愛瑞，又是凌晨零點，這樣就是二和零……」

「妳有沒有在聽，丫頭？托布斯先生要解釋一件很重要的事情。」

「外婆，你們可不可以一次說清楚，你們把我從床上揪下來……我現在，根本就是昏頭轉向。」

「二和零，瓊斯小姐。代表二〇〇〇年。妳知道我們這通電話的月份嗎？」

「十二月，雷恩，這有很重——」

「第十二個月啊，愛瑞。呼應了以色列的十二個支派，每個支派受印者一萬兩千人。猶大支派受印一萬二千人、流便支派受印一萬二千人、迦得支派受印……」

「雷恩，夠了……我懂你的意思。」

「上帝希望我們在某些日子採取行動——某些事先已被預警、指定好的日子。」

「偶們必須解救那些迷失的靈魂。在時間到來前警告他們。」

「我們是在警告妳，愛瑞。」

荷坦絲開始微微啜泣起來。「偶們只素想要警告妳，親愛的。」

「好，那太好了，我得到警告了。各位晚安。」

「我們的警告還沒結束，」雷恩嚴肅地說：「這只是第一個警告，還有更多。」

「別跟我說……另外還有十一個。」

「喔！」荷坦絲叫了出來，手上的話筒滑落，但還是可以遠遠聽到她說：「上帝找到她了，偶們還沒跟她講，她就知道了！」

「聽著，雷恩，可不可以把另外十一個濃縮成一個，或乾脆告訴我最重要的一個？不然，我恐怕要回去睡覺了。」

一分鐘的沉默後。「啊嗯，那好。不要和那個人扯上關係。」

「喔，愛瑞！你要聽托布斯先生的話！拜託妳聽他的話！」

「哪個人？」

「喔，瓊斯小姐，不要裝得好像妳根本不知道自己的罪惡。開啟妳的靈魂吧。讓上帝、讓我能夠觸及妳，洗刷妳……」

「聽好，我是他媽真的很累。到底是哪個人？」

「那個科學家，喬分。那個妳稱為『朋友』的人，事實上他是所有人類的敵人。」

「馬考斯？我沒和他扯上關係。我只是幫他接接電話，做些文書工作而已。」

「妳這樣就是在做惡魔的祕書，」雷恩這句話讓荷坦絲哭得更大聲更激動了。「妳這樣就是在自甘墮落。」

「雷恩，你聽好，我沒時間聽你說這些。馬考斯．喬分只是想對……像是……癌症這種狗屎東西提出解答罷了，可以嗎？我不知道你是從哪聽來的消息，但我可以跟你保證他不是什麼惡魔化身。」

「只有他的爪牙才會這樣說！」荷坦絲堅稱。「素他的前線部隊才不承認！」

「冷靜一點，剎太太，妳孫女恐怕已經遠離我們了，就如同我預料的，自從她離開以後，就加入了黑暗的那一邊。」

「操你的，雷恩，你以為我是黑武士啊，外婆……」

「妳不要跟偶說話，ㄚ頭，不要跟偶說話，偶真是徹徹底底失望透了。」

「顯然我們會在三十一號那天見到妳了，瓊斯小姐。」

「不要叫我瓊斯小姐，雷恩。什麼……哪天？」

「三十一號那天。這事情將成為我們見證人傳播的平臺，全球的媒體都會到那裡。我們也一樣，我們打算——」

「偶們要警告所有人！」荷坦絲爆出口。「偶們都精心計畫好了，知道吧？偶們會和道伯森太太以手風琴伴奏來唱聖歌，因為不可能大老遠把鋼琴搬過去。偶們還會絕食抗議，除非那個惡魔停止搗亂上帝美妙的創造，否則決不罷休，而且——」

「絕食抗議？外婆，妳每次午餐前不吃點東西就開始想吐。一輩子也沒看妳超過三小時不吃東西。妳都八十五歲了。」

「妳別忘了，」荷坦絲以令人擔心的魯莽說：「我可素出生在地震之中，素個從苦難中存活下來的人。小小的絕食嚇不了偶的。」

「你就讓她去做這種事嗎，雷恩？她都八十五歲了，雷恩。八十五了。她怎麼能去絕食抗議？」

「我可告訴妳，愛瑞，」荷坦絲對著話筒清晰響亮的說：「偶要做這件事。小小的絕食偶根本不看在眼裡。上帝會以右手施捨、左手取回的。」

愛瑞聽到雷恩放下電話，走到荷坦絲的房間，慢慢鬆掉她手中的話筒，然後催促她去睡覺。愛瑞隱約聽到外婆一邊離開一邊哼著歌，沒特別唱給誰聽，哼的旋律也聽不太出來，但就是一直重複著：上帝會以右手施捨，左手取回！

但多數時候，祂就是夜裡的小偷罷了，愛瑞心想。祂就是一味地取回，就是他媽的一味地取回就對了。

馬吉德可以很驕傲地說自己見證了所有過程。他見證了基因設定，見證了細胞植入，見證了人工授精，還見證了與他的親身經歷大異其趣的生產——只有一隻老鼠。牠不需在產道爭先恐後，沒有第一和第二的差別，也沒有得救或不得救的問題。沒有運氣。沒有隨機因素。沒有你有你爸的大鼻子或你媽的超愛吃起司。沒有什麼難解的謎在前方等你。不用懷疑死亡來臨的時間。躲不了疾病，也避不了痛苦。不用懷疑是誰在拉扯命運的繩子。不用對命運的全能懷疑。沒有搖擺的命運。對旅程沒有疑惑，對更綠的草地也沒有疑問，因為不管這隻老鼠到哪裡，他的生命不會有任何改變。它不會隨著時間而改變（而且時間是賤貨，這點馬吉德現在可清楚了，時間正是那個賤貨），因為它的未來和現在沒有兩樣，現在也和過去相同。一隻老鼠的無聲命運。沒有其他的路，沒有錯失的機會，沒有平行的可能，沒有第二種想法，沒有如果，也沒有可能早就怎樣怎樣。只有確定，完完全全的確定。當他見證結束，脫掉面罩和手套，掛好白色的實驗外套，馬吉德心中想著：上帝頂多也不過如此，不是嗎？

19 最後的地方

一九九二年十二月三十一日，星期四

報紙最上面一行是這麼寫的。正因如此，尋歡作樂的人拿著刺耳的銀哨子猛吹、拿著英國國旗猛揮，傍晚在街上跳舞，就是要激起與這日子相呼應的情緒。他們要招來黑夜（現在才下午五點），讓英國可以辦場年度舞會，把自己搞得一塌糊塗、吐得滿地都是，要與人熱吻、火辣辣的愛撫與插入，要站在火車門邊，把門打開讓朋友跳上來，要和突然漲價的索馬利亞計程車司機理論，要跳進水池裡或玩火……這些全都在昏暗街燈的掩飾下進行。今晚，英國人停止說請謝謝請對不起是嗎？這樣的話，開始說些「請幹ＸＸ我操你媽天殺的」（我們從來都不這樣說，口音很奇怪，聽起來會很蠢）。這晚，英國開始回歸「基本面」，因為今晚是除夕夜。但喬書亞卻怎麼也不敢相信，到底時間都跑哪去了呢？時間從喬莉兩腿間的空隙流逝，躲進她耳朵的祕密口袋，藏到她腋下溫暖糾結的毛髮裡。在他人生的重大日子裡，他要做的事情的後果，換做三個月前的他一定會用喬分式的魄力加以研究、分析、拆解並權衡輕重的關鍵局勢，也一樣從他這裡溜進了她身體的縫隙。在除夕這天，他並未做出什麼真正的決定，也沒許下新希望。他感覺就像從酒吧踉蹌出來要找麻煩的年輕人一樣粗心大意，心情就像騎在父親肩上正要去參加家庭聚會的小孩一樣輕快。但他並沒有和那些人在一起，沒有到街上去尋歡作樂，而是在這裡，在車子裡搖搖晃晃駛入市中心，像紅外線熱導飛彈瞄準培瑞特會館衝去。他在這裡，和十位FATE的成員擠在鮮紅色的小巴中，從威斯敦衝出來往特拉法加廣場飆去，心不在焉地聽著肯尼為前座開車的克里斯賓大聲念出自己老爸的新聞。

「『馬考斯．喬分博士今晚會將他的未來鼠公諸於世，同時為我們的基因未來開啟了新的一頁』。」

克里斯賓甩過頭來發出好大一聲。「哼！」

「對，沒錯，就是這種感覺，」肯尼沒那個能耐邊念邊跟著人家嘲笑。「真是感謝這些客觀的報導啊。嗯……我念到哪？這裡：『更重要的是，他為數量空前絕後的觀眾開啟了這個向來隱密、冷門且複雜的科學分支。培瑞特會館已經準備好在未來七年二十四小時敞開大門，而喬分博士允諾這次的全國事件，將和一九五一年大不列顛節慶或一九二四年的大英王朝展大不相同，因其沒有任何政治意圖』。」

「哼！」克里斯賓再次嗤之以鼻，這次轉向他的位置右邊，導致FATE的小巴士（其正式來說也不是FATE的，車子兩側還有十吋大小的黃色字，上面寫著坎瑟萊斯（Kensal Rise）家庭服務單位。這輛車是跟一個對有毛動物感到同情的社工人員借來的）差點撞上一群穿著高跟鞋嘻鬧搖擺過馬路的女人。「沒有政治意圖？他在放屁啊？」

「眼睛看路，親愛的，」喬莉給他一個飛吻。「我們至少還希望安全抵達那裡。嗯，這邊左轉……到愛德威爾路。」

「賤胚，」克里斯賓怒氣沖沖瞪著喬書亞說：「他真是有夠賤的了。」

「『到了一九九九年』，」肯尼隨著箭頭從頭版來到第五版。「『專家預計基因重組過程將會達至成熟——約有一千五百萬人看過未來鼠展示，而全球有更多人會透過國際媒體來了解未來鼠的進展。屆時，喬分博士就能成功達到教育國家的目的，並為人類法庭投下一顆道德炸彈』。」

「給、我、他、媽、的、垃、圾、桶，」克里斯賓講得好像每個字都要吐出來了似的。「其他報紙怎麼說？」

派迪把一份中派英格蘭[119]視為聖經的報紙拿高，讓克里斯賓可以從後照鏡看到。標題：老鼠熱。

「還附帶一張免費的未來鼠貼紙，」派迪聳聳肩說，然後「啪」地一下把貼紙貼在貝雷帽上。「老實說，還滿可愛的。」

「小報方面倒是大有斬獲，」米妮說。米妮是新加入的信徒：一個脾氣不好、金髮編成黑人頭、外加乳環的十七歲女孩。喬書亞曾一度考慮喜歡她，但嘗試一陣子之後，發現自己就是辦不到，就是無法擺脫他那悲慘又有點病態的「喬莉世界」，去另一個星球尋找新生命。而米妮這個人，也算她厲害，馬上就發現了這點而轉向克里斯賓靠攏。天氣再冷她都盡量穿到最少，並把握每個機會用她神氣活現的乳環奶頭往克里斯賓的方向戳，就像她現在這樣，移到駕駛座旁邊把討論中的報紙頭條拿給他看。克里斯賓只好徒勞地試著繞過馬博雅屈圓環，一邊避免手肘撞到米妮胸部，一邊還要對著報紙瞧。

「我看不清楚，那是什麼？」

---

119 middle England，是英國文化中視野最狹隘、文化保守、政治反動、種族主義和恐同性戀的質素。

「是有老鼠耳朵的喬分頭，連在一隻羊身上，然後是豬的屁股。他正在吃飼料槽的東西，一頭寫著『基因工程』，另一頭寫著『公眾的錢』。標題是：喬分大快朵頤。」

「不錯。也算聊勝於無。」

克里斯賓再次繞到之前的圓環，這次終於轉到他想轉的地方。米妮靠到他旁邊，把報紙擱在儀表板上。

「天啊，他這副德性最是他媽的喬分樣了。」

喬書亞很後悔把自己家裡的小癖好跟克里斯賓講，就是他們習慣把自己當動詞、名詞和形容詞來看。當初似乎是個不錯的想法，不過就是博大家一笑，而且如果還有人對他抱持懷疑的話，也可讓他們知道他是站在他們這邊的。他從不覺得自己背叛父親——連他即將要做的事情的嚴重性也不曾真的打擊過他。直到他聽到喬分主義在克里斯賓口中受到揶揄。

「你看他在那槽子幹的喬分勾當。剝削所有人和東西，這就是喬分式的作法，啊，喬書亞？」

喬書亞咕噥一聲，轉身背對克里斯賓，面對窗戶看著結霜的海德公園。

「這是張經典的照片，這張，有沒有？他們拿來當頭條的那張。我記得這張，這張是那天他在加州法院作證的時候拍的，一副他媽超級優越的樣子，夠喬分嘴臉了！」

喬書亞咬緊牙根。不要跟他起鬨，只要不跟他起鬨就可以獲得她的同情。

「別這樣，克里斯賓，」喬莉果決地說，並碰觸喬書亞的頭髮。「想想我們將要做的事情就好，他今晚不需要忍受這些的。」

看吧！

「是啦……」

克里斯賓把油門一踩。「米妮，妳和派迪有沒有確認大家東西都有準備好？像是巴拉克拉法帽什麼的？」

「有，檢查過了，沒問題。」

「很好。」克里斯賓拿出一個銀色小盒子，裡面裝滿各種捲大麻菸所需的物品，然後往喬莉的方向丟，打到喬書亞的脛骨痛得要命。

「幫我們捲一個，甜心。」

幹！

喬莉把盒子從地上撿起，彎腰露出她細長的脖子，在喬書亞的膝蓋上用紙捲菸，她的乳房向前傾，幾乎就要落在他的手掌上。

「緊張嗎？」麻菸捲好後她把頭往後一甩。

「什麼意思？緊張？」

「關於今晚，我的意思是，感覺就像相互牴觸的忠誠。」

「牴觸？」喬書亞含糊念著，希望自己是和外面那些快樂的人在一起，那些「沒有牴觸」的人，過新年的人。

「老天，我真的很欽佩你，我的意思是，ＦＡＴＥ一向致力於極端的行動，你知道，即使現在，我還是覺得我們做的一些事情……很不容易。但現在我們談的是我一生中最堅定的原則，你知道嗎？我的意思是，克里斯賓和ＦＡＴＥ……可說是我全部的生命。」

這下太好了，喬書亞心想，這下太棒了！

「但我對今晚還是該死地很害怕。」

喬莉點燃麻菸吸了一口，然後直接把它交給喬書亞，此時小巴士正好經過國會大廈右轉。「就像那句話：『如果我必須選擇背叛我的朋友或國家，真希望我有勇氣背叛我的國家』，這是介於責任和原則之間的選擇，你知道嗎？你瞧，我並不覺得有那麼難以選擇。我不確定如果我面對難以選擇的狀況，是不是還能做我要做的事情。我的意思是，如果他是我爸的話。動物就是我最大的責任，也是克里斯賓最重要的責任，因此我們並沒有衝突，這對我們來說很簡單。但是你，喬書亞，你是我們之中做出最極端決定的人……但你卻如此冷靜。我的意思是，這真是令人欽佩……我想你真的是讓克里斯賓刮目相看了，因為你知道，他本來還有點不確定你是不是……」

喬莉一直說，喬書亞也在必要的時候點頭。然而他正抽著的泰國菸草已經圈住了她說出的詞：冷靜。並像個問號一樣把它勒住。為什麼這麼冷靜？喬書亞？你就要捲入很嚴重的麻煩了——為什麼還這麼冷靜？

因為他想像，從外表看來他似乎是很冷靜，偽裝得很好的冷靜，他的腎上腺素和新年高張的情緒背道而馳，和FATE這票人神經兮兮的緊張背道而馳，更別說還有那個討厭的傢伙。這感覺就像在水面下行走，在深水下，而小朋友卻在水面玩耍。與其說是冷靜，不如說是惰性。當車子來到倫敦官府大道時，他還是不知道這到底是不是正確的反應：是要讓這世界淹沒他，任由事情自然發生，還是應該像那些人，那些在外面歡呼、跳舞、打架、打炮……的人，他是不是應該更……那個噁心的名詞叫什麼來著？那個二十世紀末他們常用的名詞？積極。他在面對未來時是不是應該更積極一點？

他又抽了一大口菸，結果這口菸把他送回了十二歲時：早熟的小孩，每天早上醒來就是期待核武將於十二小時後爆發的宣告，那種老掉牙的世界末日遊戲。那時候，他想過很多極端的決定，想到未來和最後的終點。但即便當時，他已經發現自己不太可能是那種會把最後十二個鐘頭花在和隔壁十五歲的保姆愛莉絲上床、告訴大家他愛他們、皈依正統猶太教、做他所有想做的事情、或他從來不敢做的事情的人。他比較可能，而且是很可能就只會回到自己的房間，靜靜完成樂高遊戲的中古世紀城堡。不然，你還能做什麼呢？還有什麼決定是你有把握的呢？畢竟選擇需要時間啊，需要充裕的時間，而時間又是道德的水平軸，你做出決定，然後就是等著瞧，等著瞧……但這種時間將盡的想法（只剩十二個鐘頭了，只剩十二個鐘頭了）真是不錯的幻想。在這個節骨眼上，所有的後果都不見了，所有的行為都被允許了（『我瘋了——我操他媽的瘋了！』街上傳來一聲吶喊）。只是十二歲的喬書亞太神經質、太直、太喬分樣了而不懂得從中作樂，甚至連想都不敢想。相反地，他只是在那邊擔心：但如果這世界沒有結束，而我和愛莉絲上了床，結果她懷了孕，如果——

現在也是一樣。老是擔心後果，老是可怕地怠惰。他即將對他爸做的事情太嚴重、太巨大了，以至於後果是無法想像的。他想像不到這事發生後的任何一刻。除了黑暗，什麼都沒有，就像是世界末日。而面對世界末日，或只是每年年終，總是讓喬書亞感到一股奇特的疏離。

每年除夕都是天啟逼近的縮影模擬。想打炮的時候管他是什麼地方，想吐的時候管他是什麼時間，想扁人的時候管他是什麼人。街上聚集了龐大的群眾，電視綜合報導過去發生的好事壞事，大家發了狂似的最後一個吻，十、九、八……

喬書亞上上下下瞪著倫敦官府大道，瞪著那些興高采烈正要彩排的人。他們都相信不會有事發生，或就算有他們也一定可以搞定。但要發生什麼事，喬書亞心想，是由世界來決定的，不是你能決定的。你什麼也不能做。這是有生以來他第一次他相信這種說法。而馬考斯．喬分所相信的卻正好相反。簡而言之，他明白了，明白他是怎麼來到這裡，正從國會大廈轉出來，看著大笨鐘逼近他將剷平他爸堡壘的時間。他們就是這樣來到這裡的，卡在石頭和硬地之間，油炸鍋和烈火之間，沒有選擇。

一九九二年十二月三十一日，星期四，新年除夕

貝克街站信號燈發生問題

從貝克街往南的千禧線暫停

建議旅客轉至芬奇路搭都會線

或在貝克街轉搭棕線

沒有替代的巴士服務

最後一班車是凌晨兩點整。

全體倫敦地鐵員工祝您有個平安快樂的新年！

威斯敦綠地站經理，理查．戴利

米列特弟兄、席方、泰隆、穆休斯以實馬利、席法、阿布杜・柯林和阿布杜・吉米弟兄像慶祝花柱一樣一動也不動地站在車站中間，而周遭的新年樂舞依舊進行著。

「這下可好了，」米列特說：「現在怎麼辦？」

「你是看不懂嗎？」阿布杜・吉米問。

「我們就照上面的建議，弟兄們，」阿布杜・柯林用他深沉冷靜的男中音阻斷任何可能產生的爭執。「我們改到芬奇路去。這是阿拉的意思。」

米列特之所以看不懂牆上公告，原因很簡單：他嗑了藥。今天是回教齋戒月的第二天，他卻被毒品搞得神智不清。他身體裡的每個神經突觸今晚都罷工回家了，但還有幾個老實的工人在運作他的腦袋機器，確保有個想法在他頭蓋骨裡循環：為什麼？為什麼會神智不清，米列特？為什麼？這是個好問題。

中午的時候，他在某個抽屜發現一盎司放了很久的大麻樹脂，和一小捆他六個月前捨不得丟的玻璃紙。結果他把剩下的大麻全抽了。他在自己房間窗邊抽掉一些，然後走到格來史東公園又抽了一些。最多的一次是在威斯敦圖書館的停車場。最後則是在一位叫華倫・喬曼，以前常和他混在一起的南非滑板手的廚房把剩下的全解決掉。結果就是他現在恍恍惚惚，和其他人一起站在月臺上，飄飄然不僅能聽到聲音裡的聲音，還能聽到聲音裡的聲音裡的聲音。他可以聽到老鼠沿著軌道奔跑，而這聲音和擴音系統的雜音，以及六公尺外某個老女人跟不上節拍的鼻涕聲，創造出更和諧的旋律。就連火車進站，他照樣可以聽到這些表面下的聲音。好了，你能達到最昏迷的地步也只有一種，這米列特知道，就是非常、非常昏迷，昏迷到類似禪宗一般冷靜的地步，然後就可以從另一頭出來，感覺好得不得了，好像你根本沒碰毒品一樣。喔，米列特渴望那種感覺。他真希望自己已經達到那種地步。但顯然還是不夠多。

「你還好嗎，米列特弟兄，」地鐵車門打開時，阿布杜．柯林憂心地問。「你臉色很難看。」

「沒事，沒事，」米列特做了一個好得很的表情，大麻跟酒醉就是不一樣，不管你情況有多糟，還是能在某種程度上把自己給振作起來。為了證明這個理論，他以緩慢但很有自信的方式走進車廂，並坐在緊鄰弟兄的最後一個位置，夾在席法和幾個精神亢奮、要前往競賽場的澳洲人中間。

席法，不像阿布杜．吉米，他也有過荒唐的日子，所以遠從四十五公尺外就可以看出那些騙不了人的紅眼毒鬼。

「米列特，靠，」他壓低聲音，確認其他弟兄在地鐵的噪音下不會聽到。「你對自己做了什麼？」

米列特直視前方，對著自己車窗上的倒影說：「我在做準備。」

「準備把事情搞砸嗎？」席法噓聲不滿。他看著那張影印的可蘭經五十二章，其中記得的部分沒多少。「你瘋了嗎？要把這些東西背起來就夠難了，你以為嗑了藥會比較簡單嗎？」

米列特微微動了一下，轉身向席法的方向不大合時宜地一撲。「我不是為了那個做準備。我是為了行動做準備，因為沒有其他人要做。我們只要失去一個人，你們就會背棄計畫。你們這些落跑的人，但我會堅持下去。」

席法陷入沉默。米列特指的是最近布拉罕．艾德丁．蘇喀爾拉弟兄被羅織逃漏稅和公民不服從的罪名而被「拘留」的事情。沒人認真看待這些罪名，但每個人都知道，這是倫敦市警察局不太友善的警告，表示他們已經盯上KEVIN的各項活動。有鑑於此，席法是第一個從原本同意的計畫A中落跑的人，阿布杜．吉米和休斯以實馬利很快地也跟上，儘管休斯想對某人、或任何人暴力相向發洩發洩，他終究還是有個店面要顧。他們激辯了一個星期（米列特強烈堅持計畫A），但到了二十六號，阿布杜．柯林、泰隆，最後連席方都認為計畫A可能並非KEVIN的長期目標所在。不管怎樣，他們不能在未確認KEVIN裡有人可以取代他們的領導地位前，絕不能讓自己陷入坐牢的情況。因此計畫A腰斬，並匆匆擬就了計畫B。計畫B就是讓七位KEVIN的代表在馬考斯．喬分的記者會中站起來，朗誦可蘭經五十二章「山」，首先是用阿拉伯文（這將由阿布杜．柯林獨立完成），然後是英文。計畫B讓米列特覺得想吐。

「就這樣？你們就打算念一段給他聽？這就是他的懲罰？」

那報復呢？還有正義、報應和聖戰呢？

「你的意思是說，」阿布杜．柯林嚴肅地問。「阿拉對先知穆罕默德——願祂安息——所說的話是不夠的嗎？」

呃，不是的。於是，儘管這計畫讓米列特不爽，他也只能靠邊站。因此，現在已經不管什麼榮耀、犧牲、責任、小心策劃幫派利益所衍生的生死問題，雖然這些才是米列特加入KEVIN的真正原因——取而代之的是翻譯的問題。每個人都同意沒有任何一種可蘭經的翻譯可以代表上帝的語言，但每個人也同樣承認，如果大家不知道他們在說什麼，那麼計畫B可能會在傳達的時候有漏失。因此，最後的問題就變成了要用哪一個譯本和為什麼。是要用雖不可靠但很清楚的東方學者譯本：像是帕碼（一八八〇）、貝爾（一九三七—九）、阿巴利（一九五五）、道伍（一九五六）等等呢？還是古怪但有詩意的洛德威（一八六一）？或是老口味、熱情、專注、出類拔萃的英國國教皈依者穆罕默德·瑪馬迪克·皮可霍爾（一九三〇）？或某個阿拉伯弟兄，如平凡的沙奇爾還是愛現的約瑟夫·阿里？他們花了五天爭論這件事。有天傍晚，米列特走進基爾本會堂，還真希望自己是看走了眼，那些圍一圈坐在那裡你來我往發言的人，那些應該是激進基本主義派的人，竟然在那裡開什麼倫敦書評討論會。

「但是道伍翻得好鈍！」席方弟兄激烈地爭辯。「你們看五十二章四十四節這一句就好：如果他們看到天堂的一塊塌下來，他們會說：『那不過是一票雲！』一票雲？又不是在講搖滾音樂會的聽眾，洛德威至少還嘗試要抓住其中的詩意，阿拉伯文卓越的本質：他們若見到天堂的碎片落下，會說：『那不過是片濃密的雲』。碎片、濃密——效果強多了，有沒有？」

接著，穆休斯以實馬利吞吞吐吐地說：「我只是肉販屠宰店的老闆，不敢說自己知道多少。但我很喜歡最後這句；洛德威那個版本……呃，我想是吧，對，是洛德威，五十二章四十九節，在夜光中亦復如此：伴隨著落幕的星光詠讚祂。夜光，我覺得這是很美的詞。聽起來像是貓王的情歌。比另一個好多了，就是皮可霍爾的版本：在晚上歌頌對祂的讚美，在星星落下時也一樣。夜光聽起來好多了。」

「我們來這裡就是為了這個？」米列特對他們大吼。「我們加入KEVIN就是為了這些？什麼都不做？就坐在自己的屁股上玩弄這些文字？」

但計畫B還是繼續進行，於是他們來到這裡，疾駛經過芬奇路朝特拉法加廣場去執行這個計畫。這也是為什麼米列特麻醉自己的原因，好讓他有膽去做其他的事。

「我堅定立場，」米列特對著席法的耳朵含糊地說：「我們之所以在這裡為的就是這個，堅定立場。這是我加入KEVIN的原因。你又是為何加入？」

這個嘛，席法加入KEVIN的原因有三個。第一，他受夠了自己是孟加拉回教餐廳裡唯一的印度人這種懲罰。第二，身為KEVIN內部安全領袖比起皇宮餐廳的二等服務生要強上一百倍。第三，為了女人（不是KEVIN那些漂亮卻貞節得要命的女人，而是外面那些原本對他不羈的行為絕望，如今卻對他的苦行生活徹底刮目相看的女人。他們愛死了他的鬍子，哈死了他的帽子，還告訴席法他終於在三十八歲蛻變成真正的男人。他拒絕女人的事實深深吸引她們，而且他拒絕得越多，就變得越成功。當然，這個法則到現在還算有用，席法弄到手的女人比他還是非洲黑種的時候多得太多了）。然而，席法知道此刻需要的不是實話，因此他的回答是。「為了盡我的責任。」

「那我們就是站在同一陣線了，席法弟兄，」米列特伸手去拍席法的膝蓋，卻落了個空。「唯一的問題是：你會去做嗎？」

「原諒我，老弟，」席法說著，移開米列特落在他兩腿中間的手。「但我想，在考量你……嗯……你現在的情況後，問題應該是……你會嗎？」

這確實有問題。米列特不太確定他是否很可能應該會去做那件應該正確、而且超級愚蠢又不知好還是不好的事情。

「米列特，我們有計畫B，」席法看到米列特的臉閃過猶疑的神情，堅持道。「我們就照計畫B走，啊？沒必要惹麻煩。老弟，你就像你爸，典型的伊格伯，放不開。就像不能讓睡貓躺下還是什麼別惹事生非的那句話說的。」

米列特的眼神離開席法看著自己的腳。他一開始的時候比現在堅定多了，想像這趟旅程就像射出去的飛鏢一樣，搭著千禧線：威斯敦綠地→查令十字站，不用換車，不像現在這種亂七八糟的路線，而是直達特拉法加廣場，然後他會爬樓梯進入廣場，和他曾曾祖父的敵人面對面，就是地上全是鴿屎的亨利．哈佛拉克雕像。他會因此勇氣大增，心裡想著報復和修正主義，念著失去的榮耀而進入培瑞特會館，然後他會……他會……他——

「我想……」米列特停了一下說：「我要吐了。」

「貝克街！」阿布杜．吉米叫。在席法暗中協助下，米列特跨過月臺進入轉接的列車。

棕線在二十分鐘後把他們送到冰冷的特拉法加廣場。大笨鐘在遠遠的一頭，廣場中有尼爾森、哈佛拉克、數學家納皮爾和喬治四世，然後是國家藝術館在後面靠近聖馬丁街。所有雕像都面對大笨鐘。

「這國家的人還真愛這些人造偶像，」阿布杜．柯林用他混合嚴肅與諷刺的怪腔調說，他站在人群中不為所動，這些人正緩緩移動經過那幾塊灰石、或朝它們吐痰、或在旁邊跳舞。「有沒有人可以告訴我英國人腦子到底在想什麼，讓他們將雕像蓋成背對文化卻盯著時鐘猛瞧？」他停頓一會，讓其他正在發抖的KEVIN弟兄仔細思考這個雄辯滔滔的問題。

「因為他們必須往前看才能忘記過去。有時後你幾乎都要可憐起他們了，你曉得吧？」他接下去，並轉了整整一圈，看看周圍醉醺醺的人群。

「他們沒有信仰，英國人。他們相信人為，但人為造成滅亡。看看這個帝國，他們有的就是這些。查理二世街、南非議院和一堆愚蠢的石頭人坐在石頭馬上。每十二小時承受一次日升日落的交替，一點問題也沒有。這就是他們所擁有的東西。」

「我冷得要命，」阿布杜．吉米抱怨，搓搓他戴著手套的手（他覺得他叔叔講的根本就是狗屎廢話，讓人聽不下去），這時，有個高大的英國人剛從噴水池溼漉漉走出來，頂著啤酒肚撞到他。「我們走吧，」他說：「離開這個鬼地方，到強朵士街去吧。」

「弟兄？」阿布杜．柯林對離得有點遠的米列特說：「可以走了嗎？」

「我一會兒就來，」他虛弱地催促他們趕快離開。「別擔心，我就過去。」

在那之前，他還有兩樣東西要看。一是一張特別的長椅，就是那邊那張，遠處牆邊那張。他朝它走去，那是段漫長、蹣跚的路程，得努力避開一堆跳康康舞的人（他的腦袋裝了太多麻藥，雙腳重得跟鉛塊一樣），但他辦到了。他坐了下來，找到了：

伊格伯

十多公分大小的字，落在椅子兩隻腳之間。伊格伯。黑黑的鐵鏽色，不是很清楚，但它就在那裡。這是個老故事了。

他爸來到英國幾個月後，曾坐在這張椅子上包紮受傷的拇指。他拇指的頂端在餐廳被一個粗心、老年痴呆的服務生給切了下來。剛發生的時候，由於是他壞死的那隻手，所以山曼德並沒有感覺。他只是用手帕包一包止血就繼續工作。但蔬菜卻因此浸在血泊之中，害客人都不敢吃了，最後阿達夏只好叫他回家。山曼德帶著他那隻開花的拇指離開餐廳，經過劇院區來到聖馬丁路。當他來到特拉法加廣場，他把拇指浸在噴水池裡，看著紅色的血流到藍色的水中，結果搞得一團糟，還引起別人側目。他只好改坐在椅子上，握住拇指根部止血。但血還是一直流，不一會兒，他索性也不把拇指舉高，就讓它像塊回教屠宰肉朝地面掛著，希望可以加速放血的過程。這時的他把頭垂在兩腿之間，拇指的血就任它滴在人行道上，突然，一股原始的衝動閃過他的腦海。他用正在滴的血，在椅子的一隻腳和另一隻腳之間，慢慢寫下伊格伯三個字。然後，為了讓字留得久些，他用小刀又劃了一遍，深深刻進石頭裡。

「就在我完成的那一刻，一陣強烈的羞辱感襲擊了我，」幾年之後，他對兒子說：「我逃離到黑暗之中，企圖逃避自己。我知道我在這個國家受到壓抑……但這次不一樣。結果我攀著皮卡迪利圓環站的扶手，又跪又拜又哭又求的，還攪亂街頭藝人的表演。因為我知道我的行為代表了什麼意義。意思是我要在這個世界寫下我的名字。意思是我自以為。就像英國人把街道命名為Karala來紀念妻子，就像美國人把國旗插在月球上。這是阿拉給我的警訊。祂在告訴我：伊格伯，你就跟他們一樣。這就是它的意思。」

錯了，米列特第一次聽到時心裡這麼想，不對，不是這個意思。它的意思是你什麼都不是。如今看著它，米列特除了蔑視之外沒有任何感覺。他一輩子都想有個「教父」，得到的卻是「山曼德」。一個有缺陷、破損、愚蠢、獨臂的服務生，在異鄉花了十八年，結果除了這些字外什麼痕跡也沒留下的人。這表示你什麼都不是，米列特重複著，躲避著地上一灘灘嘔吐的穢物（應該是那些從三點就開始灌酒的女生搞的）回到哈佛拉克像旁，並用恍惚的眼神去看哈佛拉克。這表示你什麼都不是，而他卻是大人物。就是這麼回事。這也是為什麼潘達吊死在樹上，而哈佛拉克這個劊子手卻坐在德里的躺椅上。潘達什麼都不是，哈佛拉克卻是大人物。這點根本就不需要圖書館的藏書、辯論或歷史重現。你看不出來嗎，阿爸？米列特呢喃。就是這麼回事，我們和他們之間的長久歷史。就是這麼回事，如此而已。

而米列特來此就是為了結束它，為了報復它，為了把歷史給扳過來。他自認自己有不同的態度，移民第二代的態度。如果馬考斯．喬分將在全世界寫下他的名字，那米列特就要寫得「更大」。在歷史這本書上絕不會漏掉他的名字，不管是日期或時間都不會被遺忘。潘達滑倒過的地方，他會踩得穩穩的，潘達選擇A的地方，他會選擇B。

的確，米列特已經神智不清了。這在我們看來似乎是很荒謬的事，一個伊格伯家的人居然會相信另一個伊格伯家的人，那個好幾代以前的祖先，相信他留在地上的麵包屑還沒被風給吹走。但我們怎麼想的並不重要，我們怎麼想似乎就是無法改變這個男人認為他這輩子是受到上輩子牽引的想法，或是吉普賽算命師以塔羅牌中的皇后向他發誓的事實。而且，要改變在母親腳邊告解所有罪狀的激動女子，或是會在寂靜午夜到山上獨坐在折疊椅中等待小綠人出現的人的想法，都是非常困難的事情。而在這些擁有奇奇怪怪想法的人當中，米列特並不算是太過奇怪。他相信做過的決定會再回頭。他相信我們活在循環之下。他是個簡單、單純的宿命論者。風水總是輪流轉。

「噹，噹，」米列特拍拍哈佛拉克的腳，大聲地說，然後轉身迷迷糊糊走向強朵士街。

「第二回合開始。」

一九九二年十二月三十一日

悲傷將伴隨知識增加而來

傳道書 第一章 第十八節

當雷恩托布斯獲令彙編蘭伯特天國殿一九九二年的每日一省桌曆，他特別小心避免一些前輩曾犯的錯誤。雷恩注意到，過去太多彙編都變成徹底愚昧、世俗的日子節錄句子，被自己的感情所操縱，因此在一九九一年情人節那天，我們看到的是愛本身沒有恐懼；但完美的愛會驅逐恐懼，約翰四章十八節，好像約翰的意思是鼓勵人們送牛奶或廉價泰迪熊給對方之類微不足道的感情，而不是耶穌基督那無人可比的大愛似的。因此，雷恩採取了完全相反的作法。像除夕這天，當每個人忙著打點新年，評估過去一年的表現，計畫未來一年的成功時，他覺得有敲醒大家的必要。他要給他們小小的提醒，這個世界是殘酷而沒有意義的。所有人類的努力終究是一場空。除了贏得上帝愛戴，並獲得進入身後極樂世界的入場券外，世上所有的進展都不值得一試。在撕完一整年的日曆，大部分做過的事情也都忘了的情況下，他撕掉三十號，看著三十一號那張乾乾淨淨的白紙，他很驚喜地發現這樣的提醒是那麼有效。面對前方的日子，沒有比這個想法更貼切的了，也沒有比這個警告更適當的了。他把日曆撕下來，塞進他那件緊繃的皮褲，然後叫包太太坐上摩托車外掛座。

「不屈不饒的勇者，風霜雨雪都不怕！」當他們在蘭伯特橋上呼嘯而過，朝特拉法加廣場而去時，包太太如此唱著。「堅定忠貞不動搖，跟隨上帝的腳步！[120]」

雷恩在左轉之前，確認自己打的燈號夠久，好讓後面那輛小巴士的天國殿姊妹跟上來。他在腦袋裡快速盤點了放在車裡的東西：歌本、樂器、布條、守望臺傳單。全都拿了而且正確無誤。他們沒有入場卷，但會在外面抗議，在這寒冷的天氣裡，就像真的基督徒一樣受罪。讚美上帝！這是多麼光榮的一天啊！所有的前兆都是好的。他昨晚甚至還做了夢，夢到馬考斯．喬分本身就是惡魔，而他們倆面對面四目交戰。雷恩說了一句：我和你水火不容，只能有一人留下。然後對他念了同一段經文（他記不得是什麼了，只知道是啟示錄裡的東西），一直念，一直念，一直念，直到惡魔／馬考斯變得越來越小，越來越

120 取自著名的聖經寓言文學《天路歷程》（*The Pilgrim's Progress*），作者為 John Bunyan。

小，甚至還長出耳朵和一條像叉子的尾巴，最後匆匆忙忙逃走，一隻小小的撒旦鼠。而就像夢裡所見，真實的情況也將是如此。雷恩將保持剛正不阿，不動如山，心意不改，然後，到最後，罪人終將要悔改。

這就是雷恩處理所有理論、現實和個人衝突的方式。他一動也不動，一吋都別想。但話說回來，這也是他一貫的長才。他有種單純的智慧，能以驚人的頑固堅持某個想法。而除了耶和華見證會之外，他還真找不到其他這麼適合這能力的東西。雷恩的思考非黑即白。至於他以前熱衷的東西（摩托車和流行樂）它們的問題在於老是有灰色地帶（雖然對見證會傳教士來說，最接近世俗生活的兩件事，可能就是寫信到新音樂快遞的孩子和為今日摩托車撰文的熱衷人士了），而且老是有些難解的問題，像是一個人是否應該少欣賞一點Kinks，多欣賞一些Small Faces，或到底是義大利還是德國才是備用引擎零件最好的製造商等等。那樣的生活如今對他來說已是如此陌生，甚至都不記得曾經那樣生活過了。他憐憫那些飽受不確定和進退兩難痛苦的人。當他和包太太騎過國會大廈，他也憐憫他們，他憐憫他們因為在這裡制定出的法律是暫時的，而他的法律卻是永久……

「沒有一句氣餒話，能動搖當初的想法，一心一意只為了，成為天路的旅客！」包太太的聲音顫抖著。「休想用那陰鬱事，過來擾亂他心情，否則只是取羞辱，因他力量無窮大……」

他品味其中。品味著自己與惡魔面對面，並對他說：「你，證明給我看。來啊，證明啊。」他覺得自己不需要回教或猶太教那樣的辯論，無需拐彎抹角的證據和防衛，只需要信仰。沒有任何理性的東西可以擊敗信仰。如果「星際大戰」（雷恩個人最喜歡的電影。善！惡！力量！如此簡單，如此真實！）確實綜合了所有古老神話和生命最純淨的寓言

（雷恩也是如此相信的），那麼信仰——純淨、無知的信仰——就是宇宙中最厲害的一把光劍。來啊，證明啊。他每星期天在別人門口都會這麼做，而現在他要對馬考斯・喬分做同樣的事情。證明給我看你是對的。證明給我看你比上帝還要行。但地球上根本沒有任何東西可以辦到，因為雷恩不相信也不在乎地球上的任何東西。

「快到了嗎？」

雷恩捏捏包太太虛弱的手，快速越過史川德，然後衝到國家藝術館後面。

「萬般敵人不畏怕，縱他面對皆巨人，至死捍衛這權利，成為朝聖者之路！」

說得好，包太太！成為朝聖者的權利！那不敢妄想卻成為主宰的人！去做對的事情的權力，去教育別人，無時無刻身為朝聖者的權力，因為神任命你的角色就是如此，到陌生地或異鄉去告訴無知的人，並堅信你所言全是事實的權力。永遠堅持做對的事情的權力。這些比起他曾經珍惜的權利：民主的權力、說話自由、性自由、抽大麻的權力、開舞會的權力、在大馬路上沒戴安全帽飆到時速一百公里的權利都還要好。雷恩可以保證，比這些都好太多了。他在執行一項稀有的權力，一項在這墮落的世紀末，稀有到簡直就要被淘汰的權力，所有權利最根本的一種，成為正派之人的權利。

1992/12/31
倫敦巴士
98路公車

從：威斯頓路
到：特拉法加廣場
時間：17：35
車資：成人一位〇．七英鎊
保留車票以供檢查

天啊（阿奇心想），他們弄得跟以前不一樣了。也不是說這樣比較糟，只是他們弄得非常、非常不一樣了。上面多了這麼多的資訊。打從你把票從票孔撕下的那一刻起，感覺就像被塞了東西，然後被洞視一切的標本師給釘住，就像冷凍在時間的框框裡，被抓到了。阿奇記得，以前不是這樣子的。幾年前，他有個堂弟叫比爾，在之前經過牛津街的三二路工作。比爾是個好人，對每個人都是微笑和講好話。他以前都會從嘎嘎響的大手把機器當中的其中一輛偷偷撕下一張車票（那些機器跑哪去了？骯髒的墨水跑哪去了？）也不等你把錢遞過去，拿去吧，阿奇。這就是比爾，總是會幫你。反正呢，那些票，舊的那種，它們不會告訴你你要去哪裡，更別說你是從哪裡來。他不記得上面有看到任何日期，也絕對沒有提到時間。當然，現在都不一樣了。這上面所有的資訊，阿奇搞不懂為什麼要這樣。他拍拍山曼德的肩膀，而他就坐在他的前面，巴士上層最前面的位置。山曼德轉過頭來，看著阿奇遞過來的車票，聽完他的問題，然後給他一個可笑的表情。

「我說，你到底想知道什麼？」

他看起來有點暴躁。現在每個人都有點暴躁。下午稍早的時候光是門鈴就響了好幾回。妮娜要求大家都去參加那隻老鼠的發表會，好看看愛瑞和馬吉德參與的狀況，加上他們至少可以做的就是去參加並支持他們的家人，加上不管他們是怎麼想的，這其中畢竟投注了很多心力，加上年輕人需要父母的肯定，加上不管他們要不要去，她都一定會去，加上如果家人連這個大日子都不去，那肯定是場很難看的戲，加上……就這樣一直講一直講。結果就是情緒決堤。愛瑞哭了出來（愛瑞是怎麼了？這幾天老是有點哭哭啼啼的）。克羅拉指控妮娜的情感脅迫，艾爾沙娜說如果山曼德去那她就去，但山曼德說他在歐康尼爾酒吧過年都過了十八年了，今年可不想例外。至於阿奇，他說如果要他整個下午聽這些吵吵鬧鬧，那他寧願一個人跑到安靜的山上坐。他這麼說時，所有人都古怪地看著他。他們不知道這是他從伊貝爾高夫特幾天前的來信中所得到的預言性建議。

親愛的阿奇博德，

這是個宜人的季節，但從我窗戶看出去卻是一片混亂。如今有四隻貓科動物，為了爭奪版圖在我花園裡打架。牠們習慣在秋天把自己那塊地尿得都是，如今又感到不滿，加上冬天來臨使牠們變得很著急，結果就成了爪子伺候、貓毛亂飛的情況，尖叫聲吵得我整夜不得安寧！使我不由得想起我養的那隻貓，加百利，牠就聰明多了，乾脆坐在我的車庫頂，放棄了對領土的爭奪以換來寧靜的生活。

一九九二年十二月二十八日

但最後，艾爾沙娜下了命令。不管他們願不願意，阿奇和其他人都要去。但他們並不願意，所以就各自占了巴士的一排座位，免得跟別人坐在一起：克羅拉坐在艾爾沙娜後面，艾爾沙娜坐在阿奇後面，阿奇坐在山曼德後面，妮娜則在走道另一邊和山曼德相對。愛瑞坐在阿奇旁邊，只因為沒有其他的位置了。

「我只是想說……你知道，」阿奇嘗試第一個話題，好打破他們離開威斯敦就凍結的沉默。「這挺有意思的，他們在車票上放這麼多資訊。就是跟，你知道，跟過去比起來的話。我只是在想為什麼。這挺有意思的。」

「我老實跟你說，阿奇博德，」山曼德受不了地說：「我覺得這一點意思也沒有。我覺得這無聊透頂。」

「喔，是，」阿奇回答。「你說的是。」

這時公車來了個超級大轉彎，感覺好像差點就要翻過去。

「呃……所以你不知道為什麼……」

「不知道，瓊斯，我可沒朋友在公車廠工作，對這些無疑是每天在倫敦運輸局做出的先進決策，也沒什麼內線消息。但如果你要問我無知的猜測，那我想這是政府某種大型監督流程的一部分，用來無時無刻追蹤阿奇博德．瓊斯，好搞清楚他一整天或任何時間都跑到哪裡，又做了什麼——」

「老天，」妮娜不耐煩地插話進來。「你為什麼非得這麼霸道？」

「有沒有搞錯？剛剛在這邊跟我講話的不是妮娜妳吧？」

「他只是在問問題，你卻非要講一堆屁話。我說，你已經欺負他半個世紀了，還不夠嗎？你為什麼就不能放過他？」

「妮娜．貝吉，我發誓，如果妳今天敢再命令我一次，我就把妳的舌頭挖出來當領帶。」

「冷靜點，山姆，」阿奇說，對於他無心引起的事端感到不安。「我只是——」

「你休想恐嚇我姪女！」艾爾沙娜從巴士後面插話進來。「不要因為你寧願去吃你的豆子薯條——」啊！（阿奇渴望地想著）豆子和薯條啊！「也不願去看你兒子成就一些事情，就把氣出在她身上，而且——」

「妳又是什麼時候變的這麼熱衷了，」克羅拉也加入她微薄的知識。「妳知道嗎，艾爾沙娜，妳有個很好用的習慣，就是會忘記兩分鐘前才發生的事。」

「那個和阿奇博德住在一起正在講話的女人！」山曼德嘲笑。「我可要提醒妳，住在溫室裡的人……」

「你錯了，山曼德，」克羅拉反抗。「你不用把矛頭指向我。你才是真的不想來的人，只是你從來就堅持不了決定，不是嗎？老是搖來擺去的。至少阿奇就……呃，你知道……」克羅拉結巴起來，不習慣為她的老公辯護，也不確定要用哪個形容詞。「至少他做了決定就會堅持到底，至少阿奇是不變的。」

「喔，對啦，沒錯，」艾爾沙娜諷刺。「就跟石頭一樣不會變，就跟我親愛的媽媽一樣不會變，因為她已經被埋在地下好幾年——」

「喔，閉嘴！」愛瑞叫嚷。

艾爾沙娜頓了一會兒，等到驚嚇過去之後又不甘心的說：「愛瑞．瓊斯，妳休想叫我……」

「不對，事實上，我就是偏要，」愛瑞的臉脹得通紅。「沒錯，我就是要。給我閉嘴，閉嘴，艾爾沙娜。還有你們全都閉嘴。可以了嗎？就是給我閉嘴！你們是沒注意到嗎，這車上還有其他的人，我不管你們信不信，但不是全世界的人都想聽你們廢話，所以給我閉嘴！來啊，有膽試試啊。終於安靜了是吧？」她把手伸到空中，好像要去碰觸她所製造出的寧靜。「這樣不是很好嗎？你們知道其他家庭就是像這樣的嗎？他們很安靜。去問問其他坐在這裡的人啊，他們會告訴你，他們一樣也有家庭，而且很多家庭就是像這個樣子。有些人老愛說他們是受到壓抑或妨礙情緒什麼的，但你們知道我說的意思吧？」

伊格伯和瓊斯家、還有車上其他人全都驚訝得說不出話來（連那個大嘴巴，正要前往布里斯頓參加新年舞會的雷鬼女孩也不例外）。沒有人敢回答。

「我說，他們是走狗運。他媽的、他媽的走狗運的人。」

「愛瑞·瓊斯！」克羅拉叫。「嘴巴放乾淨點！」但愛瑞·瓊斯就是停不下來。

「多麼和平的相處啊。他們的生活一定很愉快。他們一打開大門，裡面有的就是廁所和客廳，全是中立的地方，而不是永無止境的迷宮，到處是現在的房間和過去的房間，幾年前他們在裡面說過的話、還有每個人的過去像狗屎一樣堆得滿地。他們不會一直犯同樣的錯誤，不會老聽到一些老掉牙的蠢事。他們不會在公開場所表達對公共運輸的疑慮。真的，我告訴你們，就是有這樣的人。他們生活中最憂心的事就是像換地毯、付帳單、修大門這種事。他們不會管孩子在做什麼，只要他們是……你知道，健康，快樂就好。每天也不會他媽的大肆爭吵，淨吵些他們現在是什麼、未來應該變成什麼，以前是什麼、以後又會變成什麼的事情。去啊，去問他們啊，他們就會告訴你，他們沒有清真寺，也許偶爾上上教會，生活中幾乎沒有罪惡，卻有一堆的寬恕。他們沒有閣樓，沒有閣樓裡的一堆廢物，沒有骨灰放在碗櫥裡，也沒有曾祖父。我現在就可以跟你們打賭二十鎊，山曼德是這裡唯一知道他曾祖父的腳內側他媽的多長的人。你們知道他們為什麼不知道嗎？因為那些根本就他媽的不重要。就他們來看，那些都過去了。這就是其他家庭的樣子。他們不會自我放縱，不會到處洋洋得意地張揚他們的不正常。他們不會把時間花在讓他們生命更複雜的事上。他們就是這樣過下去。這些走狗運的傢伙，真是他媽的走夠運的傢伙。」

由於突然爆發出來，造成大量腎上腺素在愛瑞身體裡流竄，使她的心跳達到萬馬奔騰的地步，觸動了她肚裡的小孩，因為愛瑞已經懷孕八週了，這點她自己也知道。但她不知道孩子的父親是誰，而且她也知道她可能永遠都無法知道了（她看到如鬼魅般的淡藍色線條出現在試紙上的那一刻，好像在義大利家庭主婦的南瓜上看到瑪丹娜的臉）。在這世上沒有一種檢驗可以告訴她。同樣濃密的頭髮，同樣閃爍的雙眼，同樣咬鉛筆頭的習慣，同樣大小的鞋子，還有同樣的ＤＮＡ。她無法知道她身體的決定，無法知道在那場授精的競賽中，她的身體在面對得救與不得救之間做了什麼樣的決定。她不知道這個決定是否會造成任何不同，因為不管孩子的爸是哪一個，另一個也一樣是他（她）的父親。她將永遠都不會知道了。

一開始，這個事實對愛瑞來說似乎是難以言喻的悲傷。她直覺地為這項生物事實感傷，再加上自己的胡亂推論：如果不知道是誰的孩子，是否就表示是沒人的孩子？她想到了喬書亞的舊科幻小說，裡面折了精心設計的虛構地圖，他的幻想冒險。而她的孩子似乎就是這樣，一個未經刻意安排下的完美布局，一張指向虛幻祖國（父不詳）的地圖。但就在她腦海不斷哭泣、踱步和翻滾之後，她想：管他的，你知道，就是管他去的。事情就是會變成這樣，雖然不見得一模一樣，但就是會像這樣陷進去。我們現在講的可是伊格柏家、是瓊斯家啊。她如何能期望少陷進去一點呢？

於是她讓自己冷靜下來，把手放在她撲通撲通跳的胸口，並在巴士抵達廣場和停滿鴿子的圓環時深吸一口氣。她會告訴其中一個，然後瞞著另一個，而將由她來決定是哪一個，就在今晚。

「妳還好嗎，寶貝？」一陣許久的沉默過後，阿奇把他那隻粉紅色的大手放在她膝蓋上，上面還有如茶漬一般的老人斑。「妳心裡面還真藏了不少話。」

「沒事，爸，我沒事。」

阿奇對她笑了笑，把零散的頭髮塞到她耳後。

「爸。」

「嗯？」

「關於那車票的事。」

「怎麼樣？」

「有個說法是因為太多人沒有付足應付的錢。過去幾年，巴士公司飽受越來越大的赤字所苦。你看那上面不是寫著保留車票以供檢查嗎？這樣他們等一下才可以看。上面列了所有詳細的資料，這樣你就逃不掉了。」

阿奇不明白的是，難道過去就比較少人作弊嗎？過去的人都比較誠實、夜半門戶大開、把孩子交給鄰居、老實付稅、或按時與肉店老闆結清賒帳嗎？在某個國家變老最好笑的地方就是，人們老是想從你這裡聽到這些。他們想聽到這塊土地過去確曾是個綠意盎然的快樂地。他們就是需要聽到這些。阿奇不確定他的女兒是不是也需要。現在她正滑稽地看著他，整個嘴巴往下彎，眼神幾乎是在懇求。但他能跟她說什麼呢？新年來來去去，但似乎沒有答案可以改變這世上就是有壞蛋的事實。這世界永遠永遠就是有一堆的壞蛋。

「我小時候，」愛瑞拉了下車鈴，輕聲說：「常覺得公車票就像小小的不在場證明。我的意思是，你看：它們上面有時間、有日期、有地點。如果我上了法庭，需要為自己辯護，證明我並不是像他們所說的在哪個位置，或做他們所說的那些事，那麼當他們這麼說時，我就可以拿出一張車票來。」

阿奇沒有說話。愛瑞本來以為這段對話已經結束了，因此幾分鐘後，當他們費了一番功夫穿越漫無目的圍在一起歡度新年的群眾和觀光客，走向培瑞特會館的階梯，她爸突然開口，她還因此嚇了一跳。「這倒是，我從沒想過這點。我會記住的。搞不好哪一天你會用到，誰曉得呢？妳說是不是？還有一點，我想妳應該把地上的票也都撿起來，然後收在罐子裡，這樣不管是在什麼情況下，就都有不在場證明了。」

所有人都朝同一個房間走去，那個最後的地方。培瑞特會館眾多房間中的一個大房間，和展示區隔開來卻叫做展示間的房間，一個協調的地方，不帶有過去包袱的地方；一個共同的場所，有乾淨的石板，白色／鉻黃色／潔淨／樸素（設計說明上說的），讓想在二十世紀末有個中立地方可以開會的人所用的房間；一個虛擬的空間，讓某些事情（像是品牌重塑、女用內衣褲或重塑女用內衣褲品牌）可以在空曠、未被汙染的洞穴中完成；一個對過去一千年來又擠又血腥的空間來說最合理的終點。這個房間每天由一位奈及利亞婦人用工業用吸塵器修飾、消毒，使其每日如新，晚上還有一位先生叫迪溫特（de Winter）在看守，一個波蘭守夜人（他都是這麼稱呼自己的——真正的頭銜是資產保全員）。你可以看到他在保護這個地方，身上帶著播放波蘭民謠的隨身聽，在這個空間邊緣走動，只要你經過那裡，就可以透過一片大玻璃看到他，看到這個被保護的地方，和這地方每一平方呎的價格。房間是狹長的，高度足夠容納三個疊在一起的阿奇外加半個艾爾沙娜，今晚還有（明晚就沒了）兩幅相稱的大型海報，浮貼在整個房間的兩側，有如壁紙，上面用各種不同的字體，從嚴謹的維京古體到現代的擠壓效果，寫著**千禧年的科學使命**，想藉此讓字體本身傳達千年演變的感覺（說明上說的），顏色則是灰、淡藍和墨綠交替，因為這些都是經研究證實人類會聯想到「科學與科技」的顏色（紫色和紅色表示藝術，深藍代表品質和／或檢驗通過的商品），因為很幸運地，在長久以來的相連效應後（鹽和藍醋、起司和綠洋蔥），人們終於可以在設計空間的時候，或重新塑造某個品牌的時候提供他們自己的意見了，哪怕是一個房間／家具／英國風（說明上說的：新的英式房間，為英國設計的空間，英國化的，英國的空間，英國工業與文化空間）；當被問及暗黃色給他們什麼感覺時，他們知道那是指什麼意思。他們也知道何謂民族識別？象徵？畫作？地圖？音樂？空調？微笑的黑小孩或是微笑的中國小孩或是（請勾選）？世界音樂？雜亂無章或是井然有序？瓷磚還是地板？植物？自來水？

他們知道他們要的是什麼，尤其是生活在本世紀，像迪溫特（原名 ne Wojciech）先生一樣被迫從一個地方遷移到另一個地方的人，他們改了名字、重新包裝，每份問卷的答案就是沒有沒有空間謝謝就只要空間沒有謝謝沒有空間。

20 老鼠與記憶

就跟電視上的一樣！這是阿奇對現實事件所能想到最恭維的話。只不過這房間不只一樣，甚至更好。很現代，設計得這麼棒，讓人在裡面呼吸都不敢，更別說是放屁了。還有那些椅子，塑膠做的但沒有腳，彎的像個S，好像光靠彎度就能坐。椅子一張張連在一起，排成十排共約兩百個，坐在上面它就繞著你的身子，軟軟的又足以支撐。好舒服！好現代！你還真不得不佩服這樣的折疊，阿奇心想，然後往其中一個坐上去，這比他接觸過的任何折疊都要高竿多了。真是不賴！

另一件比電視上還好的地方，就是有很多阿奇認識的人。米爾博（一個流氓）在最後面，和阿布杜．吉米和阿布杜．柯林一起；喬書亞．喬分在中間，馬吉德和那個喬分家的女人坐在前面（艾爾沙娜不想看她，但阿奇還是跟他們招了手，因為怕會不禮貌），馬考斯本人面對所有人（就在阿奇附近。阿奇坐到這房間最好的位置），坐在長長的桌子後面，就跟電視上一樣，上面堆滿麥克風，擠得像一群他媽的殺人蜂，肚子又黑又大的。馬考斯坐在另外四個傢伙旁邊，三個年紀和他差不多，另外那個就真的好老，看起來乾乾癟癟的。如果「脫水」可以用來形容人，那他就像脫過水一樣。他們全都戴著眼鏡，就像電視上的科學家，不過卻沒人穿白色長袍，反而都穿得很休閒：V領、領帶、平跟船鞋。有點令人失望。

好了，阿奇至今看過太多吵鬧的記者會了，真的（哭泣的父母，失蹤的小孩；如果是外國孤兒，就正好相反：哭泣的小孩，失蹤的父母），但這次比那些都好多了，因為這次桌子中央有個很有趣的東西：一隻老鼠（電視上很少看到，通常只有哭哭啼啼的人），一隻普通老鼠，咖啡色的，就牠自己一隻，但非常好動，在有如電視螢幕大小，上面還有通氣孔的玻璃盒裡跑來跑去。剛開始，阿奇還有點擔心（七年都要待在玻璃盒子裡？）後來才知道這只是暫時的，讓大家拍照用的。愛瑞解釋會館將提供很大的空間來養牠，裡面有很多管子和隱密的地方，還有一個格子疊著一個，這樣牠就不會覺得太無聊，而等會兒，這隻老鼠就會換到那個地方去。所以沒關係這老鼠看起來狡猾逗趣令人眩炫目，好像常常在做鬼臉似的。你都忘了老鼠有多機警了，根本就是個你要小心的麻煩貨。這也是為什麼愛瑞小時候他都不讓她碰的原因。金魚就省事多了，因為牠是短記憶的動物。在阿奇的經驗裡，任何長記憶的動物都會記恨（像是你給錯食物啦、硬幫牠洗澡啦），而會記恨的寵物就不是你所想要的。

「喔，你在這裡，」阿布杜．米奇在阿奇旁邊的位置狠狠坐下，這個舉動並未讓這把沒腳的椅子漏氣。「你不會希望把那隻憤恨不平的臭老鼠抱在手中吧。」

阿奇笑了出來。米奇是那種你會想和他一起看足球、板球，或如果你在街上看到有人打架，會希望他也在場的人，因為他算得上是生命評論家，或是哲學家什麼的。他對自己生活的環境很失望，因為沒有足夠的機會讓他表現這一面。但只要讓他脫掉圍裙，遠離烤箱，並給他足夠的空間施展，他就能自成一格。阿奇很有耐心聽米奇講話。他有的是時間。

「他們到底要什麼時候開始？」米奇對阿奇說：「想慢慢來是吧？總不能整晚盯著他

媽的老鼠瞧吧，你說是不是？我的意思是，你在除夕夜把這些人找來，總要給人家某些類似娛樂的東西吧？」

「嗯，」阿奇不反對，但也不全然同意。「我想他們得把筆記看過一遍什麼的，總不能就這樣上臺亂講，是不是？我的意思是，這不光只是取悅大家而已，不是嗎？這是科學，」阿奇講科學的模樣就像他講現代兩個字，好像有人把這個詞借給他，而且要他發誓絕對不能弄破。只見阿奇更堅定地重複一遍。「科學，是完全不同的一回事。」

米奇點點頭，並認真考慮這個建議，試圖決定他願意給科學這個反駁論點多少重量，其中包含這個詞背後所代表的專業及卓越性，一些米奇或阿奇都不曾思考過的領域（答案是：零），而當他明白了這個詞背後的所有涵義之後，他又該給這個論點多少尊重（答案是：去他媽的。人生才是重點，不是嗎？）而在他將其撕裂之前，他又應該忍耐幾秒（答案是：三秒）。

「剛好相反，阿奇博德，他媽的剛好相反。那是華而不實的論點，是他媽常見的錯誤。科學和所有東西沒兩樣，你懂嗎？我的意思是，當你仔細看清楚就會發現。事情到最後，你還是要取悅這些人，你懂我的意思吧？」

阿奇點點頭。他知道米奇的意思。（有些人——山曼德就是個例子——會告訴你不要相信那些過度使用到最後這個詞的人，像是足球經理、房地產顧問、各式各樣的銷售員等等。但阿奇卻從不這麼認為。善於使用上述這句話的人，總是讓阿奇相信對方碰觸到了事情的底部，講到了事情的重點。）

「如果你覺得這地方和我的店有啥不一樣，」米奇不知怎麼開嗓講了起來，但音量還是維持在悄悄話的程度。「那你就是在鬧笑話了。事情到最後都是一樣的，就是顧客這麼回事。舉個他媽的例子給你聽：如果沒有人要點橙汁鴨胸，那我把它放在菜單上有啥屁用。同樣地，如果不會對某人造成他媽的好處，那在這些聰明想法上花那麼大把的錢又有啥意義。好好想想吧。」米奇說著，敲了敲太陽穴，阿奇則盡可能地遵從他的指示。

「但這不表示你連一次他媽的機會都不給它，」米奇的語氣柔和下來。「你得給這些新的想法一個機會。不然就太狹隘了，阿奇。好了，到最後，你知道我一直都是個前衛的怪胎，這也是為什麼兩年前我推出捲心菜炒馬鈴薯的的原因。」

阿奇睿智地點點頭。捲心菜炒馬鈴薯早已成為某種啟示。

「現在也是一樣。你得給這些事一個機會。我也是這樣跟阿布杜．柯林和我兒子吉米講的。我說：在你們做出任何行動前，最好先過來給它一個機會，所以他們就來了，」阿布杜．米奇把頭向後轉，嚴厲地朝他弟弟和兒子的方向看，兩人則回以順從表示。「當然，他們可能並不喜歡他們即將聽到的東西，但你也不敢保證吧？至少他們帶著開放的胸襟過來了。現在，以我個人來說，我是衝著馬吉德．伊格伯的威信來的。我信任他，信任他的判斷。但就像我說的，我們還是得看下去。人就是操他媽的生存與學習啊，阿奇博德，」米奇並無意冒犯，但這些髒話就像口頭禪一樣控制不住，像豆子或豌豆，填補話語不足的地方。「我們生存並且操他媽的學習。而且我可以告訴你，如果今晚在這裡宣布的事可以讓我相信我兒子吉米的小孩不會再有月球表面的皮膚，那麼，阿奇，我就會完全改觀。我現在就可以告訴你。我不知道老鼠和他媽的平滑皮膚有什麼關係，但我告訴你，我願意把生命放在那位伊格伯男孩的手裡。我對那小伙子就是有種很好的感覺，他比他弟要強多了，」米奇壓低聲音偷偷地說，因為山曼德就在他後面。「少說也有好幾倍。所以我說，他當時是他媽的怎麼想的，啊？換做是我就會很清楚要送走哪一個，一點也不用害怕。」

阿奇聳聳肩。「那是個困難的決定。」

米奇雙手交叉在胸前出言嘲笑。「沒這回事，老兄。你不是對的就是錯的。一旦你了解這點，阿奇，生命就會瞬間變得簡單多了。記住我這句話。」

阿奇很感激地記住米奇的話，並把它加進本世紀給他的至理名言裡：你不是對的就是錯的。餐券的黃金歲月已經過了。這樣就很好了。正面或背面。

「喂？喂，現在是怎樣？」米奇咧嘴而笑。「要開始了，各就各位，麥克風打開。一、二，一、二。看來好戲要上場了！」

「……這個成果是開創性的，是值得大家投注金錢和注意力的事情，這個成果的意義，在任何理性的人心中，絕對超越被煽動出來的反對意見。我們所需要的……」

我們需要的，喬書亞心想，就是坐到前面的位置。這是操他媽的典型的克理斯賓式計畫。克里斯賓在最緊張的時候要求幾個位置，好讓FATE融入群眾之中，然後在最後一刻戴上巴拉克拉法帽。但這種垃圾想法只有位置中間有走道的時候才行得通，而這裡就是沒走道。現在他們得笨拙地移到旁邊的通道，就像在戲院找椅子的恐怖分子，盡可能減慢整個行動的速度，偏偏力求速度和震驚才是這次行動的重點。多棒的計畫啊！這個計畫讓喬書亞有夠吐血，既複雜又愚蠢，全是為了讓克理斯賓獲得更大的榮耀所設計。讓克理斯賓可以大罵幾句，讓克理斯賓可以揮一揮槍，讓克理斯賓可以模仿傑克．尼克遜做一些誇張的抽搐動作，僅僅就是為了灑狗血。**真是棒透了！**而喬書亞該說的就只是爸，求求你，照他們的話做，儘管私底下他覺得還是有些即興演出的空間，像是爸，求求你，我還他媽的年輕，我還想活，照他們的話做，看在老天份上，不過就是一隻老鼠……我是你兒子啊，若是他爸表現出猶豫的樣子，可能就是一段被槍托打昏的戲碼。這整個計畫的煽情程度簡直可比起司中的斯提耳頓乾酪。但這會奏效的（克理斯賓這麼說），這種方法總是有用。但太常待在動物王國的結果，使克理斯賓就像無知的泰山：完全不知道人類的動機。他對喬分內心想法的了解，恐怕永遠都不及他對獾的心態之透徹。而如今，喬書亞看著馬考斯和他壯麗的老鼠站在臺上，慶祝他這一輩子、甚至是這一世代最偉大的成就，他就是無法阻止自己喜歡作對的腦袋去想，有沒有可能是他、克理斯賓和FATE的人完全判斷錯誤，有沒有可能是他們全都冠冕堂皇地搞錯了，有沒有可能他們錯估了喬分主義的力量以及其對理性的卓越承諾。因為很有可能，他的父親並不會像一般老百姓一樣，只為救他所愛的人就不經大腦思考。很有可能，愛這件事情根本就不在他的思考範圍內。而光是想到這點就讓喬書亞得意地笑了。

「……我要感謝大家，尤其是我的家人和朋友，他們犧牲除夕夜……我要感謝大家從開始就來參加這個我確定大家都會同意是很令人興奮的專案，不只我和其他研究人員這麼想，而是更多……」

馬考斯開始演說，米列特則看著KEVIN的弟兄相互交換眼神。他們算算還有十來分鐘，或者十五分鐘。他們將從阿布杜．柯林處得到暗號。每個人都在遵從指示。而米列特相反地並未遵從任何指示，至少不是口耳相傳或紙張傳遞的那種。在他的基因中藏著專橫的因子，而他暗袋內藏的那把冷冷的金屬則是他長久以來受到指控的答案。他的內心就是一個叛徒（潘達）。他的血液中流著叛亂。

至於是怎麼拿到的，其實也沒啥大不了：就是打兩通電話給KEVIN以前的老夥伴，在一種不用言明的協議下，用些KEVIN的錢，到布里斯頓走一趟，嘿！東西就神奇地跑到他口袋裡了，而且比他想像還要重，但除此之外，這東西倒是還不賴，他幾乎都要欣賞起它來。它讓他想到幾年前看過的小型汽車爆炸，就在基爾本的愛爾蘭區。當時他才九歲，和山曼德走在一起。但當山曼德被嚇到，而且是真的被嚇到時，米列特卻是眼睛連眨都沒眨一下。對米列特來說，這種事太平常了，根本連鳥都不想鳥。因為這些已經不再是什麼少見的事物，就像已經沒有什麼神聖不可侵犯的事一樣。他對這些太熟悉了，電視上都有在演。因此就算握著那把槍，第一次感受它冷冷貼在自己的肌膚上，也沒什麼大不了的。而當事情就像這樣朝你迎面而來，就像這樣不費吹灰之力各就定位，還真是讓人想說出那個F開頭的英文字：Fate（命運）。對米列特來說，這一切就像活生生上演的電視劇：一個擋不住的故事，由別人所撰寫、製作和導演的故事。

當然了，當他人在現場，昏昏沉沉而且害怕，事情就變得沒那麼簡單了，而他的夾克右邊感覺就像有人在裡面放了鐵砧似的。如今他明白了電視和真實人生的真正差別，感覺就像被人在睪丸踢了一下。差就差在後果。但就算是這點，他也是在電影裡搜尋建議（因為他不像山曼德或蒙格・潘達，他沒有真正遇過戰爭，沒有真的看過行動，沒有任何類似的經驗或情事），又再想起教父第一集裡的艾爾・帕西諾。艾爾・帕西諾在餐廳廁所裡縮成一團（就像潘達在營房縮成一團），等待衝出廁所把坐在格子桌上那兩個傢伙炸得腦袋開花的時機。米列特記得，他記得在過去幾年，他光是那一幕就倒帶、停格和慢動作不知看了多少遍。他記得，不管你將那一剎那的艾爾・帕西諾停格多久，不管你重複多少次那一度閃過他臉上的猶豫，他最後除了勇往直前之外，沒做過第二個選擇。

「……當我們考慮到這項科技對人類的重大意義，我相信，其將可媲美相對論和量子力學等本世紀在物理上的新發現。當我們考量其提供給我們的選擇——這裡指的不是藍眼或棕眼之間的選擇，而是眼睛看不見和眼睛看得見之間的選擇時……」

但愛瑞如今相信，有些事是人類眼睛怎麼也看不出來的，哪怕是用多大的放大鏡、望遠鏡或顯微鏡。她已經試過了，應該很清楚。她先看看這位再看看那位，看看那位再看看這位——看得太多次了，以至於看起來都不像是臉了，只是一塊棕色帆布上面有奇怪的凹凹凸凸，就像某個太常說的字突然就變得沒有意義。馬吉德和米列特。米列特和馬吉德。馬列特。米吉德。

她也曾經求她未出世的孩子給她一些暗示，但什麼也沒有。她腦中徘徊著一首在荷坦絲家裡看到的詩，聖詩六三，我切切尋求你，我的心渴望你，我的肌期盼你……但這對她來說要求太多了。這要她回到過去，回、回、回到那個源頭，回到精子遇到卵子、卵子遇到精子的那一刻。這在歷史中已經太過遙遠而無法追溯。愛瑞的孩子將永遠無法被精密勘測或確認提及。有些祕密是永久的。在愛瑞的想像裡，她看到了一段時間，離現在不遠的時間，在那裡源頭不再重要，因為它就是不能、就是不該、就是太久遠、就是太曲折、就是他媽的被埋在太下面了。而她對此期待萬分。

「不屈不饒的勇者，風霜雨雪都不怕……」

有好幾分鐘了，在馬考斯的演說和相機的快門聲下，還有另一個聲音出現（米列特對此尤其敏銳），一個模模糊糊的歌聲。馬考斯盡量不去管並繼續他的演說，但這聲音變得越來越大，使他開始在講話中停頓下來看看四周，儘管這聲音顯然不是從房間裡傳出來的。

「堅定忠貞不動搖，跟隨上帝的腳步……」

「喔，老天，」克羅拉傾身向前在她老公耳邊低語。「那是荷坦絲，是荷坦絲。阿奇，你一定要過去處理一下，拜託你。你從那邊出去比較方便。」

但阿奇聽得正高興。他完全沉浸在馬考斯的演說和米奇的評論之中，就像一次看兩臺電視。非常有資訊。

「叫愛瑞。」

「不行啦，她在太裡面了出不去。阿奇，」她用恐嚇的方式咆哮。「你不能讓他們這樣一直唱下去吧！」

「山姆，」阿奇試著小聲傳達。「山姆，你去。你根本就不想來的。去嘛，你認識荷坦絲，就叫她小聲一點。我真的很想繼續聽下去，你知道，非常有資訊。」

「正合我意，」山曼德嘶聲回答，魯莽地從位置上站起來，就連狠狠踩到妮娜的腳趾也懶得說聲抱歉。「還有，用不著替我留位置了。」

馬考斯針對老鼠未來七年的詳細狀況已經講到四分之一，這場騷動讓他從筆記中抬起頭來，並看著那道人影消失在人群之中。

「我想，已經有人發現這故事沒有美好的結局了。」

當觀眾笑了一下並恢復安靜之後，米奇在阿奇的肋骨推了一下。「看到沒有，這樣才像話嘛，多加一點幽默，讓事情輕鬆一點。講白一點就是這樣，是不是？不是所有人都念牛津大學，我們很多人念的可是——」

「社會大學，」阿奇點頭贊同，畢竟他們兩人都念過，儘管時間各有不同。「你說得很對。」阿奇說。

外面，當門在他身後關上時，山曼德感受到自己的決心和堅強，但接近那些可怕的見證會女士後又開始動搖。她們約有十來個，全都戴著恐怖的假髮，站在前面的階梯上，猛烈敲打她們的樂器，好像希望她們打擊的是真實的東西而非旋律。她們個個嗓門全開，五名警衛明顯已被擊敗，就連雷恩．托布斯對這群唱詩班怪物似乎都有點敬而遠之，寧願站在遠遠的人行道上，把守望臺傳單發給前往蘇活區的群眾。

「我可以去嗎？」一個喝醉的女孩看著封面那張庸俗的天堂圖問，接著把傳單放進手中一堆新年的傳單中。「有什麼服裝規定嗎？」

帶著一點疑慮，山曼德在那個敲三角鐵的女人有如橄欖球員的肩膀上拍了一下。他用盡一個印度男人面對一個可能很危險的牙買加老女人所能用上的字彙（是不是可不可以請妳很抱歉有沒有可能請妳很抱歉——一些你在公車站牌學到的話），結果鼓還是照敲，笛還是照吹，鈸還是照打。這些女士繼續在寒霜中踏著她們的鞋子嘎扎嘎扎遊行。而荷坦絲·包頓（太老了無法這樣行走），便繼續坐在折疊椅上，毅然決然盯著在特拉法加廣場跳舞的那群人。她的膝蓋上面有一張布條，上面簡單寫著：

時間即將到來——啟示錄第一章第三節

「包頓太太？」山曼德在詩歌間奏的空檔中走上前去。「我是山曼德·伊格伯，阿奇瓊斯的朋友。」

由於荷坦絲沒有看他，也沒透露出任何認識他的樣子，山曼德覺得有必要更進一步說明他們之間錯綜複雜的關係。「我太太和你女兒是非常好的朋友，還有我太太的表妹也是。我兒子是你孫女的朋——」

荷坦絲「嘖」了一聲。「偶知道你素誰，老兄。你知道偶，偶知道你。但在此時此刻，世上就只有兩種人。」

「我們只是想說不曉得……」山曼德偵測到即將有一段說教，馬上切入正題、截斷所有機會。「你們有沒有可能可以小聲一點……只要——」

但荷坦絲同一時間已經啟動，她把眼睛閉上、雙臂舉起，以牙買加傳統的方式見證她要說的事實。「只有兩種人：歌頌上帝的人，或拒絕上帝危及靈魂的人。」

她轉身，站起來，朝喝醉的人瘋狂揮舞手中的布條，就像特拉法加廣場的噴泉一樣起起落落。然後有一個憤世嫉俗的攝影記者要求她再做一次，以填補他在第六頁上的版面。

「把布條拿高一點，親愛的，」他舉高相機，一隻腳跪在雪中。「來囉，生氣起來，就是這樣。好極了。」

見證會女士提高她們的音量，把歌聲送上了蒼天。「我切切尋求你，」荷坦絲唱著。「我的心渴望你，我的肉期盼你，在這乾旱旱疲乏無水之地……」

山曼德全部看在眼裡，出乎意料之外，發現自己並不想叫她停止。一部分是因為他累了，一部分是因為他老了，但最主要的原因是他會做同樣的事，只不過名義不同罷了。他知道這所求的是什麼。他知道那種乾旱。他嘗過那種人在異地才會有的乾渴——令人害怕又揮之不去——一種持續一輩子的乾渴。

這樣就很好了，他想，這樣就很好了。

裡面。「但我還在等他講有關我皮膚的事情，到現在什麼也沒聽到，你有聽到嗎？阿奇？」

「沒，還沒有。我想他有太多事要講了，像是大革命什麼的。」

「嗯，這是當然……但你花了錢，總是希望得到你要的。」

「你該不會是花錢買票來的吧？」

「不不，不是。但我還是有期待啊。原則不會變，是吧？喔——喔，等一下……我想我剛聽到了皮膚兩個字……」

米奇確實聽到了皮膚。很明顯的就是皮膚上的刺瘤，講了有足足五分鐘。阿奇一個字都沒聽懂。但結束後，米奇看起來很滿足，好像已經得到他期待的所有資訊一樣。

「嗯，阿奇，這才是我來這的原因。很有意思，偉大的醫藥突破。這些醫生博士還真是他媽的神奇。」

這時聽到馬考斯說：「……在這之中，有位重要而不可或缺的人。不僅因為他激勵了我個人，更因為他對這個研究立下了太多的根基，尤其是在他那份生殖報告中，我第一次聽到……」

喔，挺窩心的嘛，還給那老傢伙一些功勞。你可以看得出來他聽得可樂了，好像都快哭了。倒是沒聽清楚他的名字。但還是很高興看他沒把功勞攬在自己身上。不過話說回來，也不能做得太過分。馬考斯一直在那邊講，一副所有事情都是那老傢伙做的一樣。

「老天，」心裡也這麼想的米奇說：「褒得太過份了吧，啊？我還以為你說喬分才是那個大人物。」

「或許他們是最佳拍檔吧。」阿奇回答。

「……他盡力突破力求極大，尤其當時這方面的資金嚴重短缺，而且看似還停留在科幻的領域中。光是這點，他就堪稱本研究小組的精神指引，同時也是——不管過去或未來——都是我的導師，一個他至今已經擔任二十年的角色……」

「你知道我的導師是誰嗎？」米奇說：「穆罕默德．阿里（拳王），這點毫無疑問。正直的心智，正直的靈魂，正直的軀體。一流的傢伙，頂尖的拳手。當他說他最偉大的時候，他指的可不是只有『最偉大』而已。」

「不是嗎？」阿奇說。

「不，老兄，」米奇嚴肅地說：「他說的是他是世世代代最偉大的，過去、現在、未來都一樣。他是個超級自大的傢伙，阿里，絕絕對對是我的導師。」

導師……阿奇想。對他來說，這人一直都是山曼德。但顯然，你不能這樣跟米奇講，聽起來會很蠢、很怪。但這是事實。一直都是山姆。自始自終沒有改變的忠貞，就連世界要滅亡了也一樣。過去四十年來，他沒有一個決定不找他商量。山姆這老好人。山姆這號人物。

「……因此，如果有人應該為眼前這份成就而授予最大的榮耀，那就是馬克．皮耶．皮瑞特博士。一個卓越的人和非常偉大的……」

每一刻都發生兩次：裡面和外面，兩個不同的故事。阿奇確實認得這個名字，很模糊，就在他的腦海某處，但此時他已經在位置上轉來轉去，想看看山曼德回來了沒。他沒看到山曼德，相反的，他看到了米列特，他看起來表情好滑稽，很明顯地滑稽，但不是那種你會哈哈大笑的滑稽，而是那種很古怪的滑稽。他坐在椅子上幾乎一動也不動，阿奇無法和他對上眼，好給他一個小伙子你還好嗎的眼神，因為他一直盯著某個東西瞧，當阿奇跟隨他眼神看過去時，發現自己同樣看著罕見的事情：一個老人驕傲地流出了幾滴眼淚。紅色的眼淚；阿奇認得的眼淚。

但山曼德已經先認出來了。山曼德・彌亞・伊格伯上尉，就在剛剛悄悄走進了有消音裝置的現代大門。山曼德・彌亞・伊格伯上尉，在門檻邊停了一下，從他的眼鏡向往外凝視，發現他居然被這世上唯一的朋友欺騙了四十年，發現他們友情的基石不過是建立在蜜糖和美麗的幻象上，發現阿奇博德・瓊斯遠遠、遠遠超過他曾有的想像。他就像首拙劣的印度音樂到達頂點，突然明白了所有的事情。然後，帶著某種可怕的快樂，他有機會來到最根本的事實，知見記憶[121]：光是這事件本身就夠我們兩個老男人再繼續另外四十年。這是一個結束所有故事的故事。是那種會持續贈與的禮物。

「阿奇博德！」他的眼神從博士身上轉移到他的中尉，然後放出一個短暫、響亮且歇斯底里的笑聲。他感覺就像新娘以一種全然明白的心情看著新郎，就在兩人之間一切都變了樣的那一刻。「你這個虛偽的畜生混帳騙子……misa mata, bhainchute, shora-baicha, syut-morani, haraam jadda……」

山曼德突然操起孟加拉方言，生動的說出了騙子、強暴妹妹的畜生、豬生的孩子和給他媽口交的人……

但就在這之前，或至少是同一時間，當所有觀眾都在看，看著這位操外國語言的棕色

121 知見記憶強調，新事物對人而言永遠不會以全新的狀態出現，因為我們總會使用一些既存的事物來衡量新事物，總是會拿過去的經驗，或是我們的想像，來與新事物相比。

老人對著白種老人大罵而一頭霧水時，阿奇卻意識到有其他事情發生，空間裡的移動，房間各處的蠢蠢欲動（最後面的那些印度傢伙，坐在喬書亞旁邊的年輕人，愛瑞看看米列特，又看看馬吉德，看看馬吉德又看看米列特，好像裁判），然後他看到米列特會率先出擊，看到他像潘達一樣伸手，而阿奇曾在電視上看過，也曾在真實生命中看過，他知道那樣一個動作代表什麼意思，於是他站了起來。他動了。

因此，當槍出現時，他已經在那裡，不需要硬幣的幫忙，早就到了那裡，在山曼德可以阻止之前就到了那裡，他在那裡沒有任何不在場證明，就在米列特．伊格伯的決定和他的目標之間，一個念頭和說出來之間的片刻，插手記憶或悔恨的瞬間。

在黑暗中某處，他們在曠野中停了下來，阿奇把博士往前推，讓他站在前面，站在他可以看到的地方。

「停，」當博士不小心走到月光下，阿奇說：「就停在那裡他媽的不要動。」

因為他想看看邪惡，真正的邪惡，在這個大鑑定的時刻，他必須看到才行。這樣他才能執行那已經安排好的任務。博士卻彎腰駝背得厲害，而且看起來非常虛弱。他的臉布滿蒼白的血淚，好像任務早已結束。阿奇從沒看過一個人如此不振，如此徹底被擊垮。好像把風從他的航行途中全抽走。他很想說你的樣子就像我現在的感覺，因為如果他那欲裂的頭痛以及胃中酒精所造成的噁心能化身為人，那這個「人」看起來就會跟他眼前的這個人一樣。但他們兩人都沒有說話，就這樣站了好一會兒，透過那把上了膛的槍看著彼此。阿奇有個很可笑的感覺，好像他可以把這個人折起來而不用殺他。就這麼折起來放進他的口袋裡。

「聽著，我對此感到抱歉，」經過三十秒漫長的安靜後，阿奇絕望地說：「戰爭結束了。我本人跟你並沒什麼仇恨，但我的朋友山姆……所以，我是不得已的。事情就是這樣。」

博士眨了幾次眼睛，似乎很難控制呼吸。然後經由那兩片因血而鮮紅的唇，他說：「我們剛剛走過來的時候，你說我也許可以求你……」

博士跪了下來，手依舊放在頭後面。但阿奇搖頭抱怨。「我知道我說了什麼……但那根本……最好就是我乾脆……」阿奇做出扣下扳機和槍枝後彈的動作，然後悲傷地說：「你不覺得嗎？我的意思是，這整個想起來……還簡單一點？」

博士張開嘴好像要說什麼，但阿奇再次搖搖頭。「我以前從沒做過這種事，而且我有點……呃，老實說，不爽。我喝了不少酒，可是沒什麼幫助，你會在那裡口沫橫飛，而我可能會完全不了解，你知道吧，所以……」

阿奇舉起他的手，直到與博士額頭齊高，然後閉起他的眼睛，扣下扳機。

博士的聲音高了八度。「香菸？」

從這一刻起，事情就走偏了，就像潘達的事走偏了一樣。他應該就此開槍殺了這傢伙的。也許吧。但相反的，他睜開眼睛去看他的犧牲品，而後者就像人一樣從上衣口袋掙扎拿出一包爛爛的香菸和火柴。

「我可不可以——在死之前……」

阿奇讓為了殺掉一個人需要鼓起的勇氣從鼻孔瀉出來。「我成全你最後的願望，」阿奇說，因為他在電影裡看過。「我可以幫你點，如果你需要的話。」

博士點頭，阿奇劃了一根火柴，博士湊過來點燃香菸。

「那，快說啊，」一陣子過後，阿奇說，他從來就無法抗拒無意義的辯論。「如果你有話要說，就趕快說。我可沒一整晚的時間。」

「我可以說嗎？所以我們可以對話？」

「我沒說我們可以對話，」阿奇尖銳地說。因為這是電影中納粹的伎倆（這阿奇應該要知道的，戰爭的頭四年他都在布林頓戲院看那些閃爍不停的納粹電影），他們想要靠唬爛來殺出一條生路。「我說你可以講，但我還是會殺了你。」

「喔是，當然。」

博士用袖子擦擦自己的臉，好奇地看著眼前的小伙子，想確認他是不是說真的。小伙子看起來是認真的。

「好，那……如果我可以這麼說的話，這位……」博士的嘴巴仍開著，等待阿奇告訴他他的名字，但並未得到任何反應。「這位中尉，如果我可以這麼說的話，在我看來，中尉，你現在處在某種……某種……道德困境。」

阿奇不知道困境是什麼意思。這讓他聯想到木炭、鋼鐵和威爾斯省，某個介在礦場（quarry，與困境〔quandary〕音似）和鑄造廠之間的「礦境」。在困惑不解的情況下，他說了平常遇到這種事情都會說的話。「我還真的哩！」

「呃，……是，是的，」生病博士獲得了一些自信，至少他到現在還沒被射死，也已經過了好一陣子了。「在我看來你似乎處在進退兩難之地。一方面……我不相信你真的希望殺了我——」

阿奇挺起他的肩膀。「你聽好，小朋友——」

「但另一方面，你又答應了你過度熱心的朋友。但，還不只這樣。」

博士顫抖的手無意間彈了香菸一下，阿奇看著菸灰宛如灰雪飄落在他靴子上。

「一方面，你對……對……你的國家和你所相信的有種責任。但另一方面，我又是一個人。我在對你說話，跟你一樣會呼吸會流血。而你又不確定我是哪一種人，你只是聽人家說。因此，我了解你的困難。」

「我沒有困難。你才是有困難的人，小朋友。」

「雖然，我不是你的朋友，但你對我有一種責任，因為我是一個人。我想你被這兩種責任所困住。我想你發現自己正處在一個很有趣的狀況。」

阿奇往前站一些，槍口就放在博士額前兩英吋。「你說完了沒？」

博士想回答說完了，但除了結結巴巴的聲音外什麼也聽不到。

「很好。」

「等等！求求你。你知道沙特嗎？」

阿奇嘆了口氣，火大地說：「不，不，不認識。我們不可能有什麼共同的朋友，我很清楚，因為我只有一個朋友，他的名字就叫伊格伯。聽好，我要殺了你。我很抱歉，但——」

「不是朋友，是哲學家，讓．保羅．沙特先生。」

「誰？」阿奇激動又多疑地說：「聽起來像法國人。」

「他是法國人。偉大的法國人。我在一九四一年曾和他短暫見過面，當時他正被俘虜。我遇見他時，他正好遇到問題，而這個問題，我想，跟你的問題很像。」

「繼續。」阿奇慢慢地說。事實是他希望能得到一些幫助。

「問題就是……」博士奮力控制喘氣，因此流了許多汗，導致他脖子下方凹陷處積了兩池水。「這位年輕的法國學生必須照顧在巴黎病重的母親，同時，又必須到英國去幫助自由的法國人對抗國際社會主義者。現在你要知道的是人有太多的必須了。例如，人必須施捨，但不是一直都在這麼做，這只是一種理想，並非必要，記住這一點，那麼他該怎麼做呢？」

阿奇嘲笑。「這是個他媽的蠢問題。想想看嘛，」他把槍從博士的臉上移開，敲敲自己的太陽穴。「到最後他一定會做出他最在乎的那個決定，不是他的國家就是他的老母親。」

「但如果他兩個都一樣在乎呢？我的意思是，國家和老母親。如果他兩個都責無旁貸呢？」

阿奇一點也未受感動。「那他最好就是選一個，然後坦然接受。」

「那法國人也是這麼想，」博士企圖擺出笑容。「如果兩個責任都無法被漠視，那麼就選擇一個，然後像你說的，坦然接受。畢竟，人怎麼做全看他自己，並對他所做的事情負責。」

「這不就對了。對話結束。」

阿奇張開兩腿分攤他的重量，準備好要承受開槍的後座力，然後再次扣住扳機。

「但……但是！想想……求求你，我的朋友……試著想想看——」博士跪了下去，揚起一陣灰沙，感覺就像一聲嘆息。

「起來，」阿奇鯁住，因為那對眼睛流出的血淚、抓住他腿的手、還有他鞋子上的嘴巴感到驚恐。「拜託，沒必要這樣——」

但博士捉住阿奇的膝蓋後面。「想想……求求你……任何事都可能發生的……說不定我在你眼裡還有贖罪的機會……說不定你可能弄錯了。你的決定可能會像伊底帕斯的決定一樣，再次想起時竟是可怕與傷害！這你無法確定的！」

阿奇抓住博士瘦骨如柴的手，把他硬拖起來然後大叫。「聽著，老兄，你惹毛我了。我又不是算命的，我只知道，明天也許就是世界末日，但現在，我必須做這件事情，山曼德在等我。求求你……」阿奇說，因為他的手在顫抖，他的決心在逃跑。「求求你別說了。我又不是算命的。」

但博士再次倒下，就像魔術盒裡的小丑。「不……不……我們都不是算命的。我怎麼也沒料到我的命會斷送在孩子手中。就像科林多前傳第十三章第八節所說：不管有沒有預言，他們最後都會失敗；不管有沒有言語，他們最後都會閉口；不管有沒有知識，其最後都會消失。因為我們僅知一二，僅能預言一二。但當真正發生的事實來臨時，那一二終將被抹去。但什麼時候會來臨呢？對我來說，我已經厭倦了等待。僅知一二是件多麼可怕的事。當我們明明有機會，卻做不到完美，人造的完美，那是多麼可怕的事，」博士站了起來，試著把手伸向阿奇，阿奇則往後退。「只要我們夠勇敢，能夠做出必須做的決定，在應該得救與不應該之間……這是一種罪嗎？」

「拜託，求求你，」阿奇羞愧的發現自己在哭，但不是博士那種紅色的淚，而是濃稠、透明、鹹澀的淚。「停在那裡，不要再說了。求求你。」

「然後我想到那個剛愎自用的德國人腓特烈[122]。想像這個世界沒有開始也沒有結束，孩子，」他吐出了最後一個字，孩子，而這個字是個小偷，改變了他們之間的權力平衡，偷走了阿奇僅剩的勇氣拋散到風中。「如果你能，想想吧，這世界的事情就這樣不斷的重演，永無休止的，用它們一貫的方式……」

「停在他媽的原地不要動！」

「想像這戰爭重複又重複了幾百萬次……」

「不必了，」阿奇鼻塞哽咽。「一次就夠糟了。」

「這不是什麼嚴肅的建議，它只是種試驗。只有那些夠堅強並對生命無愧的人才能堅持到底，儘管事情就是會一再重複下去，只有他們才能忍受最可怕的黑暗。我能面對我做過的事情不斷重演。我是那些自信的人當中的一位。但你不是……」

「拜託，別再說了，求求你，這樣我才能——」

「你做的決定，阿奇，」博士背叛了他從一開始就知道的事情，這孩子的名字。他一直在等待時機，要在能產生最大力量時用上。「你能面對它一而再、再而三，永無止境的重複下去嗎？你能嗎？」

「我有一個硬幣！」阿奇大叫，而且是快樂地尖叫出來，因為他剛剛才記起了這件事情。「我有一個硬幣！」

生病博士看起來很困惑，停下他蹣跚前進的腳步。

「哈！我有個硬幣，你這個傢伙。哈！這下你慘了！」

博士又往前一步，他的手往前伸，手掌向上，看起來很無辜。

「退後，站在那裡。好，已經說夠了，現在我們要這樣做。我現在把槍放在這裡……慢慢的……這裡。」

阿奇彎下來把槍放在地上，大約就在兩人中間。「這樣你就可以信任我。我會遵守我的諾言。現在我要丟這枚硬幣。如果是正面，我就殺了你。」

「可是——」博士說。阿奇第一次在他眼中看到真正的恐懼，讓阿奇覺得感同身受的恐懼，令他幾乎說不出話來。

「如果是背面，我就不殺你。好了，我不要再說了。追根究柢，我不是那種會深思熟慮的人。這是我能給你最好的條件了。好了，來了喔。」

那硬幣彈起並翻轉，就像一枚在完美世界中彈起並翻轉的硬幣一樣，閃爍著它的光芒又顯露出它的黑暗，直到令人眩目。接著，就在它得意攀升的某一點，它開始轉彎，但這個轉彎走向了錯誤的方向，阿奇博德知道它不會再回到他手中，而是朝他後面、遠遠的後面飛去，他轉過身去看到它落在泥地上，彎腰下去撿起它，就在這時他聽到了一聲槍

122 這裡指的可能是人稱紅鬍子的腓特烈一世（Frederick Barbarossa），一一五五年被推選為德國的皇帝，同時自封為神聖羅馬帝國元首，實際上只是德國的皇帝。他的野心是收復整個義大利半島，但羅馬和半島的中部皆直屬教宗，這使腓特烈難以容忍。

響，感受到右大腿一陣猛烈的刺痛。他往下看，是血。子彈直直穿過他的大腿，剛好避開骨頭，彈殼卻深深崁在肉裡。那疼痛既難以忍受，又感覺遙遠。阿奇轉過身去看著生病博士，他整個人彎著身子，微弱的右手掛著一把槍。

「搞什麼？你為什麼要這樣做？」阿奇憤怒地說，然後不費吹灰之力地把槍給搶過來。「是背面啊，看到沒？是背面。你看，背面，是背面。」

於是，阿奇現在在這裡，在子彈彈道上，準備做出不尋常的事情，就連電視上都不常見到的事：救了同一個人兩次，而且第二次跟第一次一樣，沒什麼理由或道理。這是一件麻煩事，這個救人的把戲。房間的每個人都震驚地看著子彈射穿他的腿，就在骨節上，然後戲劇化地轉了一圈，掉進老鼠的玻璃箱子裡，玻璃碎片噴得到處都是。多棒的一齣戲啊。如果是電視，現在就會聽到薩克斯風響起，演員名單也一一出現。

但首先還是要說到尾聲。因為不管你怎麼想，它還是得繼續演下去，儘管這就像印度或牙買加的獨立，像簽訂和平協議或搭載旅客的船隻入港，結束不過是另一個更漫長故事的開始。當初被挑選出來決定了房間和地毯顏色、海報字型和桌子高度的這群人，一定也會希望看到最後結果是怎樣的，而如果有人想看看目擊證人證詞，證明他看到馬吉德的次數跟米烈特的一樣多，或是那些令人困惑的抄本，一段不合作的受害者與不合作的家庭的錄影帶，一個難以決定的法院訴訟，使得法官最後判決兩兄弟數百小時社區服務，而他們擔任的職務，很自然地，就是喬伊絲新專案的園丁，泰晤士河岸一個很大的千禧花園……這樣的人一定有些相同的身分特質。

至於那些想了解七年之後，愛瑞、喬書亞和荷坦絲坐在加勒比海邊（愛瑞和喬書亞最後成了戀人，你終究無法一輩子逃避命運），而愛瑞父不詳的女兒會寫熱情的明信片給她的壞叔叔米列特和好叔叔馬吉德，感覺就像小木偶皮諾丘，受到父母操縱的玩偶是否就是那些年齡十八到三十二歲的年輕職業婦女？而那些想打賭看看，到底在一九九九年十二月三十一日那天，那個歷史性的一晚，當阿布杜・米奇第一次為女人敞開大門，讓他們在歐康尼爾酒吧玩二十一點的時候，到底贏家是艾爾沙娜和山曼德，還是阿奇和克羅拉的人，是不是多數都是犯罪階級和老人？

但當然了，訴說像這樣漫長或類似的故事，就是要散播神話或一些「過去總是辛苦的，未來總是美好的」的謊言。但就像阿奇所知道的，事情並不是這樣，它從來就不是這樣。

不過倒是有個有趣的調查（你的決定是什麼），可以用來檢驗現況並把旁觀者分成兩種：一種人注視流血倒在桌子上的人，一種人看著造反的棕色老鼠逃走。至於阿奇，他是看著老鼠的人。他看著牠定定站住一秒鐘，臉上露出一副沾沾自喜的表情，好像事情完全如牠所預料。他看著牠越過他的手匆忙逃走。看著牠沿著桌子猛衝，穿越想要抓住牠的那些手。他看著牠在最後跳了起來，鑽進排氣孔裡消失無蹤。阿奇想：去吧，我的孩子！

國家圖書館出版品預行編目(CIP)資料

白牙/莎娣．史密斯(Zadie Smith)著；梁耘瑭譯.
-- 三版. -- 臺北市：大塊文化出版股份有限公司,
2021.12
面；　公分. --(to；28A)
譯自：White teeth.
ISBN 978-986-0777-50-5(平裝)

873.57　　110015151

LOCUS

LOCUS